AF397587

Emma Richards ist das Pseudonym von Caroline Lange, eine waschechte Hamburger Deern, die das regnerische, stürmische Wetter nutzt, um sich bei einer Tasse Tee die bezauberndsten Geschichten auszudenken.

Die Leidenschaft für das geschriebene Wort war schon immer ein Teil von ihr, daher begann sie schon früh die Seiten etlicher Tagebücher zu füllen, melancholische Gedichte zu verfassen, an Kurzgeschichten-Wettbewerben teilzunehmen und an ihrem ersten großen Manuskript zu arbeiten.

Ihre erste Veröffentlichung feierte sie beim dp Verlag, wo im Mai 2022 auch die Fortsetzung ihres Dark Fantasy Romans *Days of Darkness – Göttliche Versuchung* (ehemals *Black Demons – Göttin der Rache*) erscheinen wird.

EMMA RICHARDS

TALES OF HATE AND PASSION

Überarbeitete Neuausgabe Februar 2025

Copyright © 2025 dp Verlag, ein Imprint der
dp DIGITAL PUBLISHERS GmbH
Made in Stuttgart with ♥
Alle Rechte vorbehalten

Tales of Hate and Passion

ISBN 978-3-98998-830-9
E-Book-ISBN 978-3-98998-829-3
Copyright © 2019, dp Verlag, ein Imprint der dp
DIGITAL PUBLISHERS GmbH
Dies ist eine überarbeitete Neuausgabe des bereits 2019 bei dp Verlag, ein Imprint der dp DIGITAL PUBLISHERS GmbH erschienenen Titels Black Demons (ISBN: 978-3-96087-742-4).
Copyright © 2022, dp Verlag, ein Imprint der dp
DIGITAL PUBLISHERS GmbH
Dies ist eine überarbeitete Neuausgabe des bereits 2022 bei dp Verlag, ein Imprint der dp DIGITAL PUBLISHERS GmbH erschienenen Titels Göttliche Versuchung (ISBN: 978-3-98637-550-8).
Covergestaltung: Dream Design – Cover and Art
Umschlaggestaltung: ARTC.ore Design
Unter Verwendung von Abbildungen von
shutterstock.com: © BK foto, © Max Meinzold,
© Matveev Aleksandr
adobestock.com: © Torkhov, © HNKz, © RinaM,
© Tatyana Sidyukova
Lektorat: Janina Klinck

Satz: dp DIGITAL PUBLISHERS GmbH
Druck und Bindung: Books on Demand GmbH, Norderstedt

Das Werk darf – auch teilweise – nur mit
Genehmigung des Verlages wiedergegeben werden.

Sämtliche Personen und Ereignisse dieses Werks sind frei erfunden. Etwaige Ähnlichkeiten mit real existierenden Personen, ob lebend oder tot, wären rein zufällig.

Vorwort

Alles begann mit einem Traum …
So beginnen wohl viele Geschichten, aber genau so war es bei mir.
Ich hatte einen Traum und sah die Welt von Empyrion und eine weibliche Gestalt mit dunklen Flügeln, die für diese Welt kämpfte.
Ich war, als ich die Geschichte für Tales of Hate and Passion schrieb immer noch dabei die Beziehung mit meinem Exfreund zu verarbeiten und hatte diese immense Wut in meinem Bauch.
Tess Hope ist also nicht nur die Frau meiner Träume – buchstäblich – sondern auch mein innerer Wunsch Rache an demjenigen zu nehmen, der mir das Herz gebrochen hatte.
Wie schön muss es sein, nicht über die Konsequenzen seines Handelns nachdenken zu müssen, sondern aus einem reinen Instinkt heraus zu handeln?
Doch ganz so einfach ist es nicht, dass wissen wir nur zu gut und darum ist auch meine Protagonistin sehr komplex gestaltet und von Schuldgefühlen geplagt, die eine Furie eigentlich gar nicht haben sollte.
Mir ist bewusst, dass einige meiner Figuren euch wütend machen werden, euch aufregen und frustrieren, aber sie können euch ebenso überraschen, mitreißen und euch vielleicht sogar zu Tränen rühren. Das ist das größte Geschenk eines Autors und gleichzeitig das schönste Gefühl, wenn ich all diese Emotionen in euch wecken darf.

Diese Geschichte lebt von euch. Eurer Wut, eurer Freude am Lesen, eurer Begeisterung und euren Nerven, die bis zum Zerreißen gespannt sind.
Ich wünsche euch ganz viel Spaß beim Lesen und freue mich auf euer Feedback.
Eure Emma
Instagram-Profil: emma_richards_autorin

Triggerwarnung

Dieser Text enthält explizite Schilderungen psychischer und physischer Gewalt. Die Inhalte können belastend oder retraumatisierend auf Leser:innen wirken.

1.

Sirenengeheul, wütendes Hupen, quietschende Reifen und pöbelnde Menschen auf ihrem Weg in den heiß ersehnten Feierabend, das war die Hintergrundmusik der Stadt, die niemals schlief. New York.

Der Wind trug den Lärm bis zu mir herauf aufs Dach, während ich gebannt das Geschehen weit unter mir betrachtete.

Mit dem Lärm Hand in Hand stiegen die Düfte der Stadt zu mir herauf. Essen aus den verschiedensten Ländern. Würzig scharfe Gerüche von dem Inder um die Ecke und frittiertes Fett von dem Fast-Food-Restaurant auf der anderen Straßenseite vermischten sich mit den Abgasen der Autos und dem Geruch von Unzufriedenheit und Wut.

Kaum etwas roch stärker. Neid, Abscheu, Zorn, Hass, Feindseligkeit. Sie alle schürten den Wunsch nach Rache. Rache am Chef, weil er einem heute die Kündigung ausgesprochen hatte. Rache am Ehemann, weil er fremdgegangen war. Rache an der Partnerin, weil sie einen für den heißen Typen aus dem Fitnessstudio verlassen hatte.

Jeder Mensch war auf irgendjemanden wütend. Ein Glück für mich, denn damit verdiente ich seit jeher mein Geld.

Mein Name ist Tess Hope und ich bin eine Furie, eine Rachegöttin. Jemand ruft und bezahlt mich dafür, Rache an einer Person zu nehmen. Ob sie nun wirklich die Schuld trägt oder nicht, spielt für die meisten Menschen oder ... nun ja, andere Wesen, keine Rolle – und für mich damals auch nicht.

Ich erfüllte jeden Auftrag gewissenhaft und holte mir danach meine Bezahlung ab. Doch mit der Zeit wurden die Wünsche immer grausamer und blutiger. Damals schwelgte ich darin, Rache zu nehmen, und je schrecklicher sie ausfiel, desto glücklicher war die Furie in mir. Doch dann passierte diese eine Sache und alles änderte sich. Ich veränderte mich. Ich war nicht mehr die Furie, die ich früher einmal war, und das machte es erstaunlich schwer, Rache zu nehmen. Viel schwerer, als es einer Furie fallen sollte.

Ich lenkte meine Aufmerksamkeit von den trüben Gedanken zurück auf die wundervolle Stadt New York. Mein Blick streifte über die Dächer, die vielen Lichter, das Leben. Hier oben hatte ich eine tolle Aussicht. Ich befand mich auf dem Dach eines Wolkenkratzers und hielt Ausschau nach ... tja, wonach genau konnte ich gar nicht sagen, nach Vergebung, schätze ich.

In einem Alter von etwas über fünfhundert Jahren brauchte anscheinend auch eine Furie mal so etwas wie Vergebung. Also saß ich hier und wartete. Wartete darauf, dass ich mir selbst vergeben konnte für das, was ich getan hatte. Meine Schuld wog schwer, und mit jedem Tag, an dem ich sie mit mir herumtrug, wurde sie schwerer. So langsam wusste ich nicht mehr, wie es weitergehen sollte. Ich brauchte dringend einen Plan.

Ich lebte jetzt seit etwa einhundert Jahren unter den Menschen, und auch wenn sie es immer wieder schafften, mich zu überraschen, konnte ich doch nicht behaupten, mich hier wirklich wohlzufühlen. New York war klasse, eine der tollsten menschlichen Städte, die ich in meinem Leben kennenlernen durfte, aber dennoch … meine Heimat fehlte mir.

Leider konnte ich es mir nicht länger aussuchen, wo ich mein Leben verbringen wollte. Zumindest nicht in meiner Welt, aus diesem Grund war ich hier. Die Schuld hatte mich hierhergetrieben. Ich konnte nicht zurück. Mir blieb nur die Welt der Menschen. Dabei komme ich aus einer Stadt, die New York sehr ähnlich ist, geradezu zum Verwechseln ähnlich. Das ist vermutlich auch der Grund, warum ich mich für diesen Ort auf der Erde entschieden hatte. Der *Big Apple* kam meinem Zuhause am nächsten.

Eine kalte Windböe wurde zu mir heraufgetrieben und peitschte mir meine langen Haare aus dem Gesicht. Ich liebte die Nacht. Ich war schon immer lieber auf der Straße, wenn es dunkel wurde und die Sonne sich endlich zurückzog, um an einem anderen Ort zu scheinen. Der Mond und ich, die Finsternis und ich, wir waren enge und alte Freunde.

Einen Blick auf die Uhr werfend, entfuhr mir ein bedauerndes Seufzen. Ich hatte heute Abend noch eine Aufgabe zu erledigen und wenn ich nicht zu spät kommen wollte, musste ich mich langsam auf den Weg machen.

Mit einem resignierten Stöhnen stand ich auf und warf noch einmal einen wehmütigen Blick über die erwachende Stadt. Das war noch ein Grund, warum ich

New York so liebte. Genau wie ich erwachte die Stadt erst so richtig zum Leben, wenn die Nacht hereinbrach. Vielleicht nannte man mich deswegen auch Tochter der Nacht. Wie ich schon sagte, die Dunkelheit und ich, wir waren alte Freunde.

Es wurde Zeit.

Mit einem Sprung stand ich auf der Balustrade des Gebäudes und konnte weit unter mir ganz klein die fahrenden Autos erkennen. Mit geschlossenen Augen breitete ich meine Arme aus und mit ihnen meine großen, schwarzen Flügel. Auf den ersten Blick hätte man sie als Engelsflügel bezeichnen können, wären da nicht die schwarzen Federn gewesen, die wie dunkler Satin schimmerten. Sie hatten nichts vor der Reinheit und der Unschuld der Engel und das war auch gut so. Ich war nicht unschuldig und das Wort *Reinheit* hätte man noch eher mit der abgasgeschwängerten Luft in Verbindung bringen können als mit mir. Meine Flügel waren schwarz. Schwarz wie die Nacht, schwarz wie mein Haar, schwarz wie ein Teil meiner Seele.

Den Kopf gen Himmel streckend und dem Mond ins Antlitz lächelnd, ließ ich mich fallen.

Der Wind rauschte an mir vorüber und all die Sorgen blieben oben auf dem Dach zurück. Von der Geschwindigkeit stiegen mir Tränen in die Augen und ich stieß ein freudiges Lachen aus. Dieser Moment des Fallens, des Fliegens, befreite mich. Mit der Schwerelosigkeit kam die Leichtigkeit, und dieses Gefühl der Freiheit war alles, wonach ich strebte.

Kurz bevor ich auf dem Boden aufkam, schlug ich einmal kräftig mit meinen schwarzen Schwingen und befand mich sofort wieder in der Luft. Die vielen Federn fingen den Wind unter mir auf und trieben mich wieder in die Höhe. Ich konnte jeden Luftzug bis in die kleinste Feder spüren. Es kitzelte leicht und zauberte mir wieder ein Lächeln ins Gesicht.

Es brauchte nur fünf weitere Schwünge mit meinen Flügeln und schon war ich an meinem Ziel angekommen. Der Vorteil, wenn man eine Furie ist: Taxi fahren in einer überfüllten Stadt wie New York war dank meiner Flügel überflüssig.

Etwas unsanft kam ich auf dem weichen Gras des Central Parks auf und zog meine Schwingen wieder ein. Es war inzwischen so spät und dunkel, dass ich sicher sein konnte, von niemandem gesehen worden zu sein, außer vielleicht von ein paar betrunkenen Jugendlichen, die glauben würden, ihre Augen spielten ihnen einen Streich. Meine Flügel waren für Menschen – Normalsterbliche – zwar nicht zu sehen, dennoch warf eine fliegende Frau, die um Mitternacht im Central Park landete, Fragen auf.

Ich atmete einmal tief ein und sah dann nach oben. Das Gebäude direkt vor mir war mein Ziel. Mit schnellen Schritten ging ich darauf zu und versuchte den Vollmond zu ignorieren, der inzwischen fast seinen Zenit erreicht hatte. Ich kam genau rechtzeitig. Wäre ich später losgeflogen, wäre diese Nacht sicher unschön verlaufen.

2.

Im 13. Stock des Wolkenkratzers angekommen, zog ich den Schlüssel aus meiner Tasche und schloss die Tür zu meinem Apartment auf. Hier lebte ich nun schon seit einhundert Jahren – und es gefiel mir. Ich konnte mich wirklich nicht beschweren.

Ich hatte eine fantastische Aussicht, eine wunderschöne, riesige Wohnung, tolles Mobiliar und eine unorthodoxe Mitbewohnerin – um es vorsichtig auszudrücken.

Apropos, ich war noch nicht einmal ganz in der Wohnung, da kam auch schon eine wutentbrannte Blondine auf mich zugestapft und funkelte mich wütend an.

„Jetzt bist du da?! Weißt du, wie spät es ist?"

„Ich bin auf die Minute pünktlich, würde ich sagen." Augenrollend schloss ich die Tür hinter mir zu und entledigte mich meiner geliebten Lederjacke. „Ich weiß nicht, warum du so einen Aufstand machst, bisher bin ich immer rechtzeitig da gewesen."

Anni, meine Freundin und Mitbewohnerin, stemmte aufgebracht die Hände in ihre schmalen Hüften und versuchte mich mit ihren Blicken zu erdolchen. „Du weißt doch, was passiert, wenn Vollmond ist. Ich war kurz davor, auszugehen. Weißt du eigentlich, wie knapp es heute war? Wärst du nicht in diesem Moment zur Tür reingekommen, wäre ich losgegangen."

Ein Blick auf ihr Äußeres sagte mir, dass sie nicht übertrieb. Ihre langen, blonden Haare waren leicht gelockt, sie hatte ihre Augen dunkel geschminkt und roten Lippenstift aufgelegt. Ihre schmale Figur wurde durch das enganliegende Glitzertop und die Lederröhre noch betont. Mörderisch hohe High Heels ließen sie mit ihren ein Meter achtzig größer erscheinen, als sie sowieso schon war.

Mit ihrer dünnen Figur und ihrem hübschen Gesicht war es kein Wunder, dass sie hauptberuflich als Model arbeitete. Wir hätten gegensätzlicher nicht sein können. Ich war kleiner und hatte auch keine Streichholzbeine. Ich war sportlich schlank und hatte durch das viele Laufen und Krafttraining einen sehnigen, eher muskulösen Körper. Meine Haut war bronzefarben und meine Augen so dunkelbraun, dass sie als schwarz hätten durchgehen können. Die einzige Gemeinsamkeit, die wir hatten, war die Länge unserer Haare, aber damit hatte es sich auch schon.

„Ich bin ja noch rechtzeitig gekommen, oder?!", versuchte ich Ann zu beruhigen und ging erst einmal in die Küche, um mir ein Glas Wasser zu holen.

„Willst du mich verarschen? Ich kann deinen zerzausten Haaren ansehen, dass du dich ganz schön beeilen musstest. Hast du etwa die Zeit vergessen? An einem so wichtigen Tag wie heute?"

Ach ja, eine Kleinigkeit hatte ich vergessen. Meinesgleichen kann – im Gegensatz zu den Menschen – meine Flügel sehen, und wenn ich meinesgleichen sage, meine ich nicht *Furie*. Anni, oder auch Ann, wie sie eigentlich hieß, war eine Sirene – und das nicht nur äußerlich. Sie stammte von den ersten Sirenen ab. Um genau zu sein von einer der Sirenen, die damals versucht hatte, Odysseus mit ihrem Gesang auf ihre Insel zu locken.

Drei Nächte im Monat, immer um den Vollmond herum, verspürte dieses hübsche Geschöpf den unwiderstehlichen Drang, eine Karaoke-Bar aufzusuchen und ihrer Stimme freien Lauf zu lassen. Das an sich wäre ja auch gar nicht so schlimm, heutzutage gab es keine Männer auf See mehr, die, einmal von ihrem Kurs abgekommen, nicht mehr nach Hause fanden. Allerdings lockte Annis Gesang buchstäblich jeden Mann im Umkreis von hundert Kilometern an. Bei so vielen Männern auf einem Haufen war der Ärger natürlich vorprogrammiert. Meistens endete das Ganze damit, dass sich die Männer gegenseitig k. o. – oder im schlechtesten Fall tot – schlugen, bis nur noch einer übrig war, der dann für jene Nacht seinen Anspruch auf Ann erhob.

Bei solch einer Gelegenheit hatten wir uns damals kennengelernt. Ich war gerade erst seit zehn Jahren in New York, für jemanden wie mich eine kurze Zeitspanne, als ich diese hübsche Blondine singend in einer Bar fand, in der eine Riesenschlägerei ausgebrochen war. Ich rannte in die Bar, um die Frau vor den ganzen Trunkenbolden zu retten, die sich dort gegenseitig Glasflaschen auf die Köpfe schlugen. Bis ich verstand, dass sie der Grund für die steigende Aggression war. Ich musste ihr eines der versifften Geschirrtücher in den Mund stopfen, weil sie einfach nicht aufhören wollte, zu singen. Später hatte ich ihr dann eine saftige Ohrfeige verpasst, die sie zumindest ohnmächtig hatte werden lassen, erst da hörten die Männer auf, sich gegenseitig zu Brei zu schlagen.

Ich nahm Ann mit zu mir und nahm mir vor, sie zu befragen, sobald sie wieder zu sich gekommen war.

Der blonde Engel nahm mir sämtlichen Wind aus den Segeln, als sie sich mit einem herzzerreißenden Schluchzen bei mir für die Hilfe bedankte. Sie habe sich selbst nicht unter Kontrolle und verspüre an drei Tagen im Monat immer diesen Drang, zu singen. Sie brauche jemanden, der ihr dabei helfe, sich unter Kontrolle zu bekommen. Es sollten keine Männer mehr ihretwegen sterben.

Offensichtlich wusste die kleine Sirene nicht, wer oder was sie war, und ihre Kräfte schien sie ebenfalls nicht unter Kontrolle zu haben.

Vielleicht hätte ich ihr damals erzählen müssen, was sie war und woher sie eigentlich kam, wo Wesen wie sie normalerweise lebten, aber um ehrlich zu sein ... ich wollte nicht über meine Welt sprechen. Und Ann war, obwohl man es kaum glauben konnte, eine sehr genügsame Sirene, die, was meine Herkunft betraf, keinerlei Neugier hegte.

Als Ann, nachdem ich sie in der Bar k. o. geschlagen hatte, wieder zu sich kam und meine Flügel zum ersten Mal sah, erschreckte sie zwar, hatte sich aber relativ schnell wieder im Griff. Ich hatte keine Ahnung, ob sie mich für eine dunkle Fee hielt, die man zu ihr gesandt hatte, um ihr mit ihrem Problem zu helfen, oder einfach für einen Engel, der sich die Flügel schmutzig gemacht hatte. Sie fragte nie danach – und was sollte ich sagen, seit jener Nacht waren wir Freundinnen und sie zog bei mir ein.

„Es tut mir leid, in Ordnung?! Nächstes Mal bin ich rechtzeitiger hier", versuchte ich Ann zu beruhigen.

„Wo bist du gewesen, Tess?" Anni hatte die Arme vor der Brust verschränkt und sah mich mit schiefgelegtem Kopf an.

„Vielleicht sollten wir das morgen klären. Du gehörst in dein Zimmer, komm schon." Ich versuchte die schöne Sirene am Arm zu packen und auf ihr Zimmer zu geleiten.

Wir hatten es in einen schalldichten Raum verwandelt, in dem sie so laut singen konnte, wie sie wollte. Niemand würde sie hören. Das Fenster hatte eine Zeitschaltuhr, über die ich an drei Tagen im Monat die Macht hatte. Es würde sich erst wieder öffnen, wenn der Morgen anbrach und Anni nicht mehr das Bedürfnis verspürte, singen zu wollen.

„Nein, wir reden jetzt darüber", fauchte sie und zeigte drohend mit dem Finger in meine Richtung.

„Ich habe einen weiteren Auftrag in den Wind geschossen, okay?!"

Anns wutverzerrtes Gesicht schlug augenblicklich in Mitleid um. „Das tut mir leid", flüsterte sie.

„Ja, mir auch", seufzte ich und griff mir in die Haare. Sich nicht mehr an Unschuldigen zu vergreifen war vielleicht das Richtige, aber auch nicht wirklich gewinnbringend. Dabei war ich nicht stolz auf meine Vergangenheit. Jeder hatte vielleicht schon mal etwas getan, was er bereute, aber ich hatte fast ein Jahrhundert lang gewütet und war die schlimmste aller Kreaturen gewesen. Ich wollte nie wieder so sein.

„Willst du reden?", fragte mich Ann und berührte sanft meinen Arm. Ich hatte gar nicht gemerkt, dass sie auf mich zugekommen war. „Wir könnten uns in irgendeine Bar setzen und es mit viel Alkohol vergessen, wenn du willst", schlug sie unschuldig vor.

„Netter Versuch, Ann. Aber nicht heute." Damit fasste ich sie am Arm und bugsierte sie geradewegs in ihr Zimmer.

Der Vollmond hatte inzwischen seinen Zenit erreicht. Alles, was Ann nun sagen würde, würde allein zu ihrem Vorteil sein, um doch noch die Möglichkeit zu bekommen, vor einem männlichen Publikum zu singen.

Nachdem ich sie in ihr Zimmer gesperrt hatte, verschwand ich in unserem Badezimmer und versuchte, mir die schwere Stimmung abzuwaschen. Doch es half nicht. Egal, wie viel kaltes Wasser ich mir auch ins Gesicht klatschte, meine Gefühle waren immer noch so schwermütig wie zuvor.

Ja, okay, heute Abend gab es kein Geld, aber ansonsten lief mein Geschäft gut. Es gab jede Menge Menschen, die es verdient hatten, dass man sich an ihnen rächte, und das bedeutete für mich jede Menge Arbeit und jede Menge Geld.

Natürlich konnte nicht jeder Wunsch erfüllt werden. Ich würde beispielsweise einen untreuen Ehemann nicht acht Stunden lang in einem Feuer brutzeln und anschließend sterben lassen, auch wenn die Ehefrau sich dies von Herzen wünschte.

Nein, meine Rache sah anders aus. Ich tauchte mit einem einzigen Blick in ihre Köpfe ein und ließ sie unter Qualen und Schmerzen erkennen, was sie getan hatten. Ich marterte sie so lange, bis sie einsahen, dass sie einen Fehler begangen hatten, und diesen bereuten. Reue war das Einzige, was sie von dieser Folter befreien konnte.

Schmerz entsteht im Kopf, hatte meine Schwester Megaera immer gesagt, *lass sie glauben, dass du ihnen gerade ein Messer in die Brust gestochen, sie mit heißen Schürhaken traktiert oder ihnen die Finger abgeschnitten hast.*

Meine Schwester Megaera war schon immer die Kreativere von uns dreien gewesen, dennoch hatte sie recht. Der Schmerz entstand im Kopf, und so ließ ich meine Geächteten wissen, was Schmerz eigentlich bedeutete. Erst wenn sie bereuten, hörte ich auf, sie zu peinigen – erst dann waren sie erlöst.

Ich schaute in den Spiegel und blickte in meine dunklen mandelförmigen Augen, die von langen schwarzen Wimpern umrahmt wurden. Wie oft hatten diese Augen schon gepeinigt, Leid zugefügt, gehasst und vernichtet? Wenn ich einen Schuldigen ansah, färbten sich diese Augen komplett schwarz und ein dunkler Schatten legte sich über mein Gesicht. Meine schwarzen Flügel breiteten sich aus und die silbernen Peitschen, die sich um meine Unterarme wanden, wurden lebendig und schlängelten sich wie Schlangen in meiner Hand.

Ich sah wirklich furchteinflößend aus, wenn ich auf einem Rachetrip war, und so sehr ich meine Opfer mit meinem Anblick und all den Schmerzen auch in die

Knie zwang, bei mir selbst funktionierte das Ganze nicht.

Ich hatte es tatsächlich schon versucht. Ich hatte versucht, an mir selbst Rache zunehmen. Meine Sünden bestrafen, das, was ich getan hatte, sühnen. Doch ich konnte es nicht. Meine beiden Schwestern hätten mich ausgelacht, mich dafür verachtet.

Eine Furie fühlt sich niemals schuldig!

Das war das oberste Gebot meiner Art. Denn wie sollte man Rache nehmen, wenn man für eine begangene Tat Schuld empfand?

Dennoch konnte ich nichts dagegen tun. Ich fühlte mich schuldig. Und mit jedem weiteren Auftrag wurde es schwerer, die Kontrolle zu behalten. Da ich an mir selbst keine Rache verüben konnte, übertrug ich meine Schuldgefühle auf die Personen, an denen ich Rache übte. Je größer die Schuld, desto schlimmer die Strafe.

Mcine Schuld war so groß, dass sie kaum Platz in dieser Welt fand. Furien töteten nur selten ihre Opfer. Meistens sahen diese ihre Schuld rechtzeitig ein und zeigten Reue, doch wenn sich meine Schuld auf meine Opfer übertrug, konnte ich meine Kraft nicht länger kontrollieren.

In den letzten Monaten waren zehn meiner Opfer unter den Qualen, die ich ihnen zugefügt hatte, gestorben, und es wurden mit jedem Auftrag mehr. Bisher waren es nur Vergewaltiger und Mörder gewesen, deswegen hielt sich meine Reue noch in Grenzen. Aber es blieb die Frage, wie weit ich noch gehen wollte.

Bisher hatte ich diese Angst immer verdrängt und sie so gut es ging mit Alkohol heruntergespült oder versucht zu vergessen, indem ich nachts über die Stadt flog. Doch an Abenden wie diesem … da kamen sie an die Oberfläche und ich konnte nichts dagegen tun.

Meinen Anblick im Spiegel nicht länger ertragend, ging ich zurück ins Wohnzimmer, um einen Tee aufzusetzen, als mir ein weißer Zettel ins Auge fiel, der vor unserer Wohnungstür lag.

Ich bückte mich danach und öffnete sofort die Tür, um vielleicht noch einen Blick auf die Person zu erhaschen, die diesen Zettel unter der Tür in unsere Wohnung geschoben haben musste. Doch da war niemand.

„Hm", machte ich, schloss die Tür und setzte mich auf einen der Barhocker unseres Küchentresens.

Ich faltete den Zettel auseinander und las den einen Satz, der in schwarzer, geschwungener Schrift auf dem weißen Papier prangte. Unheilvoll brannten sich die Worte in meinen Kopf und eine dunkle Vorahnung überkam mich.

Komm aufs Dach!

3.

Ich warf mir schnell eine Lederjacke über, versicherte mich, dass Anns Tür fest verschlossen war, und sprintete ins Treppenhaus. Als ich die Treppe erreichte, die hinauf aufs Dach führte, atmete ich noch einmal tief durch. Ich brachte die letzten Stufen hinter mich, stieß die Tür zum Dach schwungvoll auf und trat hinaus in die kühle, leuchtende Nacht.

„Hi, Schätzchen.“

Nur wenige Meter von mir entfernt stand kein Geringerer als Ian Somerhalder und grinste mich verschmitzt an.

Etwas irritiert, aber zugleich angenehm überrascht sah ich dem berühmten Schauspieler entgegen.

„Hallooo“, sagte ich langsam und konnte mir ein breiter werdendes Grinsen nicht verkneifen. „Haben Sie den Zettel unter meiner Tür durchgeschoben?“

„Könnte man so sagen“, erwiderte Ian und schenkte mir dieses unglaubliche Damon-Salvator-Lächeln aus seiner Serie *The Vampire Diaries*.

Ich konnte nicht leugnen, dass ich mich geschmeichelt fühlte und mein Herz einen kleinen Satz machte.

„Kann ich ... etwas für Sie tun? Warum sind Sie hier?“, fragte ich, räusperte mich verlegen und überlegte gleichzeitig, ob es unangebracht wäre, ihn um ein Autogramm zu bitten. Anni fuhr auf seine Serie ab, sie würde mir mit Sicherheit den Kopf abreißen, wenn sie wüsste, dass ich Ian Somerhalder getroffen und ihn nicht um ein Autogramm gebeten hätte.

„Ich glaube, du weißt, warum ich hier bin ...“

Ooookay, wir waren also schon beim Du. Etwas ungewöhnlich, aber wenn er es lieber etwas vertrauter haben wollte ... schön. „Ich kann leider nicht hellsehen. Du musst mir schon sagen, was du willst“, sagte ich und schenkte ihm ein verschmitztes Lächeln, während ich einen Schritt auf ihn zuging.

„Komm schon, Tess, das kannst du besser!“

Wie erstarrt hielt ich mitten in der Bewegung inne und wagte es nicht, mich auch nur einen Millimeter zu bewegen. „Woher kennen Sie meinen Namen?“, fragte ich, und eine dunkle Vorahnung überkam mich.

„Du weißt, woher!“

Diese selbstgefällige Art ... etwas an diesem Typen kam mir seltsam vertraut vor, doch meine Gedanken wirbelten so wild durcheinander, dass ich keinen davon richtig greifen konnte. Eine Angst machte sich in meiner Brust breit und verhinderte, dass ich klar denken konnte. Ich machte ein paar unsichere und vorsichtige Schritte auf den Schauspieler zu und stutzte. „Wer sind Sie?“

Ian lachte. „Verdammt, Tess, du bist echt aus der Übung!“

Kalter Angstschweiß überzog meine Haut, und während ich noch vorsichtig auf den Schauspieler zuging, verwandelte sich der Mann vor meinen Augen in etwas anderes ... in *jemand* anderes.

Ich konnte sehen, wie seine Konturen verwischten und er irgendwie unscharf wurde. Im Bruchteil einer Sekunde stand plötzlich eine vertraute Gestalt vor mir.

Das ging alles so rasend schnell, dass mein Gehirn eine Weile brauchte, um zu realisieren, was ich dort gerade gesehen hatte. Dieser Mann, der eben noch wie der berühmte Schauspieler ausgesehen hatte, hatte seine Gestalt gewechselt. Doch das war nicht das, was mir Angst machte, schließlich war ich eine Furie und stammte aus einer anderen Welt, ich kannte Gestaltwandler. Nein, es war die Person, die plötzlich scharf und deutlich erkennbar vor mir stand, die mir das Blut in den Adern gefrieren ließ.

Das Herz sprang mir fast aus der Brust, so heftig hämmerte es gegen meine Rippen, und während mein Gehirn langsam die Information verarbeitete, die bereits auf meinen Lippen lag, hatten auch meine Augen endlich erkannt, wem ich ins Antlitz sah.

„Skip“, flüsterte ich entgeistert. „Was zur Hölle machst du hier?“

4.

Das konnte nicht wahr sein. Wie hatte er mich gefunden? Erschrocken und überrascht zugleich sah ich den Mann vor mir an. Ich wusste, dass mir die Schrift auf dem Zettel bekannt vorgekommen war, doch hätte ich sie niemals ihm zugeordnet. Zu lange war es her, dass ich neben ihm gesessen und seine Notizen abgeschrieben hatte.

Ich hatte damals alles und jeden in meiner Welt zurückgelassen, auch ihn. Ich hatte Skip ausdrücklich erklärt, dass er es niemals wagen sollte, mir zu folgen. Niemals! Und nun war er hier und bestimmt nicht nur zum Kaffeeklatsch.

„Hallo, Tess. Schön, dich wiederzusehen", sagte er mit einem süffisanten Lächeln, das mich sofort auf die Palme brachte.

„Sch-schön, dich wiederzusehen?"

Verwirrt schüttelte Skip den Kopf. „Nein?!"

„Schön, dich wiederzusehen?", wiederholte ich ungläubig und sah ihn immer noch vollkommen perplex an. „Ist das dein Ernst, Skip?"

„Also, normalerweise begrüßt man so jemanden, den man lange nicht mehr gesehen und den man vermisst hat. Ich weiß ja nicht, wie das hier in der Menschenwelt so funktioniert, aber da, wo ich herkomme, und auch du, wenn ich dich daran erinnern darf, sagt man ‚*schön dich wiederzusehen*‘, Tess.“

Wild schüttelte ich mit dem Kopf.

„Ist es nicht schön oder sagt man hier so etwas nicht?“, fragte Skip, offenbar irritiert darüber, wie er mein Kopfschütteln deuten sollte.

„Was machst du hier? Und warum siehst du aus wie der Schauspieler aus *The Vampire Diaries*?“, fragte ich ihn und wedelte mit meiner Hand in seine Richtung. Inzwischen sah er nämlich wieder aus wie Ian und nicht wie der Skip, den ich kannte, oder besser gesagt wie eine der vielen Versionen von ihm, die ich damals kennengelernt hatte.

Skip war ein Gestaltwandler, auch Skinwalker genannt. Er konnte jede beliebige Gestalt eines jeden Wesens annehmen, ob nun menschlich oder … nun ja, nicht menschlich. Heute Abend war ihm anscheinend nach sexy Serienstar. Dieser Typ wurde auch nie erwachsen.

Wir waren damals enge Freunde. Ich hatte viel Zeit mit ihm verbracht, bis ich … bis diese eine Sache passiert war. Seitdem hatten wir uns nur noch einmal gesehen und das nur, damit ich ihm klarmachen konnte, dass ich von ihm und allen anderen in Ruhe gelassen und niemals aufgesucht werden wollte. Und nun war er hier.

„Was?“, fragte er mich vorwurfsvoll. „Gefällt er dir nicht? Ich dachte, ich mach dir eine Freude. So wie früher.“ Er grinste, wie nur Ian es konnte, und kam langsam auf mich zu.

„Skip, was machst du hier?“, ich verschränkte die Arme vor der Brust und musterte mein Gegenüber. Es war wirklich verwirrend, mit Ian Somerhalder zu sprechen, obwohl sich eine ganz andere Person dahinter verbarg, aber das war ja nichts Neues, wenn man mit Skip redete.

Niemand wusste, wie er wirklich aussah. In den über fünfhundert Jahren, die er nun schon existierte, hatte nie jemand seine wahre Gestalt zu Gesicht bekommen. Nicht einmal ich – und ich war einst seine beste Freundin gewesen.

Skip zeigte seinem Gegenüber immer nur das, was er wollte. Niemals ließ er sich hinter die Maske blicken. Manchmal hatte ich mich gefragt, ob es eine Art Schutzmechanismus war. Ob er sich für seine wahre Gestalt schämte. Oder hatte er inzwischen vergessen, wie er wirklich aussah? Bei all den wechselnden Körpern wäre das nicht ganz unwahrscheinlich.

„Freust du dich etwa nicht, mich zu sehen, Tessi?"

„Nenn mich nicht Tessi!"

„Wieso? Früher hast du das gemocht."

„Was willst du hier?"

Skip kam noch ein Stück auf mich zu und musterte mich mit schiefgelegtem Kopf. „Du siehst nicht gut aus, Tess. Die Schuld frisst dich auf. Hast du immer noch keinen Weg gefunden, um deinen Selbsthass zu kompensieren?"

„Hey", schrie ich nun meinen alten Freund an. „Das geht dich nichts mehr an, verstanden? Was zum Teufel machst du hier? Ich habe dir ausdrücklich gesagt, dass mir niemand folgen soll, auch du nicht!"

Skip hob beschwichtigend die Hände und trat einige Schritte zurück, um Abstand zwischen uns zu bringen.

Mir war klar, wie ich gerade aussah. Wehendes Haar, ausgebreitete Flügel, schwarze Augen. Hallo, Furie!

„Wie wäre es, wenn du dich beruhigst Tess, hm? Ich will nur reden."

„Wie wäre es, wenn du endlich mit der Sprache rausrückst?", zischte ich zurück und versuchte den Sturm in mir zum Erliegen zu bringen.

„Redest immer noch nicht lange um den heißen Brei herum, was? Also schön, wenn du es so willst, unverschleiert und geradewegs heraus ..." Skip machte eine dramaturgische Pause und sah mir dann mit einem ernsten Blick in die Augen. „Wir brauchen dich. Die Black Company braucht dich. Du musst zurückkommen!"

Erschrocken sah ich Skip an und war plötzlich wie gelähmt.

Sie brauchten mich? *Mich?* Nach all dem, was ich getan hatte?

Die Black Company war eine Verteidigungsorganisation, die es sich zur Aufgabe gemacht hatte, die Welt der Menschen zu beschützen. Ja, richtig, die Welt der Menschen. Ann, Skip und ich waren anders ... nicht menschlich eben, und kamen aus einer Parallelwelt, die wir Empyrion nannten. Es war eine Welt, die wie eine Art Schutzfilm um die Welt der Menschen lag und dieser fast eins zu eins glich. Mit einem kleinen, aber feinen Unterschied. Empyrion existierte nur aus einem einzigen Grund: um die Welt der Menschen zu beschützen. Sie bildete die Barriere, den Wall, die Grenze, die verhindern sollte, dass die Dämonen, die Wesen der Finsternis und der Hölle, in die Menschenwelt gelangten.

Denn das Einzige, nach dem sich diese Kreaturen verzehrten, waren menschliche Seelen. Die Reinheit dieser Seelen war für sie so etwas wie eine Delikatesse.

Vor langer Zeit, noch lange vor meiner Geburt, waren die Dämonen in ihre eigene Welt verbannt worden, in die Unterwelt, den Hades. Und seither war es unsere Aufgabe, dafür zu sorgen, dass sie dort auch blieben und nie wieder die Chance hatten, in der Welt der Menschen zu wüten, wie sie es in all den Jahrtausenden zuvor getan hatten. Und nun wollte ausgerechnet die Institution mich zurückhaben, vor der ich damals aus Empyrion geflohen war, um mich hier bei den Menschen niederzulassen.

Ich war noch immer fassungslos. Ich konnte nicht wieder zurück, ich *wollte* nicht wieder zurück. Nie wieder!

„Du willst mich verarschen, oder?!" Es war eine rein rhetorische Frage, denn er konnte es unmöglich ernst meinen. Skip kannte mich gut. Besser als irgendjemand sonst in Empyrion. Wie konnte er auch nur ansatzweise glauben, dass ich wieder dorthin zurückkehren würde?

„Nein, das ist mein Ernst, und das weißt du auch. Ich wäre dir niemals gefolgt, wenn es einen anderen Weg gäbe."

„Was ist passiert?", fragte ich, denn nun machte er mir wirklich Angst. Skip wusste, wie stur ich war und dass ich zu meinem Wort stand. Wenn er also wusste, dass ich niemals mitkommen würde, warum hatte er es trotzdem versucht? Riskiert, diesen ganzen Weg umsonst auf sich zu nehmen und sich meinen Zorn zuzuziehen, der, wie er wusste, unerbittlich sein konnte.

„Du kennst doch die Gesetze. Ich darf hier mit dir nicht darüber reden. Komm mit und ich kläre dich über alles auf, okay? Nur … komm wieder zurück. Wir brauchen dich."

„Nein", ich schüttelte den Kopf und machte eine abweisende Bewegung mit den Händen, um das Wort zu unterstreichen. „Ich kann nicht. Tut mir leid."

„Warum nicht?"

„Weil", ich drehte mich um und blickte hinaus auf die Stadt, hilflos, was ich ihm sagen sollte. „Ich kann … es geht einfach nicht, in Ordnung? Such dir jemand anderen, für was auch immer. Die Black Company hat noch genügend andere Agenten, sie sind nicht auf mich angewiesen."

„Doch, das sind wir. Und wenn du wirklich etwas anderes glaubst, bist du dümmer, als du aussiehst."

Ich atmete einmal tief ein, drehte Skip den Rücken zu und stieß den angehaltenen Atem langsam wieder aus.

„Sie sind durchgebrochen, Tess."

Eine Kälte ergriff langsam von meinem Körper Besitz und fraß sich durch meine Haut und Muskeln, meine Glieder hinauf bis zu meinem Herzen. Von entsetzlicher Angst erfüllt wirbelte ich zu meinem alten Freund herum.

„Was hast du gerade gesagt?"

„Sie sind durchgebrochen … Wir haben sie zurückgedrängt, aber …"

„Sie sind durchgebrochen", wiederholte ich seinen Satz. „So ein verdammter …"

„Verstehst du jetzt, warum ich hier bin?"

Unfähig, etwas zu sagen, nickte ich nur als Antwort. Wie war das möglich? Wann waren die Verteidigungslinien von Empyrion so schwach geworden?

„Wann war das, und eine viel bessere Frage: Wie konnte das passieren?" Ich war wütend. Stinkwütend, um genau zu sein. Ich hatte die neue Verteidigungsstrategie damals mit ausgearbeitet. Sie war wasserdicht, nichts und niemand hätte eine Chance gehabt, sie zu durchbrechen. Was war da schiefgelaufen?

„Wir wissen es nicht genau, aber einige Agenten der Company haben die Vermutung angestellt, dass es ein Leck gibt."

„Das muss ein verdammt großes Leck sein, Skip. Wie sollten die Dämonen es sonst schaffen, hinüber zu gelangen? Erklär mir das! Es wäre ihnen nur möglich, wenn sie Hilfe ..."

„... aus unseren Reihen bekommen? Da hast du dein Leck", kam Skip mir zuvor.

„Verdammte Scheiße!" Hysterisch griff ich mir in meine Haare und krallte so fest hinein, wie ich konnte. Wie hatte das nur geschehen können, wer half ihnen?

Seit Jahrhunderten waren die Empyrianer dazu berufen, die Welt der Menschen vor den Dämonen zu beschützen. Es war unsere Aufgabe, die der Furien, Gestaltwandler, Halbgötter, Werkatzen, Werwölfe und Vampire, die Aufgabe von allen Mischwesen Empyrion und die Welt der Menschen gegen die Dämonen zu verteidigen. Wir, die Empyrianer, Wesen zum einen Teil menschlicher, zum anderen Teil dämonischer Natur, wir waren die Krieger, Beschützer, die Armee von Empyrion. An uns mussten die Dämonen vorbei, wenn sie an die Menschen heranwollten, und um dies zu verhindern, waren wir erschaffen worden. Aus diesem Grund existierten wir. Das Einzige, was uns von den Dämonen unterschied, war unsere menschliche Hülle. Von Wesen zu Wesen veränderte sich diese zwar, sobald wir unsere wahre Gestalt annahmen, aber dennoch sahen wir nach außen hin aus wie die Menschen. Doch was noch viel wichtiger und damit entscheidend war, wir besaßen wie die Menschen eine Seele. Der dämonische Teil verlieh uns unsere Kräfte und Fähigkeiten, aber die Seele bewahrte unsere Menschlichkeit. Wie hatte einer der Unsrigen seine Bestimmung verraten können? Seine Seele, die Menschlichkeit, seine Existenz und das nur, um diesen abscheulichen Kreaturen zu helfen?

„Wie geht es jetzt weiter?", fragte ich vorsichtig, unsicher, ob ich die Antwort wirklich hören wollte.

„Na, was denkst du denn?", erwiderte Skip.

Resigniert schloss ich die Augen und sah mich noch einmal auf dem Dach um. Als ich mich wieder zu Skip umwandte, war er verschwunden.

„Ach, und jetzt verschwindest du einfach? Vielen Dank auch!", rief ich in die Nacht hinaus und spürte, wie der Wind meine Worte in das schwarze Nichts davontrug.

Verdammt, natürlich wusste ich, wie es nun weiterging. Die Black Company würde jeden einzelnen Agenten, der fähig war, zu kämpfen, einberufen. Es würden neue Pläne geschmiedet, Empyrianer und deren Leben auf der Suche nach dem Maulwurf durchleuchtet werden. Jeder, wirklich jeder Agent würde dieser Aufforderung Folge leisten. Niemand wagte es, einen Befehl solcher Dringlichkeit der Black Company zu ignorieren. Um ehrlich zu sein, war ich erstaunt, dass sie mich nicht schon früher aufgesucht hatten. Ganz abgesehen davon, dass ich mich noch für ein ganz anderes Verbrechen würde stellen müssen, sollte ich wirklich wieder zurückgehen, war ich auch noch die ideale Verdächtige. Niemand sonst hatte es bisher gewagt, der Black Company den Rücken zuzukehren und in die Menschenwelt zu fliehen.

Resigniert und erschöpft blies ich die angehaltene Luft aus und ließ meinen Blick wieder über die Dächer New Yorks schweifen.

Wer hätte heute Morgen gedacht, dass der Tag, der eigentlich damit hatte enden sollen, dass ich Ann in ihren schalldichten Raum sperrte und mir dann einen Drink auf der Couch genehmigte, hier enden würde? Ich konnte immer noch nicht glauben, welche Wende die Geschehnisse genommen hatten. Als ich vor nicht einmal zwei Stunden wieder nach Hause geflogen war, war alles ganz normal gewesen, so wie immer.

Ich führte sicher kein perfektes Leben, und es war auch nicht das, was man erfüllt und glücklich nannte, aber es war okay. Für mich war es okay. Ein Leben weit entfernt von meinen Taten und den Wesen, denen ich nie wieder unter die Augen hatte treten können oder wollen.

Es war eine innere Zerrissenheit, der ich mich viel, viel später in meinem Leben hatte stellen wollen. Doch dank Skip und seiner Hiobsbotschaft musste ich mich schon sehr viel früher damit auseinandersetzen.

Vielen Dank dafür!

So sehr ich mich auch gegen den Gedanken wehrte, ich hatte keine Wahl. Ich kannte die Verteidigungsanlagen am besten, ich hatte sie mitentwickelt, und wenn Empyrion nach Hilfe rief, dann ignorierte man das nicht, auch nicht, wenn man getan hatte, was ich getan hatte. Ich würde zurückkehren.

So ein verdammter Mist.

5.

Nach einigen Stunden Trübsal blasen und dem Ausmalen der eintausend schrecklichsten Szenarien, die bei meiner Rückkehr passieren könnten, machte ich mich auf, um in meine Wohnung zurückzukehren.

Da ein Großteil der Nacht bereits vorüber war, öffnete ich die Tür zu Anns Zimmer und ließ sie heraus. Der Drang zu singen verging im Laufe der Nacht immer, und jetzt, da die gefährlichste Zeit vorüber war, brauchte ich jemanden, mit dem ich reden konnte.

Ann und ich hatten damals einen unausgesprochenen Pakt geschlossen, wir redeten nicht über unsere Vergangenheit! Doch leider konnte ich nicht länger schweigen. Meine Vergangenheit klingelte bei mir gerade Sturm. Ich musste mich dem stellen, was in Empyrion passiert war, und das bedeutete, dass nicht nur mein Leben sich ändern würde, wenn ich wegging, sondern auch Anns.

Ich versuchte gar nicht erst, zu verstecken, dass ich aufgewühlt und mehr als beunruhigt war. Da Anni in mir lesen konnte wie in einem Buch, wäre jeder Versuch, ihr etwas zu verheimlichen, sowieso zwecklos gewesen.

Sie kannte mich einfach zu gut.

„Was ist passiert?", waren ihre Begrüßungsworte, nachdem sie ihr „Gesangszimmer" verlassen und sich etwas zu trinken aus dem Kühlschrank geholt hatte. Meistens war sie heiser, wenn eine Nacht wie diese vorbei war. Schließlich sang sie nonstop.

„Es ist ..."

„Wenn du jetzt ‚gut' sagst, schwöre ich dir, gebe ich Britney Spears zum Besten, das ist mein Ernst", kam sie mir sofort zuvor.

Ich schwöre, diese Frau konnte in meinen Kopf gucken.

„Schön! Es ist nicht alles gut, okay? Ich muss zurück." Frustriert raufte ich meine Haare.

„Wohin zurück? Wovon zum Teufel redest du?" Mit gerunzelter Stirn und einem verwirrten Ausdruck im Gesicht sah mich meine beste Freundin an und wartete auf eine Erklärung.

Ich hatte Ann nicmals erzählt, wovor ich geflohen war und wohin ich eigentlich gehörte. Wo ich zu Hause war. Wo auch Ann zu Hause hätte sein müssen. Ich wollte nicht darüber reden und Ann bemerkte schnell, dass sie mich weder drängen noch nötigen konnte, um über das Vergangene zu sprechen. Also ließen wir das Tabuthema links liegen und konzentrierten uns auf die Gegenwart und Zukunft.

„Vielleicht ist es an der Zeit, dir von meiner Vergangenheit zu erzählen", seufzte ich und setzte mich auf unsere große braune Couch.

„Schon vergessen, Tess, wir reden nicht über unsere Vergangenheit!" Empört verschränkte Ann die Arme vor der Brust und sah auf mich herab.

„Ich weiß. Aber um dir zu erklären, wo ich hinmuss, muss ich wohl oder übel mit der Vergangenheit anfangen. Würdest du dich also bitte freundlicherweise setzen?"

„Du machst mir langsam Angst, Tess." Ann musterte mich misstrauisch, als würde ich jeden Moment in die Luft gehen und das halbe Stadtviertel mit mir in den Abgrund reißen.

„Ich mach mir selbst Angst", seufzte ich und klopfte auf das Sofapolster neben mir. „Du bist hier in der Welt der Menschen geboren und aufgewachsen, was bedeutet, dass du deine Herkunft nicht kennst, richtig?", fragte ich und sah Ann, die mich zornig anfunkelte, prüfend an.

„Nur weil du plötzlich über deine Vergangenheit sprechen willst, heißt das noch lange nicht, dass ich über *meine* reden möchte", erwiderte sie prompt, verschränkte eingeschnappt die Arme vor der Brust und sah mich mit hochgezogener Augenbraue an. Mein Gefasel von ‚*der Welt der Menschen*' schien sie überhört zu haben. Denn auch wenn Ann wusste, dass sie anders war als andere *Menschen*, wusste sie doch nicht, wohin sie eigentlich gehörte und dass es noch mehr von ihrer Art gab. Da wir nicht über unsere Vergangenheit redeten, war dies ein Thema, welches nie zur Sprache gekommen war. Zumindest bis zu diesem Tag.

„Meine Gegenwart und meine Vergangenheit hängen irgendwie auch mit deiner Vergangenheit zusammen – oder besser gesagt mit der Vergangenheit, die du eigentlich hättest erleben sollen. Würdest du mir also bitte zuhören und deinen Jähzorn für eine Weile runterschlucken?"

Ann wollte gerade wieder den Mund öffnen, um einen Kommentar zum Besten zu geben, doch ich gebot ihr mit erhobener Hand Einhalt.

„Bitte! Das Ganze ist sowieso schon schwer genug ...", ich schaute meine beste Freundin verzweifelt an, und etwas in meinem Gesicht oder die bedeutungsvolle Schwere meiner Worte mussten sie überzeugt haben, denn zum ersten Mal hielt Ann einfach ihren Mund und hörte zu.

„Du kommst nicht von hier, ebenso wenig wie ich. Im Gegensatz zu mir bist du zwar hier geboren, aber wir ... du und ich ... wir sind anders. Nicht normal ... keine Menschen. Man nennt uns Empyrianer, und so heißt auch die Welt, aus der wir stammen, Empyrion."

Ich hielt inne und musterte Ann argwöhnisch, die immer noch erstaunlich still war. Allerdings sah sie aus, als würde sie die Luft anhalten und jeden Moment platzen, denn ihr Kopf war mittlerweile so rot wie der Lippenstift, den sie aufgetragen hatte.

„Anni?"

Ann antwortete immer noch nicht.

„Bitte sag etwas!"

„Willst du mich verarschen?", platzte es aus ihr heraus, während sie gleichzeitig nach Luft japste. Sie hatte tatsächlich die Luft angehalten, um mich nicht zu unterbrechen. Süß, aber auch beängstigend.

„Wir sind nicht menschlich?! Okay, dass du nicht ganz dicht bist, wusste ich schon lange. Ich hingegen habe einfach eine tolle Stimme und wirke wahnsinnig anziehend auf Männer. Damit bin ich vielleicht überdurchschnittlich sexy, aber gewiss kein …“, Ann fuchtelte suchend mit den Händen in der Luft herum und sah mich fragend an.

„Empyrianer?“, half ich aus.

„Empyrianer“, bestätigte sie. „Ich bin kein Empyrianer. Gott, Tess, du solltest dir selbst mal zuhören. Rede bloß nicht in der Öffentlichkeit darüber, sonst lässt man dich noch einweisen. Willst du auch einen Drink? Ich könnte jetzt etwas Starkes vertragen.“

Der rasante Themenwechsel in Anns Wortschwall verwirrte mich und warf mich vollkommen aus der Bahn. Anscheinend war Anns Sicht doch verschleierter, als ich angenommen hatte. Dabei konnte man doch all die merkwürdigen Dinge, die nur uns passierten, gar nicht ignorieren. Sie hatte mich schon in Aktion gesehen und ich sie, wie konnte sie da nicht an eine andere Welt glauben? Oder daran, dass wir eben keine Menschen waren.

„Du glaubst mir nicht“, stellte ich ernüchtert fest.

„Du willst mich zum Narren halten, das ist ein großer Unterschied, Süße.“ Flötend spazierte Ann in die Küche und mixte sich einen Drink.

Ich kam ihr hinterher und setzte mich auf einen der Barhocker. „Ann, ich halte dich nicht zum Narren. Ich sage die Wahrheit. Ich meine, hallo? Ich bin die Frau mit den schwarzen Flügeln, die dich gerettet und bei sich aufgenommen hat. Ich weiß, wir reden nicht über unsere Vergangenheit, aber hast du dich nie gefragt, warum ich Flügel habe? Wo ich herkomme? Ich lebe seit einhundert Jahren hier … und wie lange lebst du schon? Hm? Du alterst nicht, ebenso wenig wie ich, und da zweifelst du ernsthaft an der Existenz einer anderen Welt?"

„Gute Gene", sagte Ann nur und zuckte mit den Achseln. „Menschen werden heutzutage immer älter. Und unter ihnen gibt es, wie man an dir sehen kann, auch Mutanten. Frag Dr. Xavier, bei den X-Men war doch auch einer, der Flügel hatte ..."

Frustriert ließ ich meinen Kopf auf die Küchentheke sinken. Wie konnte jemand nur so naiv sein? „Ann", knurrte ich.

„Keine Angst, ich glaube nicht an die X-Men und auch nicht an Mutanten, aber irgendetwas Komisches bist du schon. Gibt nur noch keinen Namen dafür", unterbrach Ann mich, während sie mir zuprostete und einen gewaltigen Schluck aus ihrem Glas nahm. „Hui ... der ist stark", sagte sie, verzog das Gesicht und schien kein Stück empfänglich für meine Erklärungsversuche.

„Verdammt, Ann. Ich bin eine Furie, eine Rachegöttin. Ich habe Flügel, mit denen ich fliegen kann, und ich peinige und quäle meine Opfer so lange, bis sie sich ihre Schuld eingestehen. Davon finanziere ich unsere Wohnung. Und du, Ann, bist eine Sirene. Welche Kräfte du besitzt, hast du ja schon auf sehr schmerzhafte Weise herausgefunden." Wütend riss ich ihr den Drink aus der Hand, damit sie mir zuhörte. „Wir beide stammen aus einer anderen Welt. Empyrion ist unser Zuhause ... und ... und ich muss dorthin zurück ...".

Ann starrte mich mit weit aufgerissenen Augen an. Jetzt, da sie ihren Drink nicht mehr in der Hand hielt, hatte ich offenbar ihre ungeteilte Aufmerksamkeit. Gut so. Sie musste mir endlich zuhören. Schließlich betraf das alles auch in gewisser Weise sie.

„Eine Furie also ... dachte eher, du bist meine gut aussehende dunkle Fee oder so etwas.“

„Ann!“ Ich versuchte ihre Aufmerksamkeit wieder auf das Wesentliche zu lenken, um sicherzugehen, dass sie meine letzten Worte verstanden hatte. „Hast du gehört, was ich gesagt habe?!“

„Du musst also zurück?“, fragte sie langsam, nahm ihre Unterlippe zwischen die Finger und knetete sie beim Nachdenken.

„Ja.“

„Nach Empyrion?“

„Ja!“

„Eine Welt, die neben dieser hier existiert?“

„Ann“, knurrte ich ungeduldig.

„Hey, ich versuche das alles zu verstehen. Man bekommt schließlich nicht alle Tage zu hören, dass man mit einer Furie zusammenlebt und aus einem Paralleluniversum stammt, klar? Ich versuche mir das Ganze vorzustellen, und das Einzige, was mich davon abhält, nicht laut loszulachen, ist die Tatsache, dass ich weiß, dass du mich noch nie angelogen hast und immer die Wahrheit sagst. Und außerdem sehe ich ja auch deine Flügel, die unterstützen deine Aussage irgendwie ...“ Ann holte schnaufend Luft und stemmte ihre Hände auf den Küchentresen. „Ich möchte trotzdem einen Beweis“, stellte sie klar und sah mich herausfordernd an.

„Gerade hast du noch meine Ehrlichkeit in den Himmel gelobt und nun willst du einen Beweis?“ Ich lachte ungläubig auf.

„Na ja, Tess. Du musst zugeben, das alles klingt schon etwas verrückt!“

„Du meinst verrückter, als immer an Vollmond singen zu wollen und dabei zuzusehen, wie sich alle Männer im Umkreis von einhundert Kilometern abstechen,
nur um dich als Trophäe zu erhalten?" Ich sah meine
Freundin mit hochgezogener Augenbraue an und
wusste, dass ich damit einen Nerv getroffen hatte. Ich
war nicht fair, die ganzen Todesfälle, die auf ihr Konto
gingen, belasteten sie sehr, dennoch musste sie verstehen, dass sie ebenso wenig in diese Welt gehörte wie
ich.

„Was zur Hölle willst du mir damit sagen, Tess? Oder
willst du mir nur wehtun?!"

Mit einem Ruck stand ich auf und ging auf meine verunsicherte Freundin zu. „Ich würde dir niemals wehtun wollen, Ann, du musst es nur verstehen, okay? Das
mit Empyrion ist wahr. Wir, Wesen wie du und ich, die
anders sind, Fähigkeiten besitzen, nicht ganz menschlich sind, wir kommen aus dieser Welt. Sie ist unser Zuhause."

Ich überlegte, ob ich ihr gleich alles erzählen sollte.
Warum unsere Welt existierte, was der Zweck unseres
Daseins war. Die Dämonen ... aber würde sie das verstehen? Und eine viel wichtigere Frage: Würde sie das aushalten?

Eigentlich hätte ich sofort mit Skip mitgehen müssen.
Aber das, was er mir auf dem Dach über die Dämonen
gesagt hatte, hatte mir solch eine Angst eingejagt. Was
war, wenn sie in der Zwischenzeit einen weiteren Weg
gefunden hatten, um nach Empyrion zu gelangen? Mit
jeder Minute, die verstrich, fühlte ich mich nutzloser.
Ich musste etwas tun. Helfen! Das tun, wofür ich all die
Jahre in der Black Company ausgebildet worden war.

So verzweifelt ich auch versucht hatte, vor meiner Vergangenheit davonzulaufen, ich musste mich ihr stellen. Zum Wohle meiner Welt. Ich konnte meine Leute nicht einfach im Stich lassen, nur weil ich mit meiner Schuld nicht klarkam.

Und ich musste es Ann sagen. Sie musste alles wissen, denn nur so konnte sie ihre eigene Entscheidung treffen.

6.

Ich erzählte Ann alles, wirklich alles, was sie über Empyrion wissen musste.

Nachdem ich geendet hatte, sah ich Ann vorsichtig an und hoffte, dass sie jetzt nicht durchdrehen würde. Immerhin war sie eine Sirene.

Eine erdrückende Stille tat sich zwischen uns auf, und ohne dass ich es gewollt hatte, war da plötzlich etwas zwischen uns, was vorher nie da gewesen war. Eine Distanz, Ablehnung, Furcht. Und das machte mir Angst. Alles, was ich wollte, war ehrlich zu Ann zu sein. Ich wollte sie nicht mit meiner Vergangenheit oder der Wahrheit über ihre Herkunft vertreiben oder von mir stoßen. Wir waren nun schon so lange befreundet, es hätte mich zerstört, sie zu verlieren.

„Ann?", fragte ich daher vorsichtig und berührte sie sanft am Arm, als würde ich versuchen, ein scheues Reh zu beruhigen. Sie zuckte nicht vor mir zurück, was ich als ein gutes Zeichen deutete.

„Ich habe also nur diese tolle Stimme, damit ich irgendwann mein Leben für diese Menschenwelt, in der ich seit jeher lebe, opfern kann", stellte sie nüchtern fest.

Ich musste hart schlucken. Wenn man es so formulierte, klang es nicht mehr so poetisch und bedeutungsvoll wie in den alten Sagen, sondern nur nach einem

Martyrium. Und das hatte tatsächlich nichts mit Poesie zu tun.

„Wie soll ich dir all das glauben, Tess? Ich meine, du musst zugeben, das klingt alles ziemlich ...“

Ich nickte nur traurig und nahm meine Hand von ihrem Arm. „Du wirst es vermutlich erst glauben, wenn du es siehst“, murmelte ich mehr zu mir selbst als zu ihr.

„Und wie?“, fragte sie unsicher.

„Um ehrlich zu sein ... habe ich dir all das nicht ohne Grund erzählt“, sagte ich langsam und ging gar nicht auf ihre Frage ein, „ich hatte ... Besuch, während du in deinem Zimmer das gesamte Konzert von Christina Aguilera heruntergesungen hast.“

„Heute war Pink an der Reihe. Was für ein Besuch?“, fragte sie verdattert.

„Sein Name ist Skip und er war mein bester Freund in ... in Empyrion“, sagte ich zögernd.

„Skip ... aha. Und ist er, also ... so wie wir?“, fragte sie zaudernd.

Ich nickte und konnte mir ein Lächeln nicht verkneifen.

„Was ist?“, fragte sie sofort alarmiert.

„Na ja, er ist ein Gestaltwandler, und als er mich heute aufgesucht hat, kam er als Ian Somerhalder.“ Ich lachte.

„Ist das dein Ernst?“, kreischte Ann, die wohl nicht verstanden hatte, dass es sich nur um ein Abbild und keinesfalls um den echten Serienstar gehandelt hatte.

„OH MEIN GOTT!“

„Ann ... Anni! Es war nach wie vor Skip, okay? Er sah nur aus wie –“

„IAN SOMERHALDER“, schrie sie begeistert und reckte ihre kleinen Fäuste in die Luft. Offenbar war der ernste Teil unserer Unterhaltung vorläufig vergessen. Hätte ich das im Vorfeld gewusst, hätte ich Skip gebeten, ihr alles zu erklären.

Hektisch fächerte sich meine beste Freundin mit ihrer Hand Luft zu und ich kniff mir genervt mit den Fingern in die Nasenwurzel.

„Würdest du dich bitte wieder beruhigen?“, fragte ich mit bemüht geduldiger Stimme.

„Okay“, sagte sie und räusperte sich, um ihre Stimme wieder in den Griff zu bekommen.

Verdammt, ich wusste nicht, dass sie zu der Sorte hysterischer Groupie gehörte.

„Also Skip ... Skip war hier? Und was wollte er?“

Na endlich. Wir waren wieder beim Thema.

„Er möchte, dass ich ... wieder zurück nach Empyrion komme.“ Mit verkniffenem Gesicht sah ich in Anns Richtung und wartete auf den nächsten hysterischen Anfall, doch der kam nicht.

„Hmm. Und wie lange wirst du weg sein?“, fragte sie unsicher und genehmigte sich einen weiteren großen Schluck ihres Drinks, während sie mich über den Rand des Glases hinweg ansah.

„Ich bin nicht sicher, ob ich Empyrion je wieder verlassen kann, wenn ich erst einmal wieder dort bin“, sagte ich zögerlich, und das war es auch, was mir so eine Angst einjagte. Als ich damals von dort geflohen war, hatte ich ein riesiges Chaos hinterlassen. Gefangen in meinem Racherausch wurde mir erst, als ich mit der Hilfe von Ann in der Menschenwelt wieder zu mir fand, klar, dass ich nie wieder in meine Welt zurückkehren konnte. Was ich dort getan hatte würde mich für den Rest meines Lebens verfolgen.

Da ich nie damit gerechnet hätte, je wieder dorthin zurückzukehren, musste ich mich nun wohl oder übel mit diesem Gedanken auseinandersetzen. Nicht nur, dass ich mich dem Gericht des Gremiums stellen musste, um mich für das zu verantworten, was ich getan hatte. Ich musste mich auch meiner Schuld stellen, die ich nun schon so lange Zeit auf meinen Schultern trug. Die innere Zerrissenheit, die mit meiner damaligen Tat einherging, zerfraß mich bis heute. Ich fühlte mich schuldig und es erschreckte mich, zu was ich damals fähig gewesen war. Aber andererseits: hatte ich jemals eine Wahl? Es hatte nur diese eine Möglichkeit gegeben, und wäre ich erneut in derselben Situation würde ich mich wieder so entscheiden.

Es laugte mich aus und machte mich fertig, dass ich mich nicht für ein Gefühl entscheiden konnte. Ich fühlte beides. Schuld und Genugtuung. Keine Reue und doch Scham. Es war, als würden Engel und Teufel mir zuflüstern und als könnte ich einfach nicht entscheiden, welchem von beiden ich lieber meine Aufmerksamkeit schenkte. Es wäre so viel einfacher, wenn man gut oder schlecht wäre. Schwarz oder weiß. Aber ich? Ich saß genau zwischen den Stühlen und gehörte irgendwie in beide, aber auch in keine Kategorie, ich war Mensch *und* Furie.

„Tess? Hallo, Erde an Tess!", riss Ann mich mit ihrer ungeduldigen Stimme aus meinen abschweifenden Gedanken.

„Was?", fragte ich erschrocken und fühlte mich irgendwie ertappt.

„Wow, wo warst du denn gerade?" Mit gerunzelter Stirn musterte Ann mich kritisch.

„Ich? Ähm … nirgendwo" Ich räusperte mich kurz und konzentrierte mich dann wieder voll auf Anni. „Also, was hast du gesagt?!"

„Ich fragte, ob ich mitkommen kann."

„Ist das dein Ernst?" Mit großen Augen starrte ich meine beste Freundin an und konnte kaum glauben, was sie da gerade gesagt hatte. Ein egoistischer Teil in mir freute sich so sehr, dass es fast schon körperlich wehtat. Ich liebte Ann, und es würde mir bedeutend besser gehen, wenn ich nicht allein zurückmüsste. Aber wie schon gesagt, es war selbstsüchtig und alles andere als fair. Mich erwartete dort drüben die höchste Strafe, die es für Empyrianer gab. Auch wenn Skip der Auffassung war, er würde mich zurückholen, damit ich dabei helfen konnte, dieses Dämonenproblem zu beheben, hatte er wohl darüber hinaus vergessen, dass gegen mich immer noch ermittelt wurde. Ich ging zumindest davon aus, dass es so war.

Und was sollte ich tun, wenn ich wirklich sofort festgenommen wurde, sobald ich Empyrion betrat? Was wurde dann aus Ann?

Nein! Sie konnte nicht mitkommen. Es war viel zu gefährlich. Nicht dass man Ann ebenfalls inhaftierte, weil man ihr Beihilfe zur Flucht vorwarf.

Nein, Ann musste definitiv hierbleiben.

„Du kannst nicht mit", stellte ich klar und füllte mir ein großzügiges Glas ein, um es gleich darauf in einem Zug zu leeren.

„Hey", protestierend nahm Anni mir das Glas aus der Hand und sah mich mit einem verletzten Ausdruck auf ihrem Gesicht an. „Warum nicht?"

„Es könnte gefährlich sein. Ich kann dich dort nicht beschützen. Du wärst auf dich allein gestellt und ... es wäre egoistisch. Du könntest belangt werden für etwas, das *ich* getan habe, und das wäre mehr als unfair. Bleib hier. Ich verspreche dir, ich finde jemanden, der dich bei Vollmond einsperrt. Das bekommen wir hin, nur bitte bleib. Die Welt der Menschen ist inzwischen dein Zuhause und du bist hier in Sicherheit."

Wild schüttelte Ann den Kopf. „Ich bin hier nur zu Hause, weil *du* hier bist."

Die geflüsterten Worte meiner Freundin rührten mich zu Tränen. Denn ich empfand ganz genauso. Erst mit Ann an meiner Seite hatte ich hier Fuß fassen und mich auf dieses neue Leben einlassen können. Erst, als ich sie traf, hatte ich langsam wieder zu mir selbst zurückgefunden. Zu meiner menschlichen Seite.

„Ann, Süße. Mir geht es ganz genauso. Ich hab dich so lieb. Du hast mein Leben in vielerlei Hinsicht bereichert. Aber wenn ich so egoistisch wäre und dich mitnähme, nur weil ich Angst habe, mich meiner Vergangenheit zu stellen, und dich obendrein auch noch damit in Gefahr bringe ... das könnte ich mir nie verzeihen."

„Warum denn in Gefahr bringen?", fragte sie verwirrt.

„I-ich ... ich habe etwas getan ... etwas Grausames. Und sobald ich wieder in Empyrion bin, wird man mich dafür zur Rechenschaft ziehen. Ich bin seit einhundert Jahren davor auf der Flucht, und wenn ich nun mit dir dort auftauche, dann könnte es sein, dass sie dich ebenfalls für schuldig halten. Sie könnten denken, du hättest einer gesuchten Verbrecherin geholfen."

„Aber ich weiß ja noch nicht mal, wobei ich dir geholfen haben soll. Was hast du denn getan, Tess?"

Ich schluckte hart und sah in die andere Richtung. Überall hin. Nur nicht in Annis Augen.

„Tess", sagte sie scharf und versuchte meinen Blick aufzufangen.

Doch ich schüttelte nur mit dem Kopf. „Du kannst nicht mitkommen. Es ist zu gefährlich. Bitte akzeptiere das."

„Was hast du getan, Tess?"

Ich antwortete nicht.

„TESS!"

„Ich kann es dir nicht sagen, okay?!"

„Ich dachte, wir sind gerade bei der Wahrheit und reden offen über alles aus unserer Vergangenheit und jetzt machst du wieder dicht?"

„Ich kann und möchte dir nicht alles aus meiner Vergangenheit erzählen, Ann, das würde alles ändern und dazu bin ich nicht bereit. Noch nicht."

„Ich wünschte, du würdest es tun", flüsterte Ann.

Traurig sah ich meine beste Freundin an. „Du würdest mich nie wieder so sehen wie zuvor. Du würdest mich hassen und mich verachten für das, was ich getan habe. Hier, bei dir, konnte ich Frieden finden. Zwing mich bitte nicht, das aufzugeben", hauchte ich.

Unentschlossen blickte Ann mir entgegen. Ich konnte sehen, wie sie darauf brannte, zu erfahren, was damals in Empyrion vorgefallen war. Nicht aus Sensationslust, sondern weil sie besorgt darüber war, wie empfindlich

ich auf dieses Thema reagierte. Dennoch wusste sie, dass sie mich nicht bedrängen durfte und es lieber auf sich beruhen lassen sollte, bis ich von mir aus auf sie zukam.

„Ich werde trotzdem mitkommen", sagte sie mit verschränkten Armen und schob trotzig das Kinn vor.

„Ann", widersprach ich gedehnt und wollte mit einer weiteren Erklärung ansetzen, als sie drohend den Finger hob.

„Es ist kein Zuhause mehr ohne dich, und ich fühle mich nur bei dir sicher. Du kennst meine Macken und weißt, wie ich bei Vollmond ausraste. Du kennst mich wie kein anderer. Und wo du hingehst, da gehe auch ich hin. Und bevor du jetzt wieder damit anfängst, dass es zu gefährlich sei", erhob sie sofort die Stimme, als sie erkannte, dass ich ihr widersprechen wollte, „dann möchte ich mal wissen, warum du mir erzählt hast, dass auch ich aus dieser Welt komme, wenn ich sie nicht kennenlernen darf. Das ist unfair. Es geht hier nicht nur um dich. Ich möchte Empyrion mit eigenen Augen sehen. Also, wann geht es los?"

„Ann ..."

„Na, na", unterbrach sie mich mit erhobenem Finger, und ich kam mir vor wie eine Grundschülerin. „Ich dulde keine Widerrede!""

Tja, Widerstand war wohl zwecklos. Ich seufzte resigniert. Sie würde mich begleiten.

Ein kleiner Teil in mir machte freudige Luftsprünge und konnte sich nicht mehr einkriegen. Meine beste Freundin würde mich begleiten. Ich war nicht allein. Ich hatte sie bei mir.

Doch der andere Teil in mir machte sich wahnsinnige Sorgen. Was war, wenn sie sich nicht einleben konnte und sofort wieder zurückwollte? Was war, wenn ihr etwas passierte oder sie tatsächlich für meine Vergehen mit belangt wurde?

Dann war das meine Schuld. Meine allein!

„Tess“, knurrte Anni ungeduldig. „Wann geht es los?“

Ich seufzte erneut, schüttelte noch mal den Kopf und holte dann langsam Luft. „Jetzt!“

„Was, schon heute Nacht?“ Ann sah mich zugleich erschrocken und verwirrt an.

„Ich habe keine Wahl. Sie brauchen mich. Und ich habe einen Schwur abgelegt, die Welt der Menschen zu beschützen. Nur weil ich eine Zeit lang hier gelebt habe, ist dieser Schwur nicht verwirkt. Im Gegenteil. Ich habe mehr denn je das Bedürfnis, diese Welt zu beschützen. Irgendwann holt einen die Vergangenheit ein. Ich war töricht und dumm, als ich glaubte, ich könnte ihr davonlaufen. Ich habe solche Angst, Ann. Angst, mich meinen Taten zu stellen, Angst, dass sie dich –“

„Hey“, sagte Ann sanft und streichelte mir beruhigend über den Arm. „Mir wird schon nichts passieren. Das verspreche ich. Aber wenn du mich nicht mehr an deiner Seite haben willst, weil ich dich nerve –“

Als ich die Unsicherheit und die Verlegenheit in Anns Stimme hörte, sah ich empört auf. „Gott, nein, Ann. Denk doch bitte so etwas nicht. Du bist mein Ein und Alles. Meine beste Freundin. Der Anker zu einem normalen Leben. Du bist wie ... eine Schwester für mich.“ Bei den letzten Worten versagte meine Stimme und ich musste mich mehrmals räuspern, um sie wiederzufinden. „Glaub mir, ich möchte dich immer an meiner Seite habe. Ich ... mach mir nur Sorgen."

„Die mach ich mir auch um dich. Deswegen möchte ich auch mitkommen. Wir funktionieren einfach beide besser, wenn wir füreinander da sind. Also bitte, lass mich für dich da sein", flüsterte Ann, während sie ihren Kopf auf meine Schulter legte.

„Okay", hauchte ich und legte meinen Kopf auf den ihren.

Ich wusste, es war egoistisch, zuzulassen, dass sie mitkam. Sie hatte hier ein weitaus besseres Leben, als sie dort haben würde. Aber sie war meine Freundin. Es war wahr, was ich zu ihr gesagt hatte. Sie war mein Anker. Sie erinnerte mich daran, dass es mehr gab, als nur den Kampf. Abgesehen davon gehörten wir nicht in die Menschenwelt. Ich war hierhergekommen, um vor meiner Vergangenheit zu fliehen, und gefunden hatte ich ein ganz neues Leben. Aber hier mussten wir uns auch verstecken, konnten nicht sein und ausleben, was wir waren. Wir mussten die Welt denen überlassen, denen sie gehörte, und das waren nun einmal nicht wir. Es war an der Zeit, zu gehen. Es war an der Zeit, sich dem zu stellen, was in Empyrion auf uns wartete. Auf mich wartete Dunkelheit und Finsternis, bei Ann hoffte ich auf ein neues Leben, neue Wege und Möglichkeiten. Ihr sollte der Weg zum Glück nicht verbaut werden, nur weil wir befreundet waren. Sie war unschuldig und voller Hoffnung. Deswegen brauchte ich sie dort, auch wenn ich das niemals vor ihr zugegeben hätte. Sie musste mich an das Licht erinnern, den Frieden, die Hoffnung. Denn was mich in meiner Welt erwartete, war Schuld, für die es keine Vergebung gab. Egal, wie sehr ich sie auch benötigte.

7.

Unsere Sachen waren schneller gepackt als gedacht. Mit jeweils einer Tasche verließen wir unser Heim und machten uns auf den Weg. Ann sah noch einmal traurig zurück, und ich glaubte zu wissen, dass sie die Nostalgie bereits einholte, obwohl wir erst einen Block hinter uns gebracht hatten.

„Du bist mir nichts schuldig, Ann. Ich hoffe, dass du nicht glaubst, deswegen mitkommen zu müssen", versuchte ich sie noch ein letztes Mal von ihrem Vorhaben abzubringen. Erst auf dem Weg in den Central Park war mir in den Sinn gekommen, dass sie sich mir vielleicht verpflichtet fühlte.

„Du hast mir geholfen. Hast verhindert, dass ich all diese Männer umbringe. Meine Schuld ist so groß, dass ich sie niemals in diesem Leben tilgen könnte, Tess", sagte Ann trocken, und ich verflocht meine Hand sofort mit der ihren, um ihr zu zeigen, dass ich das keinesfalls von ihr verlangte.

„Ich komme mit dir, weil ich es möchte", versprach sie und drückte entschlossen meine Hand.

Ich nickte zur Antwort und stieß das Tor zum Central Park auf, in dem ich wenige Stunden zuvor gelandet war.

„Wer soll dir sonst ein beruhigendes Liedchen vorträllern, wenn du mal wieder stinkwütend auf Gott weiß wen bist, hm? Ich habe schließlich noch nie jemanden getroffen, der so cholerisch ist wie du!"

Ich lachte laut auf. „Ähm, hallo? Ich bin eine Rachegöttin!"

Etwas leise vor sich hinmurmelnd, das ich nicht verstand, kam die Sirene auf ihren High Heels hinter mir her gestöckelt. Nicht das beste aller Schuhwerke, vor allem, wenn man unser Vorhaben bedachte, aber Ann war ohne High Heels nun mal nicht Ann.

Ich schritt langsam in den dunklen Park hinein, gemächlich genug, sodass Ann mir tippelnd folgen konnte.

„Also, wie geht es jetzt weiter?", fragte sie.

„Ich ... werde dir meine Welt zeigen", erwiderte ich.

„Den Teil hab ich verstanden, Tess. Aber wie?", Ann sah mich verwirrt an.

„Damit", ich deutete auf den See, der direkt vor unserer Nase lag und die ganze Zeit mein Ziel gewesen war. Der einzige Weg, der uns hinüberführte.

„Also ...", Ann verschränkte die Arme vor der Brust, während sie irritiert den See anstarrte und ihren Worten einen Hauch von Sarkasmus verlieh. „Willst du in diese andere Welt schwimmen oder wie denkst du dir das?"

„So in der Art, ja."

Ann runzelte die Stirn und sah mich verdutzt an. Offenbar glaubte sie nicht, dass ich es ernst meinen könnte.

„Empyrion ist nur durch einige wenige Portale betretbar", erklärte ich. „Das uns am nächsten liegende ist dieses hier. Dieser See des Central Parks. Wir werden jeder drei Tropfen Blut in den See tröpfeln lassen und das Portal wird sich für uns öffnen. Es muss Blut von Mischwesen sein, ansonsten öffnet sich das Tor nicht. Also, Süße, ich hoffe, du hast nichts dagegen, etwas nass zu werden", ich lachte einmal kurz auf und knuffte Ann in die Seite. Ich wusste gar nicht, warum mir überhaupt zum Lachen zumute war, eigentlich gab es dafür keinen Grund. Das, was mich auf der anderen Seite erwartete, war alles andere als lustig. Dennoch konnte ich mir das Grinsen nicht aus dem Gesicht wischen. Vielleicht lag es daran, dass ich nicht allein war, dass Anni bei mir war. Oder es lag daran, dass, auch wenn ein Teil von mir sich davor fürchtete, wieder nach Hause zu kommen, sich ein anderer Teil darauf freute. Schließlich war es mein Zuhause.

Ich ließ meine Tasche auf den Boden fallen und zog einen Dolch aus den schwarzen Lederstiefeln, die zu meiner Kampfmontur gehörten. Dann winkte ich Ann zu mir und bedeutete ihr, die Tasche abzulegen.

„Gibt es noch einen anderen Zugang?", fragte sie mich und wirkte ernsthaft interessiert.

Etwas verwirrt sah ich von dem Schnitt auf, den ich gerade meiner linken Hand zugefügt hatte, und reichte ihr das Messer. „In Frankreich. Einer der Spiegel im Schloss Versailles ist das nächste Tor. Und dann gibt es noch eines in Australien, frag mich aber nicht, wo das ist, ich habe wirklich keine Ahnung."

Ann nickte nur und verzog kurz das Gesicht, als auch sie sich einen Schnitt zufügte.

„Wir könnten also fast von jedem Kontinent aus in unsere Welt reisen? Erstaunlich, wie wenig man davon mitbekommt, wenn man als Normalo aufwächst. Wie kommt es, dass ich nie jemanden von unserer ... Art getroffen habe? Was für Freaks gibt es noch? Außer uns beiden, meine ich."

Ich hatte gerade das Messer wieder zurück in meinem Stiefel gesteckt, als ich Ann mit offenem Mund anstarrte. „Woher die plötzlichen Fragen?"

Wir gingen langsam auf den See zu. Ann starrte angeekelt auf das Blutrinnsal, das sich in der Kuhle ihrer Hand bildete.

„Na ja, jetzt wo ich weiß, dass auch ich aus Empyrion stamme, möchte ich alles darüber wissen. Es ist irgendwie", sie suchte kurz nach dem richtigen Wort, „aufregend."

„Aufregend?", hakte ich nach und sah Ann verblüfft an. Bis vor einer Stunde hatte sie mir nicht einmal geglaubt und jetzt fand sie das Ganze aufregend?

„Ja, aufregend. Ich dachte mein Leben lang, ich wäre ein Freak, eine Ausgestoßene, und nun erfahre ich, dass es noch mehr wie mich gibt. Gibt es doch, oder? Oder sind es immer andere ... Gattungen? Gibt es auf der anderen Seite auch Sirenen?"

„Puh", ich blies einmal die Backen auf und suchte nach den richtigen Worten. „Ja, also, als ich das letzte Mal dort war, gab es noch Sirenen, allerdings ..."

„Was?", unterbrach Ann mich sofort.

Ich ließ drei Tropfen meines Blutes in den See tropfen und überlegte, wie ich es Ann nett beibringen konnte. *Nett*, das war wirklich ein ekliges Wort.

„Es gibt andere Sirenen in Empyrion, aber ..."

„Aber was?", Ann wurde langsam unruhig. Ich bedeutete ihr mit einem Kopfnicken, es mir nach zu tun und die drei Blutstropfen in den See zu träufeln. Dann ging ich zurück, um unsere Taschen zu holen, aber auch um etwas Zeit zu schinden und die nächsten Worte mit Bedacht zu wählen.

„Nun rück endlich raus mit der Sprache, Tess.“

„Na ja, wie soll ich es dir sagen? Die Sirenen in Empyrion sind ... anders als du.“

„Was meinst du? Etwa talentierter?“ Entsetzt riss Ann den Mund auf. „singen sie besser als ich?“

Nur mit Mühe konnte ich mir ein Lachen verkneifen. „Nein, Süße, keiner singt besser als du! Sie sind ... Miststücke!“ Ich zuckte mit den Schultern, weil ich keine bessere Erklärung fand, und ging mit unseren Taschen zurück zum See. So langsam sollte sich das Portal mal öffnen, noch waren wir allein.

Das konnte sich aber jederzeit ändern und ich hatte keine Lust, irgendwelchen Menschen erklären zu müssen, warum ich nachts mit meiner Modelfreundin und mit Taschen bepackt in den See watete.

„Miststücke? Was meinst du damit?“ Ann trat neben mich an den See und stemmte die Hände in die Taille.

„Sie sind zickig, launisch und so arrogant wie Paris Hilton persönlich. Sie sind die schlimmsten aller Kreaturen, zumindest was ihren Charakter angeht. Sie benutzen jedes männliche Wesen zu ihren Gunsten, was auch der Grund ist, warum mich die Hälfte aller weiblichen Empyrianer für einen Racheakt an einer Sirene buchen wollte. Ich war ziemlich überrascht, als ich dich in der Menschenwelt traf, denn du bist, na ja ...“

„Du meinst, weil ich ...“

„Weil du *kein* Miststück bist“ Ich grinste meine beste Freundin an und wurde plötzlich von einem blauen, fluoreszierenden Licht geblendet, das aus dem See emporschien. Erleichtert atmete ich auf. Endlich! Das Portal ließ uns passieren.

Mein Herz begann zu rasen. Ein letztes Mal warf ich einen Blick zurück und sog die Nacht und die Stadt mit all ihren Makeln in mich auf, verabschiedete mich und machte einen Schritt in das leuchtende Blau. Einen Schritt zurück in die Vergangenheit, in eine ungeahnte Zukunft, und die Gegenwart zur Vergangenheit werden lassend.

Wie in Trance folgte Ann mir in das Wasser. Das fantastische Schauspiel, was sich vor uns im See abspielte, schien sie für eine Weile von all ihren Fragen abzulenken. Fasziniert und hypnotisiert folgte sie dem Lichtspiel der blau schimmernden Wellen.

Doch die angenehme Ruhe währte nicht lang. Anscheinend hatte ein magisches Portal doch nicht die Macht, Anns Aufmerksamkeit länger als eine Minute auf sich zu lenken. Was der Grund war, warum ich plötzlich wieder mit Fragen bombardiert wurde.

„Wenn du sagst, du warst überrascht, dass ich kein Miststück bin, weil alle anderen Sirenen in deiner Welt –"

„Unserer Welt", unterbrach ich sie sofort und watete weiter in den See hinein, unsere beiden Taschen über den Schultern.

„Na schön, unserer Welt. Also, wenn du sagst, Sirenen sind grundsätzlich Miststücke, meinst du damit alle?"

„Alle", bestätigte ich und nickte zum Nachdruck noch einmal mit dem Kopf.

„Wirklich alle?"

Mitten in der Bewegung innehaltend drehte ich mich zu ihr um. Wir waren kurz davor, durch das Portal auf die andere Seite zu gelangen, und sie wollte jetzt ausdiskutieren, ob ihre Artgenossinnen falsche Schlampen waren oder nicht – war das ihr Ernst?!

„Ann, bitte lass uns das in Empyrion klären, okay? Ich mache dir sogar ein Angebot. Sobald ich mich bei der Black Company gemeldet habe und falls sie mich wie durch ein Wunder nicht ins Gefängnis werfen, dann verspreche ich dir, werden wir deinen Artgenossinnen einen Besuch abstatten. Dann kannst du jede einzelne Sirene kennenlernen und dir ein eigenes Bild machen, einverstanden? Lass uns nur erst einmal auf die andere Seite gelangen. Ich hab keine Lust, von diesem Portal verschluckt und nie wieder ausgespuckt zu werden."

„Die wollen dich ins Gefängnis werfen?", fragte Ann erschrocken und zugleich neugierig.

„Ann", ich stöhnte genervt auf. „Hast du gehört, was ich gerade über das Portal gesagt habe?"

„Ja, verdammt, kann so etwas wirklich passieren? Ich meine, dass uns das Portal verschluckt? Und warum zum Teufel wollen die dich ins Gefängnis werfen, Tess?" Anns Stimme wurde mit jedem Wort schriller.

Mein gemurmeltes „Ich geb's auf" ging dabei fast unter.

Ann redete noch eine Weile weiter auf mich ein, aber irgendwann fing der See so stark an zu leuchten und zu brodeln, dass es ihr dann doch endgültig die Sprache verschlug. Ich atmete erleichtert auf und versuchte den kurzen Moment der Stille zu genießen. Dann schloss ich meine Augen und tauchte in den See.

Wir wurden von dem funkelnden, leuchtenden Wasser umarmt wie von einem alten Freund, den man längere Zeit nicht mehr gesehen hatte. Und genauso empfand ich es. Das Portal war vor vielen Jahren ein Freund gewesen, den ich sehr häufig aufgesucht hatte. Ich war damals oft in der Menschenwelt im Einsatz gewesen, aber immer, wenn ein Auftrag erledigt war, war ich froh, wieder nach Hause zurückkehren zu können. Dieser See hatte mich jedes Mal in Empfang genommen. Ich verband mit ihm Geborgenheit, Schutz und Heimat – und ich hätte nie gedacht, dass sich das eines Tages ändern würde.

Durch das fluoreszierende Blau versuchte ich Ann zu erkennen, aber das Leuchten und die vielen kleinen Bläschen, die überall um mich herum zur Oberfläche strebten und meine Haut kitzelten, nahmen mir jegliche Sicht.

Das Leuchten um uns herum wurde immer intensiver, und ich hatte Mühe, die Augen aufzuhalten. Ann griff verzweifelt nach meiner Hand, um etwas zu haben, an dem sie sich festhalten konnte. Ich packte ihre Hand und zog sie etwas näher zu mir. Beruhigend strich ich mit meinem Daumen über ihren Handrücken, um ihr zu bedeuten, dass alles in Ordnung war.

Mit Portalen, die nach Empyrion führten, verhielt es sich immer gleich. Man musste das Bewusstsein, welches in der Menschen- oder eben im Hades, der Unterwelt, verankert war, erst einmal verlieren, bevor man zurückkehren konnte. Wir wurden gereinigt von allem, was wir aus der Menschenwelt mitbrachten und mussten erst in Ohnmacht fallen, bevor wir auf der anderen Seite wiedererwachen würden. Es war nicht gerade die schönste Art, zu reisen, aber es gehörte nun mal dazu. Und noch während ich darüber nachdachte, wurde mir auch schon schwarz vor Augen.

8.

Keuchend und hustend kam ich wieder zu mir. Ich war bis auf die Knochen durchnässt, und der zittrigen, hustenden Anni neben mir schien es nicht anders zu gehen. Trotzdem wog der Triumph stärker als die Kälte, die mir langsam in die Glieder kroch. Wir hatten es geschafft. Wir hatten das Portal passiert.

Ich wollte mich gerade zu Ann umdrehen, um mich zu erkundigen, wie es ihr ging, als sie mir eine saftige Ohrfeige verpasste. Mehr vor Schreck als vor Schmerz wich ich erschrocken vor meiner besten Freundin zurück. Das hatte ich nun wirklich nicht kommen sehen.

„Wofür war die denn zum Teufel?", fluchte ich, und das waren noch die nettesten Worte, die mir über die Lippen kamen.

„Warum hast du mir nicht erzählt, wie man dieses Portal passiert?" Wütend blickte Ann mir entgegen. Wie ein zorniger Engel, der gleich zu rauchen anfing, weil er seine unterdrückten, aufbrausenden Gefühle nicht unter Kontrolle hatte. Wäre ich nicht so stinkig wegen der Ohrfeige gewesen, hätte ich ihr durchs Haar gewuschelt und sie als süß bezeichnet, denn genauso sah sie aus, wenn sie wütend war, süß. Allerdings hielt mich ihr grimmiger Gesichtsausdruck davon ab, und ich hatte auch nicht das geringste Bedürfnis, mir eine weitere Ohrfeige einzufangen.

„Also?", keifte sie mir entgegen.

„Was also?", fragte ich genervt, während ich unsere Umgebung musterte.

„Warum hast du mir nicht gesagt, wie wir hier rüber gelangen!"

„Hab ich doch", entgegnete ich. „Ich sagte, wir tauchen ins Wasser ein und gelangen dann hierher, wo liegt dein Problem?"

„WO MEIN PROBLEM LIEGT?", nun schrie Anni mich an, und zwar so laut, dass jeder Bewohner Empyrions mitbekommen haben musste, dass wir hier waren.

„Sei verdammt noch mal leise", zischte ich Ann an und sah mich panisch um.

„Du hast vergessen zu erwähnen, dass ich so lange unter Wasser bleiben muss, bis mir die Luft ausgeht und mir schwarz vor Augen wird", fauchte die Sirene nun deutlich leiser.

Ihre Worte veranlassten mich dazu, meine Aufmerksamkeit kurzweilig auf sie zu lenken. „Ups", kam es mir über die Lippen, ohne dass ich dieses Wort hätte aufhalten können.

„UPS?!"

„Ja, ups. Es tut mir leid", versuchte ich ihr entgegenzukommen und sah mich nach unseren Taschen um. Hoffentlich waren sie mit rübergekommen.

„Es tut dir leid?!"

„Scheiße, Ann, was willst du denn hören? Ich habe eben nicht darüber nachgedacht, dass du noch nie in dieser Welt warst und noch nie ein Portal benutzt hast. Jeder andere, der schon mal zwischen den Welten gereist ist, weiß, dass man nur so in unsere Welt gelangen kann. Egal aus welcher Welt man herüberwechseln möchte."

„Das ist nicht lustig, Tess, ich hab gedacht, ich würde ertrinken und nie wieder aus diesem See auftauchen. Ich hab gedacht, das Portal akzeptiert mich nicht oder so etwas."

Ich machte einen Schritt auf Ann zu und zog sie dann in eine freundschaftliche Umarmung. „Es tut mir wirklich leid, kleine Sirene, ich habe nicht daran gedacht, wie schrecklich es beim ersten Mal für dich sein muss. Vor allem wenn man nicht vorgewarnt wird. Das nächste Mal wird es mit Sicherheit nicht so schlimm, versprochen."

Ich löste mich wieder von ihr und strich ihr beruhigend über die Arme.

Sie lächelte schwach und runzelte dann die Stirn. „Das nächste Mal?"

Ich nickte zur Antwort.

„Oh nein", wild fuchtelte Ann mit ihrem erhobenen Finger vor meiner Nase herum. „Ich werde ganz sicher nicht so schnell wieder durch so ein Portal reisen, steigen, tauchen, wie auch immer. Das kannst du vergessen, Tess."

Lächelnd schüttelte ich den Kopf. „Keine Angst, Ann, in nächster Zeit werden wir bestimmt kein Portal benutzen. Wenn ich überhaupt jemals wieder eines benutzen werde", murmelte ich leise vor mich hin und musterte währenddessen wieder unsere Umgebung.

„Ihr habt euch Zeit gelassen. Ich hätte eher mit euch gerechnet", ertönte plötzlich eine Stimme hinter uns, die Anni und mich erschrocken herumwirbeln ließ.

„Skip", ich fasste mir ans Herz, „musstest du uns so erschrecken?"

„Warum denn so ängstlich, Liebes, hattest du etwa jemand anderen erwartet?"

Anstatt zu antworten, sammelte ich lieber unsere Sachen ein, die ich endlich in einem Gebüsch entdeckt hatte.

„Na kommt schon, Ladies, ihr werdet bereits sehnsüchtig erwartet."

„Erwartet von wem?", fragte Ann und sah von mir zu Skip.

Ich hielt lieber meinen Mund, ich wusste ganz genau, wer uns erwartete und worauf mein bester Freund anspielte.

„Tess, willst du es ihr sagen oder soll ich?", mischte sich dieser nun ein.

„Was sagen?", Anni stellte sich vor mich, sodass ich gezwungen war, die schöne Sirene anzusehen.

Ich blickte an ihr vorbei zu Skip. „Herzlichen Dank auch. Könnten wir das vielleicht später klären und erst einmal zurück in die ... Zivilisation kehren?"

„Meinetwegen." Skip zuckte mit den Schultern. „Ich dachte nur, du möchtest sie vielleicht vorwarnen, bevor sie dich festnehmen."

„Redet er von der Sache, über die du nicht mit mir sprechen willst, Tess? Hast du wirklich so etwas Schlimmes getan, dass du deswegen verhaftet werden könntest?", fragte Ann besorgt und sah mich prüfend an.

„Verdammt, Skip, hör auf mit den Andeutungen und fahr uns in die Stadt", fluchte ich und reagierte gar nicht auf Anns Fragen.

„Wann erzählst du mir endlich, was du getan hast? Ich dachte, du sollst hier einen Job erledigen und ein bisschen Buffy spielen", maulte die Sirene hinter mir und ich rollte genervt mit den Augen. Warum zum Teufel hatte Skip dieses Thema angeschnitten?

„Das wird sie auch", antwortete Skip an meiner statt. „Aber erst einmal wird sie sich für das verantworten müssen, was sie ... verbrochen hat, bevor sie damals in die Menschenwelt geflüchtet ist."

Verbrochen ... ein schönes Wort, dachte ich bei mir, aber eine untertriebene Beschreibung für das, was ich getan hatte.

Ob Cole Black wohl persönlich auftauchen würde, um mich ins Gefängnis zu werfen? Eigentlich ließ er so etwas immer seinen Nummer-Eins-Agenten erledigen. Damals war ich diese Agentin gewesen. Ich habe gehandelt, ohne Fragen zu stellen, und stand sehr hoch in Cole Blacks Anschen. Seine Gunst zu erlangen, war das Schwerste, was man sich vorstellen konnte, denn wenn man nicht durch Präzision, Schnelligkeit oder mit einer hundertprozentigen Erfolgsrate glänzte, existierte man für Black überhaupt nicht. Und trotzdem ... obwohl es so schwer war, in seinem Ansehen zu steigen, strebte doch jeder in Empyrion, der für die Black Company arbeitete, danach, in seinem Rang aufzusteigen.

Jetzt hatte er einen neuen Topagenten. Egal, wer es war, er oder sie würde mich, sobald er mich fand, einer gründlichen Befragung unterziehen, damit das Gremium, das oberste Gericht Empyrions, ein Urteil über mich fällen konnte.

Befragung ... auch wieder ein schönes Wort. Eine nette Umschreibung für das, was folgen würde, sobald wir die Stadt erreicht hatten.

9.

Wir hatten uns mittlerweile in Bewegung gesetzt und folgten Skip zu seinem Wagen. Als er uns die Tür aufhielt, sah mich Anni, die sich inzwischen wieder etwas beruhigt hatte – was nicht bedeutete, dass ich ohne Inquisition davonkommen würde –, verdutzt an. „Ihr habt hier Autos?"

Skip lachte in sich hinein, während ich sie nur verdattert ansah. „Was hast du denn gedacht? Dass wir uns hier nur auf fliegenden Teppichen fortbewegen?"

Ann zuckte mit den Schultern und setzte sich auf die Rückbank der schwarzen Limousine. „Ich dachte, ihr hättet hier mehr von diesen Toren."

„Die sind nur dazu da, um Empyrion zu verlassen oder wieder zu betreten. Ansonsten bewegen wir uns hier mit denselben Verkehrsmitteln fort wie auch die Menschen in ihrer Welt", antwortete Skip für mich.

„Wie langweilig", murrte Ann, und ich nahm neben ihr auf der Rückbank Platz. Skip verstaute unser weniges Gepäck im Kofferraum und setzte sich dann auf den Fahrersitz.

„Also, Ladies, dann wollen wir mal." Mein alter Freund klatschte einmal in die Hände und fuhr los.

Während die Bäume und Wiesen an uns vorbeizogen, klebte Ann förmlich mit der Nase am Fenster. Ich weiß nicht, was sie zu sehen hoffte, vielleicht irgendwelche blauen Affen oder fliegende Kühe, doch sie wurde enttäuscht. Nichts dergleichen bewegte sich zwischen oder über den Wäldern. Tatsächlich lag die Landschaft ziemlich verlassen da.

„Unsere Welt ist nicht so viel anders als die der Menschen, Ann. Der einzige Unterschied ist der, dass *wir* hier leben. Und der Himmel ist hier dunkler. Hier wird es nie so richtig hell, eine Sonne haben wir nicht. Ansonsten ist diese Welt wie ein Spiegelbild der Menschenwelt."

„Wie können die ganzen Pflanzen denn überleben, wenn es hier keine Sonne gibt?"

Ich zuckte mit den Schultern, wie sie es zuvorgetan hatte. „Evolution. Tiere, Pflanzen ... alle Lebewesen sind in der Lage, sich ihrer Umgebung anzupassen. Diejenigen, die es nicht können, sterben. Natürliche Selektion. In unserer Welt blüht alles in der Nacht."

„Wie Jasmin", murmelte Ann, mehr zu sich selbst.

„Wie Jasmin", bestätigte ich und fing Skips Blick im Rückspiegel ein.

Ihre Lieblingsblume war Jasmin.

Ich sah schnell zur Seite, damit Skip oder Anni nicht mitbekamen, wie aufgewühlt ich war. Nicht mehr lange und ich würde die volle Wucht meines Verlustes zu spüren bekommen und die Schuld, die ich seitdem mit mir herumtrug. Vielleicht war es doch keine gute Idee gewesen, wieder hierherzukommen.

Skip schien meine Gedanken zu lesen. „Es wird alles gut gehen, Tess. Du wirst es ihnen erklären und sie werden es verstehen."

„Ich habe kein Verständnis verdient. Vielleicht sollten sie mich bestrafen", flüsterte ich leise.

„Du wurdest bereits bestraft", entgegnete Skip. „Du hast sie …"

„Stopp", unterbrach ich meinen alten Freund. „Ich möchte nicht mehr darüber reden."

Mein rauer Ton und der unterdrückte Zorn, der in meiner Stimme mitschwang, ließ Ann alarmiert zwischen uns hin und her blicken. „Was zum Teufel ist hier eigentlich los?"

„Tess hat –"

„Nichts", sagte ich laut und übertönte damit Skip, der gerade ernsthaft eine Erklärung abgeben wollte.

Ann sollte nicht wissen, was damals vorgefallen war. Warum ich von hier abgehauen war. Sie war das einzige Wesen, das mich so sah, wie ich sein wollte. Skip wusste, was ich getan hatte, und auch wenn er mich nicht verurteilte, wusste ich doch, dass ich in seinen Augen nicht mehr die Furie war, die er kennen und lieben gelernt hatte. Wir waren noch Freunde, ja, aber etwas hatte sich verändert. Die Leichtigkeit zwischen uns war verschwunden. Wir waren nicht mehr dieselben wie damals und alles, was unsere Freundschaft ausgemacht hatte, war vergangen. Es würde nie wieder ein Lachen geben, das von Herzen kam, oder dieses lockere Geplänkel, das ich so geliebt hatte. Keine sorgenfreien Tage, an denen wir einfach nur darüber nachdachten, was wir eines Tages mit dem Rest unseres Lebens anfangen würden.

Ich wusste, ich konnte immer auf ihn zählen, und gerade in Zeiten wie diesen wäre er mir nie von der Seite gewichen. Aber der verrückte Skip und die durchgeknallte Tess, die würde es nie wieder geben. Sie waren mit all den anderen an jenem Tag gestorben.

Trotz der Angst und der Schuld, die schwer auf meinen Schultern lasteten, bekam ich doch Herzklopfen bei dem Anblick meiner Heimatstadt. Es hatte sich fast nichts verändert. Die Wolkenkratzer waren noch höher geworden und die Bauwerke häuften sich. Black York war ein Ebenbild von New York – nur etwas düsterer.

Kolossal, einschüchternd und mächtig ragten die Bauten über uns auf, während wir durch die vollen, hell erleuchteten Straßen fuhren. Es hatte angefangen zu regnen, die Tropfen klatschten gegen die Windschutzscheibe und versuchten wie ein Kugelhagel durch das Glas zu dringen. Weiße Wolken stiegen aus den Deckeln der Kanalisation und überall waren die verschiedensten Wesen unterwegs, um nach einem langen Arbeitstag nach Hause zu gehen oder sich noch auf einen Absacker mit Freunden in einer Bar oder einem Club zu treffen. Mir kam es vor, als hätte ich ein Déjà-vu. Gerade erst heute Abend hatte ich auf den Dächern New Yorks dasselbe Schauspiel beobachtet.

Ich liebte Großstädte bei Nacht. Sie hatten etwas Meditatives, etwas Beruhigendes. An keinem Ort und zu keiner Zeit waren meine Gedanken so klar wie in einer nächtlichen Großstadt. Mit dem Wind im Gesicht, dem Verkehrslärm im Ohr und der Stadt unter mir fühlte ich mich frei. Der Buddhist hatte seinen Tempel, die Christen und Katholiken ihre Kirchen, die Moslems ihre Moscheen und ich? Ich hatte meine Großstadt bei Nacht.

Ich hoffte, ja betete inständig, dass es nicht das letzte Mal war, dass ich meine Heimatstadt gesehen hatte.

Mir war nicht entgangen, dass Skip nicht zu meinem alten oder seinem Apartment fuhr. Nein, wir fuhren direkt zum Hauptquartier der Black Company, und ich wusste, was mich dort erwartete. Es hatte mich sowieso gewundert, dass Cole Black bei meinem Eintreffen in Empyrion nicht mit seiner ganzen Leibgarde auf mich gewartet hatte. Offenbar war er sich sicher, dass ich zu ihm kommen würde.

„Skip?", fragte ich vorsichtig.

Der Gestaltwandler sah stur auf die dunkle Straße, ohne mir zu antworten. Ich konnte den Knochen seines Kiefers malmen sehen, ein Zeichen dafür, dass er angespannt war.

„Skip", zischte ich nun mit mehr Nachdruck und wachsender Unruhe, die Ann wieder auf den Plan rief.

„Was ist los?", fragte sie vorsichtig und sah, wie so viele Male seit unserer Ankunft, zwischen mir und Skip hin und her.

„Verdammt, Tess", fluchte Skip. „Was sollte ich denn machen? Ich habe meine Befehle. Ich habe meinen Dienst nicht quittiert, für mich gelten die gleichen Regeln wie eh und je und an die habe ich mich zu halten. Es tut mir leid, aber ich muss dich direkt bei der Company abliefern."

Ich schnaufte wütend und verschränkte die Arme vor der Brust. Ich würde nicht einmal die Gelegenheit bekommen, meine Wohnung zu betreten, alten Freunden *Hallo* zu sagen oder ein paar Angelegenheiten zu regeln. Ich würde sofort verurteilt werden.

Ich konnte es Skip nicht übelnehmen, dass er mich direkt zu Cole Black brachte. Wir waren Agenten, Soldaten. Wir fragten nicht, wir befolgten Befehle, ohne Wenn und Aber.

Als ich nicht antwortete, sah Skip unsicher zu mir nach hinten. Er hatte es früher schon nicht ausstehen können, wenn ich sauer auf ihn war oder ihn schmoren ließ. Es war seltsam beruhigend, dass manche Dinge sich wohl niemals ändern würden.

„Tess?", fragte er unsicher.

„Sie werden mich nicht begnadigen, Skip. Es würde an ein Wunder grenzen, wenn sie mich nicht sofort hinrichten."

„Hinrichten?", fragte eine schrille Stimme neben mir, doch ich ignorierte Ann.

„Wofür brauchen sie deiner Meinung nach meine Hilfe? Ich bin nur eine kleine Agentin, weder besser noch schlechter als jeder andere von euch. Warum gerade ich?"

„Du warst die Beste, Tess, in deinem Fachgebiet und auch in jedem anderen Bereich. Der Schwerpunkt deiner Aufträge und die dadurch gewonnenen Kenntnisse werden jetzt mehr als je zuvor gebraucht."

„Meine Fachgebiete waren Dämonologie und Grenzüberwachung."

Wieder antwortete er nicht und schaute weiter stur auf die Straße.

„Skip", herrschte ich ihn an und konnte die latente Angst in meiner Brust spüren. Dass ich von Ann nichts mehr hörte, beunruhigte mich ebenfalls, und als ich einen Blick riskierte, starrte mir nur eine vollkommen entgeisterte Sirene mit sperrangelweitem Mundwerk entgegen. Sprachlos. Was für ein seltener Anblick.

Ich rollte mit den Augen und wandte mich wieder Skip zu. „Also?"

„Wie ich schon in New York angedeutet habe … die Angriffe nehmen überhand. Wir haben sie nicht mehr unter Kontrolle. Du warst einhundert Jahre lang draußen, Tess. Hier hat sich einiges verändert. Ich weiß nicht, warum und wieso gerade jetzt, aber unsere Grenzen halten sie kaum noch zurück. Die Dämonen sind stärker geworden. Sie müssen eine neue Quelle der Macht gefunden haben, die ihnen so viel Kraft gibt, dass sie unsere Mauern einreißen wie Pappwände."

Wie betäubt lauschte ich meinem besten Freund. Ja, er hatte mich in der Menschenwelt vorgewarnt und Andeutungen gemacht, wie schlimm es um unsere Welt stand, aber ich hatte ja keine Ahnung, *wie* schlimm. Und ich war mir sicher, dass Skip noch immer nicht mit der ganzen Sprache herausgerückt war. Wenn er recht hatte und die Dämonen wirklich stärker geworden waren und unsere Grenzen angriffen, dann standen uns schlimme Zeiten bevor.

Meine Gedanken überschlugen sich. Wie hatte all das nur passieren können? Und die viel wichtigere Frage lautete: Wie bekamen wir das wieder hin?!

Ich war so damit beschäftigt, nachzudenken, wie wir dieses Problem wieder aus der Welt schaffen konnten, dass ich ganz vergaß zu schauen, wie es Ann eigentlich mit all dem ging, schließlich hatte sie vorher nie etwas mit Empyrianern und Dämonen zu tun gehabt. Sie war gerade erst angekommen in dieser neuen, für sie unbekannten Welt.

Ihre Augen zuckten wild hin und her, sahen immer wieder aus dem Fenster, als hätte sie Angst, dort vielleicht gleich eine ganze Armee von Dämonen zu sehen. Ich strich ihr beruhigend über den Arm und drückte kurz ihre Hand. Dann schweiften meine Gedanken auch schon wieder zurück zu unseren bröckelnden Verteidigungslinien.

Jahrhundertelang hatten die Grenzen gehalten. Nur wenige Dämonen hatten es auf unsere Seite geschafft und noch weniger in die Menschenwelt.

Die Menschen waren schon immer die schwächste Spezies gewesen, auch wenn diese sicher dagegen protestiert hätten. Ihr Hochmut und ihre Blindheit führten dazu, dass sie beinahe ausgestorben wären, deswegen wurden wir erschaffen. Doch jetzt, da unsere Mauern einzustürzen drohten und wir unserer Aufgabe nicht mehr gewachsen waren, stand im Worst-Case-Szenario nicht nur der Untergang der Menschenwelt bevor, sondern auch der unsere. Wenn wir, die wir einzig zu dem Zweck geschaffen worden waren, die Menschen zu beschützen, dieser Aufgabe nicht mehr gerecht wurden, hätten wir nicht länger einen Grund zu existieren. Das Schicksal, Gott, welche höhere Macht uns auch erschaffen haben mochte, diese Macht folgte strikten Regeln. Es ging also auch um unser Überleben, das eines jeden Empyrianers.

„Ich habe in letzter Zeit immer häufiger Dämonenbeschwörungen unter den Menschen registriert. Das erklärt auch die wachsenden Aufträge und die immer grausamer ausfallenden Rachefantasien", flüsterte ich und griff mir mit den Händen in mein Haar, so wie jedes Mal, wenn ich die wachsende Panik in meinem Brustkorb fühlte.

„Was?“ Skip schüttelte verwirrt den Kopf und schielte kurz zu mir nach hinten.

„Damit halte ich mich und Ann über Wasser. Ich nehme Wünsche von Menschen entgegen, die sich an einer anderen Person rächen wollen und –“

„Tess, das ist verboten“, knurrte Skip.

„Ich weiß. Ich bringe ja auch niemanden um, zumindest nicht mehr. Ich versuche es zu vermeiden, aber manchmal … na jedenfalls“, sagte ich etwas lauter, weil Skip schon wieder den Mund aufmachte, um mich zu unterbrechen, „nahm die Zahl meiner Tötungs-Aufträge in letzter Zeit überhand. Die Wünsche und Rachevorstellungen wurden immer grausamer und blutiger, dass ich mich schon länger frage, was da gerade vor sich geht. Offenbar haben einige Dämonen Wege gefunden, in die Menschenwelt vorzudringen. Zwar stehen sie unter Kontrolle derjenigen, die sie beschworen haben, aber sie haben einen Weg gefunden, Kontakt zu den Menschen aufzunehmen.“ Mein Blick glitt aus dem Fenster. „Wie ist das möglich? Wir haben alle Schlupflöcher geschlossen. Nach den letzten Übergriffen wurden alle Schwachstellen in den Grenzen versiegelt.“

Skip blieb erstaunlich ruhig, und als ich fragend in den Spiegel sah, wich er meinem Blick aus. Irgendetwas verschwieg er mir, ich wusste nur noch nicht, was.

Ich spürte, wie die Angst sich langsam immer fester um mein Herz legte und wie eine Faust zudrückte. Wenn die Menschen zu solchen Grausamkeiten fähig waren, mussten Dämonen im Spiel sein, das wusste ich und das wusste Skip. Nur *wie* kamen die Dämonen in die Menschenwelt? Und warum jetzt?

„Woraus ziehen sie ihre neue Macht, was glaubst du?", fragte ich vorsichtig und massierte meine Schläfen.

„Ich habe keine Ahnung. Es macht mir allerdings eine Scheißangst." Die letzten Worte waren leise gemurmelt und wohl nicht für unsere Ohren bestimmt. Dennoch hörte ich sie.

Skip war jemand, der sich nicht so leicht aus der Ruhe bringen ließ. Jemand, der einem Problem cool entgegensah und eine Lösung suchte. Skip hatte keine Angst, niemals. Doch wenn er Angst hatte, dann sollten wir uns alle fürchten.

Ich drehte mich noch mal zu Ann. Für mich und Skip war es schon schrecklich, von den Dämonen und ihrer wachsenden Macht zu wissen, aber ich konnte mir nicht mal im Entferntesten vorstellen, wie es für Ann sein musste. Eigentlich hätte das hier ein großartiges Abenteuer für sie werden sollen. Zum ersten Mal betrat sie die Welt, aus der sie stammte. Hier war sie erschaffen worden. Doch jetzt lag dieser große, dunkle Schatten über dieser neuen Erfahrung. Ein Schatten, dessen Ausmaße nicht mal Skip und ich bestimmen konnten. Ann musste wahnsinnige Angst haben.

„Hey, Süße." Ich griff nach ihrer Hand und tätschelte diese unbeholfen. „Alles okay bei dir?"

Dämliche Frage, Tess.

Doch Ann schüttelte nur den Kopf und hob dann zu meinem Erstaunen gelangweilt die Schultern. „Ich habe bei dem Wort *Dämon* abgeschaltet. Das hier ist sicher ein Traum und ich wache bald wieder auf und werde von dem Duft deiner fantastischen Pancakes geweckt."

„Ja, sicher", erwiderte ich traurig und hoffte, dass es wirklich irgendwann wieder eine Zeit geben würde, in der ich in unserer gemeinsamen Wohnung Pancakes machte.

10.

Der Rest der Fahrt verlief ruhig. Jeder von uns hing seinen eigenen, düsteren Gedanken nach. Ich wusste, dass Ann dabei war, all das hier zu verarbeiten, und Skip überlegte vermutlich krampfhaft, wie wir am besten die Dämonen zurückschlagen konnten. Was mich anging: Ich fragte mich, was in den nächsten Minuten auf mich zukommen würde. Würde Cole Black, der Leiter der Black Company und mein ehemaliger Boss, mich persönlich verhören oder würde er einen seiner Handlanger dafür auserwählen. Würde ich weggesperrt werden oder wollten sie mich foltern, bis ich weder wusste, wer noch wo ich war? Oder, und das war die erschreckendste aller Fragen: Würde ich heute Nacht sterben?

Sie hatten jedes Recht, mich hinzurichten, und eigentlich sollte ich erleichtert sein. Denn egal, für welchen Weg sie sich auch entscheiden würden, ich konnte nur gewinnen. Sollte ich überleben, könnte ich einen Teil meiner Schuld begleichen. Sollte ich sterben, würde ich nicht länger diese erdrückende Last meiner Schuldgefühle ertragen müssen und war ... nun ja, frei.

Skip hielt vor den imposanten Toren des höchsten Gebäudes Empyrions. Dunkel, spiegelnd und kolossal überragte uns die Black Company und verlor sich irgendwo in den Wolken dieser verhangenen Nacht. Ich hatte ganz vergessen, wie groß das Gebäude war. Das Empire State Building konnte sich kaum daran messen.

Skip räusperte sich. „Endstation."

Ich nickte nur und stieg ohne ein weiteres Wort aus.

Ann folgte mir, doch ich schüttelte nur den Kopf. „Bleib bitte bei Skip, er wird sich um dich kümmern, solange ich ... ich befragt werde." Ich musste mich räuspern, denn die letzten Worte fühlten sich wie brennende Kohlen in meinem Mund an.

„A-aber ich ... Nein. Kommt nicht infrage. Wir bleiben zusammen, wir werden uns nicht trennen." Ann verschränkte die Arme vor der Brust und sah mich wie ein trotziges Kind an.

Skip stieg aus und eilte mir zur Hilfe. „Komm schon, Ann, wir fahren ja nicht weit weg. Ich parke den Wagen und dann kommen wir nach. Es ist einfach besser, wenn du nicht mit Tess zusammen gesehen wirst. Na komm schon!"

Ann sah unsicher von mir zu Skip, und auch ich runzelte die Stirn. Wollte er den Wagen wirklich nur umparken oder würde er Ann, sobald sie im Auto saß, mit zu sich nehmen? Wollte er Ann nur beschwichtigen, damit sie sich beruhigte und mich gehen ließ? Ich konnte es einfach nicht einschätzen. Damals hatte ich in ihm gelesen wie in einem Buch. Ich wusste, was er dachte, was er sagen wollte, bevor er es sagte, was er sich wünschte, was er wirklich wollte. Doch jetzt ...

„Ich denke, ihr solltet zu dir fahren und dort auf mich warten", warf ich ein.

„Nein, wir werden mitkommen. Wir sitzen im Raum nebenan."

Ich schüttelte den Kopf. „Skip."

„Sie wird es so oder so irgendwann erfahren, Tess. Außerdem muss Ann registriert werden, so wie jeder andere neue Empyrianer. Sie macht sich strafbar, wenn sie sich nicht bei der Behörde meldet, also ..." Skip griff sich wieder in den Nacken und sah mich dabei unsicher an.

„Aber ... also danach ... ich weiß nicht, wie lange ..."

„Wir werden warten."

Ich nickte nur und konnte fühlen, wie sich mein Herz langsam mit Angst füllte. Er würde es ihr erzählen. Ich konnte es in seinen Augen lesen. Während ich von dem Gremium verhört werden würde, würde er Ann erzählen, was ich getan hatte. Sollte ich diesen Raum lebend verlassen, würde sie mich nie wieder so ansehen wie jetzt.

Ich machte zwei Schritte auf sie zu und blieb dann traurig vor ihr stehen. „Also, wir sehen uns dann ja gleich", sagte ich mit gepresster Stimme und versuchte den Kloß in meinem Hals zu ignorieren.

„Hey", Ann strich mir vorsichtig mit ihrer Hand über die Wange. „Du kannst mir alles sagen, das weißt du doch, oder? Ich werde dich niemals verurteilen. Ich weiß, wir haben unseren Pakt, aber ich bin bereit, diesen zu brechen, damit du dich mir anvertrauen kannst. Lass uns über unsere Vergangenheit reden, Tess!"

Doch ich konnte es nicht. Es war feige und armselig und ich schämte mich unglaublich, aber ich konnte es einfach nicht.

Mit zusammengepressten Lippen schüttelte ich den Kopf. „Skip wird es dir erzählen. Wir sehen uns später." Ich zog sie in eine hilflose und feste Umarmung und klammerte mich mit aller Macht an unsere gemeinsame Vergangenheit.

Ohne ein weiteres Wort ließ ich sie los und ging durch die sich laut polternd öffnenden Tore.

Ich atmete mehrmals hastig ein, in dem verzweifelten Versuch, Luft in meine Lungen zu bekommen, doch mein Körper fühlte sich so eng und zusammengepresst an, als säße ich bereits im Gefängnis.

Was würde mich dort drinnen erwarten?

Die großen Eingangstüren öffneten sich wie von selbst, als hätte man nur auf meine Ankunft gewartet. Und genauso war es vermutlich auch. Ein letzter zittriger Atemzug, die Regentropfen auf meiner Haut, ein letzter Blick zurück zu Ann und Skip, die immer noch wie angewurzelt vor dem Tor standen, dann war ich drin.

Laut und endgültig schlossen sich die Türen hinter mir und ich war allein in der Dunkelheit.

„Hallo?“, rief ich laut in die Stille hinein und hörte mein Echo von den hohen Wänden zurückprallen. „Also, ich bin jetzt da, die Party kann steigen. Tess Hope meldet sich zum Dienst.“

Ich war wirklich stolz auf mich. Meine Stimme klang so fest, wie ich gewollt hatte, obwohl mir innerlich die Knie schlotterten und ich mich am liebsten wie ein Embryo auf diesem glatten, kalten Boden zusammengerollt und nach meiner Mutter gerufen hätte.

Arroganz war schon immer ein gutes Mittel gewesen, um meine Angst zu vertuschen. Hoffentlich war ich in der Lage, diese Fassade bis zu meinem Ende zu wahren. Nichts war jämmerlicher, als weinend und bettelnd zugrunde zu gehen.

„Hey", rief ich noch mal, diesmal zunehmend wütend. Mussten sie mich hier wirklich auf das Unvermeidliche warten lassen?

Ich hörte eine Bewegung, und dann erstrahlte die Eingangshalle plötzlich in gleißendem Licht. Stöhnend hielt ich mir die Hand vor Augen und versuchte mehrmals, die Tränen wegzublinzeln, um durch das gleißende Licht hindurch irgendetwas zu erkennen.

„Verdammt", knurrte ich. „Eine Vorwarnung wäre nett gewesen."

„Tess Hope", hörte ich eine dunkle, verführerische Stimme, die offensichtlich angestrengt versuchte, die Wut auf mich zu unterdrücken.

Das Herz sackte mir in die Hose.

Bitte nicht. Warum gerade er?

Vorsichtig nahm ich meine Hände von den Augen und blinzelte in die Helligkeit.

Es dauerte lange, bis ich mich an das Licht gewöhnt hatte. Viel zu lange.

Als ich meine Umgebung endlich erkennen konnte, stand er bereits direkt vor mir – und ich war wie erschlagen von seinem Anblick.

„Jack Pers", flüsterte ich. „Du führst also die Befragung durch?" Mir stockte der Atem.

Doch Jack reagierte gar nicht auf meine Frage. Mit kalten, dunklen Augen musterte er mich von oben bis unten. Abschätzend und langsam glitt sein Blick über meinen Körper. Als er endlich bei meinem Gesicht angekommen war, entdeckte ich ein kurzes Funkeln in seinen Augen, aber es war verschwunden, bevor ich es hätte benennen können. Es lief mir kalt den Rücken hinunter und ich musste meine ganze Willenskraft aufbringen, um meine Reaktion auf ihn zu verbergen.

„Du hast dich kaum verändert", stellte ich fest und spürte die Sehnsucht, die er damals in mir erweckt hatte. Er sah immer noch so aus wie vor all den Jahren. Groß, stark, muskulös, kräftig, ein Halbgott auf ganzer Linie. Jack Pers oder wie man ihn damals nannte: Perseus. Sohn des Zeus und einer der besten Soldaten, die der Olymp je gesehen hatte.

Seine dunkelblonden Haare waren gekonnt zerzaust, als hätte er das Bett gerade erst verlassen. Sein markantes Gesicht hatte immer noch diesen harten, verbissenen Ausdruck und seine blauen Augen schienen mich mit unverhohlenem Hass zu verbrennen. Kalt und dennoch intensiv bohrte sich sein Blick in meine Augen, und ich hatte das Gefühl, als würde er direkt auf den Grund meiner Seele sehen. Vor ihm konnte ich nichts verbergen.

Mein Blick glitt an ihm hinab. Er trug immer noch diese schwarze Kampfmontur aus Leder, die er immer bei unserem Training getragen hatte. Hinter seinem Rücken befanden sich seine riesigen, wunderschönen Flügel mit den goldenen Federn. Schon damals hatte ich die Augen nie von ihnen lassen können, und musste mich zusammenreißen, sie nicht einfach zu berühren. Vermutlich fühlten sie sich an wie meine schwarzen Flügel – und doch ganz anders.

Ich erinnerte mich nicht, zu welchem Zeitpunkt ich festgestellt hatte, dass ich mich unwiderruflich in ihn verliebt hatte. Vielleicht war es bei unserer ersten Begegnung gewesen, vielleicht auch später. Vielleicht war es auch an dem Tag passiert, als er mir verkündet hatte, dass er einen Bund mit der Tochter des Alphas der Werwölfe aus dem Black Forest eingehen würde. Die Lage zwischen den Werwölfen und dem Olymp war schon immer angespannt gewesen. Die Werwölfe hatten sich immer benachteiligt gefühlt und Zeus hatte keine andere Möglichkeit gesehen, als seinen besten Soldaten, seinen stärksten Sohn mit der Tochter des Alphas zu vermählen, um dieser Farce endlich ein Ende zu bereiten.

Ich hatte mir damals immer wieder einzureden versucht, dass es eine arrangierte Ehe sein würde und Jack sie sicher nicht liebte.

Sie hätten das schönste Paar in Empyrion abgegeben, doch soweit sollte es nicht kommen. Und ich konnte mich nicht einmal darüber freuen, dass es keine Hochzeit gegeben hatte, denn es war meine Schuld, dass sie ausgefallen war.

Ich glaube nicht, dass Jack wusste, was ich damals für ihn empfand, und jetzt würde er es nie erfahren, denn meine Liebe, die ich so tief in mir vergraben hatte, durfte niemals ans Licht kommen. Es hatte wehgetan, zu sehen, dass er seine Hochzeit mit einer anderen plante und weder mich noch meine Gefühle für ihn wahrnahm. Vielleicht hätte er mich eines Tages gesehen. Mich! Als die Frau an seiner Seite. Wenn nicht diese Hochzeit oder das, was nach Bekanntgabe der Vermählung geschah, dazwischengekommen wäre. Doch jetzt ... Nie würde er mich nach dem, was ich getan hatte, lieben können. Nicht, wenn er erfuhr, dass ich es war, die seine Verlobte umgebracht hatte.

Er würde mich hassen, mich für ein Monster halten. Wenn er das nicht schon tat.

Er hatte die Ermittlung bei diesem Mordfall geleitet und ich, seine Partnerin, war damals, nachdem man die Leichen gefunden hatte, ohne ein Wort verschwunden. Man musste kein Agent der Black Company sein, um eins und eins zusammenzuzählen. Morde in Empyrion gehörten, im Gegensatz zu denen in der Menschenwelt, nicht zur Tagesordnung.

Ich wandte meinen Blick von Jack ab und drehte mich zu den geschlossenen Türen hinter mir um. Wie gern hätte ich noch einmal Ann und Skip gesehen. Aus ihrem Anblick hätte ich die nötige Kraft geschöpft, um diese Befragung durchzustehen, dessen Urteil nun feststand.

Hoffentlich hatte Skip meine stumme Nachricht verstanden und brachte Ann entgegen seiner Befehle von hier fort. Sie sollte das nicht mitansehen und vor allem sollte sie niemals erfahren, was ich getan hatte.

„Du kannst nicht fliehen, Furie. Du bist lange genug geflohen." Jack ging um mich herum und stellte sich mir in den Weg. „Ich habe Jahrzehnte nach dir gesucht", flüsterte er mit bebender Stimme. „Ich hatte die Suche fast schon aufgegeben, aber dann wagst du es doch tatsächlich, hier einfach so aufzutauchen."

Ich schluckte und versuchte den Kloß und die Tränen zurückzudrängen. Mitleid würde ich keines erhalten – nicht, dass ich es verdient hätte.

Hätte ich gewusst, dass Jack, mein ehemaliger Partner und der Mann, in den ich mich verliebt hatte, diese Befragung durchführen würde, wäre ich niemals hierhergekommen. Dass ich überhaupt noch auf beiden Beinen stand und nicht längst wie ein psychisches

Wrack zusammengebrochen war, wunderte mich. Um zu verhindern, dass er mich während der Befragung endgültig brach, würde ich das tun, was mich immer gerettet hatte: Ich würde meine Maske aufsetzen und zu dem Biest werden, für das er mich hielt. Vielleicht würde es seiner Seele den nötigen Frieden verschaffen, wenn er mich tötete und endlich seine Rache bekam.

Die Furie in mir konnte seinen Wunsch danach förmlich schmecken. Ich spürte, wie sein Rachedurst mich dazu drängte, mich zu verwandeln. Doch das würde ich nicht tun. Ich würde in meiner menschlichen Gestalt vor das Gremium und vor Cole Black treten.

Ich sah ein letztes Mal in Jacks Augen, aber da war nichts zu sehen als der pure, reine Hass. Von ihm würde ich keine Gnade gewährt bekommen, und vielleicht wollte ich das auch gar nicht, dachte ich traurig, bevor ich meine Maske aufsetzte und alle Gefühle zurückdrängte, die sich an die Oberfläche bahnen wollten.

„Na dann, bringen wir es hinter uns", zischte ich und wandte mich in die Richtung, aus der er gekommen war. „Ich hab nicht die ganze Nacht Zeit."

„Oh, die wirst du dir nehmen", knurrte er hinter mir.

11.

Als ich den großen Saal betrat, war ich wie gebannt von dessen Anblick. In den einhundert Jahren, die ich verschwunden war, hatte sich nicht das Geringste verändert. Es war unglaublich. Alles war so, wie ich es in Erinnerung hatte. Damals waren die Verhöre allerdings in den Kellerverliesen durchgeführt worden und nicht im Ratssaal. Für mich wurde anscheinend eine Ausnahme gemacht.

Ich wandte mich nach links – und da saßen sie. Das Gremium, bestehend aus allen Vertretern der verschiedensten Wesen Empyrions. Die Anführer der Hexen, Vampire, Feen, Gestaltwandler, Götter, Halbgötter, Sirenen, Werkatzen, Werwölfe und natürlich Cole Black, Leiter der Black Company.

Ich musterte den leeren Platz zwischen dem Oberhaupt der Halbgötter und dem der Sirenen. Mein Herz schlug schneller und die Kälte, die ich so lange verdrängt hatte, breitete sich wieder in mir aus und nahm mir sämtliche Lebenskraft. Dieser Platz war einst von der Anführerin meiner Spezies besetzt gewesen, die der Furien. Meine Schwester Megaera gehörte damals mit zum Gremium. Sie, meine Schwester Alecto und ich, Tisiphone, wie man mich früher nannte, wir waren die drei letzten Furien Empyrions. Die drei letzten unserer

Art. Alecto starb vor ungefähr dreihundert Jahren während eines Einsatzes in der Dämonenwelt. Nach ihrem Tod hatte ich mich dafür entschieden, ebenfalls bei der Black Company anzuheuern. Ich wollte nicht, dass ihr Tod umsonst gewesen war, sondern das fortführen, was sie angefangen hatte. Ich wollte an vorderster Front stehen und kämpfen. Für sie, meine große Schwester. Für uns, die Empyrianer, und für die Menschen, die wir seit jeher beschützten.

Megaera hingegen war nie eine große Kämpferin gewesen. Nachdem Alecto als älteste unserer Art den Platz im Gremium als Vertreterin der Furien abgelehnt hatte und ich nach ihrem Tod Agentin bei der Black Company geworden war, wurde meiner kleinen Schwester der Sitz angeboten. Ich war damals so unglaublich stolz auf sie gewesen. Meg. Meine kleine Schwester. Im Gremium.

Und jetzt? Nun stand ich vor jenem Gremium für ein Verbrechen, das ich aufgrund der Person begangen hatte, deren Platz nun leer war. Oh, Meg, wie hatte es nur so weit kommen können?

„Tess Hope. Sie sind des Verbrechens angeklagt, das Werwolfsrudel des Black Forest getötet zu haben. Worauf plädieren Sie?"

Ich sah die Hexe an, die im Namen des Gremiums zu mir gesprochen hatte, und wandte mich dann an Cole Black. „Nicht schuldig. Ich habe kein Verbrechen begangen!" Mit hoch erhobenem Haupt sah ich den Anführern entgegen.

Aufgeregtes Gemurmel machte sich unter ihnen breit und der Werwolf knurrte mich an und fixierte mich, als würde er gleich über den Tisch springen, um mich in der Luft zu zerfetzen.

„Wir haben Beweise, Miss Hope. Plädieren Sie weiterhin auf Ihre Unschuld?", fragte die Hexe ungläubig.

Ich nickte langsam und holte zitternd Luft. Sie würden mich befragen. Jack würde mich befragen. So lange, bis ich meine Tat gestand. Und sie hatten recht, ich war schuldig, aber sie ebenso. Ich hatte kein Verbrechen begangen, ich hatte nur meinem Urinstinkt nachgegeben und diese scheußlichen Monster getötet. Dafür verdiente ich keine Strafe. Für all die Morde, die ich danach in der Menschenwelt begangen hatte, allerdings schon. So war das bei uns Furien, fingen wir einmal an, aus eigener Motivation heraus Rache zu nehmen, konnten wir nur schwer wieder damit aufhören. Das hatte ich während all der Jahre gelernt. Rache führte nicht zu Antworten, alles was man von ihr bekam, war die Frage nach der Intensität des Schmerzes.

„Reden Sie schon! Gestehen Sie, dass Sie dieses Rudel ausgelöscht haben, und erzählen Sie, warum", knurrte Cole Black und nickte mit dem Kopf in Jacks Richtung.

Mit zusammengekniffenen, kalten Augen durchbohrte er mich, doch ich würde nicht unter seiner Macht einknicken. Ich würde stark bleiben. Sollten sie mich doch foltern. Aber dass ich meine Schuld eingestand, darauf konnten sie lange warten.

„Mr. Pers."

„Jawohl, Sir", sagte Jack, trat einen Schritt vor und wartete auf weitere Anweisungen von Cole Black. „Verhören Sie Miss Hope. Und seien Sie so gut und lassen Sie ihre Freunde bei der Befragung anwesend sein." Black wandte seinen Blick wieder in meine Richtung, und ich konnte nur mit Mühe mein Entsetzen herunterschlucken.

„Also, Miss Hope, wir freuen uns auf Ihre Geschichte." Der Leiter der Black Company grinste mich hämisch und arrogant an. Man konnte ihm seine diebische Freude darüber, dass meine Freunde mit ansehen mussten, wie sie mich in die Mangel nahmen, ansehen. Ich konnte seine Rachelust in meinen Adern fühlen.

Doch noch ehe ich Black einen weiteren vernichtenden Blick zuwerfen konnte, packte Jack mich grob am Arm und zog mich aus dem Saal.

„Und, macht es Spaß, der Laufbursche für den Big Boss zu sein?", ätzte ich, sobald Jack und ich allein waren.

Doch Jack packte nur noch fester zu und zog mich weiter die Treppe hinunter, die in das dunkle Verlies führte, in dem seit jeher die Befragungen durchgeführt wurden. Blutige Verhöre und erbarmungslose Folter. Ich konnte mich noch dunkel an die Schreie der Dämonen erinnern. Selbst die dunkelsten Geschöpfe konnten Schmerz nur bis zu einem gewissen Grad ertragen. Für jeden bedeutete die Folter etwas anderes. Schmerz, der einem körperlich zugeführt wurde, oder der seelischer Natur. Für die Dämonen, die sich von dem Schmerz und dem Leid anderer nährten, bedeutete Folter, von Glück und Liebe erfüllt zu sein. Das rief in ihnen Schmerzen hervor.

Ich weiß nicht mehr, wie viele Dämonen ich damals gefoltert habe. Ich weiß nur noch, dass ich danach immer furchtbar erschöpft war. Niemand folterte leichtfertig oder zum Spaß, zumindest nicht die menschliche

Seite in mir. Die Furie genoss es, diese dunklen Kreaturen leiden zu sehen, sie ging in dem Schmerz der Dämonen auf und konnte gar nicht genug davon bekommen. Deswegen wurde meine Art auch immer für die Folter von Dämonen ausgewählt. Niemand folterte so gut wie eine Furie. Es lag uns einfach im Blut, Wesen jeglicher Art leiden zu lassen. Doch sobald ich mich zurückverwandelte, fühlte ich mich ausgelaugt, kaputt, verwundbar. Es zehrte an meinen Kräften und zerstörte mich, wenn ich es zu oft tat.

Und nun war ich wieder hier, nur stand ich diesmal auf der anderen Seite.

Ich konnte an Jacks Wange den Muskel zucken sehen. Immer ein Zeichen dafür, dass er vor Wut außer sich war.

„Ich habe mich immer gefragt, wie man sich wohl fühlt, wenn man seinen Kopf im Arsch von Cole Black hat. Also, Jack, wie ist das so?" Ich sah den Halbgott feixend an und versuchte mit aller Macht, meine Angst vor der kommenden Befragung und der Anwesenheit meiner Freunde zu überspielen, indem ich den Halbgott weiter anstachelte. Der pochenden Ader an Jacks Hals nach zu urteilen, gelang es mir. Denn dieser Mann wurde mit jedem Schritt wütender auf mich.

So sollte es sein. Lieber sollte er mich noch mehr hassen, als zu erkennen, wie nah mir diese ganze Sache hier wirklich ging.

„Vielleicht kannst du mir auch eine Frage beantworten, Tess. Wie fühlt man sich als Mörderin von Unschuldigen? Du hast das Rudel meiner Verlobten getötet. Du hast die Frau getötet, die ich hätte heiraten sollen. Weißt du eigentlich, dass du mit deiner Tat fast einen Krieg ausgelöst hättest? Die Werwölfe dachten, es wäre ein Anschlag gewesen, der von Zeus persönlich in Auftrag gegeben worden war. Und das alles nur, weil deine Eifersucht dich rasend gemacht hat. Ich kann nicht glauben, dass ich jemals etwas für ...", doch Jack brach ab und beendete seinen Satz nicht. Stattdessen zog er mich weiter mit sich.

„Unschuldig?", rief ich sarkastisch und lachte bitter auf. Alles, was ich wieder und immer wieder in meinem Kopf hörte, war dieses eine Wort. Ich konnte spüren, wie es meine Mundhöhle verätzte.

Doch Jack sah mich nur voller Verachtung an. „Oh, jetzt versuchst du, so aus der Sache rauszukommen? Was denn, war es Notwehr, Tess? Musstest du dich gegen ein ganzes Rudel blutrünstiger Werwölfe verteidigen?"

„Du hast ja keine Ahnung", zischte ich und würdigte ihn keines Blickes mehr. Die Wut kochte erneut durch meine Venen und ich konnte spüren, wie meine Augen sich verdunkelten. Meine Flügel schlugen wild, und auch Jack entgingen die Anzeichen einer bestehenden Verwandlung nicht.

„Wage es ja nicht, dich zu verwandeln", knurrte er und packte fester zu.

Ich musste mehrmals tief durchatmen, um mich wieder zu beruhigen und die Furie in mir zu bändigen. Als ich mich einigermaßen wieder unter Kontrolle hatte, waren wir bereits in dem dunklen Verlies angekommen.

Der Raum, in den ich geführt wurde, war kalt. Kalt und düster. Die Wände waren getränkt mit dem Blut und den Geständnissen der Gefangenen. Bald würde ich ebenfalls zu ihnen gehören. Mein Blut und mein Geständnis würden in diese kalten Gemäuer sickern und dort auf ewig verweilen. Es würden noch viele nach mir kommen und mein Geständnis würde von anderen überlagert, aber es würde niemals vergehen. Es würde dort eingebrannt bleiben und vermodern und eins werden mit dem Stein.

Ich pustete meine Wangen auf und ließ die Luft laut entweichen. Das würde eine sehr lange Nacht werden.

„Tess", kreischte eine Stimme, als das Licht in dem dunklen Raum angeschaltet wurde.

„Tess ... was zum Teufel ..." Ann klopfte energisch gegen die Glasscheibe, die eine Seite des Raumes vereinnahmte. Das Gremium würde sich ebenfalls dort hinter einfinden. Eine Folter brauchte Zuschauer, sonst machte sie nur halb so viel Spaß.

„Ann", hauchte ich kraftlos, während ich mit panikerfülltem Blick zu meiner besten Freundin hinübersah.

Verschiedene Emotionen huschten über ihr Gesicht. Verwirrung. Trauer. Angst. Verzweiflung. Wut. Wut darüber, zu sehen, wie ihre beste Freundin behandelt und in diesen Verhörraum geschleift wurde.

Skip, der stumm neben ihr stand, schüttelte kaum merklich den Kopf, als ich ihm einen fragenden Blick zuwarf. Er hatte es ihr nicht erzählt. Sie würde es also doch von mir hören.

„Tess, verdammt. Rede mit mir!" Ann hämmerte mit aller Kraft gegen das verstärkte Glas, doch es passierte nichts. Skip versuchte, sie zurückzuhalten, doch sie wehrte ihn ab und drosch weiter auf das Glas ein. Ihre kleinen Hände waren zu zornigen Fäusten geballt und sie würde nicht aufgeben, bis ich mit ihr geredet hatte. Das wusste ich.

„Darf ich bitte mit ihr reden?", fragte ich Jack und sah ihm flehentlich in die Augen.

„Glaubst du, ich gewähre dir den Abschied, den du mir vorenthalten hast?" Ein boshaftes Grinsen breitete sich auf seinem Gesicht aus. „Nein", hauchte er und schleifte mich weiter in die Mitte des rechteckigen Raumes.

„Es tut mir leid", formte ich lautlos mit den Lippen und sah Ann dabei fest in die Augen. „Ich hab dich lieb!" Ich nickte mit Nachdruck, um ihr zu verstehen zu geben, wie ernst ich diese Worte meinte, und konnte sehen, wie die Tränen in einem stetigen Strom über ihre Wangen liefen.

So hatte das hier nicht ablaufen sollen. Ann hätte weit weg von der Black Company sein und die Welt kennenlernen sollen, in die sie gehörte. *Unsere* Welt, die wunderschön sein konnte. Ohne Befragungen, Folter, Geständnisse und Verurteilungen. Ich wünschte, sie wäre nie mitgekommen.

Vorsichtig nahm Skip Annis Hände von der Scheibe, und sie ließ es zu. Sie sah zu mir und nickte, und da wusste ich, dass sie mich verstand. Ich hatte es vermasselt. Ich hatte sie mit in diese Sache hineingezogen. Hatte zugelassen, dass sie mir folgte. Ich hätte sie zu Hause einschließen sollen. Ich hätte sie von mir stoßen sollen. Doch das alles spielte nun keine Rolle mehr. Ich konnte nur hoffen, dass Skip sich gut um sie kümmern würde, sobald das hier vorbei war. Sie sollte ihre Verwandten kennenlernen und das Leben als Sirene leben, das sie verdient hatte.

Jack Pers zerrte mich weiter und blieb dann in der Mitte des Raumes stehen. Ohne etwas zu sagen, hob er meine Arme über den Kopf und fesselte sie mit den Handschellen, die von der Decke hingen. Eine für jedes Handgelenk.

Als er sich versichert hatte, dass sie hielten, entfernte er sich ein paar Schritte von mir und musterte mich von oben bis unten. Kurz glaubte ich, Verlangen über seine versteinerten Gesichtszüge flackern zu sehen, aber vielleicht bildete ich mir das auch nur ein. Alles, was blieb, war ein kalter, abschätzender Ausdruck, hinter dem seine Gedanken daran arbeiteten, die effektivste Methode zu ermitteln, mit der er mich zum Reden bringen würde.

Ich schloss die Augen und versuchte mich mental auf den Schmerz vorzubereiten. Denn es würde schmerzhaft werden. Mein Wesen zehrte von den Rachegelüsten anderer und der ganze Raum roch danach. Sie wurden in Wellen von Jack ausgestrahlt und fegten über mich hinweg wie ein Hurrikan. Sie rasten durch mich hindurch und weckten den tief in mir vergrabenen Urinstinkt.

Oh ja ... Jack Pers würde mir wehtun. Seine Rache würde das Letzte sein, was ich in dieser Welt erleben würde, und sie würde unerbittlich werden, dessen war ich gewiss.

12.

Ich sah in den Zuschauerraum und verfolgte, wie sich die Plätze mit den Mitgliedern des Gremiums füllten. Zum Glück hatte Skip in der Zwischenzeit Ann etwas beruhigt, sodass sie nicht mehr hysterisch gegen die Scheibe schlug. Dennoch war sie immer noch aufgebracht und sah mich verwirrt und ängstlich an.

Als jeder seinen Platz eingenommen hatte und Mr. Black Jack mit einem Nicken bedeutete, loszulegen, atmete ich einmal tief ein und aus. Dann mal los.

„Tess Hope, Sie werden des Mordes an dem Rudel des Black Forest beschuldigt, ist das korrekt?" Jack fixierte mich mit einem kalten Blick, und ohne zu meiner besten Freundin geschaut zu haben, wusste ich, dass Ann erschrocken nach Luft geschnappt und die Hände über den Mund zusammengeschlagen hatte.

„Heute so förmlich, Jack? Das kannst du doch besser." Ich grinste meinen ehemaligen Partner feixend an und wusste, dass ich seine Wut so nur noch mehr anstachelte. Ich wollte die Befragung so schnell wie möglich hinter mich bringen. Wenn ich dafür ein Miststück sein musste, gut.

„Am Tatort wurden einunddreißig tote Werwölfe aufgefunden. Sie haben sich gegenseitig zerfleischt, bis das Leben aus ihnen gewichen ist. Wie nehmen Sie hierzu Stellung?"

„Du siehst immer noch so heiß aus wie früher, weißt du das?" Ich lächelte ihn lasziv an und hätte mich am liebsten übergeben. Ich war angewidert und entsetzt von mir selbst, davon dass mir das überzeugende Spielen dieser Rolle so leichtfiel, dennoch wusste ich, ich war auf dem richtigen Weg. Ich konnte es an der leichten Röte in Jacks Gesicht erkennen, die sicher nicht daher rührte, dass er peinlich berührt war. Ich sah es an der pochenden Ader an seinem Hals. Ich sah es an seinen weiß hervortretenden Fingerknöcheln, als er seine Hände zur Faust formte. Sein malmender Unterkiefer und seine sich ausbreitenden wunderschönen Flügel sprachen Bände. Ich konnte nur hoffen, dass er es zu Ende brachte, bevor er mein Spiel durchschaute.

„Hast du oder hast du nicht diese Werwölfe getötet", Jack war einen großen Schritt nähergekommen, sein Gesicht wutverzerrt, und deutete mit dem Finger auf mich. Ich konnte seine Wut förmlich schmecken, und wem machte ich hier etwas vor? Natürlich hatte ich sie umgebracht und Jack würde heute mit aller Macht versuchen, seine Vermutung zu untermauern, indem er mir ein Geständnis entlockte. Empyrion, aber vor allem Jack Pers, brauchte einen Schuldigen, und ich war die Einzige, die dafür infrage kam.

„Tess", schrie Jack mich an und machte einen bedrohlichen Schritt auf mich zu.

Ich beugte mich leicht nach vorn und hängte mein ganzes Gewicht in die Fesseln, als ich ihm mit leiser Stimme, damit nur er mich hören konnte, zuflüsterte: „Damals, als wir zusammen trainiert haben, habe ich mich immer mit Absicht gegen deinen harten Körper gedrängt und stand drauf, wenn du mich besiegt und zu Boden geworfen hast."

Jack wich mit verwirrter Miene einen Schritt zurück. Ich konnte Erkenntnis über sein Gesicht huschen sehen, dann wieder Verwirrung. Irgendetwas an seiner Reaktion auf meine Worte kam mir komisch vor. Eigentlich hatte ich geplant, ihn damit so richtig auf die Palme zu bringen, doch stattdessen wich er nur weiter vor mir zurück.

Sein Blick bohrte sich prüfend in den meinen, und für einen Moment konnte ich die arrogante, laszive Fassade, die ich an den Tag legte, nicht aufrechterhalten. Jack blickte direkt durch die Maskerade hindurch und sah meine dunkle, zerfressene Seele, die sich zusammengerollt hatte und nur darauf wartete, endlich zu sterben.

Cole Black unterbrach unseren intimen Blickwechsel, indem er Jack dazu aufforderte, zu wiederholen, was ich gerade gesagt hatte. Ich konnte an seiner Stimme erkennen, wie ungeduldig er war. Er wollte das hier so schnell wie möglich hinter sich bringen.

Tja, tut mir leid, Chef. Auch ich hätte heute Nacht etwas Besseres vorgehabt, aber leider waren wir nun alle hier.

„Hast du das Rudel getötet?" Jack war wieder einen Schritt auf mich zugetreten.

Ich wagte noch einen Blick in Anns Richtung, die mich mit großen fragenden Augen ansah. Sie formte mit den Lippen Worte, doch bevor ich sie ablesen konnte, durchfuhr mich ein stechender Schmerz. Direkt dort, wo mein Herz schlug, fühlte ich einen glühenden Dolch, der sich langsam durch die Haut und das Muskelgewebe bohrte.

Ich schaute auf meine Brust hinab, doch was ich sah, war keine silberne Klinge, die in meinen Körper stach, sondern ein gleißend helles Licht.

Als ich aufblickte und in Jacks Richtung sah, war ich wie gebannt von seinem Anblick. Er hatte die goldenen Flügel weit ausgebreitet, sodass sie von der einen Seite des Raumes bis zur anderen reichten. Seine Hände, die er rechts und links an seiner Seite zu Fäusten geballt hatte, leuchteten weiß auf, ebenso wie seine Augen, die sich komplett weiß verfärbt hatten. Ich war so vertieft in diesen zugleich erschreckenden und wunderschönen Anblick, dass ich darüber hinaus die Schmerzen fast vergessen hätte.

Wie gesagt, fast.

„Verflucht", zischte ich und biss die Zähne zusammen.

Ich wusste, was Jack tat. Zwar hatte er immer seine zwei Kurzschwerter dabei, aber wirklich brauchen tat er sie nicht. Dank seiner Macht konnte er seine Opfer malträtieren, bis sie sich wünschten, er würde ihnen mit seinem Schwert den Kopf abschlagen.

Mir erging es nicht anders. Der helle Lichtstrahl, der sich langsam in mein Herz bohrte, bestand zwar aus keiner festen Materie, zerschnitt mein Fleisch aber wie ein Laser.

„Hör auf, verdammt", schrie ich und konnte nur mit Mühe die Tränen zurückhalten.

Das Leuchten ließ nach und Jack kam wieder ein paar Schritte näher. Sobald der Schmerz verklungen war und ich wieder einigermaßen klar denken konnte, fragte er mich erneut.

„Warum hast du sie umgebracht?" Jack stand jetzt direkt vor mir und hob mit seinem Zeigefinger mein Kinn an. Zornige blaue Augen sahen mir entgegen und bohrten sich in meine.

Mein Blick glitt hinab zu seinen vollen, wohlgeformten Lippen und ich verzog die meinen augenblicklich zu einem lüsternen Lächeln. „Weißt du, wie oft ich damals daran gedacht habe, wie es wohl wäre, dich zu küssen? Meine Lippen auf deine zu pressen und zu sehen, was passiert?"

Jacks Augen glitten hinab zu meinen Lippen, und ich konnte sehen, wie es in seinem Kopf arbeitete. Meine Vorstellung hatte sich unwiderruflich in sein Gehirn gebrannt und dort würde sie auf alle Ewigkeit bleiben.

Ich lächelte ihn noch einmal an und kam nicht umhin, zu glauben, Verlangen in seinem Blick zu sehen. Doch noch ehe ich weiter darüber nachdenken konnte, packte er mich plötzlich am Hals und drückte langsam zu.

Ich rang rasselnd nach Atem und versuchte mich aus seinem Griff zu lösen, aber er drückte nur noch stärker zu. Ich zerrte verzweifelt an meinen Fesseln, versuchte mich zu befreien, schlug wild mit meinen Flügeln, doch nichts geschah. Meine Peitschen, die ich sonst wie Armreifen um die Handgelenke trug, hatten sie mir abgenommen. Ich hatte nichts. Nichts, womit ich mich wehren konnte. Meine Macht war aufgrund der speziellen Fesseln, die sie mir angelegt hatten, nutzlos. Ein teuflisch gutes Sicherheitssystem, das ich damals mitentwickelt hatte, nachdem einige der Verhöre nicht so verlaufen waren wie geplant. Es kam vor, dass von dem Foltermeister nach dem Verhör eines Dämons nichts weiter übrigblieb als ein Häufchen Asche. Deswegen hatten wir uns schleunigst überlegen müssen, wie man ihre Macht in diesen Gemäuern unterbinden konnte.

Doch die Erfindung der Fesseln, die wir damals als Triumph gefeiert hatten, wurde mir nun zum Verhängnis. Ich konnte fühlen, wie die letzte Luft aus meiner Lunge wich, und sah ein schwarzes Flackern vor meinen Augen. Immerhin würde es gleich vorbei sein.

„Es tut mir leid", röchelte ich noch undeutlich und empfing die Dunkelheit mit offenen Armen, als der Druck plötzlich nachließ.

„Was hast du gerade gesagt?", keuchte Jack und wich mehrere Schritte zurück.

Doch ich antwortete nicht. Ich war damit beschäftigt, gierig Luft in meine Lungen zu saugen und so viel Sauerstoff aufzunehmen, wie es mir möglich war. Ich spürte ein Brennen in der Kehle und ahnte, dass ein dunkler Abdruck seiner Hand auf meinem Hals prangen musste.

Doch die Blessur war nur von kurzer Dauer. Ich spürte bereits, wie meine Selbstheilungskräfte ihre Arbeit aufnahmen und der Schmerz langsam nachließ. Das Brennen wich einem dumpfen Pochen, und mit ihm würde auch der blaue Fleck in kürzester Zeit verheilen und verblassen.

„Ich will wissen, was du gesagt hast", zischte Jack und kam einen bedrohlichen Schritt auf mich zu.

„Fick dich", spuckte ich ihm entgegen und warf einen schnellen Blick zu Ann, die mich mit weit aufgerissenen Augen anstarrte.

Ich wollte mich gerade wieder abwenden, als ein Schlag meinen Kopf mit solcher Wucht zur Seite warf, dass mir sofort Tränen in die Augen schossen.

Jack Pers hatte mir ins Gesicht geschlagen. Ich konnte spüren, wie mein Auge anschwoll.

Ein lauter Aufschrei war dumpf hinter der Glasscheibe zu hören, und ohne hinzusehen, wusste ich, dass es Ann war.

Warum brachte Skip sie nicht einfach raus? Warum ließ er zu, dass sie sich das alles mit ansah? War er zu einem willenlosen Soldaten geworden, der blind Befehlen folgte, oder war er einfach nicht Manns genug, dem Gremium die Stirn zu bieten?

Die anderen Gremium-Mitglieder waren so auf meine Befragung konzentriert, sie würden es gar nicht mitkriegen, wenn er sie einfach hinausschmuggeln würde.

Doch das war eine Wunschvorstellung. Tief in meinem Inneren wusste ich das. Ich machte mir etwas vor.

Sie würden Ann zusehen lassen, bis ich redete. Selbst wenn meine Freundin mitansehen musste, wie ich starb.

Ich konnte nur hoffen, dass sie immer noch so *zivilisiert* wie früher waren und nicht auf die Idee kamen, eine Unschuldige, also Ann, zu foltern, nur um mich zum Reden zu bringen.

Was würde es ihnen auch nützen? Was geschehen war, war geschehen, alles, was sie von mir noch brauchten, war ein Geständnis, um mich zu verurteilen. Doch durch meine Worte würde sich nichts ändern. Die Mitglieder des Rudels waren tot, ebenso wie meine Schwester. Kein Geständnis dieser Welt würde sie wieder zurückholen.

Also, warum sagte ich es nicht einfach?

Ich würde ohnehin sterben.

Jack holte erneut aus, doch kurz bevor er zuschlug, wandte ich meinen Kopf in seine Richtung und sah ihm in die Augen.

„Jeder von ihnen hatte es verdient!"

Die Wucht des Schlags war zerschmetternd. Ich konnte nichts mehr sehen und in meinen Ohren klingelte es so laut, dass ich nichts anderes hören konnte. Ich spürte etwas Warmes mein Gesicht herunterlaufen.

Das Dröhnen in meinem Kopf machte es mir unmöglich, mein Gegenüber auszumachen. Ich unterdrückte einen Schmerzensschrei, als der nächste Schlag mich in die Magengegend traf.

Hustend und würgend versuchte ich, meinen Mageninhalt zu erbrechen, doch es kam nichts. Ich hatte seit Stunden nichts mehr gegessen.

Ich konnte spüren, wie mein Gesicht langsam zu heilen begann, als auch schon der nächste Schlag kam. Und noch einer.

So ging es weiter. So lange, bis ich nicht mehr konnte. Halbgötter besaßen unglaublich viel Kraft. Ihr direkter Kontakt zum Olymp verstärkte sie noch. Als Jacks Hände und Augen weiß aufleuchteten und begannen, rötlich zu schimmern, wusste ich, dass er die Macht seines Vaters anzapfte. Das würde wehtun. Bisher hatte er mir *nur* mit seiner eigenen Kraft Schmerzen zugefügt.

Doch mit der Macht des Zeus würde sich jeder Faustschlag anfühlen wie ein Panzer, der seine Ladung auf mich abschoss. Meine Selbstheilungskräfte würden mich niemals schnell genug regenerieren, bis der nächste Schlag kam.

Ich würde sterben.

Er würde mich zu Tode prügeln.

Und ich würde niemals die Gelegenheit bekommen, Ann zu erklären, was ich getan hatte. Warum ich es getan hatte.

Das Gremium würde es ihr erzählen. *Ihre* Version der Geschichte.

Und Anni, die nie eine andere Variante gehört hatte, nie meine Geschichte gehört hatte, würde ihnen glauben. Sie würde mich als bösartiges, grausames Monster in Erinnerung behalten.

Und vielleicht war ich das. Ein grausames, bösartiges Monster. Aber ich hatte an jenem Tag allen Grund dazu gehabt. Ich bereute es nicht. Dennoch wusste ich, dass es falsch war. Und das sollte auch Anni wissen. Und zwar von mir!

Ich sah auf und schaute Jack in die Augen, doch bevor ich noch etwas sagen konnte, holte er aus und traf mich mitten ins Gesicht.

Die Ketten an der Decke rissen und ich flog einmal quer durch den Raum. Krachend wurde ich gegen die hintere Wand geschleudert und sackte dort zu Boden.

Ich konnte mich nicht mehr rühren.

Ich konnte nicht einmal wimmern!

Jeder einzelne Knochen in meinem Körper war gebrochen. Die letzte Energie, die mir noch geblieben war, nutzte mein Körper, um mich zu heilen, doch das ging nicht schnell genug.

Eine Hand ... Jacks Hand, packte mich an meiner Jacke und schleifte mich zurück. Er entfernte sich zwei Schritte von mir und wartete einen Moment, dann kam er zurück.

Mit letzter Kraft hob ich die Hand und flüsterte: „Stopp!"

13.

Ein Teil meines Körpers hatte sich bereits wieder regeneriert. Ich versuchte, vorsichtig aufzustehen, sackte jedoch sofort wieder zusammen.

„Rede!", schrie Jack mir entgegen, und ich zuckte erschrocken zusammen. Er hatte mich zurück in die Mitte des Raumes geschleift und fesselte meine Hände mit einem weiteren, ebenfalls von der Decke hängenden Paar Handschellen, ohne auf meine Schmerzensschreie zu achten.

Ich sah den Boden unter mir immer noch verschwommen. Vermutlich hatte mein Kopf doch mehr abbekommen, als ich dachte.

Doch dann bildete sich plötzlich ein winzig kleiner, dunkler Fleck vor meinen Füßen. Ich blinzelte und zwei weitere dunkle Flecken folgten.

War das Blut?

Doch noch während ich mich das fragte, verblasste der erste Fleck wieder und der Boden nahm wieder die Farbe des Betons an.

Ich blutete nicht. Ich weinte.

„Verdammt, rede endlich, Tess!"

Ein weiterer Schlag traf mich in den Magen, aber ich spürte den Schmerz fast gar nicht mehr.

Ich schluckte und hob langsam den Kopf. Ich hätte alles gegeben, um jetzt nicht weinen zu müssen. Doch die Tränen hörten nicht auf zu fließen.

„Ich hab's getan", flüsterte ich.

Jack musste einen Schritt näher kommen, um mich zu verstehen.

„Ich hab's getan", wiederholte ich. Dieses Mal mit festerer Stimme. „Ich habe das Werwolfsrudel des Black Forest umgebracht." Hocherhobenen Hauptes und mit festem Blick schaute ich in Jack Pers' Gesicht.

Hinter der Glasscheibe konnte ich erstauntes Murmeln vernehmen. Ann schnappte erschrocken nach Luft und Skip bedeutete mir mit einem Nicken, dass es okay war. Ich sollte ihnen alles erzählen.

Es tat gut, zu wissen, dass er auch nach all den Jahren seine Meinung nicht geändert hatte und zu mir stand.

„Du gibst es zu. Du hast es wirklich getan."

Es war mehr eine Feststellung, denn eine Frage. Ich konnte die Verblüffung in Jacks Gesicht erkennen. Er hatte es zwar die ganze Zeit vermutet, schließlich hatte er mich gejagt. Dennoch schien es ihn zu erschüttern, mein Geständnis nach all der Zeit zu hören.

Ich hatte es getan. Ich hatte es gestanden.

Und jetzt ... jetzt würden sie mich verurteilen.

Und es gab nur ein mögliches Urteil, das sie fällen konnten.

Cole Black betrat den Raum. Ich hatte mich immer gefragt, was ihn davon abgehalten hatte, die Verhöre selbst durchzuführen. Er liebte die Grausamkeiten, das wusste jeder, und für diesen Mann zu arbeiten, war sicherlich keine Tatsache, mit der man sich rühmen konnte. Dennoch schaffte er es, die vielen verschiedenen Empyrianer unter sich zu vereinen. Auch wenn ich keine Ahnung hatte, wie er dies tat. Wahrscheinlich hatte der gute Cole nur Angst, sich die Finger schmutzig zu machen, deswegen ließ er seine Topagenten die Drecksarbeit erledigen. Oder er war einfach nicht dazu fähig, Dämonen zum Reden zu bringen. Niemand wusste, welcher Gattung Cole Black angehörte.

Er war weder Vampir noch Werwolf, sonst hätte man ihn längst mal dabei ertappt, wie er ein Beutel Blut schlürfte oder des Nachts den Mond anheulte. Er war kein Gott oder Halbgott und auch kein Magier.

Ich für meinen Teil vermutete, er war ein Gestaltwandler, aber auch da war ich mir nicht sicher. Es war eines der vielen Geheimnisse, die diesen Mann umgaben.

Mit seiner hochgewachsenen Gestalt und den breiten Schultern trug er eine einschüchternde Präsenz zutage. Graumelierte Haare, maßgeschneiderter Nadelstreifenanzug, dunkle, stechende Augen. Ein Mann, der so eine angsteinflößende Aura besaß, dass die meisten vor ihm erzitterten. Die Tatsache, dass niemand wusste, worin seine Stärken und Kräfte lagen, machte ihn noch furchteinflößender. Er war wie eine tickende Zeitbombe, von der man nie wusste, wann sie hochging und wie groß oder zerstörerisch die Explosion sein würde.

Eben dieser Mann stand nun vor mir und musterte mich aus kalten, schwarzen Augen.

„Sie gestehen?"

„Ich gestehe", antwortete ich und nickte.

„Bereuen Sie ihre Tat, Miss Hope?"

Ich beugte mich vor, damit Cole Black mich genau verstand und ich mich nicht wiederholen musste. Er sollte jedes Wort ganz genau verstehen. Denn diese Worte waren für ihn bestimmt. „Nein! Sie hatten es verdient. Jeder Einzelne von ihnen!"

Ich knurrte die Worte mehr, als dass ich sie sprach, so viel Hass lag in ihnen. So lange trug ich sie jetzt schon in mir. Und obwohl ich mir geschworen hatte, sie bis an mein Lebensende niemals auszusprechen, fühlte es sich in diesem Moment gut an. Es war unglaublich befreiend, meiner Wut nach so langer Zeit Luft zu machen.

Und zum ersten Mal seit jener Tat hatte ich eine Wahl getroffen. Anstatt der Reue spürte ich Genugtuung, die sich in mir breitmachte. Anstatt des Selbsthasses fühlte ich den Rausch der Rache, der sich in jeder meiner Zellen ausbreitete und freudig von der Furie begrüßt wurde.

„Was haben Sie gesagt?" Black sprach nun so laut, dass jeder der Anwesenden, ob vor oder hinter der Scheibe, ihn deutlich hören konnte.

Jack kam näher und funkelte mich mit stechenden Augen an. Ich wusste, dass ihm meine Worte am meisten zusetzten.

„Sie hatten es verdient", zischte ich und konnte nur mit größter Anstrengung meine Tränen zurückhalten. Tränen der Wut, des Zorns und der Hilflosigkeit.

Ich hätte auf den Schlag vorbereitet sein müssen. Schließlich traf mein Geständnis Jack am härtesten. Unter meinen Opfern war seine *Verlobte*. Die beiden sollten *heiraten*, ob nun arrangierte Ehe oder nicht, zwischen ihnen bestand eine Verbindung. Trotzdem war der Schmerz so stechend und durchdringend, dass mir für einen Moment die Luft wegblieb.

Jack hatte, ohne zu zögern, ausgeholt und mir so heftig in den Magen geboxt, dass es mich wunderte, dass ich noch an meinen Fesseln hing und nicht wieder durch den ganzen Raum geflogen war.

„Du gibst es zu? Und du bereust es nicht? Du bist eine Mörderin, Tess. Du hast sie alle getötet! Was für eine Empyrianerin bist du, dass du zu solch einer Tat fähig bist?"

Wie ein lauernder Tiger, der jeden Moment seine Beute anfällt, ging Jack Pers vor mir und Cole Black auf und ab. Es war nur eine Frage der Zeit, wann er das nächste Mal zuschlagen würde. Weder Black noch ich würden ihn daran hindern können. Aus seiner Sicht hatte ich den Schmerz mehr als verdient, das wusste ich, und ich wollte ihm seine Rache gewähren. Doch das änderte nichts an meiner Einstellung.

Ich bereute nicht, diese Werwölfe getötet zu haben, und doch wünschte ich, dass ich es niemals hätte tun müssen.

Aber ich schätze, ich konnte nicht erwarten, dass irgendjemand meinen Zwiespalt verstand. Am allerwenigsten Jack Pers.

„*Warum?* Herrgott, Tess. Warum hast du das getan?" Jack raufte sich verzweifelt die Haare. Dass wir damals Partner waren, machte meinen Verrat an ihm noch schlimmer. Diese Wunde schlug tief und deren Narbe würde er ewig tragen. Sie würde für den Rest unseres Lebens zwischen uns stehen. Gott sei Dank war meine Bestrafung der Tod, so würde ich nicht länger von meinem Gewissen geplagt werden.

„Tess!" Jack brüllte mich an und holte weit aus. Er schlug mich mitten ins Gesicht. Von der Wucht seines Schlages wurde mein Kopf zur Seite geschleudert und ein starkes Dröhnen nahm mir für kurze Zeit die Sinne.

Es tat höllisch weh, dennoch genoss ich den Schmerz. Jack wurde immer wütender, das konnte ich an dem stetig helleren Leuchten seiner Hände ausmachen. Er hatte schon immer Schwierigkeiten gehabt, seine Emotionen zu zügeln.

„Tess, jetzt antworte mir gefälligst!"

Cole Black, der inzwischen einige Schritte zurückgetreten war, grinste mich hämisch an. Ihm gefiel es, zu sehen, wie Jack mich fertigmachte, nur deswegen war er in den Verhörraum gekommen. Black war hier, um sich daran zu ergötzen, wie Jack mich zu Tode prügelte.

„Zur Hölle, Tess, warum?" Jack zitterte vor Wut, als er erneut ausholte und sein Hass wie eine Welle über mich hinweg rollte. Ich konnte seinen Drang, Rache zu nehmen, in meinen Adern spüren. Er rauschte durch mich hindurch wie mein eigenes Blut. Ein stetes Pochen, ein stetiger Strom, der meinen Körper am Leben hielt.

„Tess", flüsterte Jack und ballte die Faust.

Ich weiß nicht, ob es die Verzweiflung in seiner Stimme war oder ob ich einfach nicht mehr die Kraft hatte, meine Gefühle länger in Zaum zu halten. Doch als Jack aufhörte, mich anzuschreien, stürzten bei mir sämtliche mühsam erbaute Mauern ein.

„Weil sie sie mir genommen haben", schluchzte ich und ließ den Kopf hängen.

Ich wartete auf den nächsten Schlag, während die Tränen meine Sicht verschleierten, doch nichts passierte.

Als ich den Kopf hob, begegnete ich Jacks verwirrtem Blick.

„W-was?“ Jack schüttelte den Kopf, schluckte hörbar und sah von mir zu Cole Black.

Ich folgte seinem Blick in Blacks Gesicht, auf dem sich ein feixender Ausdruck breitmachte. Er wusste es. Er wusste, warum ich dieses Rudel ausgelöscht hatte, und hatte diese Information all die Jahre vor seinem Agenten zurückgehalten. Black hatte es die ganze Zeit gewusst.

Ich legte sämtlichen Hass und die Wut, die ich auf ihn hatte, in meinen Blick und versuchte ihn mit reiner Willenskraft dazu zu bringen, tot umzufallen.

„Sie haben es ihm verschwiegen? Das ist selbst für Sie abartig und grausam, Black“, sagte ich trocken.

Jack schüttelte den Kopf. „Was soll das bedeuten?“, knurrte er und durchbohrte Cole Black mit seinem drohenden Blick.

Ich schnaubte nur verächtlich. Dieser Mann gehörte nicht an die Spitze der Black Company. Nicht einmal seinem besten Agenten hatte er von der Tat, die das Rudel begangen hatte, erzählt. Stattdessen hatte er mich all die Jahre als die grausame Mörderin dargestellt.

Natürlich konnte ich meine Tat nicht rückgängig machen, und selbst wenn ich die Wahl gehabt hätte, wüsste ich nicht, ob ich es überhaupt wollte. Ich hätte damals den Drang, Rache zu nehmen, nicht unterdrücken können, geschweige denn wollen. Diese Werwölfe hatten meiner Schwester so etwas Grausames und Abartiges angetan, dass es mir unmöglich war, solche Wesen länger in dieser Welt leben zu lassen. Ich hatte das ganze Rudel ausgelöscht. Ganz gleich, ob Männer oder Frauen, alle waren tot, meinetwegen. Und ich hatte dadurch nicht nur meine Freunde, meine Welt und mein Leben verloren, sondern auch einen Teil meines Selbst. Ich würde ihre Gesichter nie vergessen, als ich sie meiner Macht und der Peinigung ausgesetzt hatte. Ich würde mich selbst belügen, würde ich behaupten, dass ich es an jenem Tag nicht genossen hätte, sie so zu sehen. Sich windend und um den Tod bettelnd. Alles dafür tuend, damit diese Qual aufhörte. Doch ich hörte nicht auf. Sie sollten die Schmerzen meiner Schwester, die körperlichen und die seelischen, spüren. Stundenlang hatte ich sie gequält und gepeinigt, bis sie angefangen hatten, sich gegenseitig zu fressen, und so schmerzvoll zu Tode kamen.

Doch so sehr ich es damals genossen hatte, so sehr schmerzte es mich heute. Ja, ich sagte, ich würde es wieder tun. Um meine Schwester zu rächen, hätte ich es immer und immer wieder getan. Doch die Leere, die diese Tat in mir hinterlassen hatte, die Finsternis, das Loch in meiner Seele ... ich hätte alles dafür gegeben, wenn ich diese Rache niemals hätte nehmen müssen. Mit jedem Opfer, ob es nun den Tod verdient hatte oder nicht, verlor man sich ein kleines Stückchen mehr. Mit jedem Tod starb auch ein Teil von mir. Und der Tod dieses Rudels, ebenso wie der Tod meiner Schwester, hatten einen großen Teil in mir zerstört.

Ich sah Jack an und seine Augen schienen wie das Tor zu seiner Seele. Der Hass, den er für mich empfand, ging so tief, dass ich glaubte, auch ein Teil seiner Seele sei in Finsternis gehüllt. Und ich verstand ihn. Ich hatte die Frau getötet, die er geliebt hatte.

Liebe ... ja, auch ich hatte Jack Pers geliebt. Nur war er einer anderen versprochen gewesen. Einer Werwölfin, die ich getötet habe. Einer Frau, die eine solche Grausamkeit begangen hatte, dass sie den Tod verdient hatte. Doch Jack ... er hatte all das nicht verdient. Trotzdem würde ich ihm die Wahrheit erzählen müssen. Ein Teil von mir handelte dabei ganz egoistisch. Ich wollte, dass er mich verstand. Er sollte mich nicht für ein Monster halten, das aus reiner Mordlust ein ganzes Werwolfsrudel getötet und sich dann aus dem Staub gemacht hatte.

Ich konnte nur hoffen, dass ihn die Wahrheit nicht zerstörte, denn auch, wenn er mich dadurch in einem anderen Licht sehen würde, könnte die Tatsache, was Sarah für eine grausame Frau gewesen war, ihn womöglich in den Abgrund reißen.

Ich sah zu Cole Black und dann zurück zu Jack. Wenn dieser Mistkerl es seinem Agenten nicht erzählen wollte, dann würde ich es tun müssen.

„Jack“, ich sprach seinen Namen vorsichtig, fast ehrfürchtig aus. „Es gibt da etwas, das du wissen solltest.“

14.

„Was willst du mir damit sagen, Tess?“, fragte Jack mich trocken.

Mein Blick huschte zu Cole Black, der mich drohend ansah.

„Überlegen Sie sich genau, was Sie jetzt sagen, Miss Hope“, knurrte er.

Okay. Ich schluckte und atmete noch einmal tief ein. Ich konnte den Schweiß, die Wut, die Angst, den Hass und die Verwirrung riechen. All diese Gerüche und Gefühle prasselten auf mich nieder. Die perfekten Zutaten für eine blutige Rache. Ich musste mich sehr auf das konzentrieren, was ich gleich sagen würden. Die Furie in meinem Inneren tobte und wollte unbedingt an die Oberfläche, um ihren Rachedurst zu stillen. Doch durch die Fesseln war dies nicht möglich. Es fühlte sich wie ein Kribbeln direkt unter der ersten Hautschicht an. Am liebsten hätte ich sie mir heruntergekratzt.

„Wusstest du, dass meine Schwester und der Alpha des Rudels eine Beziehung hatten?“, fragte ich Jack und ließ dabei Cole Black nicht eine Sekunde aus den Augen.

Dieser warf mir nur ein herablassendes Lächeln zu, so als würde er mir nicht zutrauen, dass ich Jack die ganze Wahrheit erzählte.

Wie sehr man sich doch in Furien täuschen konnte.

„Was? Laken und Meg?" Jack schüttelte ungläubig den Kopf.

„Megaera und Laken Crown waren ein Paar. Am Anfang behandelte er meine Schwester wie eine Königin und legte ihr unsere Welt buchstäblich zu Füßen, doch sobald er sie für sich gewonnen hatte, änderte sich das. Ich versuchte Meg davon zu überzeugen, dass er nicht gut für sie war, aber sie wollte nicht auf mich hören, also ließ ich diese vergeblichen Versuche bleiben. Hätte ich es doch nur weiter versucht ..." Die letzten Worte sagte ich mehr zu mir als zu ihm. „Eines Tages kam sie zu mir und erzählte mir von ihrem Verdacht, Crown würde sie betrügen. Ich riet ihr, ihn zu verlassen. Zu jenem Zeitpunkt warst du bereits mit Sarah verlobt, und ich dachte, ein kurzer und sauberer Schnitt zwischen dem Alpha und meiner Schwester würde auch dem sich langsam entspannenden Verhältnis zwischen Olymp und Werwölfen keinen Abbruch tun. Doch dann erfuhr ich, mit wem er sie betrogen hatte." Ich hielt inne, um mich für die nächsten Worte zu sammeln. „Es geschah an einem Dienstag, als –"

„Sollten Sie diesen Raum jemals lebend verlassen wollen, Miss Hope", erhob Cole Black seine Stimme und unterbrach mich sofort, „dann sollten Sie Ihre kleine Geschichte an dieser Stelle beenden."

Ich sah Black herausfordernd an, doch noch ehe ich etwas sagen konnte, trat Jack in mein Blickfeld.

„Hör auf, ihn anzusehen, Tess, du redest jetzt mit mir!"

Ich nickte und sah dann von meinem ehemaligen Boss zu Jack.

„Es war schon Nacht und schüttete wie aus Eimern. Ich wollte gerade zu Bett gehen, als es an meiner Tür klopfte", fuhr ich mit meiner Geschichte fort, und dann geschahen plötzlich mehrere Dinge gleichzeitig. Cole Black stieß Jack zur Seite und packte mit seiner großen Hand meinen Kiefer, um mich daran zu hindern, weiterzusprechen.

„Ich habe Sie gewarnt", zischte er mir ins Ohr, zog mit der anderen Hand unter seinem Jackett einen Dolch hervor und holte damit aus. Doch noch ehe er zustechen konnte, hatte Jack ihn mit einem gezielten Schlag zu Boden geworfen.

„Entschuldigen Sie, Sir, aber diese Geschichte will ich hören." Und mit diesen Worten schleifte er Cole Black aus dem Raum und sperrte die Tür zum Verhörraum zu.

Ich konnte meinen ehemaligen Partner nur mit offenem Mund anstarren. Jack Pers war immer ein Vorzeigesoldat gewesen, er missachtete nie einen Befehl – und vor allem vergriff er sich nicht an seinem Boss.

Es dauerte nicht lange und schon tauchte Cole Black hinter dem Fenster des Zuschauerraums auf, wo die Gremium-Mitglieder saßen, und hämmerte wutentbrannt gegen die Scheibe.

„Sie werden auf der Stelle die Tür öffnen, Pers, oder ich schicke Sie zurück in den Olymp, wo Sie hingehören, haben Sie mich gehört!"

Doch Jack wandte sich wieder mir zu und beachtete Black überhaupt nicht. „Fahr fort!", forderte er mich stattdessen auf.

„PERS!" Kam es von hinter der Scheibe, doch Jack reagierte nicht.

„Meinst du, das war so eine kluge Idee?", fragte ich unsicher und schielte immer wieder zu Black.

„Ist mir scheißegal. Ich möchte, dass du mir jetzt erzählst, was passiert ist!"

„Okay." Ich atmete tief durch und fuhr dann fort: „Also, es klopfte an meiner Tür und ich war verwundert, wer mich zu so später Stunde noch aufsuchte. Als ich meine Tür öffnete", ich schluckte, „sah ich meine Schwester zusammengekauert auf meiner Fußmatte sitzen. Blut- und tränenüberströmt. Offene Wunden bedeckten ihren ganzen Körper und ihre blutdurchtränkte, schmutzige Kleidung hing ihr nur noch in Fetzen am Leib. Ich konnte tiefe Krallenspuren erkennen und Bisse. So viele Bisse. Ich hob sie hoch und brachte sie sofort ins Badezimmer. Normalerweise haben Furien herausragende Selbstheilungskräfte, allerdings versagen uns diese die Dienste, wenn wir in Berührung mit Werwolfspeichel kommen. Ich wusste sofort, wer sie angegriffen hatte." Ich hielt kurz inne und versuchte die aufsteigenden Tränen und den wachsenden Kloß in meinem Hals zu ignorieren, dann fuhr ich fort.

„Ich wusch sie. Reinigte ihre Wunden und versuchte sie so gut es ging zu versorgen. Doch ich konnte ihr nicht helfen, sie brauchte einen Arzt. Ich war im Begriff, sie zu einem Spezialisten zu bringen, der ihr helfen könnte, doch sie weigerte sich. Sie wollte meine Wohnung nicht mehr verlassen, wollte sich der Öffentlichkeit nicht zeigen. Aber was noch viel schlimmer war: Sie wollte sich nicht helfen lassen. Sie wollte nicht geheilt werden.

Ich war verzweifelt. Fragte meine Schwester, was passiert sei, warum sie nichts gegen ihre Schmerzen und die blutenden Wunden tun wollte. Ich fragte sie, wie ich ihr helfen könnte", mein Kopf sackte nach unten und ich musste mich zusammennehmen, um die nächsten Worte auszusprechen. Mein Blick huschte zu der Fensterscheibe, hinter der ich den erschrockenen Blick und die weit aufgerissenen Augen von Anni sehen konnte. Die Hand vor den Mund geschlagen, um ihr Schluchzen zu unterdrücken. Skip, der ihr geistesabwesend die Schulter tätschelte und versuchte, mir aufmunternd zuzunicken, und Black, das Gesicht in zornige Falten gelegt, den Dolch in seiner Hand so fest umklammert, dass seine Knöchel weiß hervortraten.

Wie gerne hätte ich seine Visage mit ein paar saftigen Schlägen meiner Faust entstellt. Wie konnte er nur von mir verlangen, diesen Teil der Geschichte wegzulassen? Es ging hier um meine Schwester!

Meine Schwester, der etwas so Schreckliches angetan worden war, dass sie lieber hatte sterben wollen, als je wieder gesund zu werden.

Zwischen zusammengebissenen Zähnen und mit vor Zorn zitternder Stimme sprach ich die Worte aus, die so lange ungesagt meine Seele zerfressen hatten. Die ein solches Loch in mein Herz gegraben hatten, dass ich glaubte, es nie wieder mit irgendetwas auf dieser Welt füllen zu können.

„Sie sagte zu mir, dass das Einzige, womit ich ihr helfen konnte, war, sie sterben zu lassen." Zitternd holte ich Luft und sah dann Jack an, der mich mit einem undefinierbaren Blick ansah.

„Meine eigene Schwester bat mich darum, sie sterben zu lassen, weil sie das, was ihr widerfahren war, nicht ertragen konnte. Sie litt unter der Demütigung, dem Besudeln ihrer Würde, dem Zerstören ihrer Seele. Der Bloßstellung und dem Verrat. Vor allem war es der Verrat. Sie denken, Furien sind zu grausamen Taten fähig und hätten die Macht, Schrecken in der Welt zu verbreiten?", fragte ich in Richtung des Podiums. „Dann haben sie Laken Crown und sein Rudel nicht gekannt!"

Cole Black schüttelte währenddessen genervt mit dem Kopf, als würde ich nur Lügen von mir geben.

„Meg fand an jenem Abend, bevor sie so entstellt zu mir kam, heraus, mit wem Crown sie betrog. Es war keine Geringere als Sarah. Meg erwischte deine Verlobte, Jack, mit Laken im Bett, wo sie es leidenschaftlich miteinander trieben."

„Bullshit", schrie Jack und machte eine schnelle Bewegung mit seiner Hand, die mich daran hindern sollte, weiterzusprechen. Doch dieses Mal würde ich keinen Rückzieher machen. Er würde die Wahrheit von mir erfahren, ob er sie nun hören wollte oder nicht.

„Es ist die Wahrheit, Jack. Sie erwischte die beiden in flagranti. Doch anstatt einfach abzuhauen und diesen Mistkerl von einem Werwolf Geschichte sein zu lassen, warf sie ihnen wüste Beschimpfungen an den Kopf. Doch sie lachten meine Schwester nur aus. Eine hysterische Furie, die rasend vor Eifersucht war. Welch ein lustiges Schauspiel für die Werwölfe. Doch Meg war verletzt und fühlte sich verraten. Sie drohte ihnen, das Gremium und den Olymp einzuweihen und damit die Stellung der Werwölfe in unserer Gesellschaft wieder herabzusetzen. Und als sie sich auf den Weg machen wollte, um ihre Drohung in die Tat umzusetzen, nahm das Rudel meine Schwester gefangen. Sarah und Laken

informierten die anderen Rudelmitglieder, um zu überlegen, wie sie nun weiter vorgehen sollten. Schließlich
stand die Verbindung mit dem Olymp, eure Vermählung", ich nickte in Jacks Richtung, „auf dem Spiel. Hätten sie sie doch einfach umgebracht", flüsterte ich.

Es war schrecklich, so etwas von der eigenen Schwester zu denken, und das Keuchen, das ich hinter der
Scheibe vernahm, sagte mir, dass ich nicht die Einzige
war, die schockiert von diesem Gedanken war. Dennoch hätte ich mir genau dieses Schicksal für meine
Schwester gewünscht. Denn es gab schlimmere Dinge
als den Tod.

Eine Furie wusste so etwas, denn sie setzte bei ihrer
Rache jedes Mittel ein, um den Geächteten spüren zu
lassen, wie falsch sein Verhalten oder eine getroffene
Entscheidung gewesen war. Jeder, der es mal mit der
Rache einer Furie zu tun bekommen hatte, hätte einen
kurzen, schmerzhaften Tod allemal vorgezogen.

„Doch sie töteten sie nicht", fuhr ich mit der grausamen Wahrheit fort. „Sie wollten sie unglaubwürdig machen, mundtot. Laken vergewaltigte sie als Erster. Er
biss und kratzte sie, schändete ihren Körper, ihre Seele.
Und sein Rudel? Sie lachten und weideten sich an diesem Anblick und losten aus, wer als Nächstes dran sei.
Jeder Einzelne von ihnen vergewaltigte sie, und dann
ging das ganze Spiel von vorne los. Und die Frauen",
nun hob ich den Blick und sah in Jacks verstörtes Gesicht, „haben einfach dabei zugesehen." Bei dem Gedanken daran, dass sie ihr hätten helfen können, aber
nichts dagegen getan hatten, brach meine Stimme ab
und die Tränen flossen in einem stetigen Strom über
meine Wangen. „Sie haben ihren Körper bespuckt und

sie gebissen, ihre Männer angefeuert und sich an dem Anblick der geschändeten Furie ergötzt. Und als sie endlich, nach unzähligen Malen mit ihr fertig waren, haben sie sie gehen lassen. Sie gezwungen, das Erlebte auszuhalten und zu ertragen, anstatt sie der schützenden Dunkelheit des Todes zu übergeben. So tauchte sie vor meiner Tür auf und so wollte sie von dieser Welt entschwinden. Also habe ich ihr dabei geholfen", die letzten Worte waren nur ein Hauch auf meinen Lippen, und der heiß aufflammende Schmerz, den diese Worte in mir hervorriefen, nahm mir fast die Luft zum Atmen.

„Danach habe ich mich auf den Weg gemacht und jedes einzelne Mitglied getötet, das Rudel des Black Forest ausgelöscht. Und ich würde es wieder tun, denn diese Kreaturen verdienten nichts anderes, als einen grausamen, langsamen, schmerzhaften Tod!"

Jack stand wie vom Donner gerührt vor mir und brachte kein Wort heraus. Wie gebannt sah er mir in die Augen und hielt mich mit seinem Blick gefangen. Erst die sich öffnende Tür hinter ihm riss den Halbgott aus seiner Trance.

Black hatte sich mithilfe der Sicherheitskräfte der Company Zugang zum Verhörraum verschafft und stand nun mit drei großen Schränken im Rücken vor uns.

„Sie wussten davon?", fragte Jack und fixierte Cole Black mit einem durchdringenden Blick.

„Das hat Sie nicht zu kümmern. Wir haben von Miss Hope ein Geständnis. Nun können wir endlich die wahre Mörderin des Rudels verurteilen. Setzen sie die Gerichtsverhandlung für morgen, neun Uhr fest." Cole

Black warf mir noch einen abschätzigen Blick zu und richtete sich dann an Jack: „Und Sie melden sich, nachdem Sie Miss Hope in ihre Zelle gebracht haben, auf der Stelle in meinem Büro, Pers! Ihr Fehlverhalten wird ein Nachspiel haben, das verspreche ich Ihnen!" Dann machte er auf dem Absatz kehrt und verließ den Verhörraum.

Ich starrte ihn nur mit offenem Mund nach und brauchte einen Moment, um das Gesagte zu verarbeiten. Ich würde also trotzdem verurteilt werden? Nach allem, was ich gerade erzählt hatte?

Warum war ich eigentlich nach Black York zurückgekommen? Warum hatte Skip mich zurückgeholt, wenn ich sowieso nie die Chance auf einen fairen Prozess hatte?

Geschlagen und resigniert ließ ich den Kopf hängen und verfluchte, am Morgen überhaupt aufgestanden zu sein – sofern wir überhaupt noch denselben Tag hatten.

„Moment, warten Sie bitte, Sir!" Ohne sich von den Gremium-Mitgliedern aufhalten zu lassen, verließ Skip den Zuschauerraum und trat Black, der im Begriff war, den Zellentrakt zu verlassen, in den Weg.

„Sie wollen Tess verurteilen, nach allem, was sie uns gerade erzählt hat? Wussten Sie, was damals wirklich passiert ist?" Skip verschränkte die Arme vor der Brust und sah seinen Boss herausfordernd an.

„Wissen? Ich bin der Leiter der Black Company", antwortete Black sarkastisch. „Es stand zu viel auf dem Spiel, sodass ich es für unklug hielt, Mr. Pers oder die Öffentlichkeit darüber zu unterrichten, was wirklich vorgefallen war. Die fragile Verbindung zwischen den

Werwölfen und dem Olymp durfte nicht erschüttert werden. Politisch gesehen waren mir daher die Hände gebunden. Das Miss Hope Empyrion verließ und in die Menschenwelt floh, machte es für mich umso einfacher, sie zum Sündenbock zu machen. Wobei Sündenbock nicht das richtige Wort ist ... Sie *ist* schuldig, darin stimmen wir sicherlich alle überein." Bei den letzten Worten sah Black drohend in Richtung der Gremium-Mitglieder, die inzwischen ebenfalls den Zuschauerraum verlassen hatten.

„Die Alphas der anderen Rudel bestehen auf eine Verurteilung. Ich kann Miss Hope nicht frei in unserer Welt herumlaufen lassen. Wenn die anderen Empyrianer unser Rechtssystem infrage stellen, sind wir nur noch einen Schritt von Chaos und Anarchie entfernt. Miss Hope ist zurück und die Öffentlichkeit verlangt eine Bestrafung, und genau die werden wir Empyrion geben." Cole Black grinste selbstzufrieden und sah aus, als würde er sich im Zuge seines gut durchdachten Plans innerlich selbst auf die Schulter klopfen.

Am liebsten hätte ich ihm meinen nicht vorhandenen Mageninhalt vor die Schuhe gekotzt.

Als Nächstes trat Jack aus dem Verhörraum und an Black heran, um von Angesicht zu Angesicht mit ihm zu sprechen.

„Ich verurteile Tess' Tat ebenso, aber wir dürfen nicht außer Acht lassen, was das Rudel ihrer Schwester angetan hat", warf der Halbgott ein, und ich konnte nicht glauben, dass er sich tatsächlich für mich einsetzte.

„Wollen Sie mir widersprechen, Mr. Pers?"

„Sie dürfen sie nicht hinrichten lassen", entgegnete Jack mit malmenden Unterkiefern. „Sie ist eine Furie ...

Ihr Urinstinkt zwingt sie dazu, Rache zu nehmen. Dafür können Sie sie nicht –“

„Setzen Sie sie wieder im Dienst ein“, warf Skip ein und ignorierte Jacks wütenden Blick.

„Ich soll ihr ihren alten Job wiedergeben?“, fragte Cole Black entrüstet und sah von Skip zu mir.

„Wir wissen beide, dass wir ohne ihre Hilfe Empyrion langfristig nicht vor den Dämonenangriffen beschützen können. Die Übergriffe häufen sich und wir treten auf der Stelle. Sie war die Beste zu ihrer Zeit. Wir brauchen sie.“ Skip unterhielt sich nun flüsternd mit Cole Black und ich musste mich anstrengen, um jedes Wort zu verstehen.

Mein Herz begann schneller zu schlagen, und ohne es kontrollieren zu können, keimte Hoffnung in mir auf. Die Tatsache, dass ich dem Tod vielleicht doch noch von der Schippe springen könnte und womöglich auch noch meinen Job wiederbekam, waren die besten Nachrichten, seitdem ich wieder in Empyrion war.

„Und was gedenken Sie bezüglich der Alphas zu unternehmen? Die Rudel verlangen einen Schuldigen. Wenn sie erfahren, dass die Mörderin in Black York frei herumläuft und einer Verurteilung entgangen ist, werden wir es neben den Dämonen auch noch mit einem Aufstand der Werwölfe zu tun bekommen.“ Cole Black sah verärgert von mir zu Jack und dann zu Skip. An seiner Haltung und den verspannten Schultern konnte ich erkennen, dass er den Vorschlag von Skip nicht sofort in den Wind schoss, sondern ernsthaft darüber nachdachte, darauf einzugehen. Er würde sich alle Optionen offenhalten und die Wahl treffen, die das geringste Übel nach sich zog. Das geringste Übel für ihn selbst, versteht sich.

„Niemand hat Tess gesehen, außer die Personen in diesem Raum. Sie ist mitten in der Nacht angereist und ich habe sie und ihre Freundin auf direktem Weg hierhergebracht. Seid ihr unterwegs irgendwem begegnet? Hat euch jemand beobachtet?", fragte Skip mich.

„Wir sind keiner Seele begegnet", antwortete ich, und Anni schüttelte gleichzeitig den Kopf.

Noch ehe meine Worte verklungen waren, stürzte eines der Gremium-Mitglieder vor Wut schnaubend nach vorn. „NEIN!"

Cole Black hob die rechte Augenbraue und sah den Vertreter der Werwölfe herablassend an. „Nein?!"

„Ich verlange eine Verurteilung. Ansonsten werde ich jedes einzelne Rudel darüber in Kenntnis setzen, wie mit einer Mörderin umgegangen wird, nur weil sie der Liebling der Black Company ist."

„Ihnen steht es nicht zu, auch nur ein Wort von dieser Verhandlung nach außen dringen zu lassen, ansonsten finden Sie sich in einem der Kerker wieder", antwortete Jack herablassend, und mein Blick huschte unruhig von ihm zu dem Werwolf. Kaum zu glauben, dass Jack Partei für mich ergriff.

„Wie bitte? Sie wollen mich einsperren lassen?", entrüstete sich der Werwolf. „Diese Furie hat ein Rudel Werwölfe abgeschlachtet und kommt ohne Strafe davon, und mich wollen sie bestrafen? Wofür? Dafür, dass ich meiner Art von der Ungerechtigkeit erzähle, die die Regierung uns gegenüber walten lässt? Wir werden nach wie vor benachteiligt!"

„Sie ist eine Agentin der Black Company", fuhr Skip
den Werwolf an, „die mehrere Jahre lang ihr Leben dafür riskiert hat, dass Sie und Ihre Artgenossen nachts
ruhig schlafen konnten. Sie ist eine Furie, die ihrem
Urinstinkt nachgegeben hat, weil das Black-Forest-Ru-
del ihre Schwester missbraucht hat. Ich hätte jeden einzelnen Werwolf getötet, der mir über den Weg gelaufen
wäre, also seien Sie froh, dass Sie noch mal davongekommen sind. Ich würde gerne mal wissen, was Sie tun
würden, wenn –"

„Skip!"

Sofort stoppte mein bester Freund damit, sich in Rage
zu reden, und sah zu mir herüber.

„Ich glaub, er hat es verstanden", sagte ich ruhig und
nickte ihm kurz zu.

„Hat er das?", mischte sich nun Cole Black ein und sah
den Werwolf argwöhnisch an. „Ich werde die Sicherheit unserer Welt und den Frieden nicht riskieren, nur
weil sie in Ihrem Elternhaus nicht genug Liebe bekommen haben. Sie haben weder die Befugnis noch die
Macht, gegen mich zu rebellieren. Sie sollten es sich
also gut überlegen, wie Ihr nächster Schritt aussieht."

Vor Wut zitternd sah der Werwolf erst Skip, dann
Cole Black, Jack und schließlich mir in die Augen.

Die oberste Hexe des Gremiums erhob sich und
wandte sich dem Gremium-Mitglied zu. „Als Sie damals
diesen Sitz innerhalb des Gremiums angenommen haben, wurde Ihnen eine Verantwortung zuteil, mit der
nicht leichtfertig umgegangen werden darf. Ich dachte,
das hätten Sie verinnerlicht. Sie wissen, was mit Mitgliedern passiert, die ihr eigenes Wohl oder das ihrer

Art über das von Empyrion und der Menschenwelt stellen. Sie haben Stillschweigen zu wahren, ansonsten werden die Konsequenzen verheerend sein, das kann ich Ihnen versprechen!"

„Also sind wir uns alle einig?" Cole Black klatschte zufrieden in die Hände und schaute die Anwesenden nacheinander an. Als der Werwolf langsam und resigniert nickte, grinste Cole Black zufrieden.

„Na schön. Miss Hope, Sie sind ab sofort wieder im Dienst. Alle Einzelheiten bezüglich Ihres Vertrages werden wir in den nächsten Tagen erörtern." Mit diesen Worten verließ Cole Black den Kerker und ließ uns aufgewühlt und erschöpft zurück.

Ich war froh und erleichtert, aber auch zu ausgelaugt, um meine Freude über diesen glimpflichen Ausgang kundzutun.

„Was bedeutet das jetzt?", fragte Ann, die inzwischen den Nebenraum verlassen und den Verhörraum betreten hatte.

„Tess ist aus dem Schneider. Sie wird nicht verurteilt, sondern bekommt ihren alten Job in der Black Company zurück", antwortete Skip an meiner statt.

„O-okay ..." Ann runzelte die Stirn und sah mich auf eine merkwürdige Weise an.

Ich konnte ihren Gesichtsausdruck nicht richtig deuten, aber etwas in ihrem Blick ließ mir einen kalten Schauer über den Rücken laufen.

Ich schüttelte mich innerlich und sah dann in Jacks Richtung, der schnellen Schrittes auf uns zukam. Er befreite mich aus den Handschellen, und als meine Handgelenke endlich wieder mir gehörten und ich spürte, wie das Blut seinen Weg in meine Hände und Fingerspitzen suchte, seufzte ich erleichtert auf.

Ich hatte nicht geplant, dass der Abend so laufen würde. Weder hatte ich gewollt, dass Ann die Geschichte mit Meg erfuhr, noch hatte ich vorgehabt, Jack die Wahrheit zu erzählen. Aber am Ende war es dann doch in gewisser Weise gut ausgegangen. Ich hatte noch einmal Glück gehabt. Ja, die Last der Schuld ruhte noch immer auf meinen Schultern und das würde sie auch für den Rest meines Lebens tun, aber dafür hatte sich der große Knoten in meinem Magen gelöst. Denn nun hatte ich kein erdrückendes Geheimnis mehr, dass ich mit mir herumschleppen musste.

„Danke", murmelte ich leise an Jack gewandt und war plötzlich so nervös wie ein Teenager vor seinem ersten Kuss. „Danke, dass du dich für mich eingesetzt hast. Ich weiß, dass das, was geschehen ist, nichts an der Tatsache ändert, dass ich sie ... aber ich hoffe, du kannst mich zumindest ein bisschen verstehen. Wer weiß, vielleicht kannst du mir ja irgendwann vergeben, was ich getan habe. Es wäre schön, wenn wir wieder –"

„Tess", unterbrach Jack schroff meinen Redeschwall. „Ich habe mich für dich eingesetzt, weil wir dich brauchen. Dein Ruf eilt dir voraus, Furie. Das ist der einzige Grund, warum ich dich vor der Verurteilung bewahrt habe. Ich werde dir nie vergeben, was du getan hast", zischte Jack und sah mich dabei mit funkelnden Augen an. „Du hast ein ganzes Rudel abgeschlachtet. Du hast mich angelogen und du bist wie ein Feigling abgehauen. Du hast meine Vergebung nicht verdient, Tess Hope. Niemals, nicht in diesem Leben und auch in keinem anderen!"

Ich wusste nicht, was ich sagen sollte. Mein Herz hörte auf zu schlagen und meine Brust zog sich schmerzhaft zusammen. Ich fühlte mich wie betäubt. Das Blut rauschte laut in meinen Ohren und ein Kloß bildete sich in meiner Kehle. Ich öffnete den Mund, um etwas zu sagen, aber ich blieb stumm.

Jack drehte sich ohne ein weiteres Wort um und ließ mich mit Skip und Ann in dem kalten, dunklen Raum zurück. Die Wahrheit hatte nichts geändert. Ganz im Gegenteil, sie hatte alles nur noch schlimmer gemacht. Er würde mir niemals verzeihen, was ich getan hatte, und er würde mich auf ewig als die grausame Mörderin sehen, die ich nun mal war. Eine Gänsehaut überzog meine Haut und mir wurde plötzlich unglaublich kalt. Er hasste mich! Hasste mich, obwohl er wusste, warum ich dieses Verbrechen begangen hatte. Wie sollte ich diesem Mann ab sofort nur täglich unter die Augen treten? Das würde sicher eine tolle Zusammenarbeit werden.

Willkommen zurück, Tess Hope.

15.

Nachdem ich meine Peitschen und die anderen mit mir geführten Waffen nach dem Verhör zurückbekommen hatte, fuhren Anni, Skip und ich zu meiner alten Wohnung, die Gott sei Dank noch in dem gleichen Zustand war, in dem ich sie verlassen hatte. Ein Blick in Skips Richtung beim Betreten meiner ehemaligen Räumlichkeiten verriet mir, dass er nie die Hoffnung aufgegeben hatte, dass ich zurückkommen würde.

Ich ging durch jeden Raum und berührte ehrfürchtig die Möbel und Wände. Mein Reich, mein Zuhause. So viele Jahre hatte ich hier gelebt, so lange war ich fort gewesen und jetzt, da ich nach einhundert Jahren wieder hier war, fühlte ich mich endlich wieder zu Hause. Skip hatte es vor mir gewusst: Ich hatte immer hierhergehört. Es war ein Fehler gewesen, abzuhauen.

Gedankenverloren strich ich mit meinen Händen über die Bilderrahmen an der Wand. Sie zeigten meine ganze Vergangenheit. Meine beiden Schwestern, Skip, Jack, mich.

Jack und mich beim Training.

Jack und mich.

Ich drehte den alten Fotografien den Rücken zu und ging in die Küche.

„Skip, du hast vergessen, den Kühlschrank aufzufüllen“, rief ich ins Wohnzimmer und hörte ein unterdrücktes Glucksen.

„Sehr lustig.“

Ich nahm mir ein Glas aus einem der Schränke und füllte es mit Leitungswasser. Kühl und sanft floss die Flüssigkeit meine Kehle hinab, und in diesem Moment hätte ich schwören können, nie reineres Wasser getrunken zu haben.

„Anni, Skip, möchtet ihr auch etwas trinken? Ich habe Leitungswasser, Wasser direkt aus dem Hahn und frisch Gezapftes aus der Leitung. Was darf's sein?“

Skip lachte erneut auf, ließ sich aber nicht dazu herab, auf meinen Scherz einzugehen. Von Anni vernahm ich hingegen keinen Mucks.

„Anni?“, fragte ich noch einmal nach, doch im Wohnzimmer blieb es still.

Stattdessen steckte Skip den Kopf zur Tür herein und machte eine Bewegung in Richtung Wohnzimmer. Ich verstand sofort.

Mir war natürlich nicht entgangen, dass Anni, seitdem wir die Black Company verlassen hatten, keinen Ton mehr von sich gegeben hatte. Sie war still gewesen, so unglaublich still.

Diese Seite kannte ich nicht von ihr. Selbst wenn wir uns in New York gestritten hatten und sie wirklich sauer auf mich gewesen war, hatte sie ihren Mund nicht halten können.

Als ich ins Wohnzimmer kam, sah ich sie zusammengesunken auf dem Sofa sitzen und mit leerem Blick an die Decke starren.

„Also … ich werde dann mal … losgehen und ein paar Dinge kaufen, um … den Kühlschrank zu füllen.“ Skip winkte noch kurz zum Abschied, dann war er auch schon verschwunden.

„Anni …“ Vorsichtig näherte ich mich meiner Freundin. Langsam und behutsam, als wäre sie ein wildes, in die Ecke gedrängtes Tier. Ich konnte mir nicht mal ansatzweise vorstellen, was in ihrem hübschen Kopf vorgehen mochte. Alles, was sie heute gehört hatte, die Dinge, die sie gesehen hatte. All die Lügen und Geheimnisse, die heute aufgedeckt worden waren, mussten ihr unglaublich zugesetzt haben.

„Anni, bitte rede mit mir“, forderte ich sie sanft auf und rückte auf dem Sofa ein Stück näher.

„Was zum Teufel willst du denn von mir hören?“, schrie sie mich an, und ich wich erschrocken ein Stück zurück.

„Du hast mich belogen. Du hast Menschen ermordet? Du hast ihnen so schreckliche Dinge angetan, ich …“

„Also, wenn man es genau nimmt, waren es keine –“

„Ist mir doch egal!“, schrie sie dazwischen und erhob sich mit wild fuchtelnden Armen vom Sofa.

„Du bist eine Mörderin … Ich habe mit einer Mörderin zusammengelebt.“ Anni warf die Arme in die Luft und sah mich mit offenem Mund an.

„Ach, das ist alles, woran du denken kannst? Ist ja nicht so, als hätte ich unser Messer-Set regelmäßig dafür ausgeliehen und die Leichen in unserem Keller verscharrt.“ Beleidigt verschränkte ich die Arme vor der Brust und sah Anni mit hochgezogener Augenbraue an.

„I-ich … nein natürlich nicht … trotzdem. Ich bin stinksauer, Tess. Du hast mich belogen und du hast diese furchtbaren Dinge getan. Du hast ein ganzes Rudel … ein Werwolfsrudel ausgelöscht. Frauen und Männer sind deinetwegen auf die grausamste Art und Weise gestorben.“

„Sie haben meine Schwester vergewaltigt, missbraucht, verletzt und bloßgestellt. Alle Männer haben sich an ihr vergangen und die Frauen haben sie festgehalten, zugesehen und über sie gelacht“, sagte ich mit bebender Stimme und unbändiger Wut im Bauch. „Du müsstest am besten verstehen, was es heißt, sich nicht mehr unter Kontrolle zu haben“, feuerte ich zurück.

„Was? Das willst du wirklich miteinander vergleichen? Ich bin eine Sirene, Tess. Und damals wusste ich nichts von meiner Fähigkeit und den damit einhergehenden Konsequenzen!“

„UND ICH BIN EINE FURIE!“, schrie ich meine beste Freundin an und stand gleichzeitig schwungvoll vom Sofa auf. „Rache zu nehmen liegt in meiner Natur. Was hättest du getan, wäre es um deine Schwester gegangen? Sie haben sie dazu getrieben, sich selbst das Leben nehmen zu wollen. Sie haben nicht nur ihren Körper zerstört und geschändet, sondern auch ihre Seele. Kein Wesen, weder Mensch noch Empyrianer, sollte so etwas erdulden müssen. Sie haben mir meine Schwester genommen“, knurrte ich mit Tränen in den Augen. „Und sie wären niemals mit einer angemessenen Strafe davongekommen, weil in diesem Land, ebenso wie in der Menschenwelt, die Politik die Waage der Gerechtigkeit in den Händen hält. Sie hätten die Werwölfe niemals bestraft, dafür stand zu viel auf dem Spiel. Und glaub mir, sie hätten es wieder getan. Denn Laken Crown und sein Rudel waren schon immer die Barbaren unter den Werwölfen. Sie haben Gefallen daran gefunden, andere zu quälen und zu demütigen. Sie hatten es verdient. Jeder, der meiner Familie oder meinen Freunden so etwas antut, wird mit meiner Rache bestraft." Nun flossen die Tränen wieder über meine Wangen. Ein Wunder, dass ich überhaupt noch welche übrig hatte. So viele hatte ich heute schon vergossen. „Ich habe es für meine Schwester getan, Ann", flüsterte ich und sah sie flehentlich an. Ich durfte jetzt nicht auch noch sie verlieren. Sie war meine beste Freundin.

„Warum hast du nie etwas gesagt?"

„Wir reden nicht über unsere Vergangenheit, schon vergessen? Und abgesehen davon, was hätte ich denn sagen sollen? *,Ann, ich habe ein ganzes Werwolfsrudel ausgelöscht, bin aus meiner Heimat geflohen, werde von meinem Arbeitgeber gesucht und oh, ach ja, unter den Opfern war zufällig auch noch die Verlobte des Mannes, den ich mal geliebt habe. Möchtest du Sirup auf deine Pancakes?"*

„Du hast ihn geliebt?" Anni legte den Kopf schief und sah mich mit so einem mitleidigen Blick an, dass ich mich plötzlich eingeengt fühlte. Das Zimmer, die Wohnung, selbst meine Haut wurde mir zu eng. Ich musste hier raus.

„War ja klar, dass ausgerechnet das bei dir hängengeblieben ist." Ohne sie auch nur eine weitere Sekunde anzusehen, rauschte ich an ihr vorbei in mein Schlafzimmer. Ich musste hier dringend raus.

Wenn ich Glück hatte, waren noch ein paar meiner alten Klamotten hier. Da Leder und Schwarz nie aus der Mode kamen, würden sie ein ordentliches Ausgeh-Outfit hergeben.

Ich wollte nur noch weg von hier, mich abreagieren, diesen verfluchten Tag vergessen und all das endlich hinter mir lassen.

Und ich wusste schon genau, wo ich hingehen würde.

Das *Nights* war der berühmteste Nachtclub in Black York und der beliebteste Treffpunkt für alle Empyrianer, die ihrem Alltag entfliehen und Stress abbauen wollten. Er bot alles, was sich jedes Wesen erhoffte. Sei es eine Bar, an der die verschiedensten Getränke ausgeschenkt wurden – und wenn ich *verschiedenste* sage, meine ich das auch so. Von Blut über Zaubertränke bis hin zu Wodka oder Nektar gab es hier einfach alles.

Es gab mehrere Tanzflächen auf verschiedenen Ebenen, auf denen unterschiedliche Musikrichtungen spielten. Auf einer Etage gab es eine Bühne und Poledance-Stangen. Dazu gemütliche Sitznischen, weich gepolstert mit rotem Samt und schweren, dunklen Vorhängen, die jedes Geräusch verschluckten und die Insassen vor neugierigen Blicken schützten.

Auf der Dachterrasse gab es einen riesigen, in mystischem Blau beleuchteten Pool. Die meisten Partygäste zog es gegen drei Uhr morgens nach oben. Nackt unter dem Sternenhimmel zu schwimmen, schien unglaublich erregend zu sein.

Ich für meinen Teil wollte mir eine Flasche Bourbon an der Bar bestellen und mich in eine der Sitznischen verkriechen. Mir war nicht nach Tanzen, mir war nicht nach Flirten. Ich wollte mich in einer ruhigen Ecke betrinken.

Ich trug eine schwarze Lederhose, ein dunkles Top, Biker Boots und Lederjacke, mein Standard-Outfit. Ich hatte meine Augen dunkel geschminkt und roten Lippenstift aufgetragen, meine Haare ließ ich so, wie sie waren, sie machten sowieso, was sie wollten. Sie waren zu lang und zu schwer, als dass ich sie je gebändigt bekommen hätte.

Anni hatte ich allein in meiner Wohnung zurückgelassen, und ob Skip nun wirklich einkaufen gegangen war oder nicht, wer wusste das schon. Ein wenig Abstand tat uns allen ganz gut. Mit dem, was jeder von uns heute gehört und erlebt hatte, musste jeder auf seine Weise fertig werden. Nun ja, ich wollte nicht damit fertig werden. Ich setzte immer noch auf die gute alte Verdrängungstaktik. Das *Nights* und der Whiskey würden mir dabei behilflich sein.

Die Schlange vor dem Club zog sich fast über zwei Blocks. Als ich die Massen an Empyrianern sah, stöhnte ich innerlich auf. Im Ernst?! Ich sollte mich für einen Whiskey zwei Stunden lang anstellen?

Keine Chance!

Ohne auf die Protestrufe der Hexen, Vampire, Werwölfe, Gestaltwandler und anderen Wesen zu hören, marschierte ich an der Schlange vorbei bis zum Eingang. Ich wartete einen Moment, und als der Türsteher für eine Sekunde abgelenkt war, schlüpfte ich, die Rufe der Wartenden ignorierend, an ihm vorbei in das *Nights*.

Ich sah mich gar nicht groß um. Es gab hier niemanden, den ich sehen wollte. Alles, was ich suchte, befand sich hinter einem funkelnden Bartresen.

„Hallo, hübsche Frau, was kann ich dir bringen? Lass mich raten, Cosmo?", der Barkeeper grinste mich mit einem weiß aufblitzenden Lächeln an und ließ seine Armmuskeln spielen, während er eine Flasche Hochprozentigen in die Luft warf und wieder auffing.

Gott, wie ich Klischees hasste.

„Ich hätte gerne eine Flasche Bourbon." Ich knallte dem Barkeeper einen Hundert-Black-Dollarschein, die Währung hier in Empyrion, auf den Tresen und wartete. Ohne ein Lächeln.

„Die Einladung nehme ich an, Süße." Das Lächeln des Barkeepers wurde noch breiter, so als hätte er gerade etwas gewonnen. Er drehte mir den Rücken zu und stellte dann kurzer Hand eine Flasche des gewünschten Whiskeys mit zwei Gläsern auf den Tresen. Er zwinkerte mir kurz zu, spitzte seine Lippen und warf mir dann einen Kussmund zu.

Ein kalter Schauer lief mir über den Rücken und ich schüttelte mich vor Ekel. Warum liefen solche Typen überhaupt noch frei herum? Dachten sie wirklich, sie wären so unwiderstehlich, dass sie mit so einer billigen Anmache bei einer Frau landen könnten? Egal, in welcher Welt man sich befand, diese Widerlinge gab es ganz offensichtlich überall.

Ohne ein Kommentar packte ich die Flasche am Hals und zog sie langsam über den Tresen.

Ich drehte mich nicht noch einmal um, als ich die Treppe zur nächsten Ebene hochstieg, doch ich konnte die Wut des Barkeepers fühlen. Da würde jemand heute Abend sein kaputtes Ego wieder aufpolieren müssen. Ich konnte mir ein fieses Grinsen nicht verkneifen.

Man sollte sich doch über die kleinen Momente im Leben freuen. Tja, das war einer dieser Momente.

Als ich endlich auf der Ebene mit den Sitznischen angekommen war, fand ich glücklicherweise noch eine, die frei war.

Die Nischen waren heiß begehrt. Unverkennbare Geräusche und der Geruch nach Sex schienen selbst die dicken Samtvorhänge zu durchdringen. Mir war das egal. Ich nahm die letzte freie Nische in Anspruch und zog die Vorhänge soweit zu, bis nur noch ein dünner Spalt blieb, durch den ich die Tanzfläche beobachten konnte. Ich wollte mich nicht ganz von der Welt ausschließen, aber mehr als ein gekipptes Fenster sollte es auch nicht sein. Ich würde ohnehin bald nicht mehr mitbekommen, wo ich war. Der Whiskey würde seinen Teil dazu beitragen.

Ich fläzte mich gar-nicht-ladylike auf die Couch und legte meine Füße samt Boots auf dem kleinen Tisch vor mir ab. Dann drehte ich die Flasche auf und warf den Deckel in die Ecke. Den würde ich nicht mehr brauchen.

Ich würde alles bis zum letzten Tropfen austrinken. Ich wollte nichts mehr spüren, nichts mehr fühlen, nur noch vergessen. Auf Wiedersehen Schuldgefühle, Selbsthass und Probleme, hallo, Bourbon.

Ohne länger darüber nachzudenken, setzte ich die Flasche an und trank. Ein Schluck, noch einen und einen weiteren. Hustend beugte ich mich nach vorne und unterdrückte die aufsteigenden Tränen. Wow, ich hatte vergessen, wie sehr das brannte.

Die bernsteinfarbene Flüssigkeit rann mir die Kehle hinab und ich konnte fühlen, wie sie mich von innen heraus erwärmte. Oh ja, das tat gut. Gleich noch einen Schluck.

„Sehr gut." Schnell nahm ich noch ein paar Schlucke und atmete hustend aus. Ich merkte, wie mir warm wurde und meine Glieder schwer. In meinem Kopf bildete sich ein leichter Nebel, und mein Blick ließ sich nicht mehr richtig fokussieren. Ich schaute auf die in meiner Hand liegende Flasche herab. Sie war mehr als halb voll, zu voll. Ich nahm noch zwei große Schlucke und lehnte mich entspannt zurück.

Wow, diese Sitznischen waren wirklich total bequem und der Samtbezug war so unglaublich weich. Ich überlegte, meine Wohnung komplett mit Samt auslegen zu lassen. Ja ... genau. Samt. Roter Samt in der ganzen Wohnung.

Es wäre mir egal, wenn man dachte, man beträte einen Puff. Ich wollte roten Samt. Ich wollte nackt auf rotem Samt schlafen.

Nebenan in der Nische ging es offensichtlich gerade richtig zur Sache. Ich konnte lautes Gestöhne und klopfende Geräusche hören. Verdammt ich wollte auch Sex. Ich vermisste Sex. Sex ließ meine Haut prickeln und verschaffte mir dieses Hochgefühl, das ich schon so lange nicht mehr gespürt hatte. Jack würde bestimmt nie mit mir schlafen wollen. Er hasste mich. Mich und das, was ich getan hatte.

Verdammt.

Mein Kopf fiel nach hinten gegen die weiche Polsterung des Sofas, und ohne etwas dagegen tun zu können, schlossen sich meine Augen. Die Wärme, das Sofa und das rhythmische Klopfen nebenan taten ihr Übriges, und so war ich schon nach kurzer Zeit in den heiß ersehnten Dämmerzustand abgedriftet, der den Nebel des Vergessens mit sich brachte.

Ich war so tiefenentspannt, dass ich nicht einmal die Flasche festhalten konnte, die mir ohne Vorwarnung aus der Hand glitt und mit einem dumpfen Geräusch zu Boden fiel. Ich schreckte hoch.

Whiskey schwappte auf den dunklen, weichen Teppich und färbte ihn noch dunkler. Verdammt, ich hatte die Flasche fallen lassen. Jetzt musste ich mir eine Neue kaufen.

Genervt ließ ich den Kopf wieder gegen die Lehne sinken und überlegte, ob ich zu dem Barmann im Erdgeschoss gehen sollte, um mir eine neue Flache zu besorgen, oder ob es auf diesem Stockwerk auch eine Bar gab. Ich wollte gerade aufstehen, als eine vertraute Person den Samtvorhang zur Seite schob und meine Nische betrat.

„Tess Hope. Was für eine freudige Überraschung.“

16.

„Kay", mein Blick glitt über den ein Meter neunzig großen Vampir mit dem südländischen Teint, schwarzen, schulterlangen Haaren und dem Dreitagebart. Er trug ein schwarzes T-Shirt, das seine breite Brust und die muskulösen Arme betonte. Seine schwarze Jeans saß ihm tief auf den Hüften und zog meine gesamte Aufmerksamkeit auf sich.

Kay räusperte sich einmal, und ich musste mich zusammenreißen, um den Blick von seinem besten Stück abzuwenden. Als ich meine Lider hob, um ihm ins Gesicht zu sehen, fixierte er mich mit seinen schwarzen Pupillen. Ich hatte schon damals immer eine Gänsehaut bekommen, wenn ich in seine Augen gesehen hatte. Sie waren auf eine finstere Weise schön.

„Ich habe Euch in meinem Etablissement vermisst, meine Teuerste. Wollt Ihr mir verraten, wohin es Euch in der Zwischenzeit verschlagen hat?"

Lässig lehnte Kay sich gegen die Wand, die als Trennung zwischen den einzelnen Privatnischen fungierte, und musterte mich mit einem intensiven Blick.

Ich sah ihm lange in die schwarz umrandeten Augen, die ihm das Aussehen eines Piraten verliehen, und holte langsam Luft.

In Kays Nähe war die Luft immer rein und frisch, nicht ein Hauch von Hass oder Rache konnte ich vernehmen. Wenn man schon so lange auf der Welt verweilte wie er, hatte man mit Sicherheit den ein oder anderen Feind gehabt, sicher auch die ein oder andere offene Rechnung. Doch Kay schien diese Gefühle zu beherrschen – oder aber es gab schlichtweg niemanden, den er hasste oder an dem er sich rächen wollte.

Wenn ich in seiner Nähe war, fühlte ich nur die Spannung und das Feuer unterdrückter Leidenschaft. Vielleicht war das bei allen Vampiren so, ich wusste es nicht, aber bei Kay war die Furie in mir so ausgeglichen, wie eine Rachegöttin es eben sein konnte.

Die Luft zwischen uns schien elektrisch zu knistern, als würden sich im nächsten Moment überall Stromschläge entladen. Ich konnte förmlich hören, wie die Zeiger der tickenden Uhr über meinem Kopf einfroren und die Zeit zum Stillstand kam.

„Ich war in der Menschenwelt", sagte ich langsam, beugte mich nach vorn, hob die nun fast leere Whiskeyflasche vom Boden auf und setzte erneut zum Trinken an. Dabei ließ ich Kay nicht eine Sekunde aus den Augen. Doch noch ehe ich den nächsten Tropfen der bernsteinfarbenen Flüssigkeit auf meine Zunge perlen lassen konnte, hatte ich plötzlich nichts als Luft in der Hand.

„Hey", rief ich erschrocken.

Schneller, als es ein menschliches Auge oder das einer Furie wahrnehmen konnte, hatte Kay sich nach vorn gebeugt und mir die Flasche aus der Hand gerissen.

„Was soll das?", knurrte ich den Vampir an.

„Ich möchte nur, dass Ihr Euch auf unser Gespräch konzentriert, anstatt Euer Haupt zu meinen Füßen zur Ruhe zu betten. Ich gedenke Euch heute Nacht meine Lust zu schenken und Eure für mich zu beanspruchen. Also bitte, Liebste, trinkt nicht weiter dieses giftige Gesöff.“

Obwohl ich immer noch reichlich verdutzt und wütend darüber war, dass er mir den wohlverdienten Nebel des Vergessens missgönnte, konnte ich nicht verhindern, dass mein Unterleib sich bei seinen Worten köstlich zusammenzog.

„Solche Worte aus dem Munde eines Clubbesitzers? Du schenkst dieses *Gesöff* doch hier aus.“

„Ihr wart also in der Menschenwelt“, fuhr Kay, meine Worte ignorierend, fort.

Mit einer fließenden und beeindruckend eleganten Bewegung, die jede Königin vor Neid hätte erblassen lassen, ließ er sich zu mir auf die weich gepolsterte, mit rotem Samt überzogene Sitzgruppe nieder. Den schweren Samtvorhang hatte er ganz zugezogen, sodass wir vollkommen ungestört und von der regen Betriebsamkeit des Clubs abgeschirmt waren.

„Warum wart Ihr dort, Tisiphone?“, fragte er mich.

„Du weißt doch schon warum.“ Ich musterte ihn eingehend und versuchte jede noch so kleine Regung in seinem Gesicht einzufangen. Mir war nicht entgangen, dass er mich bei meinem wahren Namen genannt hatte. Das hatte er damals auch schon getan, und jedes Mal bekam ich bei diesem Klang eine Gänsehaut.

„Ich möchte Euch nicht belügen, Gerüchte machten die Runde, die auch an mir nicht vorüberzogen. Dennoch bin ich erpicht zu erfahren, wie Eure Version der Geschichte lautet."

Ich runzelte die Stirn und versuchte die Beweggründe meines Gegenübers zu ergründen. Wollte er die Wahrheit hören? War er neugierig? Oder wollte er einfach nur höflich sein?

„Ich werde kein Urteil fällen, Ihr wisst, das tue ich nie." Ein schiefes, unglaublich sexy aussehendes Grinsen stahl sich auf seine Lippen, und ich konnte spüren, wie mein Herz etwas schneller klopfte und mein Atem sich beschleunigte.

Ich holte mehrmals tief Luft, um mich wieder zu beruhigen, und war dankbar, dass meine Wangen von dem Whiskey schon gerötet waren, sodass Kay die aufsteigende Scham in meinem Gesicht nicht lesen konnte. Sonst hätte er sofort gewusst, woran ich in diesem Moment dachte.

Ich räusperte mich und sah ihm dann wieder in die dunklen Augen. „Sie quälten und misshandelten meine Schwester, trieben sie in den Tod, also tötete ich sie."

Ganz einfach, dachte ich bitter, und doch schien mein Herz einen neuen Riss zu bekommen. Jedes Mal, wenn ich wieder davon erzählte, schien es ein Stückchen mehr auseinanderzubrechen. Würde es irgendwann eine Zeit geben, in der es mich nicht mehr innerlich zerriss? Würde ich je darüber hinwegkommen?

Ich schüttelte schnell den Kopf und konzentrierte mich wieder auf Kay. Über sein Gesicht huschten die verschiedensten Gefühle, doch sie kamen und verschwanden so schnell, dass ich sie nicht erfassen, geschweige denn benennen konnte.

„Und nun seid Ihr wieder hier?“, fragte er, ohne meine Erklärung zu kommentieren, wofür ich ihm sehr dankbar war.

Ich nickte als Antwort.

„Was brachte Euch dazu, zurückzukommen?“, fragte er mit ernstem Gesichtsausdruck.

„Ich ... man braucht mich hier“, antwortete ich unsicher und runzelte die Stirn. „Denke ich.“

Kay nickte bedächtig und plötzlich war da wieder dieses Lächeln, das einen alle Sorgen vergessen ließ.

„Nicht weil Ihr mich vermisst habt? Ich kann mich an ein paar sehr berauschende Stunden mit Euch erinnern, die mir den Verstand vernebelten und keinen rationalen Gedanken mehr zuließen.“

Mit jedem gesprochenen Wort wurden seine Augen dunkler und ein sinnliches Knistern schien ihn einzuhüllen wie einen Mantel. Ohne dass es mir aufgefallen war, war er näher an mich herangerückt und mir plötzlich so nah, dass ich glaubte, nicht mehr atmen zu können. Er raubte mir die Luft und schien meine Lungen stattdessen mit dem Verlangen nach ihm zu füllen. So, als könnte ich nur überleben, wenn ich ihn auf der Stelle küsste. Als würde der Sinn meines Lebens nur darin bestehen, ihn zu berühren und mich ihm, seiner Macht, seiner Leidenschaft und seiner Lust hinzugeben.

„Habt Ihr mich denn nicht vermisst?", flüsterte er meinen Lippen so nah, schob dabei seine Hand in meinen Nacken und griff in mein Haar. Die Berührung jagte mir eine Gänsehaut über die Haut.

„Vielleicht", hauchte ich und tastete sein Gesicht mit meinen Augen ab. Angefangen mit diesen dunklen, alles verschlingenden und doch zugleich schönen Augen, bis hinab zu diesem sinnlichen Mund. Lippen so schön geschwungen und weich, als wären sie nur zu dem Zweck erschaffen worden, von mir geküsst zu werden.

„Ich weiß, was du tust", flüsterte ich und beugte mich gleichzeitig ein Stück nach vorn, um auch die letzten Zentimeter zwischen uns zu überbrücken.

„Und was tue ich Eurer Meinung nach?", fragte er grinsend.

„Ihr zieht mich in Euren Bann, Mylord. Aber ich bin nicht eines dieser naiven Frauenzimmer aus Eurem Jahrhundert, mit denen Ihr spielen könnt. Ich bin eine Furie, lasst mir meinen freien Willen und findet heraus, ob ich Euch aus freien Stücken gewähren lasse."

Kay schenkte mir ein sinnliches Lächeln und zog sich etwas von mir zurück.

Ich spürte, wie das Verlangen in mir sich lichtete und die Gedanken nicht mehr so träge durch meinen Kopf waberten wie Nebel in den frühen Morgenstunden. Ich fühlte mich wacher, aufmerksamer, und doch war da immer noch diese brennende Lust, die Leidenschaft, die schon immer zwischen uns bestanden hatte.

Ohne ein weiteres Wort zu sagen, setzte ich mich rittlings auf Kays Schoß, krallte mich in seine langen, schwarzen Haare, die sich immer noch so seidig anfühlten wie beim letzten Mal und küsste ihn.

Ich küsste ihn, wie eine Furie einen Vampir noch nie zuvor geküsst hatte. Als wäre seine Lust mein Lebenselixier.

Meine Lippen trafen auf die seinen und mit einem leisen Seufzen genoss ich dieses weiche, zarte, kühle Gefühl. Kays Zunge verschaffte sich Einlass in meinen Mund und begann mit der meinen zu tanzen. Ich krallte mich fester in sein Haar, um ihn noch näher zu mir zu ziehen. Nie wieder wollte ich mich von ihm lösen. Bei diesem sinnlichen Tanz unserer Zungen konnte ich vergessen, konnte entfliehen. Die Lust ließ alle negativen Gedanken und Erinnerungen dahinschmelzen und hinterließ nichts als das stetige Feuer. Leidenschaft loderte auf und entfachte ein Inferno, das mit jeder Minute weiterwuchs.

„Tisiphone", stöhnte Kay zwischen zwei Küssen und entlockte mir meinerseits ein Stöhnen. Seine Hände hatten sich in meine Hüfte gekrallt, die ich kreisend zu bewegen begonnen hatte. Ich rieb meinen Venushügel an seiner Härte und presste meinen Oberkörper gegen den Seinen. Meine Brustwarzen waren hart, und die Reibung, die ich mit meinen leidenschaftlichen, sinnlichen Bewegungen hervorrief, jagte Schauer der Lust durch meinen Körper. Ich sog seine Unterlippe in meinen Mund und knabberte daran.

„Fester", zischte Kay.

Eine weitere Aufforderung benötigte ich nicht. Ohne Vorwarnung biss ich zu und schmeckte den kupferähnlichen Geschmack von Blut auf meiner Zunge. Doch die Bitterkeit verschwand, sobald die Tropfen meine Kehle hinabrannen. Schon bald breitete sich ein vollmundiger Geschmack in meinem Mund, meinem Rachen und in meinem Körper aus.

Ein Summen, das den Kern meiner Lust nur noch mehr wachsen ließ und mich in ungekannte Sphären schickte, erfüllte mich. Ich fühlte mich wie berauscht von einer mächtigen Droge und begann mich langsamer und noch sinnlicher auf Kay zu bewegen. Ich rieb mich fester an seiner Erektion und fühlte, wie sich mein Unterleib zusammenzog. Ich konnte spüren, wie sich die Lust in mir anstaute und sich bereitmachte, auszubrechen.

Kay stöhnte, und ich konnte seine Lust förmlich auf meinen Lippen schmecken.

Er löste sich von mir und bahnte sich mit seinen wundervollen Lippen einen Weg meinen Hals hinab. Als er meine Kehle erreichte, ließ ich meinen Kopf zurückfallen und entblößte sie ihm. Er öffnete den Mund und kratzte spielerisch mit seinen Fangzähnen darüber. Ich stöhnte und rieb mich noch fester an ihm, sodass ich ein Feuerwerk zwischen meinen Beinen heranrasen fühlte. Gleich würde ich explodieren, ich konnte es spüren.

Kay saugte an meiner Kehle und ich bewegte mich im gleichen Takt, wir verschmolzen zu einer Einheit. Seine Zunge liebkoste die empfindliche Haut bis zu meinem Ohr. Dort angekommen hielt er kurz inne und hauchte: „Nur mit Eurer Erlaubnis."

Ich erschauderte, entzückt, wie viel Gentleman doch in ihm steckte, obwohl er immer etwas anderes behauptete.

Langsam senkte ich den Kopf, um ihm noch einmal in die Augen sehen zu können. „Ich vertraue Euch", flüsterte ich, legte den Kopf zur Seite und bot ihm meinen Hals an.

Ohne ihn ein zweites Mal bitten zu müssen, versenkte Kay seine Zähne in meinem Hals. Wir stöhnten gleichzeitig entzückt auf, er an meinem Hals, ich in seinem Haar, in das ich mein Gesicht vergraben hatte.

Im Takt des rhythmischen Saugens an meinem Hals bewegte ich meine Hüfte. Ich rieb mich immer fester und leidenschaftlicher an seinem harten Schwanz, der sich selbst durch die Hose unglaublich groß anfühlte, und krallte mich in seinen Rücken. Ich konnte spüren, wie sich ein Druck in mir aufbaute, angefüllt mit so viel Lust und Leidenschaft, dass es für ein ganzes Jahrhundert hätte ausreichen können, und mit einer letzten Bewegung, einem letzten Hüftschwung, einem letzten Saugen an meinem Hals kam ich auf dem Schoß meines toten Geliebten zum Höhepunkt.

Sterne tanzten hinter meinen geschlossenen Augenlidern. Meine Lippen halb geöffnet stöhnte ich immer wieder Kays Namen.

Der Orgasmus dauerte eine halbe Ewigkeit, und als ich endlich wieder zurück auf die Erde kam, sah mich Kay aus seinen dunklen Augen heraus an.

„Ihr seid das unglaublichste Wesen, das ich je berührt habe. Ich kenne niemanden, der so leidenschaftlich ist wie Ihr – und dabei war ich noch nicht einmal in Euch. Lasst uns von hier verschwinden, Tisiphone." Kay hatte seine Hand noch immer in meinem Haar, und selbst wenn ich die Kraft gehabt hätte, ihm diesen Wunsch zu verwehren, hätte ich es nicht getan. Alles, was ich tat, war, zu nicken, und ehe ich mich's versah, hatte er mich auf seine Arme gehoben und rauschte mit mir in Vampirgeschwindigkeit aus dem Club in die kühle, sternenklare Nacht hinaus, ein dunkles Versprechen auf den schelmisch grinsenden Lippen.

Als wir Kays Wohnung betraten, war ich nicht überrascht, dass sich im Laufe der Zeit nichts verändert hatte. Seine Wohnung war sehr spartanisch eingerichtet, nur mit dem Nötigsten ausgestattet und glich einem trostlosen Schlachtfeld, auf dem die warmherzige Geborgenheit gegen die kühle Distanziertheit verloren hatte. Es war ein trauriger, verlassener Ort und doch hätte nichts Kays Wesen besser widerspiegeln können.

Ich drehte mich zu meinem dunklen Fürsten der Finsternis um und sah ihn mit neuen Augen an.

Als ich damals zu ihm gekommen war, war ich verzweifelt und aufgelöst gewesen. Ich hatte gerade von Jacks Verlobung erfahren und wusste nicht, wohin mit meinem Zorn. Wie hätte ich ihm sagen können, dass ich ihn liebte, wo er doch diese Verbindung einging, damit endlich Frieden zwischen den Werwölfen und dem Olymp herrschte. Abgesehen davon liebte er sie – zumindest glaubte ich das – und wir waren nichts als Trainingspartner, Waffenbrüder. Wir kämpften Seite an Seite gegen Dämonen, ich war wie eine beste Freundin für ihn. Er hatte nie etwas anderes in mir gesehen, während ich mich mit jedem weiteren Tag ein bisschen mehr in ihn verliebt hatte.

Ich wusste damals weder ein noch aus, ich wusste nur, dass ich ihn loslassen musste, wenn ich nicht an gebrochenem Herzen sterben wollte.

Ich versuchte mich so schnell wie möglich von der Liebe, die ich für Jack empfand, zu befreien und ebenso schnell fiel ich Kay in die Arme und eines führte zum anderen.

Damals hatte ich ihn benutzt. Um mich besser zu fühlen, um von Jack loszukommen, um für einen Moment der schrecklichen Realität meines Lebens zu entfliehen. Wollte ich wirklich, dass es dieses Mal genauso lief?

Auch wenn ich Jack immer noch liebte und diese Gefühle in der Zeit, in der ich in der Menschenwelt gelebt hatte, nicht verblasst waren, wusste ich doch, dass es keine Hoffnung für uns gab. Ich war keine Närrin. Jack hasste mich für das, was ich getan hatte. Auch wenn er meine Beweggründe jetzt nachvollziehen konnte, würde er mir nie verzeihen.

Ich war die Frau, die seine Verlobte brutal ermordet hatte. Mehr gab es dazu nicht zu sagen.

Ich sollte anfangen, nach vorn zu sehen. Keine Ahnung, ob dieser Neuanfang eine Zukunft mit Kay bereithielt, aber ich vertraute ihm und na ja ... der Sex war atemberaubend. Vielleicht war es nicht verkehrt, sich auf ihn einzulassen und zu sehen, wohin es uns führte. Und anscheinend fanden wir immer wieder zueinander. Ich war nicht einmal vierundzwanzig Stunden wieder hier und schon saß ich stöhnend auf seinem Schoß mit seinen Zähnen in meinem Hals, also –

„Tisiphone", murmelte Kay so leise, dass ich Mühe hatte, ihn zu verstehen.

Ohne ein weiteres Wort zog er mich an sich und drängte mich gegen die nächste leere Wand. Grau, kalt, ohne Tapete oder Bilder, die sie hätten wärmer erscheinen lassen, und doch war mir so heiß wie nie zuvor.

Stürmisch eroberte Kay meinen Mund. Ich stöhnte verzückt auf, berauscht von dem sinnlichen Spiel unserer Lippen. Meine Hände fuhren fahrig über seinen Rücken. Ich wollte ihn überall berühren, ihn in mir spüren und nichts mehr zwischen uns wissen.

Ungeduldig zerrte ich an Kays dunklem Shirt und signalisierte ihm mit einem frustrierten Knurren, dass er sich sofort ausziehen sollte.

„Euch kann es ja gar nicht schnell genug gehen, Tisiphone.“

Ich spürte, wie Kay an meinen Lippen lächelte. Sein Charme war schon immer eine seiner stärksten Waffen gewesen. Jedes weibliche Wesen, ob Hexe, Gestaltwandlerin oder Furie, wir alle ließen uns von ihm um den Finger wickeln.

Mit einer fließenden Bewegung zog er sich das T-Shirt über den Kopf und öffnete seine Hose.

„Fick mich, Kay! Bitte!“, flüsterte ich an seinen Lippen und spürte, wie sie sich zu einem Lächeln verzogen.

„Ihr seid unersättlich und sehr ungeduldig, Mylady. Und mit jedem weiteren Wort will ich Euch noch mehr.“ Mit einer ruckartigen Bewegung hob Kay mich hoch und trug mich in sein Schlafzimmer. Von allen Zimmern in dieser Wohnung war das hier wohl das gemütlichste. Alles, was darin zu finden war, war ein Bett, aber dafür das schönste, das ich je gesehen hatte. Es war ein Himmelbett, so groß und breit, dass es den ganzen Raum für sich vereinnahmte. Dicke hölzerne Säulen drehten sich an jeder Ecke des Bettes nach oben und kreuzten sich dort in der Mitte. Ein wunderschöner durchscheinender, mitternachtsblauer Baldachin wand sich darüber und grenzte die Schlafenden von der Außenwelt ab. In diesem Bett befand man sich in seiner ganz eigenen Welt und nichts Besseres konnte ich mir für diesen Abend vorstellen.

Kay bettete mich auf die mit Seide überzogenen Laken und ließ sich mit seinem Körper auf mich sinken. Seine Augen suchten meinen Blick, und ich hatte Mühe, mich auf seine Augen zu konzentrieren.

„Schön, dass sich manche Dinge nicht geändert haben", flüsterte Kay und strich mir mit seiner kühlen Hand zärtlich eine Haarsträhne aus dem Gesicht.

„Ja", antwortete ich fahrig, zog ihn an seiner Halskette zu mir herunter und küsste ihn leidenschaftlich.

Ich wollte jetzt nicht reden und ich wollte bestimmt auch nicht daran erinnert werden, dass ich hier war, weil mir eine Zukunft mit dem Mann, den ich liebte, für immer verwehrt worden war.

Kays Kuss wurde intensiver und löschte jeden weiteren Gedankengang mit seinem harten Körper, der sich an meinen presste, aus. Ich spürte jeden Zentimeter von ihm und konnte es kaum erwarten, ihn endlich in mir zu spüren. Ich griff in sein schwarzes, seidiges Haar und zog ihn noch näher zu mir, wenn das überhaupt möglich war. Meine Hüfte rieb sich gierig an seiner Härte und ich bäumte mich ihm ungeduldig entgegen. Ich hatte meine Beine um ihn geschlungen und fühlte ein wohlbekanntes Kribbeln in meinem Unterbauch.

So schnell, dass ich es gar nicht richtig mitbekam, zog Kay mir meine übrigen Sachen aus, sodass ich nur noch in Unterwäsche unter ihm lag. Es war ein berauschendes Gefühl, dass er immer noch seine Hose trug und ich schon fast ganz nackt war. Ich spürte den rauen Stoff seiner Jeans und fand unser Liebesspiel noch erregender als zuvor. Er war eindeutig der dominante Part von uns beiden, dabei war ich am liebsten oben, aber ich hatte kein Problem damit, mich von ihm führen zu lassen. Schließlich war er schon um einiges länger auf dieser Welt und hatte gewiss die eine oder andere Erfahrung gesammelt. Bei mir beschränkte es sich auf eine Handvoll Männer – was bei einer über fünfhundert Jahre alten Furie nicht besonders viel war.

Kay begann, mit seiner Hüfte zwischen meinen Beinen zu kreisen, und ich merkte, wie die Lust sich sofort an diesem Reibungspunkt zu sammeln begann.

Schnell zog ich meinen BH aus, warf ihn achtlos zur Seite und reckte Kays Mund meine steifen Nippel entgegen. Sobald er an dem ersten saugte, stöhnte ich auf und spannte jeden Muskel in meinem Körper an. Ich hätte auf der Stelle kommen können, und dabei hatte Kay mich bisher weder mit den Fingern, der Zunge oder seinem nackten Schwanz dort unten berührt. Dieser Mann verstand definitiv sein Handwerk.

Ich drückte meinen Rücken noch weiter durch und rieb mich noch intensiver an Kays stahlharter Erektion, als der Druck plötzlich nachließ.

„Hey, was –", stutzte ich frustriert, denn ich wurde nicht gerne auf halber Strecke hängen gelassen. Doch noch ehe ich mich verwundert umsehen konnte, wo Kay plötzlich geblieben war, war er schon wieder über mir – nackt – und riss mir mein Höschen von der Hüfte.

Auf Nimmerwiedersehen, teure Reizwäsche.

„Ich möchte, dass Ihr diese Wäsche ersetzt, Mylord, die stammt von *Victoria Secret*", sagte ich lachend, als ich sein boshaftes Lächeln sah.

„Wie Ihr befiehlt, Mylady", schnurrte er und ließ sich wieder auf mich sinken.

Ich hielt erregt die Luft an und sah zwischen unseren Körpern nach unten, um seine Statur zu bewundern. Er sah aus wie aus Marmor gemeißelt. Ein Gott, dafür geschaffen, Frauen zu beglücken und Männer ins Verderben zu schicken.

Kay griff in meine Kniekehle und legte sich mein Bein um die Hüfte. Mit einer einzigen fließenden Bewegung drang er in mich ein und ich stöhnte lusterfüllt auf. Es war so unglaublich intensiv. Ich war vollkommen ausgefüllt und musste mich erst an seine Größe gewöhnen. Sein Schwanz war ebenso kalt wie er, doch in meinem erhitzten Inneren fühlte es sich wunderbar an.

Als Kay begann, sich langsam zu bewegen, zerfloss ich in meiner Begierde und Leidenschaft und krallte mich in seinen Rücken.

„Beiß mich", forderte ich ihn auf und zog mich innerlich um seinen harten Schwanz zusammen. Wir waren so eng miteinander verbunden, ich spürte jeden Millimeter seiner Haut. Es war, als verteilte er überall kleine Stromschläge, die jede empfindliche Stelle von mir zum Leben erweckten und mir eine lustvolle Gänsehaut verschafften.

Kay brauchte keine zweite Aufforderung. Sobald ich ihm meinen Hals zugewandt hatte, biss er zu und saugte an meiner Vene. Ein Feuersturm entbrannte in mir. Und während ich seine kalten saugenden Lippen und Zähne an meinem Hals spürte, sein harter

Schwanz in mich stieß und mich mit seinen leidenschaftlichen, fließenden Bewegungen fickte, rollte der berauschendste Orgasmus über mich hinweg, den ich jemals erlebt hatte.

Ich stöhnte laut Kays Namen und rieb meine Hüfte an ihm. Ich konnte fühlen, wie er sich ebenfalls anspannte und kehlig meinen Namen stöhnte, während er sich erneut in meinem Hals verbiss und noch intensiver daran zu saugen begann. In feurigen Wellen überspülte uns das schönste aller Gefühle und dauerte so lange an wie nie zuvor.

Als ich benommen die Spannung löste und matt und befriedigt vor Kay lag, fühlte ich mich zum ersten Mal so richtig entspannt, seit ich in Empyrion angekommen war.

„Geht es euch besser, Mylady?", fragte Kay schelmisch grinsend und ich nickte entspannt.

Der Vampir löste sich von mir und streckte sich neben mir auf der Matratze aus. Ich blieb, wo ich war, und starrte den blauen Baldachin über mir an. Langsam kehrte ich in die Realität zurück und fühlte mich einfach nur berauscht und wunderbar matt und ausgelaugt.

Ich drehte mich auf die Seite und sah meinem toten Liebhaber in die Augen. „Lang ist's her", flüsterte ich.

„Hmm", brummte Kay und streichelte mir sanft über die Wange. „Und wie lange werdet Ihr dieses Mal bleiben?", fragte er und fixierte dabei meine Lippen.

„Es ist wunderschön mit dir, so wie jedes Mal ..."

„Das ist keine Antwort auf meine Frage“, stellte Kay mit einem traurigen Lächeln fest. „Ihr werdet wieder fliehen, nicht wahr?“

„Was meinst du?“, fragte ich.

„Es steht einer Lady wie Euch nicht, sich dumm zu stellen, Tisiphone.“

„Ich bin keine Lady, Kay, das solltest du in den letzten Jahren bemerkt haben.“

Ohne ihn anzusehen, stand ich auf und klaubte meine verstreuten Klamotten vom Boden auf. Kurzerhand verschwand ich im Bad und sprang dort schnell unter die Dusche.

Während das warme Wasser auf meinen Rücken prasselte, versuchte ich den Selbsthass, der sich in mir auszubreiten begann, zu ignorieren. Suchtmittel waren nie die richtige Lösung. Nachdem man sie genommen hatte, fühlte man sich noch ekliger als zuvor. Die Therapeuten in der Menschenwelt hätten mein Verhalten als *Vermeidung* klassifiziert. Ich setzte mich nicht mit meinen Problemen auseinander, sondern versuchte sie, ebenso wie meine Gefühle, zu verdrängen. Das war um einiges einfacher, als sich mit ihnen auseinanderzusetzen.

Ich legte den Kopf in den Nacken und schloss die Augen. Was machte ich überhaupt hier? Ich hatte mich all die Jahre kein bisschen weiterentwickelt. Ich war immer noch die selbstzerstörerische Tess, die sich in die Arme eines Vampirs warf, um zu vergessen.

Ich musste hier weg. Das war, was Kay gemeint hatte. Dieser Fluchtinstinkt setzte ein, sobald die Wirkung des Höhepunktes nachließ und ich wieder der Realität ins Auge sah.

Eigentlich tat ich nie etwas anderes, als wegzulaufen. Ich floh. Immer. Ständig. Vor allem und jedem.

Sobald ich mich gewaschen hatte, drehte ich das Wasser ab und trocknete mich ab. Meine Klamotten, zumindest die, die noch heil waren, waren schnell übergeworfen. Ich band meine nassen Haare zu einem unordentlichen Dutt zusammen und stellte mit Erleichterung fest, dass die Bisse von Kay bereits verheilt waren.

Danke, Selbstheilungskraft.

Als ich das Bad wieder verließ, fiel mein Blick sofort auf Kay. Er lehnte, ebenfalls wieder angezogen, am Türrahmen zum Schlafzimmer und musterte mich von oben bis unten.

„Früher hattet Ihr noch Zeit und Lust auf eine zweite Runde", stellte er amüsiert fest. Er schien sich wieder gefangen zu haben und den charismatischen Vampir zur Schau zu tragen, der seine Gefühle gekonnt hinter einer Maske verbarg. Er war nicht im Geringsten beleidigt oder verwundert, mich jetzt schon aufbruchbereit zu sehen. Kay kannte mich einfach zu gut, besser als mir lieb war.

„Kay, ich –"

Doch Kay hob sofort die Hand, um mich zum Verstummen zu bringen. Er trat auf mich zu und sah mir mit einem unergründlichen Blick ins Gesicht. „Ich weiß, was in Euch vorgeht, Tisiphone, und ich wünschte wirklich, Ihr würdet diese Last ablegen, um das Leben genießen zu können. Ich weiß, dass ich nicht der Mann bin, den Ihr begehrt, aber ich bin gerne der Ersatz. Wenn Ihr also das nächste Mal das Gefühl habt, die Realität wiege zu schwer, dann kommt gerne zu mir und verschafft Euch Erleichterung." Und mit diesen Worten verließ er den Raum und ließ mich mit noch mehr Zweifeln zurück.

17.

Sobald ich Kays Wohnung verlassen hatte, rannte ich hinaus in die belebte Nacht von Black York.

Während ich durch die Stadt lief, erkannte ich den Unterschied zwischen meiner Stadt und der der Menschen. Black York war laut und bunt und verrückt. Hier fing das Leben erst richtig an, sobald der Himmel sich vollends verdunkelt hatte. Die Hexen hielten ihre Riten ab und fingen an zu zaubern. Die Vampire feierten die abgefahrensten und düstersten Partys. Die Gestaltwandler wechselten ihr Äußeres, als würden sie in jeder Nacht einen anderen Kostümball besuchen. Die Halbgötter verließen den Olymp, um bei uns einmal so richtig über die Stränge zu schlagen. Die Werwölfe verwandelten sich und streiften gemeinsam durch die Wälder und heulten den Vollmond an, der jede Nacht unser Himmelszelt schmückte. Noch so eine Sache, anhand derer wir keine Zeit messen konnten. Hier sah der Mond immer gleich aus.

Jetzt, da ich durch die Straßen meiner Heimatstadt streifte, erschien mir ganz Empyrion irgendwie trostlos. Ich hatte das Gefühl, es bestünde nur aus dieser einen Stadt, als existierte es nur zu einer Zeit. Ohne am Lauf des Lebens teilzunehmen. Wir steckten irgendwie fest, waren eingefroren und hatten uns von den Fäden der Zeit abgeschnitten. Für uns existierte weder eine Vergangenheit noch Gegenwart oder Zukunft.

Ich wurde langsamer und schlang zitternd die Arme um meinen Oberkörper. Plötzlich fühlte ich mich überhaupt nicht mehr wohl. Als ich mit Ann durch das Portal gekommen war, hatte mich neben der Angst ein Gefühl der Freude erfüllt. Sobald wir in Black York eingetroffen waren, hatte ich mich nur allzu gut an meine schöne Zeit hier erinnern können. Wie ich nachts zwischen den riesigen Gebäuden hindurchgeflogen war und mich nicht sattsehen konnte an all diesen bunten Lichtern. Die ganzen Geräusche von so vielen verschiedenen Spezies waren Musik für meine Ohren.

Doch jetzt?

Jetzt konnte ich mir nichts Schöneres vorstellen, als bei Sonnenaufgang auf dem Empire State Building zu sitzen und die Stadt zu meinen Füßen erwachen zu sehen. Solange hatte ich mich danach gesehnt, zurückzukommen, und nun wollte ich nichts lieber, als wieder zurück in die Menschenwelt flüchten.

Damals war ich dorthin geflohen, weil ich keine andere Möglichkeit gesehen hatte, der Todesstrafe zu entkommen, aber jetzt wollte ich freiwillig wieder dorthin zurück.

In der Menschenwelt waren die Probleme Empyrions vergessen. Aus dem Auge, aus dem Sinn. Ich musste mich nicht mit meinen Gefühlen gegenüber Jack oder Kay auseinandersetzen. Musste mich nicht meiner Trauer stellen, weil das Bild meiner toten Schwester überall auftauchte, wo ich hinging. Der Schatten meiner Vergangenheit drückte jegliche Freude, wieder zu Hause zu sein. Nun war ich freigesprochen und konnte mein altes Leben wiederaufnehmen und dachte doch wieder an Flucht. Was stimmte nur nicht mit mir?

Während ich meinen Gedanken nachhing und mich fragte, wie es jetzt weitergehen sollte, hatte ich gar nicht darauf geachtet, wo ich überhaupt hingelaufen war. Plötzlich stand ich wieder vor der Black Company.

Selbstironisch dachte ich an meine masochistische Veranlagung. Vor wenigen Stunden hatte man mich hier noch gefoltert und trotzdem zog es mich an diesen Ort zurück. Doch nicht das Verlies, in dem mir Schmerzen zugefügt worden waren, reizte mich, sondern die Stockwerke der Rekruten. Dort waren die Quartiere der Agenten, die aus anderen Städten für einen Einsatz nach Black York kamen. Schulungsräume, Waffenkammern und Trainingsräume befanden sich alle Tür an Tür, verteilt auf mehreren Stockwerken. Eine lange Zeit war das hier der Mittelpunkt meines Daseins gewesen. Hier war ich jeden Tag hergekommen. Als frische Rekrutin, noch vollkommen grün hinter den Ohren und mit einem Erfahrungsschatz, der gerade mal eine kleine Pfütze hätte füllen können. Hier hatte man mir alles beigebracht. Hier hatte ich alles über Dämonen, Waffen, Kampftechniken, Verteidigung, unsere Geschichte sowie die der Dämonen und der Menschen gelernt.

Nun musste ich wieder zu diesem Leben zurückkehren.

Konnte ich das?

Ich hatte mich nie damit auseinandergesetzt, ob ich nicht vielleicht etwas anderes tun wollte. Erst jetzt, da ich keine Wahl hatte, tauchte diese Frage plötzlich auf.

Jetzt, da meine Taten ans Licht gekommen waren und ich zur Rechenschaft gezogen worden war, hatte ich die Zeit, um mir darüber Gedanken zu machen, wie es weitergehen sollte.

Am liebsten hätte ich Ann eingepackt und wäre mit ihr irgendwo ans Meer in der Menschenwelt gefahren. Wo wir den ganzen Tag in der Sonne gebadet und aufgehört hätten, uns Sorgen zu machen. Wo wir einfach leben würden und der einzige Grund unserer Existenz darin bestand, glücklich zu sein. Doch meine wiedergewonnene Freiheit hatte einen Preis und den musste ich nun begleichen.

Ich seufzte einmal, ging in die Knie und stieß mich kräftig mit den Beinen vom Boden ab. Sobald ich in der Luft war, breitete ich meine schwarzgefiederten Flügel aus und ließ mich von dem Wind davontragen. Ich musste nur einmal mit meinen Flügeln schlagen und schon befand die Stadt sich weit unter mir. Befreit schloss ich die Augen und genoss den Wind, der mir ins Gesicht peitschte und mich zwischen den schwarzen Federn kitzelte. Meine Finger griffen in die Luft, nach der Freiheit, und ließen sie hindurchgleiten. Es gab kein Problem in dieser oder einer anderen Welt, das nicht mit einem Flug für einen kurzen Moment in Vergessenheit geraten konnte.

Ich schlug noch einmal kräftig mit meinen Flügeln und stieß einen lauten, gellenden Schrei aus. So fühlte sich Freiheit an. Ich war frei, für den kurzen Augenblick dieses Fluges.

18.

Ich hatte keine Ahnung, wie lange ich geflogen war, aber da der Himmel weniger düster wirkte, schien der *Morgen* angebrochen zu sein, als ich vor meiner Haustür landete.

Mit leichtem Unbehagen schloss ich auf und fragte mich, was für eine Stimmung mich dort drinnen erwarten würde. Ich hatte nicht wirklich mit Ann geredet, seitdem sie mein Geständnis gehört hatte. Das spitze Wortgefecht, das wir uns danach geliefert hatten, klang noch immer in mir nach.

Leise schlich ich in die Wohnung und sah mich vorsichtig um. Bisher war nichts zu sehen und niemand zu hören. Skip hatte Ann vermutlich mit zu sich nach Hause genommen.

Ein schlechtes Gewissen machte sich in mir breit. Nach dem Horror, den sie hatte durchmachen müssen, und den Dingen, die sie über mich und ihre Herkunft erfahren hatte, hatte ich sie einfach alleine gelassen, nur weil ich Zeit für mich brauchte. Ich war egoistisch und eine schreckliche Freundin.

„Ann?", rief ich in die leere Wohnung und lauschte.

Keine Antwort. Noch ehe ich alle Räume durchkämt hatte, wusste ich es. Sie war nicht hier.

Ich wählte Skips Nummer und wartete. Er nahm Gott sei Dank nach dem zweiten Klingeln ab.

„Hallo?“

„Wo ist sie?“, fragte ich, ohne seine Begrüßung zu erwidern.

„Bei mir. Tess, das war echt nicht okay. Sie ist vollkommen aufgelöst und –“

Weiter kam Skip nicht, denn mehr musste ich nicht wissen. Ich legte sofort auf und machte mich auf den Weg.

Ich hielt mich nicht damit auf, mir ein Auto zu nehmen. Sobald ich wieder aus meiner Wohnung getreten war, sprang ich in die Luft und breitete meine Flügel aus. Ein Vorteil an unserer Welt. Hier lebte ich unter meinesgleichen und konnte ungestört meine wahre Gestalt zeigen.

Binnen weniger Minuten war ich bei Skip angekommen, der, wenn man sich an den Stadtteilen von New York orientierte, quasi im Brooklyn von Black York lebte.

Alle Höflichkeiten und Umgangsformen in den Wind schießend, betrat ich, ohne anzuklopfen, die Wohnung. Damals war ich ständig bei Skip gewesen. Wir hatten alles miteinander geteilt. Ewig lange DVD-Abende, Partynächte, die bis in die frühen Morgenstunden reichten, Trainingseinheiten, die über Tage andauerten. Wir waren wie Bruder und Schwester. Er kannte all meine Geheimnisse, ebenso wie ich die seinen kannte. Dennoch fühlte ich mich jetzt wie eine Fremde in seiner Wohnung. Die Möbel, die Einrichtung, Skip, alles war so geblieben, wie ich es vor einhundert Jahren, als ich Empyrion und auch Skip verließ, zurückgelassen hatte. Und doch schien alles anders zu sein.

Auf einmal wurde mir schmerzlich bewusst, wie sehr ich meinen besten Freund vermisst hatte. Ich vermisste Skip. Die langen Gespräche, das gemeinsame Lachen, die Streiche, die wir gemeinsam ausgeheckt hatten. Einfach alles.

Skip kam gerade aus der Küche, als ich die Tür hinter mir schloss.

„Vielleicht sollte ich das Schloss auswechseln lassen", überlegte er laut und sah demonstrativ zur Tür.

„Wo ist sie?", fragte ich, anstatt auf seine Worte einzugehen.

„Wo warst du?", fragte er stattdessen und musterte mich von oben bis unten, während ich ins Wohnzimmer stürmte. „Wie geht es Kay?"

„Halt die Klappe, Skip. Wo ist sie?"

„Sie duscht. Und wir wissen ja, wie lange Sirenen brauchen. Also setz dich zu mir und trink einen Kaffee."

Mein Blick glitt zur Badezimmertür und ich überlegte einen Moment, ob ich nachsehen sollte, ob Ann auch wirklich da war. Andererseits sollte ich sie lieber ihrem morgendlichen Ritual überlassen, wenn ich es mir nicht vollends mit ihr verscherzen wollte.

„Na schön", murrte ich und folgte Skip in die große, weiße, einladende Küche.

In Skips Wohnung war alles farblich aufeinander abgestimmt. Weiße Anrichten, Regale und Sideboards wechselten sich mit schwarzen Möbeln, Sofas und Sesseln ab. Schwarze flauschige Teppiche bildeten einen starken Kontrast zu den hellen Fliesen. Man kam sich vor wie in einem gigantischen Yin-und-Yang-Zeichen.

Gut und Böse, hell und dunkel. Diese Wohnung spiegelte perfekt Skips inneren Widerstreit. Er hatte sich noch nie so richtig festgelegt, war aber auch strikt gegen einen Mittelweg. Hier fand man weder Grau noch andere Mischtöne. Es war alles eindeutig abgegrenzt, eine Zwischenlösung gab es nicht.

Ich setzte mich auf einen der Barhocker und ergriff den dampfenden Becher Kaffee, den Skip vor mir auf den Tresen gestellt hatte.

„Reden wir über gestern Nacht?", fragte er und musterte mich über seinen Becher hinweg.

„Ich wüsste nicht, was es da zu reden gibt", erwiderte ich und sah gedankenverloren nach draußen. Skip hatte einen super Ausblick auf die Brooklyn Bridge – schade, dass er sie nie unter einer aufgehenden Sonne sah, sondern immer nur beleuchtet in der Nacht.

„Du warst bei Kay, oder? Wie geht's ihm? Seitdem du weggegangen bist, habe ich nur selten mit ihm Kontakt gehabt."

Ich nahm noch einen Schluck von der heißen Flüssigkeit und beäugte mein Gegenüber. „Es geht ihm gut", sagte ich langsam und beobachtete Skips Reaktion aufs Genaueste.

„Hmm", machte dieser und nahm noch einen Schluck Kaffee. „Das nennt man wohl einen klassischen Rückfall, oder?" Er grinste mich frech an und wendete die lecker duftenden Pancakes in der Pfanne.

„Das klingt, als sei es verboten, Sex mit einem Vampir zu haben", zickte ich und schlüpfte, ohne darüber nachzudenken, in meine alte Rolle als Skips beste Freundin.

Wie viele „Am-Morgen-danach"-Situation hatten wir schon erlebt, in denen ich ihm nach einer wilden Nacht mit einer Sirene oder er mir nach dem leidenschaftlichen Sex mit Kay hatte gut zureden müssen?

Allerdings verhielt es sich bei Kay etwas anders. Mit ihm schlief ich, weil ich vor etwas oder besser gesagt jemandem davonrannte. Und obwohl es außer Frage stand, dass mein Herz auf ewig Jack gehören würde, war Kay so etwas wie der Ersatzmann, mit dem ich mir das vorstellen könnte, was ich mit Jack niemals haben würde. Unsere *Beziehung* war kompliziert – und das war noch das netteste Wort dafür. Jedenfalls war das auch der Grund, warum ich mit Skip nicht gerne über Kay diskutierte. Weder damals *noch* heute.

„Du weißt, was ich meine, Tess. Wie wäre es zur Abwechslung mal mit einem anderen Weg, hmm?" Er zwinkerte mir aufmunternd zu und holte Teller und Besteck aus den penibel aufgeräumten und gut strukturierten Schränken.

„Was ist mit dir los? Erst willst du mir erzählen, wie ich mit meiner Freundin umzugehen habe, und jetzt, wie ich mein Leben führen soll. Was soll das?"

Wütend stand ich von meinem Barhocker auf und tigerte durch die klinisch saubere Küche. Verdammt, hier hätte man eine Operation am offenen Herzen durchführen können, ohne sich über Infektionen Gedanken machen zu müssen.

„Tess", seufzte Skip und sah mich mit vor der Brust verschränkten Armen an. „Ich meine das doch nicht böse. Alles, was ich möchte, ist, dir zu helfen. Ich bin Skip, dein bester Freund, weißt du nicht mehr?" Er lächelte mich mit schiefgelegtem Kopf an und wartete.

Ich warf ihm einen schnellen Blick zu und tigerte weiter schnaubend durch die Küche.

„Willst du über gestern reden?", fragte er vorsichtig.

„Worüber sollte ich reden wollen?", fragte ich schulterzuckend und wusste ganz genau, worauf er hinauswollte.

„Tess, Jack hat dich gestern gefolt–"

„Ja, ich weiß und ich möchte definitiv nicht darüber reden. Ich möchte das mit Anni wieder hinbiegen. Das ist im Moment das Wichtigste für mich."

Skip hob beschwichtigend die Hände und nickte. „In Ordnung. Aber wie denkst du, soll das in Zukunft in der Company laufen?"

Ich schüttelte verständnislos den Kopf.

„Die Zusammenarbeit … mit Jack?", half Skip mir auf die Sprünge.

Ich blies die Wangen auf, unsicher, was ich sagen sollte. Ich hatte es bisher ja nicht mal selbst geschafft, mich mit diesem Gedanken auseinanderzusetzen. Gott sei Dank gab mir die Pfanne auf dem Herd in diesem Moment einen Grund, nicht antworten zu müssen.

„Ähm, die Pancakes verkohlen gerade", bemerkte ich und deutete auf den qualmenden schwarzen Fladen, der vor sich hin schmorte.

Laut fluchend riss Skip die Pfanne vom Herd und hielt die rauchenden Pancakes unter kaltes Wasser. Eine Fluchtirade kam über seine Lippen, als die schwarze Teigmasse bröckchenweise im Spülbecken landete und sofort vom Häcksler vernichtet wurde.

„Scheiße, verdammt", rief er und stampfte laut mit seinem rechten Fuß auf.

„Ich glaube, davon wird es auch nicht besser", fügte ich sarkastisch hinzu und wusste um die unbändige Wut, die so ein Satz bei jemandem auslösen konnte.

Wenn Skip mir solche altklugen Sätze nach einer verpatzten Trainingseinheit an den Kopf geworfen hatte, hätte ich ihn am liebsten vom Dach der Black Company geworfen.

Skip murmelte immer noch irgendwelche Flüche und ich wollte gerade noch einen draufsetzen, als ich von einer frisch geduschten Ann unterbrochen wurde, die mit tropfenden Haaren und frischen Klamotten barfuß in die Küche gepatscht kam.

„Was ist denn hier los?", fragte sie genervt und würdigte mich nur eines kurzen Blickes.

„Hi", sagte ich freundlich und schenkte ihr mein bezauberndstes Lächeln.

„Hallo", erwiderte sie kühl und musterte mich geringschätzig.

Gott sei Dank kannte ich diesen Verlauf unserer Konversation. Erst einmal würde sie mir die kalte Schulter zeigen, dann würde sie anfangen zu zicken und zu sticheln, und zum Schluss würde sie mich anschreien und mit mir streiten, so lange bis ich zugab, dass sie im Recht und ich im Unrecht war. Danach war alles wieder gut, sofern ich mich entschuldigt hatte und es auch wirklich so meinte.

Klang fast wie eine Beziehung.

„Hey." Ich räusperte mich einmal, bedeutete Skip mit einem Blick, dass er uns allein lassen sollte, und wandte mich Ann zu.

„Was hältst du davon, wenn wir die Spielchen sein lassen und gleich zu dem Teil kommen, wo du mir deine Meinung entgegenschreist, hm?"

„Was willst du denn damit sagen? Jetzt bin ich die verrückte Irre, die immer rumschreit und zickt, oder wie darf ich das verstehen?"

Bingo.

„Nein, das wollte ich damit nicht sagen. Ich möchte nur erfahren, wie es dir geht und wie sauer du auf mich bist, damit wir uns wieder vertragen können. Ich brauche jetzt meine Freundin, und ich schätze, du mich auch."

„Daran hättest du denken sollen, bevor ich erfahren habe, dass du mich die ganze Zeit angelogen und mich obendrein auch noch in dieser fremden Welt allein gelassen hast." Ann griff wütend nach der Tasse Kaffee, die ich ihr in weiser Voraussicht hingestellt hatte, denn mit Koffein im Blut war sie morgens gleich viel zugänglicher.

„Es tut mir leid", flüsterte ich. „Du bist meine beste und – sind wir mal ehrlich – auch einzige Freundin, die ich habe. Ich kann verstehen, dass du nichts mehr mit mir zu tun haben willst, nach allem, was du über mich erfahren hast. Aber ich hoffe wirklich, du kannst mir irgendwann verzeihen. Ich brauche dich. Mehr, als du dir vorstellen kannst. Und ich finde es furchtbar, dass du erfahren hast, was ich getan habe. Ich habe es vor dir verheimlicht, weil ich Angst hatte, wie du reagieren würdest, wenn du diese Seite von mir kennenlernst. Es war falsch, dass ich gestern Abend abgehauen bin, das weiß ich, okay? Aber ich musste einfach raus und mit mir selbst klarkommen, etwas Abstand zu allem gewinnen. Ich hatte Angst davor, was du nun von mir denken und was für eine Meinung du vor mir haben würdest. Jetzt da du –"

„Stopp", unterbrach Ann mich barsch und hob ihre Hand, um weiteren Worten Einhalt zu gebieten.

„Ann, es tut mir so –", versuchte ich es erneut, aber sie warf mir nur einen strafenden Blick zu.

„Weißt du, was mich wirklich wütend macht?", fragte sie und sah mich dabei mit funkensprühenden Augen an.

Ich schüttelte hilflos den Kopf, wagte es, nicht den Mund auch nur zu öffnen.

„Dass du gestern so ein Theater veranstaltet hast, damit ich nicht erfahre, was du getan hast. Ich weiß, wir reden nicht über unsere Vergangenheit, aber deine Vergangenheit ist gerade sehr präsent, und anstatt mir zu sagen, worum es hier eigentlich geht, warum du direkt nach deiner Ankunft in einen Verhörraum geschleift und befragt wurdest, wolltest du mich aus all dem raushalten. Als ich gestern dein Geständnis gehört und erfahren habe, was du getan hast, warum du weggelaufen bist, da hatte ich keine Angst vor dir oder war angewidert oder etwas dergleichen. Du weißt, was ich alles getan habe, und du konntest mir vergeben und hast mir da rausgeholfen, meinst du nicht, ich habe die Stärke, das Gleiche auch für dich zu tun? Hältst du mich wirklich charakterlich für so schwach, dass ich meine beste Freundin verstoße, weil sie den Tod ihrer Schwester gerächt hat? Ganz zu schweigen davon, dass du eine Furie bist und Rache anscheinend so etwas wie die Luft zum Atmen für dich." Ann schüttelte den Kopf und musterte mich traurig: „Ich habe und werde dich niemals verurteilen, für das, was du getan hast."

Während ich in Anns Gesicht sah, füllten meine Augen sich langsam mit Tränen. „Es tut mir leid“, flüsterte ich wieder. „Ann, es tut mir so unglaublich leid.“

Um nicht länger ihren enttäuschten Blick ertragen zu müssen, vergrub ich mein Gesicht in den Händen und ließ meinen Tränen freien Lauf.

Vorsichtig, als würden Schmetterlinge über meinen Handrücken tanzen, strich Ann über meine Haut und zog meine Hände fort. „Ich verzeihe dir, du blöde Kuh. Aber wehe, du lässt mich noch einmal allein, nachdem du so eine Bombe hast platzen lassen, oder unterschätzt, wie wichtig du mir bist und wie tolerant oder loyal ich dir gegenüber bin. Ich mag es nicht, falsch beurteilt zu werden, das weißt du genau. Also mach mich nicht kleiner, als ich bin, und fang nicht schon wieder damit an, dauernd diese Schutzmauer aufzubauen. Es hat mich viel Zeit und Mühe gekostet, sie einzureißen.“ Ann schmunzelte mich an und legte den Kopf schief, während sie auf meine Antwort wartete.

„Danke“, hauchte ich, und in der nächsten Sekunde lagen wir uns auch schon in den Armen.

Mit einem höflichen Räuspern verkündete Skip, dass er zurück war. „Okay, sind wir alle wieder Freunde?“, fragte er und klatschte triumphierend in die Hände.

Ann und ich sahen uns einmal kurz an und nickten Skip dann lachend zu.

„Sehr gut, dann bleibt nur noch die Frage, was wir zum Frühstück essen.“ Skip strich sich fahrig durch die Haare und schaute sich in seiner Küche um. „Mal sehen, ob sich hier nicht noch ein paar Eier verstecken.

Niemand möchte gerne mit einer hungrigen Sirene oder Furie in einem Raum sein."

19.

Nachdem Ann ihre zweite Tasse Kaffee heruntergestürzt hatte, hatte Skip immer noch keine Eier, Cornflakes oder etwas dergleichen gefunden und kratzte sich frustriert am Kopf.

„Ich hab Hunger", maulte die Sirene in diesem Moment wie aufs Stichwort.

„Tja, tut mir leid, Ann. Vielleicht sollten wir einfach in die Stadt gehen", überlegte der Gestaltwandler laut.

„Äh ... Skip, ich denke, das ist keine gute Idee", entgegnete ich und warf Ann einen beunruhigenden Blick zu.

„Warum nicht? Oh ..." Skips Augen wuchsen auf Tellergröße, und während er schnell den Kühlschrank aufriss, um zu sehen, was er sonst noch an Lebensmitteln dahatte, wanderten Anns Augen argwöhnisch zwischen uns hin und her.

„Was ist hier los?", verlangte sie mit ihrer gebieterischen Art zu wissen, bei der sie sich immer aufplusterte, um autoritärer zu wirken, aber alles, was sie erreichte, war, dass sie nur noch niedlicher aussah. Sie konnte einfach nicht einschüchternd wirken, dafür war sie nun mal zu süß.

„Ich ...", begann ich zögernd und sah dabei unsicher zu Skip.

Doch der hob abwehrend die Hände und machte einen Schritt zurück. „Sie ist deine Freundin. Du hast sie mit hierhergebracht."

„Was zur Hölle ist hier los?", keifte Ann erneut und funkelte mich dabei wütend an.

„Ich glaube, es ist keine gute Idee, dich heute schon auf Black York und Empyrion loszulassen. Vielleicht machen wir das lieber so nach und nach. Damit du alles häppchenweise kennenlernst", erklärte ich freundlich und strich dabei beruhigend über ihren Rücken.

„Hmpf." Ohne Vorwarnung sprang Ann auf und begann wie ein gefangener Löwe in der Küche auf und ab zu marschieren. „Warum darf ich nicht nach draußen? Sag mir die Wahrheit, Tess."

Hätte ich nicht gewusst, dass sie mich viel zu sehr mochte, um mich umzubringen, hätte ich schwören können, dass sie versuchte, mich mit ihren Blicken zu erdolchen.

„Also, dass Empyrion etwas anders ist als unsere Welt, hast du ja schon bemerkt. Hier gibt es leider keinen ... Bagel-Laden oder ein Frühstücksrestaurant, wo wir einfach so Pancakes essen können, okay? Deswegen dachte ich, wir schicken Skip einfach los, damit er uns etwas zum Frühstücken besorgt, und warten solange hier."

„Hier wird es doch irgendwo einen Supermarkt oder so etwas geben. Oder einen Chinesen. Chinesisch zum Frühstück hatte ich schon lange nicht mehr", überlegte Ann laut.

„Ja, also weißt du, Ann ...", mischte sich nun Skip mit ein.

„WAS?! Hier gibt es kein chinesisches Essen?! Ihr wollt mich verarschen, oder? Ich liebe Chinesisch! Tess, im Ernst. Dass hier keine Sonne scheint, ruiniert schon meinen Teint, damit kann ich mich gerade noch so arrangieren, aber ohne chinesisches Essen ..."

„Chinesisches Essen gibt es, glaub mir, nur nicht so, wie du es kennst."

„Was meinst du?" Verwirrt blickte Ann von mir zu Skip und wieder zurück.

Skip kratzte sich erneut am Kopf und machte unauffällig einen weiteren Schritt zurück. Ganz offensichtlich wollte er sich aus der Affäre ziehen. Es blieb also an mir hängen, meiner besten Freundin zu erklären, dass menschliches Essen hier gänzlich vermisst wurde. Nur einige ausgewählte Läden führten Lebensmittel aus der Menschenwelt. Da die Bevölkerung Empyrions aus Mischwesen bestand, die ganz andere Dinge zum Überleben brauchten als die Menschen, war dementsprechend auch das Angebot etwas rar. Ann, die in der Menschenwelt aufgewachsen war und deren Körper sich an die menschlichen Lebensmittel gewöhnt hatte, wusste nicht, dass sie mit viel weniger auskam und so etwas wie chinesisches Essen oder Pancakes nicht brauchte, um ihren Hunger zu stillen. Doch wie sagte man das jemandem, der in der falschen Welt aufgewachsen war, aber die Lebensumstände dort als normal erachtete?

„Tess", keifte Ann, die bei den Blicken, die Skip und ich uns zuwarfen, sichtlich nervös wurde. Was musste er auch diesen bescheuerten Vorschlag machen, auswärts essen zu gehen?

„Also, pass auf", setzte ich an und deutete auf den Stuhl neben mir. „Willst du dich nicht lieber setzen?"

„Nein", fauchte die blonde Sirene und verschränkte die Arme wütend vor der Brust.

„Na schön", zickte ich zurück und holte einmal tief Luft. „Also, es ist so ... Die Bewohner von Black York sind nicht auf das Essen, was du kennst, angewiesen. Andere Welt, andere Lebensweise, verstehst du? So etwas wie Kohlenhydrate, Fett und Eiweiß wird für die Versorgung der Organe nicht benötigt."

„Wenn überhaupt Organe vorhanden sind", warf Skip ein und musste sich angesichts Anns Gesichtsausdruck ein Lachen verkneifen.

Ich warf dem Gestaltwandler einen bösen Blick zu und fuhr dann fort. „Wir leben hier von anderen Dingen. Natürlich essen wir gerne auch mal menschliches Essen, dafür gibt es hier seltene, aber doch nicht gänzlich unzugängliche Lokale und Märkte. Aber da wir dieses Essen nicht zum Überleben brauchen, ist es, wie gesagt, eher eine Seltenheit."

„Aber wovon lebt man denn dann hier", fragte Ann.

„Das ist ganz unterschiedlich. Nehmen wir meine Spezies: Ich brauche überhaupt kein Essen. Ich lebe von den Rachegelüsten anderer Wesen. Sobald mich jemand engagiert und ich Rache für jemanden übe, bin ich sozusagen gesättigt. Skip ist komplett unabhängig. Sein Überleben hängt nur davon ab, dass er regelmäßig die Gestalt wechselt. Wobei es natürlich vorkommen kann, dass er, je nachdem, in welches Wesen er sich gerade verwandelt, dessen Vorlieben übernimmt. Sei es ein Vampir oder die menschliche Gestalt, in der er sich zurzeit befindet. Vampire ernähren sich von Blut, Sukkuben und Inkuben von der Lust anderer Wesen, Werwölfe von Wild, Feen und Pixies, also das Kleine Volk, von Zucker, Nektar und Honig, eben alles, was süß schmeckt. Götter von Ambrosia, eine ölige Flüssigkeit die Unsterblichkeit verleiht, zumindest wenn man der Überlieferung Glauben schenkt. Halbgötter werden von ihren göttlichen Eltern genährt. Was so viel bedeutet wie: Sind die Götter satt, sind es auch ihre Kinder. Hexen leben von ihren Zaubern und so weiter ...“

Ich endete mit meiner Ausführung an Beispielen, um wieder zu Atem zu kommen, und ließ Ann etwas Zeit, um all die neuen Informationen sacken zu lassen.

„Also, was?! Ich brauche im Grunde gar nichts, um zu überleben?“

„Na ja, das ist so nicht ganz richtig. Jeder Empyrianer benötigt etwas anderes, um zu überleben. In meinem Fall ist es, wie gesagt, das Rachenehmen“, sagte ich vorsichtig.

„Hmm“, machte Ann nur und sah etwas blass um die Nase aus.

„Alles okay, Süße?“, fragte ich vorsichtig.

„Ja ... ja, ich ... es ist alles ...“

„Etwas viel?“, fragte ich mit einem schiefen Lächeln. Wir hatten es schon immer drauf, die Sätze oder Gedankengänge des anderen zu beenden. Das hier war nichts anderes. Wieder etwas Vertrautes in einer fremden Welt.

„Weißt du, was ich brauche? Also meine Art, Spezies, wie immer man es nennt ... die Sirenen eben?“

Ich wechselte einen Blick mit Skip, doch bevor ich den Mund öffnen konnte, um Ann einzuweihen, fuhr diese von ihrem Stuhl hoch und fing wieder an, in der Küche auf und ab zu laufen.

„Wisst ihr was? Bei diesen Blicken, die ihr euch andauernd zuwerft, verspüre ich das dringende Bedürfnis, mit dem Singen anzufangen, damit ihr euch gegenseitig an die Kehle geht", knurrte Ann.

Ich liebte sie, ja wirklich, sie war die beste Freundin, die man sich nur vorstellen konnte, aber ihr Temperament – Himmel!

„Dabei ist nicht mal Vollmond", murmelte sie leise vor sich hin.

Ich unterdrückte ein Grinsen und deutete wieder auf den Stuhl neben mir. „Setzt du dich, bitte?"

Widerwillig ließ sich Ann auf den Sitz neben mir fallen. Sie sah aus wie ein kleines, bockiges Kind und ich fragte mich, wie sie wohl aussehen würde, wenn sie erfuhr, wovon sich ihre Art ernährte.

„Du bist eine Sirene", begann ich langsam und wurde sofort von ihr unterbrochen.

„Ich weiß", fauchte die Blondine neben mir, und ich unterdrückte ein Schmunzeln.

„Und ihr singt. Anders als in der Menschenwelt wirst du hier permanent das Bedürfnis danach haben. Hier haben wir ständig Vollmond, also ..." Ich ließ den Satz unausgesprochen.

„Jeden Tag?", fragte Ann ungläubig.

„Ja. Allerdings müssen wir dich in dieser Welt nicht in einem schalldichten Raum einsperren. Du kannst deinem Gesang freien Lauf lassen, ohne Angst vor Konsequenzen haben zu müssen. Empyrianer reagieren anders als die Menschen. Sie werden vom Klang deiner Stimme zwar angezogen, aber nicht aggressiv und wollen sich auch nicht gegenseitig an die Kehle gehen, um dich für sich zu gewinnen. Natürlich könnte dies das ein oder andere Mal passieren, dann aber nur aus den offensichtlichen Gründen. Du bist schön und singst wundervoll, jeder würde dich gern sein Eigen nennen. Hier ist der Gesang einer Sirene eher so etwas wie ein Rausch. Mit eurer Stimme könnt ihr den anderen Empyrianern einen tollen Trip verschaffen. In der Menschenwelt nimmt man Drogen, hier besucht man eine Sirene. Es wird also kein blutiges Gemetzel geben, zumindest nicht wegen deiner Stimme", sagte ich aufmunternd, aber Ann sah mich nur verständnislos an.

„Und was ist, wenn ich gar nicht singen will? Vielleicht irrst du dich ja? Ich möchte nicht, dass so etwas wie in New York noch einmal passiert."

„Das wird es nicht. Versprochen. Aber wenn du hierbleiben willst, und sei es auch nur für eine kurze Zeit, wirst du wohl oder übel singen müssen." Ich lächelte sie entschuldigend an und wartete auf ihre Reaktion.

„Was meinst du damit?", fragte sie nervös.

„Sirenen ziehen ihre Lebenskraft nicht nur aus ihrem Gesang, sondern auch aus dem Kuss desjenigen, der den Gesang der Sirene erhört."

Aus den Augenwinkeln sah ich, wie Ann rot anlief und Skip sich rückwärts Richtung Haustür bewegte.

„Soll das etwa heißen, ich muss hier rund um die Uhr singen und ständig wildfremde Männer abknutschen?! Willst du mir das damit sagen?"

„Es können auch Frauen sein, ganz wie es dir belie–"

„TESS!"

„D-du musst ja nicht rund um die Uhr singen …"

„Ernsthaft?"

„Ja", flüsterte ich.

„Na dann, *Let's get the Party started*!", keifte Ann sarkastisch und warf wütend ihre Arme in die Luft.

Ich öffnete den Mund, um etwas zu sagen, doch heraus kam nur warme Luft. „Ann", sagte ich vorsichtig, doch alles, was sie tat, war, die Hand zu heben und mich zu stoppen.

„Ich ... ich muss mich erst einmal ... ich brauche Zeit, in Ordnung?", zischte sie.

Ich konnte hören, wie aufgebracht sie war. Ann hätte liebend gern das ganze Haus zusammengebrüllt, aber sie versuchte sich zusammenzureißen, was ich ihr hoch anrechnete.

„Wie geht es jetzt weiter?", fragte sie spitz und sah abwechselnd Skip und mich an.

„Gute Frage", gluckste Skip und fixierte mich.

„Warum zum Teufel siehst du mich so an? Du hast mich zurück nach Hause zitiert. Deinetwegen bin ich verurteilt worden und Anni wird zur neuen Bühnen-Diva. Nichts für ungut", warf ich schnell in Anns Richtung, die bereits den Mund aufklappte, um mich anzukeifen. „Also, Skip, wie geht es jetzt weiter?"

Ann und ich saßen beide mit vor der Brust verschränkten Armen da und sahen Skip an. Dieses Mal würde er sich nicht so leicht aus der Affäre ziehen und schon gar nicht heimlich die Küche verlassen. Ich brauchte Antworten. Wir beide taten das. Schließlich war unser gemeinsamer Aufenthalt in Empyrion, ebenso wie Anns Nahrungsaufnahme, davon abhängig.

„I-ich, also ... als ich dich geholt habe, da habe ich das, was ich dir erzählt habe, ernst gemeint", stotterte er und kratzte sich wieder am Kopf. Eine Eigenschaft, die er sich im Laufe der Zeit angeeignet hatte, wenn er nervös war.

„Was hast du denn gesagt?“, fragte Ann neugierig.

„Das darf er nicht sagen“, antwortete ich und ließ Skip dabei keine Sekunde aus den Augen.

„Warum nicht?“

„Es ist gewissermaßen Top secret“, erwiderte Skip langsam und hatte offenbar Angst, mit seinen Worten die nächste Bombe hochgehen zu lassen.

„Top secret?“, fauchte Ann. „Ich muss irgendwelche fremden Männer abknutschen, um zu überleben. Ich bekomme hier nicht mal ein bisschen Sonne, geschweige denn etwas Licht, was meinen Haaren und meiner Haut alles andere als gefällt. Ich werde hier jede Nacht singen müssen, obwohl ich damit sehr viele schreckliche Erinnerungen verbinde. Ich bin mit in diese Welt gekommen, von der ich gerade erst erfahren habe, dass sie meine Heimat ist, und du sagst mir, das alles sei Top secret?!“

Ann war während ihres hitzigen Wortschwalls wieder rot angelaufen und hatte es geschafft, Skip bis in die hinterste Ecke zu drängen. Der Arme tat mir fast ein wenig leid.

„Tess“, erklang auch schon sein verzweifelter Ruf. „Kann ich dich bitte einmal unter vier Augen sprechen?“

„Anni, Süße, würdest du uns bitte entschuldigen? Das hat wirklich nichts mit dir zu tun, aber Skip hat leider nicht die Befugnis, dich einzuweihen. Tut mir leid. Wir kommen gleich zurück, okay?“

„Na schön“, seufzte sie und setzte sich wieder auf den Küchenstuhl.

Als ich noch einen Blick über die Schulter warf, konnte ich sehen, wie Ann sich fast den Hals verrenkte bei dem Versuch, uns hinterherzuspionieren.

„Schön sitzen bleiben, Fräulein", befahl ich mit einem schelmischen Lächeln.

„Och manno!", sagte Ann und verschränkte schmollend die Arme vor der Brust.

Im Wohnzimmer angekommen schloss ich sofort die Tür.

„Also?", forderte ich Skip auf, mit den Worten rauszurücken.

„Einen Teil habe ich dir ja schon in New York erzählt und als ihr hier eingetroffen seid. Aber um ehrlich zu sein, ist es weit schlimmer als gedacht. Die Dämonen ... sie ..."

„Ja?", fauchte ich. Ich hatte dieses ganze Frage-Antwort-Spiel so satt. Skip war schon immer derjenige von uns beiden gewesen, der geglaubt hatte, durch das Zurückhalten von Informationen einen Vorteil für sich herausschlagen zu können. Während ich immer auf verletzende und manchmal auch ziemlich unangebrachte Ehrlichkeit setzte, fiel es Skip immer schwer, mit der Sprache herauszurücken.

„Ich erzählte dir ja schon, dass die Dämonen durchgebrochen sind. Es war kurz nachdem du von hier abgehauen bist. Wir haben versucht, sie zurückzudrängen, und es bei einigen auch geschafft, aber eben nicht bei allen."

Ich wollte gerade den Mund aufmachen, um nachzufragen, ob ich ihn richtig verstanden hatte, als er mir mit einem deutlichen Blick zu verstehen gab, dass er noch nicht fertig war.

„Einige der Dämonen sind immer noch in Empyrion, und wir wissen nicht, wo sie sich aufhalten. Doch das ist noch lange nicht alles. Wir haben unsere Grenzen so weit erneuert, dass sie weiteren Übergriffen fürs Erste standhalten, doch das ist kein Dauerzustand. Irgendetwas hat die Dämonen aufgescheucht. Ich glaube, sie formieren sich neu. Möglicherweise gibt es einen neuen Fürsten, unter dem sie sich vereinen. Waren sie vorher ein chaotischer Haufen dunkler Magie, so sind sie jetzt eine Armee. Sie haben Angriffsstrategien entwickelt, Tess. Anscheinend ist es ihnen gelungen, ihre Fähigkeiten zu trainieren und zu erweitern. Die Grenzen und Wälle, die damals errichtet wurden, reichen bei Weitem nicht mehr aus. Wir müssen etwas unternehmen, sonst werden wir buchstäblich von ihnen überrannt.“

„Was willst du damit sagen?“, fragte ich Skip ängstlich und musste mich anstrengen, seine Worte über das dröhnende Pochen meines Pulses hinweg zu verstehen.

„Dass die Grenzen nicht mehr lange halten werden. Dass Empyrion bald nicht mehr als Barriere zwischen den Menschen und den Dämonen stehen wird. Dass die Dämonen ungehindert in die Menschenwelt strömen werden? Ja, genau das möchte ich damit sagen.“

20.

Wie vom Donner gerührt sah ich meinen besten Freund an. „Das kannst du nicht ernst meinen. Sind das nur apokalyptische Voraussagen von *dir* oder gibt es Beweise?"

„Es gibt Beweise. Die darf ich dir allerdings erst vorlegen, wenn wir mit Cole Black gesprochen haben. Er muss deinen Wiedereintritt in die Black Company offiziell machen. So lange gilt leider für dich dasselbe wie für Ann."

„Top secret", wiederholte ich seine Worte gegenüber Ann.

„Top secret", bestätigte er nickend.

Skip sah prüfend auf mich herab, als würde er versuchen, meine Gedanken zu lesen.

Keine Ahnung, ob er es nun bewusst tat oder nicht, aber plötzlich verwandelte er sich in den Halbgott und ich sah mich Jack gegenüberstehen, der mich mit eben diesem Blick ansah, mit dem Skip mich zuvor gemustert hatte.

„Lass das!", forderte ich ihn sofort auf, wagte es aber nicht, meine Augen von Jacks, oder besser gesagt Skips, Gesicht abzuwenden.

„Du hast Angst, wieder zur Company zurückzukommen, oder? Es liegt an ihm, hab ich recht?", fragte Skip und stand nun wieder in seiner ursprünglichen Form vor mir.

Die Wahrheit war so schlicht wie einfach: Ich wusste es selbst nicht. Ich musste irgendwie damit klar kommen, wieder mit dem Halbgott zusammenzuarbeiten, in den ich seit meiner Ausbildung verliebt gewesen war und dessen Verlobte ich mitsamt ihrem Rudel brutal ermordet hatte. Der mich gefoltert hatte, um diese Information aus mir herauszukriegen!

„Es wird merkwürdig sein, wieder in der Company zu arbeiten, und dann auch noch mit ihm. Er hat mich gefoltert, Skip …“, flüsterte ich leise.

Mein bester Freund zuckte bei dem letzten Wort kurz zusammen und ein schlechtes Gewissen zeichnete sich auf seinem Gesicht ab. „Ich wusste nicht, dass sie dich foltern würden. Ich liebe dich, du bist meine beste Freundin, die einzige Person, die mich wirklich kennt und der ich vertraue. Hätte ich gewusst, wie sie dich dort behandeln, hätte ich dich niemals dorthin gebracht, glaube mir. Aber am Ende ist doch alles noch mal gut ausgegangen, oder nicht?“, versuchte Skip sich zu rechtfertigen.

Ich musste zugeben, dass ich mich tatsächlich leichter fühlte. Vor allem jetzt, da ich wusste, dass Ann mich nicht für mein Handeln verurteilte.

„Und was ist, wenn ich nicht wieder zur Company zurückkomme?“, überlegte ich laut und sprach diesen egoistischen Gedanken ohne Filterung aus. „Ich könnte wieder in die Menschenwelt fliehen …“

„Wir sind auf deine Hilfe angewiesen, Tess. Du bist unsere beste Agentin … gewesen.“

„Wieso, Black hat doch jetzt seinen Vorzeige-Soldaten Pers, wozu braucht ihr mich? Als würde eine Furie die Dämonen daran hindern, die Menschenwelt an sich zu reißen."

„Vielleicht nicht irgendeine Furie, aber du schon. Wir brauchen jemanden, der die Schutzmauern mit aufgebaut und konstruiert hat. Jemanden, der sich in der Menschenwelt ebenso gut auskennt wie in unserer Welt und das Verhalten der Homo sapiens studiert hat. Jemand, der herausfinden kann, warum die Menschen in letzter Zeit so ein großes Interesse daran entwickelt haben, Dämonen zu beschwören", rückte Skip langsam mit der Sprache heraus.

„Oh, also daher weht der Wind. Ihr braucht jemanden, der die Gepflogenheiten der Menschen kennt und noch dazu eine ausgebildete Agentin der Black Company ist. Hm, schade dass es da nur die verkorkste, mordende Furie Tess gibt, die euch eingefallen ist. Ist das dein Ernst, Skip? Ich bin euer Ass im Ärmel?"

Wütend begann ich in dem großen, sterilen Wohnzimmer – das Wollmäuse oder Staubkörner gänzlich vermisste – auf- und abzulaufen.

„Wir brauchen dich", wiederholte Skip ruhig und brachte mich damit noch mehr zur Weißglut.

„Manchmal wünschte ich, du hättest mich niemals aufgesucht, Skip. Hättest du es doch bloß gelassen!", hauchte ich resigniert.

Betreten sah Skip zu Boden. „Glaube mir bitte, wenn ich dir sage: Ich wusste keinen anderen Ausweg."

„Ach nein? Bewirbst du dich auf den Geschäftsführerposten, oder warum fängst du an, im Namen der Black Company ausgeschiedene Agenten zu rekrutieren?"

Skip blieb still und sah sich plötzlich sehr interessiert die Einrichtung seines Wohnzimmers an. Überall huschten seine Augen hin, nur nicht in meine Richtung.

„Du hast es nicht im Namen von Cole Black getan, so viel weiß ich. Aber wie kommst du darauf, ihr könntet es ohne mich nicht schaffen? Ich bin nur eine von vielen Agenten. Mag sein, dass ich mal die Beste war, aber ..." Und dann verstand ich es. „Es ging dir nie um die Black Company", hauchte ich und sah meinen besten Freund entgeistert an. „Du hast es deinetwegen getan. Du hast mich aufgesucht, weil *du* es wolltest!"

Erschrocken und entsetzt über diese Erkenntnis atmete ich hektisch ein und aus und versuchte mich auf diesen Gedanken einzulassen.

„Du hast mich gebraucht", flüsterte ich und griff mir an die Stirn.

Er hatte mich nur seinetwegen zurückgeholt.

Skip schien es die Sprache verschlagen zu haben und auch ich konnte keine weiteren Worte finden. Ich konnte nicht einmal sagen, wie ich mich damit fühlte. Sollte ich mich freuen, dass mein bester Freund mich so sehr vermisst hatte, dass er mich in der Menschenwelt aufgesucht und mich zu meiner Rückkehr überredet hatte? Sollte ich wütend sein, weil er so egoistisch war, seine eigenen Gefühle über die meinen zu stellen? Sollte ich mir Sorgen machen, weil er, ohne über die Konsequenzen nachzudenken, seine Beweggründe verschwiegen und mich im Ungewissen gelassen hatte? Wie sollte ich damit umgehen?

„Skip", sagte ich flehentlich.

Doch dieser räusperte sich nur und sah zu Boden. „Ich ... also ... die Black Company ... Wir brauchen dich. Ich kann mit Jack nicht arbeiten, und gerade sind wir nur ein Haufen unkoordinierter Soldaten, von denen jeder einen besseren Vorschlag zum Besten gibt, wie wir an die Sache rangehen sollten. Niemand hört dem anderen zu, und eigentlich treten wir seit Wochen nur noch auf der Stelle. Wir brauchen einen Anführer. Jemanden, der uns leitet, jemanden von uns, der uns versteht. Cole Black ist unser Geldgeber, aber er hat keine Ahnung davon, wie man Agenten befehligt und gleichzeitig motiviert."

Ich holte einmal tief Luft und legte den Kopf in den Nacken.

„Es gibt dennoch ein Problem mit meiner Rückkehr in die Black Company. Was glaubst du, wie die anderen Rekruten und Agenten reagieren werden, wenn ich dort auftauche? Wie stehen meine Chancen, dass die anderen mich wieder in ihr Team aufnehmen? Ich meine, ich habe im Grunde desertiert."

„Ich glaube kaum, dass Cole Black dich aus Herzensgüte verschont hat. Theoretisch hätte er dich exekutieren können."

„Und das sagt er mir einfach so, nachdem er mich aus eigennützigen Gründen aus meinem selbstauferlegten Exil zurückgeholt hat", murmelte ich leise vor mir hin und drehte Skip den Rücken zu.

Langsam wurde mir das alles zu nebulös und konfus. Ich war überfordert. Ich musste mich mit Dingen auseinandersetzen, an die ich vor ein paar Tagen gar nicht gedacht hatte. Plötzlich sollte ich wieder für den infernalischsten Mann Empyrions arbeiten. Ich musste mich darauf gefasst machen, den Mann, den ich liebte, jeden Tag um mich zu haben und mich seinem Hass und den Rachegedanken, die er für mich hegte, zu stellen. Ich musste herausfinden, warum Skip mich wirklich wieder hierhergeholt hatte, und verdauen, dass er seine Bedürfnisse über mein Wohlergehen gestellt hatte. Warum hatte er riskiert, dass man mich für meine Tat zum Tode verurteilte? Nur damit er nicht mehr einsam war und jemanden zum Reden hatte?

All diese Gedanken spukten in meinem Kopf herum, raubten mir den letzten Nerv und ließen mich vollkommen rat- und planlos zurück. Ich brauchte Abstand, eine Pause, Luft zum Atmen. Es hatte nicht mal einen Tag gedauert und schon konnte ich es kaum ertragen, in dieser Welt zu sein. Ich fühlte mich wie eine Gefangene. Ich musste hier raus.

„Wann müssen wir morgen bei Black sein?", fragte ich schließlich resigniert.

„Um neun Uhr!", antwortete Skip.

„In Ordnung. Hol mich morgen früh ab, dann fahren wir dahin."

Er nickte, und ich verließ das Wohnzimmer und rannte geradewegs in den Rücken einer sich schnell wieder in die Küche stehlenden Ann, die anscheinend die ganze Zeit gelauscht hatte.

„Fräulein", schimpfte ich und Ann blieb wie erstarrt auf den Zehenspitzen stehen.

„Hm?", machte sie und sah mich wie die Unschuld vom Lande an.

„Mitkommen", befahl ich knapp und deutete auf die Haustür.

„Aber –“

„Mitkommen“, wiederholte ich.

„Schön“, murrte sie. „Ciao, Skip.“

Skip nickte nur kurz zum Abschied und warf mir dann noch einen drängenden Blick zu.

„Bis morgen“, sagte ich und verließ die Wohnung.

21.

„Also", begann ich und drehte mich zu Ann. „Worauf hast du Lust? Wollen wir etwas Essen gehen oder in die Karaoke-Bar für Sirenen oder soll ich dir vielleicht mal das Sirenenviertel zeigen? Was wollen wir unternehmen?", fragte ich und versuchte mich selbst abzulenken, damit ich nicht an das Gespräch morgen dachte.

„Vorhin wolltet ihr tunlichst vermeiden, mich auf die Öffentlichkeit loszulassen und plötzlich bekomme ich die Touristentour?" Ann musterte mich misstrauisch. Sehr zu ihrem Leidwesen funktionierte dieser Blick nicht bei mir. Nicht heute.

Ich sah ihr völlig neutral entgegen und wartete auf ihre Antwort.

„Schön, gehen wir ins Sirenenviertel. Bin ich dafür passend angezogen?", fragte sie lustlos und ließ ihre Arme hin und her baumeln.

Ich schmunzelte. „Wenn du wüsstest."

„Wieso?"

„Ach nur so", sagte ich, lachte und stellte fest, dass meine schlechte Laune sich schon etwas verflüchtigt hatte. In dieser Ecke von Black York war sie immerhin unter ihresgleichen und somit keiner Gefahr ausgesetzt. Dort war es vermutlich sogar am sichersten für sie.

Anni im Sirenenviertel, dachte ich schmunzelnd, *das dürfte wirklich lustig werden*. Und es war genau das, was ich jetzt brauchte.

Sobald wir das Sirenenviertel betraten, vernahm man ein durchgängiges Summen. Eine Melodie, die fortwährend erklang und niemals endete. Sie füllte jeden Winkel, jedes Loch, jedes Gehör, und es dauerte nicht lange und unsere Körper waren ebenfalls davon ergriffen. Ich fühlte mich frei und ungebunden. Glücklich und stark, als könnte ich alles schaffen. Auf einmal waren Probleme und Sorgen mir unbekannte Wörter, deren Sinn ich nicht verstand. Hier konnte man die Last der Welt abstreifen und sich einfach treiben lassen.

„Wow", hauchte Ann neben mir.

„Das trifft es so ziemlich auf den Punkt", seufzte ich und ließ mich von dem Summen mitziehen.

„Ist es hier immer so?", fragte Ann ehrfurchtsvoll.

„Hmm."

„Dann sind die Sirenen wohl ein sehr friedvolles und beliebtes Volk, in dessen Nähe man sich gerne aufhält, oder? Ich fühle mich vollkommen befreit."

„Ich glaube", antwortete ich langsam, weil meine Zunge plötzlich so schwer geworden war, „du hast zu lange in der Menschenwelt gelebt. Deswegen bist du von ihrem Zauber ebenso betroffen wie jedes andere Wesen hier. Wenn du eine Weile hierbleibst, gewöhnst du dich schnell daran und wirst schon bald selbst Teil dieser ... Gemeinschaft."

„Hmm", machte Ann, fing an, sich im Kreis zu drehen, und begann langsam und sinnlich zu tanzen. „Ich fühle mich so sexy wie eine singende Göttin", trällerte Ann und streckte glücklich die Arme in die Luft.

„Du *bist* eine singende Göttin", erwiderte ich und sah meine Freundin beeindruckt an. Während sie sich im Kreis drehte, wirbelten lauter kleine glitzernde Sterne um sie herum. Ihr Haar hatte die Farbe von fließendem Gold und ihre Haut schien zu glühen. Sie strahlte wie die hellste Sonne. Einfach alles an ihr war wunderschön und perfekt.

„Du bist wahrlich eine Königin", hauchte ich und fragte mich ernsthaft, ob sie nicht doch zu einer anderen Spezies zählte. Ich konnte mich nicht daran erinnern, je so eine schöne Sirene gesehen zu haben.

Dass mir der Gesang im Sirenenviertel das Hirn vernebelte, daran wagte ich gar nicht zu denken. Ich war früher nur ein einziges Mal in diesem Viertel gewesen. Und das auch nur, weil Skip mich unbedingt hatte mit hierhernehmen wollen. Allerdings konnte ich mich nicht daran erinnern, dass der Gesang einer Sirene je etwas Vergleichbares in mir ausgelöst hätte.

Obwohl das Viertel wirklich nicht sehr groß war, kamen wir nur langsam voran. Es war, als würden wir durch Sirup laufen, der unsere Glieder daran hinderte, schneller als im Schneckentempo vorwärtszukommen. Doch das alles war uns egal. Überhaupt spielte hier nichts eine Rolle. Man existierte einfach nur und erfreute sich an all den bunten Farben. Die Hauswände waren in bunten, leuchtenden Farben gestrichen. Lange Schleier und Stoffbahnen in zarten Tönen hingen aus offenen Fenstern herab und machten die Straßen zu einem Labyrinth, dessen Wände aus durch-

scheinenden bunten Stoffen bestanden. Ein betörender, moschusartiger Duft stieg mir in die Nase, der
mich berauscht und vollkommen fasziniert zurückließ. Ich hatte keine Ahnung, wo Ann sich befand, aber
auch das war mir egal. Ich fand es hier wunderschön.
Alles was ich wollte, war, diesem Meer aus Farben zu
entkommen und endlich eine der schönen Sirenen zu
finden. Ich wollte ihren Gesang noch intensiver wahrnehmen und ihnen dabei zusehen, wie sie zu den Melodien tanzten.

„Tess", murmelte Ann schläfrig irgendwo links von
mir. „Sind wir gleich da?"

„Ich glaube schon", kicherte ich und taumelte ein
Stück in die Richtung, in der ich sie vermutete. Als ich
gegen etwas Hartes prallte, erfüllte mich unbändige
Freude. Ich hatte Ann gefunden. Meine liebe, beste,
hübscheste Ann.

„Hey, Tess, wo zum Teufel bist du?"

Die energisch klingende Stimme von Ann wehte zu
mir herüber und ich drehte mich verwirrt zu ihr um.

Ich tastete über das harte Etwas, gegen das ich gelaufen war, und stellte fest, dass es sich dabei um eine
Hauswand handelte.

Guter Orientierungspunkt, freute ich mich und streichelte die Wand. Sie war so schön gelb, und irgendwie
fühlte sie sich so weich an. Eine flauschige gelbe Wand.
Ich hätte sie ewig streicheln können. So eine Wand
wollte ich auch haben.

„Tess, verdammt", fluchte jemand direkt hinter mir.

Ich hatte gerade meine Wange, gegen die flauschige,
gelbe Wand gedrückt, als mich jemand gewaltsam zurückzerrte.

„Was tust du da?“

„Die gelbe Wand ist so weich. Hier, fühl mal.“ Ich nahm Anns Hand und strich damit über die Hauswand, doch sie sah mich nur vollkommen irritiert an.

„Die ist nicht weich und auch nicht gelb. Was ist bloß los mit dir?“

Nun war es an mir, sie vollkommen verwirrt anzusehen. „Doch ... hier, fühl doch mal.“

Ann schüttelte nur den Kopf und zerrte mich einfach mit sich.

Ohne die bunten Stofflianen zu beachten, kämpfte sie sich geradewegs eine Schneise hindurch bis zu einem großen, bunten Haus. Das Summen war hier viel lauter und intensiver. In mir zog sich alles zusammen und eine unbändige Vorfreude machte sich in mir breit.

„Oh ja, gleich sehen wir die Sirenen, Ann. Deine Schwestern!“ Ich klatschte entzückt in die Hände und drehte mich einmal um die eigene Achse.

Doch Ann schüttelte nur den Kopf und trat, ohne zu klopfen, ein.

Ich folgte ihr auf Zehenspitzen, aus Angst, durch zu viel Lärm die Melodie zu unterbrechen oder die Sirenen zu verscheuchen. Ich wollte unbedingt eine von ihnen sehen.

„Hallo?“, rief Ann in die große Halle, und das Echo ihrer Stimme kam uns entgegen.

Überall lagen Berge von Kissen und Decken in wunderschönen kräftigen Tönen und Teppiche in allen Farben, die jedes noch so kleine Geräusch verschluckten. Sie säumten die Böden, soweit das Auge reichte. Die Wände bestanden aus hellem Lehm, wie man sie in Ägypten vermutet hätte. Wasser tröpfelte an ihnen herab in einen, den gesamten Raum umfassenden Brunnen mit dem Kissenparadies in der Mitte. Das leise Tröpfeln erinnerte an eine Tropfsteinhöhle, erfüllt mit der süßlichen Melodie der Sirenen.

Kleine Teetische mit goldenen Bechern, Kannen und Teller, die reichlich mit Weintrauben und anderen Süßigkeiten bestückt waren, waren im ganzen Saal verteilt und erinnerten an ein marokkanisches Teehaus.

„Wow", stieß ich begeistert aus. „Das sieht ja toll aus. Anni siehst du das?"

Doch diese verdrehte nur die Augen und rief erneut in die Halle hinein.

„Ann", erklang ein Singsang ganz in unserer Nähe. „Wir haben schon lange auf deine Ankunft gewartet. Wir sind fast ein bisschen beleidigt, dass du uns nicht sofort besucht hast. Warum bringst du die Furie mit?"

Ich sah mich suchend nach der körperlosen Stimme um. Sie musste dem verführerischen Klang nach zu urteilen von einer Sirene stammen.

„Ich wollte euch einfach kennenlernen", antwortete ich an Anns Stelle. „Oh, und Anni euch natürlich auch. Kommt doch heraus", schlug ich vor und knabberte aufgeregt an meiner Unterlippe.

„Sie ist meine Freundin", antwortete Ann.

„Sie hat das Werwolfsrudel getötet", kam es zischend von den Wänden zurück.

Ich zuckte bei den Worten kurz zusammen, doch noch ehe mir dessen Bedeutung bewusst wurde, verschwanden die Worte auch schon wieder aus meinem Kopf und hinterließen nichts als gähnende, wabernde, wunderbar betäubende Leere.

„Sie stellt für euch keine Gefahr dar. Ich bin seit Jahren ihre beste Freundin und sie hat mir nie ein Leid zugefügt. Ich vertraue ihr."

„Wir ihr aber nicht", kam es spitz zurück.

„Dann werde ich wohl wieder gehen, ohne euch kennengelernt zu haben", erwiderte Ann schnippisch und riss mich mit sich in Richtung Ausgang.

„Hey", protestierte ich lautstark und zerrte an ihrem erstaunlich festen Griff. „Ich will noch bleiben. Ich hab sie doch noch gar nicht gesehen."

„Wartet", kam es in diesem Moment wie aufs Stichwort.

Ann drehte sich langsam zu der körperlosen Stimme um, und ich setzte mein wundervollstes Lächeln auf.

Im ersten Moment blickten wir weiterhin in die gemütlich eingerichtete Halle, doch im nächsten Augenblick manifestierten sich vor uns aus goldenem, wundervoll duftenden Nebel drei Frauen, die sich an Schönheit in nichts nachstanden und meine kühnsten Erwartungen weit übertrafen.

Eine schöner als die andere. Rabenschwarzes Haar, goldene Mähne und rote Locken. Haut, so weiß wie Alabaster, exotischer Teint mit winzigen goldenen Sprenkeln gespickt. Leuchtend blaue, grüne und braune Augen. Volle, sinnliche Lippen. Wundervolle, straffe Beine, kurvenreiche Hüften, feste Brüste. Flache, durchtrainierte Bäuche. Die drei anmutigsten Gestalten, die ich je gesehen hatte. Ich war so hingerissen, dass ich die drei Sirenen einfach nur mit offenem Mund anstarren konnte.

„Hallo“, schnurrten die drei im Einklang und lächelten Ann verschmitzt zu. Doch meine Sirene ließ dieser Zauber offenbar kalt.

„Hallo“, sagte diese argwöhnisch und musterte ihre Artgenossen aus wachsamen Augen.

„Ihr seid also Sirenen, wie ich eine bin“, stellte sie fest.

„Du bist wie wir, wir sind wie du“, sangen die drei und lächelten.

„Ihr seid der Hammer!“, platzte es aus mir heraus. „Darf ich euch anfassen?“

„Tess!“, rief Ann entsetzt. „Benimm dich!“

Normalerweise trug ich meine Wünsche nicht auf der Zunge, aber das war mir gleich. Alles, was ich wollte, war, mit den drei Grazien allein zu sein.

Ich schenkte Ann also nur ein schelmisches Grinsen und machte einen Schritt auf die drei zu. Doch Anni zog mich sofort wieder zurück und bedachte mich mit einem zornigen Blick.

„Halt bitte nur für einen Moment den Mund, ja?“ Dann wandte sie sich wieder an die Sirenen und sagte: „Ich habe eine Menge Fragen, die ich gerne beantwortet haben würde.“

„Komm wieder ohne die Furie und wir erzählen dir alles, was du wissen willst.“

Ann nickte und die drei hoben gleichzeitig den linken Arm und winkten uns zum Abschied. Dann lösten sie sich langsam wieder in goldenem Nebel auf.

„Verdammt, Anni, du hast sie vertrieben“, maulte ich.

„Nein, Tess, das warst ganz allein du.“

Etwas unsanft zerrte Ann mich auf den Ausgang zu und die Treppenstufen hinunter, raus aus dem Sirenenviertel.

Bedauernd sah ich immer wieder über meine Schulter zurück und machte es meiner besten Freundin nur noch schwerer, mich hier wegzubringen.

„Anni?“, fragte ich und zog ihren Namen wie ein kleines Kind in die Länge. „Darf ich nächstes Mal wieder mitkommen?“

„Oh nein“, kam es sofort zurück.

„Anni, bist du sauer?“

„Nein, nur ... irgendwie enttäuscht. Ich hatte mich so gefreut, die drei kennenzulernen ... Ich habe so viele Fragen, Tess, und eigentlich sollten mir diese heute beantwortet werden.“

„Ich weiß, Süße, beim nächsten Mal erzählen sie dir bestimmt mehr und du bekommst deine Antworten. Vermutlich waren sie heute meinetwegen nicht so gesprächig. Vielleicht habe ich sie verscheucht, entschuldige!“ Ich tätschelte unbeholfen die Schulter meiner Freundin und stellte mit wachsenden Kopfschmerzen fest, dass wir das Sirenenviertel inzwischen wieder verlassen hatten. „Moment, warum sind wir schon wieder draußen?“, fragte ich verwirrt und sah zurück in die Gasse.

„Wow, die Sirenen scheinen dir aber ganz schön das Hirn vernebelt zu haben, kleine Furie. Wir waren zwei Stunden da drin. Ganz nebenbei hättest du auch mal erwähnen können, dass Sirenen hier offensichtlich so etwas wie Nutten sind.“

„Ich ... was?!“

Ich war vollkommen verwirrt. Ich hatte weder eine Ahnung von dem, was Ann da von sich gab, noch warum sie von Nutten redete. Warum konnte ich mich nicht daran erinnern, dass wir zwei Stunden im Sirenenviertel waren?

„Was ist passiert? Ich weiß gar nichts mehr." Resigniert massierte ich meine Schläfen, die angefangen hatten, schmerzhaft zu pochen.

Ann schilderte mir währenddessen, was in den letzten zwei Stunden geschehen war, und, ehrlich, ich schämte mich zu Tode. Die Kopfschmerzen hatte ich auf jeden Fall verdient.

Als wir wieder in meiner Wohnung waren, verschwand Anni gleich im Badezimmer, und ich ging in die Küche, um ein paar Aspirin zu schlucken. Diese Kopfschmerzen fühlten sich an, als würde mein Gehirn sich langsam in einem Säurebad auflösen.

Ich setzte uns eine Kanne Tee auf und suchte in meinen Schränken nach etwas Essbaren. Offensichtlich hatte Skip meine Wohnung wieder auf Vordermann gebracht, denn ich fand ein paar Konservendosen, Nudeln, Reis und Kekse. Alles Dinge, die vermutlich noch viele, viele Jahre essbar sein würden, nur für den Fall, dass ich noch mal verschwand, dachte ich mit einem Hauch Ironie.

Jetzt konnte ich zumindest meine beste Freundin mit menschlichem Essen versorgen, wobei ich stark bezweifelte, dass sie davon satt werden würde. Bisher hatte sie in dieser Welt noch nicht gesungen, was wirklich fatal war, wenn man bedachte, dass Anns Überleben in Empyrion davon abhing.

Als wir damals erschaffen worden waren, musste sichergestellt werden, dass wir nicht nur stärker waren als die Menschen, sondern auch lange genug lebten, um diese zu beschützen. Daher war eine schnelle Anpassung an unsere Umwelt eine unumgängliche Eigenschaft. Meistens dauerte die Umgewöhnung nur Stunden.

Bis jetzt hatte es Ann gereicht, sich von menschlichem Essen zu ernähren, aber wie lange noch? Wenn sie nicht bald für einen Empyrianer sang, dann ...

Ich verscheuchte diesen Gedanken und setzte stattdessen lieber Wasser auf, um meiner Freundin ein paar Nudeln zu kochen.

Bis morgen Abend würde ich ihr noch Zeit geben. Wenn sie sich bis dahin immer noch dagegen wehren würde, zu singen, musste ich ein ernstes Wort mit ihr sprechen. Vielleicht half es ihr ja auch, mit ihren Artgenossen darüber zu reden, um ein Verständnis dafür zu entwickeln, wie Sirenen hier lebten und sich ernährten.

Als Ann endlich wieder aus dem Badezimmer kam, waren die Nudeln und meine selbst gemachte Soße fertig. Ich hatte bereits den Tisch gedeckt und erfreute mich eines weniger starken Pochens in meinem Kopf als noch vor einer halben Stunde.

Ann hatte sich umgezogen und trug nun eine enge Leggins und dazu einen weiten, flauschigen Pulli. Den hatte ich ihr damals zum Geburtstag geschenkt.

„Hey, Süße, ich habe Nudeln gemacht", sagte ich freudestrahlend und deutete auf den gedeckten Tisch. Ich hatte sogar noch eine verstaubte Flasche Wein gefunden.

„Nudeln ... und Wein", erwiderte sie mit hochgezogener Augenbraue und Blick auf die verstaubte Flasche.
„Zum Mittag? Ist das nicht etwas früh?"

Ann setzte sich und nahm das Essen vorsichtig unter
die Lupe.

„Ja, aber es ist hier doch sowieso immer dunkel,
also ...", entgegnete ich und schenkte uns beiden bereits
ein.

„Na gut." Ann zuckte mit den Schultern und zog das
Glas zu sich herüber.

„Als ich damals mit Skip das erste Mal in dem Sirenenviertel war", begann ich mit halb vollem Mund zu
erzählen, „konnte ich mich danach komischerweise an
alles erinnern. Allerdings hatten wir damals auch nur
eine Sirene gesehen. Ich bin auch sofort wieder von
dort verschwunden, schließlich wusste ich, warum
Skip dorthin wollte, und ich hatte keine Lust, Publikum
bei dieser ... Intcraktion zu spielen." Ich räusperte mich
einmal und schob mir eine weitere Gabel mit Nudeln in
den Mund. Als ich es riskierte, einen Blick in Anns Richtung zu werfen, sah sie mir mit funkensprühenden Augen entgegen.

„Was?", fragte ich unschuldig und überlegte, was ich
nun schon wieder falsch gemacht hatte.

„Das sind Professionelle!"

„Nein ... ich ... NEIN!" Ich schüttelte vehement den
Kopf.

„Doch, Tess. Das sind sie. Warum hast du mir das
nicht gesagt? Ich bin eine verdammte Professionelle?"

„Hey, du bist keine –"

„Na schön. *Ich* vielleicht nicht. Aber ich gehöre zu einer Spezies, die offenbar ihr Geld damit verdient, ihren

Körper zu verkaufen. Oder liege ich damit falsch?" Mit vor der Brust verschränkten Armen funkelte Ann mich zornig an.

„Nein ... ja. Also ... das ist kompliziert."

„Bitte, ich bin ganz Ohr!"

Seufzend lehnte ich mich in meinem Stuhl zurück und versuchte die wiederkehrenden Kopfschmerzen zu ignorieren.

„Also, genau genommen verkaufen sie ihren Körper nicht. Es ist ein Geben und Nehmen ..."

„Aber sie bieten ihn an und –"

„Nein, verdammt, Anni, lass mich doch einmal ausreden! Sirenen müssen singen, um überleben zu können. Singen und denjenigen küssen, der ihrem Gesang gewachsen und es wert ist, ihre Stimmen zu hören. Dieses Viertel, in dem wir heute waren, ist ein Ort, an den Empyrianer hingehen, um dem Gesang der Sirenen zu lauschen. Man hört ihnen zu und lässt sich den Verstand vernebeln, ein bisschen so wie in einer Opium-Höhle. Und ja, manchmal kommt es sicher auch zum Sex, aber nur auf Wunsch der Sirenen. Wenn sie einen Empyrianer besonders mögen oder sie befreundet oder etwas dergleichen sind, dann nehmen sie diese Person auch mal mit in ihre privaten Gemächer. Es ist eigentlich nicht anders, als würdest du jemanden in einer Bar abschleppen. Verstehst du?"

Ann nickte und bedeutete mir, fortzufahren.

„Das Einzige, was die Sirenen anbieten, sind ihr Gesang und die Möglichkeit, unserer Welt für eine Weile zu entfliehen. Es ist gewissermaßen ein Rausch. Ein Höhenflug, ein Trip, auf dem man sich befindet. Und wie ich heute am eigenen Leib erfahren durfte, vergisst man auch ab und zu das Geschehene, sobald man das Viertel wieder verlässt, und bekommt noch dazu rasende Kopfschmerzen." Ich zuckte mit den Schultern und aß eine weitere Gabel meiner Nudeln.

„Woher weißt du das alles, wenn man alles vergisst, sobald man diesen Ort wieder verlässt? Und wie viele von ihnen gibt es?"

„Ich glaube, es gibt an die fünfzehn, die hier in Black York leben. Wie viele insgesamt in Empyrion existieren, kann ich dir aber nicht sagen", antwortete ich wahrheitsgetreu. „Und zu deiner ersten Frage: Nicht alle vergessen, sobald sie das Sirenenviertel verlassen. Ich bin das beste Beispiel. Als ich das erste Mal dort war, konnte ich mich noch an alles erinnern. Skip kann sich jedes Mal erinnern. Von ihm habe ich die meisten Informationen. Ich glaube, es kommt darauf an, wie sehr das Gehirn des Empyrianers vernebelt wurde. Bei mir haben sie heute ganze Arbeit geleistet. Aber ich frag gerne mal Skip, wenn du das willst."

Ann nickte zur Antwort. „Sie sind trotzdem komisch", maulte sie und zog eine Schnute, die mich schmunzeln ließ.

„Hey", zog ich die Aufmerksamkeit meiner Freundin wieder auf mich. „Mach sie nicht schlechter, als sie sind. Heute Abend wird der große Saal, den du gesehen hast, voll sein. Es ist der perfekte Ort, um seinen Arbeitsalltag abzuschütteln und zu entspannen."

„Wie in einem Bordell", murrte Ann angewidert.

„Nein", ich schüttelte den Kopf, „Nein so ist das nicht, Ann. Sie helfen für einen kurzen Moment, zu vergessen und sich auf etwas anderes zu konzentrieren. Sich zu amüsieren. Abgesehen davon, dass sie sowieso singen müssen, um zu überleben."

„Und fremde Wesen abknutschen."

„Ja, auch das. Aber sie nutzen ihre Gaben ganz nebenbei auch, um Empyrianern zu helfen. Glaube mir, die Therapeuten in der Menschenwelt sind ein Dreck dagegen."

„Also sind sie keine Nutten, sondern Therapeuten, ja?!"

„In gewisser Weise. Hier ist das, was die Sirenen tun, nicht so verpönt wie in der Menschenwelt. Sie –"

„Also sind es doch –"

„Nein, verdammt, Ann. Hör mir doch zu! Nicht jede Sirene hat dem Sex abgeschworen und lebt so abstinent wie du."

„Ohhh!" Ann starrte mich mit offenem Mund an. „D-das nimmst du sofort zurück."

Doch ich dachte gar nicht daran. Stattdessen grinste ich meine Freundin nur frech an und steckte mir eine weitere Gabel Nudeln in den Mund, um nichts sagen zu müssen.

„Es sind Professionelle", wiederholte Ann noch ein letztes Mal und begann dann endlich damit, ihre Nudeln ebenfalls zu essen.

22.

Ann und ich gingen an diesem Abend früh zu Bett. Da es draußen sowieso immer düster war, fiel uns das nicht sonderlich schwer. Abgesehen davon war die kleine Sirene ziemlich erledigt. Heute hatte sie allerhand Neues entdeckt, und jede Menge neuer Fragen waren aufgeworfen worden, auf die sie morgen hoffentlich Antworten erhalten würde. Sie würde die Sirenen noch einmal besuchen gehen, diesmal ohne mich, in der Hoffnung, dass sie etwas gesprächiger waren.

Was mich anging? Ich würde am nächsten Morgen zusammen mit Skip zur Black Company fahren und mit Black sprechen. Allerdings musste ich ihm klar machen, dass ich nicht dauerhaft zurück zur Company kam, das hier würde keine Einstellung auf Lebenszeit werden. Ich blieb nur so lange, bis das Dämonenproblem aus der Welt geschafft war, danach würde ich zusehen, dass ich von hier wegkam. Anni und ich hatten uns ein wunderschönes Zuhause in der Menschenwelt geschaffen. Dorthin wollte ich wieder zurück. Ob wir nun in diese Welt gehörten oder nicht. Empyrion erinnerte mich nur daran, was ich getan und verloren hatte. An das, was niemals sein würde. Das anfängliche Heimatgefühl war sofort dem Verlust, der Trauer und Enttäuschung gewichen, die mich all die Jahre verfolgt hatten. Jetzt, nachdem ich meinen Freispruch erhalten hatte, hatte ich das Gefühl, dass bei allem, was ich tat oder tun wollte, ein riesiges Damoklesschwert über meinem Kopf schwebte. Alles in mir sehnte sich danach, wegzurennen und Empyrion und seine Bewohner hinter mir zu lassen. Zu vergessen und dem Schmerz zu entfliehen, der mich hier in jeder Minute einholte. Ich konnte es kaum erwarten, den Auftrag hinter mich zu bringen.

Als ich am nächsten Morgen aufwachte, war es noch sehr früh. Dennoch fehlte von Ann jede Spur. Offenbar war sie bereits aufgebrochen, um den ganzen Tag mit ihresgleichen zu verbringen. Ich wünschte ihr in Gedanken viel Glück und vor allem starke Nerven – die würde sie brauchen.

Ich streckte mich genüsslich und warf einen Blick hinaus aus dem Fenster. Der Himmel hatte die gleiche Farbe wie jeden Tag: ein dunkles, fast schwarzes Blau. Der Tag war so finster wie mein Gemüt.

„Puh", machte ich und blies meine Backen auf. Das würde ein anstrengender Tag werden.

Es war nach menschlicher Zeit nicht mal sieben Uhr, als ich an Skips Haustür klopfte.

„Tess", begrüßte er mich verschlafen. „Ich dachte, ich sollte dich abholen."

„Ich konnte nicht mehr schlafen und hier bin ich, also lass uns losfahren", antwortete ich.

„I-ich ... ja, natürlich." Skip fuhr sich fahrig durch die Haare und schaute sich suchend in seiner Wohnung um. Wonach er suchte, konnte ich nicht sagen – und er vermutlich ebenso wenig. Er sah fast ein bisschen mitleiderregend aus, und ich fragte mich einmal mehr, was mit ihm los war.

„Heute Abend, wenn wir diesen Tag überstanden haben, dann reden wir, in Ordnung?", fragte ich vorsichtig, als würde ich mit einem kleinen Kind sprechen.

Skip nickte nur zur Antwort und verstärkte dadurch das ungute Gefühl in meinem Bauch.

„Okay", sagte ich und versuchte so viel Aufmunterung wie möglich in meine Stimmlage miteinfließen zu lassen, dann klatschte ich in die Hände. „Wollen wir?"

Skip warf sich seine Lederjacke über und musterte mich aus zusammengekniffenen Augen.

Heute sah er aus wie ein Hexer. Seine Haare standen in alle Richtungen ab und waren violett gefärbt mit bläulichen Spitzen. Seine Haut hatte einen silbrigen Schimmer und die Pupillen waren türkis mit silbrigen Sprenkeln. Außerdem trug er eine enge Lederröhre, dazu ein bis zu den Knien reichendes Muskelshirt in Tarnfarben, mehrere feingliedrige Silberketten und silberne Sneakers. Die Lederjacke rundete das ganze Outfit ab. Er sah aus wie ein schwuler, menschlicher Keine-Ahnung-was, mir fiel wirklich keine vergleichbare Person ein. Ich fragte mich, von wem er sich dieses Erscheinungsbild abgeschaut hatte, denn Gestaltwandler konnten ihr Aussehen nicht einfach neu erfinden. Sie waren auf ein real existierendes Vorbild angewiesen. Das Einzige, was sie tun konnten, war, hier und da ein paar kleine Änderungen vorzunehmen, wie zum Beispiel die Nase zuverkleinern, die Haare länger werden zu lassen, die Figur in eine schönere Form zu bringen.

Aber sich vollkommen neu erschaffen, das war unmöglich.

Das Erscheinungsbild, das Skip heute an den Tag legte, glich eher einer Verkleidung. Eigentlich wählte er solch ein auffälliges und verrücktes Aussehen nur, wenn er etwas zu verbergen hatte. Gefühle, Gedanken, Sorgen. Ich fragte mich, warum er dieses Outfit gewählt hatte, und sofort sprangen meine Alarmglocken an. Gestern hatte er doch noch vollkommen normal ausgesehen.

„Lass uns gehen, kleine Furie." Skip setzte ein unscheinbares Lächeln auf, welches seine Maskerade noch unterstrich.

Wir hatten wirklich dringenden Redebedarf, aber das musste warten.

Skip fuhr uns zur Black Company. Sobald wir im Auto saßen, umschloss uns die Stille wie ein Kokon. Ich suchte krampfhaft nach einem unverfänglichen Thema, doch mir wollte einfach keines einfallen.

Mein Blick schweifte aus dem Fenster und blieb an den beleuchteten Hochhäusern der Stadt hängen. In solchen Momenten hätte man wirklich denken können, man sei in New York. Wären da nur nicht diese komischen Gestalten auf der Straße unterwegs gewesen, die so ganz anders aussahen als die Menschen.

In diesen Augenblicken vermisste ich das Leben auf der anderen Seite sehr. Ich vermisste es, mit Anni morgens zu frühstücken und hinaus auf den Central Park zu schauen, dessen saftiges Grün von der Sonne angestrahlt wurde. Ich vermisste den Duft nach Sommerregen. Das Geschrei und Lachen der Kinder, die auf dem Spielplatz spielten. Hunde, die bellten.

„Und Anni ist heute wieder im Sirenenviertel?", fragte
Skip und warf mir einen kurzen Seitenblick zu.

„Ja. Ich bin gespannt, was sie heute Abend erzählt. Unser Besuch gestern lief ja nicht gerade zu ihrer Zufriedenheit ab, was zugegebenermaßen meine Schuld war." Ich zuckte mit den Schultern.

„Kannst du dich noch daran erinnern, als wir mal zusammen dort waren?", fragte Skip grinsend, und ich freute mich, meinen alten Freund hinter der Maske zu erkennen.

„Ja", lachte ich. „Was meinst du, warum ich damals so früh abgehauen bin? Ich konnte nicht länger mit ansehen, wie du die Sirenen auf Knien anbettelst, dir noch etwas vorzusingen. Vorzugsweise auf dir sitzend. Das war wirklich niveaulos, Skip, selbst für dich." Ich lachte aus vollem Herzen und Skip fiel mit ein. „Wow, das kommt mir vor wie ein anderes Leben. Dabei ist es noch gar nicht so lange her. Zumindest wenn man in unserer Zeit misst." Ich schüttelte den Kopf und sah wieder hinaus, als mir etwas einfiel. „Hey, Skip!"

„Hmm", machte dieser, konzentrierte sich aber weiter auf die Straße.

„Warum können wir uns daran erinnern?"

„Was meinst du?", fragte er verwirrt.

„Als ich gestern mit Anni dort war, konnte ich mich danach an nichts erinnern. Laut Ann waren wir zwei Stunden im Viertel, doch mein Gehirn ist wie leergefegt. Ich kann mich nur noch daran erinnern, wie wir die Gasse des Viertels betreten haben, doch danach ...", ich schüttelte den Kopf, „gähnende Leere."

„Das ist doch nichts Neues", scherzte Skip und fing sich dafür einen Stoß in die Rippen von mir ein.

„Im Ernst!“

„Hmm, ich weiß es wirklich nicht. Vielleicht warst du letztes Mal einfach nicht lange genug im Viertel.“

„Ja, vielleicht“, erwiderte ich gedankenversunken und schaute wieder aus dem Fenster.

Als wir in die Straße zur Black Company einbogen, spannte sich plötzlich jeder einzelne Muskel meines Körpers an.

Skip parkte auf dem erstbesten freien Mitarbeiterparkplatz und schaltete den Motor aus.

„Bereit?“, fragte er vorsichtig und sah mir fest in die Augen. In seinem Blick stand alles: Verständnis, Sorge, Kraft und Dankbarkeit. Seine Anwesenheit verlieh mir Mut, so wie es seit jeher der Fall war.

Ich nickte zur Antwort und zeitgleich öffneten wir die Autotüren.

Dann mal los.

In der Black Company hatte sich eigentlich nicht viel verändert. Da ich das letzte Mal, als ich hier war, sofort in die Folterkammer geschleift worden war, hatte ich keine Zeit gehabt, meinen alten Arbeitsplatz genauer unter die Lupe zu nehmen.

Alles war wie immer. Vertraut, mit einer leicht bitteren Note, und einem Unterschied: Ich war angespannt. Ich konnte spüren, wie jedes Haar an meinem Körper sich aufstellte. Meine Flügel verkrampften sich und jeder Muskel schien darauf programmiert zu sein, wegzulaufen.

Ich schluckte einmal, zweimal, dreimal, drückte den Rücken durch, hob den Kopf und machte mich auf in Richtung Fahrstuhl.

Skip folgte mir unauffällig. Cole Blacks Büro befand sich im obersten Stockwerk. Das Penthouse quasi, mit einer Aussicht, die selbigem in nichts nachstand. Wer dort oben arbeitete, hatte es geschafft. Und genau diese Einstellung strahlte Cole Black mit jeder Faser seines Körpers aus. Er ließ jeden seiner Mitarbeiter, Kunden und Geschäftspartner nur zu gerne wissen, dass er über allem stand.

Im Fahrstuhl trat ich nervös von einem Fuß auf den anderen und schien plötzlich zu hyperventilieren. Wovor hatte ich eigentlich so eine Angst? Ich konnte es selbst nicht genau sagen, und Skip, der mich immer wieder beunruhigt von der Seite ansah, war auch nicht gerade hilfreich.

„Angst?", fragt er.

„Vor Cole Black? Ich bitte dich", antwortete ich betont lässig und war dankbar dafür, dass meine Stimme nicht zitterte.

Skip drehte sich schnell weg, allerdings konnte ich noch einen Blick auf sein unterdrücktes Grinsen erhaschen, woraufhin ich versuchte, ihn zu ignorieren.

Als der Fahrstuhl mit einem subtilen „Ping" ankündigte, dass wir angekommen waren, zuckte ich erschrocken zusammen.

„Bleib einfach cool", riet mir Skip und trat vor mir aus dem Fahrstuhl.

Ein Gentleman war noch immer nicht aus ihm geworden.

Zwei große, kunstvoll geschnitzte Flügeltüren trennten uns von Cole Blacks Büro und ich musste mich innerlich zusammenreißen, um nicht umzudrehen und sofort wieder in den hinabfahrenden Fahrstuhl zu hechten.

„Alles wird gut“, versicherte mir Skip, als könnte er meine Gedanken lesen, und ging schnurstracks an der Empfangsdame vorbei auf die Doppeltür zu.

„Sir, Sie können nicht einfach so –“

„Und ob wir das können“, schnitt Skip der Nymphe das Wort ab.

Mich wunderte nicht, dass Black ein sexbesessenes Wesen als Vorzimmerdame eingestellt hatte. Offensichtlich liebte er Klischees.

Skip drückte die Doppeltür auf, und ich musste unweigerlich an einen dieser dramatischen Auftritte in Hollywood-Filmen denken, denen Türen wie diese hier vorausgingen.

Cole Blacks Büro war so kolossal groß, dass meine Wohnung locker zweimal hineingepasst hätte. Alle Möbel und Accessoires waren in warmen Farbtönen und Mahagoni gehalten.

So sah also die Höhle des Löwen aus.

Ein großer Kamin an der Wand gegenüber der bodentiefen Fensterfront zog sofort meine Aufmerksamkeit auf sich. Wie viele Seelen hatte Cole Black wohl schon in diesem Feuer verbrennen lassen. Als junge Furie war ich mir sicher gewesen, dass er der Teufel höchstpersönlich war, und diesen Gedanken konnte ich bis heute nicht ganz ablegen.

Langsam gingen Skip und ich auf den großen, wuchtigen Mahagonischreibtisch zu, dessen Tischbeine aussahen wie Phönixe, die geradewegs aus der Asche emporstiegen. An der burgähnlichen Steinwand hinter

Cole Black befand sich ein riesiges in Gold gerahmtes Gemälde, das die sieben Kreise der Hölle zeigte. *Wie passend*, dachte ich. Kein Wunder, dass ich mein Leben lang geglaubt hatte, ich hätte Satan zum Chef. Gott sei Dank hatte ich keinen meiner Verträge mit Blut unterschrieben – zumindest nicht, dass ich wüsste. Hoffentlich würde ich nicht jetzt meine Seele an ihn verkaufen.

„Miss Hope! Sie in meinem Büro, welch angenehme Überraschung." Cole Black saß gemütlich in einem riesigen Bürostuhl zurückgelehnt und feixte mir auf seine arrogante Art entgegen.

„Von angenehm kann wohl kaum die Rede sein", zischte ich und bekam prompt einen Stoß mit Skips Ellenbogen verpasst.

Er warf mir einen warnenden Blick zu, den ich jedoch geflissentlich ignorierte. Ich würde mich nicht verstellen. Dieser Bastard hatte mich gejagt und zugelassen, dass Jack mich folterte, obwohl er die Wahrheit längst kannte. Alles, was er tat oder sagte, diente nur einem einzigen Zweck: seiner Machterhaltung.

Ich würde nicht wie er ein feiges, falsches Grinsen aufsetzen, nur um ihm dann hintenrum ein Messer in den Rücken zu rammen. Wobei das mit dem Messer gar keine schlechte Idee war, wenn ich genauer darüber nachdachte.

„Sie sind immer noch der Wildfang wie zu Beginn ihrer Ausbildung. Es ist schön, zu sehen, dass manche Dinge sich niemals ändern."

„Ich bin nicht hier, um Small Talk zu halten, Black, sondern weil ich mich zurück zum Dienst melde. Wenn ich schon wieder für Sie arbeiten muss, möchte ich zu-

mindest meinen alten Job wiederhaben", kam ich sofort auf den Punkt und verschränkte genervt die Arme
vor der Brust. Plötzlich war alle Nervosität und Angst
verschwunden. Ich wollte das hier so schnell wie möglich hinter mich bringen und aus diesem Büro verschwinden. Ich konnte und wollte diesem Was-auch-
immer-er-für-ein-Wesen-sein-mochte nicht mehr in die
Augen sehen. Es hatte sich wirklich nichts verändert.
Alles an ihm war falsch und düster. Cole Black war immer noch ein arrogantes, selbstgefälliges, narzissti-
sches Arschloch – und ich würde wieder für ihn arbeiten.

„Und wer hat Sie zu der Annahme verleitet, Sie hätten
die gleichen Privilegien wie damals?", fragte Black und
durchbohrte dabei Skip mit einem stechenden Blick.

Skip räusperte sich, um zu antworten, doch ich kam
ihm zuvor. Er sollte nicht für mich in die Bresche springen, ich konnte für mich selbst einstehen.

„Sie brauchen mich", wagte ich mich selbstbewusst
vor. Ich trat auf seinen Schreibtisch zu, stützte mich
mit den Händen darauf ab und beugte mich vor. „Ich
war die Beste meines Fachs. Und wenn das, was ich
über die Dämonen gehört habe, stimmt, dann brauchen Sie jemanden, der die Grenzlinien und unser Verteidigungssystem so gut kennt wie ich. Ich habe das Ab-
wehrsystem gegen die Dämonen mitentwickelt, Sie benötigen mein Wissen, um das Sicherheitsleck wieder
zu schließen."

Mein Herz hämmerte wie ein Maschinengewehr und
ich hatte Mühe, meine Unsicherheit hinter diesem
scheinbar selbstbewussten Auftritt zu verstecken. Alles

in mir sträubte sich dagegen, Cole Black so nah zu sein, und doch rührte ich mich keinen Millimeter vom Fleck.

„Wir haben eine Menge guter Agenten, die bereits an den Grenzlinien arbeiten", sagte Cole Black langsam und musterte mich dabei so intensiv, dass es mir kalt den Rücken runterlief. „Und Sie sind mit Sicherheit nicht mehr so gut wie früher. Sie waren einhundert Jahre lang in der Menschenwelt. Ich glaube kaum, dass Sie während dieser Zeit gegen Dämonen gekämpft oder diese ausspioniert haben. Gehe ich Recht in der Annahme, dass Sie Ihre Fähigkeiten lediglich dafür eingesetzt haben, um Rache an den Menschen zu nehmen? Das war eine rhetorische Frage, Miss Hope", kam er mir sofort zuvor, als er erkannte, dass ich Anstalten machte, ihm zu widersprechen.

„Mein Plan war, Sie erst einmal im Hintergrund arbeiten zu lassen. Einsatzpläne ausarbeiten, die Dämonenbewegungen in der Unterwelt analysieren, Nachbesprechungen mit den neuen Rekruten führen, solche Dinge." Cole Black hob seine rechte Augenbraue und sah mich herausfordernd an.

„Erstens: Ich wüsste nicht, was es Sie angeht, was ich in der Menschenwelt getan habe. Das Einzige, das Sie zu interessieren hat, ist, dass ich voll einsatzfähig bin. Zweitens: im Hintergrund arbeiten? Ist das Ihr Ernst?", fragte ich mühsam beherrscht und der Verlockung widerstehend, den Brieföffner links neben mir als Waffe gegen ihn einzusetzen.

„Es geht mich insoweit etwas an, Ms. Hope, als dass all meine Agenten fähig sein müssen, Empyrion zu verteidigen und sich Dämonen gegenüber zu behaupten.

Von Ihrer Leistung hängt nicht nur die Sicherheit unserer Welt, sondern auch das Überleben Ihrer Partner ab."

„Wie ich schon sagte, ich bin voll einsatzbereit. Abgesehen davon hängt von meiner Leistungsfähigkeit doch viel mehr die Sicherheit der Menschenwelt ab, richtig Mr. Black? Schließlich ist Empyrion ausschließlich dazu da, diese zu beschützen und nicht etwa andersherum." Ich funkelte meinen ehemaligen Chef über den Schreibtisch hinweg an und malmte mit den Zähnen.

Dieser stützte in aller Seelenruhe die Ellenbogen auf der massiven Holzplatte ab und legte die Finger einen nach dem anderen aneinander.

„Sie sind sehr aufgewühlt. Vermutlich täte Ihnen eine weitere Auszeit vom Außendienst ganz gut. Schließlich müssen Sie trotz Ihrer Selbstheilungskräfte die physischen und auch psychischen Folgen der Folter noch verarbeiten. Vor allem, wenn man bedenkt, vom wem sie ausgeführt wurde. Sie und Mr. Pers hatten vor Ihrer Flucht ein sehr enges Verhältnis ..."

„Sie verdammter Mistkerl!" Ohne darüber nachzudenken, griff ich nach dem Brieföffner und holte damit aus. Doch bevor ich Black das spitze Ende in die Brust rammen konnte, packten mich zwei Hände an den Schultern und zogen mich gewaltsam zurück.

„Entschuldigen Sie, Sir. Tess meint es nicht so, ich –"

„Lass mich los, verdammt. Und ob ich das so meine", schrie ich und versuchte mich aus Skips Griff zu befreien. „Sie haben Jack dazu gebracht, mich zu foltern, obwohl Sie bereits wussten, was ich getan hatte. Ich habe Rache verübt, weil ein ganzes Rudel Werwölfe sich an meiner Schwester vergangen und damit die Regeln unserer Gesellschaft verletzt hat. Sie verdammter –"

„Wie ich sehen kann, sind Sie nicht einmal ansatzweise in einer stabilen emotionalen Verfassung, um Ihren Dienst wieder antreten zu können", unterbrach Cole Black mein Geschrei mit autoritärer Stimme. „In diesem Zustand ist es mir leider nicht möglich, Sie wieder in der Black Company einzusetzen. Ich werde veranlassen, dass Sie Ihre Strafe im Kerker absitzen, zumindest so lange, bis Sie sich emotional wieder gefangen haben – zu Ihrer eigenen Sicherheit und der aller Empyrianer!" Black erhob sich aus seinem Stuhl und sah mir bei seinen nächsten Worten fest in die Augen. „Was wir brauchen, sind Soldaten, die, ohne nachzudenken, Befehle befolgen, nicht solche, die auf eigene Verantwortung hin handeln oder sich an Ihrem obersten Befehlshaber vergreifen. Ich habe es vor einhundert Jahren versäumt, Ihnen zu sagen: Tess Hope, Sie sind fristlos entlassen!"

23.

Wie zu Eis erstarrt hielt ich mitten in meinem Kampf gegen Skips Arme inne und starrte Cole Black an. Er spielte Spielchen, versuchte mich zu manipulieren. Ich wusste es und ich war ihm trotzdem in die Falle getappt. Mein Mund öffnete sich, um ihm zu widersprechen, um ihm wüste Beschimpfungen an den Kopf zu werfen, doch Skip kam mir zuvor.

„Bitte, Sir. Wir sind bei diesem Kampf auf Tess angewiesen. Sie wissen, was uns bevorsteht." Mein bester Freund hielt inne und warf Black einen bedeutungsschweren Blick zu.

„Scheiß drauf", sagte ich gelassen. „Lass uns gehen, Skip."

„Was?", fragte dieser nun vollkommen perplex.

„Ich werde mich nicht von diesem Mistkerl einsperren lassen und ich muss keine Agentin der Black Company sein, um euch zu helfen. Ich kann das auch sehr gut von einem Versteck in der Menschenwelt aus tun, sollte dieser Feigling mich tatsächlich verhaften lassen wollen. Wir brauchen ihn nicht, um die Menschenwelt und Empyrion zu retten." Ich deutete mit dem Finger in Blacks Richtung und wandte mich dann an Skip. „Lass uns gehen."

„A-aber"

„Skip!"

Skip sah noch einmal zu Cole Black, dem der Verlauf unseres Gesprächs alles andere als gefiel, und machte sich dann auf in Richtung Fahrstuhl.

Ich folgte meinem besten Freund und warf Black über meine Schulter noch ein feixendes Lächeln zu.

„Halt!"

Ich konnte mir ein selbstgefälliges Grinsen nicht verkneifen, als ich mich erneut zu ihm umdrehte.

„Ja, Mr. Black? Haben Sie etwas vergessen?", fragte ich mit zuckersüßer Stimme.

„Sie bekommen den geringsten Gehaltssatz. Sie werden meine Regeln befolgen, und sollte Ihnen auch nur der kleinste Fehler unterlaufen, jemand aus Ihrem Team sterben oder ein Dämon in einhundert Kilometern Entfernung gesichtet werden, sind Sie raus. Ich werde Sie verhaften und bis zum Ende Ihrer Tage im Kerker verrotten lassen. Haben Sie mich verstanden?"

„Ich arbeite lieber zu meinen Bedingungen, Mr. Black. Und auf Ihr mickriges Gehalt bin ich nicht angewiesen. Ich habe genügend Rücklagen." Mit diesen Worten drehte ich mich um und rauschte an Skip vorbei in den Flur.

„Verdammte Furie", fluchte Cole Black hinter mir. „Was wollen Sie, Hope?"

Es dauerte nicht mal einen Wimpernschlag, schon stand ich wieder vor Blacks Schreibtisch. „Ich arbeite zu meinen Bedingungen. Ich werde ein Team gründen, mit dem ich gemeinsam trainieren und kämpfen werde. Die Mitglieder werden eigens von mir ausgewählt – ich muss ihnen vertrauen und mich auf sie verlassen können. Wir werden auf eigene Verantwortung handeln. Wenn ich es für richtig halte, die Grenze zu überqueren, werde ich nicht auf Ihre Erlaubnis warten. Ich werde Ihnen weder Bericht erstatten noch auf Anordnung von Ihnen in dieses Büro zitiert werden. Und da meine Arbeit mehr wert ist, als ein mickriges Gehalt, möchte ich, dass sie den höchsten Leistungssatz, den die Black Company zu bieten hat, auf ein von mir gewünschtes Konto überweisen. Klar soweit?"

Cole Black schnaufte vor Wut. Ich konnte hören, wie er mit dem Kieferknochen knackte, doch das war mir egal. Ich hatte meinen Standpunkt klargemacht.

„Ich dachte, Sie sind nicht auf mein Geld angewiesen?", knurrte er, sich auf die einzige meiner Forderungen stürzend, gegen die er wirklich widersprechen konnte.

„Aber Sie sind auf meine Hilfe angewiesen", gab ich zurück und grinste breit.

„Und warum sollte ich auf Ihre Bedingungen eingehen? Wie gesagt, Sie sind lange nicht mehr so gut wie damals. Vielleicht verzichte ich lieber auf Ihre Unterstützung."

„Das könnten Sie tun, aber wenn es mir gelingt, diese Dämonen zu besiegen, dann wird dieser Erfolg nicht der Black Company zugeschrieben. Sie haben recht, ich bin nicht mehr so gut wie früher, aber das ist nichts, was man mit einem anständigen Training nicht wieder erreichen könnte. Es wird nicht lange dauern, bis ich wieder in Topform bin, und dann, das wissen wir beide, werde ich wieder die Alte sein – die Beste. Wie viele Male waren es meine Fähigkeiten und mein Team, die Schlimmeres verhindert haben, Black? Sie würden es nie im Leben zugeben, aber ich habe Ihnen und dem

Ruf Ihrer Firma schon mehr als einmal den Arsch gerettet. Aber nur zu, lassen Sie es drauf ankommen. Setzen Sie auf Jack. Er war schon immer ihr Vorzeigesoldat, der ohne Fragen jeden Befehl ausgeführt hat. Das Problem bei Ihren Befehlen ist nur, dass sie nicht immer die effizienteste Lösung bieten. Meine Taktiken haben bisher noch immer zum Erfolg geführt. Also pokern Sie. Entscheiden Sie sich gegen mich." Mit vor der Brust verschränkten Armen stand ich vor seinem Schreibtisch und musterte meinen Chef, ohne zu blinzeln.

Ich hatte ihn in der Tasche, das wussten wir beide. Für Cole Black bedeutete Macht alles. Wenn auch nur die geringste Gefahr bestand, diese zu verlieren, tat dieser Mistkerl alles, um sich, sein Ego und seine Position aus der Schlinge zu ziehen. Wenn das bedeutete, dass er meine Forderungen akzeptieren musste, um nach außen hin den Eindruck zu wahren, er würde mir die Befehle erteilen, weil ich wieder für ihn arbeitete, dann würde er das tun. Er würde nicht riskieren, dass ich mich seiner Kontrolle entzog und auf eigene Faust handelte, nur um dann als Heldin Empyrions dazustehen und womöglich als Kopf der Black Company gewählt zu werden, nachdem er all die Jahre an der Spitze gesessen hatte. Nein, Cole Black war kein Mann, der pokerte. Er ging auf Nummer sicher.

Der Chef der Black Company und ich starrten einander eine geschlagene Ewigkeit in die Augen, ehe er sich seinem Schicksal fügte.

„Deal! Aber, Ms. Hope, die Ansage gilt noch immer: Sollte unter Ihrer Aufsicht einer meiner Agenten sterben oder es einem Dämon gelingen, die Grenze erneut zu überschreiten, dann werden sie sich wünschen, in der Menschwelt geblieben zu sein, so viel kann ich Ihnen versichern! Oh, und ich werde Jack Pers anweisen, ebenfalls Teil Ihrer Sondereinheit zu werden."

„Was zum –? Nein, das –", widersprach ich erschrocken und konnte nicht glauben, was er da gerade gesagt hatte.

„Sie werden einen erfahrenen Agenten wie Pers an Ihrer Seite brauchen. Er ist derzeit mein bester Agent, so wie Sie es einmal waren. Ist er nicht in Ihrer Sondereinheit, haben wir keinen Deal."

„Aber –", versuchte ich noch zu entgegnen, wurde aber sofort von Black unterbrochen.

„Sie können jetzt gehen."

Und mit diesen Worten drehte er uns mit seinem Schreibtischstuhl den Rücken zu und entließ uns aus seinem Büro.

Dieses verdammte Arschloch!

Wütend und innerlich fluchend stapfte ich aus Blacks Büro. Seine Bedingungen passten mir gar nicht. Ich durfte mir bei der Mission absolut keinen Fehler erlauben, ansonsten wäre das mein Todesurteil. Und dann war da auch noch Jack. Mein Plan, ihm innerhalb der Black Company aus dem Weg zu gehen, hatte sich gerade in Luft aufgelöst. Resigniert atmete ich aus und sah Skip an.

„Das lief doch gar nicht so schlecht, oder?", fragte dieser, sobald wir wieder im Fahrstuhl standen.

Ich schaute ihn nur verständnislos an und schüttelte den Kopf. „Nicht dein Ernst! Jack Pers soll in meine Einheit kommen, was ist daran bitte gut?", fragte ich Skip und wartete interessiert auf eine Antwort.

„Na ja, vermutlich ist es wirklich gar nicht so schlecht. Vielleicht kommt ihr beide euch wieder näher und –"

„In deinen Träumen vielleicht", erwiderte ich zynisch.

„Wohl eher in deinen", entgegnete er feixend, sodass ich mir ein kurzes Lächeln nicht verkneifen konnte.

„Also, wo willst du jetzt hin?", fragte Skip mich und wechselte damit das Thema.

„Bring mich ins Hauptquartier. Ich muss dringend anfangen, wieder zu trainieren. Und wir sollten uns auf jeden Fall überlegen, wer außer Jack Pers", wütend ballte ich meine linke Hand zur Faust, „noch in unser Team kommt. Ich muss mich in dieser Hinsicht ganz auf dich verlassen. Ich war so lange weg, ich kenne weder die Stärken noch die Schwächen der Rekruten, noch weiß ich, wem man vertrauen kann. Ich möchte keinen von Blacks Schoßhündchen in meinem Team, die ihm regelmäßig Bericht erstatten. Es müssen loyale Agenten sein, die für die Menschenwelt kämpfen und nicht für einen dicken Gehaltsscheck, den sie im Sirenenviertel ausgeben können."

„Apropos Gehaltsscheck", warf Skip ein.

„Das Geld ist für Anni", unterbrach ich ihn sofort, noch bevor er seine Frage stellen konnte. „Ich bin soweit ganz gut abgesichert. Aber Ann nicht. Ich werde ihr ein Konto einrichten, auf das sie zugreifen kann. Sollte sie sich entscheiden, hierzubleiben, dann soll es ihr an nichts mangeln. Und falls mir etwas passieren sollte ...“, sagte ich stockend und wagte nicht einmal, mir diesen Gedanken auszumalen, als Skip mich auch schon unterbrach.

„Oh bitte, noch hat der Krieg nicht begonnen, heb dir das für später auf, ja?“

„Ja, okay“, erwiderte ich und schaute betreten auf den Boden.

„Du willst nicht hierbleiben, oder? Wenn der Krieg vorbei ist, meine ich“, fragte Skip leise.

Ich zuckte mit den Schultern. In dieser Welt war so viel passiert und es würde noch so einiges mehr geschehen. Ich hatte keine Ahnung, ob ich schon bereit war, wieder ganz zurückzukommen. Nun war ich notgedrungen hier, aber wollte ich wirklich wieder hier leben?

„Die Menschenwelt ist momentan mein Zuhause. Ein Zuhause ohne qualvolle Erinnerungen. Alles in mir sehnt sich danach, wieder dorthin zurückzukehren. Solange das so ist, werde ich dem nachgeben, zumindest sofern hier alles in Ordnung ist. Ich schließe nicht aus, dass das immer so sein wird. Aber jetzt ist es so. Mehr kann ich dir leider gerade nicht sagen, Skip.“

Skip nickte und sah dabei auf seine Schuhe. „Das reicht fürs Erste. Du bist ehrlich. Und ich bin froh, dass du nicht *für immer* gesagt hast“, meinte Skip zuversichtlich und lächelte mich an. „Wer weiß, vielleicht stirbst du auch während deines ersten Kampfeinsatzes, weil deine Techniken eingerostet sind“, lachte er und ich boxte ihm in die Seite.

„Hey!", lachte ich und fühlte mich plötzlich sehr viel leichter als zuvor. Skip hatte recht. Wer wusste schon, was die Zukunft bringen würde.

Ich warf ihm einen schnellen Blick von der Seite zu und musterte meinen besten Freund. Ich wusste, dass er etwas vor mir verheimlichte. Und er wusste, dass ich es wusste. Irgendwann mussten wir über den wahren Grund reden, warum er mich zurückgeholt hatte. Aber jetzt, für diesen Moment, wollte ich einfach nur meinen kleinen Triumph über Cole Black auskosten.

Ich hatte eigentlich vorgehabt, noch eine Weile in diesem Hoch zu schwelgen, doch als die Fahrstuhltüren sich in einer anderen Etage als der ausgewählten öffneten, stand ich plötzlich Jack Pers gegenüber. Meinem Folterer und der unerwiderten Liebe meines Lebens.

„Hi, Pers", begrüßte Skip den Halbgott und verschaffte mir so etwas Zeit, um mich wieder zu sammeln.

„Was macht ihr hier?", zischte dieser und sah mich dabei an.

„Tess arbeitet wieder für die Black Company. Sie schmeißt heute Abend die erste Runde. Komm doch vorbei", sagte Skip und klopfte Jack auf die Schulter.

Ich konnte nicht anders, als meinen besten Freund entgeistert anzusehen. Was war denn in ihn gefahren?

Jack hingegen schien ihm gar nicht zuzuhören. Denn er fixierte nach wie vor mich. Seine Augen ließen keinerlei Gefühlsregung erkennen.

„Was tust du hier?", fragte er erneut.

„Ich sagte doch schon –"

„Halt die Klappe, Skip, und verzieh dich", unterbrach Jack ihn barsch und warf ihm mit seinen dunklen Augen einen zornigen Blick zu.

Skip sah zu mir, als wollte er sichergehen, dass es für mich okay war, wenn er mich mit Jack alleine ließ. Ich nickte kaum merklich und Skip zog sich einige Meter zurück, blieb aber in Reichweite, um im Notfall eingreifen zu können.

Zitternd atmete ich ein und fing Jacks Blick auf. „Ich arbeite wieder für die Black Company", wiederholte ich Skips Worte und sah, wie sich jeder Muskel in Jacks Körper anspannte. Zornige, bedrohliche Wellen schienen von ihm auszugehen. Seine Hände waren zu Fäusten geballt, weiß traten die Knöchel hervor, und ich konnte eine Vielzahl an Emotionen in seinen Augen lesen. Die Wut, den Hass, die innerliche Zerrissenheit, von der ich nicht wusste, woher sie rührte, Angst und die Lust nach Rache. Mir stockte der Atem und ich spürte, wie die ureigene Macht der Furie sich langsam einen Weg durch meine Venen bahnte, um meinen ganzen Körper in Besitz zu nehmen. Die Silberarmreifen an jedem meiner Arme, die aussahen wie Schlangen, wurden lebendig und fingen an, sich zu bewegen, als sie meine Macht spürten. Ohne dass ich es bewusst getan hätte, breiteten sich meine Flügel aus, doch selbst der breite Flur, in dem wir standen, bot ihnen nicht genügend Platz. Meine Augen färbten sich schwarz und die Finsternis schien sich auf meiner ganzen Haut auszubreiten, sodass ein dunkelgrauer Schimmer mein Antlitz überzog. Selbst meine Haare wurden noch ein Stück dunkler, als sie es ohnehin schon waren.

„Jack, hör auf“, flüsterte ich und bemühte mich, meine Stimme normal klingen zu lassen, was mit voranschreitender Verwandlung zunehmend schwerer wurde. „Jack!“

Doch Jack hörte gar nicht zu. Wie gebannt sah er mir in die Augen und schien die Verwandlung, die seine Rachegelüste in mir hervorriefen, gar nicht richtig wahrzunehmen.

„Jack, verdammt“, fluchte ich und ballte ebenfalls meine Hände zu Fäusten. Lange konnte ich dem Drang nicht mehr widerstehen. Irgendjemand würde gleich meine geballte Macht zu spüren bekommen. Komischerweise verlangte die Quelle in mir nicht, dass ich meine Kräfte gegen mich selbst richtete. Natürlich würde eine Furie niemals Rache an sich selbst nehmen, aber auf wen sonst sollte Jack wütend sein, wenn nicht auf mich? An wem wollte er Rache nehmen, wenn nicht an mir?

Als ich einmal kräftig mit meinen schwarzen Flügeln schlug und dadurch einen orkanähnlichen Windstoß in der gesamten Etage erzeugte, der sämtliche nicht befestigte Möbel über den polierten Marmorboden schlittern ließ, schien der Halbgott endlich aufzuwachen und sich zu besinnen.

Verwirrung, Wut und noch viele weitere Emotionen huschten über sein Gesicht, doch noch ehe ich etwas sagen konnte, schüttelte Jack einmal kurz den Kopf, drehte sich um und ging ohne ein weiteres Wort davon.

Was war das denn bitte?!

Ich spürte, wie mein Herzschlag sich langsam wieder beruhigte und auch das Adrenalin zusammen mit der

Macht der Furie meine Venen verließ. Die Verwandlung ebbte so schnell ab, wie sie gekommen war. Wäre da nicht dieser kalte Ring, der sich langsam um meine Brust zusammenzog, hätte man meinen können, wir wären Jack gar nicht begegnet.

„Wow, also wenn ihr schon bei einer flüchtigen Begegnung so ausrastet, wie wird dann erst eure Zusammenarbeit?", brachte Skip meine missliche Lage auf den Punkt. „Schätze, eine Willkommen-zurück-Party wird er dir zu ehren nicht schmeißen."

Ich warf Skip einen vielsagenden Blick zu und stützte mich dann schweratmend auf meine Knie.

Zusammen betraten wir wieder die Fahrstuhlkabine, um in die Etage der Trainingsräume zu fahren, dieses Mal hoffentlich ohne Unterbrechung.

Sobald die Türen sich hinter uns geschlossen hatten, sah Skip mich besorgt an. „Geht's dir gut?"

„Keine Ahnung", seufzte ich. „Du kennst mich besser. Geht's mir gut?"

Skip sah mir tief in die Augen.

Bei all dem, was hier gerade vor sich ging, mit den Dämonen, Cole Black, Ann, Jack, war ich unglaublich dankbar, dass er an meiner Seite war. Zur Verblüffung meines besten Freundes machte ich einfach einen Schritt auf ihn zu und schloss ihn in meine Arme. Plötzlich war mir alles egal. Und weil ich nicht wusste, wie ich je über meine Gefühle für Jack Pers hinwegkommen sollte, geschweige denn wie ich mit ihm zusammenarbeiten sollte, brauchte ich meinen besten Freund.

„W-was?", fragte Skip verdutzt, der mit meiner plötzlichen Zuneigung nicht umzugehen wusste.

„Mach es nicht kaputt", nuschelte ich an seiner Brust. Der Druck des kalten Ringes um mein Herz löste sich etwas und ich atmete erleichtert auf.

„Es tut mir leid, dass ich so ein Biest war. Du bist mein bester Freund, und ich bin sehr froh, dass du nach allem, was passiert ist, immer noch hinter mir stehst. Und ich hoffe, auch du vertraust mir bald wieder so weit, dass du mir den wahren Grund erzählst, warum du mich zurückgeholt hast." Ich atmete einmal tief durch, und als ich mich wieder von Skip lösen wollte, wurde ich sofort zurück in eine stürmische Umarmung gezogen.

„Ich habe dich so vermisst, Tess. Und ich verspreche dir, dir bald alles zu erzählen. Ich hoffe, das ändert deine Meinung nicht über mich ... über unsere Freundschaft. Das hoffe ich inständig."

Mit gerunzelter Stirn sah ich zu Skip auf. „Du machst mir langsam Angst, Skip. Was ist eigentlich los?"

„Später. Erst einmal wirst du auf den neusten Stand gebracht und den Rekruten vorgestellt. Dann kannst du im Laufe der Woche dein Team zusammenstellen." Skip zwinkerte mir zu, und der Schatten, der kurz danach über sein Gesicht huschte, war so flüchtig, dass ich ihn nicht festhalten konnte.

Ich versuchte mich innerlich zu beruhigen und nicht den Teufel an die Wand zu malen. Der tränkte sowieso schon jeden Zentimeter dieses Gebäudes.

Als wir endlich im richtigen Stockwerk angekommen waren, führte Skip mich ohne Umwege in die Kommandozentrale, wo alle Einsätze besprochen und ausgearbeitet wurden. Hier herrschte ein reges Treiben.

Ein gigantischer Tisch mit interaktivem Screen, der einen Großteil des Raumes einnahm, war übersät mit Dokumenten. Die Wände waren zugepinnt mit allerhand Information über Taktiken, Waffen und die Menschen- und Unterwelt. Von diesem gigantischen Raum aus konnte man durch bodentiefe Fenster auf einen von vielen Trainingsräumen hinabgucken, wo einige Rekruten gerade verschiedene Nahkampftechniken trainierten. Die gesamten Abläufe, die Ausbildung der Rekruten bis hin zu den Kampfeinsätzen, war durchstrukturiert und so effizient wie möglich gehalten, damit jeder wusste, wie wichtig diese Aufgabe hier war. Es war genauso, wie ich es in Erinnerung hatte. Aber ich konnte nicht sagen, dass ich irgendetwas davon vermisst hatte. Außer vielleicht die Waffenkammer mit all dem Spielzeug, und der Trainingsbereich war auch nicht schlecht. Ich konnte es kaum erwarten, endlich wieder mit dem Training anzufangen. Das Gefühl, jemanden auf die Matte zu schicken und über die eigenen körperlichen Grenzen hinauszuwachsen, war einfach unbeschreiblich.

Über eine Sprechanlage rief Skip alle Rekruten aus der Anlage zusammen, die sich im Gebäude der Black Company über mehrere Etagen hinzog. Wir wollten alle zusammentrommeln, um zu verkünden, dass ich wieder da war und gemeinsam mit Skip ein Team zusammenstellen würde, dass sich der aktuellen Problematik mit den Dämonen widmen würde. Das größte Problem an diesem Vorhaben war vermutlich meine Wenigkeit. Ich wusste nicht, ob sich die Agenten so einfach überzeugen ließen, mit mir zu arbeiten, schließlich war ich eine Deserteurin. Doch Skip schien da zuversichtlicher zu sein. Obwohl das Hauptquartier gut besucht war, kamen nur wenige Rekruten in die Kommandozentrale. Es waren die Jüngeren, die sich blicken ließen. Wohl auch mehr aus Neugierde, denn aus Tatendrang. Schließlich war ich als die beste Agentin ihrer Zeit, die außerdem ein Rudel Werwölfe umgebracht hatte, eine Legende. Auf die Furie wollte jeder einen Blick werfen.

Skip erklärte den Anwesenden, dass ich wieder dabei sei und die Jüngeren mir den gleichen Respekt entgegenzubringen hätten, wie den anderen Agenten im Außeneinsatz. Ich stand mehrere Ränge über ihnen, und Respektlosigkeiten, die auf Gerüchten beruhten, die in Empyrion im Umlauf waren, seien sie nun wahr oder nicht, würden nicht geduldet werden.

Ich dankte Skip im Stillen dafür, dass er die jungen Rekruten ordentlich einschüchterte, damit keiner auf die Idee kam, mich auf das Verbrechen am Black-Forest-Werwolfsrudel anzusprechen.

Als er das Wort an mich weitergab, herrschte eine angespannte Stille. Die Luft wurde plötzlich so dick, dass man sie mit einem Katanaschwert hätte zerschneiden können. Ich atmete mehrere Male tief durch, um mich zu beruhigen, und richtete dann meine Aufmerksamkeit auf die Anwesenden.

„Ihr alle wisst, wer ich bin, und ja, ich bin zurück. Lasst uns keine große Sache daraus machen. Wie Skip schon sagte, dulde ich kein Gerede hinter meinem Rücken. Das Team, das ich gedenke, zusammenzustellen, wird ausschließlich aus Agenten bestehen, denen ich rückhaltlos vertrauen kann. Ich werde mich in den nächsten Wochen mit jedem von euch vertraut machen, eure Fähigkeiten und euer Können beobachten und mir erste Eindrücke verschaffen. Sollte ich euch in meinem Team haben wollen, werdet ihr benachrichtigt. Euch bleibt natürlich immer noch die freie Wahl, ob ihr dabei sein wollt oder nicht. Schließlich müsst auch ihr mir vertrauen können. Ihr solltet euch darüber im Klaren sein, dass diese Mission im schlimmsten Fall mit dem Tod enden kann. Erst wenn ihr danach noch immer Teil meines Teams werden wollt, werde ich euch über eure Aufgaben instruieren. Noch Fragen?"

Stille.

„Gut. Ihr könnt wegtreten."

Der Raum leerte sich beachtlich schnell, und als auch der letzte Rekrut sich wieder auf in den Trainingsbereich gemacht hatte, atmete ich laut schnaubend aus.

„Weißt du, Skip, es ist ziemlich schwierig, so eine große Ansprache zu halten, wenn man gar nicht weiß, wofür man ein Team aus Agenten zusammenstellt und welche Fähigkeiten hierfür von Vorteil sind. Ich wäre dir sehr dankbar, wenn du mir nun endlich erzählen würdest, was eigentlich gerade in der Dämonenwelt abgeht."

Skip räusperte sich und ging zur Tür, um diese leise zu schließen. Als er sich wieder zu mir umdrehte, wartete ich gespannt.

„Du solltest dich setzen", forderte er mich auf, und ich nahm prompt auf dem interaktiven Screentisch Platz.

„Also?", fragte ich und ließ meine Füße entspannt baumeln.

„Unsere Grenzen werden nicht mehr lange standhalten. Die Dämonen haben sich unter einem neuen Anführer, der uns noch vollkommen unbekannt ist, vereint und sind viel stärker als je zu vor. Warum wissen wir nicht. Irgendwie ist es Ihnen gelungen, ein Schlupfloch in unserem Verteidigungssystem zu finden." Skip räusperte sich nervös, und ich musterte ihn misstrauisch. „Es gab bereits erste Kontakte mit Dämonen in Empyrion. Wir vermuten, dass sie womöglich Hilfe bei ihrem Übertritt in unsere Welt hatten, Hilfe von einem von uns ... einem Agenten der Black Company."

„Ihr vermutet?", fragte ich irritiert.

„Es wurde uns strengstens untersagt, Untersuchungen ohne begründeten Verdacht durchzuführen. Black möchte nicht, dass ein schlechtes Licht auf die Black Company fällt, insbesondere auf unseren Standort, denn der Übertritt fand hier statt. In Black York. Solange Black uns kein grünes Licht gibt, sind uns leider die Hände gebunden und unsere Vermutung bleibt nichts weiter als eine Vermutung."

„Aber warum habt ihr nicht trotzdem ermittelt? Dieser Verdacht, sei er nun begründet oder nicht, muss aufgeklärt werden. Weißt du, was passiert, wenn wirklich einer von unseren Agenten seine Finger mit im Spiel hat?", fragte ich, geschockt von dieser neuen Erkenntnis. Ich hatte ja keine Ahnung.

Skip nickt langsam und wich geschickt meinem Blick aus, was mich noch misstrauischer machte als ohnehin schon. „Du weißt doch irgendetwas oder hast zumindest eine Vermutung."

„Ich weiß nichts ... Und du weißt genau, warum ich dem Verdacht nicht nachgegangen bin."

„Weil Black dein Boss ist und du ein braver Soldat, der keine Fragen stellt? Willst du mich verarschen? Ich kenne dich, Skip. Das ist es nicht, was dich abgehalten hat. Sag mir, was du weißt! Wovor zum Teufel hast du so eine verdammte Angst?“

Doch Skip schüttelte nur den Kopf und vermied es tunlichst, in meine Richtung zu sehen.

„Du lügst mich an! Warum rückst du nicht mit der Sprache raus? Ich bin es, mit der du hier redest. Tess, deine beste Freundin.“

„Ich kann nicht, sorry!“

Autsch, das tat weh. Skip verheimlichte etwas und ich hatte keine Ahnung, ob es ein weiteres Geheimnis war oder ob es mit dem Grund zusammenhing, warum er mich zurückgeholt hatte. Mein bester Freund wurde von Minute zu Minute undurchsichtiger. Er hatte sich verändert – und das gefiel mir überhaupt nicht.

„Und wie geht es jetzt weiter, Skip? Denn im Gegensatz zu dir werde ich nicht vor Black kuschen“, zickte ich ihn an, wütend darüber, dass er sich mir nicht öffnete.

„Ich weiß“, flüsterte Skip und fuhr sich mit den Händen übers Gesicht. „Aus diesem Grund habe ich dich ja zurückgeholt.“

Sieh einer an.

„Aha“, machte ich und betrachtete ihn misstrauisch. „Nur aus diesem Grund?“

„Tess“, stöhnte Skip genervt auf und entfernte sich einige Schritte von mir. Ganz offensichtlich nicht bereit, mit mir zu reden.

„Na schön“, seufzte ich resigniert. „Dann erzähl mir, wie es jetzt weitergehen soll“, forderte ich Skip auf.

Doch dieser schüttelte wieder nur den Kopf. „Ich weiß es nicht“, flüsterte er.

„Warum hast du mich zurückgeholt?“, fragte ich leise.

Wieder nur ein Kopfschütteln.

„Verdammt, Skip“, fluchte ich laut und glitt von dem Tisch runter, um mich bewegen zu können. „Warum redest du nicht mit mir?“

Skip folgte meinen Bewegungen mit den Augen und schien unschlüssig, ob er etwas sagen sollte oder nicht. Sein Schweigen brachte mich an die Grenzen meiner Wut. Ich war kurz davor, die Furie in mir zu entfesseln, nur um ihm die Wahrheit zu entlocken.

„SKIP!“

„I-ich kann nicht, Tess. Vorerst weißt du alles, was du wissen musst. Nun gilt es, etwas dagegen zu tun. Hilfst du mir bitte, zu verhindern, dass noch mehr Dämonen in unsere Welt eindringen?“

Ich konnte erkennen, wie unangenehm ihm diese Frage war, dennoch kniff ich die Augen zusammen und musterte ihn eingehend. „Wenn ich es nicht besser wüsste, würde ich glauben, du hättest etwas mit der Sache zu tun ...“

Skip war plötzlich wie erstarrt.

„Oh verdammt, Skip“, stöhnte ich gequält und griff mir verzweifelt an die Stirn. „Sag mir bitte, dass ich mich irre.“

Es dauerte eine halbe Ewigkeit, bevor Skip mit erstaunlich fester Stimme antwortete. „Du irrst dich, okay? Und nun halt bitte deine Klappe. Wenn du noch einmal mit diesem Thema anfängst, verschwinde ich durch diese Tür und du kannst zusehen, wie du die neuen Rekruten kennenlernst, hast du mich verstanden?“

Ich spürte die Angst und die unterschwellige Wut meines besten Freundes, die entweder daher rührte, dass ich ihn entlarvt hatte oder weil ich tatsächlich in Erwägung zog, dass er eine Mitschuld an der ganzen Sache trug. Alles in mir trachtete danach, ihn solange zu bedrängen, bis er endlich mit der Wahrheit rausrückte: Warum er mich zurückgeholte hatte, was er alles wusste, wie er in dieses Puzzle aus nebulösen Andeutungen passte. Das Einzige, was ich mit Sicherheit sagen konnte, war, dass er mich nicht nur hergeholt hatte, um dieses Dämonen-Chaos zu beseitigen. Es steckte mehr dahinter. Ich konnte nur hoffen, dass ich mit meiner Vermutung falsch lag. Skip konnte auf keinen Fall etwas mit dem Aufstand der Dämonen zu tun haben. Unmöglich! Es war sicher etwas anderes, ganz bestimmt. Das musste es einfach sein!

Doch egal, wie sehr ich die Wahrheit aus ihm herauskitzeln wollte, ich würde es für heute sein lassen müssen, denn ich kannte den Gestaltwandler nur zu gut. Noch ein Wort von mir und er würde seine Drohung wahr machen und mich hier in der Black Company sitzen lassen.

„Zeig mir die Trainingsräume“, forderte ich ihn daher frustriert auf und lenkte unser Gesprächsthema in eine andere Richtung. Ich spazierte an ihm vorbei zur Tür und Skip folgte mir, dankbar, dass ich es vorerst auf sich beruhen ließ. *Vorerst!*

24.

Skip führte mich in die Trainingsräume der Black Company, die sich seit meinem Verschwinden vor einhundert Jahren kaum verändert hatten. Alles war noch so, wie ich es in Erinnerung hatte. Die Räume waren alle mit Schaumstoffmatten ausgestattet, die in jedem Raum verschiedene Härtegrade, von ganz weich bis hart, aufwiesen. Die ersten Kampftrainingseinheiten, die man hier absolvierte, führte man immer in einem der vorderen Räume durch. Denn am Anfang landete man fast jede Minute auf der Matte. Selbst bei dem weichsten Härtegrad trug man nach so einem Training blaue Flecken davon. Ich konnte mich noch schmerzlich genau an mein erstes Mal erinnern. Keine sehr schöne Erinnerung.

In den hinteren Trainingsräumen waren schon erste Waffen drapiert. Natürlich keine, die man auch im Einsatz verwendete, mit denen durfte man nur unter Aufsicht trainieren.

In diesen Räumen gab es Stöcke, Nunchakus, Trainingsschwerter, Wurfmesser und Wurfsterne. Manche Räume waren ausgestattet mit Fitness- und Cardiogeräten, auf denen man die Ausdauer trainieren und die Muskeln stählen konnte. Außerdem gab es Trainingsräume groß wie Sporthallen, die über mehrere Etagen verliefen. Diese waren für Parkour-Läufer gedacht.

Auch dafür wurde trainiert. Außerdem gab es in jedem Trainingsraum Boxsäcke. Für Fitnessfreaks, die sich öfter mal abreagieren und Energie loswerden mussten, war das hier das Paradies. Allerdings durften hier ausschließlich die Agenten und Rekruten der Black Company trainieren. Schließlich mussten wir an vorderster Front kämpfen.

Während wir an den mit Glas abgeschirmten Trainingsbereichen vorbeischlenderten, beobachtete ich die neue Generation von Agenten bei ihrer Ausbildung. Heute waren nur Rekruten im Hauptquartier und das würde vorerst wohl auch so bleiben. Die ausgebildeten Agenten waren laut Skip momentan nonstop im Außeneinsatz. Seit die Dämonen immer häufiger versuchten, die Grenzen zu passieren, mussten diese umso genauer im Auge behalten werden. Außerdem wurde immer noch nach den Dämonen gesucht, die es tatsächlich nach Empyrion geschafft hatten und sich nun in unserer Welt versteckten. Es waren sogar schon Agenten aus anderen Ländern und Städten angereist. Hier in Black York war die Gefahr am größten. Als hätten die Dämonen es auf das schwächste Glied in der Kette abgesehen. Dabei war unsere Stadt, unser Bezirk, immer der mit am besten gesichertste gewesen. Darauf hatte sich unser Standort der Black Company lange Zeit etwas einbilden können. Eine Tatsache, die mich in meinem Verdacht bestärkte, dass jemand aus Black York seine Finger mit im Spiel hatte. Vielleicht sogar mein bester Freund. Aber daran wollte ich gar nicht denken.

„Du wirst auch bald wieder mit dem Training anfangen müssen, wenn du gegen die Dämonen kämpfen willst. Black hält sich vielleicht aus deiner Taktik und deinem Plan raus, ich aber nicht. Ich werde dich nicht untrainiert dort hinauslassen", sagte Skip, während wir die Rekruten beobachteten.

„Ihr tut ja alle so, als hätte ich in der Zwischenzeit nicht ein einziges Mal meine Sai-Gabeln geschwungen. Ich weiß immer noch, wie man kämpft", murrte ich und war etwas beleidigt. Ich mochte es nicht, unterschätzt zu werden. Andererseits hatte ich in den einhundert Jahren wirklich nicht oft kämpfen müssen. Gar nicht, um ehrlich zu sein. Was nicht bedeutete, dass ich nicht trainiert hätte. Ich wusste nur eben nicht mehr, wie es war, gegen Dämonen zu kämpfen.

„Zeig es mir", forderte mich Skip nun seinerseits auf.

„Ich werde nicht mit dir kämpfen", verneinte ich entrüstet und ging mit vor der Brust verschränkten Armen weiter.

„Hast du Angst?", fragte er und grinste mich frech an, sodass ich kurz einen Blick auf meinen alten Freund erhaschen konnte.

„Nein." Mit einer fließenden Bewegung stellte ich mich vor Skip und hinderte ihn so am Weitergehen. „Aber zwischen uns steht eine gigantische Mauer, über die du mich nicht rüber oder durch lässt. Solange das hier", ich deutete mit einer Bewegung zwischen uns hin und her, „was auch immer das ist, zwischen uns steht, kann und werde ich nicht mit dir kämpfen. Du verheimlichst mir etwas. Und wenn du nicht aufs Schmerzlichste erfahren möchtest, wie ich es aus dir herausprügle, forderst du mich kein weiteres Mal zum Kampf heraus." Mit diesen Worten drehte ich mich um und ging davon.

Ich wollte nicht, dass Skip mir folgte. Eigentlich wollte ich auch das Thema für heute nicht mehr ansprechen, aber manchmal sagte mein Mund Dinge, über die mein Kopf nicht so richtig nachdachte. Das, gepaart mit der Angst, mein bester Freund könnte womöglich dafür verantwortlich sein, dass Dämonen in diese Welt gekommen waren, war kein besonders guter Cocktail für Freundschaften.

Angst!

Angst war das vorherrschende Gefühl, wenn ich an all die merkwürdigen Andeutungen und ausweichenden Floskeln von Skip zurückdachte. Seitdem ich wieder da war, gab es eine Menge ungesagter Worte, und das machte mir Angst. Entsetzliche Angst, die mir die Brust zuschnürte und mich daran hinderte, richtig Luft zu holen. Was wusste Skip über die Dämonen? Was verheimlichte er mir? Panik stieg in mir auf, die Unwissenheit erdrückte mich.

Während ich gedankenverloren weiter den Gang hinunterschlenderte, kam ich plötzlich an einem unbeleuchteten Trainingsraum vorbei. Ohne länger darüber nachzudenken, öffnete ich die Tür und verspiegelte die Glasfront, damit niemand hineinsehen konnte.

Skip hatte recht, ich musste dringend trainieren, aber ich wollte nicht, dass mir die zukünftigen Rekruten beim Versagen zusahen. Ich war hier so etwas wie eine Legende. Und obwohl ich sonst nicht so ein aufgeblasenes Ego besaß, musste ich doch zugeben, dass ich nichts an diesem Ruf ändern wollte. Diejenigen, die ich in mein Team holen wollte, mussten zu mir aufschauen und sollten sich nicht über mich lustig machen.

Kopfschüttelnd suchte ich mir meine Lieblingswaffen aus und aktivierte die Simulation, die in jedem Trainingsraum genutzt werden konnte. Hier wurden Dämonenangriffe und die Landschaft der Unterwelt, des Hades, simuliert, damit unter härtesten Bedingungen das Kämpfen trainiert und der Rekrut auf das Schlimmste vorbereitet werden konnte.

Ich hatte das seit Ewigkeiten nicht mehr getan und ein bisschen flau wurde mir da schon im Magen. Ich musste so schnell wie möglich wieder zu meiner alten Form zurückkehren, andernfalls hatte ich ein Problem.

Die Wurfsterne schob ich mir vorsorglich in meine Lederboots, die Sai-Gabeln steckten in meinem Gürtel und das Katanaschwert hielt ich griffbereit. Ich würde all diese Waffen brauchen, denn auch wenn die Simulation nur scheinbar der Realität bis aufs Haar glich, waren der Kampf und die Schmerzen durchaus echt. Mithilfe der Magier ließen wir diese Simulationen erstellen, damit sie so echt wie möglich wurden. Jeden Treffer, den die Dämonen gleich landen würden, würde ich am eigenen Leibe zu spüren bekommen. Jedes Messer, das ich verlor, durfte nicht wieder aufgenommen werden, weshalb man sich mit so vielen Waffen wie möglich ausstattete, ohne seine Bewegungen einzuschränken.

Zwar besaß ich keinen Kampfanzug mehr, aber immerhin trug ich meine Lederjacke und konnte mich in meiner schwarzen Röhrenjeans einigermaßen gut bewegen. Der einzige Vorteil war, dass die Simulation endete, bevor man starb. Hässlich enden würde es trotzdem.

Ich holte einmal tief Luft und verlangsamte meinen Herzschlag. Erste Grundregel beim Kämpfen: ruhig bleiben. Konzentriere dich auf deinen Gegner und mache seine Schwächen aus. Versuche seinen Kampfstil zu erkennen und dich ihm anzupassen.

Da ich es mit Dämonen zu tun hatte, würde meine Hauptaufgabe sein, ihre Kräfte nicht zu unterschätzen. Dämonen kämpften unfair. Sie waren schließlich Dämonen. Sie nutzten die seelischen Schwächen ihrer Gegner aus. Sie konnten einem direkt in die Seele sehen und den Teil erkennen, der unglücklich war und sich nach dem Unerreichbaren sehnte. Dafür lebten sie. Sie machten Deals mit Wesen überall auf der Welt, erfüllten ihnen ihre sehnlichsten Wünsche und kassierten dafür ihre Seelen. Zumindest hatten sie das getan, bis unsere Welt erschaffen worden war und wir sie in ihre eigene Welt verbannt hatten.

Mit einem letzten Atemzug versuchte ich meinen Geist von allen ablenkenden Gedanken zu leeren und die Furie insoweit zu entfesseln, dass sie mich vor den eigenen Schwächen abschirmte. Ich brauchte meine dämonische Seite, um gegen Dämonen kämpfen zu können, nur so hatte ich die geringste Chance, zu gewinnen.

Während die Simulation sich langsam aufbaute, sodass die karge und tote Landschaft des Hades sichtbar wurde, konnte ich die Quelle meiner Macht in mir fühlen. Früher hatte ich das Kämpfen geliebt. Nachdem Empyrion erschaffen worden war, herrschte zwischen den Welten heilloses Chaos. Es hatte lange gedauert, bis wir alle Dämonen in ihre Welt verbannen konnten. Selbst als ich mit meiner Ausbildung fertig war, war es immer noch unsere größte Sorge, dass sich einige von ihnen dort draußen herumtrieben. Ich war damals auf vielen Aufklärungsmissionen unterwegs gewesen, um die letzten verbliebenen Dämonen ausfindig zu machen. Und als wir sie dann endlich weggesperrt und die Grenzen gesichert hatten, hatten es diese Wesen doch tatsächlich geschafft, sich noch einmal zu formieren und durchzubrechen. Es hatte viele Verluste auf unserer Seite gegeben, aber letztendlich hatten wir es geschafft, sie zurückzudrängen. Die Dämonen waren bezwungen und in ihrer Welt gefangen. Dennoch war es unsere Aufgabe, immer mal wieder auf die andere Seite der Grenze zu gehen, um herauszufinden, ob sie sich vielleicht wieder neu formierten. Wir mussten sichergehen, dass sie wirklich absolut machtlos waren, und dazu war es nötig, regelmäßig Erkundungstouren in die Unterwelt zu unternehmen. Damals hatte ich diese Taktik für unnötig und Zeitverschwendung gehalten, doch heute ...

Ich schloss die Augen und atmete ein weiteres Mal tief durch. Mein Griff um das Katanaschwert wurde fester und ich spürte, wie die Muskeln, die ich zum Kämpfen benötigte, langsam aus ihrem Winterschlaf erwachten. Mein Atem ging ruhig, meine Beine standen fest auf dem Boden, mein Körpermittelpunkt war ausbalanciert. Ich war bereit. Als ich die Augen wieder öffnete, umgab mich nur noch Dunkelheit, einzig der Mond war am Himmel zu sehen. Keine Sterne, kein Licht, nur undurchdringliche Schwärze. Hier, in dem toten Land der Dämonen, würde ich nun wieder das Kämpfen lernen.

Gespannt nahm ich meine Umgebung ins Visier und scannte jeden Millimeter ab, den ich sehen konnte. Doch es gab nichts zu sehen. Einzig die allgegenwärtige Finsternis umgab mich. Doch das hatte nichts zu sagen. Angespannt schloss ich die Augen und konzentrierte mich auf die Geräusche.

Da jeder Trainingsraum schalldicht versiegelt war, wurde ich nicht von den Kampfgeräuschen der anderen gestört. Hier entstammte jeder Ton, jedes Rascheln, jedes Scharren der Simulation. Gespannt spitzte ich die Ohren und lauschte. Hinter mir vernahm ich ein leises, kaum hörbares Kratzen. Es wäre mir fast entgangen. Nachdem all die Jahre der Großstadtlärm in New York die Hintergrundmusik meines Lebens gewesen war, war mein Gehör nicht mehr so sensibel wie früher. Doch ich hatte etwas vernommen. Da war etwas.

Die Muskeln zum Zerreißen gespannt, machte ich eine schnelle Bewegung mit meinem Bein und wirbelte herum.

Doch hinter mir war nichts als gähnende Leere, die mich zu verschlucken drohte. Ich wollte mich gerade wieder umdrehen, als ein sengender Schmerz meinen Rücken durchfuhr und mich fast zum Fallen gebracht hätte. Ich wirbelte erneut herum, um meinem Gegner das Handwerk zu legen, doch durch die Verletzung wurde ich eingeschränkt und langsamer und der Dämon war längst wieder in der Dunkelheit verschwunden.

Ich unterdrückte ein Stöhnen, als ich mich einmal um die eigene Achse drehte und versuchte, meine Umgebung zu sondieren. Doch der Dämon war nicht mehr da und nichts, kein Geräusch, keine sich aufstellenden

Nackenhaare ließen darauf schließen, dass er noch in meiner Nähe war. Ich wollte mich gerade in die Richtung bewegen, in der ich die Trainingsraumwand vermutete, um zumindest meine Rückseite zu decken, als ich einen gleißenden Schmerz in meinem Arm spürte. Etwas Warmes tränkte meine Kleidung und ich hegte keinen Zweifel daran, dass es sich dabei um mein Blut handelte.

Verdammt! Zu sagen, ich wäre eingerostet, war noch untertrieben.

Ich holte einmal zitternd Luft und schloss meine Augen. Die Dämonen würden sich erst zu erkennen geben, wenn sie mich direkt angriffen. Es machte also keinen Sinn, die Augen offenzuhalten, stattdessen musste ich mich auf mein Gehör verlassen. Jeder geübte Gegner, sei es nun ein Krieger, ein Dämon oder ein Soldat der Black Company, sie alle machten Geräusche. Der eine vielleicht weniger laut als der andere, aber sie alle machten Geräusche. Und diese Geräusche würden sie verraten.

Konzentriert spitzte ich die Ohren und ließ meinen Furien-Kräften freien Lauf. Jedes noch so kleine Geräusch nahm ich wahr. Wenn ein imaginärer Wind durch das Hologramm wehte, ein toter Ast knackte, die Sandkörner aneinander rieben, wenn jemand leise seine Sohlen darauf platzierte. Meine Haare tanzten um mein Gesicht, während ich den Griff des Schwertes mit beiden Händen fest umklammerte, um es, sobald ich angegriffen würde, kampfbereit zu schwingen. Ich lauschte tief in die Unterwelt hinein. Doch da war nichts. Nichts Verdächtiges.

Ich wollte gerade frustriert die Augen öffnen, als ich ein verräterisches Rasseln vernahm. Wenn Dämonen atmeten, hörte es sich an, als würde ein Wesen seinen letzten Atemzug tun.

Der Dämon schlich sich von hinten an mich heran, doch ich kannte die trügerische Präsenz dieser Bastarde nur zu gut, um zu erkennen, dass er mich zum Narren hielt.

Dämonen passten sich an die Stärken und den Kampfstil ihres jeweiligen Gegners an, das machte sie für uns so gefährlich. Man hatte ihnen gegenüber keinen Vorteil. Wäre ich losgeflogen, was in diesem Trainingsraum etwas schwierig geworden wäre, hätte auch der Dämon fliegen können. Verließ ich mich verstärkt auf einen meiner Sinne, hätte er versucht, mich zu täuschen. Würde ich nicht mit meiner körperlichen Kraft, die mir zu Verfügung stand, kämpfen, sondern meine Furienkräfte wirken lassen, hätte der Dämonen dieselben Mächte wie ich.

Warum das so war? Keine Ahnung. Vielleicht lag es daran, dass wir zum Teil etwas Dämonisches in uns trugen.

Ich konzentrierte mich wieder auf meinen Gegner und hörte ein Scharren hinter mir. Ohne lange darüber nachzudenken, öffnete ich die Augen und holte weit mit meinem Schwert aus, um die Klinge nach vorne sausen zu lassen. Im letzten Moment wich der Dämon aus, der mir plötzlich gegenüber und nicht wie erwartet hinter mir stand und fixierte mich mit seinen leuchtend roten Augen. Mein Schwert verfehlte seine Gestalt nur knapp, was er mit einem gehässigen Lachen quittierte.

Wir begannen uns wie Duellanten zu umkreisen. Versuchten die Schwächen und Stärken des Gegners abzuschätzen und den nächsten Angriff zu planen. Doch ich hatte es satt, zu warten. Ich wollte kämpfen.

Mit einem gezielten Tritt gegen das Kinn meines Angreifers wirbelte ich herum und stieß mein Schwert in Richtung seines Bauches. Dieser Schlag hätte ihn töten können, aber er sprang rechtzeitig einen Meter zurück. Dennoch hatte ich ihn mit meiner Klinge leicht gestreift, sodass schwarzes Blut mein Schwert hinablief. Sehr schön, ein Anblick, den ich nur zu gerne sah und lange hatte missen müssen. Ich zwinkerte meinem Gegner zu, obwohl ich wusste, dass ihn das nicht ärgern würde, da er nur ein Hologramm war, dennoch genoss ich es, das Adrenalin in meinen Adern zu spüren.

Wieder drehte ich mich um die eigene Achse und tänzelte auf den Dämon zu. Mein Schwert zischte durch die Luft und zielte auf Beine, Arme, Gesicht, Körper, doch der Dämon war ebenso flink wie ich. Nutzte ich den Schwung meines Körpers aus, um einen gut platzierten Tritt bei ihm zu landen, traf mich sein Fuß in derselben Sekunde. Holte ich mit der Faust aus, bekam ich ebenso einen rechten Haken zu spüren. Schwang ich meine Klinge wie ein Ninja-Kämpfer, wich der Dämon so geschickt aus, dass ich ihn allemal streifte, ihm aber keine ernsthaften Verletzungen zufügte. Das ging eine Stunde so, bis ich merkte, wie mein Arm von dem Parieren, Stechen und Ausholen langsam müde wurde.

Ich kämpfte noch zwei Stunden weiter, ohne dass eine Seite den Sieg für sich entscheiden konnte. Mein Gesicht, die Arme und mein Bauch waren grün und blau, meine Muskeln zitterten vor Anstrengung und meine rechte Hand schaffte es nicht länger, den Griff des Schwertes zu halten. Erschöpft sank ich zu Boden und sah noch ein letztes Mal, wie der Dämon ausholte, bevor mir schwarz vor Augen wurde. Den Schmerz spürte ich Gott sei Dank nicht mehr. Ich hörte nur noch, wie die Tür zu meinem Trainingsraum geöffnet und ich hochgehoben wurde.

25.

Als ich meine Augen öffnete und versuchte zu rekonstruieren, wo ich war, befand ich mich eine Weile in vollkommener Orientierungslosigkeit. Ich lag auf einem kolossal großen Bett, auf dem eine ganze Familie bequem Platz gefunden hätte. Gegenüber befand sich ein fast ebenso großer Fernseher. Zu meiner rechten erstreckte sich eine bodentiefe Fensterfront mit einer fantastischen Aussicht. Ich konnte das leuchtende Black York unter mir erkennen und nahm mir einen Moment Zeit, diese Stadt, meine Stadt, für einen Augenblick zu bestaunen.

Der Boden bestand aus dunklen Fliesen und die Wand gegenüber der Fensterfront war in einem Mitternachtsblau gestrichen. Obwohl der Raum eine atemberaubende Aussicht hatte, schien er doch kalt und leblos zu sein. Die spartanische Kargheit sprach von Einsamkeit und Trauer, sodass ich mir fröstelnd über die Arme rieb. Wer auch immer hier lebte, er war nicht glücklich.

Drei Türen gingen von dem Raum ab. Eine, hinter der sich vermutlich das Badezimmer befand, war links vom Bett eine rechts neben dem Fernseher und die andere links davon. Ich stand auf und wählte die Tür links von mir.

Das Badezimmer war ebenso dunkel gehalten wie das Schlafzimmer. Vielleicht war ich ja schon wieder bei einem Vampir untergekommen. Kays Wohnung war nicht weniger dunkel eingerichtet. Passend dazu, dass die Sonne hier nie schien, zogen die Geschöpfe der Nacht die düsteren Farben in ihren Räumlichkeiten vor. Die Welt da draußen war ihnen offensichtlich noch nicht dunkel genug.

Ich für meinen Teil hatte meine Wohnung immer in hellen Tönen gehalten. Mir hatte die ewige Finsternis zugesetzt. Sie war irgendwie erdrückend, auch wenn ich Städte bei Nacht liebte. Erst der Tag machte die Nacht reizvoll.

In dem großen Badezimmer befanden sich eine ebenerdige Dusche, die nur mit einer Glaswand vom Raum getrennt wurde, eine in den Boden eingelassene Badewanne, die die Größe eines Whirlpools hatte, eine Toilette und ein riesiger beleuchteter Spiegel über einem ebenso großen Waschbecken. Alles hier war groß und düster und bot genug Platz für ein überschäumendes männliches Ego.

Apropos Ego. Ein kurzer Blick in den Spiegel verriet mir, dass die meisten meiner Verletzungen bereits wieder abgeklungen waren und ich keine bleibenden Schäden davontragen würde. Bisher hatten meine Selbstheilungskräfte noch die kleinste Narbe verhindert.

Nachdem ich mich einigermaßen wiederhergerichtet hatte, tapste ich barfuß – warum zum Teufel war ich eigentlich barfuß? – wieder in das Schlafzimmer und suchte von dort aus den Weg in den Wohnbereich. Ich war neugierig, wer mich aus dem Trainingsraum geholt und mit zu sich genommen hatte.

Die erste Tür, die ich öffnete, führte in einen begehbaren Kleiderschrank. Natürlich. Nach diesem gigantischen Ego-Badezimmer hätte ich mir das denken können. Hinter Tür Nummer drei fand ich dann endlich das Wohnzimmer. Ein Großteil des Raumes wurde von einer schwarzen Ledercouch eingenommen, die gegenüber einer Multisound-HiFi-Anlage und einem riesigen Fernseher stand. Ansonsten gab es auch hier eine beeindruckende Fensterfront, einen Balkon und eine fantastische Aussicht auf die Black Yorker Skyline. Eine offene Küche, die lediglich durch einen wunderschönen, langen Holztresen vom Wohnzimmer getrennt wurde, hatte alles, womit eine Profikoch-Küche ausgestattet sein musste: die obligatorische Kochinsel, Backofen und Mikrowelle in die Küchenschränke eingebaut, sodass man sich nicht mehr danach bücken musste, eine Cerankochplatte, mehr Arbeitsflächen, als man zählen konnte, so viele Schränke und Schubladen, dass ich mich fragte, was man wohl alles darin verstaute, und ein riesiger Kühlschrank mit Gefrierfach, in den man locker zwei erwachsene Menschen hätte sperren können.

Puh. Ich blies einmal die Backen auf und ließ dann die Luft laut entweichen. Ich war erst wenige Tage hier und schon war ich in zwei Wohnungen gelandet, die gut und gerne dem Präsidenten persönlich hätten gehören können. Alles hier strotze nur so vor männlicher Kraft.

„Gut, du bist wach.“

Erschrocken fuhr ich zusammen und sah mich nach der körperlosen Stimme um. Aus einem dunklen Winkel im hinteren Bereich des Wohnzimmers, dort, wo der Balkon abging, kam Jack auf mich zu. Die Finsternis hüllte ihn ein wie Nebel, und ich konnte spüren, wie es mir kalt den Rücken runterlief.

„D-du hast mir geholfen?", fragte ich mit zittriger Stimme und biss mir sogleich auf die Innenseite meiner Wange.

Jack gab keine Antwort von sich und schlenderte stattdessen in die große, geräumige Küche.

Ich ging langsam auf den Holztresen zu und überlegte, ob ich mich auf einen der Barhocker setzen oder lieber fluchtartig die Wohnung verlassen sollte.

„Danke", warf ich meinen letzten Worten hinterher und sah mich unschlüssig um. Wo war die verdammte Haustür?

„Suchst du was?", kam es kalt aus der Küche und ich musste ein Zittern unterdrücken. Wow, unsere Freundschaft – oder was auch immer das, was wir hatten, war – war irgendwo auf dem Nordpol zugeschneit und würde nie wieder auftauen, da war ich sicher.

„Ich suche meine Schuhe und dann möchte ich dir nicht länger zur Last fallen. Also, vielen Dank für deine Hilfe, aber lass mich doch das nächste Mal einfach liegen."

Ich konnte nicht verhindern, dass bei den letzten Worten ein verbitterter Ton in meiner Stimme mitschwang. Doch auch wenn er es gehört hatte, Jack ließ sich nichts anmerken. Alles, was er tat, war, trocken aufzulachen und sich eine bernsteinfarbene Flüssigkeit einzuschenken.

Gott, wie gerne hätte ich jetzt auch ein Glas davon.

„Du bist aus dem Training", stellte er fest und sah mich über den Rand seines Glases hinweg an.

„Was du nicht sagst."

Mein Blick huschte erneut durch die Wohnung. „Schön hast du's hier, so freundlich", sagte ich spitz und wusste, dass der Sarkasmus ihn zur Weißglut treiben würde.

Ich wusste nicht, woher es kam, aber mit einem Mal war ich es leid, ihm gegenüber, wegen dem, was ich getan hatte, ein schlechtes Gewissen zu haben. Um ehrlich zu sein, stand mir eher der Sinn nach Rache. Ich wollte ihm wehtun. So wehtun, wie er mir wehgetan hatte, als er mich in Blacks Auftrag gefoltert hatte.

Der Mann, in den ich so lange Zeit verliebt gewesen war, war schon lange nicht mehr da. Er war verschwunden hinter einer Maske aus Bitterkeit und Hass.

„Black hat also zugelassen, dass du dein eigenes Team zusammenstellen darfst?", Jack schüttelte nur ungläubig den Kopf.

„Ja", sagte ich und zog das Wort in die Länge. „Und ich handle eigenverantwortlich und muss niemandem Rechenschaft ablegen. Ich werde nie wieder etwas im Namen von Black tun, wenn ich nicht selbst der Überzeugung bin, dass es das Richtige ist."

Jack lachte schnaubend, und ich konnte die Welle des Spotts bis zum mir herüberschwappen fühlen.

„Was ist?", zischte ich.

„Ich wusste nicht, dass man morden muss, um befördert zu werden."

„Befördert wurde ich, weil ich gut bin und mein Wissen euch den Arsch retten wird ", fauchte ich Jack entgegen und machte ein paar Schritte auf seinen blöden Holztresen zu.

Selbst in diesem dunklen Raum und aus der Entfernung konnte ich sehen, wie sich sein Gesicht vor Wut leicht rot färbte.

„Das klingt doch nach einem vielversprechenden Aufstieg, Glückwunsch", knurrte er.

Ohne genau zu wissen, was ich da eigentlich tat, war ich mit wenigen Schritten bei ihm in der Küche und funkelte Jack zornig an.

„Ich werde mich nicht länger für das, was ich getan habe, entschuldigen. Dieses Rudel hat meine Schwester auf dem Gewissen. Das ganze Rudel. Deine Verlobte hatte genauso Anteil daran, wie jedes männliche Mitglied, das sie vergewaltigt hat. Wie kannst du mir vorwerfen, dass ich mich an ihnen gerächt habe? Ich habe niemand Unschuldiges umgebracht." Ich war den Tränen nah und konnte spüren, wie sie sich in meinen Augen sammelten, während ich Jack wütend mit meinem zitternden Finger vor dem Gesicht herumfuchtelte. „Du wirst dich in Zukunft von mir fernhalten und nie wieder ein Wort über diese Tat verlieren. Ich habe mehr als genug für diese Rache gebüßt. Ich habe mich gehasst und verachtet für etwas, das ich getan habe, um meine Schwester zu rächen. Ich. Bin. Eine. Furie! Ich habe jedes Recht, Rache an Schuldigen zu nehmen. Du hast mich dafür gefoltert und mir unsagbare Schmerzen zugefügt. Du hast ebenso deine Rache bekommen wie ich.

Wir sind quitt!" Die letzten Worte schrie ich ihm entgegen und stellte wütend fest, dass er dabei keine Miene verzog.

Das war mir zu viel. Das alles hier. Er, die Wut und die Trauer darüber, mein altes Leben verloren zu haben. Das, was zerbrochen war, als er mir all diese Schmerzen während der Folter zugefügt und mich behandelt hatte wie eine mordlustige Irre. Seine Nähe. Das alles war kaum zu ertragen und rief mir einmal mehr in Erinnerung, warum ich damals von hier geflohen war.

Ohne ihn noch eines Blickes zu würdigen, ging ich an ihm vorbei und wollte gerade in die Richtung, in der ich die Haustür vermutete, als er mich mit festem Griff am Arm packte, wieder zurückzog und gegen den Kühlschrank presste. Schneller als ich hätte reagieren können, packte er meine Handgelenke und drückte sie links und rechts neben meinem Kopf gegen die kühle Tür. Sein Körper und seine Kraft hielten mich gefangen und ich konnte spüren, wie die Furie in mir danach verlangte, freigelassen zu werden.

„Lass mich sofort los, Jack", zischte ich und funkelte ihn zornig an.

Doch anstatt meiner Aufforderung nachzukommen, drängte er sich nur noch näher an mich, sodass ich jeden Zentimeter seines harten, muskulösen Körpers an meinem Spüren konnte.

„Du weißt gar nichts, Tess", knurrte er und presste sich an mich. „Gar nichts!"

Ich versuchte mich gegen seinen Griff zu wehren. Ich zerrte und zog und warf meinen Körper hin und her, mit dem Resultat, dass Jack plötzlich zwischen meinen

Beinen stand und ich seine Härte genau dort fühlen konnte, wo ich zuletzt von Kay berührt worden war.

„Lass mich los“, fauchte ich.

Jacks Blick glitt hinab zu meinen Lippen, die, jetzt da ich wütend war, zu einer schmalen Linie zusammengepresst waren. Ich konnte sehen, wie seine Augen sich golden färbten und zu pulsieren begannen. Sein Blick glitt weiter hinab zu meinen Brüsten, die durch seinen an mich gepressten Körper nach oben gedrückt wurden und etwas weiter als gewünscht über mein enges Top hinausgingen.

Seine Augen verdunkelten sich bei diesem Anblick, und auch ich fragte mich plötzlich, wohin meine Wut verschwunden war. Mit einem Mal konnte ich nur noch Jacks Körper wahrnehmen. Jeden Muskel, die Härte, seinen herben, männlichen Duft. Sein intensiver Blick, der mein Herz schneller schlagen und meine Temperatur ansteigen ließ.

Ohne es wirklich zu wollen oder auch nur bewusst wahrzunehmen, was ich tat, hob ich mein linkes Bein, um es Jack um die schmalen Hüften zu legen und ihn noch näher zu mir heranzuziehen. Zeitgleich lösten sich seine Hände von meinen Handgelenken und legten sich in die Kniekehle meines Beines und in meinen Nacken und packten besitzergreifend zu. Mein Blick glitt hinab zu unseren aneinandergepressten Körpern, die sich wie von selbst zu bewegen schienen und sich aneinander rieben. Unsere Mitte war eng miteinander verbunden, und selbst durch die Stoffschichten unserer Kleidung konnte ich fühlen, wie erregt dieser Mann war.

Als ich meinen Blick wieder hob und Jack ins Gesicht sah, konnte ich erkennen, wie sich sein Blick kaum merklich verdunkelte. Er hatte gesehen, wie ich unsere aneinandergedrückten Geschlechter beobachtet hatte, und es gefiel ihm. Er presste seine Lippen auf die meinen, und ich fühlte, wie ich geradewegs in einen Strudel der Gefühle katapultiert wurde.

Wie lange hatte ich darauf gewartet? Auf ihn. Auf Jack Pers. Auf diesen Kuss? Stöhnend griff ich in sein Haar und zog fest daran, während ich in seine Unterlippe biss.

„Fuck", keuchte Jack und presste seinen harten Schwanz noch enger an meine Mitte.

Ich konnte nicht anders, als meine Hüfte vor und zurückzubewegen und mir mit dieser Reibung an seiner Erektion etwas Linderung zu verschaffen. Meine Hand krallte sich fest in sein Haar und meine Zunge eroberte stürmisch seinen Mund. Jack küsste mich mit so viel Leidenschaft, als wäre er ein Ertrinkender, der einzig durch die Berührung meiner Lippen gerettet werden konnte.

Als seine Hand meinen Hintern packte und er mich fest an sich presste, keuchte ich auf und spürte, wie sich der Druck eines nahenden Höhepunktes in mir aufbaute.

„Verdammt", hauchte ich und drückte mich mit meiner anderen Hand von der Kühlschranktür ab, um noch enger an Jack gepresst zu sein. Meine Bewegungen wurden schneller und chaotischer. Ich rieb mich an seinem Schwanz wie eine Wahnsinnige und keuchte immer wieder seinen Namen. Meine Zähne bissen in seine Unterlippe, und als ich mit der letzten

Bewegung über die volle Länge seiner Erregtheit fuhr, explodierte etwas in mir.

„Jack“, schrie ich laut und schlang mein Bein so fest um seine Hüfte, dass er sich kaum noch bewegen konnte.

Mit dunkler Begierde und vor Lust verhangenen Augen sah Jack mich mit einer Mischung aus Ehrfurcht und wilder Besitzgier an, sodass ich fast noch mal gekommen wäre.

Ich schwebte langsam wieder zurück zur Erde und ließ mein Bein von seiner Hüfte gleiten, immer noch gefangen von seinem Blick. Jack wollte sich gerade erneut zu mir hinabbeugen, um meinen Mund in Besitz zu nehmen, als ich mich von ihm wegdrehte.

Was zum Teufel tat ich hier? Es war gerade erst zwei Tage her, seit ich mit Kay geschlafen hatte.

„D-das ist falsch“, flüsterte ich verzweifelt und wurde panisch. Wie konnte ich so etwas tun? Das war nicht richtig. Jack hasste mich und ich hasste ihn dafür, dass er mich für das, was ich getan hatte, hasste. Verdammt, war das alles kompliziert!

„Tess“, stöhnte Jack an meinem Mund, doch ich löste mich von ihm und schaffte es irgendwie, unter seinen Armen hindurchzuschlüpfen.

„Das wird nie wieder passieren“, hauchte ich.

Da ich nicht wusste, wo die Haustür war, rannte ich in Richtung Balkon und stürzte mich, ohne lange zu überlegen, hinunter.

„Tess“, rief Jack mir noch hinterher, doch da hatte ich schon meine Flügel ausgebreitet und war mit wenigen Schlägen auf und davon.

26.

Ich wagte es nicht, mich umzudrehen, denn dann wäre ich vermutlich sofort wieder zurückgeflogen.

Wow, ich hatte ein Déjà-vu. Vor ein paar Tagen war ich in fast genau derselben Situation gewesen. Nur dass ich mit Kay geschlafen hatte, um mich von den Schmerzen abzulenken, die Jacks Folter in mir hinterlassen hatten. Und damit meinte ich nicht die physischen.

Was das mit Jack gewesen war, konnte ich gar nicht so genau sagen. Alles, was ich wusste, war, dass ich unglaublich sauer auf ihn gewesen und dann vor Leidenschaft fast in Flammen aufgegangen war.

Was zum Teufel hatte den Halbgott da geritten? Erst folterte er mich für meine Tat und als ich ihm sage, dass ich mich nicht länger schuldig fühlen würde, küsst er mich. Zu sagen, ich wäre verwirrt gewesen, wäre der Untertreibung des Jahrhunderts gleichgekommen. Ich hätte noch nicht einmal sagen können, wie weit ich gegangen wäre.

Dieser Orgasmus war ... berauschend gewesen. Er hatte mich umgehauen und war um einiges intensiver gewesen, als die, die ich mit Kay je gehabt hatte. Und das, obwohl Jack und ich angezogen gewesen waren. Wie es wohl wäre, wenn ...

STOPP! Bloß nicht weiterdenken!

Ich schlug ein paarmal kräftig mit meinen Flügeln, um noch höher und schneller durch die Luft zu gleiten. Unter mir leuchtete die Stadt, der Black Hudson glitzerte und spiegelte all die verschiedenen bunten Lichter wider. Die Brooklyn Bridge war hell erleuchtet, und ich kam nicht umhin, diese Stadt zu bewundern. Ich liebte Black York, ebenso wie ich New York liebte. Und obwohl die Städte sich wie ein Haar dem anderen glichen, das Ebenbild voneinander waren, gab es doch den kleinen, aber feinen Unterschied, der mir Angst vor einer Entscheidung einflößte, die ich eines Tages würde treffen müssen.

Ich ließ mich von meinen großen schwarzen Flügeln dahintreiben und genoss den Wind, der meinen ganzen Körper zu liebkosen schien. Ich gehörte hier her. In die Luft, direkt unter das schwarze Himmelszelt, auf dem lediglich der Vollmond prangte.

Ich flog noch eine Weile umher, ließ den Wind meinen Kopf leerfegen, bis ich die Richtung zu meiner Wohnung einschlug.

Gott sei Dank war Anni schon zu Hause, als ich ankam. Sie hatte es sich mit einem Glas Rotwein auf der Couch bequem gemacht und schaute irgendeinen Empyrianer-Film über Sirenen. Als ich zur Tür hereinkam, prostete sie mir kurz zu.

„Skip hat uns mit mehr menschlichem Essen versorgt.“

„Nicht nur Essen, wie ich sehe“, stellte ich mit einem Blick in die Küche fest, wo jede Menge Alkohol stand. „Geben wir eine Party?“

Ann schüttelte den Kopf. „Nein. Aber wer weiß, wann wir hier das nächste Mal Alkohol bekommen."

Da hatte sie recht.

Kurzerhand schnappte ich mir auch ein Glas, goss es mit der roten Flüssigkeit bis zum Rand voll und setzte mich zu Ann auf die Couch.

„Wie war dein Tag?", fragte ich meine Freundin und stellte beim näheren Betrachten fest, dass sie sehr blass aussah. „Geht es dir gut?", fragte ich besorgt.

Sie nickte langsam und nahm einen großen Schluck aus ihrem Glas. „Ich denke, so langsam fordert mein Körper das, was eine Sirene in eurem Land normalerweise braucht. Ich versuche mich so lange dagegen zu wehren, wie es geht. Aber angenehm ist es nicht. Außerdem scheinen die Sirenen mit dir einer Meinung zu sein: Ich soll endlich anfangen zu singen ..."

Ich rutschte etwas näher an meine Freundin heran und streichelte ihr beruhigend über den Rücken.

„Weißt du, Anni, damit könnten sie recht haben. Du wirst hier nicht lange bleiben können, wenn du nicht bald deine Kräfte einsetzt. Sirenen singen nun mal, so ist das hier. Du musst dich deswegen nicht schlecht fühlen. Niemand verurteilt dich, deswegen solltest du das auch nicht tun."

„Ich fühle mich nicht wohl mit dem Gedanken. Außerdem habe ich keine Lust, wildfremde Männer zu küssen. Solange ich es noch ohne den Einsatz meiner Kräfte schaffe, werde ich sie nicht anwenden. Es ist mir egal, wie du das findest. Ich hatte nur gehofft, du unterstützt mich." Ann schaute traurig in ihr Weinglas und ließ die rubinrote Flüssigkeit darin hin und der schwenken.

„Ich stehe immer hinter dir, egal wie du dich entscheidest. Ich würde es sogar tolerieren, wenn du Jack, Kay, Skip und Cole Black mit deinem Gesang verzaubern würdest, nur damit sie sich gegenseitig ausschalten", erwiderte ich trocken und sprach damit meine tiefsten Gedanken aus.

„Was ist passiert?", fragte sie mich besorgt.

Ich ließ mich erschöpft tiefer in die Polster sinken und sah hinauf zur Zimmerdecke, um meine Freundin nicht in die Augen sehen zu müssen. „Ich habe Jack geküsst – oder besser gesagt er mich und ich hab es erwidert ... ist ja auch egal, unsere Lippen haben sich berührt, es war ein Kuss."

„Der Typ, der dich gefoltert hat? Wie masochistisch bist du eigentlich? Erst schleppst du die ganze Zeit diese Schuld mit dir herum und dann küsst du deinen Kermeister?" Ann schüttelte verständnislos den Kopf.

„So ist das nicht. Du weißt doch, unter den Rudelmitgliedern war seine Verlobte ... Aber darum geht es auch gar nicht. Ich versteh einfach nicht, warum er mich überhaupt geküsst hat. Ich dachte, er hasst mich." Verwirrt runzelte ich die Stirn.

„Ich kann nicht verstehen, warum *du ihn* geküsst hast. Er hat dich gefoltert! Ihr seid beide wirklich total ... gestört. Du musst ihn doch auch hassen für das, was er dir angetan hat, oder?! Skip meinte außerdem, er hätte sie gar nicht geliebt. Seine Verlobte, meine ich. Diese Ehe sollte eine Allianz zwischen den Werwölfen und dem Olymp sein, nichts weiter. Wenn man deinem besten Freund Glauben schenken darf, dann hatte Jack es eher auf dich abgesehen." Ann nahm einen weiteren großen Schluck von ihrem Wein, während ich meinen quer über den Couchtisch spuckte.

„Iih, Tess!"

„Was hat Skip gesagt?", fragte ich Ann vollkommen entgeistert.

„Dass Jack auf dich steht. Wusstest du das nicht?", fragte sie und stand auf, um Küchenpapier zu holen.

Während sie damit beschäftigt war, den Rotwein aufzuwischen, musste ich ihre Worte erst einmal verdauen.

„Wie kommt Skip darauf?", fragte ich und verschwand dabei fast in meinem Weinglas.

„Schluck erst runter. Ich sag kein Wort mehr, wenn du Wein im Mund hast", antwortete Anni und musterte mich mit zusammengekniffenen Augen.

Ich schluckte deutlich hörbar und wartete.

„Er hat es wohl damals beim Training beobachtet oder wenn ihr zusammen im Einsatz wart. Und wenn du mich fragst, Jacks Wut hat nicht nur etwas damit zu tun, dass du seine Verlobte getötet hast und dann einfach abgehauen bist. So eine Riesenwut hat man nur auf jemanden, den man liebt oder mal geliebt hat."

Ann brachte die schmutzigen Tücher wieder in die Küche, während ich gedankenversunken an meinem Wein nippte. Konnte es tatsächlich stimmen? Das würde bedeuten, ich hätte all die Jahre an Jacks Seite trainiert und gekämpft, ohne mir darüber klar gewesen zu sein, dass ich vielleicht doch eine Chance bei ihm gehabt hätte.

Wobei das so nicht ganz richtig war, denn selbst wenn er nichts für Sarah empfunden hatte, so hätte er sie dennoch heiraten müssen. Trotzdem ließ mich der

Gedanke nicht los, und obwohl ich gefährliches Terrain betrat, auf dem das Wort Hoffnung nur so zu sprießen schien, konnte ich doch nicht mehr umkehren. Mein Verstand wirbelte all die Momente und Augenblicke wieder auf, die ich mit Jack verbracht hatte. In denen ich ihn angehimmelt und mir vorgestellt hatte, wir wären ein Paar und würden uns lieben.

„Erde an Tess. Hallo?"

„Was?", fragte ich und wurde knallrot.

„Ich will wissen, ob noch mehr passiert ist."

„Nein, nur ein Kuss", antwortete ich schnell und verschwand wieder hinter meinem Weinglas.

„Oh. Mein. Gott. Ihr habt es getan!", schrie Ann und schlug sich die Hand vor den Mund.

„Nein", wiederholte ich und ärgerte mich über meine schwache Stimme, die nicht so kräftig klang, wie sie eigentlich sollte.

„Und wie ihr das habt. Du hast dein Sexgesicht aufgelegt."

„Wie bitte?", fragte ich nun lachend. „In der Menschenwelt hatte ich keinen Sex. Woher willst du wissen, wie mein Sexgesicht aussieht?"

„Na ja, ich schätze, es sieht genauso aus wie jetzt. War es gut?", fragte sie, immer noch skeptisch, was meinen Männergeschmack anging.

„Wir hatten keinen Sex."

„Hmm", machte Ann und trank noch einen Schluck Wein.

„Allerdings", begann ich vorsichtig und sah, wie Ann sofort hellhörig wurde, „haben wir uns ziemlich heftig geküsst. Und es könnte sein, dass ich eventuell ... also, nun ja ... einen Orgasmus hatte."

Die letzten Worte hatte ich ganz schnell ausgesprochen und dann vorsorglich hinter einem Sofakissen, das ich mir geschnappt hatte, Deckung gesucht.

„Du hattest einen Orgasmus? Vom Küssen?", fragte Ann verwirrt. „Können Sirenen so etwas auch? Dann überlege ich mir das mit dem Singen vielleicht noch mal."

„Nein", lachte ich und genoss inzwischen dieses peinliche und doch sorglose Gespräch mit meiner Freundin. Später würde ich zwar einiges haben, über das ich nachdenken musste, aber jetzt, in diesem Moment, waren wir einfach zwei junge Frauen, die über Männer redeten.

„Sirenen besitzen keine Supersexkraft – und Furien übrigens auch nicht. Wir –"

„Dann muss er ein verdammt guter Küsser sein", unterbrach Ann mich sogleich.

„Nein, Ann. Also doch, schon, ja! Aber ich bin gekommen, weil wir uns ziemlich heftig aneinander gerieben haben, okay? Bitte lass mich das nicht näher erläutern, das Ganze hier ist mir sowieso schon unsagbar peinlich."

„Wart ihr nackt? Und ist er vielleicht aus Versehen mit seinem –", sie machte eine unmissverständliche Geste mit der Hand, „du weißt schon – bei dir reingerutscht? Das nennt man in der Menschenwelt nämlich Sex. Keine Ahnung, wie das hier heißt. Läuft offenbar unter der Kategorie ‚*Küssen*'!"

Nun hielt mich gar nichts mehr zurück und ich prustete lauthals los. Und auch Ann kam nicht umhin, sich von meinem Lachen anstecken zu lassen, bis wir beide nach Luft hechelnd und mit tränenden Augen erschöpft auf der Couch lagen.

„Wir haben uns leidenschaftlich und wild geküsst. Angezogen! Das war alles“, flüsterte ich.

„Es sei dir verziehen“, erwiderte Ann. „Du hattest ein Jahrhundert lang keinen Sex mehr. Da ist ein Orgasmus beim Trockensex schon in Ordnung.“

Ich räusperte mich einmal, ging aber nicht weiter auf ihre Annahme ein. Doch Ann kannte mich besser als gedacht.

„Oh Gott. Du *hattest* Sex“, flüsterte sie und drehte sich zu mir um, sodass wir nun Kopf an Kopf auf der Couch lagen.

„Kay, der Vampir. In der Nacht nach meiner Folter“, gestand ich.

„Oh ja. Von dem hat Skip mir auch erzählt. Allerdings hat er nicht erwähnt, dass ihr Sex hattet“, sagte sie und haute mir ohne Vorwarnung ein Couchkissen auf den Kopf.

„Aua!“

„Warum hast *du* es mir nicht erzählt? Ich musste dich erst abfüllen, um das in Erfahrung zu bringen?“, sagte Ann beleidigt.

„Tut mir leid, Süße. Ich war in den ersten Tagen so von der Rolle. Kay und ich haben eine Vergangenheit, ebenso wie Jack und ich. Das ist alles kompliziert.“

Ann ahnte nicht einmal *wie* kompliziert, vor allem nach dem neusten Stand der Dinge.

Ohne Vorwarnung stand meine beste Freundin auf und verließ den Raum.

„Hey, wo gehst du hin?", fragte ich empört. Ich schüttete ihr gerade mein Herz aus und versuchte Ordnung in dieses Gefühlschaos zu bringen.

„Ich hol noch eine zweite Flasche Wein. Für diese Unterhaltung bin ich nicht betrunken genug", tönte es aus der Küche, und ich konnte mir ein Schmunzeln nicht verkneifen.

„Verdammt, Tess, du hast gleich zwei Eisen im Feuer. So etwas hätte ich dir niemals zugetraut", rief Ann und kam zurück ins Wohnzimmer.

„Wenn du es so sagst, klingt es schrecklich", murrte ich und hielt ihr mein leeres Weinglas hin.

„Liebst du Kay?", fragte sie und schenkte sich selbst großzügig ein.

„Gott, nein. Er ist ein Vampir."

„Rassist", sagte Ann trocken, und wir prusteten beide erneut los.

„Nein, was ich meine, ist ... Kay ist eben Kay. Er kann wahnsinnig gut küssen. Ich steh drauf, wenn er mich beim Sex beißt, und wenn ich mit ihm zusammen bin, kann ich all den anderen Scheiß in meinem Leben für kurze Zeit komplett ausblenden. Er ist wie eine Droge. Ab und zu muss ich mir einen Schuss setzen, um weitermachen zu können. Aber lieben? Nein! Vampire und Furien ... keine gute Idee, zumindest auf Dauer nicht, glaub mir."

Ich trank einen großen Schluck aus meinem Weinglas und hing für einen Augenblick meinen Gedanken nach.

Ann musterte mich misstrauisch von der Seite. „Und Jack?"

Ich ließ mir Zeit mit meiner Antwort. Zum einen weil ich wusste, dass Ann sie nicht hören wollte, zum anderen weil ich selbst nicht sonderlich glücklich darüber war. Ich fand es sogar ziemlich ätzend und selbstverachtend, ausgerechnet den Mann zu lieben, der mich nie gewollt und schließlich gefoltert hatte. Ob er mich immer noch *nicht* wollte, war eine Frage, die ich mir seit diesem Kuss stellte. War es reine Wut, die Jack angetrieben hatte? Hatte er seine Dominanz untermauern wollen oder war da vielleicht doch mehr? Etwas, von dem ich gar nicht gewusst hatte, dass es da war?

Ich wollte gerade den Mund aufmachen, um etwas zu sagen, als mir Ann mit erhobener Hand Einhalt gebot. „Das reicht schon als Antwort“, seufzte sie resigniert. „Verdammt, du bist echt eine Masochistin, Tess. Was machen wir nur mit dir?!“

Ich zuckte nur mit den Schultern und konnte mir ein Lachen nicht verkneifen.

Ja, wie sollte es nur mit mir weitergehen?

27.

Am nächsten Morgen weckte mich ein lautes, störendes Klopfen. Es schien von der Haustür zu kommen und nicht hinter meinem Stirnlappen zu wüten. Nach den Mengen an Rotwein, die Ann und ich uns am Abend hinter die Binde gekippt hatten, wunderte es mich fast, dass ich keinen Kater hatte. Trotzdem hatte ich noch keine Lust, aufzustehen. Ich war hundemüde und noch nicht bereit, in den neuen Tag zu starten.

Wer wagte es also, mich in solcher Herrgottsfrühe zu wecken?!

„Ich komm ja schon. Immer mit der Ruhe", nuschelte ich in meine Kissen, sodass mich der Besucher keinesfalls verstanden haben konnte.

Trotzdem hörte das Hämmern auf. Vielleicht hatte er oder sie sich inzwischen selbst Einlass verschafft. Oder die Tür hatte unter diesem Kraftaufwand, mit dem geklopft wurde, nachgegeben.

Gähnend schlurfte ich zu meiner Haustür, aufs Schlimmste gefasst, doch sie war noch ganz.

Ann war wohl ebenfalls wach geworden und stand, ihre Decke um die Schultern gewickelt, mit zerzausten Haaren und zerknautschtem Gesicht im Wohnzimmer und versuchte ihren Blick durch die zusammengekniffenen Augen zu fokussieren.

Ich zuckte mit den Schultern und öffnete vorsichtig die Tür. Sobald ich auch nur in den Flur linsen konnte, stürmte Skip schon in die Wohnung und tickte auf seine Armbanduhr.

Heute sah er aus wie Vin Diesel und jagte mir mit seinem bulligen, muskulösen Erscheinungsbild fast ein bisschen Angst ein.

„Wir sind spät dran. Du wolltest heute anfangen zu trainieren, Tess, schon vergessen? Die ersten Rekruten wollen sich für deine Spezialeinheit vorstellen. Warum bist du noch nicht fertig?"

„I-ich ... also ..."

„Na los!" Skip funkelte mich wütend an und zeigte mit dem Finger in Richtung meines Zimmers.

Ich nickte nur und flüchtete vor diesem bedrohlichen Glatzkopf. Schnell klaubte ich ein paar Klamotten vom Boden auf und verschwand damit im Bad.

„Nur Katzenwäsche", knurrte es vor der Tür, und ich stöhnte innerlich auf.

Im Eiltempo putzte ich mir die Zähne, kämmte mir mit den Fingern kurz durch die Haare und warf mir ein paar Klamotten über. Ich konnte nur hoffen, dass meine Kampfmontur nach wie vor in der Company war.

Als ich einigermaßen frisch und zurechtgemacht wieder vor Skip stand, nickte dieser nur kurz und winkte dann in Richtung Tür.

„Hey, Ann, wir sehen uns heute Abend, okay?", warf ich noch schnell über die Schulter und erntete ein schläfriges Nicken.

Unten wartete Skips schicker Wagen, mit dem er uns in Windeseile zur Company fuhr.

„Hast du dich vorbereitet?“, fragte Skip mit malmendem Kiefer.

„Vorbereitet?“, hakte ich nach und erntete einen wütenden Blick.

„Tess!“

„Ich weiß nicht, was du meinst, und könntest du dir bitte einen anderen Schauspieler als Vorlage aussuchen? Vin Diesel jagt mir irgendwie Angst ein, jetzt wo ich ihn so live und in Aktion erlebe.“

„Du solltest dir Gedanken machen, wen du in deinem Team haben willst, mit wem du in Zukunft trainierst, und dich mit dem Dämonenproblem auseinandersetzen. Ich habe dir alle Aufzeichnungen in den Briefkasten geworfen“, schnaufte Skip und ignorierte meine Bitte, sich in einen anderen Schauspieler zu verwandeln.

„Ich habe gestern nicht mehr in den Briefkasten geguckt. Klär mich doch jetzt schnell auf.“

„Verdammt“, fluchte Skip laut und haute auf das Lenkrad. „Du solltest das Ganze ernst nehmen, Tess. Wenn wir diese Dämonen nicht langsam unter Kontrolle bekommen, dann ...“

„Warum machst du das zu deinem persönlichen Problem, Skip? Warum zum Teufel rastest du bei diesem Thema so aus?“

Nun war Skip still und konzentrierte sich wieder auf die Straße.

„Ach, und plötzlich sagst du gar nichts mehr, hm? Komisch, immer, wenn ich nachhake, was du über die Dämonen weißt, machst du dicht. Wenn du nicht langsam mit der Sprache rausrückst, weiß ich, wen ich *nicht* in meinem Team haben möchte."

Wütend verschränkte ich die Arme vor der Brust und starrte ebenso wütend auf die Straße wie Skip.

„Tess, ich ... Ich kann es dir nicht sagen ... Noch nicht", warf er schnell hinterher, als er meinen wütenden Blick sah. „Alles, was du wissen musst, um dieses Problem aus der Welt zu schaffen, steht in den Unterlagen. Alles andere kann ich dir noch nicht erzählen. Aber bitte, bitte hilf mir, die Dämonen-Armee zu zerschlagen, und bitte gib einfach alles für diese Mission. Ich brauche deine volle Aufmerksamkeit und Unterstützung, allein schaffe ich das nicht."

Ich schaute weiter auf die Straße und zeigte keine Reaktion. Doch Skips Worte durchdrangen den wütenden, abweisenden, kalten Panzer der Furie, und ohne es zu wollen, entspannte ich mich wieder etwas.

„Tess?", fragte Skip reumütig, und als ich mich zu ihm umwandte, sah er aus wie Jensen Ackles aus *Supernatural.* Ich konnte mir ein Grinsen nicht verkneifen. Ich liebte diesen Schauspieler und Skip wusste das.

„Ich war gestern Abend bei Jack", sagte ich und sah schnell wieder auf die Straße, um die Reaktion meines besten Freundes nicht sehen zu müssen.

„W-was?"

„Jup." Ich nickte und sah immer noch auf die Straße. Stille.

Ich riskierte einen schnellen Blick zur Seite und stellte amüsiert fest, dass Skip nun mit offenem Mund fuhr.

„I-ich ... weiß echt nicht, was ich sagen soll ..."

„Wir hatten keinen Sex, falls dich das so schockiert", murrte ich.

„Ich habe auch nicht gedacht, dass ihr Sex hattet. Ich bin ehrlich gesagt erstaunt, dass du nach dem Treffen mit Jack so lebendig neben mir sitzt. Beim letzten Mal sah er aus, als wolle er dir auf der Stelle die Flügel ausreißen und sie dir in den Rachen stopfen, bis du daran erstickst. Nun erzähl schon, wie kam es dazu?"

Ich seufzte theatralisch und begann Skip zu berichten, was nach seinem Verschwinden aus der Black Company passiert war, wie ich gekämpft und versagt hatte und dann in Jack Pers' Bett wieder aufgewacht war. Wie wir uns angeschrien und danach so leidenschaftlich geküsst hatten, dass mir bei dem Gedanken daran immer noch die Röte ins Gesicht schoss. Skip kannte mich, er war mein bester Freund, es verstand sich von selbst, dass ich kein noch so schlüpfriges Detail ausließ.

Als er nach meiner Erzählung nichts sagte, warf ich ihm einen beunruhigenden Blick von der Seite zu.

„Und?"

„Was und?", fragte er stirnrunzelnd.

„Was sagst du?"

„Was soll ich schon sagen? Hättet ihr doch einfach ordentlich gevögelt, dann wären die Probleme vermutlich aus der Welt geschafft."

„Wie bitte? Hast du das gerade ernsthaft gesagt?", fragte ich entsetzt.

„Was willst du denn hören, Tess? Ich weiß nicht, was in Jack Pers vorgeht, und eigentlich ist mir das auch egal. Mir ist nur wichtig, dass wir uns auf diese Mission konzentrieren und dabei nicht draufgehen. Alles andere muss wohl oder übel so lange warten."

„Wow, na vielen Dank auch."

Beleidigt über Skips Reaktion verschränkte ich die Arme vor der Brust und erdolchte die Bäume am Rande unserer Fahrbahn mit meinen Blicken. Wir wussten beide, dass er recht hatte. Die Mission war immer das Wichtigste. Denn ein Scheitern bedeutete, dass viele Menschen und Empyrianer sterben würden.

„Hey, Tess. Tut mir leid, okay? Ich weiß, dass du immer noch ... nun ja, Gefühle –"

„Hab ich gar nicht", unterbrach ich ihn barsch.

„Wen versuchst du hier zu belügen?", fragte Skip mit einem schiefen Lächeln, und ich musste unwillkürlich grinsen.

„Schön ... dann steh ich eben noch auf den Halbgott-Arsch. Trotzdem würden wir niemals eine Beziehung führen können, daran wird auch dieser Kuss nichts ändern."

„Wieso nicht?", sprach Skip meinen sehnlichsten Wunsch aus. „Wenn all das hier vorbei ist, dann könntet ihr vielleicht einen Neuanfang starten. Du bist zurück, begnadigt ... ich wüsste nicht, was euch im Wege stehen sollte."

„Ähm, eine tote Verlobte, eine ziemlich schmerzhafte Folter, Hass, Verachtung ..."

„Verletzter Stolz, Bindungsängste, Angst", zählte Skip weiter auf und erntete einen wütenden Blick von mir. „Sieh mal, ja, es gibt eine Million Gründe, warum ihr besser Abstand zueinander halten solltet, aber es gibt einen Grund, warum ihr das nicht solltet. Und dieser eine Grund stellt alle anderen in den Schatten. Ihr seid es euch schuldig, herauszufinden, was das zwischen euch ist. Du bist es dir schuldig, Tess."

Ich sah Skip nicht an, als er das sagte, sondern konzentrierte mich auf die Straße. Seine Worte drangen in meinen Kopf, aber die Gedanken an eine Beziehung mit Jack bestanden nur aus Rauch. Er hatte recht. Natürlich hatte er recht, er war Skip. Dennoch wusste ich nicht, ob ich wirklich herausfinden wollte, wie es war, mit dem Halbgott zusammen zu sein. Ich hatte nun schon so lange still vor mich hin schmachtend an Jacks Seite gekämpft. Da würden mir ein paar weitere Tage, Wochen – und wenn diese Mission es verlangte, auch Monate – auch nicht mehr viel ausmachen. Danach würde ich wieder in die Menschenwelt verschwinden und ihn, wenn ich Glück hatte, nie wiedersehen. Warum sich also die Mühe machen, etwas zu klären, was sowieso keine Zukunft hatte? Ich musste nichts geklärt haben, wenn ich wieder verschwinden wollte. Also hatte sich die Sache eigentlich für mich erledigt.

Eigentlich.

Als wir bei der Black Company ankamen, war ich komischerweise sehr nervös. Ich fragte mich, ob Jack da sein würde. Ob wir gemeinsam trainieren würden und er sich meiner Sondereinheit anschloss.

Ich ließ meinen Nacken einmal kurz knacken, bevor ich die Treppe zum Höllentor hinaufstieg.

„Nervös?", fragte mich Skip, als wir im Aufzug standen, doch ich sah ihn nur mit hochgezogener Augenbraue an.

„Ich würde vorschlagen, du fängst schon mal an zu trainieren, während ich dir im Laufe des Tages geeignete Kandidaten vorstelle, die ich schon seit längerem im Auge habe. Wenn sie dir gefallen und sie Interesse daran haben, in deine Sondereinheit zu kommen, sind sie mit dabei. Alles klar?“

„Glasklar“, erwiderte ich trocken und beobachtete Skip. Er hängte sich so in die Sache rein, eigentlich hätte *er* diese Sondereinheit anführen müssen. Doch aus irgendeinem Grund hatte er das Zepter an mich abgegeben. Ich glaubte nicht, dass er sich vor der Verantwortung drücken wollte, sondern eher dass er meinte, er wäre nicht dazu fähig, die Agenten anzuführen. Fragte sich nur warum? Denn Führungspersönlichkeit war ihm mit in die Wiege gelegt worden. Nicht wenige Agenten waren davon überzeugt, dass Skip das Zeug dazu hätte, die Company eines Tages zu leiten. Er hatte alles, was man sich bei einem Boss nur wünschen konnte: Einfühlungsvermögen, ein offenes Ohr, Autorität, die Fähigkeit zu motivieren.

Doch irgendetwas hielt ihn zurück. Vermutlich dasselbe, das ihn auch dazu bewogen hatte, mich zurückzuholen.

Als wir dieses Mal aus dem Fahrstuhl traten, überraschte uns kein bedrohlicher Halbgott, die Gänsehaut blieb trotzdem nicht aus. Die weitläufigen, dunklen Flure der Black Company boten so viele tote Winkel, es hätte mich nicht überrascht, wenn Jack aus einer dunklen Ecke hervorgesprungen wäre.

Die Kommandozentrale war heute ebenso stark besetzt wie letztes Mal. Es wimmelte nur so von Agenten und frischen Rekruten. Allerdings wurde ich dieses Mal nicht von allen angestarrt, als wäre ich eine singende Walküre. Die Gespräche und das Getuschel verstummten sofort, als wir den Raum betraten. Ich musterte die Agenten aus zusammengekniffenen Augen und zog arrogant die rechte Augenbraue hoch.

„Hallo zusammen. Oh nein, lasst euch von mir nicht unterbrechen. Sprecht ruhig weiter. Ich wollte euch nur noch mal daran erinnern, dass Skip heute, wie gestern angekündigt, die ersten Teammitglieder des Sonderkommandos aussuchen und mir vorstellen wird. Wenn ich euch für gut genug befinde, seid ihr dabei. Wenn nicht …", ich ließ die nächsten Worte ungesagt und warf nur ein spöttisches Grinsen in die Runde.

„Und wer beurteilt dich?" Ein wohliger Schauer lief mir über den Rücken, den ich einfach nicht ignorieren konnte. Jack hatte hinter Skip und mir die Kommandozentrale betreten. Ich hatte ihn nicht reinkommen gehört. Doch selbst wenn ich es getan hätte, hätte mich nichts auf seine Anwesenheit vorbereiten können. Dieser Halbgott brachte mein Blut buchstäblich zum Kochen.

Als ich mich gefangen hatte und meiner Stimme trauen konnte, drehte ich mich selbstbewusst um und funkelte Jack an.

„Ich werde in der nächsten Zeit so hart trainieren, dass ich in wenigen Wochen jeden der hier Anwesenden auf die Matte befördern werde. Das ist ein Versprechen. Wenn ich es nicht halte, dürft ihr einen neuen Captain für die Sondereinheit auswählen. Wenn ich allerdings gewinne, werdet ihr jeden meiner Befehle bedingungslos befolgen. Seid ihr erst einmal in meinem

Team, gibt es kein Zurück! Habt ihr mich verstanden?“ Bei den letzten Worten drehte ich mich wieder zu den anderen Anwesenden um und sah jedem Einzelnen ins Gesicht. Danach drehte ich mich wieder zu Jack, der keine Miene verzogen hatte.

„Deal“, knurrte er, und ein erneuter Schauer lief mir den Rücken hinab.

„Na schön. Dann werde ich mal trainieren gehen, und das solltet ihr auch tun. Skip wird im Laufe des Tages bei euch vorbeischauen.“

Ich zwinkerte der Menge zu und machte mich dann auf in Richtung der hinteren Trainingsräume. Ich wollte auf keinen Fall beim Versagen beobachtet werden. Es nagte sowieso schon an mir, dass ich während meiner Zeit in der Menschenwelt doch mehr von meinen Fähigkeiten eingebüßt hatte, als ursprünglich gedacht. Ich musste schnellstens wieder in Form kommen. Bei meinem jetzigen Trainingsstand wäre ich Dämonenfutter und das Gespött der Black Company.

Bei den hinteren Räumen angelangt, wählte ich den erstbesten aus und ließ sofort die Glasscheiben milchig werden. Wie letztes Mal wollte ich keine Zuschauer. Skip würde erst um die Mittagszeit rum mit den ersten Rekruten hier auftauchen, ich hatte also noch genügend Zeit, in Ruhe zu trainieren.

Ich zog meine Jacke aus und wählte meine Waffen. Dieses Mal würde ich vor Beginn der Simulation die Schrittübungen und Kampfbewegungen trocken ausführen, um mich wieder an die Kniffe und Tricks zu erinnern. Meine Muskeln, mein Körper und mein Verstand mussten wieder der einer Kriegerin werden. Das bedeutete, ich musste ihnen eine kleine Gedächtnisauffrischung verpassen.

Das Katanaschwert fühlte sich leicht in meiner Hand an. Es war perfekt ausbalanciert und so leicht zu schwingen wie eine Feder. Man spürte das Gewicht kaum. Diese Waffe war unglaublich gefährlich und ebenso wirkungsvoll.

Ich begann mit leichten Bewegungen meines Schwertarms und wiederholte das Ganze dann mit dem anderen Arm. Ich war eine begnadete Schwertkämpferin, die nach jahrelangem Training mit beiden Armen gleich gut kämpfen konnte, falls einer verletzt wurde – oder Schlimmeres.

Ich stach und schnitt und parierte imaginäre Angriffe immer und immer wieder mit beiden Armen, bis meine Muskeln schmerzten und mir der Schweiß nur so herunterlief. Ich spürte das Brennen und Protestieren meiner Muskeln, die mich anflehten, aufzuhören. Es war ein herrliches Gefühl. So gut hatte ich mich schon lange nicht mehr gefühlt. Ich kämpfte vielleicht nicht gerne gegen Dämonen, wer hatte schon gern Angst, jede Sekunde sein Leben zu verlieren. Dennoch mochte ich das Kämpfen an sich. Die körperliche Verausgabung, die fließenden Bewegungen – einem Tanz gleich. Wenn ich kämpfte, fühlte ich mich lebendig.

Als meine Arme sich schließlich anfühlten, als hätte ich eine Woche lang mit einer stumpfen Axt Holz gehackt, setzte ich mich kurz auf den Boden und verschnaufte einen Moment. Ich gönnte mir zehn Minuten Ruhe, bevor ich mit den Schrittfolgen der Schwertkampfkunst weitermachen würde. Es war eine Mischung aus Tai-Chi, Tanz und Schwertkampf. Körperspannung, Konzentration, Achtsamkeit für seine Umgebung, Atemtechnik, Kraft.

Meine Arme machten mir bei dieser Runde ganz schön zu schaffen, aber die Schrittfolgen gingen mir glücklicherweise leicht von der Hand. Es war, als würde mein Körper sich langsam wieder an das Kampftraining erinnern. Gut so.

Auch diese Schrittfolgen und Kampftechniken, Ausweichmanöver und Angriffstaktiken wiederholte ich so lange, bis ich nicht mehr konnte und vollkommen aus der Puste war.

Als es an meiner Trainingsraumtür klopfte, sah ich stirnrunzelnd auf die Uhr und stellte mit Erstaunen fest, dass es schon nach Mittag war.

„Ja?", sagte ich und trocknete mich mit meinem Handtuch ab.

„Tess, ich bringe dir den ersten Kandidaten", sagte Skip zur Begrüßung und führte einen Werpanther in den Raum.

Sein raubtierhafter Blick und die leuchtenden Schlitzaugen identifizierten ihn sofort.

„Wie heißt du?", fragte ich ihn freundlich.

„Bay", antwortete er mit dunkler Stimme.

„Okay, Bay, was hältst du davon, wenn wir uns bei einem Essen in der Kantine etwas besser kennenlernen. Ich habe nach dem Training ziemlichen Kohldampf."

Bay nickte zur Antwort.

„Begleitest du uns, Skip? Ich zähle auf deinen Rat."

Skip nickte ebenfalls, und so machten wir uns auf den Weg in die Kantine.

28.

Bay war, um es vorsichtig auszudrücken, einer von der stillen Sorte. Er redete so gut wie gar nicht. Er schien sich nicht wirklich darum zu bemühen, in mein Team zu kommen, doch diesen Eindruck musste ich schnell wieder revidieren, als ich ihn kämpfen sah. Skip und ich hatten vereinbart, dass wir erst einmal ein Gespräch mit den Anwärtern führten und sie danach in der Simulation kämpfen ließen, um ihr Können und ihre Fähigkeiten umfassend beurteilen zu können. Das Vorgehen und Herantasten eines Kriegers, wenn er einer Bedrohung ausgesetzt war, erzählte viel über ihn. Da Bay nicht so viel redete, konnte ich zwar nichts über seine Ambitionen und Ziele herausfinden, jedoch sprach sein Körper eine eigene Sprache. Das, was ich gesehen hatte, genügte mir. Und offensichtlich hatte Bay auch kein Problem damit, unter meinem Kommando Befehle auszuführen. Dass er nicht viel redete, war ein weiterer Vorteil, denn er war keine Klatschtante wie viele der anderen Rekruten. Bei ihm konnte ich auf Diskretion hoffen.

Ich war sehr zufrieden mit dem ersten Kandidaten, und so neigte sich der Tag langsam dem Nachmittag zu und ich konnte schon das erste Teammitglied verbuchen. Ich war stolz auf mich.

Nachdem wir Bay kämpfen gesehen hatten, verabschiedete ich mich in die Schießbude und trug Skip auf, mir am Abend ruhig noch einen weiteren Anwärter zu bringen. Je schneller wir das Team zusammenstellten, desto eher konnten wir anfangen, einander kennenzulernen und miteinander zu trainieren. Bis dahin hatte ich selbst noch einiges nachzuholen, deswegen hatte ich mir für die nächsten Tage ein straffes Trainingsprogramm verordnet, an dessen Ende der unvermeidliche Kampf gegen meine Teammitglieder stehen würde. Schließlich musste ich mich als Führungspersönlichkeit behaupten.

Der Schießstand war um den Nachmittag herum Gott sei Dank nicht sehr frequentiert. Mir sollte es recht sein. Niemand mochte Zuschauer, wenn er sich seine verloren gegangene Geschicklichkeit erst wieder antrainieren musste.

Mit latenter Vorfreude nahm ich mir ein Paar Ohrschützer von der Wand und ging zum Waffenschrank. Ich wählte eine 44er Magnum – was sollte ich sagen, ich stand auf Klassiker – und stellte mich in eine der hinteren Kabinen. Sobald ich die Schutzbrille und die Ohrschützer aufgesetzt hatte, ergriff ich die Waffe, lud sie durch und setzte an. Das Gewicht der Magnum war nicht besonders schwer, sie war für zierliche Hände gebaut worden und das, was man gemeinhin als eine Frauenwaffe bezeichnete. Trotz des geringen Gewichtes zitterte mein Arm und ich musste die zweite Hand zur Hilfe nehmen. Ich atmete einmal tief ein und zielte mit einem geschlossenen Auge auf die Zielscheibe in hundert Metern Entfernung. Beim nächsten Ausatmen drückte ich ab und hatte Mühe, den Rückstoß abzufangen.

Der Monitor zu meiner Rechten zeigte die Zielscheibe in Nahaufnahme. Er war für die Art Empyrianer angebracht, deren Stärken nicht in der gesteigerten Sehkraft lagen. Für mich absolut überflüssig, denn als fliegende Furie war hervorragende Sehkraft nicht nur ein Privileg, sondern ein Muss. Ich konnte meine Verfehlung also auch aus der Ferne nur allzu gut sehen.

„Puh", machte ich und blies resigniert meine Wangen auf. „Da habe ich noch ein ganzes Stück Arbeit vor mir."

Ich wiederholte den Vorgang und schoss erneut auf die Zielscheibe. Eigentlich hatte ich meine Fähigkeiten so eingeschätzt, dass ich mit einer Entfernung von hundert Metern zum Ziel wieder in das Schießtraining einsteigen könnte, aber anscheinend lag ich damit falsch.

Der nächste Schuss, ebenso wie der darauffolgende und der danach waren nicht viel besser als der erste, aber immerhin schien ich mich Nanomillimeter für Nanomillimeter näher an die Mitte der Zielscheibe heranzutasten. Wenn das so weiterging, wären noch eine ganze Menge Schüsse fällig, bis ich auch nur ansatzweise meine alte Form wiedererlangt hätte.

Trotzdem übte ich weiter. Rückschläge hatten mich noch nie aufgehalten. Damals und auch heute nicht.

Ich machte noch eine geschlagene Stunde so weiter, ohne eine nennenswerte Verbesserung zu erzielen. Wütend schnaufend stellte ich fest, dass meine gesamte Nackenmuskulatur sich inzwischen total verkrampft hatte. So würde ich meinem Ziel auch nicht näherkommen. Ich beschloss, eine kleine Pause einzulegen und meine Muskeln etwas zu lockern, als ich hörte, wie die Tür der Waffenkammer sich öffnete. Nach einem kurzen Blick zur Tür blieb mir die Luft weg und mein Herz fing an zu rasen, als hätte ich gerade eine wilde Verfolgungsjagd hinter mir.

Jack Pers sah mit einem kalten, abschätzigen Blick zu mir herüber und stellte sich dann in die nächstbeste Kabine.

Ich gab es nicht gerne zu, aber es versetzte mir einen Stich, dass er mir die kalte Schulter zeigte und mich offensichtlich wieder ignorierte. Nachdem wir uns geküsst hatten, hatte ich gehofft, dass wir vielleicht anders miteinander umgehen würden. Nicht wie beste Freunde, aber dass wir uns eventuell nicht mehr hassten ... Aber wem sagte ich das? Ich war keinen Deut besser. Versteckte mich in den Trainingsräumen und ging genau dann zum Schießstand, wenn ich sicher war, dass niemand dort trainierte – vor allem er nicht.

Während Jack sich in seiner Kabine offenbar für das Schießtraining fertigmachte, zuckte ich nur mit den Schultern und machte mich wieder an mein eigenes Schießtraining. Allerdings nicht, ohne meine bisherigen Schießversuche auf dem Monitor zu löschen, sodass die Zielscheibe ebenfalls wieder in ihren Ursprungszustand gebracht wurde.

Nun musste ich nur beim nächsten Schuss so gut sein, dass ich mich vor Jack nicht blamierte. Denn auch wenn er mich nicht wahrgenommen hatte, so war ich doch sicher, dass er, sobald ich schoss, sofort wüsste, dass ich diejenige war, die diese grausamen Schussübungen zu verbuchen hatte.

Ich atmete wieder ruhig aus und nahm meine gewohnte Haltung ein. Beim nächsten Ausatmen zielte ich und drückte ab.

Mein Blick schnellte zum Bildschirm, zur Zielscheibe und wieder zurück. Ich konnte es nicht glauben. Ich hatte in einen der mittleren Kreise getroffen. Es war zwar nicht die Mitte, aber nun fehlten nur noch wenige Zentimeter. Wer hätte das gedacht? Offensichtlich hatte ich nur die richtige Motivation gebraucht, um mein Können wiederzuentdecken.

Ich war so von meiner Euphorie überwältigt, dass ich gar nicht bemerkt hatte, dass Jack inzwischen nicht mehr schoss, sondern sich von hinten an mich herangeschlichen hatte. Erst als ich seinen warmen Atem in meinem Nacken spürte, wurde mir klar, dass er mich die ganze Zeit beobachtet hatte.

„Wenn du dich über so einen miserablen Schuss freust, werde ich dich niemals als meine Anführerin akzeptieren", zischte er mir ins Ohr und schaffte es trotz dieser widerlichen Worte, mir einen Schauer über den Rücken zu jagen.

„Du würdest dich mir nicht einmal beugen, wenn ich eine Erdnuss auf hundert Kilometern Entfernung treffen würde", fauchte ich zurück, wagte es aber nicht, mich umzudrehen.

„Vielleicht sollte ich lieber das Amt des Oberbefehlshabers einnehmen und du beugst dich mir? Ich bringe die Qualitäten mit, die ein Anführer braucht. Du bist nur noch ein Schatten deines früheren Selbst."

„Du verdammtes…" Ohne darüber nachzudenken, drehte ich mich um und versuchte, Jack mein Knie in den Schritt zu rammen. Diese Anflüge von Jähzorn hatte er schon früher in mir hervorgerufen, allerdings hatte er mich damals niemals ernsthaft mit seinen Worten verletzt. Jetzt allerdings sah die Sachlage etwas anders aus. Zwischen uns war so viel angestauter Hass, es war nur eine Frage der Zeit, wann meine Sicherungen durchbrannten.

Die Tatsache, dass er meinen Angriff bereits abwehrte, noch bevor ich ihn zu Ende gedacht hatte, bewies nur, wie recht er mit seiner Behauptung hatte. Ich war noch lange nicht bei meiner alten Form angelangt.

Wie eine beim Tanz einstudierte Figur fing er mein Bein ab, fasste in meine Kniekehle und wirbelte mit mir herum, sodass ich plötzlich mit dem Rücken an der Wand stand. Dann legte er sich mein Bein um die Hüfte und wir standen wieder in der gleichen Position da, wie am Vortag in seiner Wohnung. Als wären wir zwei magnetische Puzzleteile, die sich gegenseitig anzogen und zugleich perfekt ineinanderpassten.

„Mach das noch einmal und es wird dir leidtun", hauchte er und klang auf obskure Weise gleichzeitig bedrohlich und sexy.

Ich hingegen war wie gebannt von seinem Blick. Wie kam es nur, dass ich mich schon wieder in dieser Stellung befand?

„Glaubst du, ich habe Angst vor dir?", flüsterte ich nach einer gefühlten Ewigkeit.

„Die solltest du haben."

„Und du ebenso vor mir. Ich bin vielleicht gerade nicht in meiner Höchstform, aber ich bin auf dem besten Weg dorthin. Du weißt, wie hart ich trainiere und wie schnell ich lerne. Wenn du dich also mit mir messen willst, dann solltest du das wohl besser jetzt tun, solange du noch eine Chance hast, mich zu besiegen."

„Führ mich nicht in Versuchung", schnurrte Jack und drückte sich mit der ganzen längen seines harten Körpers an mich. Seine Augen verdunkelten sich merklich und ich konnte die Lust an ihm riechen.

Mein Atem kam inzwischen nur noch stoßweise und ich konnte keine zusammenhängenden Sätze mehr formulieren, um ihm eine schlagfertige Erwiderung entgegenzuschleudern. Jack hatte die Macht über mich. Ich war ihm hilflos ausgeliefert, vollkommen gefangen in meiner Lust auf ihn.

Mein Blick verschleierte sich und alles, was ich noch wahrnehmen konnte, war sein heißer Atem auf meinem Gesicht, seine Hand an meinem Hintern, die andere Hand direkt neben meinem Kopf an der Wand, sein muskulöscr Körper und die harte Beule an meinem Venushügel.

Ich war so was von geliefert. Jedes Mal, wenn ich ihn sah, flammten die alten Gefühle von damals wieder auf. Selbst nach der Folter, selbst nach der Wut, die ich für ihn empfunden hatte, waren die Gefühle immer noch da. Es hatte sich nichts geändert. Und obwohl sich alles in mir danach sehnte, mich ihm ganz hinzugeben, wusste ich doch, dass es mich zerstören würde. Mich und mein Herz.

Doch bevor ich diesen Gedanken zu Ende denken konnte, küsste Jack mich mit so viel Leidenschaft, dass ich alles vergaß, und ich erwiderte diesen Kuss, obwohl ich es eigentlich nicht sollte. Mit einem Seufzen gab ich mich ihm hin, krallte mich in sein Haar und zog ihn so nah zu mir, wie es irgend ging.

Mein Bein schlang sich fester um seine Hüfte, und ohne es unter Kontrolle zu haben, begann meine Scham sich an seinem harten Schwanz zu reiben und machte dort weiter, wo wir gestern Abend aufgehört hatten. Ganz von allein fing ich an, mich sinnlich zu bewegen und mich in dem Rausch der Lust fallen zu lassen.

„Verdammt, Tess", keuchte Jack und presste seine Mitte fest zwischen meine Beine. Seine Jeans und meine Lederhose waren das Einzige, was noch zwischen uns war, kein Blatt, nicht einmal ein Lufthauch hätte noch zwischen uns gepasst. So eng umschlungen und hemmungslos knutschten wir an der Wand der Waffenkammer.

Als Jacks Hände fahrig über meinen Körper glitten, unschlüssig, wo er mich zuerst berühren wollte, machte ich mich an seiner Gürtelschnalle zu schaffen. Ich hatte meine Hände nicht mehr unter Kontrolle, egal, welchen Befehl ich auch an sie abgab, sie folgten dem Ruf meiner unbefriedigten Lust. Sobald ich den obersten Knopf seiner Hose geöffnet hatte, glitt ich mit meiner Hand hinein und umschloss sein großes, hartes Glied. Wir stöhnten beide im selben Moment auf. Ein wohliger Schauer jagte den nächsten und eine Gänsehaut, die dafür sorgte, dass selbst mein Innerstes sich schmerzlich auf der Suche nach Erfüllung zusammenzog, ließ mich Jacks Namen noch lauter stöhnen.

Mein Halbgott sah mit halbgeschlossenen Lidern zu mir herab und verfolgte die Bewegungen meiner Hand in seiner Hose. Ich sah, wie sehr es ihn aufgeilte, dass ich mir einfach nahm, was ich wollte. Dass ich ihn einfach berührte und fest zupackte. Ich konnte mir vorstellen, wie er es im Bett mochte. Hart und schmutzig oder leidenschaftlich und wild. Das war es zumindest, wonach ich mich beim Sex sehnte. Ich wollte in der Leidenschaft ertrinken.

Jack stützte sich mit der rechten Hand an der Wand ab, mit der Linken umklammerte er weiterhin meinen Po.

Sein Blick war verhangen von seiner Lust und ein leichter Schweißfilm hatte sich auf seiner Haut gebildet. Es machte mich unglaublich an, ihn in diesem Zustand zu sehen. Ohne mir dessen bewusst zu sein, hatte ich das Tempo, mit dem ich seinen Schwanz gestreichelt hatte, erhöht. Jack stöhnte erneut auf und warf den Kopf mit geschlossenen Augen nach hinten.

Sofort beugte ich mich nach vorn und leckte über seinen Hals bis hin zu seiner Kehle.

„Fuck", stöhnte er und riss mich an den Haaren zurück. Bevor ich protestieren konnte, packte er meinen Hals, presste mich an die Wand und küsste mich so stürmisch, dass mir die Luft wegblieb.

Meine Hände lagen nun auf seinem knackigen Hintern, krallten sich dort in das feste Fleisch und drückten ihn an mich. Ich konnte seine Härte genau dort spüren, wo es herrlich kribbelte. Wenn er doch nur ...

„Oh Gott", stöhnte ich auf und sah zwischen uns hinab. Jacks Jeans war etwas nach unten gerutscht, sodass sein nackter erigierter Penis an meinen Venushügel gedrückt wurde. Schmerzlich wurde mir bewusst, dass ich immer noch angezogen und meine Lederhose viel zu dick war, als dass ich mehr fühlen konnte als diesen leichten Druck, der nicht einmal ansatzweise ausreichte, um zu kommen.

Jack merkte, dass ich abgelenkt war, und biss mir in die Lippe.

„Au! Verdammt, Jack!“

„Zieh dich aus, Tess, sofort!“, raunte er mir ins Ohr, und ich bekam erneut eine Gänsehaut.

Mein Blick glitt wieder zu seinem harten Schwanz, der sich in meiner Hand so gut anfühlte. Seidig, glatt, einfach perfekt. Mir lief das Wasser im Mund zusammen und ich leckte mir unwillkürlich über die Lippen.

„Hmm, dagegen hätte ich auch nichts einzuwenden“, sagte er heiser und fuhr mit seinem Finger über meine Lippe.

Nun lächelte er mich so böse an, dass ich schlucken musste. Mein Mund war plötzlich wie ausgetrocknet.

Ich wollte, dass er mich nahm, bis ich bettelte, genau danach sehnte ich mich. Doch etwas hielt mich zurück. Jack küsste mich erneut, nahm meine Hand und führte sie wieder zu seinem Schritt. Er stöhnte auf, als ich ihn berührte und mit meinen Nägeln über seine empfindliche Haut fuhr. Als ich einen Lusttropfen auf seiner Eichel verteilte, hielt Jack den Atem an. Mit großen Augen sah er zu, wie ich mir den Finger, auf dem seine Nässe zu sehen war, in den Mund steckte und genüsslich ablutschte.

„Fuck. Ich will dich, Tess, worauf wartest du?“, fluchte er wütend und drückte sich noch fester an mich.

„Ich –“, stöhnte ich und registrierte, dass Jack sich bereits am Knopf meiner Hose zu schaffen machte.

„Was?", knurrte er. „Stell dir vor, wie ich dich hier gegen die Wand gelehnt ficke. Umgeben von harten Waffen. Stell dir vor, dass ich tief in dir bin", sagte er heiser und nahm erneut meine Hand, um mit ihr seinen Schwanz zu umfassen.

Ich stöhnte wieder auf, doch gebremst wurde ich trotzdem. Ich wollte ihn. Ich wollte ihn wirklich. Ich wollte ihn in mir, doch da waren auch Zweifel. Wie würde es dann weitergehen? All die Jahre hatte ich mir das hier gewünscht, aber ich glaubte kaum, dass aus uns jemals ein glückliches Liebespaar werden würde, das in der Öffentlichkeit Händchen hielt. Hasste er mich noch? Verachtete er mich immer noch für das, was ich getan hatte? Was war das hier? Ein Rachefick? Und noch ein Gedanke wollte mich nicht loslassen ... Kay. Ich war kaum ein paar Stunden in Empyrion gewesen, als ich auch schon mit ihm ins Bett gehüpft war. Ich liebte ihn nicht, nein, wirklich nicht, das zwischen uns war etwas rein Sexuelles, dennoch war er immer da, wenn ich ihn brauchte. Mit ihm konnte ich reden, obwohl wir meistens unsere Körper sprechen ließen. Ich hatte Kay nichts versprochen, aber Respekt und Ehrlichkeit hatte er ebenso verdient wie Jack.

„Tess", knurrte Letzterer an meinem Hals, und ich konnte spüren, wie schwer es ihm fiel. Ich konnte es ja selbst kaum noch aushalten.

„Ich habe mit Kay geschlafen", sagte ich so leise, dass ich nicht einmal sicher war, ob er mich gehört hatte.

„WAS?"

„Ich habe mit Kay geschlafen."

Als hätte ich ihm verkündet, dass ich an einer tödlichen, ansteckenden Krankheit litt, schnellte Jack vor mir zurück und starrte mich entgeistert an.

„Es war nach der Folter ... ich ...“

Verflogen waren Lust und Leidenschaft, die zuvor noch seinen Blick verschleiert hatten, und zurück blieben Wut und Hass, die er seit jener Nacht, als ich seine Verlobte getötet hatte und geflohen war, für mich empfand.

„Wer bist du?“ Verwirrt und zornig funkelte Jack mich an. So viele Gefühle huschten über sein Gesicht, dass ich sie in so kurzer Zeit gar nicht greifen konnte. Wut. Enttäuschung. War er verletzt?

Ich sah Jack nur traurig und resigniert an, während er sich hastig wieder anzog und dann aus der Schießhalle stürmte.

Ich fühlte mich furchtbar. Als hätte ich ihn betrogen.

Nicht mehr die Kraft, zu stehen oder irgendetwas anderes zu tun, als zu weinen, glitt ich an der Wand herunter und tauchte ab in die Verzweiflung und Trauer. Das mit Jack hatte sich nun endgültig erledigt. Die Hoffnung, dass da irgendwann einmal etwas sein könnte, war vernichtet.

29.

Ich weiß nicht, wie lange ich noch in dem Schießtrainingsraum war, aber als ich auf mein Handy sah, wurde mir klar, dass ich vermutlich die Letzte in der Black Company war.

Skip hatte mir vor einer Weile geschrieben, dass wir morgen mit der Vorstellung der weiteren Rekruten fortfahren würden, da ein Großteil schon Feierabend gemacht hatte und er ebenfalls für heute Schluss machte. Er wollte Ann ein bisschen die Stadt zeigen, und wenn ich Lust hatte, sollte ich auf jeden Fall dazustoßen.

Tja, das hatte sich jetzt vermutlich erledigt. Inzwischen dürften die beiden in irgendeiner Bar versackt sein oder schon im Bett liegen. Verdammt, dabei hätte mir ein wenig Ablenkung jetzt gutgetan.

Seufzend erhob ich mich vom Boden, sicherte die Waffe und legte sie wieder an den ihr angedachten Platz. Nachdem ich alles sorgfältig verriegelt hatte, machte ich mich auf in Richtung Ausgang.

Ich wartete nichts ahnend auf den Fahrstuhl und verfluchte mich dafür, nicht die Treppen genommen zu haben, denn als die Türen sich öffneten, stand im Fahrstuhl kein geringerer als der Boss der Black Company persönlich.

„Ms. Hope, Sie noch hier zu so später Stunde? Sie müssen wohl reichlich Training nachholen, wenn Sie erst jetzt nach Hause gehen", stellte er feixend fest, und ich stellte mir vor, ihm kräftig in die Eier zu treten.

„Ihnen auch einen schönen Abend, Mr. Black", erwiderte ich zuckersüß, ohne auf seine Worte einzugehen.

„Wie mir scheint, läuft es nicht so gut bei der Zusammenstellung ihrer Sondertruppe. Sie haben heute lediglich einen Soldaten rekrutiert. Wenn Sie in dem Tempo weitermachen, sind weitere hundert Jahre vergangen, bis sie sich der Bedrohung aus der Unterwelt annehmen. Es kommt mir vor, als würden Sie den Ernst der Lage nicht erkennen, Ms. Hope."

Mit knirschenden Zähnen sah ich in Cole Blacks grinsendes Gesicht und konnte meine Wut kaum noch im Zaum halten.

„Was denn? Haben Sie geglaubt, ich würde über derzeitige Vorkommnisse nicht informiert? Ich habe über viele Jahrhunderte hinweg die Loyalität meiner Untergebenen erworben, Ms. Hope. Meine Augen und Ohren sind überall."

Mit einem selbstgefälligen Lächeln wandte er sich wieder der Fahrstuhltür zu und hielt das Gespräch offenbar für beendet.

Doch mir reichte es. „Hören Sie mal zu, Sie aufgeblasenes Arschloch. Ich stelle meinen Sondertrupp zusammen, wie ich es für richtig halte, und in dem Tempo, das ich für angemessen befinde. Ich sagte, Sie halten sich da raus, und dazu gehört auch, dass sie nicht irgendwelche dämlichen, unangebrachten Kommentare fallen lassen. Sie scheren sich einen Dreck um Ihre Agenten. Und seien wir mal ehrlich, Ihre Soldaten sind nicht

Ihnen gegenüber loyal, sondern der Sache. Niemand, der bei klarem Verstand ist, würde Ihnen vertrauen. Ich werde nur Rekruten auswählen, denen ich bedingungslos vertrauen kann, andere haben in meiner Einheit nichts zu suchen. Deswegen dauert das ganze vielleicht etwas länger, aber immerhin kann ich mich dann auf jeden Einzelnen verlassen. Und was mein Training angeht, ja, ich trainiere lange und hart. Und glauben Sie mir, bin ich erst einmal wieder in Topform, wird mich nichts mehr aufhalten, am allerwenigsten Sie."

In diesem Moment erklang das *Bing*, das unsere Ankunft in der Eingangshalle ankündigte.

„Ich wünsche Ihnen einen schönen Abend, Sir." Und mit diesen Worten stieg ich aus dem Fahrstuhl, durchquerte schnellen Schrittes die Eingangshalle der Company und ließ einen vor Wut schnaubenden Cole Black hinter mir zurück.

Als ich endlich zu Hause angekommen war, sehnte ich mich so sehr nach meinem Bett, dass ich fürchtete, hier und jetzt im Stehen auf der Treppe einzuschlafen. Die Wut und Bissigkeit, die sich noch wenige Minuten zuvor gegen Black gerichtet hatte, war verpufft und einer lethargischen Hoffnungslosigkeit gewichen. Die Worte des Oberhauptes der Black Company waren zwar reine Bosheit gewesen, aber ein Tropfen Wahrheit steckte in ihnen. Ich musste trainieren, um wieder so gut wie früher zu werden, und es würde noch ein Weilchen dauern, bis die Einheit stand. Das machte mir Sorgen. Die Dämonen formierten sich, machten sich bereit für einen Kampf und ich traf nicht einmal zuverlässig in die Mitte einer hundert Meter entfernten Zielscheibe, geschweige denn dass ich kämpfen konnte. Stattdessen knutschte ich lieber mit dem Mann herum, in den ich seit Jahren verliebt war, der meine Liebe aber niemals erwidern würde. Nicht nach allem, was geschehen war, und der Bombe, die ich heute hatte platzen lassen.

Gar keine komplizierte, verzwickte Situation.

Vollkommen ausgelaugt schloss ich meine Wohnungstür auf und wurde sofort von lautem Gesang, das gelegentlich von mädchenhaftem Kichern unterbrochen wurde, empfangen.

„Was zum –"

„Tess. Na endlich, da bist du ja, du musst mir helfen!" Ein verzweifelter Skip, dessen Haare zu Berge standen, weil er offensichtlich mehr als einmal mit den Händen hindurchgefahren war, kam mir entgegengeeilt und zog mich ins Schlafzimmer.

„Skip, was ist hier los?", fragte ich verwirrt.

„Sie hört einfach nicht auf zu singen. Ich habe keine Lust, dass uns gleich lauter Empyrianer die Tür einrennen", fluchte Skip und zog mich mit sich.

Wütend riss ich mich los und funkelte Skip an. „Es ist nicht unsere Tür, sondern meine. Was ist mit Ann los? Was hast du mitmich ihr gemacht?"

„Also, wir ... wir waren in der Stadt und ich habe ihre die coolen, abgefahrenen Geschäfte gezeigt und ... na ja", Skip kratzte sich am Kopf und fuhr sich erneut durch die Haare, „dann hatte Anni Hunger. Ich sagte, wir könnten auch ins Sirenenviertel gehen, aber da wollte sie nicht hin, also sind wir zum Bäcker in der Black Main Street gegangen –“

„Oh Gott nein“, flüsterte ich und schlug die Hände an den Kopf. „Bitte sag mir nicht, dass –“

„Mein Handy klingelte, ich bin rangegangen und war nur einen Moment unaufmerksam, nur einen winzigen Moment, und da hatte sie sich schon Zuckerbrot gekauft und etwas davon gegessen. Ich wollte es ihr wegnehmen, aber –“

„Verdammt, Skip!“, schrie ich und stampfte zornig mit dem Fuß auf. Ich konnte nicht glauben, dass mein bester Freund so unachtsam gewesen war, und mit meiner besten Freundin, einer Sirene, zu einer Elfenbäckerei gegangen war.

Die Elfen backten das leckerste Brot und die süßesten Knabbereien. Sie verfeinerten die Zutaten mit Feenglanz und ihrer Elfenmagie. Das süße Gebäck war bei jedermann beliebt. In unserer Welt waren sie so etwas wie die Donuts in der Menschenwelt. Für die meisten Empyrianer eigentlich unbedenklich, doch für Sirenen ...

„Was hast du nur getan?“, hauchte ich erneut.

„Ich? Sie hat das doch gegessen und wollte es nicht mehr aus der Hand geben. Abgesehen davon wusste ich doch nicht, dass es so ausartet. Ich hatte zwar schon davon gehört, aber noch nie miterlebt, wie krass die Wirkung auf Sirenen ist“, sagte er entschuldigend und kratzte sich erneut am Kopf.

„Also benutzt du meine Freundin als Versuchskaninchen? Skip, Zuckerbrot ist für Sirenen wie ein Speed-

Ecstasy-Cocktail für Menschen. Verdammt, das wird die ganze Nacht anhalten. Und warum hast du sie überhaupt hierhergebracht? Deine Wohnung liegt quasi über der Stadt, dort hätten sie nicht ganz so viele Empyrianer gehört."

„Na ja, sie ist doch deine Freundin und so laut, wie sie singt ..."

„Du Mistkerl!" Inzwischen hatte meine Wut den Höhepunkt erreicht. Dieser Verräter von einem besten Freund hatte Angst, dass die angelockten Empyrianer seine Bude platt machen würden. Die im Übrigen, im Gegensatz zu meiner, durch eine sehr dicke Stahltür geschützt wurde.

Schnaufend vor Wut sah ich meinen besten Freund an und spürte plötzlich, wie die Furie darum bettelte, herausgelassen zu werden.

„Tess", sagte Skip vorsichtig und sah mich ängstlich an. Offensichtlich war ihm nicht entgangen, dass neben der Wut noch ganz andere Gefühle in mir hochkochten.

„Hey, es tut mir leid, okay?"

Das half nicht, überhaupt nicht. Ich verspürte den unbändigen Wunsch, Rache zu nehmen und die Wohnung meines Freundes zu zerstören, bis nichts mehr übrig war.

„Tess!"

„Ich könnte dich erwürgen, weißt du das?", zischte ich und breitete drohend meine schwarzen Flügel aus. Normalerweise hatte ich die Rachegöttin in mir gut unter Kontrolle und eigentlich schaffte es so eine Banalität wie diese hier auch nicht, mich dermaßen auf die Palme zu bringen. Doch nach dem heutigen Tag ...

Erst meine mangelnden Schießfähigkeiten, dann das Desaster mit Jack, Black im Aufzug und jetzt eine hyperaktive Ann, die nicht aufhörte zu singen, weil Skip unaufmerksam gewesen war, das alles war zu viel.

Die silbernen Armreifen begannen sich wie Schlangen in meinen Händen zu winden und meine Augen verfärbten sich schwarz. Meine Haare wurden dunkler, als sie ohnehin schon waren, und das Brennen in meiner Brust konnte nur noch durch Rache gelindert werden.

„Tess, bitte … es tut mir leid. Ann braucht dich jetzt."

Mein Blick zuckte wie der eines Vogels ruckartig in Skips Richtung und fixierte ihn. Ich legte den Kopf schräg und musterte den Gestaltwandler. In dieser reinen Form, wenn ich mich komplett in die Furie verwandelte, waren meine Emotionen und Gefühle so weit abgeschirmt, dass ich Freund und Feind kaum noch auseinanderhalten konnte. Mit sehr viel Training war es mir gelungen, diesen Schleier zu durchbrechen, um diejenigen, die mir am Herzen lagen, nicht zu verletzen. Denn für die Furie war einzig die Rache am wichtigsten. Jeder, der sich zwischen sie und ihren Rachedurst stellte, wurde von ihr gepeinigt. Es war wie ein Verlangen, eine Sucht, der ich mich nur schwer widersetzen konnte.

„Denk an Anni, Tess, bitte!", versuchte Skip mich zur Besinnung zu rufen.

Ich fixierte ihn noch einen Moment und ließ seine Worte auf mich wirken. Es dauerte eine ganze Weile, bis ich sie verstanden, realisiert und für wichtig genug erachtet hatte, um mein Verlangen zu unterdrücken.

„Du hast mich enttäuscht", knurrte ich mit meiner dunklen Stimme, spürte aber bereits, wie das Brennen zu einem Pochen wurde, die silbernen Peitschen in meinen Händen sich wieder den Arm hinaufschlängelten und zu Armreifen wurden und mein Blick sich langsam klärte.

Als sich mein Pulsschlag beruhigt und ich wieder meine menschliche Form angenommen hatte, zog ich die Flügel ein, funkelte Skip jedoch immer noch wütend an. Ohne ein weiteres Wort über meinen Ausbruch zu verlieren, stapfte ich an ihm vorbei in mein Schlafzimmer.

Nichts hätte mich auf diesen Anblick vorbereiten können. Ich kannte Ann besser als sonst jemanden und ich hatte sie schon aus einer Menge peinlicher und ominöser Situationen befreien müssen, aber das hier ...

Die Sirene stand in Unterwäsche, die eindeutig nicht ihr gehörte, auf meinem Bett, hatte eine Haarbürste in der Hand und versuchte ganz offensichtlich, Christina Aguilera aus *Burlesque* nachzustellen. Sie hatte sich die Haare so hochtoupiert, dass sie einer Afrofrisur glichen, und ein Stuhl stand auf meinem Bett, besser gesagt: Er lag drauf. Das Einzige, was an diesem Bild stimmte, war Anns fantastische Stimme, die einfach wundervoll klang. Zu wundervoll und zu laut. Dass bisher noch niemand an unsere Tür gehämmert hatte und diese wunderschöne Frau entführen wollte, wunderte mich.

„Ann, Süße, kommst du bitte da runter?"

„Tess, Baby, komm rauf. Meine Damen und Herren, nur heute live on Stage: Teeess Hooope!"

Skip klatschte hinter mir begeistert Beifall, den ich mit einem zornigen Funkeln über die Schulter zum Verstummen brachte.

„Ann! Du musst aufhören, zu singen, sonst stürmt hier gleich ganz Empyrion herein!"

„Ich bin offen für eine Erweiterung meines Publikums. Nur herein mit den netten Leuten", flötete sie und versuchte eine sexy Pose auf dem Stuhl hinzulegen, den sie wieder hingestellt hatte. Allerdings scheiterte sie kläglich und plumpste samt Stuhl zurück auf die Matratze.

„Anni, bitte. Kannst du dein Konzert nicht morgen geben?", flehte ich meine beste Freundin an. Meine Freundlichkeit ging langsam zur Neige und dieser anhaltende Lärm und die Panik, dass hier gleich eine Horde Empyrianer hereinstürmte, kratzte bedrohlich an meinen Nerven.

„Hey, du hast doch gesagt, ich solle meine Kräfte ausüben, damit ich hier überleben kann", fauchte die Sirene mich an und stemmte die Hände in die Hüften, was aufgrund der Unterwäsche viel weniger bedrohlich aussah, als es vermutlich sollte.

„Ja, aber nicht in meiner Wohnung."

„Ach, also darf ich nur unter deinen Bedingungen meine Kräfte ausüben, oder was? Du verwandelst dich doch auch, wann und wo du willst."

„Aber wenn ich mich verwandle, kommen keine Männer angerannt, um meine Aufmerksamkeit zu gewinnen und einen leidenschaftlichen Kuss von mir zu ergattern", schrie ich zurück.

„Das ging echt unter die Gürtellinie, Tess!"

„Du trägst nicht mal einen Gürtel. Du trägst *meine* Unterwäsche! Warum, um Himmels willen?!"

„Vielleicht fand ich sie schön", antwortete Ann schnippisch und streckte ihre Nase beleidigt in die Höhe.

„Arrgghh ... ich ... bitte lass es für heute gut sein und leg dich schlafen. Die Unterwäsche schenke ich dir meinetwegen."

„Ich bin aber noch nicht fertig", zischte Ann. „Meine Fans erwarten noch einige Zugaben."

„Du hast gar keine Fans, hier sind nur Skip und ich", knurrte ich.

„OHHHOOO, SOMETIMES I GET A GOOD FEELING, YEAAAHHH", sang Ann postwendend als Antwort und ich verließ vor Wut zitternd den Raum.

Auf dem Weg zum Badezimmer kam Skip hinter mir hergerannt und raufte sich verzweifelt dir Haare. „Und was tust du jetzt?"

„Gar nichts."

„Gar nichts?", fragte er und sah mich mit schreckensweiten Augen an.

„*Du* wirst etwas tun", fauchte ich und pikte ihn mit meinem Zeigefinger in die Brust.

„Ich?"

„Du hast es verbockt, du biegst es wieder gerade", stellte ich nüchtern fest und verschwand im Badezimmer.

„Aber was soll ich denn tun, verdammt? Ich kann sie doch schlecht k. o. schlagen oder knebeln."

„Ist mir scheiß egal, wie du sie zum Schweigen bringst. Nur tu etwas, ansonsten bring ich sie um und dich gleich mit."

30.

Als ich am nächsten Morgen in die Küche schlurfte, um mir einen Kaffee zu machen, erwartete mich eine zerzauste Sirene mit Kater am Frühstückstisch.

„Guten Morgen", murrte sie und wagte es nicht einmal, von ihrem Kaffee aufzusehen.

„Guten Morgen", erwiderte ich und sah meine Freundin prüfend an. „Wie geht's uns heute Morgen?", fragte ich und setzte mich ihr gegenüber.

„Würdest du bitte aufhören, mich so anzuschreien", fluchte Ann und hielt sich den Kopf. „Ich kann mich dummerweise noch an alles von gestern Abend erinnern. Warum bekommt man von diesem Zuckerbrot keinen Filmriss? Für den wäre ich heute sehr dankbar gewesen."

Ich konnte mir nur mit Mühe ein Grinsen verkneifen, konnte es aber auch nicht lassen, noch ein wenig Salz in die Wunde zu streuen.

„Du hattest gestern den Auftritt deines Lebens, habe ich gehört. Ich war nicht lange genug da, um ihn bis zum Ende zu verfolgen, aber man sagte mir, es ging recht turbulent zu." Ich schmunzelte vor mich hin, während ich mir ebenfalls einen Kaffee eingoss.

Nach dem gestrigen Tag, der alles andere als gut verlaufen war, war diese Ablenkung am Morgen genau das Richtige.

Ann erwiderte nichts auf meine Bemerkung, sondern erdolchte mich lieber mit ihren Blicken.

„Was denn?", fragte ich unschuldig.

„Wie war denn dein Tag gestern?"

Damit hatte Ann blöderweise ein ganzes Salzfass in meiner Wunde entleert. Doch ich wollte nicht darüber reden, nicht mal daran denken. Lieber wollte ich Ann dabei zusehen, wie sie noch ein wenig in Selbstmitleid und Scham badete, bevor wir das Gesprächsthema in meine Richtung lenkten.

„Wie hat dir das Zuckerbrot geschmeckt?"

Ann schien meinen Versuch, von mir abzulenken, nicht zu bemerken.

„Uff", krächzte sie und ließ den Kopf auf die Tischplatte sinken. „Kannst du mich nicht einfach in Ruhe sterben lassen? Musst du auch noch das Messer in der Wunde umdrehen?", jaulte sie. „Es hat mir fantastisch geschmeckt, okay?! Deswegen habe ich es ja aufgegessen …", hörte ich es gedämpft von der Tischplatte. „Das mit gestern Abend tut mir wirklich leid. Es wird ganz bestimmt nie wieder vorkommen, versprochen!"

„Du hast wirklich das ganze Brot gegessen?", fragte ich lachend.

„Ja. Wieso, sterbe ich jetzt?" Erschrocken riss Ann den Kopf hoch und sah mir panisch ins Gesicht.

Ohne auf ihre Angst Rücksicht zu nehmen, prustete ich laut los und schlug mir ungläubig die Hand auf den Mund. „Ann, weißt du eigentlich, was für eine heftige Wirkung nur ein einziger Bissen von diesem Brot auf Sirenen hat? Gestern warst du quasi gleichzeitig auf Ecstasy und Speed. Es wundert mich, dass du nicht ohnmächtig geworden bist."

„Was, du meinst, ich hatte sozusagen eine Überdosis? Ist das schädlich für … Wesen wie mich?"

„Nein", ich schüttelte den Kopf. „Es ist nur zum Ärgernis von Freunden und Bekannten. Denn wie du gemerkt hast, hält die Wirkung ziemlich lange an und lässt einen ziemlich … dämliche Dinge anstellen." Das war sehr vorsichtig von mir formuliert und beschrieb es nicht einmal annähernd.

„Ach ja", Ann fasste sich an den Kopf, als wäre ihr gerade wieder eingefallen, was sie am Abend noch alles verbrochen hatte. „Das mit deiner Unterwäsche …"

Ich schüttelte erneut den Kopf und hob beide Hände, damit sie aufhörte zu reden: „Schon gut, du kannst sie behalten."

Ann nickte traurig und fuhr sich durch die Haare. „Ich werde nie wieder dieses köstliche Brot essen. Warum hat mich das nur so umgehauen?"

Ich zuckte mit den Schultern. „Du bist eine Sirene."

„Das ist alles? Kann unser Körper das nicht verarbeiten, oder wie darf ich mir das vorstellen?"

„Also, es ist so: Die Sirenen sind bei einigen *weiblichen* Empyrianern nicht sonderlich beliebt. Dazu gehört auch das Kleine Volk. Feen, Elfen, nenn sie, wie du willst. Sie können euch schlichtweg nicht ausstehen, weshalb sie dafür gesorgt haben, dass ihr keines ihrer leckeren Gebäckstücke bedenkenlos genießen könnt. Ihr flippt aus und benehmt euch so, wie du gestern Abend. Und da das Kleine Volk gerne etwas zum Lachen hat, spielt ihr damit genau in dessen Hände."

Köstlich amüsiert über Annis Gesichtsausdruck nahm ich noch einen weiteren Schluck Kaffee und stand dann auf.

„So, Christina, ich werde mich jetzt für das Training fertig machen. Skip wird heute weitere Rekruten für unsere Sondereinheit aussuchen, und ich muss schnell wieder fit werden, also ...“

„Wie war es gestern eigentlich? Ich war zwar total von der Rolle, aber dass du schon mit schlechter Laune zur Tür hereinkamst, ist selbst mir nicht entgangen.“

Offenbar war meine beste Freundin aufmerksamer, als sie den Anschein gemacht hatte. Eigentlich hatte ich gehofft, noch einen weiteren Tag um dieses Gespräch herumzukommen, und antwortete deswegen nur ausweichend: „Och, ganz gut. Anstrengend.“

„Aha“, kam es wenig überzeugt aus der Küche, während ich mich schon auf in Richtung Bad machte.

Leider hatte ich diese Rechnung ohne Ann gemacht, die schneller hinterherkam, als man ihr in ihrem desolaten Zustand zugetraut hätte.

Während ich meine Haare kämmte und versuchte, eine halbwegs anständige Frisur zu zaubern, beobachtete sie mich misstrauisch über den Rand ihrer Kaffeetasse hinweg.

„Du willst nicht über gestern reden, warum?“

„Da gibt es nichts zu reden. Für einen Agenten der Black Company war es ein ganz normaler Tag“, antwortete ich leicht gereizt.

„Aha.“

Genervt ließ ich die Arme sinken und gegen meine Körperseite klatschen. „Was ist?“

„Was soll sein?“, fragte sie, die Unschuld in Person.

„Ich kenne dein ‚*Aha*‘, Anni, also, spuck es aus!“

„Hast du ... Jack gestern Abend getroffen?“, fragte sie und studierte dabei sehr interessiert die Holzmaserung des Türrahmens, in dem sie stand.

„Wie kommst du denn jetzt auf Jack?“, fragte ich zickig und nahm den Kampf gegen meine Haare wieder auf.

„Also hast du ihn getroffen. Ich wusste es! Das dürfte deine Laune erklären.“

„Aha“, ahmte ich sie nach, ohne in ihre Richtung zu sehen.

„Was denn, wir dürfen beim morgendlichen Kaffee nur die Themen anschneiden, die mir unangenehm sind, und deine werde außen vor gelassen, oder wie darf ich das verstehen? Tess, ich bin’s, Anni, deine Freundin.“

„Verdammt“, fluchte ich und ließ mich resigniert auf den Klodeckel fallen. „Du hast ja recht, okay?“

Ann erlaubte sich ein selbstgefälliges Grinsen, bevor sie sich im Schneidersitz vor mir auf den Boden gleiten ließ und geduldig darauf wartete, dass ich von mir aus anfing zu erzählen.

„Jack kam gestern noch zum Schießstand, und da ist was gelaufen“, kam es zögerlich aus mir heraus.

„Gelaufen?“, fragte Ann mit zusammengekniffenen Augen.

„Wir haben uns wieder geküsst.“

„Nur geküsst?“

„Verdammt, Ann, willst du es wirklich so genau wissen? Ja, geküsst und gefummelt, und wäre ich nicht damit herausgeplatzt, dass ich gleich an meinem ersten Tag in Black York mit Kay geschlafen habe, hätten wir vermutlich Sex in der Waffenkammer gehabt. Zufrieden?“

Doch Ann war alles andere als zufrieden. Die Sirene sah mich nur mit aufgerissenen Augen völlig perplex an. „Warum hast du ihm von Kay erzählt?“, fragte sie und versuchte ihre Mimik wieder unter Kontrolle zu bekommen.

„Anni“, knurrte ich, weil ich das Thema nicht weiter vertiefen wollte.

„Na schön … mit wem würdest du lieber schlafen?“

Ein Schnauben meinerseits ließ sie erneut nach den richtigen Worten suchen.

„Stehst du auf Kay?“

„Gott verflucht“, wütend sprang ich vom Klodeckel auf und begann im Badezimmer auf und ab zu laufen, das nicht sehr groß war – entsprechend kurz war meine Strecke.

„Also der wird dir nicht weiterhelfen“, erwiderte Ann nur auf meinen Wutausbruch. „Ich weiß, du hast mit beiden Männern eine Vergangenheit, über die du nicht reden willst. Über die Gegenwart willst du aber auch nicht sprechen, also werde ich das Ganze jetzt auf eine Frage runterbrechen, der du dich sowieso in naher Zukunft wirst stellen müssen: Wen willst du, Jack oder Kay?“

Da war sie. Die eine Frage, die ich mir nie hatte stellen wollen.

Doch seitdem das mit Jack begonnen hatte, nahm sie immer mehr Raum in meinen Gedanken ein. Dehnte sich aus und ließ mich an meinem Urteil und meiner

Wahl zweifeln. Mit Kay, dem Vampir, etwas Ernsthaftes anzufangen, hatte nie zur Debatte gestanden. Er war ein Zeitvertreib, der mir mehr als einmal über die Zurückweisung von Jack hinweggeholfen hatte. Ich war nicht in ihn verliebt oder stellte mir eine Zukunft mit ihm vor. Unsere Beziehung war rein sexueller Natur und manchmal platonisch, das war's aber auch. Als ich damals geflohen war, hatte ich keinen Gedanken mehr an ihn verschwendet. So schrecklich es sich auch anhören mochte.

Dennoch ließ sich nicht leugnen, dass er im Gegensatz zu Jack immer für mich da gewesen war. Er schaffte es, mich mit seiner ganz eigenen Art zu trösten. Und wenn ich nun ihn mit Jack verglich, so stand für mich zwar außer Frage, dass Jack derjenige war, den ich liebte, aber nach allem, was er mir angetan hatte, war Kay derjenige, dem ich mein Vertrauen schenkte. Ich begehrte beide, wenn auch Jack auf eine ganze andere Art als Kay. Trotzdem empfand ich dieses erotische Knistern nicht nur in der Nähe des Halbgottes.

Die Frage blieb also: Was sollte ich tun?

Ich wusste mit Sicherheit, dass Kay und ich keine Zukunft hatten. Doch genauso sicher war ich mir, dass ich Jack niemals vertrauen konnte.

„Ich wähle keinen von beiden!", sprudelte es unbedacht aus mir heraus. Verwundert über mich selbst und meine Worte sah ich Ann ebenso schockiert an wie sie mich.

„Im Ernst?", fragte sie unsicher.

Jetzt nur nicht schwach werden, dachte ich bei mir und stellte mit Entsetzen fest, dass der Gedanke, keinen von beiden zu haben, ein schmerzliches Ziehen in meiner Brust erzeugte.

„Was denn?", verteidigte ich mich und ignorierte die aufsteigenden Verlustängste. „Du bist weder von Jack ein Fan noch von Kay, also freu dich doch. Diese Entscheidung ist vernünftig."

„Kay kenne ich nicht und Jack hat mich noch nicht von sich überzeugt. Aber das heißt nicht, dass du keinen von beiden wählen solltest. Sie sind beide ziemlich heiß, wenn man Skip Glauben schenken darf, und sei mir nicht böse, aber vielleicht wäre ein Mann an deiner Seite, der dich ab und zu ... na ja, du weißt schon, gar nicht schlecht. In der Menschenwelt hattest du niemanden außer mich um dich herum, und wenn ich an deine Launen zurückdenke, hätte dir ein Kerl ab und zu ganz gutgetan ..."

„Du meinst also, ich sollte mich in regelmäßigen Abständen durchvögeln lassen, damit ich dich nicht nerve?"

„Das hast du jetzt gesagt", verteidigte sich Ann. „Ich meine ja nur, dass es nicht schlecht wäre, wieder jemanden in dein Leben zu lassen. Auch wenn es meiner Meinung nach nicht unbedingt der Kerl sein muss, der dich gefoltert hat."

„Aha", war alles, was ich dazu sagte, und erntete dafür einen genervten Blick von meiner besten Freundin.

„Egal, wie du dich entscheidest, ich bin für dich da. Ob du mir nun von heißem Vampir- oder Halbgottsex erzählen möchtest oder eben nur davon schwärmen willst." Ann zuckte mit den Schultern und wollte gerade gehen, als ich sie mit einem resignierten Stöhnen innehalten lies.

„Ich bin mir gar nicht so sicher, dass ich eine Wahl habe. Kays und mein Verhältnis ist rein sexuell, und eigentlich wollte ich auch nie etwas anderes von ihm, bis du mich zum Nachdenken gebracht hast. Denn jetzt kommen solche Gedankengänge wie: Er war immer für mich da, wenn ich ihn gebraucht habe, er kann zuhören, der Sex ist fantastisch, und er hat mich um einiges besser behandelt als Jack. Aber wenn ich genau darüber nachdenke, dann ist es Jack, den ich immer gewollt habe. Doch da das nie zur Debatte stand, blieb mir nur übrig, diese unerwiderte Liebe, die keine Zukunft hatte, mit fantastischem Vampirsex zu vertrösten. Was ich eigentlich sagen will", versuchte ich auf den Punkt zu kommen, „meine Beziehung zu beiden Männern ist so verkorkst, dass es für alle Beteiligten besser wäre, sie ins Leere laufen zu lassen. Abgesehen davon gibt es im Moment echt Wichtigeres als meine Männergeschichten. Ich meine, die Dämonen versuchen die Grenzen zu überwinden, um über unsere Welt in die der Menschen zu gelangen. Ich denke, wir haben gerade ganz andere Sorgen."

Ann sah mich nur mit erhobener rechter Augenbraue an und schmunzelte, während ich begann, wütend meine Haare zu kämmen. Dabei konnten die am allerwenigsten etwas dafür.

„Was ist?", fauchte ich meine beste Freundin an, die nichts sagte, sondern mich weiter stumm ansah. „Nun spuck es schon aus, Anni, bevor du daran erstickst."

„Ich werde gar nichts sagen. Du weißt nämlich selbst am besten, warum du dich lieber auf die Apokalypse konzentrierst, als auf deine Männergeschichten. Natürlich hat Ersteres Vorrang, aber wenn es wirklich so weit kommen sollte, dass diese Welt untergeht, meinst du nicht, es wäre das Risiko wert, vorher bei dem Mann, den du begehrst, etwas gewagt zu haben? Sieh es mal so: Sollte wirklich alles den Bach runtergehen, musst du dir noch nicht mal die Blöße geben und ihm unter die Augen treten, sollten deine Gefühle nicht erwidert werden. So viel Glück hat nicht jeder." Und mit diesen Worten verließ Ann das Badezimmer und ließ mich noch verwirrter und unentschlossener zurück als zuvor.

31.

Die nächsten Tage vergingen wie im Flug.

Ich verdrängte die Gedanken an eine Entscheidung zwischen Jack und Kay – musste überhaupt eine getroffen werden? – und konzentrierte mich ganz auf die Mission. Beziehungsweise darauf, für die Mission fit zu werden. Die ersten Tage waren noch mühsam. Das harte Training ließ mich jeden Abend mit malträtierten Muskeln erschöpft ins Bett fallen. Ich ging mit Schmerzen schlafen und wachte mit Schmerzen wieder auf. Muskelkater war mein ständiger Begleiter.

Jeden Morgen begann ich mit dem Kampftraining. Zuerst wiederholte ich immer und immer wieder Bewegungsabläufe, Angriffe und Verteidigungsstrategien. Danach begann ich, in der Simulation gegen Dämonen zu kämpfen. Gott sei Dank konnte man hier verschiedene Schwierigkeitsgrade einstellen, die es mir erleichterten, meine wiedererlernten Fähigkeiten gezielt zu testen. Ich hangelte mich von Level zu Level nach oben, bis ich bereit war, gegen Skip zu kämpfen.

Die ersten Runden gewann er noch gegen mich, doch das änderte sich im Laufe der Trainingstage deutlich. Ich kam meiner alten Form immer näher.

Nachmittags und abends ging ich zum Schießstand. Hier hatte ich anfangs noch ziemliche Schwierigkeiten, doch auch diese legten sich im Laufe der Zeit.

Das Gute war, dass kein Halbgott meinen Weg kreuzte, um mich abzulenken. Natürlich dachte ich ab und zu an ihn und auch an Kay, trotzdem schaffte ich es, mich weitestgehend auf das Training zu konzentrieren.

Es vergingen vier Wochen, bis meine Fähigkeiten auf dem alten Stand waren und ich Skip mehrmals hintereinander auf die Matte warf.

Als er mal wieder auf dem Boden landete und sich mit schmerzverzerrtem Gesicht die Seite hielt, keuchte er: „Du bist soweit. Lass uns das Team zusammenrufen."

Ich nickte eifrig und freute mich darauf, mich endlich als Kapitänin meiner Sondereinheit behaupten zu können. Nun war ich auch endlich soweit, sie anzuführen und mich ihnen zu stellen, ohne Angst haben zu müssen, dass jeder von ihnen mich jederzeit im Kampf besiegen könnte.

Trotzdem kribbelte es aufgeregt in meiner Magengegend, wenn ich daran dachte, dass ich noch an diesem Tag dem Team gegenübertreten würde. Und mit Team meinte ich alle Mitglieder, also auch Jack. Ihm musste ich am ehesten beweisen, dass ich bereit war, diese Sondereinheit zu führen. Ich konnte noch nicht ganz einordnen, ob besagtes Kribbeln schöner Natur war oder eher mein Unwohlsein ausdrückte. Das würde ich vermutlich spätestens am Abend herausfinden.

„Trommel alle Mitglieder zusammen. Wir werden uns um Punkt einundzwanzig Uhr in der Kommandozentrale treffen. Ich informiere mich bis dahin über die aktuelle Lage und den Status der Dämonenarmee und werde hoffentlich einen gescheiten Plan zustande bringen, wie wir ihre neue Quelle der Macht vernichten."

Skip nickte nur zur Antwort, für mehr schien er keine Kraft zu haben. Gott sei Dank hatten Gestaltwandler ebenso schnelle Selbstheilungskräfte wie alle anderen Empyrianer. Ich musste mir also keine Sorgen um ihn machen oder gar ein schlechtes Gewissen haben.

Mit einem Nicken meinerseits wandte ich mich um und ging los in Richtung der Duschen.

Ich würde heute Abend nicht nach Hause gehen, sondern einen Plan ausarbeiten, den ich den Rekruten meiner Sondereinheit vorstellen würde. Sie sollten weder an meinen kämpferischen Fähigkeiten zweifeln noch an meinem strategischen Denken. Ich war ihre Anführerin, sie sollten mir vorbehaltlos ihr Leben anvertrauen können.

Als ich endlich bei den Duschen ankam, war ich froh, dass alle Rekruten die Trainingsanlagen bereits verlassen hatten. Da es in der Black Company nur Gemeinschaftsduschen gab, die nicht in Bereiche für männliche und weibliche Empyrianer unterteilt waren, war ich mehr als erleichtert, allein hier zu sein. Nichts wäre mir unangenehmer gewesen, als einem meiner Soldaten nackt zu begegnen.

Tief in Gedanken versunken und schon dabei, eine Taktik auszuarbeiten, die uns dabei helfen würde, das Dämonenproblem aus der Welt zu schaffen, bekam ich nicht mit, wie sich die Tür zu den Duschen leise öffnete.

Ich hatte mich bereits ausgezogen, war unter die nächstbeste Dusche gesprungen und genoss den kühlen Strahl auf meiner erhitzten Haut. Die blauen Flecken vom Kampf verblassten schon wieder und der Schmerz in meiner Schulter war nur noch ein leises Echo.

Seufzend ließ ich meine Schultern kreisen und meine Glieder knacken. Ich genoss das Gefühl der müden Erschöpfung nach einem ausgiebigen Kampf. Jeder Muskel wurde in Anspruch genommen und man spürte jeden einzelnen Tritt oder Schlag, den man ausgeteilt hatte.

„Du meinst also, du bist soweit?", ertönte die dunkle Stimme von Jack nur wenige Meter von mir entfernt.

Erschrocken zuckte ich zusammen und bedeckte notdürftig die wichtigsten Körperstellen mit meinen Armen und Händen.

Mit dem Ellenbogen schaffte ich es irgendwie, das Wasser auszuschalten und sah dann entgeistert zu Jack herüber.

„Was zum Teufel machst du hier?"

„Das hier sind Gemeinschaftsduschen. Vielleicht wollte ich eine kleine Abkühlung nach dem Training."

„Ich war die Einzige in den Trainingsräumen. Das habe ich extra überprüft", knurrte ich.

„Dann bin ich wohl aus einem anderen Grund hier", sagte Jack langsam und kam bedrohlich auf mich zu. Er bewegte sich wie eine Raubkatze, die ihre Beute anvisierte und bereit war jeden Moment zuzupacken. Ich fühlte mich hilflos, ausgeliefert und hatte Angst vor dem, was als Nächstes passieren würde.

„Bitte geh einfach, Jack. Wir sehen uns nachher bei der Besprechung, lass mich bitte bis dahin in Ruhe", versuchte ich ihn zu überreden.

„Einen Scheiß werd ich", fluchte er und kam noch näher.

Dass er im Gegensatz zu mir noch vollkommen angezogen war, hätte mich eigentlich stören sollen, schließlich galt gleiches Recht für alle, aber aus irgendeinem Grund fand ich es seltsam erregend.

Schluss damit! Ich hatte mich von Männerproblemen fernhalten wollen, zumindest so lange, bis unsere Verteidigungslinien wieder einwandfrei funktionierten und wir die neue Quelle der Macht unserer Feinde zerstört hatten. Danach würde ich ohnehin wieder mit Anni in die Menschenwelt zurückkehren, also egal, was auch immer sich hier nun zwischen uns abspielen würde, es wäre doch nur eine Beziehung auf Zeit.

„Verschwinde", fauchte ich und stellte das Wasser wieder an.

Ich drehte Jack den Rücken zu und duschte weiter. Weniger entspannt als vorher, aber in der Hoffnung, er würde kapieren, dass ich ihn nicht hier haben wollte.

Doch diese Rechnung hatte ich ohne Jack gemacht. Ohne sich darum zu scheren, dass seine Kleidung durchnässt wurde, stellte der Halbgott sich ganz dicht hinter mich, umfasste meine Handgelenke und drückte diese vor mir in Kopfhöhe an die Kacheln der Dusche.

„Jack, was –"

„Halt den Mund, Furie. Letztes Mal haben mir deine Worte die Tour vermasselt, dieses Mal wird das nicht passieren."

Wild kreisten die Gedanken durch meinen Kopf. Ich befand mich in einem Karussell von Verwirrtheit, Wut, Lust, Hoffnung und Angst. Keines dieser Gefühle war angenehm, denn sie stürmten alle gleichzeitig auf mich ein. Ich versuchte Jacks Worte zu verstehen, doch da waren einfach zu viele Fragen.

Wo würde all das hier nur enden?!

Ich spürte, wie Jack sich an mich presste und meinen Körper gegen die Wand drängte. Trotz der schweren Kampfkluft konnte ich seine Erregung nur allzu deutlich an meinem nackten Hintern spüren. Ein leises Stöhnen entwich meinen Lippen und ich biss mir sofort darauf, um ein weiteres zu unterdrücken.

„Hör auf", sagte ich leise und verfluchte meine mangelnde Selbstbeherrschung.

Jack drehte mich wütend zu sich herum und presste mich erneut mit seinem Körper gegen die Wand. In meinem Rücken spürte ich die feuchten Kacheln und wusste, er benötigte nur noch einen leichten Stoß, um mich über die Klippe meiner Moral zu werfen.

„Was ist, Tess?", knurrte er, und ich konnte seine Kiefer malmen sehen. Wenn er mich so ansah, mit diesem zornigen Blick, seinen funkelnden Augen und diesen zusammengepressten Lippen, die trotz des verhärteten Zuges immer noch voll aussahen, wusste ich nicht, warum ich eigentlich noch dagegen ankämpfte.

Seit meiner Ausbildungszeit vor etlichen Jahren wünschte ich mir genau das hier. So lange Zeit hatte ich mich nach ihm gesehnt, wollte ihn, brauchte ihn, und doch hatte es nie Hoffnung für uns gegeben, bis jetzt.

Aber gab es diese Hoffnung wirklich? War diese Verführung vielleicht nur ein Akt der Rache, der puren Lust oder Geilheit, die befriedigt werden wollte?

„Warum tust du das?", fragte ich Jack und sah ihn dabei so flehentlich an, dass ich glaubte, er würde meinen Wunsch, mit ihm zusammen sein zu wollen, direkt von meinen Augen ablesen.

„Weil ich dich will", sagte er leise und senkte seine Lippen auf meine herab.

Und ich gab mich ihm hin. Schmolz dahin von der Leidenschaft und Intensität, mit der er mich küsste. Seine Zunge drang in mich ein, duellierte sich mit meiner, so wie wir es früher mit Schwertern auf dem Übungsplatz getan hatten. Er knabberte an meiner Unterlippe, saugte sie in seinen Mund und ließ mich entzückt stöhnen.

Dieser Mann konnte küssen, dass einem das Hören und Sehen verging. Lehrten sie einem so etwas im Olymp?

Jacks Hände strichen besitzergreifend über meinen nackten, nassen Körper, gruben sich in meine Hüften, zogen mich zu sich heran. Ich krallte mich in seine Haare, zog mit sanfter Gewalt daran und ihn damit näher zu mir.

Plötzlich löste er sich von mir und drehte mich ohne Vorwarnung um, sodass ich mit der Länge meiner Vorderseite gegen die kalten Kacheln gepresst wurde.

Ich sog scharf die Luft ein und war gleichzeitig erregt von der Kälte der Fliesen an meinen Brüsten und Jacks Körperwärme in meinem Rücken. Er begann an meinem Nacken zu knabbern und bescherte mir damit einen wohligen Schauer nach dem nächsten. Seine linke

Hand griff um mich herum und begann mit meiner Brust zu spielen, sie zu streichen, an meinen Nippeln zu zupfen, während die andere Hand meinen flachen Bauch hinab bis zu meinem Venushügel wanderte. Gespannt hielt ich den Atem an und presste meinen Körper härter gegen den seinen. Als Jack begann, meine Klitoris zu reizen, stöhnte ich verzückt auf und seufzte seinen Namen, was ihm ein besitzergreifendes Knurren entlockte. Ich liebte es, wenn er das tat.

Ein leichtes Kribbeln setzte zwischen meinen Beinen ein, als Jack aufreizend an mir spielte. Ich stöhnte erneut auf und konnte spüren, wie seine Wange sich an meiner zu einem siegesgewissen Grinsen verzog.

Dieser verdammte Bastard.

Als er begann, meinen Hals zu küssen und wollüstig daran zu saugen, musste ich unwillkürlich an Kay denken. Während ich mich aus dem Nebel der Lust an die Oberfläche kämpfte, vernahm ich das Aufschnappen einer Gürtelschnalle und gleich danach das Öffnen eines Reißverschlusses.

„Warte", hielt ich Jack atemlos auf.

„Was, Tess? Was verdammt ist los?", schnaufte er, und als ich hinter mich blickte und ihm in die Augen sah, da konnte ich es sehen, nur für einen kurzen Augenblick, aber ich konnte es sehen. Alles in ihm verzehrte sich nach mir.

Ohne weiter darüber nachzudenken, griff ich hinter mich und zog ihn an dem Saum seines T-Shirts wieder an meine Rückseite. Er umfasste meinen Hals und bog meinen Kopf nach hinten, sodass er mich küssen konnte. Die stürmische Eroberung meiner Lippen verwandelte sich in einen leidenschaftlichen, intensiven

Kuss, der mich bis in die Fußspitzen erregte. Auch Jack stöhnte unterdrückt auf, und wir waren beide wieder in der Lust gefangen.

Schnell, damit ich es mir nicht doch wieder anders überlegte, zog er sich das T-Shirt über den Kopf und die nasse Hose aus. Ich drehte mich zu ihm um, und nun stand er ebenso nackt vor mir wie ich vor ihm. In seiner ganzen muskulösen, halbgöttlichen Pracht stand er da und wurde von mir bewundert. Adonis mit ihm zu vergleichen, wäre eine Beleidigung gewesen. Denn Jack war nicht nur unglaublich gut gebaut und bestückt, er strahlte auch diese bedrohliche Dunkelheit aus, die mich innerlich erzittern ließ. Die Wildheit und raue Schönheit, die ihn umgab, zog jedes Wesen in seinen Bann. Auch ich konnte mich nicht dagegen wehren. Dieser Mann war von so maßloser, unbändiger Schönheit, dass ich ihn nur noch berühren und an meinem Körper fühlen wollte.

Nicht dass *ich* mich hätte verstecken müssen. Ich war stolz auf die schlanken, drahtigen Muskeln, die das Kampftraining mit sich brachte, aber bei seinem Anblick fühlte ich mich doch etwas gehemmt. Verlegen und bewundernd zugleich starrte ich mein Gegenüber an und verschlang ihn mit meinen Augen, während ich gleichzeitig den Drang verspürte, meine Scham mit den Händen zu bedecken. Dieser Gedanke verschwand jedoch sofort wieder, als Jack mich hungrig musterte und mein Blick auf seinen voll erigierten Penis fiel. Dieser Mann verzehrte sich nach mir. Es gab keinerlei Grund, sich zu verstecken.

Mit einem einzigen Schritt war Jack wieder ganz nah bei mir und drängte sich an mich.

„Verdammt, Tess", hauchte er mir ins Ohr und packte plötzlich meine Hüften und hob mich ohne große Anstrengung hoch. Ganz von allein schlangen sich meine Beine um seine Hüfte, als hätten sie nur darauf gewartet.

Als ich seine Männlichkeit an meiner Klitoris fühlte, keuchte ich verzückt auf, und schon begannen wir uns wellenartig aneinander zu reiben. Jacks Lippen trafen wieder auf meine und unsere Bewegungen wurden fließend, fast träge, ein sinnlicher Tanz der Leidenschaft.

Ich konnte spüren, dass mein Halbgott kurz davor war, die Kontrolle zu verlieren. Seine gold glänzenden Flügel hatten sich ganz ausgebreitet und zitterten leicht. Bewundernd berührte ich seine Federn und streichelte so sachte über sie, dass er es eigentlich kaum spüren konnte.

„Fuck, Tess", keuchte er, und auch ich konnte ein Stöhnen nicht unterdrücken.

Es machte ihn an, dass ich ihn berührte, und mich reizte es, damit weiterzumachen, bis er nicht mehr klar denken konnte.

Ich spürte seinen steifen Penis an meinem Venushügel und fühlte, wie Jack bei jeder Bewegung leicht dagegen stieß und kleine Schauer der Lust durch meinen Körper jagte. Es wirkte ganz zufällig, vollkommen unabsichtlich, doch ich wusste, dass er nichts dem Zufall überließ.

Ich lehnte mich mit dem Rücken gegen die Wand hinter mir, während er mich mit seinem starken Arm auf seiner Hüfte hielt und mit der anderen Hand meine Brüste reizte, die vor lauter Lust schwer in seiner Handfläche wogten. Meine Nippel waren so spitz aufgerichtet wie nie zuvor in meinem Leben und immer, wenn er sie in den Mund nahm oder mit den Fingern daran zupfte, glaubte ich, jeden Moment zu kommen.

„Jack", stöhnte ich und presste meine Mitte noch fester gegen seinen Schwanz. Seine Härte fuhr immer wieder über mein Lustzentrum. Alles in mir zog sich in freudiger Erwartung zusammen. Jede Zelle meines Körpers wollte Jack in sich spüren und bereitete sich darauf vor. Nur ein Stoß, eine Bewegung seiner Hüfte – ich konnte es kaum noch aushalten.

Unsere Körper klebten zusammen, bewegten sich wie ein einziges Ganzes und harmonierten auf eine Art miteinander, wie ich es noch nie erlebt hatte. Es war, als hätten wir beide ein Leben lang darauf gewartet, in voller Ekstase und Leidenschaft, verloren im Rausch der Lust zusammenzutreffen.

Als Jack sich kurz von meinen Lippen löste, wimmerte ich leise auf, doch dann schaute er mir so tief in die Augen, dass ich sofort verstummte. Sein Blick war so intensiv, dass mir der Atem stockte und ich glaubte, dass er in diesem Moment alle versteckten Gefühle erkennen musste, die ich so lange in mir verborgen hatte.

Seine Augen brannten sich in die meinen und ohne Vorwarnung ließ er seinen harten, großen Schwanz in mich gleiten. Zentimeter für Zentimeter nahm ich sein Fleisch in mich auf. Weder Jack noch ich unterbrachen dabei den Blickkontakt, sodass ich mich unglaublich entblößt fühlte.

Als er sich ganz in mir versenkt hatte, keuchte er unterdrückt auf. Sein Blick verschleierte sich ebenso wie meiner und wir gaben uns dem intensiven, feurigen, kribbelnden Gefühl hin. Jack begann sich langsam in mir zu bewegen, rieb seinen Penis immer wieder über diese empfindliche Stelle in mir und brachte mich dazu, mich immer enger um ihn zusammenzuziehen. Dieses Gefühl war wahnsinnig intensiv, und ich musste mich in seinen Rücken krallen, um irgendetwas zu haben, an dem ich mich festhalten konnte.

„Verdammt, Tess, du bist so eng", keuchte er an meinem Hals und biss gleich darauf zu.

Sofort versteifte sich mein Körper und ich sah unwillkürlich Kays Abbild vor mir.

Ein weiterer tiefer, intensiver Stoß von Jack ließ mich wieder in den Nebel der Lust eintauchen, doch so ganz konnte ich das ungute Gefühl nicht abschütteln.

„Was ist mit Kay?", keuchte ich, während Jack mich schneller und härter fickte und unsere Körper immer wieder gegen die Wand klatschen ließ.

„Ist mir egal", stöhnte er und rieb seine Hüfte so stark an mir, dass ich spürte wie die Wellen der Lust sich verdichteten, mein Innerstes sich noch fester zusammenzog und ich mich am ganzen Körper verkrampfte.

„Jack", keuchte ich und biss meinem Liebhaber in den Hals, um das laute Stöhnen abzudämpfen.

„Ja, Furie, komm für mich. Ich steh drauf, wenn du dich so eng um meinen Schwanz zusammenziehst. Fuck, ja, fick mich."

Jacks raue, heisere Stimme geilte mich noch mehr auf, und ich bewegte meine Hüfte so leidenschaftlich an seiner, dass ich spürte, wie die nächsten Wellen des herannahenden Orgasmus über mich hinwegspülten. Jack sah mir mit lustverhangenen Augen dabei zu, wie ich mich an seinem Schwanz rieb und ihn benutzte, um mir die Ekstase zu verschaffen, nach der ich mich verzehrte. Seine Finger gruben sich schmerzhaft in meine Hüfte, um mein Tempo zu steuern, und die Erregtheit in seinem Blick ließ mich sogleich noch einmal kommen.

„Du gehörst mir", keuchte er heiser, und ich spürte, wie sein Schwanz in mir noch weiter anschwoll.

Sein Blick glitt zwischen uns, und während er zusah, wie sein harter Penis immer wieder in mir verschwand, konnte ich sehen, wie seine Lust noch weiter wuchs.

Ohne lange darüber nachzudenken, drückte ich Jack von mir weg, sodass er mich wieder auf den Boden absetzen musste, und unterbrach damit abrupt unsere leidenschaftliche Verbindung. Ich ließ ihm keine Zeit, zu protestieren, sondern packte schnell seine Hand und zog ihn mit mir in die Umkleidekabine. Bei einer Bank angekommen, schubste ich Jack unsanft darauf und setzte mich rittlings auf ihn. Mit der rechten Hand packte ich seinen harten Schwanz und führte ihn an meinen Eingang. Als ich mich langsam auf ihn herabließ, konnte ich ein lautes Stöhnen nicht unterdrücken. Ich warf den Kopf in den Nacken und gab mich ganz diesem Gefühl hin, das meine Haut überzog, und spannte wie ein enger Latexanzug.

„Himmel", fluchte Jack. Ihm gefiel, was er sah und was ich tat, und das machte mich noch schärfer.

Ich zog seinen Kopf an meine Brust und begann ihn fest und hart zu reiten. Ich spürte, wie sein Schwanz sich in mir bewegte und wie ich mit meiner empfindlichen Körpermitte immer wieder an seinen Unterleib stieß. Diese doppelte Reizung brachte mich fast um den Verstand.

„Fuck, Tess, ich kann jeden Zentimeter von dir spüren. Gott, hör nicht auf, mach so weiter ... Fuck, genauso ...“

Jacks Worte kamen abgehackt, sein Atem wurde immer schneller. Sein Griff um meine Hüfte wurde fester, ebenso wie meiner in seinem Haar. Ich biss mir fest auf die Unterlippe, bis ich Blut schmeckte. Mein Innerstes zog sich erneut fest zusammen, und ein Blick zu Jack genügte. Er saugte meine untere Lippe in seinen Mund, begann mich leidenschaftlich zu küssen und ich kam auf der Stelle.

Etwas in mir explodierte, und mit den Wellen der Lust begann ich mich noch lasziver auf dem Halbgott zu bewegen, ritt seinen Schwanz so fest ich nur konnte und spürte, wie er in mir zu zucken begann.

„Oh, Fuck ... Fuck ... ja ... Tess.“ Sein lautes, männliches Stöhnen erfüllte die Kabine und übertönte sogar das klatschende Geräusch unserer Körper.

„Fuck“, kam es noch ein letztes Mal von Jack, der seinen Kopf an meine Brust gepresst hatte, und unsere leidenschaftlichen Bewegungen kamen langsam wieder zum Erliegen.

Sein schneller Atem drang gedämpft zu mir hoch und ich vergrub meine Hände und meine Nase in seinem Haar. Er roch wie immer und doch ganz anders. Jack Pers, der Halbgott.

Ein Lächeln stahl sich auf meine Lippen und mein Herz machte einen fröhlichen Hopser. „Das war ...“, flüsterte ich und mein Lächeln wurde immer breiter.

Ohne dass ich es steuern konnte, wuschelten meine Hände liebevoll durch sein Haar. Ich lehnte mich leicht zurück, um Jack ins Gesicht sehen zu können, doch dieser drehte sich weg, sobald ich versuchte, ihm in die Augen zu schauen.

„Hey, was ist los?", fragte ich alarmiert.

„Nichts ... ich muss los", antwortete Jack ausweichend und schob mich so schnell und grob von sich herunter, dass ich taumelnd gegen einen der vielen Spinde stieß.

Irritiert sah ich dabei zu, wie er seine Klamotten vom Boden klaubte und seinen nassgeschwitzten Körper verhüllte.

Peinlich berührt und gedemütigt legte ich meine Flügel wie einen schützenden Kokon um mich und versuchte den Kloß und das größer werdende Loch in meinem Inneren zu ignorieren.

„Das ist ein Scherz, oder?", fragte ich und ärgerte mich über meine brüchig klingende Stimme.

„Du willst jetzt ernsthaft verschwinden?"

Doch Jack war zu beschäftigt damit, sich anzuziehen, als dass er mir eine Antwort würdigte.

„Jack!", schrie ich und schloss meine Flügel noch enger um mich.

„Ich werde jetzt gehen."

„Warum, verdammt? Ist eben irgendetwas passiert, von dem ich nichts mitbekommen habe?"

„Ich muss hier weg!"

„Du verdammter Mistkerl", hauchte ich kraftlos. „Du Riesen–"

Doch egal, was ich jetzt auch gesagt oder getan hätte, es hätte nichts geändert. Es hätte nicht den Schmerz, das Reißen in meiner Brust, die Erniedrigung, das Gefühl, wertlos zu sein, vertrieben. Jacks Gesicht blieb eine undurchdringliche Maske. Hatte es eben noch die unterschiedlichsten Gefühlsregungen gezeigt, so war es nun kalt und leer.

Er hatte es geschafft, mich nach dem besten Sex meines Lebens, dem wahrgewordenen Traum, zu erniedrigen. Ich fühlte mich benutzt, bloßgestellt, verletzt, wütend, zornig, widerlich. Komplette Gegensätze zu den Gefühlen, die er eben noch in mir hervorgerufen hatte.

„Ist das dein Ernst?"

Doch Jack antwortete nicht. Sobald er sich sein T-Shirt über den Kopf gezogen hatte, verließ er die Gemeinschaftsdusche und ließ mich allein, mit gebrochenem Herzen, und so verwirrt wie nie zuvor zurück.

32.

Ich stand noch eine geschlagene halbe Stunde wie vom Donner gerührt da und konnte nicht begreifen, was soeben geschehen war. Ich fühlte mich benutzt und gedemütigt – und so wollte ich mich nicht fühlen, nachdem ich Sex mit dem Mann gehabt hatte, in den ich schon seit Ewigkeiten verliebt war.

Mir zwängte sich unweigerlich der Gedanke auf, dass mir Kay nie so ein Gefühl gegeben hatte. Das bedeutete nicht, dass ich mich jetzt plötzlich in Kay verliebt hatte, denn leider Gottes war Jack derjenige, für den ich dieses Gefühl empfand. Aber Kay hatte mich immer wie eine Lady behandelt. Er sprach nicht nur so mit mir, er ließ dieses Verhalten auch in alles, was er tat, einfließen.

Frustriert, wütend, verwirrt und mehr als schlecht gelaunt stieg ich erneut unter die Dusche, mit der traurigen Gewissheit, dass ich dieses Mal nicht gestört werden würde.

Ich hatte noch etwas Zeit, bevor meine Rekruten in die Kommandozentrale kommen würden, also informierte ich mich über die aktuellen Dämonenbewegungen in der Unterwelt und den Stand unserer Aufklärungseinheit.

Es sah übel aus, mehr als übel, so viel konnte ich sagen. Wieder fit zu werden, hatte mich eine Menge Zeit gekostet, doch es war Zeit, die ich mir hatte nehmen müssen, um das Überleben von mir und meinen Rekruten zu sichern, sobald wir in den Kampf zogen. Ich konnte nicht mit halber Kraft gegen eine Dämonenarmee kämpfen.

So wie es aussah, waren die Dämonen dabei, sich unter ihrem neuen Anführer, der bisher nicht in Erscheinung getreten war, zu formieren. Sie verstärkten ihre Angriffe auf unsere Grenzen und taten dies gezielt dort, wo es vor kurzem schon einigen von ihnen gelungen war, einen Durchbruch zu erzielen. Es waren undichte Stellen, die nur notdürftig geflickt wurden, weil uns die Ressourcen allmählich ausgingen.

Wenn die Menschheit gewusst hätte, dass ihr Schicksal von banalen Dingen wie Salz und Eisen abhing, hätten sie vermutlich jeden Tag mit der Intensität einer Eintagsfliege gelebt.

Von den Dämonen, die die Grenzen passiert hatten, und auf unserer Seite ihr Unwesen trieben, fehlte bisher leider immer noch jede Spur. Mehrere Suchtrupps waren damit beschäftigt, Empyrion, aber vor allem Black York nach ihnen abzusuchen. Denn die Zentrale vermutete, dass sie sich nach wie vor in der Nähe aufhielten. Hier, wo die Grenzen bewiesenermaßen am undichtesten waren.

Meinen Schätzungen zufolge hatten wir noch gut einen Monat Zeit, bevor die Dämonenarmee uns überrannte und ihr Recht auf einen Platz in unserer und der Menschenwelt geltend machen würde – und das auf die grausamste Art und Weise.

Ein winzig kleiner Teil von mir konnte sie sogar verstehen. Ich selbst war etliche Male in der Unterwelt gewesen, das gehörte zu den Außeneinsätzen der Black Company dazu. Wenn ich mir vorstellte, dort leben zu müssen, würde ich auch meine geballte Kraft gegen die Käfigtüren Empyrions richten, um ihm zu entfliehen. Allerdings hatten die Dämonen es mehr als verdient, dorthin verbannt worden zu sein, weshalb sich mein Mitleid für diese grausamen Kreaturen in Grenzen hielt.

Dennoch bestand ein hohes Risiko. Die Dämonen waren so stark wie schon lange nicht mehr. Seitdem wir sie in ihre Welt zurückgedrängt hatten, bekämpften sie sich gegenseitig, was uns eine Menge Arbeit erspart hatte. Doch dieser neue, ominöse Anführer schaffte es, diese Wesen dazu zu bringen, sich zu formieren, gezielt anzugreifen, einem Plan zu folgen.

Es musste einen Auslöser für dieses organisierte Handeln gegeben haben, es konnte nicht alles mit dem neuen Anführer zusammenhängen. Ansonsten hätten sich die Dämonen doch schon viel früher unter einem neuen Fürsten zusammengeschlossen, um gegen uns vorzugehen, oder? Irgendetwas war passiert, etwas, das diesen neuen Fürsten der Unterwelt dazu bewegt hatte, als Anführer aufzusteigen und den Respekt der Dämonen für sich zu gewinnen, damit sie ihm folgten.

Leider blieb uns keine andere Möglichkeit, als einen Dämon zu befragen. Wir konnten also entweder einen Abstecher in die Unterwelt machen oder wir betraten die Menschenwelt und fanden jemanden, der eine dieser widerlichen Kreaturen für uns heraufbeschwor.

Uns Empyrianern war es selbst nicht möglich, eine Dämonenbeschwörung durchzuführen. Wir waren nicht fähig, die Formel überhaupt auszusprechen. Ich wusste, wovon ich redete, ich hatte es einmal versucht. Nur so zum Spaß – damals war ich noch jung und dumm und wollte meiner ältesten Schwester nicht glauben, dass wir nicht dazu in der Lage waren.

Unsere Erschaffer haben sich schon etwas dabei gedacht, pflegte sie mich zu belehren.

Was ich damals nicht verstand, war mir heute umso einleuchtender.

Einer aus *unseren* Reihen hatte den Dämonen geholfen, in unsere Welt zu gelangen. Ich wollte mir das Ausmaß der Zerstörung gar nicht vorstellen, wenn wir in der Lage wären, eine Beschwörung durchzuführen. Wie viele schwarze Schafe hätten sich dazu hinreißen lassen?

Doch zurück zu meinem Plan.

Dem Hades einen Besuch abzustatten, um einen Dämon zu befragen, hielt ich für unklug. Wir wären dort auf ihrem Terrain, sie wären eindeutig im Vorteil. Außerdem gab es in der Unterwelt nicht nur den *einen* Dämon, den wir befragen wollten, sondern ein Dutzend, das uns daran hindern und am liebsten tot sehen würde. In der Menschwelt wären wir dagegen in der Überzahl und der Dämon in einem Pentagramm gefangen.

Uns blieb also im Grunde nur eine Möglichkeit: Wir mussten in die Welt der Menschen und jemanden finden, der bereit und – seien wir ehrlich – dumm genug war, um einen Dämon heraufzubeschwören, damit wir mit ihm reden konnten.

Es war sicherlich ein komischer Gedanke, dass ausgerechnet die Bewohner der Welt, die durch Empyrion vor den Dämonen geschützt werden sollte, das Potenzial besaßen, jene Kreaturen heraufzubeschwören. Doch die Antwort war so simpel wie unlogisch: Empyrion war dazu erschaffen worden, die Menschheit vor den Dämonen zu beschützen, aber wir konnten sie nicht vor sich selbst beschützen. Wenn also die Menschen damit begannen, Dämonen zu beschwören, Satan zu verehren oder Dunkle Magie auszuüben, dann konnten selbst wir nichts mehr für sie tun. Menschen besaßen einen freien Willen. Wir beschützten sie, aber wenn sie sich der Dunkelheit hingeben wollten, war das ganz allein ihre Entscheidung.

Wer immer sich dieses System ausgedacht hatte, besaß offensichtlich ein starkes Vertrauen in die Menschheit – oder eine sarkastische Ader. Unsere Erschaffer glaubten offensichtlich daran, dass die Menschen den richtigen Weg wählten und sich nicht der Dunkelheit hingaben. Funktionierte soweit doch ganz gut.

Nur gab es Dinge, die größer waren als die menschliche Moral und Tugenden: Sklavenarbeit, Erster Weltkrieg, Zweiter Weltkrieg, Verfolgung der Juden, Wettrüsten, Atomwaffen, Ausrottung bedrohter Tierarten, Zerstörung des Ökosystems, Kinderarbeit, Vergewaltigung, Mord und – der letzte Höhepunkt in einer Reihe von falschen Entscheidungen – Trump als Präsident. So etwas taten Menschen nicht einfach so, hier war eine dunklere Macht am Werk.

Die Dämonen hatten überall ihre Finger im Spiel, denn sie versprachen das, wonach jeder Mensch sich sehnte: Macht, Liebe und Reichtum.

Aber hey, noch gab es Hoffnung. Das waren nur Kleinigkeiten. Die Menschen hatten sich bisher nie gänzlich der Dunkelheit zugewandt, jeder nahm schließlich mal die falsche Abzweigung, verloren war man deswegen noch lange nicht. Mit den Menschen verhielt es sich offenbar wie mit kleinen Geschwistern. Man ließ ihnen eine Menge durchgehen, weil man glaubte, dass sich das Blatt noch wenden würde.

Ich für meinen Teil hoffte, dass unsere Erschaffer nicht einfach blind auf die Menschheit vertraut hatten, denn dann wären sich nicht nur naiv, sondern auch unsagbar dämlich gewesen.

Mit einem leisen Seufzen ließ ich mir die Berichte und Analysen der bisherigen Lage aushändigen und ging wieder in Richtung Kommandozentrale. Skip erwartete mich bereits – und schien in meinem Gesicht lesen zu können wie in einem Buch.

„Was ist passiert?", fragte er.

„Dämonen sind passiert, Skip", antworte ich kalt und deutete auf den Touchscreen des Tisches in der Mitte des Raumes.

„Und außerdem?", fragte er, ohne die Aufzeichnungen eines Blickes zu würdigen.

„Interessiert dich gar nicht, was gerade hinter und innerhalb der Grenzen unseres Landes abgeht?", fragte ich aufgebracht und war fast ein wenig dankbar, dass ich all die überflüssige Wut und Frustration nutzen konnte, um mich über etwas anderes als einen Halbgott aufzuregen.

Ich schwelgte so in meinem Wutausbruch, dass mir fast entging, dass Skip zwar beunruhigt wirkte, aber diese Aufzeichnungen keinesfalls eine Überraschung für ihn waren. Und da dämmerte es mir: „Das ist gar nichts Neues für dich, oder? Dabei habe ich diese Zahlen und Informationen gerade erst frisch aus der Aufklärungsabteilung erhalten."

Skip gab keine Antwort.

„Du wusstest bereits davon." Ich griff mir verzweifelt in die Haare und begann in der Kommandozentrale auf und ab zu gehen. „Also entweder kannst du plötzlich hellsehen oder es hängt mit dieser nebulösen Sache zusammen, über die du nicht mit mir reden willst. Ich beschäftige mich die ganze Zeit mit dem Mann, den ich mal geliebt habe, dabei entgeht mir etwas viel Wichtigeres ..."

„Geliebt *hast*?", stürzte Skip sich sogleich auf die Vergangenheitsform, um das Gespräch wieder in meine Richtung zu lenken.

„Nein", war alles, was ich dazu sagte. „Jack steht hier gerade nicht zur Diskussion. Vielleicht solltest du jetzt langsam mal mit der Sprache rausrücken. Denn das, was ich eben erfahren habe, macht mir eine Scheißangst. Da kann unsere Sondereinheit noch so gut trainiert oder ausgebildet sein, gegen diesen Fürsten der Dunkelheit und seine Macht werden wir kaum eine Chance haben. Aber dich überrascht das alles gar nicht, habe ich recht?" Ich ging auf Skip zu und packte ihn am Kragen seiner Lederjacke. „Hab ich recht, Skip?"

Meine Frage war drängend und verzweifelt. Denn, um ehrlich zu sein, wusste ich langsam nicht mehr weiter. So kannte ich meinen besten Freund nicht. Sobald das Thema in Richtung Dämonen abdriftete, verschloss er sich mir vollkommen.

Da ich die letzten Tage mit anderen Dingen beschäftigt gewesen war, war all das in den Hintergrund gerückt, aber das Misstrauen, welches ich ihm gegenüber schon bei meiner Ankunft empfunden hatte, war nie ganz abgeklungen. Wie oft hatte ich ihn jetzt schon danach gefragt? Er durfte oder konnte nicht darüber reden? Schwachsinn!

„Skip", ich schüttelte ihn, um meinen Standpunkt klarzumachen. „Wenn du noch mehr weißt, als das, was auf diesen Papieren steht, dann musst du mir das *jetzt* sagen. Ich muss alles wissen, um dieses Problem beseitigen zu können, wenn es dafür nicht schon zu spät ist. Bitte ... bitte rede mit mir!"

„Ich kann nicht", hauchte Skip. „Zumindest jetzt noch nicht. Du wirst es erfahren, versprochen! Bitte hab noch etwas Geduld."

„Arrrgggghhh!" Wütend trat ich von Skip zurück und griff in die leere Luft, als würde ich ihn am Hals packen und erwürgen wollen. „Du machst mich wahnsinnig, weißt du das?!"

„Das meinst du bestimmt nicht im positiven Sinne, oder?", fragte Skip mit einem schiefen Lächeln.

„Es ist nicht an der Zeit, zu spaßen, Skip. Das hier ist bitterer Ernst, so schlimm war es schon lange nicht mehr. Ich mache mir wirklich Sorgen, aber du –"

„Ich mache mir auch Sorgen", antwortete er leise.

„Aber da steckt noch mehr dahinter, richtig? Warum verdammt kannst du es mir nicht einfach sagen? Wenn es etwas gibt, was ich wissen muss, um diese Rekruten nicht in den sicheren Tod zu führen, dann bitte sag es mir! Jetzt! Sonst klebt ihr Blut an deinen Händen."

„Es gibt nichts, was du zum jetzigen Zeitpunkt wissen müsstest, so viel kann ich dir versichern. Reicht dir das fürs Erste?"

„Nein", fauchte ich. „Aber habe ich eine Wahl?"

Skip antworte auf diese Frage nicht und das musste er auch nicht. Wir beide kannten die Antwort bereits.

Eine unangenehme Stille erfüllte den Raum, als die neuen Rekruten sowie Jack und Ann in die Kommandozentrale kamen.

„Hallo zusammen", flötete meine beste Freundin und erntete dafür von mir einen zugleich verärgerten und verwirrten Blick.

Als Jack in mein Blickfeld trat und den Raum bis zur hintersten Ecke durchquerte, wandte ich mich schnell wieder Skip zu und beschränkte mich darauf, über seine Schulter hinweg den Halbgott mit meinen Blicken zu erdolchen.

„Okay", lenkte ich die Aufmerksamkeit der ankommenden Rekruten auf mich und sah dabei zu, wie mein bester Freund sich zu Anni gesellte und kurz darauf mit ihr zu tuscheln anfing.

Die Wut in mir schäumte über – war das sein verdammter Ernst?! Mit ihr redete er also, aber mit mir nicht?

In diesem Augenblick hasste ich einfach jeden in diesem Raum!

„Ähm", räusperte ich mich und sah meine beste Freundin an. „Ann, tut mir leid, aber das hier ist eine interne Besprechung der Sondereinheit. Vielleicht wäre es besser, wenn du –"

„Oh, Skip hat mich eingeladen“, sagte sie freudestrahlend, und Skip zog entschuldigend den Kopf ein.

Ich kam auf die beiden zu und nahm sie etwas zur Seite. „Anni, du weißt, ich hab dich lieb, aber du hast hier nichts zu suchen. Es dürfen keine Zivilisten in die Black Company und schon gar nicht in die Kommandozentrale. Nur Agenten gehören hierher. Wenn du hier bist, dann musst du auch kämpfen, und das will ich nicht. Also bitte, geh!“

„Aber Skip meinte doch –“

„Skip weiß ganz genau, dass du hier nichts verloren hast. Hier haben nur Agenten und Rekruten der Black Company Zutritt, also ...“

„Und was ist, wenn ich helfen möchte?“, fragte Ann und sah mich dabei eindringlich an. „Ich möchte auch etwas Gutes tun und die Welt der Menschen beschützen, okay? Ich möchte auch Teil von etwas Größerem sein. Nur bei dir und Skip fühle ich mich hier wirklich wohl und akzeptiert. Die Sirenen sind mir suspekt, und ich glaube, ich habe noch nie etwas Sinnvolles in meinem Leben getan. Bitte lass mich hier helfen. Dir fällt bestimmt etwas ein, wobei ich dir nützlich sein könnte. Und wenn ich nur singe, um den Feind abzulenken.“

„Dämonen lassen sich von Sirenengesang nicht beeindrucken“, warf Skip wenig hilfreich ein und erntete erneut einen zornigen Blick von mir, der ihn sofort wieder verstummen ließ.

„Anni“, seufzte ich und registrierte die wachsende Ungeduld der Rekruten in meinem Rücken. „Das ist gefährlich. Dir könnte etwas passieren oder noch schlimmer: Du könntest sterben. Du bist nicht ausgebildet und die Zeit ist zu knapp, um dich zu trainieren. Du bist alles, was ich noch habe, bitte zwing mich nicht, das zu tun. Ich könnte es nicht ertragen, noch eine Schwester zu verlieren.“

Mit Tränen in den Augen sah Ann mich an. „Ich bin wie eine Schwester für dich?“

Ich nickte stumm.

Ann zog mich in eine stürmische Umarmung und drückte mich ganz fest an sich. Ich konnte mir ein breites Lächeln nicht verkneifen und drückte sie ebenfalls. Diese Sirene hatte mir schon den einen oder anderen Tag gerettet. Mit ihr war das Leben nicht ganz so schwer, sondern erstaunlich einfach. Sie brachte mich zum Lachen und hörte mir zu, wenn ich mich ausheulen musste. Unter keinen Umständen wollte ich ihr Leben riskieren.

„Ich hab dich lieb, Tess“, flüsterte meine beste Freundin und ich nickte zur Antwort, denn ich traute meiner Stimme nicht. Der dicke Kloß in meinem Hals machte mir das Sprechen schwer.

„Meinst du, ich könnte vielleicht trotzdem hierbleiben? Jetzt, da ich schon mal hier bin? Ich meine, du oder Skip, ihr erzählt mir doch sowieso, was hier passiert, und ich bin ja keine Spionin von den Dämonen, die euch hier aushorcht oder so etwas.“

„Ann ...“

„Ja bitte?“, fragte sie mit einem bezaubernden Lächeln, bei dem nicht einmal ich Nein sagen konnte.

„Nur dieses eine Mal“, seufzte ich resigniert und erhielt eine weitere stürmische Umarmung meiner Freundin.

Um die Rekruten nicht länger warten zu lassen, ging ich wieder nach vorn, um mich hinter den großen Besprechungstisch zu stellen, von wo aus ich alle gut im Blick hatte.

„Herzlich willkommen in der Sondereinheit der Black Company, der *DDS* – dem Demon Defense System!"

Ich begann in die Hände zu klatschen und die Rekruten taten es mir gleich. „Die Aufgabe der Black Company ist es, zu verhindern, dass die Dämonen die Grenzen Empyrions überschreiten. Die Existenz unserer Welt besteht nur aus diesem einen Grund: Die Menschenwelt muss unter allen Umständen geschützt werden. Cole Black wird in den nächsten Wochen weitere Sondereinheiten aufstellen lassen, die mit den verschiedensten Aufgaben betraut werden: Das Finden und Eliminieren der Sicherheitslücken innerhalb unserer Grenzen, das Rekrutieren neuer Agenten, der Austausch mit den anderen Standorten der Black Company, die Entwicklung neuer Waffen, die Planung und Ausarbeitung verschiedener Strategien, sollte es zu einem erneuten Krieg kommen. Unsere Aufgabe ist hierbei die wohl Wichtigste. Unsere Zielperson ist der Anführer, unter dem sich die Dämonen erneut erhoben haben. Wir werden herausfinden, wer dieser Fürst ist, warum die Dämonen ausgerechnet ihn zu ihrem Anführer auserkoren haben, und dann werden wir ihn liquidieren."

Ich ließ meine Worte einen Moment sacken, während ein Raunen durch die Reihen der Rekruten ging.

„Wir werden dazu einen Dämon verhören, um die entsprechende Information zu bekommen."

Sofort wurde ich von entsetzten Ausrufen der Agenten unterbrochen, die ich mit einer gebieterischen Geste unterband, damit ich fortfahren konnte.

„Die Befragung werden wir in der Menschenwelt durchführen und einen Bekannten von mir aufsuchen, der bereit ist, die Konsequenzen einer Dämonenbeschwörung zu tragen. Doch bis es so weit ist, müssen wir zusammen trainieren und sehen, wie wir uns als Team machen. Wir werden einander blind vertrauen müssen, die Schwächen des anderen kennenlernen, eine Einheit bilden. Unsere Aufgabe hat oberste Priorität. Sobald wir bereit sind, als Team zu kämpfen, zu denken und zu agieren, werden wir den Einsatz durchführen. Je nachdem, was für Antworten uns der Dämon liefern wird, werden wir anhand der gewonnenen Informationen einen neuen Plan ausarbeiten und entsprechend handeln. Fragen?"

„Ist das Ihr Ernst, Captain? Sie wollen in der Menschenwelt einen Dämon beschwören? Weiß Cole Black davon?"

Einer der Rekruten war anscheinend zum Sprachrohr der Gruppe auserkoren worden, denn während er seine Zweifel laut aussprach, nickten die anderen eifrig und warteten neugierig auf meine Reaktion.

Skip trat an meine Seite, um mir Rückendeckung zu geben, dabei konnte ich mich ganz gut allein behaupten.

„Ich bin Cole Black keinerlei Rechenschaft schuldig. Das war eine meiner Bedingungen, als er mich wiedereingestellt hat. Also sollte einer von Ihnen es wagen, dem Chef Bericht zu erstatten, ist er draußen. Ihnen mögen meine Methoden vielleicht etwas unorthodox erscheinen, aber seien Sie gewiss, dass ich weiß, was ich tue. Ich war, wie Sie sicherlich gehört haben, eine der Besten bei der Black Company. Mein Wissen über und mein Vorgehen gegen die Dämonen hat sich bisher immer bewährt. Durch meine Auszeit in der Menschenwelt hatte ich die Möglichkeit, die andere Seite kennenzulernen, sodass ich mich dort nun ebenso gut auskenne wie in unserer Welt. Die Wahrheit ist", während ich redete, ging ich vor meinen Rekruten auf und ab, „dass niemand genau weiß, was hinter unseren Grenzen in der Unterwelt vor sich geht. Die Beschwörung bietet die sicherste Möglichkeit, mehr darüber herauszufinden. Sollten wir danach allerdings immer noch nicht schlauer sein, dann befürchte ich, dass wir einen Aufklärungstrupp in den Hades entsenden müssen. Und so wie es aussieht, wird dieser aus den Mitgliedern meines Teams bestehen."

Ein Raunen ging durch die Reihen.

„Ich bin ganz ehrlich zu euch, Black kann mich nicht ausstehen. Ich habe ihn dazu gebracht, mich zu meinen Bedingungen wiedereinzustellen, ihr könnt euch also vorstellen, wie sehr es ihn freuen würde, mich entweder scheitern zu sehen oder in den sicheren Tod zu schicken. Daher werde ich zunächst alle anderen Möglichkeiten in Betracht ziehen, mögen sie auch noch so absurd sein, bevor ich mich – und euch – dem sicheren Tod aussetze. Tatsache ist, dass niemand wirklich weiß, wie es dazu gekommen ist, dass die Dämonen plötzlich gezielt unsere Grenzen angreifen. Deswegen seid ihr hier. Deswegen bin ich hier. Denn eines kann ich euch versichern, wenn wir nicht schnell herausfinden, wer der neue Anführer der Dämonen ist, und einen Weg

finden, diesen zu vernichten, wird es hier sehr unge-
mütlich werden. Ich weiß nicht, wie es euch geht, aber
ich für meinen Teil möchte das verhindern. Ich bin
noch nicht bereit, den Löffel abzugeben. Mein Angebot
steht: Ihr könnt jetzt verschwinden. Auf der Stelle. Aber
wer bleibt, der wird weder meine Befehle oder meine
Pläne infrage stellen noch auf die Idee kommen, Cole
Blacks Ansichten hier zu erörtern. Das Einzige, was ich
bereit bin, mir anzuhören, sind konstruktive Kritik
und Verbesserungsvorschläge. Dort drüben ist die Tür,
entscheidet euch!" Ich beendete meinen Vortrag mit einem Kopfnicken in besagte Richtung.

In diesem Moment öffnete sich jene Tür und herein
trat kein Geringer als Kay, der Vampir.
„Na, dann habe ich mich ja der richtigen Sondereinheit angeschlossen", sagte dieser mit einem leicht spöt-
tischen Unterton und einem entwaffnenden Lächeln.

33.

Die gesammelte Mannschaft drehte sich zu dem Neuankömmling um und musterte ihn mit unverhohlenem Interesse. Da sich der Vampir meistens nur in seinem Club herumtrieb und nicht in den Trainingsräumen der Company, war die Überraschung entsprechend groß.

„W-was machst du denn hier?", stotterte ich und konnte nicht verhindern, dass mein Blick in Jacks Richtung schnellte, der Kay mit unverhohlenem Hass musterte.

„Ich wollte mich Eurer Sondereinheit anschließen, Mylady", antwortete Kay und deutete eine Verbeugung an.

So sehr ich es auch bei unseren leidenschaftlichen Sexspielchen mochte, wenn er mich so förmlich anredete, so peinlich war es mir jetzt vor meinen Rekruten, von denen sich einige das Lachen kaum verkneifen konnten.

„Also …", setzte ich an, wurde aber jäh von einem kaltschnäuzigen Kommentar aus Jacks Richtung unterbrochen.

„Der Kurs ist voll, Vampir."
Jack sah dabei noch nicht einmal in Kays Richtung. Stattdessen fixierte er mich mit zornesrotem Gesicht und wartete auf eine Reaktion.

Die Wahrheit war, ich wollte ebenfalls, dass er ging –
und das nicht nur, weil unsere Einheit tatsächlich voll
war. Es ging auch darum, einen Kalten Krieg zwischen
Jack und Kay zu vermeiden. Denn im Gegensatz zu Kay
brauchte ich Jack dringend in meinem Team. Nicht nur
weil Cole Black es so befohlen hatte. Oder um ihn heimlich anzuschmachten. Oder weil das in Zukunft die einzige Möglichkeit sein würde, ihm nah zu sein.

Nein, hierbei ging es um seine Fähigkeiten. Jack war
der beste Agent der Black Company. Ich musste ihn in
meinem Team haben, um zumindest eine kleine
Chance auf Erfolg zu haben.

„Kay", sagte ich langsam und sah in seine Richtung.
„Wir haben tatsächlich jeden einzelnen Platz besetzt.
Diese Einheit war für fünfzehn Agenten ausgelegt und
die haben wir zusammen. Abgesehen davon bist du
kein Agent. Tut mir leid."

Kay nickte bedächtig und sah mich dann mit durch-
dringendem Blick an. „Ihr kennt nur einen Teil meiner
Fähigkeiten, Tisiphone. Im Gegensatz zu allen anderen
hier bin ich schon weitaus länger auf dieser und anderen Welten gewandelt. Ich kenne die Menschenwelt
besser als Ihr. Solltet Ihr meine Dienste also doch in Anspruch nehmen wollen, wisst Ihr, wo Ihr mich findet."

Mit diesen Worten verabschiedete sich Kay und ließ
mich und einen Haufen verwirrter Rekruten zurück.
Ich war nicht die Einzige, der die Doppeldeutigkeit seiner Worte aufgefallen war. Jack zitterte vor Wut, bemüht, seine Gefühle unter Kontrolle zu halten. Die Furie in mir fühlte, wie die Lust nach Rache in Wellen von
dem Halbgott ausgestrahlt wurde.

Dennoch, etwas an Kays Worten ließ mich zögern, die Idee eines sechzehnten Mitglieds in meiner Einheit komplett über Bord zu werfen. Er war ein Vampir. Und auch wenn einige von uns schon sehr viele Jahre auf dem Buckel hatten, konnte doch niemand mit Kay mithalten. Er hatte etliche Kriege miterlebt und war von allen Empyrianern, die ich kannte, am längsten auf der Welt. Er kannte sich mit Angriffstaktiken aus, denn bei einigen dieser Kriege, hatte er selbst an vorderster Front gedient. Und er konnte hervorragend Kämpfen, wobei seine Vampirgeschwindigkeit sicherlich von Vorteil war. Einen weiteren erfahrenen Krieger in den eigenen Reihen zu haben, wäre sicherlich nicht schlecht für unsere Einheit.

Während ich noch überlegte, ob ich Kay für mein Team rekrutieren sollte, holte Skip mich in das Hier und Jetzt zurück.

„Tess", rief er nun schon zum dritten Mal und ich schüttelte benommen den Kopf, um wieder in die Realität zurückzukehren.

„Ja", ich räusperte mich verlegen und sah dann wieder in die Reihen meiner Agenten. „Gibt es sonst noch Fragen?"

„Wann genau werden wir in die Menschenwelt gehen?"

„Wie ich schon sagte, sobald Skip und ich der Überzeugung sind, dass wir als Team perfekt zusammenarbeiten."

„Und wann wird das sein?", fragte nun ein anderer Rekrut.

„Ich denke, das werden wir alle merken. Ob man mit seinem Team harmoniert und als eine Einheit fungiert, glaubt mir, das werdet ihr mitbekommen."

„Was erwartet uns bei dieser Dämonenbeschwörung?"

„Tja, hierbei kann ich mich auch nur auf das Hörensagen berufen. Allerdings wird es für uns weit weniger gefährlich als für den Menschen. Uns wird der Dämon nicht in Versuchung führen, unsere Seelen an ihn zu verkaufen. Menschliche Seelen sind das Einzige, nach dem sie sich verzehren. Dafür würden sie ihnen so ziemlich alles versprechen. Man braucht einen starken Charakter, um diesen Kreaturen widerstehen zu können. Denn die Dämonen gehen mit den Menschen einen verbindlichen Vertrag ein, sobald es um den Verkauf einer Seele geht. Alles was diese Kreaturen versprechen, müssen sie auch einlösen. Das macht es vielen Menschen schwer, sich der Verlockung zu entziehen."

„Aber wir sollen die Menschen doch beschützen", stellte jemand fest.

„Das ist richtig. Allerdings sprechen wir hier von einem Mann, der sich der Gefahr bewusst ist und sich bereit erklärt hat, mir zu helfen." Dass Harper, mein alter Bekannter aus der Menschenwelt, noch gar nicht wusste, dass ich den Gefallen, den ich bei ihm gut hatte, einlösen würde, und dass es sich bei diesem Gefallen um die Beschwörung eines Dämons handelte, ließ ich bei der Erklärung geflissentlich aus. Harper hätte alles für mich getan. Wir beide hatten, sagen wir, eine kleine Vorgeschichte. Trotzdem musste ich schnellstmöglich mit ihm in Kontakt treten, damit er wusste, worauf er sich einließ.

„Es handelt sich um einen Mann mit einem sehr starken Charakter, der zumindest einen kleinen Teil unserer Welt kennt. Er weiß, was ich bin, und ich vertraue ihm. Sollte der Fall eintreten, dass wir nur an die Informationen gelangen, indem dieser Mensch seine Seele opfert, bin ich bereit, dieses Risiko in Kauf zu nehmen. Die Seele eines Mannes für die Rettung Milliarden anderer Seelen ist ein Preis, den ich bereit bin, zu zahlen."

„Und dieser Mensch ist es auch?", fragte Jack kalt und schien meine latente Lüge aufzudecken.

„Das wird er sein", versprach ich, war mir da aber nicht ganz so sicher.

Jack fixierte mich weiterhin mit seinen Augen und schien mir meine Worte ebenso wenig abzukaufen wie ich mir selbst.

Schön, dann eben nicht. Das war sein Problem und nicht meins.

„Habt ihr sonst noch Fragen?", mischte sich nun Skip ein und sah die Rekruten dabei so böse an, dass sich niemand traute, eine weitere Frage zu stellen.

„Dann sehe ich euch morgen um acht Uhr im großen Trainingsraum. Macht heute nicht zu lang."

„Ja, Captain!", kam es gesammelt aus der Gruppe und die Rekruten verließen nach und nach den Raum.

Nur Jack, Skip, Ann und ich blieben noch übrig.

„Also, Anni", wandte Skip sich an meine beste Freundin. „Hast du Lust, etwas trinken zu gehen? Ich kenne einen tollen Club, in dem wir so richtig abfeiern können."

Ann sah interessiert von Jack zu mir, als wolle sie gar nicht von hier weg und lieber in Ruhe die Telenovela genießen, doch Skip zog sie beharrlich am Arm.

„Wir reden nachher", formte sie noch schnell mit den Lippen und deutete kurz auf Jack.

„Du denkst doch nicht tatsächlich darüber nach, Kay mit in die Truppe aufzunehmen, oder?", fragte er, als die Tür hinter meinen besten Freunden ins Schloss gefallen war.

Ich ignorierte seine Frage und räumte lieber den Kommandotisch auf. Um ehrlich zu sein, hatte ich selbst noch keine Antwort darauf, deswegen hielt ich es für klüger, den Mund zu halten.

„Tess", knurrte er, doch ich dachte nicht einmal daran, aufzusehen.

„Verdammt, ich weiß es nicht, okay", rief ich, bevor er noch einmal meinen Namen mit so viel Hass ausspuckte.

„Das kannst du unmöglich in Betracht ziehen! Es wäre taktisch unklug und den Rekruten gegenüber unprofessionell. So handelt kein Captain", knurrte Jack.

Und dann brannte bei mir eine Sicherung durch. Die Wut, die in mir brodelte, seitdem Jack mich einfach in der Dusche hatte stehen lassen, brach sich Bahn und ergoss sich über ihn.

„*Du* weißt nicht, was ich bereit bin, zu tun, oder wie ich gedenke, meine Truppe aufzustellen! *Du* kennst mich nicht und bist auch nicht bereit, etwas daran zu ändern. Ich habe es so satt, Jack. Ich bin es leid, dein Fußabtreter zu sein, und ich lasse mir von dir kein schlechtes Gewissen mehr einreden. *Ich* führe diese

Sondereinheit, also werde *ich* das Sagen haben und *du* wirst das tun, was ich von dir verlange. *Ich* bin *dein* Captain! Die Frage, die du dir also eigentlich stellen solltest, lautet: Bist du bereit, mir zu folgen? Wenn ich Kay mit dabeihaben will, dann werde ich ihn in unsere Einheit holen. Und weder du noch sonst irgendjemand werden mich daran hindern. Wenn ich es für richtig halte, dann ist es Gott verdammt noch mal richtig! Hast du das verstanden?!"

Schweratmend stand ich vor dem Halbgott und sah ihn mit blitzenden Augen an. Ich konnte die Überraschung in seinem Blick sehen, die von Bewunderung, Zorn, Verwirrtheit und dann wieder Wut abgelöst wurde.

Ich drehte mich erneut zum Kommandotisch herum und sagte, ohne in seine Richtung zu blicken: „Du kannst nun wegtreten, Soldat!"

Ich wusste, wie sehr es ihn ärgern würde, wenn ich ihn wie einen der anderen Rekruten behandelte, doch das war mir egal. Ich hatte es satt, so satt. Er sollte besser langsam herausfinden, wie er zu mir stand. Wollte er mich hassen, meiden, mein Partner sein? WAS?!

Dieses ewige Hin und Her würde ich nicht mehr länger mitmachen. Das war weder gut für mich noch für mein Herz, denn ich wusste, was ich fühlte. Ich war mir nur noch nicht sicher, für welchen Weg ich mich entscheiden würde.

Ein Schnauben hinter meinem Rücken verriet mir, dass Jack alles andere als zufriedengestellt war.

„Ich sagte wegtreten", wiederholte ich, während ich mich langsam zu ihm umdrehte.

Doch Jack blieb, wo er war.

„Na schön, dann geh ich eben." Wütend drängelte ich mich an ihm vorbei, wurde aber sofort wieder zurückgezogen und prallte gegen ihn.

Verzweifelt versuchte ich mich aus seinem festen Griff zu befreien, doch Jack ließ nicht locker. Und dann tat ich plötzlich etwas, was ich mich damals niemals getraut hätte. Ohne Vorwarnung holte ich aus und verpasste Jack einen saftigen Kinnhaken. Von meinem Angriff überrumpelt ließ er mich kurzerhand los, um sein Gleichgewicht zu fangen.

„Was zum –"

Doch ich ließ ihm gar keine Möglichkeit, etwas zu sagen, stattdessen drehte ich mich einmal um die eigene Achse und verpasste Jack einen gezielten Tritt gegen den Solarplexus. Erstaunt taumelte er gegen den großen Tisch und musste sich dort mit einem Arm abstützen, um nicht hinzufallen.

„Tess, verdammt hör auf damit!", fluchte er wütend.

„Womit aufhören?", fragte ich und verpasste ihm noch einen Tritt gegen die Schulter. „Dir wehzutun?"

Ein weiterer Tritt sauste durch die Luft, dem er nur knapp ausweichen konnte.

„Ist kein schönes Gefühl, wenn dir ständig jemand einen Schlag in die Magengrube verpasst, was?", fragte ich giftig und trat noch einmal zu. Dieses Mal fing er meinen Fuß mitten in der Luft ab und gab mir einen starken Schubs, nun war ich diejenige, die taumelte.

„Hör auf, verdammt", Jack nahm seine Kampfhaltung ein, und mit einem nervösen und zugleich freudigen Kribbeln im Magen stellte ich fest, dass ich die ganze Zeit darauf gewartet hatte, gegen den Halbgott zu kämpfen. Hier und jetzt konnte ich ihm das heimzahlen, was er mir angetan hatte. Dieses Mal würde *ich* ihm wehtun. Zwar waren physische Schmerzen nicht so schlimm wie seelische, aber da Jack Pers so kalt wie ein Eisblock war, war mir jede Art von Schmerzen recht, die ich ihm zufügen konnte.

Ohne weiter darüber nachzudenken, nahm ich Anlauf und stürzte mich auf Jack. Ein gezielter Schlag mit meiner Faust und wir landeten unsanft, halb liegend, auf dem Konferenztisch und versuchten die Schläge des anderen abzuwehren. Alles, was ich fühlte, war Wut. Wut auf mich, weil ich mich so lange um die Gefühle von Jack geschert hatte, Wut darüber, dass ich das schlechte Gewissen so lange mit mir herumgeschleppt hatte. Wut darüber, dass er mir ein schlechtes Gewissen gemacht hatte, obwohl ich nur meine Schwester gerächt hatte. Ich war eine Furie, verdammt! Rache zu nehmen, lag in meiner Natur!

Wieder und wieder schlug ich auf den erst unter mir liegenden, dann wieder vor mir stehenden Mann ein. Wenn wir uns auf dem Boden wälzten, setzte ich alle Jiu-Jitsu-Kniffe ein, die ich kannte, um mich freizukämpfen, und wenn wir standen, hielt ich so weit Abstand, dass ich möglichst viele Tritte gegen seinen Oberkörper platzieren konnte. Wenn wir kein schwarzes Knäuel auf dem Boden waren, dann waren wir ein tanzendes Paar, das sich gegenseitig zu töten versuchte und es trotzdem schaffte, mit einer zerstörerischen Eleganz die gesamte Kommandozentrale umzudekorieren.

Ich schmeckte Blut auf meiner Zunge, und meine Rippen schmerzten so sehr, dass ich jedes Mal, wenn wir irgendwo gegenstießen, laut aufstöhnte. Dieses Zusammentreffen hätte auch erotischer ablaufen können, aber bevor ich mich erneut wie ein benutztes Taschentuch wegwerfen ließ, schlug ich lieber zu.

Apropos Zuhauen. Ich landete einen gezielten Schlag in Jacks Gesicht. Er beugte sich stöhnend nach vorne und ich nutzte die Gelegenheit, um ihm genau zwischen die Beine zu treten.

Jack ging sofort zu Boden und hielt sich mit beiden Händen den Schritt. Er gab keinen Ton von sich – vermutlich hielt er die Luft an. Es war doch immer wieder erstaunlich, zu sehen, wie schnell ein Mann aufhörte, um sich zu schlagen, sobald man diese eine Stelle mit etwas mehr Kraft berührte, als gut für sie war.

Ich ragte schwer atmend über Jack auf und hatte jeden Muskel angespannt. Bereit zuzuschlagen oder zuzutreten, sollte er erneut auf mich losgehen – aber auch erst dann. Ich trat niemanden, der schon am Boden lag, obwohl der Halbgott unter mir das auf seelischer Ebene durchaus getan hatte.

Jacks Gesicht war knallrot, und ich konnte eine dicke Ader an seinem Hals pochen sehen. Ein lautes Schnaufen verriet mir, dass er nicht gleich ohnmächtig werden würde, zumindest nicht, weil er keine Luft bekam. Die Schmerzen allerdings hätten ihn durchaus noch ins schwarze Nichts befördern können. Ich hatte mit voller Kraft zugetreten.

Ich beugte mich etwas nach unten, um den Mann, den ich so lange zu lieben geglaubt hatte, genauer zu mustern. Nach näherer Betrachtung war ich mir sicher, dass er mich nicht erneut angreifen und noch eine ganze Weile dort am Boden liegen bleiben würde. Mir sollte es recht sein.

„Du wolltest einen Kampf", sagte ich nach Atem ringend, denn auch an mir war der Kampf nicht spurlos vorbei gegangen. „Ich habe gehalten, was ich versprochen habe. Ich habe dich besiegt. Das sollte als Beweis dafür, dass ich in der Lage bin, diese Einheit zu führen, ausreichen. Solltest du mich noch einmal verbal angreifen, dann bist du raus, und sollte dir *das* als Anreiz, dich mit deiner Meinung zurückzuhalten, nicht genügen", nun beugte ich mich so tief über Jack, wie es meine angeknacksten Knochen zuließen, „dann wirst du deiner Verlobten im Jenseits einen netten Gruß von mir bestellen."

34.

Ich verließ die Kommandozentrale und die Black Company so schnell ich konnte.

Meine letzten Worte waren hart gewesen und kratzten alte Wunden wieder auf, denn sie riefen Erinnerungen in mir wach, die ich lieber vergessen hätte. Dennoch hatte ich Jack in diesem Moment genauso wehtun wollen, wie er mir wehgetan hatte. Körperlich, wie auch seelisch hatte er bei mir so viele Wunden aufgerissen, dass ich jedes Mal länger brauchte, um sie wieder zusammenzuflicken. Dieses Mal wollte ich Vergeltung.

Wobei ich nicht mal sicher wusste, ob ihn meine Worte überhaupt getroffen hatten. Wie sehr wünschte ich mir, dass wir die Zeit noch einmal zurückdrehen könnten und ich den Mut hätte, Jack meine Gefühle zu gestehen, bevor er Sarah versprochen worden war. Ich hatte mich damals als junge Rekrutin geradezu nach ihm verzehrt. Wie oft hatte ich bis spät abends in der Black Company rumgehangen, weil ich ihm beim Training zugucken oder – noch besser – mit ihm trainieren wollte. Nur seinetwegen war ich damals überhaupt zur besten Rekrutin geworden. Ich hatte den anderen etliche Trainingsstunden voraus, nur um den nackten, muskulösen, vor Schweiß glänzenden Oberkörper von Jack Pers begaffen zu können.

Ich seufzte nostalgisch, während ich mit dem Fahrstuhl in die Tiefgarage fuhr.

Wie anders sähe unser Leben jetzt aus, wenn wir den Schritt gewagt hätten, zu unseren Gefühlen zu stehen. Vorausgesetzt, dass es Jack ebenso ergangen war wie mir.

Tatsache war, dass wir heute, im Hier und Jetzt, nur noch eines sein würden: ein unerfüllter Traum.

Zu viel war passiert, zu viel war zwischen uns vorgefallen, zu viele Worte gesagt, die nicht zurückgenommmen werden konnten. Jack und ich, die kurze, stürmische Liebelei, war vorbei und würde schon bald verblassen.

Sobald ich mich ins Auto gesetzt hatte und den Tiefen der Black Company entflohen war, rief ich Skip an, um zu fragen, wo er und Anni sich aufhielten. Ich musste mich dringend ablenken, bevor morgen das gemeinsame Training startete.

Es dauerte eine Weile, bis er ans Telefon ging, und der Lautstärke im Hintergrund nach zu urteilen, gegen die er versuchte anzuschreien, waren sie in irgendeinem Club. Ich konnte nur hoffen, dass er Ann von den Getränken fernhielt. Sirenen vertrugen nicht allzu viel.

Ich hielt das Handy mit einigem Abstand zu meinem Ohr fest und wartete geduldig, bis Skip mir die Adresse genannt hatte. Er klang selbst nicht mehr ganz nüchtern, und während ich ihm so zuhörte, regte sich in mir der Wunsch, mich ebenfalls abzuschießen.

War das vernünftig als Captain der Aufklärungseinheit?

Nein!

War es geistig gesund nach dem, was mit Jack passiert war? Alles andere, nur nicht das!

Sollte ich trotzdem in diesen Club fahren und mit Anni und Skip abfeiern?

Unbedingt!

Ich liebte es, diesem ganzen Schlamassel noch die Krone aufzusetzen. Das Fass mit dem letzten Tropfen zum Überlaufen zu bringen. Die elementare Karte zu ziehen, damit das Kartenhaus einstürzte.

Ich wollte feiern, vergessen, abschalten. Alles, um nur nicht mehr an Jack denken zu müssen.

Nach einer halben Stunde, die mir vorkam wie eine Ewigkeit, kam ich endlich bei besagtem Club an. Tja, was sollte ich sagen, die Krone saß, das Fass war übergelaufen und das Kartenhaus war nur noch ein chaotischer Haufen. Sie waren in Kays Club gegangen ... ausgerechnet.

Ich hätte die Tiefe des Loches, in das ich an diesem Abend fallen würde, selbst nicht besser planen können. Wer wusste schon, ob ich nach dieser Nacht überhaupt je wieder an die Oberfläche kommen würde. Das würde noch ein grausiges Ende nehmen, so viel stand fest.

Resigniert parkte ich den Wagen und ging zum Hintereingang. Der Türsteher öffnete mir die Tür, sobald er mich erkannte. Entweder hatte er ein gutes Gedächtnis oder jemand hatte ihm Bescheid gesagt, dass ich demnächst hier auftauchen würde.

Obwohl das *Nights* brechend voll war, fand ich Skip und Anni erstaunlich schnell. Sie hatten es sich in einer der Nischen bequem gemacht, in denen es bei meinem letzten Besuch hier zwischen Kay und mir heiß hergegangen war. Wenn Ann gewusst hätte, was schon alles auf dieser roten Samtcouch passiert war, hätte sie sicherlich nicht ihre Wange an dem Polster gerieben. Was tat sie da überhaupt? Ach egal. Ich wollte nicht mehr denken.

„Gott … Tessss!" Skip sprach meinen Namen aus, wie eine Schlange es tun würde, und schwankte bedrohlich vor und zurück. „Was is'n mit dei'm Gesich' passiert?"

Scheiße, erwischt!

„Gar nichts", sagte ich und warf Ann einen schnellen Blick zu. Doch die schien nicht einmal registriert zu haben, dass ich angekommen war. Das Sofa schien um einiges interessanter zu sein als ich.

„Was hat sie getrunken, Skip?", fragte ich vorsichtig und konnte nichts dagegen tun, dass die besorgte Freundin in mir zum Vorschein kam.

„Nich's, nur Champ'ner. Wirklich … versproch'n!" Skip hob zwei Finger und schwankte erneut.

„Was für Champagner, Skip?"

Skip sah mich an und taumelte von links nach rechts und wieder nach links. Ich glaubte schon, er sei mit offenen Augen eingeschlafen als …

„Ups!"

Er hatte ihr also Elfen-Champagner kredenzt, na ganz große Klasse. Allerdings wunderte es mich, dass Ann hier noch angezogen auf der Couch lag und mit dem Samtkissen schmuste, anstatt auf der Bühne einen Livestrip mit Gesangseinlage hinzulegen.

„Wir haben vorher was gerauch'. Von Eddie dem Schama'n … Kenns' ihn noch?"

Skip grinste mich dümmlich an, und es tauchten ein paar sehr verstörende Bilder vor meinem inneren Auge auf.

Oh ja, ich konnte mich bestens an Eddie erinnern. Eigentlich hätte ich nicht so erleichtert darüber sein sollen, dass Ann vor ihrem Champagnerrausch dieses Kraut geraucht hatte, aber irgendwie war ich es. Sie war ruhig und anschmiegsam und Gott sei Dank keine wilde Rampensau. Heute Nacht würde sie jedenfalls leichter ins Bett zu bringen sein als letztes Mal.

Trotzdem nahm ich mir vor, morgen ein ernstes Wörtchen mit Skip zu reden. Ann konnte nicht wissen, was sie in Empyrion unbedenklich essen und trinken konnte, er allerdings wusste es nur allzu gut. Er durfte nicht zulassen, dass Ann immer wieder an diese elfischen Köstlichkeiten geriet. Nicht dass sie irgendwann eine Überdosis davon bekam oder doch noch ganz Black York bei mir zu Besuch kam, um ihrer Stimme zu lauschen.

„A'so, Süße, wills'u jetz' auch was trink'n?", Skip lächelte mich schief an und legte mir seinen Arm um die Schulter.

„Ja, warum nicht", sagte ich und stand auf, um mir etwas zu besorgen.

An der Bar angekommen, bestellte ich mir einen Gin Tonic. Der Barkeeper war gerade dabei, den Drink zu mixen, als er von jemandem abgelöst wurde.

„Darf man als Captain, der seine Schäfchen früh ins Bett geschickt hat, überhaupt noch etwas trinken?"

Erschrocken riss ich meine Augen auf und starrte den Mann hinter der Bar an, der kein geringerer war als Kay.

„W-was machst du denn hier?", fragte ich überflüssigerweise, denn schließlich war das hier sein Club.

„Die Frage lautet wohl eher, was Ihr hier macht. Müsstet Ihr nicht ein Haufen Grünschnäbel trainieren, Tisiphone? Sieht Cole Black es gern, wenn die Anführer seiner Sondereinheit lieber etwas trinken gehen, als die Rekruten kampfbereit zu machen?" Kay schenkte mir ein boshaftes Lächeln.

„Ich bin niemandem Rechenschaft schuldig. Am allerwenigsten Cole Black", giftete ich und riss Kay meinen Gin Tonic aus der Hand. „Danke für den Drink. Geht auf den Besitzer", fügte ich mit einem süffisanten Grinsen hinzu und machte mich wieder auf in Richtung der Nische, in der Skip und Ann auf mich warteten.

„Tisiphone!"

Kay war so schnell hinter dem Tresen hervorgekommen und hinter mich getreten, dass ich es gar nicht bemerkt hatte. Seine dunkle, verführerische Stimme war direkt neben meinem Ohr und schmeichelte meinem empfindlichen Nacken.

„Nehmt mich in Eure Einheit auf", hauchte er und küsste sanft meinen Hals.

Bilder von Jack tauchten vor meinem inneren Auge auf und ich zuckte erschrocken zurück.

„Das geht nicht", sagte ich kurz angebunden.

„Weil Pers das sagt?", fragte Kay lachend und strich mir eine lose Haarsträhne hinter das Ohr. „Wenn ich mich recht entsinne, seid Ihr die Anführerin dieser Truppe und nicht dieser Halbgott."

Ich lächelte schwach und sah kurz zu ihm auf. Seine dunklen Augen fixierten mich, und ich hatte das Gefühl, mich in ihnen zu verlieren.

Als Kay einen Schritt auf mich zumachte, räusperte ich mich und wich etwas zurück. „Warum willst du plötzlich Teil dieser Einheit sein? Du hast dich in den letzten fünfhundert Jahren doch sonst auch nicht darum geschert, die Dämonen zurückzudrängen, warum jetzt plötzlich?"

Das interessierte mich wirklich. Auf einmal schien er ein wahnsinniges Interesse daran zu haben, etwas für unsere Verteidigung zu tun. Dabei hatten in den letzten Jahren seine Ambitionen ausschließlich darin bestanden, seine Gäste mit ausreichend Getränken zu bewirten und ihnen die Möglichkeiten zu bieten, ungestörten Sex zu haben.

„Vielleicht möchte ich wieder etwas Bedeutendes tun, Tisiphone, so wie Ihr." Erneut spielte er mit meiner Haarsträhne und kam ein Stück auf mich zu.

„Aber warum jetzt? Hast du eine tödliche Krankheit oder plötzlich so etwas wie ein Gewissen?" Ich lachte herzhaft auf, amüsiert über diesen Gedanken. Doch mein Lachen verstummte, sobald ich Kays Gesichtsausdruck sah. „Bist du krank?", fragte ich erschrocken und stellte fest, dass meine Brust sich schmerzhaft zusammenzog.

„Nein, ich bin ein Vampir. Wir altern nicht, wir werden nicht krank und wir entwickeln auch kein Gewissen. Zumindest die meisten von uns nicht."

„Was ist dann der Grund?" Entschuldigend sah ich den Vampir an. „Kay, ich kann dich nicht einfach in diese Einheit aufnehmen. Du musst mir schon einen triftigen Grund nennen. Du hast vielleicht damals in den Kriegen der Menschheit gekämpft und bei der Verteidigung gegen die Dämonen mitgewirkt, aber die letzten Jahre warst du eigentlich immer nur Kay, der Nachtclubbesitzer. Du bist aus dem Training, und die Angriffsstrategien der Dämonen haben sich mit der Zeit verändert."

„Seid gewiss, dass ich mich nach wie vor zu verteidigen weiß, Tisiphone. Und was meine Beweggründe angeht, Eurer Einheit beizutreten, nun, es wird für Euch der Umstand reichen müssen, dass ich einfach helfen möchte. Auch an mir sind die Hiobsbotschaften nicht spurlos vorübergegangen. Auch ich habe Angst um mein Zuhause. Das ist es auch, was Ihr Euren Rekruten und Jack erzählen könnt. Doch der eigentliche Grund, der nur für Eure Ohren bestimmt ist, lautet schlicht und einfach: Dass ich bei Euch sein möchte, Tisiphone. Einhundert Jahre habe ich Euch nicht gesehen, ein Wimpernschlag für einen Vampir und doch lang genug, um Euch zu vermissen. Ich weiß um Eure Gefühle für den Halbgott und ich weiß auch um seine Unfähigkeit, Liebe zu empfinden, nach dem, was ihr getan habt. Und obwohl ich vermutlich keine Chance bei Euch habe, möchte ich doch nicht behaupten, es nie versucht zu haben. Also, meine verehrte Tisiphone, ich werfe meinen Hut in den Ring."

Und mit diesen Worten ließ er mich dort mitten im Club mit einem Glas Gin Tonic in der Hand und den verworrensten Gedanken im Kopf zurück.

Obwohl ich eigentlich vorhatte, mich so richtig abzuschießen, war der Abend doch schneller für mich vorbei als erwartet. Ich hatte nicht einmal meinen Gin Tonic ausgetrunken, weil ich viel zu beschäftigt damit war, meine Gefühle neu zu sortieren. Es hatte mir schon gereicht, dass mir Anni dauernd ins Gewissen redete und meine Gefühle durcheinanderbrachte, aber dass jetzt auch noch genau das eingetroffen war, was sie mir prophezeit hatte, war alles andere als cool. Zumal es nicht Jack war, der diese Worte zu mir gesagt hatte, sondern Kay. Ann dagegen dürfte über den Verlauf dieser Seifenoper mehr als zufrieden sein, denn sie war definitiv für Team Kay. Wunderbar! *Twilight* ließ grüßen.

Um das Gehörte besser verarbeiten zu können, machte ich mich schon früh auf den Weg nach Hause, nicht ohne Skip das Versprechen abgenommen zu haben, Ann sicher nach Hause zu geleiten. Er war zwar ziemlich stoned, aber Skip hätte man selbst in diesem Zustand noch sein Leben anvertrauen können.

Ich jedenfalls kam zu einer christlichen Zeit nach Hause und lag noch lange wach, mit Kays Worten in meinem Ohr, die unablässig durch meinen Kopf kreisten und kreisten und kreisten.

Sie drängten mir die Frage auf, die ich mir eigentlich nicht stellen wollte, zumindest nicht jetzt, wo es genug andere Dinge gab, über die ich mir Sorgen machen musste. Und doch kam ich nicht drumherum. Ann hatte mir schon die gleiche Frage gestellt, auf die ich nun eine Antwort finden musste: War Kay vielleicht die bessere Wahl für mich?

Die Frage schwebte die ganze Nacht wie ein Damoklesschwert über mir. Um der Antwort auszuweichen, ging ich im Kopf lieber Angriffstaktiken durch und fragte mich, wie wir in der Menschenwelt am besten vorgehen sollten. Als Captain der Sondereinheit war ich am Morgen daher bestens vorbereitet. Doch mein Gefühlschaos blieb.

Als ich morgens am Frühstückstisch saß – von Ann war weit und breit nichts zu sehen und ich hoffte, dass sie bei Skip übernachtet hatte –, waren alle Angriffsmanöver und -taktiken durchdacht und aufgestellt. Leider gab es nichts mehr, womit ich mich von meinem inneren Zwiespalt bezüglich Jack und Kay hätte ablenken können.

Meine Gedanken wechselten hin und her zwischen dem Vampir, der mir am Vorabend diese verwirrenden Worte ins Ohr geflüstert hatte und dem Halbgott, der in einem Moment heiß und leidenschaftlich über mich hergefallen war, mich im nächsten Moment jedoch behandelt hatte wie eine Hure. Wie ein Ping-Pong-Ball sprangen meine Gedankengänge zwischen den beiden hin und her. Als Jack und ich uns so nah gewesen waren, uns geküsst, berührt, leidenschaftlich den Körper des anderen erobert hatten, da hatte ich nichts von dem Hass oder der Wut gespürt, die ihn sonst wie eine zweite Aura umgab. Da waren wir einfach nur Tess und Jack. Danach sitzen gelassen zu werden, tat mehr weh als jede körperliche Verletzung. Und ich wusste, wovon ich sprach, denn er hatte mich gefoltert. Ich wusste also, was Schmerz bedeutete, vor allem solcher, der mir von Jack Pers zugefügt wurde.

Kay hingegen hatte mir noch nie wehgetan. Doch empfand ich ebenso starke Gefühle für ihn wie für Jack? Konnte ich mit Überzeugung sagen, dass ich mir eine Zukunft mit ihm vorstellen konnte?

Nein … und gleichzeitig wieder Ja …

Wir hatten Spaß zusammen. Mit ihm konnte ich lachen, reden und auch einfach nur schweigen. Dennoch war da nie dieses Herzklopfen gewesen wie bei Jack. Vielleicht weil ich Jack meine ungeteilte Liebe geschenkt hatte und mich nie auf einen anderen Mann hatte einlassen können. Aber wollte ich das?

Dass Jack zu lieben, bedeutete, Schmerzen zu haben, war kein schöner Gedanke, aber leider die Wahrheit. Wollte ich die Schmerzen wirklich weiter in Kauf nehmen? Schmerzen, Demütigung, Verzweiflung, Hin- und-Hergerissenheit? Nein!

Wollte ich mich stattdessen auf Kay einlassen? Keine Ahnung.

Aber vielleicht musste ich das auch gar nicht. Mich von Jack zu lösen, bedeutete ja nicht gleichzeitig, mir Gefühle für Kay einzugestehen. Ich konnte der Männerwelt auch einfach wieder den Rücken kehren. Das hatte ich ein Jahrhundert lang geschafft, warum nicht also weitere hundert Jahre auf den Richtigen warten? Vielleicht war der richtige Mann an meiner Seite ja ein Gestaltwandler, ein Magier, ein Vampir, ein Gott, wer weiß, vielleicht sogar ein Mensch.

Aber anstatt mir darüber Gedanken zu machen, sollte ich mich besser auf meine Aufgabe konzentrieren, und das bedeutete, meine Rekruten so gut es ging zu trainieren und mein Team dazu zu bringen, zusammenzuarbeiten. Wir mussten eine harmonische Einheit bilden, wenn wir in die Menschenwelt wollten, um einen Dämon zu beschwören. Das war jetzt am wichtigsten.

Außerdem schlug ich so zwei Fliegen mit einer Klappe: Während ich die Welt rettete, war ich abgelenkt von meinem komplizierten Liebesleben.

Zufriedener als den Abend zuvor betrat ich um Punkt sieben Uhr die Black Company und war so euphorisch, dass ich mir sicher war, dass heute ein guter Trainingstag mit meinen Rekruten werden würde. Ich war voller positiver Gedanken. Kein Wässerchen konnte mich trüben. Zumindest bis ich die Kommandozentrale betrat und das Chaos sah, welches Jack und ich gestern hinterlassen hatten. Doch das war nicht das Einzige. Mitten in dem Chaos standen der Halbgott und der Vampir und maßen sich mit Blicken, die jeden Revolverhelden dazu gebracht hätten, das Duell noch vor dessen Beginn zu beenden.

„Was macht ihr denn schon so früh hier?", fragte ich genervt und ließ meine Sporttasche neben der Eingangstür fallen.

„Dasselbe könnte ich Euch fragen, meine Schöne", erwiderte Kay.

Bei dem Kosenamen malmte Jack zornig mit den Zähnen und stieß laut schnaubend die Luft aus.

„Ich wollte das Chaos hier beseitigen", sagte ich langsam und fixierte dabei Jack, doch der Halbgott sah weiterhin nur Kay an.

„Was ist hier passiert?", fragte Kay und musterte Jack aus zusammengekniffenen Augen.

„Ich hatte Lust, umzudekorieren. Kay, was machst du hier?", fragte ich den Vampir trocken.

„Ich wollte noch einmal auf unser Gespräch von gestern Abend zurückkommen. Ich hoffe, Ihr habt es Euch überlegt, Mylady. Ich tue mich sehr schwer damit, Geduld zu üben.“

Oh, oh, das hätte Kay vor dem Halbgott nicht sagen dürfen.

Jacks Blick schnellte in meine Richtung und schien mich mit seinen Augen zu erdolchen. „Du warst gestern Abend bei ihm?“, knurrte er.

„Kay, würdest du uns bitte alleinlassen? Komm doch nachher zum Training, dann werde ich mir ansehen, was du draufhast, und mit Skip besprechen, ob wir ein weiteres Mitglied benötigen, in Ordnung?“

Kay nickte und verließ sofort den Raum, wofür ich ihm unglaublich dankbar war.

Ein hitziges Gemüt zu beruhigen, und dann auch noch das von einem Halbgott, war schon kräftezehrend genug. Da brauchte ich nicht auch noch einen beleidigten Vampir.

„Was willst du von mir, Pers“, fauchte ich, sobald sich die Tür hinter Kay geschlossen hatte. „Willst du eine zweite Runde, ist es das? Die Kommandozentrale haben wir ja schon erfolgreich zerstört. Hey, nehmen wir uns doch als Nächstes Blacks Büro vor.“ Aufgebracht warf ich die Arme in die Luft und begann unruhig auf und ab zu tigern.

„Warst du oder warst du nicht gestern Abend bei diesem Vampir?“ Das letzte Wort spie Jack aus und sah kurz in Richtung Tür, als hoffte er, ihm doch noch einen Kinnhaken verpassen zu können.

„Es geht dich nichts an, wo ich gestern Abend war, Jack. Wir sind kein Paar. Wir sind noch nicht einmal

Freunde. Du hast mich nach unserer gemeinsamen Nacht einfach sitzengelassen und danach wie Luft behandelt. Glaubst du, es gefällt mir, so gedemütigt zu werden?"

„Das eine hat mit dem anderen nichts zu tun. Abgesehen davon würde ich den Mund nicht zu weit aufreißen, Furie. Einen schnellen Abgang hinlegen kannst du auch sehr gut."

Ich nickte. Er hatte recht. Damals, als wir uns in seiner Wohnung geküsst hatten, hatte ich ihn ebenfalls sitzengelassen.

„Ich war verwirrt, okay? Du hattest mich erst einen Tag zuvor gefoltert und dann bringst du mich in dein Schlafzimmer, wartest, bis ich geheilt bin, und küsst mich. Ich musste nachdenken. Immerhin habe ich dich danach nicht ignoriert. Das in der Dusche war etwas anderes … das war ein Schritt … Ich dachte … Es hat dich jedenfalls nicht zu interessieren, wo ich war. Ich bin dir keine Rechenschaft schuldig." Ich fuhr mir nervös durch die Haare, während Jack mich plötzlich ganz merkwürdig ansah. Ich konnte seinen Blick nicht richtig deuten, denn über sein Gesicht huschten so viele Emotionen, dass es schwer war, festzumachen, was er gerade dachte. Ich konnte nur eines mit Sicherheit sagen: So hatte er mich bisher noch nie angesehen.

Als er nichts sagte, trat ich erschöpft auf ihn zu. „Was willst du, Jack? Ich ertrag das langsam nicht mehr. In deiner Nähe habe ich das Gefühl, Achterbahn zu fahren, und das macht viel weniger Spaß, als es sich anhört. Im ersten Moment willst du mich, dann stößt du mich weg und zwar so weit, dass ich dich kaum noch sehen kann. Dann bist du eifersüchtig, dann bin ich wieder Luft für dich. Ich komme einfach nicht mehr mit. Was willst du?"

Doch Jack hatte keine Antwort für mich. Er wirkte irgendwie überfordert. Entweder hatte er sich bisher noch keine Gedanken darüber gemacht, was er wirklich von mir wollte, was meine Theorie, dass ich ihm nichts bedeutete, untermauert hätte. Oder er machte sich sehr wohl Gedanken darüber, was für Gefühle er für mich hegte, war jedoch noch zu keiner eindeutigen Antwort gekommen, was Skips Theorie, dass Jack schon damals etwas für mich empfunden hatte, unterstrichen hätte.

Der Halbgott sagte nichts, und das war ebenso wenig aussagekräftig wie ein *vielleicht*, also beließ ich es dabei.

„Ist ja auch egal. Wir haben gerade Wichtigeres zu tun. Wir müssen die Truppe ausbilden und endlich diesen Anführer der Dämonen identifizieren. Das hat Vorrang. Wenn wir die Aufgabe nicht erfüllen, dann hat es sowieso keinen Sinn, über eine Zukunft nachzudenken, also kümmern wir uns doch darum und lassen es so, wie es ist. Wir sind Soldaten, die Seite an Seite kämpfen. Mehr nicht. Und sollte ich mich dazu entscheiden, Kay in die Sondereinheit aufzunehmen, dann möchte ich, dass du das akzeptierst. In Ordnung?"

Jack nickte nur stumm und sah mich weiterhin mit unergründlicher Miene an.

Ich nickte ebenfalls knapp. „Ich werde jetzt das Chaos beseitigen, damit alles wieder einigermaßen vorzeigbar aussieht, sobald die Rekruten eintreffen, und dann werden wir unser erstes gemeinsames Gruppentraining absolvieren. Ich bin gespannt, wie das wird."

„Ich helfe dir", stellte Jack nüchtern fest, doch ich wollte einfach nur allein sein. Ich musste nachdenken und versuchen das umzusetzen, was ich Jack gerade gesagt hatte. Nämlich mich auf die Mission konzentrieren und auf nichts anderes.

„Nein. Ich mache das allein, bitte geh und lass mir etwas Raum und Zeit. Ich muss noch ein paar Strategien ausarbeiten."

„Okay." Eine Welle der Erleichterung ging von Jack aus. Offensichtlich war ich nicht die Einzige, die etwas Zeit und Raum für sich brauchte. Heute waren viele Worte gesprochen worden, die des Nachdenkens bedurften.

Als Jack gerade die Tür öffnen wollte, um die Kommandozentrale zu verlassen, nahm ich meinen ganzen Mut zusammen und sagte noch: „Ich war gestern Abend nicht bei Kay. Ich habe mich zu Skip und Ann gesellt, die in seinem Club abgestiegen waren. Dort hat er mich noch einmal darum gebeten, ins Team aufgenommen zu werden. Das ist alles."

Jack war mitten in seiner Bewegung erstarrt. Als das letzte Wort gesprochen war, nickte er nur kurz und verließ dann den Raum. Erst als die Tür laut ins Schloss fiel, spürte ich die Enttäuschung über seine Reaktion in mir aufsteigen.

Ich starrte Jack noch eine Weile nach, bevor ich es schaffte, mich innerlich aufzuraffen. Erst einmal würde ich diese Kommandozentrale wiederherrichten und danach würde ich mit meinen Rekruten trainieren. Keine Ablenkungen mehr durch irgendwelche Halbgötter oder Vampire.

Ein super Plan.

Mit einer fließenden Bewegung streifte ich mir die Lederjacke von den Armen und stemmte die Hände in die Hüften.

Verdammt, wo in diesem Chaos sollte ich bloß anfangen? Meine Augen glitten an den umgekippten Regalen entlang. Zerstörte Computer, lose herumfliegende Zettel, durchgebrochene Pinnwände, sehr teuer aussehende Funkgeräte, die nicht mehr so aussahen, als würde sie noch irgendeinen Funkspruch senden oder empfangen können, umgekippte Stühle und Tische.

Ach herrje.

„Verdammt, hier sieht es aus, wie mein Schädel sich anfühlt.“

Erschrocken zuckte ich zusammen, machte einen Satz zur Seite und nahm automatisch Kampfhaltung ein.

„Sehr gut, Tess. Du hast deine alte Form definitiv zurückerlangt.“ Skip zeigte mir einen Daumen nach oben und rieb sich dann über die Augen. „Oh Mann, sieht es hier wirklich so aus oder träume ich das nur?“

Ich zuckte mit den Achseln und machte mich daran, die ersten Stühle wieder aufzustellen.

„Was ist hier passiert?“, Skip ließ sich auf besagten Stuhl fallen und sah aus, als könnte er sich nicht entscheiden, ob er ein schmerzverzerrtes oder verwirrtes Gesicht aufsetzen sollte.

„Tess?“

„Frag nicht, okay?“

„Hmpf!“

„Na schön", rief ich und feuerte die soeben aufgehobene Tastatur in die Ecke. „Jack und ich haben gestern – "

„Igitt!" Skip sprang sofort auf und musterte den Stuhl skeptisch, nur um sich gleich wieder stöhnend an den Kopf zu greifen. Offensichtlich waren er und Ann gestern noch ziemlich lange unterwegs gewesen. Und da man von Gras bekanntlich keinen Kater bekam, musste er noch sehr tief ins Glas geschaut haben.

„Nein, wir ... Wir haben uns geprügelt ..."

„Ernsthaft?", fragte Skip überrascht.

„Ja, verdammt", keifte ich.

„Au! Okay, verstanden. Ist ja gut. Könntest du bitte aufhören, so zu schreien?" Wieder griff Skip sich an den Kopf und ließ sich auf den Stuhl fallen. „Wie kam es dazu?", fragte er vorsichtig, während ich einen erneuten Versuch startete, aufzuräumen.

„Die Kurzfassung: Jack weiß nicht, was er will, aber er weiß, was er *nicht* will. Er möchte Kay nicht in unserer Sondereinheit. Kay wiederum möchte der Einheit beitreten, weil er etwas für mich empfindet – oder so ähnlich."

Ich schüttelte verwirrt den Kopf. Wenn man es laut aussprach, war es noch skurriler.

„Offiziell ist es natürlich, weil er helfen möchte. Und ich? Ich habe keine Ahnung, wie das Ganze weitergehen soll. Ich möchte mich nicht zwischen den beiden entscheiden, denn derjenige von beiden, den ich will, ist nicht bereit für eine Zukunft mit mir. Ich bin wütend auf mich selbst, denn würde ich Kay lieben und nicht dieses arrogante Arschloch von einem Halbgott, dann wäre alles viel weniger kompliziert. Aber so ist es halt. Jetzt weiß ich weder, wie ich mit Kays Geständnis umgehen soll, noch wie es mit Jack weitergeht. Deswegen konzentriere ich mich von nun an voll und ganz auf unsere Mission. Apropos, du solltest schnell wieder fit werden für das gemeinsame Training später. Ach, und Kay kommt nachher noch vorbei, um zu zeigen, was er draufhat. Wenn er gut kämpfen kann und ein Teamplayer ist, werde ich ihn rekrutieren."

„Und das", Skip machte eine demonstrative Pause, „war also die Kurzfassung?"

Ich nickte unsicher.

„Oh Mann! Du sitzt mächtig in der Scheiße, Süße!"

„Na vielen Dank auch."

„Hey", lachte Skip und hob in einer friedvollen Geste die Hände in die Luft. „Ich nenne das Kind nur beim Namen."

Ich stöhnte erneut auf und pfefferte wahllos Sachen von der einen in die andere Ecke. Aufräumen eben.

„Aber ich finde es gut, dass du dich zunächst voll und ganz auf unsere Mission konzentrieren möchtest. Danach können wir uns um deine Männer kümmern."

„Sag nicht Männer", jaulte ich.

„Hey, Süße, ich kann nichts dafür, dass sie dir alle zu Füßen liegen", lachte mein bester Freund und zauberte mir damit sogar ein Grinsen ins Gesicht.

Skip freute es sichtlich, dass er mir etwas von meiner düsteren Stimmung genommen hatte, und dafür liebte ich ihn. Er war der Inbegriff eines besten Freundes.

35.

Es war schon zehn Uhr durch, als endlich alle anwesend waren und wir mit dem Training beginnen konnten. Das war zwar anders geplant gewesen, aber ich nahm, was ich kriegen konnte. Skip war einigermaßen wieder fit und auch Jack legte eine professionelle Distanziertheit an den Tag, mit der ich leben konnte. Ich war etwas entspannter, nachdem ich eine Hexe hatte auftreiben können, die das Chaos, das Jack und ich hinterlassen hatten, beheben konnte und es aussehen ließ, als wäre in der Kommandozentrale nie etwas passiert. Gott sei Dank hatte sie keine Fragen gestellt und schien auch nicht sonderlich erpicht darauf, Cole Black Bericht zu erstatten. Als sie dann noch nicht einmal Geld von mir haben wollte, war ich kurz davor, ihr einen Heiratsantrag zu machen.

Wir begannen damit, uns aufzuwärmen und ein paar Trockenübungen mit den nicht automatischen Waffen auszuführen. Danach ließ ich jeden einzelnen Rekruten in einer Simulation kämpfen und die anderen Soldaten zuschauen. Sie sollten die Stärken und Schwächen ihrer Teammitglieder kennenlernen. Danach ließ ich sie gegeneinander kämpfen, um abzuschätzen, wer stärker und schwächer war. Ich bildete Drei-Mann-Teams die, sollten wir wirklich in ein Gefecht geraten, zusammenbleiben und sich gegenseitig verteidigen sollten. So konnte ich sichergehen, dass niemand allein einem Dämon gegenüberstand und im Ernstfall sterben musste, weil jeder Kamerad für sich kämpfte.

Wir führten immer wieder Simulationen durch, in denen wir entweder die Dreierteams antreten ließen oder gemeinsam aufs Schlachtfeld gingen. Die Simulation hatte für uns den schwierigsten aller Grade eingestellt, woran man erkannte, dass sie sich immer wieder unseren Stärken und Schwächen anpasste. Ich war erleichtert, zu sehen, dass wir die Mehrzahl der absolvierten Simulationen für uns entscheiden konnten. Das war ein Anfang.

Ich war in einem Team zusammen mit dem stillen Bay und noch zwei weiteren Rekruten. Wir harmonierten sehr gut miteinander und konnten uns immer auf den jeweils anderen verlassen. Es wäre wohl gemein, als Captain einen Liebling zu haben, aber leider musste ich gestehen, dass ich von all meinen Rekruten, Skip und Jack ausgenommen, Bay am liebsten hatte. Ich kämpfte gern an seiner Seite und schätzte seine ruhige, bedachte Art, mit jeder Situation fertigzuwerden.

Wir trainierten den ganzen Tag hindurch, und ich musste ehrlich zugeben, dass es besser lief als erwartet. Ich gab meinem Team eine Woche, dann wären wir soweit, die Mission anzutreten und in die Menschenwelt zu gehen.

Am Nachmittag stieß Kay zu uns. Da ich Jack vorgewarnt hatte, fiel das Zusammentreffen weniger unterkühlt aus als befürchtet, was mich mehr als nur erleichterte.

Doch Kay war nicht der Einzige, der uns besuchen kam. An seiner Seite war Anni, die sich sehr angeregt mit ihm unterhielt und sichtlich Spaß an der Unterhaltung hatte. Mit einem leichten Stich in der Brust stellte ich fest, dass es mir etwas ausmachte, mit anzusehen, wie er einer anderen Frau Avancen machte. Ann, die Wachs in seinen Händen war, schien sichtlich Gefallen an Kays charmanter Art zu finden. Für meinen Geschmack war sie ein bisschen zu sehr für Team Kay, denn so wie es aussah, wollte sie ihn lieber für sich haben.

Schnell schüttelte ich den Kopf, um diese Gedanken aus meinem Schädel zu bekommen, und bemühte mich um eine nette Begrüßung der beiden.

„Hey, ihr zwei."

„Hallo!" Ann winkte mir mit einem freudestrahlenden Lächeln zu, welches beim Anblick meines Gesichtsausdrucks sofort wieder in sich zusammenfiel.

„Was machst du denn schon wieder hier? Du weißt doch, dass du die Black Company als Zivilistin nicht betreten darfst."

So viel zum Thema nett und freundlich bleiben.

„Ich ... ähm ... wollte euch beim Training zusehen. Und auf dem Weg hierher bin ich Kay begegnet, u-und ..."

„Wir sind zusammen hierhergekommen. Lasst Eurer Freundin doch den Spaß, Tisiphone. Allein zu Hause langweilt sich diese wunderschöne Sirene nur", sprang Kay hilfsbereit ein und erntete einen angesäuerten Blick von mir.

„Du solltest dich lieber für deinen Testkampf fertigmachen. Gleich wirst du nämlich gegen Jack kämpfen."

Bei meinen Worten schnellten Skips und Jacks Kopf gleichzeitig zu mir herum. Tja, was sollte ich sagen, diese Idee war mir soeben ganz spontan gekommen.

„Tisiphone, sagt, habe ich Euch verärgert?", fragte Kay besorgt und ließ seinen Arm, in dessen Beuge eben noch Anns Hand gelegen hatte, langsam sinken.

„Nein, überhaupt nicht", erwiderte ich scheinbar gleichgültig. „Mach dich einfach nur fertig."

Sobald Kay in Richtung der Umkleidekabinen verschwunden war, kam Skip zu mir und sprach leise und eindringlich auf mich ein, diese hirnrissige Idee noch einmal zu überdenken.

„Nein, ich habe mich entschieden. So können die beiden auch endlich ihren Zwist beilegen, was für uns nur gut ist, sollte Kay mit in die Truppe kommen", unterbrach ich Skips Bitten bestimmt und sah zu Jack hinüber. Dieser suchte sich bereits die ersten Waffen aus und schien sich darauf zu freuen, Kay endlich in den Arsch treten zu können.

Ein schmerzhafter Knoten, der sich in meinem Magen gebildet hatte, erinnerte mich daran, dass das hier wirklich keine gute Idee war, doch das ignorierte ich. Die Furie in mir wollte sehen, wie sich die beiden Männer um mich schlugen und sich gegenseitig Schmerzen zufügten. Jack sollte für das büßen, was er mir angetan hatte, und Kay, nun ja, der hatte eine Lektion für das Geturtel mit Ann verdient.

So war das, wenn man eine Bekanntschaft zu einer Furie pflegte, man wusste nie, wann der Wunsch nach Rache bei ihr geweckt wurde.

Skip erkannte schnell, dass mit mir nicht zu reden war, und verschwand, um auf den Halbgott einzureden. Doch der hatte ebenfalls Blut geleckt. Obwohl ich nicht verstehen konnte, was Skip zu ihm sagte, hatte ich den Eindruck, dass er bei Jack auf Granit stieß.

Während ich darauf wartete, dass Kay sich wieder blicken ließ, schaute ich den anderen Rekruten beim Kämpfen zu. Ann, auf die ich ebenfalls nicht so gut zu sprechen war, kam mit einer schuldbewussten Haltung auf mich zu und blieb unschlüssig neben mir stehen.

„Hey … du bist ja gestern ganz schön früh gegangen", versuchte sie ein Gespräch anzufangen. Als ich nicht reagierte, trat sie nervös von einem Bein aufs andere. „Tess … hab ich irgendetwas falsch gemacht? Ich habe das Gefühl –"

Doch weiter kam sie nicht, denn in diesem Moment kam Kay, komplett in Kampfmontur, zurück aus der Umkleidekabine.

„Rekruten", rief ich laut, und alle Kämpfenden hielten sofort inne. Wunderbar, Disziplin musste sie niemand mehr lehren. „Bitte verlasst die Trainingshalle. Kay und Jack werden nun gegeneinander antreten. Sollte Kay gewinnen, wird er Teil unserer Sondereinheit."

Die Rekruten fingen sofort an, wild durcheinanderzureden. Einige schlossen sogleich Wetten mit ihren Teamkollegen ab, doch als ich meine Hand erhob, verstummten sie wieder.

„Ruht euch aus, geht zur Kräuterhexe und holt euch einen Stärkungstrunk oder schaut zu. Ganz gleich, aber seid still und verlasst jetzt diesen Raum."

Die Rekruten ließen sich meine Aufforderungen nicht zweimal sagen und setzten sich draußen direkt vor die Glasfront der Trainingshalle, um ja nichts zu verpassen. Sie sahen wie aufgeregte Schulkinder vor ihrer ersten Magie-Stunde aus. *Niedlich.*

Ich folgte meinen Rekruten nach draußen und lehnte mich hinter ihnen an die Wand, Jack und Kay von dieser Position aus gut im Blick.

Leise tuschelnd wanderten Geldscheine von einem Rekruten zum anderen, während sich jeder einen Favoriten aussuchte. Schmunzelnd sah ich dabei zu und stellte mir selbst die Frage, wen von beiden ich gewinnen sehen wollte.

Hätte ich meine Gefühle außer Acht gelassen, wäre meine Wahl definitiv auf Kay gefallen. Jemanden wie ihn konnte ich wirklich gut in meinem Team gebrauchen. Vorausgesetzt natürlich, er hatte bezüglich seiner Kenntnisse und Fähigkeiten die Wahrheit gesagt.

Ich beobachtete Kay, während er langsam zu den Waffen ging und sich einen Überblick verschaffte. Jack war inzwischen schon in der Trainingshalle und machte sich langsam warm.

Skip schien verzweifelt, hatte die Hände über dem Kopf zusammengeschlagen und fixierte die beiden abwechselnd. Die Rekruten tauschten weiterhin Geld und wetteten auf den Halbgott oder den Vampir, einige hatte sich Snacks aus einem Automaten besorgt und vertilgten das beliebte Zuckerbrot der Elfen oder die Kräuterchips der Schamanen. Ann hingegen sah mich immer wieder von der Seite an, als wüsste sie nicht recht, wie sie unser Gespräch wieder aufnehmen sollte.

Doch das war mir egal. Ich hatte keine Ahnung, wo dieser Eifersuchtsanfall hergekommen war und warum die Furie in mir sich plötzlich so stark regte, dass ich das Gefühl hatte, mich jeden Moment verwandeln zu müssen. Ich wusste auch nicht, warum ich die beiden Männer gegeneinander kämpfen ließ. Zumindest der gutmütige Teil in mir wusste das nicht.

Der Bösartige wusste es ganz genau. Noch nie war es mir so schwergefallen, beide Teile miteinander in Einklang zu bringen. Die Furie schien sich komplett von mir gelöst zu haben und darauf zu pochen, die Macht an sich zu reißen. Es war ein innerer Kampf, ausgelöst durch die Gedanken, die ich mir schon die ganze Zeit über Jack und Kay machte. Das gemeinsame Erscheinen von Kay und Ann hatte mein Gemüt auch nicht gerade beruhigt. Im Gegenteil, es wurde nur weiter angestachelt, was der Grund war, warum ich mich hier gerade wie die letzte Furie aufführte. Doch anstatt den bevorstehenden Kampf zu verhindern oder mich für mein rüdes Verhalten bei meiner besten Freundin zu entschuldigen, wartete ich gespannt darauf, was gleich passieren würde.

Kay nahm ein langes Schwert aus dem Sammelsurium an Waffen. Jack hatte sich für zwei Kurzschwerter entschieden. *Interessante Wahl.*

Mit diebischer Freude sah ich dabei zu, wie der Vampir die Arena betrat – Verzeihung, ich meinte natürlich die Trainingshalle – und Kampfhaltung einnahm.

Jack war inzwischen aufgewärmt und nahm ebenfalls Haltung an. Wie vor jedem Kampf müssten sich die beiden Teilnehmer der Höflichkeit halber einmal voreinander verbeugen. Doch wie ich schon geahnt hatte, verzichteten die Kontrahenten darauf.

Langsam begannen sie, einander zu umkreisen und sich gegenseitig mit Blicken zu fixieren. In Jacks Augen blitzte die ungezügelte Wut auf und der Wunsch, Kay den Kopf abzuschlagen. Kay hingegen strahlte Überlegenheit aus und ruhige Eleganz. Zu diesem Zeitpunkt hatte Kay die besseren Karten. Jack ließ sich von seiner Wut leiten. Seiner ungebremsten Wut, und das konnte ihm zu Verhängnis werden.

Es dauerte nicht lange, bis Jack den ersten Angriff wagte und mit mehreren Hieben seiner Kurzschwerter auf Kay eindrosch. Doch Kay parierte gekonnt jeden Hieb mit einer Leichtigkeit, die mich überraschte. Jack hingegen schien Kays elegante Art zu kämpfen und die Tatsache, dass er jede seiner Attacken abwehrte, nur noch wütender zu machen, und so startete er sofort den nächsten Angriff.

Dieses Mal setzte er nicht nur seine Schwerter ein, sondern auch einige ausgefeilte Tritttechniken aus dem Taekwondo. Kay taumelte nach einem Treffer ein Stück zurück, fand sein Gleichgewicht aber sofort wieder. Er schien keine Eile zu haben, sich auf seinen Gegner zu stürzen. Er ließ Jack sich lieber verausgaben und sammelte währenddessen alle Kenntnisse über dessen Kampfstil. Was er nicht wusste, war, dass der Halbgott über eine enorme Ausdauer verfügte, sodass Kay nicht lange drum herumkommen würde, ihn seinerseits anzugreifen.

Nachdem Jack ein, zwei weitere Vorstöße gewagt hatte, kam nun auch der Vampir zum Zug. Ich kam nicht umhin, seine Eleganz und Geschmeidigkeit zu bewundern. Jeder Hieb mit dem Schwert, jeder Schritt, jeder Tritt sah aus wie eine einstudierte Choreografie, die nicht nur erotisierend auf mich wirkte, sondern paradoxerweise auch noch ausgenommen männlich. Er tänzelte um seinen Gegner herum, wagte halbherzige Angriffe, um dessen Verteidigungslinie zu testen und eine Lücke zu finden. Er parierte jeden Angriff von Jack und schaffte es immer öfter, mit seinem Schwert unter dessen Deckung hindurchzutauchen.

Das Machtverhältnis zwischen den beiden wechselte so oft, dass ich kaum noch hinterherkam. Jack hatte zumeist die Oberhand, weil er fast ausschließlich aus der Position des Angreifers kämpfte, aber Kays defensiven Kampfstil durfte man nicht unterschätzen. Manche Kämpfer konnten besser reagieren und nutzten die Stärken ihres Gegners aus. Jack war ein begnadeter Kämpfer und normalerweise besonnen und unvoreingenommen. Doch heute ließ er sich von seiner Wut und anderen Gefühlen leiten, die ihn aufwühlten.

Während die beiden sich immer schneller durch die Trainingshalle bewegten, einander angriffen und Attacken parierten, immer wieder Vorstöße wagten, Tritttechniken ausprobierten und versuchten, die Schwächen ihres Gegners herauszufinden, wurde die Furie in mir immer mehr von dieser Szene in den Bann gezogen.

Ohne es zu merken, war ich einen Schritt nach vorne getreten und hatte meine Flügel weit ausgespannt. Die Rekruten, die alle wie kleine Kinder mit den Nasen an der Scheibe klebten, bemerkten nicht, was hinter ihnen passierte, aber Ann und Skip sahen mich erschrocken an. Ohne es bewusst wahrzunehmen, hatte ich angefangen, mich in die Furie zu verwandeln.

Jedes Mal, wenn Kay durch Jacks Deckung tauchte und ihm einen Hieb mit dem Schwert versetzte und Jack Kay mit seinen Kurzschwertern traf, wurde ich ein bisschen mehr zur Furie. Meine schwarzen Flügel hatten sich entlang des Flures ausgebreitet, der gerade so genug Platz dafür bot. Meine Augen färbten sich schwarz, meine Haare wurden dunkler und die silbernen Armreifen verbanden sich miteinander zu den silbernen Peitschen, die sich langsam meine Arme hinunterschlängelten. Mit Genugtuung sah ich dabei zu, wie der Halbgott und der Vampir sich immer schwerere Verletzungen zufügten und Blut den Boden der Halle benetzte.

Inzwischen konnte man aufgrund des schnellen Kampfstils nur noch verschwommene Umrisse erkennen und ich wusste nicht mehr, wer einen weiteren Treffer gelandet oder eingesteckt hatte. Ich sah nur noch Blut, und der grausame Teil in mir fing langsam an, Gefallen an dem Anblick zu finden. Oh ja, Rache war wahrlich süß.

Inzwischen waren Skip und Ann nicht die Einzigen, die das Schauspiel alles andere als lustig fanden. Vereinzelt drehten sich die Rekruten zu uns um und erschraken bei meinem Anblick. Das Antlitz einer Furie bekam man nicht oft zu Gesicht – nicht, ohne kurz darauf zu sterben oder wahnsinnig zu werden.

Als ich meinen Rekruten einen Blick mit meinen schwarzen Augen zuwarf, preschten sie vor Angst auseinander und ermöglichten mir eine noch bessere Sicht auf meine kämpfenden Männer.

Es wäre eine Lüge, zu behaupten, ich hätte mich nicht an diesem Anblick geweidet. Meine Verwandlung zur Furie ermöglichte es mir, die Bewegungen der beiden leichter zu verfolgen. Ich sah die tiefschürfenden Verletzungen, die angespannten Gesichter, die teilweise zerstörten Kampfmonturen, den Hass in den Augen des Halbgottes und die Wut in denen des Vampirs. Das hier war nicht länger nur ein Übungskampf, nein, hier ging es um Leben und Tod. Keiner, weder Jack noch Kay, würde aufhören, bevor der andere nicht sterbend am Boden lag.

Die Furie in mir schien diesen Gedanken gar nicht so schlimm zu finden. Sie erfreute sich daran und sog den Rachedurst der beiden förmlich in sich auf. Hier war sie ganz in ihrem Element. Ich war so gebannt von dem Anblick der blutenden, schwitzenden Männer, die versuchten, sich gegenseitig umzubringen, dass ich erst spät realisierte, wie mich jemand am Arm schüttelte.

„Was ist?", fauchte ich wütend über die Ablenkung und versuchte zu ignorieren, dass jemand zu verhindern versuchte, dass ich dieses Schauspiel leidenschaftlich genoss. Doch derjenige ließ einfach nicht locker.

„Du musst sie stoppen, Tess", rief Skip verzweifelt und deutete mit der Hand in Richtung der Kämpfenden. „Sie werden nicht aufhören, ehe einer tot am Boden liegt. Unternimm etwas und bekomm verdammt noch mal deine Rachegelüste in den Griff. Sieh sie dir doch an ..." Zornig blickte Skip mir in die Augen und nickte dann in Richtung der Trainingshalle.

Es dauerte eine Weile, bis seine Worte zu mir durchgesickert waren und ich kapierte, was er von mir wollte. In mir drin regte sich etwas. Ein Gewissen?

Etwas sagte mir, dass mein bester Freund recht hatte. Wenn nicht ich sie stoppen würde, würde ich ein unvollständiges Team in den Kampf schicken. Und ohne das Team würden wir nie herausfinden, wer der neue Anführer der Dämonen war, und könnten diesen nicht eliminieren. Es dauerte nur eine Sekunde, bis ich diese Erkenntnis begriff und verinnerlicht hatte. So schnell ich konnte stürmte ich in die Trainingshalle und warf mich zwischen den Halbgott und den Vampir.

„Aufhören! Sofort!"

Mitten in der Bewegung innehaltend und mit bebenden Brustkörben sahen die Männer mich an. Schweiß perlte von ihrer vor Anstrengung geröteten Haut und lief langsam an ihnen herab. Eigentlich ein Anblick, der mich hätte erfreuen sollen, doch leider tat er das nicht. Ich war einfach nur wütend. Wütend auf mich, weil ich es soweit hatte kommen lassen und die Furie die Kontrolle über mich gewonnen hatte. Wütend auf die beiden, weil sie ihren Machtstreit so hatten ausarten lassen, obwohl es bedeutend wichtigere Dinge zu bekämpfen gab. Während einer Mission durften Gefühle keinen Platz im Leben eines Agenten haben. Der Auftrag war alles, was zählte.

„Was denkt ihr euch eigentlich dabei?", schrie ich meine Wut hinaus.

„Aber Ihr wolltet doch, dass wir kämpfen, Tisiphone", entgegnete Kay schweratmend.

„Habe ich dir erlaubt, zu sprechen?", fauchte ich Kay entgegen, der sofort entschuldigend die Arme hob.

Ich wusste, dass es eigentlich meine Schuld war, dass die zwei hier blutüberströmt vor mir standen. Doch das konnte ich schwer vor ihnen und den Rekruten zugeben, ohne mein Gesicht und den Respekt als Anführerin zu verlieren. Ich hätte niemals zulassen dürfen, dass die beiden gegeneinander kämpften.

Ich hatte mich erst zur Hälfte zurückverwandelt und stand immer noch in meiner Furiengestalt in der Trainingshalle, die begehrlichen und bewundernden Blicke der Männer ignorierend. Die Furie erfreute sich an diesem Anblick, doch ich versuchte dieses Gefühlschaos nun in eine kleine Schublade zu pressen und diese solange zu versiegeln, bis wir unseren Auftrag erledigt hatten. Oder auch für immer, wer wusste das schon.

„Dämonen sind in unser Land eingedrungen. Weitere warten vor unseren Grenzen. Sie formieren sich, haben einen neuen Anführer, der uns dieses Mal wirklich gefährlich werden könnte, und ihr kämpft bis zum Tod, weil euer Ego zu groß ist, um den jeweils anderen im Team zu akzeptieren? Wir sind alle dem Tode geweiht", beendete ich meine kurze, aber dennoch hoffentlich einleuchtende Standpauke. Mit verschränkten Armen fixierte ich beide Männer, den Vampir und den Halbgott, und ließ meine Worte wirken.

„Wir werden alle sterben, wenn ihr euch nicht zusammenreißt, das Kriegsbeil begrabt und anfangt, eure Kräfte sinnvoll zu nutzen."

Ich sah die beiden so lange an, bis sie einwilligend nickten und die Waffen laut polternd zu Boden fallen ließen.

„Gut! Kay du bist im Team. Geht euch sauber machen, dann habt ihr Feierabend. Das war genug Training für diesen Tag."

Ohne ein weiteres Wort verließen die beiden die Trainingshalle, und Skip schickte die anderen Rekruten ebenfalls nach Hause. Übrig blieben nur er und Ann, die vorsichtig die Halle betraten und unschlüssig hinter mir von einem Bein aufs andere traten.

„Tess", flüsterte Ann vorsichtig.

Mein Herz begann schneller zu pochen. Beschämt dachte ich an mein Verhalten zurück, als sie mit Kay in die Company gekommen war. Es war zwar die Furie, die aus mir gesprochen hatte, aber so hatte ich meine beste Freundin noch nie behandelt. Das hatte sie nicht verdient.

Ich wagte weder zu antworten noch mich umzudrehen. Am liebsten wäre ich im Erdboden versunken und nie wieder aufgetaucht.

„Tess ... geht es dir gut? Bist du noch böse?", fragte sie vorsichtig und näherte sich Schritt für Schritt.

„Böse?", fragte ich und wandte mich nun doch zu ihr um. „Warum sollte ich auf dich böse sein, Anni?", sagte ich verzweifelt und raufte mir die Haare. „Ich habe dich eben wie ein Miststück behandelt und da fragst du ernsthaft, ob *ich* noch böse bin?"

Ann sah mich verwirrt an, während Skip sich ins Fäustchen lachte. Im Gegensatz zu Anni kannte er meine Furien-Ausbrüche. In der Menschenwelt hatte ich mich weit weniger oft verwandelt, als mir lieb war. Aber vor allem hatte ich darauf geachtet, mich nicht vor Ann zu verwandeln, wenn es sich irgendwie vermeiden ließ. Doch heute schien Ann die Furie in mir geweckt zu haben, dabei hatte sie gar nichts getan. Und eigentlich hätte es mir auch nichts ausmachen sollen, wenn sie mit Kay flirtete, schließlich hatte ich kein Exklusivrecht auf ihn. Ebenso wenig wie auf den Halbgott.

„I-ich ... also, das verstehe ich jetzt nicht. Eben wolltest du mir noch den Kopf abreißen", stammelte Ann und verschränkte nun ihrerseits die Arme vor der Brust.

„Ann, ich war ..."

„Du hast die Furie in ihr geweckt, als du an Kays Seite den Trainingsbereich betreten hast. Deswegen ist sie so ausgerastet und hatte diese finstere Aura um sich. Jetzt schämt sie sich. Also verzeih ihr besser, bevor sie sich noch mehr zum Affen macht", sagte Skip gelangweilt.

„Ist das wahr?", fragte Ann perplex. „Dachtest du wirklich, ich würde mit Kay flirten oder ihm was vorsingen oder so? Tess, ich bin für Team Kay, ja, aber auch nur, weil ich glaube, dass er besser für dich wäre als dieses Arschloch, das dich gefoltert hat. Nun komm schon, das kannst du nicht ernsthaft denken."

Langsam ging ich auf meine beste Freundin zu und legte ihr die Hände auf die Schultern. „Das denke ich auch nicht, Süße. Aber als ich euch gesehen habe und nach allem, was in den letzten Tagen passiert ist ... Seitdem ich wieder hier bin, ist die Furie in mir andauernd aufgekratzt und möchte ausbrechen. Im Moment bin ich eben leicht reizbar, aber das ist noch lange kein Grund, dich so zu behandeln. Ich möchte mich für mein Verhalten entschuldigen", hauchte ich und sah beschämt zu Boden. Anstatt zu antworten, legte mir meine beste Freundin ihre Hand unters Kinn und zwang mich, sie anzusehen.

Schelmisch grinste mir Ann mit schräggelegtem Kopf entgegen.

„Ich verzeih dir, du garstige, kleine Furie", antwortete sie und zog dabei ihre Nase auf süße Weise kraus.

Ich lachte erleichtert auf und schloss meine beste Freundin dankbar in eine feste, stürmische Umarmung.

So etwas wie heute durfte auf keinen Fall noch einmal passieren, ich musste unbedingt lernen, mich besser unter Kontrolle zu haben.

36.

An diesem Abend ging ich mit sehr gemischten Gefühlen ins Bett. Ich hatte keine Ahnung, was ich von dem Kampf der beiden Männer heute halten sollte. Eines stand jedoch außer Frage: Ich war schuld daran. Skip hatte auf der Fahrt nach Hause etwas gesagt, das mich vollkommen aus dem Konzept gebracht hatte und mich an meiner Führungsqualität zweifeln ließ.

„Sie werden immer wieder gegeneinander kämpfen und nicht miteinander, solange du keine Entscheidung getroffen hast. Gib ihnen einen Grund, zusammenzuarbeiten oder entscheide dich für einen von ihnen."

So wie ich seine Worte verstanden hatte, blieben mir genau drei Möglichkeiten: Erstens, ich entschied mich für Jack, zweitens, ich entschied mich für Kay, drittens, ich entschied mich für keinen von beiden.

Keine der drei Entscheidungen behagte mir, dennoch musste ich eine Wahl treffen. Da gab es nur leider ein Problem: Ich wusste weder, ob ich Jack noch ob ich Kay haben wollte. Nur eines wusste ich mit Sicherheit, auf alle beide zu verzichten, kam für mich nicht infrage. Also, was sollte ich tun?

Fakt war: Die Mission musste zukünftig an erster Stelle stehen. Wenn ich also wollte, dass meine Gefühle nicht vollends mit mir durchgingen, musste ich beide Männer gehenlassen und, wie Skip schon sagte, ihnen einen Grund liefern, mit-, statt gegeneinander zu kämpfen.

Und was war das Einzige, das zwei rivalisierende Männer miteinander verband? Der Hass auf ein und dieselbe Frau.

Da hatte ich meine Antwort.

Ich würde keinen von beiden wählen und ihnen diese Entscheidung schnellstmöglich mitteilen. Lieber sollten sie mich hassen, als dass sie im Kampf starben und unsere ganze Welt daran zugrunde ging, weil wir uns nicht auf unseren Job konzentriert hatten.

Am nächsten Tag würde ich den beiden einen Grund geben, mich zu hassen. Hoffentlich machte ich das Ganze damit nicht noch schlimmer.

Früh am Morgen betrat ich die Kommandozentrale. Nervös schaute ich immer wieder auf die Uhr. Ich hatte Kay und Jack um sechs Uhr zu mir bestellt, damit sie garantiert vor allen anderen hier waren. Ich würde ihnen in Ruhe und sachlich meine Entscheidung mitteilen und das Problem ein für alle Mal aus der Welt schaffen.

Anni hatte mir am Morgen angeboten, mitzukommen und mich moralisch zu unterstützen, doch ich hatte abgelehnt. Das hier musste ich allein tun.

Nun bereute ich diese Entscheidung irgendwie. Schließlich waren Kay und Jack zu zweit und ich allein.

Ein erneuter Blick auf die Uhr verriet mir, dass es immer noch zehn vor sechs war. Also keine Minute später als vor zehn Sekunden.

Unruhig tigerte ich auf und ab, versuchte krampfhaft, nicht auf die Uhr zu gucken, und fragte mich erneut, warum ich mir das hier freiwillig antat.

Es fühlte sich an, als würde man im Wartezimmer eines Krankenhauses sitzen und darauf warten, dass man aufgerufen wurde, damit einem im wachen Zustand und ohne Schmerzmittel der Blinddarm rausgenommen wurde.

Als ich gerade erneut die Zeiger der Uhr verfluchen wollte, öffnete sich die Tür und Kay trat ein.

„Guten Morgen, meine Hübsche. Wie geht es Euch, Tisiphone?"

Zur Begrüßung hauchte Kay einen kalten Kuss auf meinen Handrücken und lächelte mir verführerisch zu. Ich konnte nicht verhindern, dieses bezaubernde Lächeln zu erwidern, räusperte mich dann aber verlegen und nahm wieder Haltung an.

„Bitte verzeiht meinen gestrigen Ausbruch. Ich verspreche Euch, so etwas wird nicht wieder vorkommen. Ihr könnt Euch meiner unerschütterlichen Loyalität und meinem uneingeschränkten Gehorsam gewiss sein."

„Du hast recht. So etwas darf nicht noch einmal passieren. Wir haben wichtigere Dinge zu klären. Wir müssen herausfinden, wer der Fürst der Dämonen ist und ihn eliminieren. Dafür brauche ich deine ungeteilte Aufmerksamkeit, Kay, und ich meine ungeteilt!"

Kay deutete eine Verbeugung an und nickte bedächtig.

In diesem Moment öffnete sich die Tür erneut und Jack trat ein.

Er begrüßte mich weit weniger freundlich als Kay, um genau zu sein begrüßte er mich gar nicht. Doch das sollte mir nur recht sein, machte es meine Entscheidung doch umso leichter. Zumindest was den Halbgott betraf.

„Guten Morgen", begrüßte ich den Neuankömmling.

„Was gibt's?", fragte dieser kalt und würdigte Kay nicht eines Blickes.

Verdammtes, arrogantes Arschloch von einem Halbgott.

Wäre er nicht so gut in dem, was er tat, hätte ich ihn schon längst aus meiner Einheit geworfen, so viel stand fest.

„Ich habe euch beide so früh hier herbestellt, um unsere Streitigkeiten zu klären und beizulegen. Ihr kämpft nun im selben Team. Es ist daher dringend erforderlich, dass ihr euch nicht gegenseitig angreift. Es gibt Wichtigeres zu tun. Zum Beispiel zu verhindern, dass der neue Anführer der Dämonen genug Macht gewinnt, um unsere Grenzen mit seiner gesamten Dämonenarmee zu überwinden, denn dann gibt es für uns alle keinen Morgen mehr. Ich habe keine Lust, mich als Mutter aufspielen zu müssen, die ihre beiden Söhnen ständig daran erinnern muss, mit dem Streiten aufzuhören. Ihr habt jetzt die Chance, loszuwerden, was euch auf der Seele liegt. Ich werde euch erklären, wie ich mit der Sache umzugehen gedenke, und danach vertragt ihr euch so lange, bis wir den Dämonenfürsten vernichtet haben, ist das klar?"

Beide Männer nickten, und auch ich nickte zufrieden.

„Fangt an." Mit verschränkten Armen sah ich zwischen den zweien hin und her, die sich deutlich grämten. Schließlich war es nicht so einfach, vor seinem Teamleiter in Worte zu fassen, was einen störte, ohne Angst zu haben, womöglich aus der Gruppe geschmissen zu werden.

„Tisiphone, Ihr wisst von meinem Vorhaben und von meinen Gefühlen für Euch. Das ist es, was Mr. Pers vermutlich so wütend macht. Ich kann Euch und ihm versprechen, weder auf unserer leidenschaftlichen Verbindung zueinander herumzureiten noch einen Streit zu provozieren, der uns in eine Lage wie gestern bringt", begann Kay, und ich dankte ihm innerlich für sein höfliches Auftreten.

Jacks Reaktion war dagegen nicht so freundlich. Kay hätte von Babyelfen oder Alraunen sprechen können. Egal, was aus seinem Mund gekommen wäre, es hätte Jack zur Weißglut getrieben.

Wütend machte dieser nun einige Schritte auf Kay zu und hatte Mühe, sein jähzorniges Gemüt unter Kontrolle zu halten.

„Deinen Gefühlen für Tess?", knurrte Jack. „Jemand wie du kann fühlen? Dass ich nicht lache. Du bist gänzlich ungeeignet, ein Teil dieser Truppe zu sein. Deinetwegen stürzen wir noch alle ins Verderben. Da können wir den Dämonen ja gleich Tür und Tor öffnen, das wäre einfacher und würde auch bedeutend schneller gehen."

„Ich habe schon in weitaus mehr Kriegen gekämpft als Ihr, also maßt Euch nicht an, mich beurteilen zu können, und wenn ich es richtig verstanden habe, hat Tisiphone bereits entschieden."

Ich bewunderte Kays ruhige und gelassene Art, die er an den Tag legte, doch der Schein trog. Unter der Oberfläche brodelte er genauso wie Jack. Nur ließ er seine Gefühle aus Höflichkeit mir gegenüber nicht nach außen treten. Gestern, als die beiden gekämpft hatten, da hatte ich zum ersten Mal eine andere Seite an ihm gesehen. Nicht die distanzierte, höfliche Fassade eines Gentlemans, sondern das Tier, das in ihm schlummerte.

Ich wünschte, er würde sich nicht so verstellen. Natürlich konnte ich es überhaupt nicht gebrauchen, dass die beiden sich hier wie Alphawölfe aufspielten, doch eine andere Seite an ihm zu sehen, womöglich seinen wahren Charakter, das hätte mir gefallen.

Doch so durfte ich nicht denken. Ich war hier, um diesen Konflikt aus der Welt zu schaffen, und nicht, um ihn weiter anzufachen.

„Du hast recht, Kay, ich habe mich entschieden. Du wirst dabei sein, denn du bist ein hervorragender Kämpfer und kennst dich mit Angriffstaktiken und der Menschenwelt aus. Ich vertraue dir – ebenso wie Jack. Doch ich werde nicht dulden, dass ihr euch bei der erstbesten Gelegenheit an die Kehle geht. Also werde ich den Grund dafür ein für alle Mal aus der Welt schaffen." Ich atmete einmal tief durch und fuhr dann mit meiner Rede fort. „Auch auf die Gefahr hin, wie ein arrogantes, sehr von sich überzeugtes Miststück zu klingen, denke ich, dass eure Rivalität hauptsächlich auf euren Gefühlen zu mir basiert. Falls ihr diese ganze Show also abzieht, damit ich mich für einen von euch entscheide, dann habt ihr das genaue Gegenteil erreicht. Ich wähle keinen von euch." Mit festem Blick untermauerte ich meine Aussage und sah zu, wie meine Worte fruchteten.

Doch ehe einer der Männer etwas erwidern konnten, hob ich in einer gebieterischen Geste die Hand und gebot ihnen Einhalt.

Dann wandte ich mich Jack zu.

„Ich habe deine Verlobte getötet. Deine Verlobte, von der ich nach wie vor nicht weiß, ob du sie geliebt hast. Denn solltest du sie geliebt haben ...“, ich schluckte und versuchte die aufkeimende Wut in mir zu zügeln. „Sie hat dabei zugesehen, ja sogar dabei geholfen, meine Schwester zu demütigen. Sie hat sie mit in den Tod getrieben. Wie kann man eine Person, die so etwas tut, lieben? Ich habe mich lange Zeit schuldig gefühlt, weil ich dir die Möglichkeit verwehrt habe, diese Frau zu heiraten, und ich habe mich verachtet für die Grausamkeiten, die ich verübt habe. Ich habe zugelassen, dass du diese Information aus mir herausfolterst. Ich habe zugelassen, dass du mir wehtust. Und ich habe zugelassen, dass du mich demütigst. Ich habe dich mal geliebt, Jack Pers! Aber du hast meine Liebe weder gesehen noch erwidert. Und nun bin ich was für dich? Ein Boxsack, an dem du dich abreagieren kannst, oder nur irgendeine Bettgespielin, bei der du deinen Frust loswirst? Du hast meine Liebe nicht verdient.“

Ich holte zittrig Luft und versuchte den Kloß in meinem Hals zu ignorieren. Ich hatte fast jedes Wort so gemeint, wie ich es gesagt hatte, und doch fühlte sich all das hier irgendwie falsch an. Mein Herz war kurz davor, in tausend Teile zu zerspringen. Ich wollte nicht, dass Jack dachte, ich liebte ihn nicht. Und doch war es notwendig, dass ich es ihn glauben ließ.

Nach einem weiteren zittrigen Atemzug wandte ich mich an Kay.

„Du bist von Kopf bis Fuß ein wahrer Gentleman. Ich kenne niemanden, keinen Mann, der je so höflich und zuvorkommend mit mir umgegangen ist wie du mit mir. Selbst Skip nimmt sich manchmal mehr heraus, als er sollte, aber du …"

Kay legte den Kopf schräg und trat einen Schritt auf mich zu. Anscheinend hatte er meine Worte, dass ich keinen der beiden wählte, schon wieder vergessen – oder er blendete sie einfach aus.

Ich machte einen Schritt zurück und hielt meine erhobene Hand zwischen uns. „Für dich gilt dasselbe wie für Jack", flüsterte ich. „Ich liebe dich nicht. Ich habe immer nur dann mit dir geschlafen, wenn ich mich nach Jack verzehrt habe. Ich habe es genossen, so sehr genossen, in deiner Nähe zu sein. Denn dort hat mich niemand verletzt. Dort wurde ich begehrt und respektiert, aber … dort war keine Liebe. Es tut mir leid, Kay. Aber ich, wir … wir müssen uns jetzt auf die Mission konzentrieren."

Die letzten Worte kamen wieder deutlich und klar aus meinem Mund. Kein unsicheres Flüstern mit kraftloser Stimme, weil ich gerade den Mann verletzt hatte, der mich mit Abstand am besten behandelt hatte.

„Wir müssen eine Horde Dämonen zurückdrängen und deren Fürst entlarven. Und deshalb möchte ich, dass ihr euren Zwist beilegt und euch nicht länger damit aufhaltet, wer besser zu mir oder ins Team passen könnte. Ihr seid jetzt beide Teil des Teams. Und wenn euch euer gemeinsamer Hass auf mich verbündet, dann soll mir das recht sein. Solange ihr meinen Befehlen und Kommandos gehorcht, ist mir das egal. Also", ich klatschte in die Hände und vertrieb damit vorübergehend das leere Nichts in meiner Brust, das sich dort eingenistet hatte und eine latente Kälte in mir verbreitete. „Machen wir uns an die Arbeit. Trainieren wir die Rekruten und bereiten sie auf unseren ersten Einsatz in der Menschenwelt vor. Ihr könnt jetzt wegtreten!"

Jack drehte sich sofort um und verschwand wie ein bockiger Schuljunge, dessen Mutter ihm gerade gesagt hatte, dass er erst seine Hausaufgaben erledigen solle, bevor er raus zum Spielen dürfe. Kay hingegen blieb stehen und sah mich unschlüssig an.

„Ich glaube nicht, dass Ihr jedes Wort so meintet, wie Ihr es gerade gesagt habt, Mylady."

Traurig schüttelte ich den Kopf. „Kay. Das spielt keine Rolle. Bitte mach es nicht noch schwerer, als es ist. Ich hätte es nie so weit kommen lassen dürfen und ... ich hätte niemals mit dir schlafen dürfen."

„Ich denke, wir wissen beide, dass es in dieser Hinsicht nichts zu bereuen gibt, meine schöne Tisiphone. Euch zuliebe werde ich meine Gefühle zurückhalten und mich auf die kommende Schlacht konzentrieren. Aber danach, und Tisiphone, glaubt mir, es gibt immer ein danach, werden wir reden. Ihr und ich."

Und mit diesen Worten verschwand Kay aus der Kommandozentrale und ließ mich wie ein Häufchen Elend zurück.

Verwirrt, leer, allein.

Als die anderen zum Training kamen, war die Stimmung zunächst angespannt. Die Männer schienen nur auf einen erneuten Ausbruch meinerseits zu warten und gingen mir aus dem Weg. Sie kannten die Sagen, die sich um mein Wesen rankten, und ihre Furcht war begründet. Allerdings wollte ich nicht als Anführerin respektiert werden, weil sie Angst vor mir hatten, sondern weil ich mir ihren Respekt verdient hatte.

Leider traf das nur bei zweien zu: Skip und der stumme Rekrut Bay. Kay und Jack dagegen konnte ich nicht einschätzen. Während der Vampir sich ganz normal verhielt und mit mir zwar nicht mehr flirtete, aber genauso höflich und zuvorkommend war wie eh und je, zog Jack sich gänzlich zurück. Nur meine Befehle befolgte er, ohne zu zögern. Ich wusste nicht, was ihm mehr zu schaffen machte, dass ich seinen Halbgottkomplex angegriffen hatte, als ich mich gegen ihn entschied, oder dass ich so offen und ehrlich zu ihm gewesen war. Dass ich mir eingestanden hatte, dass ich ihn früher geliebt hatte, mich jedoch nicht mehr dafür grämte, seine Verlobte umgebracht zu haben.

Ich konnte nur hoffen, dass er sich nicht für immer so verhielt, denn teamfähig war sein Verhalten nicht. Er war nach wie vor der einsame Wolf, der sich allein durchbiss, ohne auf seine Teamkameraden zurückzublicken. Das war genau die gegenteilige Wirkung, die ich hatte erzielen wollen. Eigentlich hatte ich gehofft, er würde nach meiner Ansage irgendwo mit Kay in der Ecke stehen und über mich herziehen. Frauen hätten das getan. Doch stattdessen kapselte er sich vollständig von der Gruppe ab. Wenn das so weiter ging, musste ich darüber nachdenken, ob ich ihn aus der Gruppe schmiss. Einzelkämpfer konnten wir hier nicht gebrauchen. Nicht, wenn wir überleben wollten.

Wir übten das Kämpfen in Dreiergruppen mit je einem erfahrenen Agenten und zwei frischen Rekruten immer und immer wieder.

Jack und Kay bekamen jeder ein paar Rekruten zugewiesen, ebenso wie Skip und ich.

Obwohl ich mich sicherer fühlte, wenn Skip an meiner Seite kämpfte, hielt ich es für besser, wenn die Rekruten in jedem ihrer Dreierteams jemanden mit Erfahrung hatten, an dem sie sich orientieren konnten.

So konnte ich sichergehen, dass immer jemand wusste, was zu tun war, sollten wir getrennt werden.

Ziel dieser Aufsplittung war es, den Feind von verschiedenen Seiten aus angreifen zu können. Dieses Vorgehen hatte sich im Kampf gegen Dämonen bereits mehr als einmal bewehrt und darauf trainierte ich meine Männer. Da diese Wesen hinterhältig und unberechenbar waren, musste man auf alle Eventualitäten vorbereitet sein.

Wir wiederholten die unterschiedlichen Angriffstaktiken unzählige Male. Den ganzen Tag lang. Mal griffen wir mit unseren Gruppen abwechselnd an, dann wieder gleichzeitig, dann zusammen als eine kleine Armee. Wir gingen verschiedene Simulationen durch und spielten uns auf unsere Teamkameraden ein. Es war wichtig, dass wir uns aufeinander verlassen konnten. Obwohl die Stimmung alles andere als harmonisch war, fungierten wir trotzdem bald als geschlossene Einheit. Zwar legte Jack immer wieder ein paar Soloauftritte hin und musste unbedingt allein vorpreschen, doch den größten Teil des Tages verliefen die Angriffstaktiken genau so, wie ich sie geplant hatte.

So langsam waren wir bereit für den Feind. Ich konnte nur hoffen, dass ich meine Rekruten so gut es mir möglich war ausgebildet hatte, damit sie bei dieser Mission nicht starben.

Die nächsten Tage trainierten wir bis zur Erschöpfung. Inzwischen kannte jeder im Team die Stärken und Schwächen des anderen und wir agierten als eine Einheit. Das Aufsplitten in kleinere Formationen funktionierte ebenfalls. Wir besiegten in den Simulationen nahezu jeden Dämon, egal, um welchen Schwierigkeitsgrad es sich handelte.

Auch auf dem Schießstand machten meine Soldaten eine gute Figur. Nun musste ich ihnen nur noch meinen Plan vorstellen und wir waren einsatzbereit. Ich konnte nur hoffen, dass die Dämonen keine Überraschung für uns bereithielten.

37.

Es war ein Samstag, als ich meine Männer um zwölf Uhr in die Kommandozentrale zitierte. Eigentlich war heute ihr freier Tag, aber nach der letzten Woche war ich überzeugt, dass wir endlich soweit waren.

„Ich weiß, ihr habt heute sicherlich Besseres zu tun, als euch erneut hier einzufinden. So oft, wie wir in letzter Zeit zusammen trainiert haben, hat sicher niemand Lust, auch noch seine freien Tage mit den Kollegen zu verbringen", versuchte ich die Stimmung mit einem Lachen aufzulockern. „Ich verspreche euch, es wird nicht lange dauern."

Ich hielt kurz inne und schaute jedem einzelnen Rekruten ins Gesicht.

„Ihr habt in den letzten Wochen wirklich tolle Arbeit geleistet. Euer Einzeltraining ist einwandfrei und auch das Gruppentraining war mehr als zufriedenstellend. Ihr seid soweit!"

Man konnte hören, wie die Soldaten im Raum den Atem anhielten. Einige schienen sich zu freuen, bei anderen schwoll die Brust vor Stolz ein beachtliches Stück an und wiederum andere schienen alles andere als begeistert zu sein.

Wer konnte es ihnen verdenken? Jetzt wurde es ernst. Nun warteten keine Simulationen mehr auf sie, sondern die Realität. Wenn sie jetzt im Kampf versagten, würde jemand mit dem Leben bezahlen – nicht zu vergessen, dass das Schicksal der Menschenwelt und der unseren auf dem Spiel stand. Wer mit diesem Druck nicht umgehen konnte, der hatte in der Company nichts verloren.

Doch auch wenn einige meiner Rekruten wenig von dem Gedanken angetan waren, die Mission anzutreten, wusste ich doch, dass ich mich auf sie verlassen konnte. In den letzten Tagen hatte sich mein Vertrauen in die Truppe verdreifacht. Ich hatte eine gute Wahl getroffen. Jeder Einzelne von ihnen passte genau hierher.

„Ja, ihr habt richtig gehört. Ihr seid soweit."

„Nun ist es an der Zeit, euch die Strategie mitzuteilen."

Gespannte Stille erfüllte die Kommandozentrale.

„Ich weiß, das hier ist Neuland für euch. Und um ehrlich zu sein, das ist es auch für mich. Ja, ich war damals auf vielen Missionen, aber ich bin auch nur einem Teamchef gefolgt, so wie ihr jetzt. Ich war nie Captain einer Einheit, musste diese nie anführen, schwere Entscheidungen treffen oder einen Plan ausarbeiten. Also hilft es euch vielleicht, wenn ich euch sage, dass auch ich verunsichert bin. Auch ich habe Angst. Aber ich glaube an uns. An unser Team, diese Einheit. Ich vertraue euch. Und ich bin der festen Überzeugung, dass wir es schaffen werden, herauszufinden, wer der Dämonenfürst ist, und ihn zu besiegen."

Mein Blick glitt in die Runde und ich sah bestätigendes Nicken. Alle in diesem Raum standen geschlossen hinter mir. Mehr Ermutigung brauchte ich nicht.

„Wir werden folgendermaßen vorgehen." Ich trat einen Schritt zurück und drehte die in der Kommandozentrale befindliche Tafel einmal um hundertachtzig Grad, sodass jeder die vollbeschriebene andere Seite sehen konnte.

„Wir werden die Menschenwelt betreten und uns an meinen Bekannten wenden. Dieser wird den Dämon rufen, den wir im Anschluss befragen werden. Es wird sich nur eine kleine Gruppe von uns zu erkennen geben. Die anderen werden in Deckung gehen und auf mein Zeichen warten. Wir werden nicht angreifen. Nur wenn es absolut notwendig ist. Also im Falle einer Gefährdung eines menschlichen Lebens oder das eines Kameraden. Ansonsten halten wir uns verdeckt. Denkt daran, unser Ziel ist es, den Anführer zu identifizieren und zu eliminieren. Das bedeutet, wir wollen wissen, wer er ist, aber er soll keinesfalls über uns Bescheid wissen. Wir haben eine klasse Einheit aufgestellt. Nutzen wir das Überraschungsmoment, solange wir es auf unserer Seite haben."

Ich schnappte mir einen Stift von dem Tisch und deutete auf die Straßenkarte, die ich auf die Tafel gemalt hatte.

„Hier werden wir den Dämon heraufbeschwören." Ich zeigte mit dem Stift auf eine der vielen dunklen Gassen New Yorks. Eigentlich eher ein Hinterhof hinter der Werkstatt meines Bekannten Harper.

„Team Drac versteckt sich hier." Ich zeigte auf ein Dach der umliegenden Gebäude und hörte vermehrt vorgetäuschtes Hüsteln, das ein Lachen verschleiern sollte. „Was gibt es da zu lachen?"

„Team Drac? Drac wie Dracula?", fragte Kay und konnte seinen amüsierten Gesichtsausdruck kaum verbergen.

Auch ich konnte mich vor Lachen kaum noch halten. Ein bisschen Spaß musste eben sein. Beim Aufstellen des Plans war mir der Ernst der Lage noch einmal deutlicher klarer geworden. Da hatte ich etwas gebraucht, um mich nicht so schwermütig zu fühlen.

„Ja, und?", fragte ich nun und grinste den Vampir frech an. „Willst du lieber Team Merlin heißen?"

Kay hob sofort ergeben die Hände. „Schon gut, schon gut", lachte er, und seine Teamkameraden stießen sich gegenseitig an und nickten ihm zu.

In den kleinen Teams gehorchten die Rekruten den Teamführern. Also in diesem Fall Kay. Es tat gut, zu sehen, dass sie ein lockeres, freundschaftliches Verhältnis zueinander aufgebaut hatten. Dieses würde sich in der nächsten Zeit noch vertiefen. Wenn man Seite an Seite kämpfte, gemeinsam blutete und den Feind bezwang, dann entstand mehr als nur eine Kameradschaft oder Freundschaft. Es entstand eine Verbindung, die viel tiefer ging. Mehr als einmal rettete man sich gegenseitig das Leben. So etwas vergaß man nicht. Nie wieder.

„Team Perseus wird sich in diesem Gebäude verstecken." Mit dem Stift deutete ich auf das Gebäude gegenüber. Dieses Mal ertönte kein verhaltenes Lachen. Aber damit hatte ich auch nicht gerechnet. Es war, als hätten die Rekruten sich ihren jeweiligen Anführern angepasst. Während Team Drac amüsiert und sehr harmonisch miteinander umging, war Team Perseus schweigsam und ernst. Still nahmen sie mit einem Nicken meine Anweisungen entgegen und stellten weder etwas infrage noch äußerten sie ungefragt ihre Meinung. Mir sollte es recht sein. Zwar war ich von Jack Widerworte gewohnt, aber er hatte sich wohl damit abgefunden, dass ich hier das Sagen hatte, oder er hatte ausnahmsweise nichts an meinem Plan auszusetzen. Wie auch immer.

Zwei Teams waren positioniert, blieb nur noch ein Team übrig.

Ich wollte gerade den Mund aufmachen, um fortzufahren und um Skip wissen zu lassen, wo ich sein Team platzieren würde, als ich auch schon von ihm unterbrochen wurde.

„Also, jetzt bin ich wirklich mal gespannt, wie du mein Team nennst", sagte Skip und schenkte mir ein schelmisches Lächeln, welches ich nur zu gern erwiderte.

Ich mochte die Atmosphäre. Zwar lag über all diesem Geplänkel ein bedrohlicher Schatten, doch das gemeinsame Trainieren hatte uns alle näher zusammengebracht. Ich wusste, dass mein Verhältnis zu Jack nach wie vor angespannt war. Wir redeten eigentlich kaum miteinander. Seit dem Gespräch an jenem Morgen mit ihm und Kay hatten wir nur eine Handvoll Worte gewechselt. Doch immerhin schien er seine Wut allmählich unter Kontrolle zu bekommen. Wir waren ein gutes Team. Ja sogar ein hervorragendes!

Ich lächelte erneut und zog gespielt spöttisch eine Augenbraue hoch. „Team Blödmann."

Lautes Lachen schallte durch den Raum. Nur Jack und seine Leute gaben sich genervt, doch das war mir egal. Es tat meinen Rekruten gut, ein bisschen von der Anspannung loszuwerden, die sie mit sich herumtrugen, und auch ich fühlte mich leichter.

„Ein Scherz, ein Scherz! Beruhigt euch wieder", ermahnte ich sie und fuhr dann fort.

„Team Skinwalker." Ich wartete ab und sah Skip herausfordernd an. „Okay für dich?"

„Hey, hey, warum wird der Gestaltwandler gefragt, ob er mit seinem Teamnamen einverstanden ist?", mischte sich nun Kay empört ein und schenkte Skip ein schelmisches Grinsen.

„Ich bin der beste Freund und hab ihr schon so manches Mal den Arsch gerettet", sagte Skip und nickte in Kays Richtung. „Was hast du vorzuweisen?"

Bevor hier noch schlüpfrige Details aus meinem Privatleben offenbart wurden, fuhr ich schnell dazwischen. „Lasst uns jetzt bei der Sache bleiben."

Ich sah noch, wie Skip feixend mit den Augenbrauen wackelte, versuchte das Ganze aber zu ignorieren.

„Skip, du und dein Team werdet euch hier postieren." Ich zeigte mit dem Kugelschreiber auf einen verlassenen Hauseingang. „So sind mein Team und ich von allen Seiten abgedeckt und der Dämon umringt. Wir werden zwar ein Pentagramm ziehen, damit er uns nicht entwischen kann, aber ihr alle kennt die Tricks und Tücken dieser Kreaturen. Sobald Harper den Dämon gerufen hat, werden wir ihn aus der Schusslinie nehmen und ich werde mich zu erkennen geben. Ihr werdet so lange in eurer Deckung bleiben, wie ich es sage. Wenn wir Glück haben, ist der Dämon in Plauderlaune. Ihr solltet euch außerdem mit dem Prozedere eines Exorzismus vertraut machen. Denn nur so kann man diese Kreaturen dazu bringen, aus der Menschenwelt zu verschwinden. Skip oder ich werden den Exorzismus an dem Dämon durchführen und ihn so wieder in die Unterwelt schicken. Aber für den Notfall solltet ihr Ablauf, Vorgehensweise sowie den Text ebenfalls kennen. Noch Fragen?"

Betretenes Schweigen herrschte im Raum. Jeder von den Anwesenden musste den Einsatzplan erst einmal verdauen und sich darüber im Klaren werden, wie gefährlich diese ganze Aktion werden konnte.

„Wann geht es los?", fragte Jack ruhig.

„Am Montag. Ihr habt den Samstag und den Sonntag Zeit, um all eure Angelegenheiten zu regeln und euch vorläufig zu verabschieden. Wenn alles nach Plan läuft, sind wir am nächsten Tag zurück. Wenn nicht ..."

Die Rekruten sahen betreten zu Boden und versuchten nicht an das „*Was-wenn-nicht*" zu denken. Ich selbst versuchte optimistisch zu sein. Ich wollte keinen dieser Männer verlieren. Weder weil *ich* eine falsche Entscheidung getroffen hatte noch weil einer von ihnen das tat.

„Wir werden das hinkriegen. Wir sind ein super Team und haben uns perfekt vorbereitet. Wir haben einen gut durchdachten Plan, der gelingen wird. Dämonen sind gefährlich und ich werde ihre Fähigkeiten bestimmt nicht herunterspielen. Aber wir werden bloß *einen* von ihnen heraufbeschwören, und ich bin zuversichtlich, dass wir es mit einem aufnehmen können. Ich glaube an euch und vertraue auf eure Fähigkeiten und Stärken. Wir! Bekommen! Das! Hin!"

Die Zuversicht in meinem Team ließ zwar noch zu wünschen übrig, aber ich sah etwas in den Gesichtern meiner Männer aufflackern, das mich in meinem Vorhaben bestärkte. Sie hatten Angst und waren unsicher, ja ... ich auch! Aber sie vertrauten mir. Und das war vermutlich alles, was zählte.

Nachdem ich die Soldaten entlassen hatte, räumte ich meine Unterlagen weg und sah mir noch einmal den Plan an. Skip würde zu Ann gehen, die in meiner Wohnung wartete. Später würden wir noch ein bisschen die Stadt unsicher machen. Darauf freute ich mich schon. Mit niemandem würde ich diese Tage vor der Mission lieber verbringen als mit meinen beiden besten Freunden.

„Tess?"

Erschrocken fuhr ich zusammen und sah mich Jack gegenüber. Nachdem er die letzten Tage kaum mit mir gesprochen, ja nicht einmal meinen Namen in den Mund genommen hatte, war sein plötzliches Auftauchen mehr als überraschend.

„Jack ... ich ... was kann ich für dich tun?"

„Lass mich an deiner Seite mit dem Dämon sprechen. Ich bin der beste Kämpfer. Und seien wir mal ehrlich, keiner von uns weiß, wie diese Grünschnäbel reagieren, sollten sie von einem Dämon angegriffen werden. Also bitte, lass mich an deiner Seite sein. Ich werde mich auf Wunsch auch raushalten und nichts sagen ... obwohl du weißt, dass meine Befragungsmethoden immer erfolgversprechend waren."

Die letzten Worte waren ihm sichtlich unangenehm. Ja, ich hatte am eigenen Leib erfahren, wie effektiv seine Methoden waren. Bei ihm sang wirklich jedes Vögelchen. Trotzdem konnte ich das nicht gutheißen. Er musste Anführer seines Teams sein. Jede Frischlingsgruppe hatte einen erfahrenen Kämpfer, von dem sie ihre Befehle bekamen. Ich konnte dieses System nicht durchbrechen, nur weil er sich Sorgen um mich machte. Warum eigentlich? Ihm müsste es gefallen, wenn ich von einem Dämon niedergestreckt würde. Dann müsste er sich nicht mehr entscheiden, ob er mich nun hassen sollte oder nicht.

„Nein!"

„Du wirst mich an deiner Seite brauchen, sollte dein Plan funktionieren."

„Ich sagte Nein, Jack!"

„Du traust es also deiner Gruppe zu, sich dem Dämon ganz allein zu stellen? Was ist, wenn er ein Schlupfloch findet, hm? Was machst du dann?"

„Ich stelle mich ihm nicht allein. Ihr alle wartet um uns herum versteckt auf mein Zeichen. Ich werde rechtzeitig auf euch zurückkommen, sollte etwas schiefgehen. Aber das ist nicht dein eigentliches Problem, oder? Hat es damit zu tun, dass du nicht mit mir in vorderster Reihe stehst, oder vielmehr damit, dass du Befehle von mir entgegennehmen musst und nicht mehr selbst den Ton angibst?"

Mit drei großen Schritten war Jack bei mir und drängte mich zurück an den großen Tisch der Kommandozentrale. „Ich lasse mir gar nichts befehlen. Auch nicht von dir. Ich nehme an dieser Mission teil, weil Black es so will, und aus keinem anderen Grund, verstanden?", zischte er und bohrte seinen Blick in meinen.

„Wenn du dich weiter so aufführst, bist du schneller draußen, als du gucken kannst. Ich gebe gar nichts auf Blacks Anweisungen und ich lasse mich nicht von einem Soldaten bedrohen. Ich bin dein Captain, und entweder folgst du mir oder du gehst. So einfach ist das", fauchte ich.

„Du weißt gar nichts", knurrte Jack, und gerade als ich ihm eine bissige Antwort liefern wollte, presste er mit aller Gewalt seinen Mund auf meinen und verschaffte sich Einlass mit seiner Zunge.

Ich war so überrumpelt von dieser Aktion, dass ich ihn gewähren ließ. Und ja, vermutlich auch, weil Jack einfach unbeschreiblich gut küssen konnte. Ich sehnte mich nach seinen Küssen. Verzehrte mich danach. Doch ich wusste, was mit diesen Küssen einherging. Er war wütend auf mich und ich hatte ihm Konter gegeben. Das machte ihn anscheinend so dermaßen an, dass er mich mal wieder an einem nicht gerade diskreten Ort vögeln wollte, um mich danach sitzenzulassen.

Das Bild und dieses Gefühl vom letzten Mal flammten lebhaft in meiner Erinnerung auf und hatten die Wirkung einer kalten Dusche auf mich.

„Stopp! Hör auf, Jack!"

Sofort wich der Halbgott zwei Schritte zurück und sah mir mit vor Lust verschleiertem Blick entgegen. Anscheinend waren meine Widerworte ein so starkes Aphrodisiakum, dass er schneller auf Tour kam als erwartet. Ich konnte an seiner sich schnell hebenden und senkenden Brust erkennen, dass nicht viel gefehlt hätte, und er hätte mir wieder einmal die Klamotten vom Leib gerissen.

Ich war immer noch verwirrt von seinem Ansturm, und er interpretierte mein Zögern offensichtlich falsch. Denn ohne lange zu fackeln, kam er wieder auf mich zu und presste sich erneut an mich. Seine Hände wanderten über meinen Körper, und ein lustvolles Kribbeln meldete sich in meiner Magengegend.

„Nein! Warte!"

Frustriert griff ich mir mit den Händen in die Haare und sah mich überall im Raum um, nur um Jack nicht angucken zu müssen.

„Das muss aufhören", flüsterte ich und riskierte einen Blick.

„Was denn?"

„Das hier", fauchte ich und fuchtelte mit meinem Arm zwischen uns hin und her.

„Findest du mich nur anziehend, wenn wir uns streiten? Oder magst du es einfach, mich an Orten zu ficken, an denen wir jederzeit erwischt werden könnten? Ich versteh einfach nicht, was in dir vorgeht. Ich kannte dich mal in- und auswendig. Wir haben Seite an Seite gekämpft. Wir mussten einander vertrauen, aber wenn ich ganz ehrlich mit mir selbst bin, kann ich das jetzt nicht mehr von dir sagen. Dabei kämpfen wir am Montag wieder Seite an Seite. Du fragst mich, ob ich es den Frischlingen zutraue, gegen die Dämonen zu kämpfen? Ja, das tue ich. Und ich fühle mich wohler mit ihnen an meiner Seite als mit dir. Bei dir bin ich mir im Moment nicht sicher, ob ich nicht später vielleicht ein Messer im Rücken stecken habe. Ehrlich, Jack, was willst du von mir?", fluchte ich und holte tief Luft, um mich wieder etwas zu beruhigen.

„Ich habe keine Ahnung ... Fuck!"

Jack holte einmal aus und fegte sämtliche Unterlagen, die auf einem Tisch in seiner Reichweite lagen, herunter.

Erschrocken sah ich zu, wie die Papiere langsam zu Boden segelten und sich um ihn herum drapierend zur Ruhe legten.

„Ich ... du ..." Jack griff in die Luft, als wollte er mich erwürgen, und ließ dann seine Arme wieder sinken. „Du hast recht, das muss aufhören. Ich lass mir etwas einfallen. Das alles war ein Riesenfehler. Sobald wir diese Mission abgeschlossen haben, lass ich mich versetzen."

Wow.

Betäubt von seinen Worten versuchte ich diese Information zu verdauen. Er wollte von hier weg? Meinetwegen? Jetzt war ich nicht mehr nur verwirrt und überrascht, sondern auch stinkwütend.

„Du willst gehen? Meinetwegen?", keifte ich. „Tu dir keinen Zwang an. Aber sollten wir das hier überleben, wollte ich sowieso wieder mit Ann zurück in die Menschenwelt. Also keine Angst, du wirst mich für den Rest deines Lebens nie wieder zu Gesicht bekommen. Denn dieses Mal werde ich für immer dortbleiben. Kommt dir doch ganz gelegen, habe ich recht? Jack, der Feigling, ist nicht gezwungen, sich mit seinen Gefühlen zu mir auseinanderzusetzen. Wenn du denn überhaupt welche hast. Also, keine Panik, sobald wir das hier erledigt haben, bin ich weg." Wütend drehte ich ihm den Rücken zu und begann, die Tafel sauber zu wischen, auf der mein Plan in allen Einzelheiten aufgeführt war. „Verschwinde", sagte ich leise und spürte, wie sich ein Kloß in meinem Hals bildete und jegliche Kraft aus meinen Gliedern verschwand. Ich war einfach ausgelaugt und müde. Dämonen, die Mission, Kay, Jack, das alles zollte seinen Tribut. Ich konnte und wollte mich nicht mehr mit Jack streiten. Außerdem sollte er auf keinen Fall sehen, wie ich in Tränen ausbrach. Diese Genugtuung würde ich ihm nicht gönnen – und mir die Demütigung nicht antun.

„Verschwinde endlich, Jack“, rief ich und fluchte innerlich über den deutlich hörbaren unterdrückten Schluchzer in meiner Stimme.

Doch Jack gönnte mir die Einsamkeit nicht. Stattdessen trat er an mich heran und versuchte mich zu sich zu drehen.

„Hör auf, bitte“, flüsterte ich. „Geh doch einfach.“

Doch Jack ging nicht. Ohne lange zu fackeln, nahm er mich einfach in seine Arme und drückte mich fest an sich. Es war eine so liebevolle Geste, die so viel intimer war als jeder Kuss, den wir ausgetauscht oder den Sex, den wir gehabt hatten. Nein, das hier war etwas anderes.

Es war gefährlich, denn in solchen Gesten drohte ich mich zu verlieren und an allem zu zweifeln, was ich mir vorgenommen hatte.

„Was tust du?“, fragte ich mit tränenschwerer Stimme.

„Ich kann nicht weggehen, wenn es dir so geht wie jetzt. Ich weiß ja selbst nicht, was ich tue ...“

Während ich seine Worte verarbeitete, spürte ich, wie Jack seinen Kopf auf meinem ablegte.

Es fühlte sich vertraut an. Als würde ich genau dorthin gehören. „Nach der Sache in der Dusche konntest du es ... einfach weggehen, meine ich“, schluchzte ich und vergrub mein Gesicht an seiner Brust. Gierig atmete ich tief ein und nahm seinen Geruch in mich auf. Wer wusste schon, wann ich je wieder die Gelegenheit dazu haben würde.

„Das war was anderes", sagte er langsam, als ich schon dachte, er würde gar nicht mehr antworten.

„Inwiefern?", fragte ich und hob mein Gesicht, um ihm in die Augen sehen zu können. Ich wollte es wissen, wollte die Wahrheit hören. Nur ein einziges Mal wollte ich sie aus seinem Mund hören. In seinen Augen lesen. Endlich wissen, woran ich bei ihm war.

Als sich unsere Blicke trafen, sah ich das erste Mal so etwas wie Schmerz darin. Jenen Ausdruck hatte ich das letzte Mal vor einhundert Jahren bei ihm gesehen, und damals hatten wir ein vollkommen anderes Leben geführt. So viel war seitdem geschehen, und ich fürchtete, wir könnten nie wieder an diesen Punkt anknüpfen.

„Was meinst du, Jack?"

„Damals, in der Dusche, nachdem wir … ich bin nicht vor dir weggerannt. Und es tut mir ehrlich leid, dass du das die ganze Zeit gedacht hast. Mein Verhalten tut mir leid, okay? Fuck." Jack stieß sich von mir ab und schlug die Hände über dem Kopf zusammen. Er tigerte unruhig auf und ab und schien restlos verloren.

„Rede mit mir", forderte ich ihn leise, aber bestimmt auf. „Weißt du noch, früher? Du, Skip und ich? Wir haben viel unternommen und konnten über alles reden. Egal, was du mir sagen möchtest oder glaubst, es nicht zu können, es wird diesen Raum nie verlassen. Das verspreche ich dir, bei allem, was mir heilig ist."

„Es ist nicht mehr wie früher", stellte Jack trocken fest und sah mich mit einem traurigen, unergründlichen Blick an.

„Nein", sagte ich und schüttelte den Kopf. „Das ist es nicht. Und das wird es auch nie wieder sein. Aber reden können wir trotzdem, auch wenn es nicht mehr wie früher ist."

Angespannt hielt ich den Atem an, nicht ahnend, was Jack mir als Nächstes sagen würde. Ich befand mich auf unbekanntem Terrain. In so einer Situation konnte ein Agent nur abwarten und beobachten.

„Ich ...", begann Jack und drehte sich erneut von mir weg. „Also damals ..." Verzweifelt fuhr er sich durch die Haare, stemmte die Hände in die Hüften und blieb mit dem Rücken zu mir gewandt stehen. „Ich bin nicht vor dir weggerannt, sondern vor mir selbst. Meinen Gefühlen, nenn es, wie du willst. Es hatte nicht direkt etwas mit dir zu tun ... eher mit dem, was du in mir ausgelöst hast." Resigniert holte Jack Luft und drehte sich dann doch zu mir um. „Ich habe dich wie Dreck behandelt und das tut mir unsagbar leid. Aber ich ... ich habe keine Ahnung, wo das alles hinführen soll, also ..."

Nur langsam drangen Jacks Worte zu mir durch. Es war, als hätte sich eine Blase über mich gestülpt und als würde alles nur mit beachtlicher Verzögerung zu mir durchdringen. Irgendwann, als er davon sprach, was ich in ihm ausgelöst hatte, hatte mein Gehirn die Stopp-Taste gedrückt und seine Worte immer und immer wieder abgespielt. Wie eine kaputte Schallplatte. Ein Funke regte sich in meiner Brust, und obwohl ich ihn mit aller Macht zu ersticken versuchte, schien er beständig weiterzuglühen.

Hoffnung. Hoffnung war es, die in mir keimte. Doch ich wollte nicht hoffen. Hoffenden wurde früher oder später das Herz gebrochen. Hoffnung machte einen verletzlich, angreifbar, verwundbar. Das konnte ich mir im Moment nicht leisten. Nicht jetzt, da unsere Mission kurz bevorstand. Ich brauchte meinen Schutzpanzer. Nur er konnte mich vor solchen Gefühlen beschützen.

Doch während mein Kopf noch dachte, schien mein Herz längst zu handeln.

Denn ohne es wirklich realisiert zu haben, war ich auf Jack zugetreten und hatte mich erneut in seinem Blick verloren.

„Was willst du mir damit sagen?“, fragte ich und konnte nicht verhindern, dass ein hoffnungsvoller Unterton in meiner Stimme mitschwang.

„Du warst es. Du bist es immer gewesen“, sagte Jack heiser und legte mir seine Hand in den Nacken. Sein Daumen streichelte federleicht über meine Wange und verursachte mir eine Gänsehaut.

„Was?“, fragte ich vollkommen verwirrt.

„Früher, als du dachtest, du stündest mit deinen Gefühlen allein ... Du warst diejenige, die ich immer wollte. Du bist es immer gewesen.“

Jack sah mir tief in die Augen, und mein Herz hämmerte mit einer Geschwindigkeit in meiner Brust, dass ich fürchtete, es würde jeden Moment herausspringen.

Alles in mir zog sich zusammen. Meine Brust wurde eng, mein Kopf fühlte sich an wie ein Ballon, und ein unruhiges, brodelndes, schnell wachsendes Gefühl machte sich in meinem Magen breit.

Konnte das wahr sein?

„Und wenn ich dich jetzt küsse", hauchte ich und konnte meinen Blick nicht von Jacks wundervollen Lippen abwenden, „dann rennst du wieder davon?"

„Nein."

Mehr musste ich nicht hören. Noch ehe ich mich zu seinem Mund nach oben gezogen hatte, eroberten Jacks Lippen bereits die meinen im Sturm. Weich trafen sie auf meine und küssten mich mit solch einer Leidenschaft, dass ich das Gefühl hatte, zu fallen.

Jack drängte mich gegen den Kommandotisch und nahm meinen Mund in Besitz. Seine Hände umfassten zärtlich mein Gesicht und sein harter Körper presste sich an meinen, als wolle er mit mir verschmelzen. Seine Zunge führte einen wilden Tanz mit der meinen auf und immer, wenn sie sich trafen, entwich mir ein wohliger Seufzer.

Gierig saugte ich seine Unterlippe in meinen Mund und biss zärtlich zu. Jack stöhnte auf und sein Körper drängte sich noch näher an mich.

Seine Hand wanderte in mein Haar und krallte sich dort fest. Ich konnte spüren, dass er sich zurückhielt und auf meine Zustimmung wartete, doch die konnte ich ihm nicht geben.

Noch nicht.

„Warte", keuchte ich atemlos zwischen zwei die Welt auf den Kopf stellenden Küssen.

Der Halbgott zog sich sofort von mir zurück und sah mich mit einer Mischung aus Verzweiflung und verletzter Zurückweisung an.

„Das hier", ich deutete auf ihn und mich und strich mir mit der anderen Hand über die vom Küssen geschwollenen Lippen, „ist mir wichtig. Und ich, beziehungsweise wir, haben nun schon so lange darauf gewartet. Endlich sind wir ehrlich zueinander. Wenn du es ernst mit dem meinst, was du gesagt hast, und wirklich so empfindest, dann können wir das herausfinden, nachdem wir unsere Mission erfolgreich abgeschlossen haben. Aber jetzt ist definitiv der falsche Zeitpunkt. Ich möchte keine schnelle Nummer. Ich möchte mehr. Aber solltest du all diese Dinge nur zu mir gesagt haben, weil du dir einen schnellen Fick erhofft hast, schwöre ich beim Olymp, dass ich dich kastrieren werde!"

Atemlos von den Küssen, meiner Erregtheit und meiner Ansprache lehnte ich mich zurück und fixierte den Mann vor mir misstrauisch.

Dieser lächelte schief und trat einen Schritt auf mich zu.

Ich musste zweimal hinsehen, um wirklich zu glauben, was ich dort sah.

Wann hatte Jack Pers bitte zum letzten Mal gelächelt? Dieses bezaubernde, schiefe Lächeln hatte ich nicht mehr gesehen, seitdem seine Verlobung mit der Werwölfin bekanntgegeben worden war.

Ich hatte es vermisst. Schmerzlich vermisst sogar. Denn es war nicht nur unglaublich sexy, sondern auch ein Beweis dafür, dass Jack immer noch Jack war. Sexy, arrogant, ein Arschloch, verletzend ehrlich und ein unglaublich guter Partner, wenn man gerade gegen eine Horde Dämonen kämpfte.

„Ich bin nicht nur auf eine schnelle Nummer aus. Du bist kein schneller, heißer Fick für mich, Tess. Auch wenn ich hoffe, irgendwann noch mal einen schnellen, heißen Fick von dir zu bekommen", lachte Jack. „Nein, streich das ‚schnell‘. Ich möchte einen heißen Fick, der hoffentlich nie wieder enden wird.“

Ich konnte über seine Direktheit nur den Kopf schütteln und nicht verhindern, dass sich auch auf meinen Lippen ein Lächeln stahl. „Verdammt, Jack. Was machen wir nur?“ Seufzend fuhr ich mir mit den Händen durch die Haare und musterte mein Gegenüber.

„Ich weiß, es ist unpassend. Und es ärgert mich selbst, dass ich so lange für diese Entscheidung gebraucht habe. Nicht erst, seitdem du wieder da bist, auch schon früher. Und ich weiß, dass ich dich verletzt und dich behandelt habe wie –“

„Eine Sir– ... Schlampe?“, warf ich hilfreich ein und feixte Jack entgegen.

„Genau“, sagte dieser langsam und schüttelte den Kopf. „Ich möchte das wiedergutmachen. Sollten wir diese Mission überleben, Tess Hope, dann würde ich gerne herausfinden, was das zwischen uns ist.“

Ich war sprachlos. Dieser Halbgott machte mich tatsächlich sprachlos! Seine Worte hallten in meinem Kopf, in meinem ganzen Körper nach, aber irgendwie schaffte ich es einfach nicht, ihnen Vertrauen zu schenken.

Als ich weder lächelte noch sonstige glückliche Reaktionen zeigte, sah Jack mich besorgt an.

Besorgt – wieder so ein Ausdruck, den ich seit einer Ewigkeit nicht mehr auf seinem Gesicht gesehen hatte. Zuletzt hatte er mich so angesehen, als ich vor über einem Jahrhundert von einem Dämon niedergestreckt worden und fast gestorben war.

„I-ich, ich weiß nicht, was ich sagen soll. Ehrlich gesagt fällt es mir schwer, das zu glauben. Woher kommt dieser plötzliche Sinneswandel?"

Frustriert stöhnte Jack auf.

„Hey", versuchte ich seine Aufmerksamkeit zurück auf mich zu lenken, damit er sich nicht in unsinnigen Gedanken verlor. „Ich möchte dir wirklich gerne glauben. Aber dafür musst du mir so einiges erklären. Dass ich dir nicht gleich alles abkaufe, dürfte dir doch klar sein, nach dem, was zwischen uns vorgefallen ist, oder?"

Jack begann unruhig vor mir auf und ab zu laufen. Ich folgte seinen Bewegungen scheinbar geduldig mit den Augen und wartete darauf, dass er etwas sagte.

„Du hast recht", seufzte er schließlich resigniert.

„Ich habe immer recht", schmunzelte ich und entlockte auch ihm ein Zucken seines rechten Mundwinkels. „Du musst schon genauer werden."

„Überleben wir erst einmal diese Mission und dann sehen wir weiter ..."

Ich nickte stumm und versuchte krampfhaft, die aufwallenden Gefühle in mir zu besänftigen. Meine Kehle wurde erneut eng und in meinen Augen sammelten sich Tränen. Wir waren so nah dran. So nah, um endlich das zu klären, was so lange Zeit zwischen uns gestanden hatte. So nah dran, diesen einen letzten Schritt zu tun, um vielleicht mehr zu sein als nur Kampfpartner. So nah dran, endlich einen Traum zu leben. Meinen Traum.

Um zu verhindern, dass mir meine Tränen in nicht enden wollenden Schlieren übers Gesicht liefen, schloss ich die Augen und nickte noch ein letztes Mal.

„Okay. Wir treffen uns am Montag im Morgengrauen vor dem Portal.“

Ich konnte Jacks Gesichtsausdruck nicht sehen, denn ich musste meine Augen weiterhin geschlossen halten, um zu verhindern, dass ich losheulte. Doch anhand der Stille wusste ich, dass er ebenso wenig begeistert davon war, wie unser Gespräch geendet hatte.

„Dann sehen wir uns Montag“, sagte er mit tonloser Stimme.

Ich nickte und wartete so lange, bis ich hörte, wie die Tür ins Schloss fiel, bevor ich meine Augen öffnete und meinen Tränen freien Lauf ließ.

38.

Nach meinem Gespräch mit Jack war ich alles andere als gut drauf. Aber als ich meine beiden besten Freunde sah, die in meiner Wohnung auf mich warteten, ging es mir schon um einiges besser.

„Hey, Tess, wo warst du so lange?", lachte Ann und schenkte sich großzügig von dem Rotwein ein.

Anscheinend war meine Sirene zu einer kleinen Säuferin geworden, seitdem sie hier in Empyrion lebte. Das musste ich unbedingt im Auge behalten.

„Hey, ihr beiden", begrüßte ich sie und ließ mich laut ächzend auf das Sofa fallen.

„Gott, bin ich froh, wenn diese Mission vorbei ist und wir wieder zurück in die Menschenwelt können", sprach ich meine Gedanken laut aus.

Die einsetzende Stille, bei der man eine Elfe hätte niesen hören können, zeugte von dem Missfallen meiner Freunde.

„Du willst wirklich wieder zurück?", fragte Skip mit gerunzelter Stirn.

„Habe ich doch gesagt", erwiderte ich achselzuckend und klaute mir eine Handvoll Chips aus der Schüssel auf meinem Couchtisch. Ich musste meine Hände und meinen Mund beschäftigen, damit da nicht noch mehr unüberlegte Sachen herauskamen, die ich lieber für mich behalten sollte.

„Ja, schon, aber ich dachte, du änderst deine Meinung, wenn du erst einmal eine Weile hier bist …“

„Hast du auch was dazu zu sagen?“, fragte ich Ann mit halb vollem Mund.

Diese schaute zu dem griesgrämig dreinblickenden Skip und sah dann wieder zu mir. „I-ich weiß nicht … Mir gefällt es hier. Ich habe heute das erste Mal aus freien Stücken gesungen und fühle mich so fabelhaft wie noch nie. Darauf stoßen Skip und ich gerade an.“

Ann schenkte mir ihr breitestes Lächeln, und in mir zog sich unwillkürlich etwas schmerzvoll zusammen. Mein schlechtes Gewissen meldete sich, und plötzlich wuchs in mir eine latente Angst, dass ich womöglich allein in die Welt der Menschen zurückkehren würde. Mir war es damals schwergefallen, dort Fuß zu fassen – nur durch Ann war alles erträglich geworden. Doch ohne sie … was war die Menschenwelt dann noch für mich?

„Glückwunsch“, sagte ich tonlos, weil Ann mich immer noch erwartungsvoll anstrahlte. Mein Herz tat richtiggehend weh bei diesem Anblick.

Die halb aufgegessene Handvoll Chips ließ ich auf eine Serviette auf dem Tisch fallen, verschränkte die Arme vor der Brust und zog die Knie an. Mir war plötzlich eiskalt.

„Hey, Süße, alles okay? Keine Angst. Es ist kein Empyrianer dabei umgekommen. Sie leben alle noch.“

Ann strich mir beruhigend über die Schulter, und ich rang mir ein Lächeln ab.

„Ich besorg dir auch mal ein Glas“, sagte Ann lächelnd und verschwand in der Küche.

„Du wirst bleiben“, sagte Skip, als Anni außer Hör-
weite war.

„Was macht dich da so sicher?“

„Weil du es nicht ertragen würdest, ohne Ann zurückzukehren. Sie ist wie eine Schwester für dich.“

Ich wollte Skip gerade unterbrechen, als der beschwichtigend die Hand hob.

„Ich weiß, du hast ein schlechtes Gewissen und das
Gefühl, deine Schwester zu ersetzen, aber so ist es nicht.
Meg und Ann sind beide deine Schwestern. Die eine im
Herzen, die andere von deinem Blut. Also, glaub mir,
wenn ich dir sage, du wirst nicht gehen. Noch mal
kannst du nicht so einen guten Freund zurücklassen.“
Betreten sah Skip zu Boden und griff dann nach seinem
Bier. Er nahm einen kräftigen Schluck und ich sah zu,
wie sein Adamsapfel dabei auf und ab hüpfte.

„Ich wollte dich nicht zurücklassen“, sagte ich leise
und vermied es, meinem besten Freund ins Gesicht zu
sehen. „Ich musste hier nur einfach so schnell wie möglich weg. Ich hab es nicht mehr ausgehalten. Du kennst
mich. Ich laufe lieber weg. Übrigens“, ich räusperte
mich, unsicher, ob ich Skip davon erzählen sollte, „hat
Jack mir heute gestanden, damals dieselben Gefühle
für mich empfunden zu haben wie ich für ihn ... Nach
mehr als einem Jahrhundert rückt er nun mit der Sprache raus. Warum war ich damals nur so feige und habe
ihm nicht einfach von meinen Gefühlen erzählt? Sollte
diese Mission jetzt schiefgehen, dann werde ich nie erfahren, wie es ist, mit Jack Pers zusammen zu sein.“

Meine Gedanken schweiften zurück zu dem Gespräch
mit Jack und erneut spürte ich diese kalte Leere in mir.

„Du bist nicht feige, Tess. Bist du nie gewesen. Glaub mir", sagte Skip trocken. „Wenn hier jemand feige ist, dann bin ich das." Sein Blick glitt hinab auf seine Hände. Nun war er derjenige, der meinem Blick auswich.

„Du bist nicht feige, Skip", sagte ich und griff nach seiner Hand, um sie aufmunternd zu drücken.

„Doch, Tess. Das bin ich. Wenn du wüsstest, was ich getan habe …" Skip schüttelte schuldbewusst den Kopf, als wollte er damit seine Tat ungeschehen machen.

„Was ist denn nur passiert, während ich weg war? Wirst du jemals mit der Sprache rausrücken? Du weißt alles von mir, Skip. Du weißt, was ich den Werwölfen angetan habe. Kann es denn so viel schlimmer sein? Bitte rede mit mir!"

Ich hatte mich ihm nun ganz zugewandt und saß schräg auf der Couch, um Skip ins Gesicht sehen zu können. Irgendetwas war mit ihm geschehen, nachdem ich weggegangen war.

„Du kannst mir alles sagen, Skip. Ich werde dich niemals verurteilen und egal, was du getan hast, du wirst auf ewig mein bester Freund bleiben. Das verspreche ich dir hoch und heilig."

Doch noch bevor Skip irgendetwas sagen konnte, kam eine glückliche Ann mit einem Weinglas für mich hereinspaziert und ließ sich zu uns auf die Couch fallen.

„Hab ich etwas verpasst? Ihr wirkt so ernst", fragte sie und goss mir von dem Rotwein ein.

Anstatt zu antworten, musterte ich meinen besten Freund, der sehr gründlich den Inhalt seiner Bierflasche inspizierte. Es tat mir in der Seele weh, dass er solch eine Last mit sich herumtrug, über die er offensichtlich nicht reden konnte oder wollte.

„Na schön, Skip. Dann erzähl es mir eben nicht. Aber spätestens nach Beendigung unserer Mission werden wir beide ein ernsthaftes Gespräch führen“, versprach ich ihm, Anns Frage unbeantwortet lassend. Ich sagte es nicht zickig, aber mit einem drohenden Unterton, den Skip nur zu klar herausgehört hatte. Denn sein Gesicht verzog sich schon wieder, als hätte er körperliche Schmerzen.

„Ich dachte, du wolltest danach zurück in die Menschenwelt?“, sagte er leise, um von sich abzulenken und das Gespräch wieder in meine Richtung zu steuern.

Ich zuckte mit den Schultern und setzte mich wieder gerade auf die Couch. „Für das Gespräch bleibe ich gerne noch ein oder zwei Tage länger hier. Ich bin deine beste Freundin, wo sollte ich sonst hin? Du brauchst mich.“

„Dann wirst du hierbleiben müssen“, antwortete Skip leise. „Ich brauche dich immer.“ Er sah dabei in seine Bierflasche, als hätte er gerade etwas über den Geschmack des Inhalts gesagt und nicht ein so liebevolles, aber auch trauriges Geständnis von sich gegeben.

Es brach mir das Herz, diese Worte von ihm zu hören, denn seitdem ich wieder da war, quälte mich das Gefühl, meinen besten Freund damals im Stich gelassen zu haben. Ich hatte bei meiner Flucht nur an mich gedacht, nicht an diejenigen, die ich zurücklassen würde.

„Dann werde ich wohl bleiben müssen“, sagte ich langsam und schnappte mir Skips Bierflasche, um einen kräftigen Schluck daraus zu nehmen.

Sofort schien Skip wie verwandelt. Kein gequälter Gesichtsausdruck mehr, sondern ein breites Grinsen zog sich nun von einem Ohr zum anderen. „Dein Ernst?", fragte er begeistert.

„Ja! Ich möchte immer für dich da sein, das hatte ich dir damals versprochen und nicht gehalten. Ich möchte es wiedergutmachen. Und sollte ich es hier wirklich nicht mehr aushalten, dann kommst du eben mit in die Menschenwelt, was sagst du dazu?"

Ich bekam keine Antwort, stattdessen riss er mir die Bierflasche aus der Hand, knallte sie auf den Couchtisch und zog mich auf seinen Schoß. Seine Armen schlangen sich fest um mich und ein herzhaftes Lachen ließ seine Brust erbeben.

Ann, die nicht richtig verstanden hatte, über was wir da eigentlich redeten, brachte unsere Weingläser in Sicherheit und stürzte sich dann kurzerhand mit einem Jubelschrei ebenfalls auf uns.

„AAAHHH!"

Wir alle drei schrien auf und fingen aus vollem Halse an zu lachen. Wir umarmten uns, lachten, weinten, lachten wieder und hielten uns fest. Meine beiden besten Freunde und ich. Als wären wir Kinder und hätten uns ein Jahr lang nicht gesehen. Es war der schönste Augenblick, den ich in Empyrion je erlebt hatte, und ich würde ihn für immer festhalten.

Ich wusste, dass es in nächster Zeit keine solchen Momente mehr geben würde und dass uns schwerwiegende Entscheidungen bevorstanden, die es zu bewältigen galt. Deswegen wollte ich mich für immer an diesen Augenblick erinnern. In all der Finsternis waren eine Umarmung und das Lachen eines besten Freundes

wie ein warmes Zuhause voller Licht. Hier war ich angekommen. Hier war meine Heimat. Nicht in Empyrion oder in dieser Wohnung. Nein, hier, in den Armen
meiner Freunde.

39.

Wir trafen uns sehr früh am Montagmorgen. Die meisten meiner Rekruten schienen keine erholsame Nacht hinter sich zu haben.

Ich hatte dafür gesorgt, dass in der Kommandozentrale eine ordentliche Stärkung, bestehend aus elfischem Zuckerbrot, Stärkungs- und Kräutertrunks der Hexen und bewusstseinserweiterter Tees der Schamanen, auf uns wartete. Meine Soldaten mussten mit aufgefüllten Energietanks in die Mission starten.

„Guten Morgen", begrüßte ich die Anwesenden.

Ann stand rechts hinter mir, sie hatte darauf bestanden, uns an der Grenze zu verabschieden, und auch Cole Black war da. Schließlich waren wir die wichtigste Sondereinheit und auch die erste, die im Kampf gegen die Dämonen ihre Mission antrat.

„Ich weiß, es ist früh und auf uns kommt eine Aufgabe zu, die alles andere als einfach werden wird. Aber ich glaube an uns. Wir bekommen das hin. Ich würde vorschlagen, wir frühstücken zusammen und machen uns dann auf den Weg. Leider könnt ihr eure Kampfmontur nicht anbehalten. Ich habe euch zivile Kleidung der Menschen besorgt, die von unserem Ausrüstungsteam so umgewandelt wurde, dass sie wie eine Kampfrüstung schützt." Ich hielt eine Jeansjacke hoch, die viel schwerer war, als sie aussah. „Der Stoff ist mit einem speziell entwickelten Material verstärkt worden, das es Projektilen und scharfen Waffen unmöglich macht, eure Haut zu durchbohren. Ihr werdet ausreichend geschützt sein. Ich habe es selbst getestet. Sobald ihr mit dem Essen fertig seid, sucht ihr euch die passenden Kleidungsstücke heraus."

Die Rekruten nickten einstimmig und begannen sich bereits haufenweise Zuckerbrot auf ihre Teller zu häufen. Ich selbst bekam keinen Bissen herunter. Mein Magen schlug Purzelbäume und schien sich noch zu überlegen, ob er seinen nichtvorhandenen Inhalt preisgeben wollte oder nicht.

Als Cole Black nach vorne trat, die Hände hinter dem Rücken verschränkt, wurde es erneut still im Raum. Er hatte eine Autorität wie Morpheus aus dem Hollywoodstreifen Matrix, wie er so dastand und seinen Blick über die Rekruten schweifen ließ. Allerdings war Morpheus einer von den Guten gewesen.

„Schon lange stand es nicht mehr so schlimm um unsere Welt."

Ein Räuspern von mir ließ Cole Black mit seiner peinlichen Ansprache innehalten. Ich wollte nicht, dass er zu meinen Männern sprach, aber er hatte darauf bestanden, was mich nicht davon abhielt, jede Gelegenheit dafür zu nutzen, ihn auf Fehler aufmerksam zu machen.

„Ich meine natürlich um unsere Welt und die der Menschen", knurrte er und warf mir einen zornigen Blick zu.

Ich hingegen lächelte zufrieden.

„Ich bestehe aus diesem Grund darauf, dass Sie ihr Bestes geben. Viele Leben stehen auf dem Spiel. Unsere

Existenz steht auf dem Spiel. In drei Tagen möchte ich den Namen des Anführers sowie einen Plan zu dessen Eliminierung auf meinem Schreibtisch haben. Ich wünsche gutes Gelingen." Und mit diesen Worten verließ Black die Kommandozentrale.

Ebenso gut hätte er auch gar nichts sagen können. Meine Männer kannten den Plan, er brauchte ihn nicht noch einmal wiederholen und es so aussehen lassen, als würde er hier die Befehle geben. Ich hätte mir ein paar motivierende Worte für meine Männer gewünscht, aber wir redeten hier von Cole Black, so etwas konnte man von dem Chef der Black Company einfach nicht erwarten.

„Hört zu", rief ich laut, um das Gemurmel meiner Männer zu übertönen, und der Raum verstummte sofort. „Ich möchte, dass ihr Blacks Worte einfach ignoriert. Er hat euch nichts zu sagen. Ich bin euer Captain und ich sage: Ja, wir werden unser Bestes geben, aber vor allem möchte ich, dass wir es alle heil da raus schaffen. Bei den Kampftruppen der Menschen gibt es ein Sprichwort: *Semper Fidelis.* Das bedeutet ‚*immer treu*'. Im übertragenen Sinn heißt das: *Wir lassen keinen Mann zurück.* Ich möchte, dass das auch unser Motto wird. Wir werden unter keinen Umständen einen von uns zurücklassen. Verlasst euch auf eure Fähigkeiten. Vertraut euren Teamkameraden. Haltet euch an unseren Plan und alles wird gut werden. Ich vertraue euch und auf unsere Einheit."

Wir aßen noch gemeinsam zu Ende – obwohl man es nicht wirklich Essen nennen konnte. Weder Skip, Jack, Kay oder ich bekamen etwas herunter. Einige Rekruten kauten auf einem Stück Zuckerbrot herum, die meisten tranken nur einen Kräutersud.

Während sich die ersten Rekruten umziehen gingen, linste Ann gierig auf das übrig gebliebene elfische Zuckerbrot. Gott sei Dank war ich schon umgezogen, sonst hätte ich nicht mitbekommen, wie sie versuchte, sich unauffällig an den Tisch heranzuschieben, um nach einem der leckeren, zuckerbestäubten Laibe zu greifen.

„Ähm, Anni", räusperte ich mich. „Das solltest du lieber lassen. Meinst du nicht?"

„Was denn?", fragte sie unschuldig und verschränkte sofort die Arme hinter ihrem Rücken.

„Ich rede von dem Zuckerbrot", antwortete ich schmunzelnd.

Skip gesellte sich zu uns und fixierte Ann mit seinen Katzenaugen.

„Du weißt doch noch, was letztes Mal passiert ist", knurrte er, und ich konnte nicht anders, als herzhaft zu lachen.

Der Gedanke an Ann, die in meiner Unterwäsche auf dem Bett stehend Christina Aguilera zum Besten gab, war einfach zu lustig.

Es tat gut, zu lachen. Sofort fühlte ich mich leichter ums Herz und die Glückshormone nahmen etwas von der Dunkelheit in mir mit sich.

Dennoch, ich musste mich zusammenreißen. Es gab noch ein paar Dinge, die ich mit Ann klären musste, bevor wir unsere Mission antraten.

Ich hatte ihr den Verlauf unserer Mission erklärt und auch, was sie tun sollte, falls sie innerhalb von drei Tagen nichts von mir hörte. Zuerst hatte sie nicht hören wollen, dass mir oder Skip während dieses Auftrags etwas Ernstes zustoßen könnte, doch als ich eindringlich und ruhig auf sie eingeredet hatte, hatte sie doch zugehört. Ich hatte ihr gesagt, dass sie wieder zurück in die Menschenwelt gehen sollte, was ihr nicht sonderlich gefiel. Inzwischen hatte sie sich in Empyrion ganz gut eingelebt. Dieses Leben war neu und aufregend, und die Tatsache, dass sie hier erschaffen worden war, erschwerte den Abschied noch zusätzlich.

„Du weißt doch noch, was ich gestern zu dir gesagt habe, oder?", fragte ich Ann eindringlich.

„Jaja. Ich sehe euch beide morgen oder spätestens in drei Tagen wieder hier."

„Ann, bitte, mach es mir nicht schwerer, als es ohnehin schon ist. Das hier ist wirklich wichtig!"

„Verdammt", fluchte sie leise, und ich konnte sehen, wie sich erneut Tränen in ihren Augen sammelten. „Ich soll mich bei Kays Kontakt im Club melden. Er schleust mich hier raus, solltet ihr in drei Tagen nicht wieder hier sein", sagte sie mit tränenschwerer Stimme. „Aber ihr werdet wiederkommen, also muss ich das gar nicht tun, richtig?", fragte sie mit einem leichten Lächeln und sah mich hoffnungsvoll an.

„Wie ich schon sagte", murmelte ich mehr zu mir als zu ihr, während ich ihr sanft über den Rücken strich, „wir werden unser Bestes geben."

Als die Rekruten umgezogen waren und sie ihre Waffen so gut es ging unter ihrer Kleidung verborgen hatten, machten wir uns auf den Weg zum Portal im Black Central Park.

Leider gab es für uns keine Gelegenheit, trocken hinüberzugelangen, zumindest nicht, wenn wir mitten in New York landen wollten. Hier gab es nur den See im Central Park, der uns als Portal diente.

Wir würden immer zu zweit durch das blaue Flimmern schreiten. In der Menschenwelt war es jetzt zwar Nacht, sodass wir vermutlich keine Zuschauer hätten, wenn ein ganzer Haufen von Empyrianern plötzlich aus dem See auftauchte, aber auf Nummer sicher gehen wollte ich trotzdem. Als Gruppe würden wir zu viel Aufmerksamkeit auf uns ziehen. Zwei Personen hingegen konnten schnell zwischen den Bäumen verschwinden.

Skip und ich standen eng Seite an Seite. Seine Gesichtszüge waren angespannt. Nachdem wir am Abend unser Gespräch geführt hatten, war er ausgelassen gewesen, doch je weiter der Abend voranschritt, desto ruhiger wurde er.

Ich wusste, dass ihn jenes ominöse Geheimnis bedrückte, das er mit sich herumtrug, aber weder ich noch er durften sich in diesem Moment damit beschäftigen, also tat ich das, was einem am ehesten half, wenn man gerade nicht reden konnte oder wollte. Ich nahm seine Hand in meine und drückte sie. Eine Geste der Zuversicht, Vertrautheit, Stärke gegen die Einsamkeit. Mir half es immer, zu wissen, dass egal, was auch geschehen würde, ich niemals alleine war. Und ich hoffte, dass ich Skip dieses Gefühl ebenfalls vermitteln konnte.

Er erwiderte den Druck, ohne mich anzusehen, und so wusste ich, dass er mich verstand.

Ich war für ihn da.

Als wir an der Reihe waren, durch das Portal zu gehen, holte ich einmal tief Luft und griff fester nach Skips Hand. Sobald wir die fluoreszierende, blaue Oberfläche berührten, fühlte ich eine Kühle auf meiner Haut, die sofort in mich eindrang. Ich begann innerlich zu zittern, als würde ich gerade aus dem Ozean steigen und ungeschützt im kalten Wind stehen.

„Auf drei", murmelte Skip und schenkte mir ein verkrampftes Lächeln.

Ich nickte und wir zählten zusammen: „Eins, zwei, ..."

Und schon waren wir in dem wabernden Blau verschwunden.

Eine Gänsehaut überzog meinen gesamten Körper. Flüchtig glitt meine freie Hand über meine Klamotten, um zu kontrollieren, ob sich auch noch alle Waffen dort befanden, wo ich sie hingesteckt hatte. Die Kälte, die uns überzog und sich wie eine zweite Haut über uns legte, wurde bald so unerträglich, dass ich es kaum noch aushielt.

Ich hatte die Luft angehalten und merkte wie meine Lunge langsam danach verlangte, dass ich neuen Atem schöpfte, doch ich konnte nicht. Wir befanden uns immer noch in dem schwebeartigen Zustand des Hinübertretens.

Mit Erleichterung stellte ich fest, wie mir langsam schwarz vor Augen wurde und ich das Bewusstsein verlor.

Als ich wieder zu mir kam, öffnete ich in einem stummen Schrei Augen und Mund. Ich war immer noch im Wasser. Wir mussten uns mittlerweile in dem See des

Central Parks von New York befinden, doch das änderte nichts daran, dass ich keine Luft bekam.

Mit aller Kraft kämpfte ich mich an die Oberfläche. Beim weiten Ausholen meiner Arme ließ ich Skips Hand los, alles, woran ich denken konnte, war die Luft, die an der Oberfläche auf mich wartete. Ich ruderte immer schneller mit Armen und Beinen und spürte die Panik in meiner Brust aufsteigen, bis mich plötzlich eine Hand am Kragen packte und aus dem Wasser zog.

Prustend und hustend schnappte ich gierig nach Luft und klammerte mich an den Arm, der mich fest umschlungen hatte. Das Mondlicht leuchtete hell auf uns herab und tauchte den Central Park von New York in ein silbriges Licht, welches sich jeder Horrorfilm-Regisseur für seine Kulisse gewünscht hätte.

„Danke", keuchte ich in Richtung des Arms, der mich herausgezogen hatte.

„Keine Ursache", ertönte Jacks dunkle Stimme direkt an meinem Ohr.

Erschrocken riss ich mich los und sah dem Halbgott ins Gesicht. „D-du hast m-mich herausgezogen?", fragte ich schlotternd vor Kälte.

„Hätte ich dich ertrinken lassen sollen?", fragte dieser, und ich konnte einen ironischen Unterton in seiner Stimme vernehmen. Jack sprach Ironisch?!

Unbeholfen rappelte ich mich auf und kam schwankend zum Stehen. Nachdem ich mich umgesehen und zwei Schritte Abstand zwischen Jack und mich gebracht hatte, traute ich mich endlich wieder, ihn anzusehen.

„Danke", murmelte ich.

„Gern geschehen", antworte er ehrlich und schlenderte in Richtung der Bäume, wo sich die anderen Ankömmlinge befanden.

Unschlüssig blieb ich noch eine Weile am See stehen und folgte ihm dann, Skip direkt hinter mir, der ebenfalls heil in der Menschenwelt angekommen war.

Es dauerte weitere zehn Minuten, bis alle Mitglieder unseres Teams drüben waren und wir endlich beratschlagen konnten, wie es nun weiterging.

„Also, Tisiphone, wo wohnt Euer Bekannter, der für uns den Dämon heraufbeschwört?", fragte Kay und gesellte sich an meine Seite, was von Jack mit einem leisen Knurren kommentiert wurde.

Ich versuchte, dem keine Aufmerksamkeit zu schenken, und richtete mich dann an die Truppe.

„Harper wohnt in der 5th Ave–", ich hielt kurz inne und sah in die unschlüssigen Gesichter meiner Kameraden. „Ob ich euch nun die Straßennamen der Menschen sage oder in Washington fällt eine Schaufel um, das kommt auf dasselbe hinaus", seufzte ich und versuchte mich zu erinnern, welcher Laden sich in unserer Welt an dem Standort befand, zu dem wir in dieser Welt wollten.

„Was denn für eine Schaufel?", fragte einer der Rekruten und erntete einen hämischen Blick von Jack.

„Lass gut sein", sprang Skip sofort ein, um zu verhindern, dass Jack ihn bloßstellte.

Ich hingegen musste mich zurückhalten, um nicht einen Lachanfall zu bekommen.

„Wieso, was ist denn mit der Schaufel?", fragte ein anderer.

Doch Skip schüttelte nur mit dem Kopf, und die Agenten verstanden allmählich, dass sie sich mit ihren Fragen lächerlich machten.

„Also, ihr alle kennt doch *Susi's Zauberkessel*. Der Pub in der kleinen Gasse, fünf Querstraßen vom Black Times Square entfernt?"

Die versammelte Mannschaft nickte.

„Genau dort müssen wir hin. Ich schlage vor, wir halten uns an die Nebenstraßen, um keine Aufmerksamkeit auf uns zu ziehen. Es ist zwar schon spät, aber New York ist die Stadt, die niemals schläft. Also dann, brechen wir auf." Bei den letzten Worten klatschte ich einmal in die Hände, um meinen Worten Nachdruck zu verleihen.

Die Männer überprüften noch einmal ihre Waffen, entsicherten sie, um sie jederzeit zücken zu können, und verstauten sie wieder unter der unauffälligen Kleidung.

„Okay, dann los."

In geduckter Haltung und immer dem Licht der Straßenlaternen ausweichend, schlichen wir wie Diebe im Schatten die Straßen entlang. Wir mussten uns nicht gerade bemühen, leise zu sein. Überall hörte man die Geräusche der pulsierenden Stadt. Der Wind heulte erzürnt um die Hochhäuser, als wollte er sie zum Einsturz bringen, und ich konnte förmlich fühlen, wie die Furie in mir darauf pochte, sich zu verwandeln, um über ihre alte Heimat zu fliegen. Normalerweise hätte ich in solch einer Nacht auf den Dächern der Stadt gesessen und das Geschehen auf den Straßen verfolgt. Ich hätte über mein Leben sinniert und mich gefragt, was die Zukunft für mich breithielt.

Wer hätte gedacht, dass nur wenige Wochen später ich diejenige sein würde, die auf den Straßen der Stadt alles daran setzte, nicht gesehen zu werden, und eine Mission verfolgte, die es erfolgreich zu meistern galt?

Wir brauchten eine halbe Stunde, bis wir die Lagerhalle, in der Harper wohnte, endlich erreichten. Von Schatten zu Schatten zu huschen war vielleicht sicherer, aber schnell kam man damit nicht voran.

„Also, *Susi's Zauberkessel* ist gegen das hier ja ein Fünf-Sterne-Restaurant", murrte ein Rekrut hinter Kay und deutete auf die heruntergekommene Fassade von Harpers Zuhause.

„Tja, das hier ist auch nicht mehr als eine leere Halle. Harper hatte vor, hier eine Autowerkstatt aufzuziehen. Oder nein, war es eine Bar? Er hatte jedenfalls eine Menge Ideen, aber dann hat seine Ex-Frau ihn bei der Scheidung so richtig ausgenommen", verteidigte ich Harper.

„So sieht es also aus, wenn Menschenträume zerplatzen", murmelte Bay leise.

„Tess, du hast doch nicht ...", fragte Skip und unterbrach Bay, der mitleidig in die heruntergekommene Gasse blickte.

„Seine Ex-Frau auf seinen Rachewunsch hin umgebracht?", beendete ich Skips Frage und sah, wie sich die Rekruten und auch Jack merklich versteiften. „Nein. Er hat sich gewünscht, dass seine Frau aufgrund eines Fehlers im Ehevertrag das ganze Geld zurückzahlen muss. Als er ihr dann zufällig noch einmal über den Weg lief und erkannte, wie jämmerlich sie ohne sein

Geld dran sein würde, wollte er den Wunsch zurücknehmen. Doch da eine Furie sich nicht gerne ihre Rache nehmen lässt, einigten wir uns darauf, dass ich etwas bei ihm gut hätte und es einlösen könnte, wann immer mir danach ist ... Und hier sind wir." Ich feixte Skip entgegen, der erleichtert ausatmete, und auch die anderen entspannten sich wieder.

„Wow, wenn seine Frau schon ohne das Geld jämmerlich dran gewesen wäre, was ist *er* dann?"

Ich antwortete nicht auf diese Frage und überließ es dem Rekruten, sich sein eigenes Bild zu machen.

Die Wahrheit war, ich bewunderte Harper für seine Großmütigkeit. Denn seine Frau war wirklich eine Schlampe und hatte nicht einen Cent von dem Geld verdient. Ganz im Gegensatz zu Harper, der immer hart für das bisschen, was er besaß, geschuftet hatte. Nun verdiente er nicht mehr als das Minimum, um über die Runden zu kommen. Die Lagerhalle, aus der man wirklich etwas hätte machen können, wie man an *Susi's Zauberkessel* in unserer Welt sehen konnte, würde wohl auf ewig leer stehen.

Vor der roten, verrosteten, mit Graffitis beschmierten Schiebetür der Lagerhalle angekommen, klopfte ich drei Mal kräftig dagegen.

„Harper? Ich bin's, Tess!"

Ich wartete, doch nichts rührte sich.

„Harper?", fragte ich erneut und versuchte so leise wie möglich zu sein, sonst wäre all das Durch-die-Schatten-Huschen umsonst gewesen.

„Tess?", ertönte es leise hinter der Tür.

„Ja, ich bin's. Ich bin hier, um meinen Gefallen einzufordern."

Ein Schloss wurde geöffnet und ein Riegel zurückgezogen, dann öffnete sich laut knirschend die Schiebetür und vor mir stand Harper. Immer noch mit lichtem Haar, welches inzwischen so weit zurückgegangen war, dass man eher von einer Halbglatze sprechen konnte. Ein Bierbauch wölbte sich unter seinem stramm geknöpften Karo-Hemd und lugte über den Bund seiner verwaschenen Jeans hervor. Seine Augen waren blutunterlaufen und Falten hatten sich in seine Haut gegraben. Sie erzählten von den Geldsorgen und verlorenen Träumen, dem verpassten Glück. Dieser Mann war sicherlich mal ein stolzes Abbild seiner selbst gewesen, doch heute war er nur noch eine traurige Version dessen, für die man aufrichtiges Mitleid empfand.

„Tess, meine Liebe, wie geht es dir?", begrüßte er mich glücklich, als hätte ich mich nach all der langen Zeit nicht nur gemeldet, um einen Gefallen einzufordern, sondern ihn auf ein Käffchen besucht.

„Ich befinde mich auf einer wichtigen Mission und brauche dazu deine Hilfe. Du wirst dabei reichlich entlohnt werden", versprach ich.

„Aber Tess, das ist doch nicht nötig. Ich bin dir so dankbar, dass du damals ...", unruhig sah Harper zu den hinter mir stehenden Männern. Sie waren zwar wie Zivilisten gekleidet, aber jeder Laie konnte an der Art, wie sie dort standen, erkennen, dass es sich um ausgebildete Soldaten handelte. „Na ja, dass du damals nicht getan hast, worum ich dich gebeten hatte", flüsterte er leicht zu mir gebeugt.

„Ich weiß, aber ich möchte mich gerne bei dir revanchieren, Harper. Keine Angst, deine Schuld wäre dennoch bei mir beglichen." Ich zwinkerte.

Ich hatte bereits vor einigen Tagen Vorbereitungen hinsichtlich der Entlohnung von Harper getroffen. Einer unserer Exporteure hatte ein Bankschließfach für mich eingerichtet, in welchem die Hälfte meiner Ersparnisse bar hinterlegt worden war. Ich hatte den Schlüssel für Harper dabei.

„Dir bin ich gern etwas schuldig, meine Liebe. Ich habe selten eine so aufrichtige Person wie dich getroffen."

„Das gebe ich gerne zurück", lächelte ich und tippte verlegen von einem Fuß auf den anderen.

„Na dann, steht da nicht so rum. Kommt herein in die gute Stube. Kann ich euch etwas zu trinken anbieten?", fragte der Mann herzlich.

Doch Gott sei Dank verneinten meine Rekruten alle höflich. Der Mann hatte ohnehin nicht viel und wir keine Zeit zu verlieren.

Ich sagte den Männern, sie sollten damit anfangen, das Pentagramm auf den Boden im Innenhof hinter der Halle zu zeichnen und das Ritual der Dämonenbeschwörung vorzubereiten, während ich Harper einweihte.

Dieser werkelte eifrig in der Küche herum und schien etwas Ordnung in das Chaos bringen zu wollen.

„Harper?", fragte ich vorsichtig, um ihn nicht zu erschrecken.

„Ja, meine Liebe? Möchten du oder einer deiner Männer doch etwas trinken?"

„Nein, vielen Dank." Ich lächelte und setzte mich auf einen freien Stuhl.

Harper wischte sich die schweißnassen Hände an seiner Hose ab und setzte sich zu mir an den Küchentisch, von dessen Oberfläche sich das Muster bereits löste.

„Das, was ich von dir verlange, ist ein sehr großer Gefallen und er ist nicht gerade ungefährlich. Aber ich kenne niemanden anderen in dieser Welt, dem ich diesbezüglich vertrauen kann. Deswegen bin ich zu dir gekommen. Du weißt, was ich bin und wo ich herkomme. Und du hast den Mund gehalten, das schätze ich sehr an meinen Klienten, auch wenn sie meine Dienste dann doch nicht in Anspruch nehmen." Bei den letzten Worten lächelte ich, und Harper schien sich etwas zu beruhigen.

„Wir müssen mit einem Dämon sprechen. Und dieser kann nur von einem Menschen beschworen werden. Meine Männer bereiten das Ritual bereits vor. Alles, was du tun musst, ist, einen Text aus einem Buch vorzulesen und dem Dämon vorzuspielen, dass du dir von ganzem Herzen etwas wünschst, was nur er dir schenken kann. Wichtig dabei ist es, der Versuchung, sein Angebot anzunehmen, nicht zu erliegen. Und das ist ein weiterer Grund, warum ich mich an dich wende. Du hattest jedes Recht, deine Ex-Frau zu hassen und dich an ihr zu rächen, und doch hast du es aus Großmut nicht getan. Das zeigt, wie groß dein Herz und wie stark dein Charakter ist. Wenn jemand der Verführung eines Dämons widerstehen kann, egal was er dir auch anbieten mag, dann bist du es."

„Oh Tess", begann Harper gerührt und schaute verängstigt und unsicher in Richtung des Innenhofes zu meinen Agenten. „Es ist schön, zu wissen, dass du so viel von mir hältst, aber denkst du wirklich, dass ich das schaffen kann? Ich –"

Ohne lange zu fackeln, griff ich nach Harpers Hand und drückte sie fest. Ich hätte natürlich auch mit dem Geld als Argument beginnen, ihn damit locken können. Aber ich wollte Harpers Zustimmung, seinen aufrichtigen Willen, uns zu helfen. Ansonsten wäre ich nicht besser als einer dieser Dämonen.

„Harper, ich weiß, dass du der Richtige bist. Du warst stark genug, der Rache zu widerstehen, und hast auf ein Leben ohne Geldsorgen verzichtet, damit es der Person gutgeht, die dir all das hier angetan hat. Du bist stark. Du hast die Kraft, das hier zu tun. Wir werden auf dich aufpassen. Die einzige Gefahr besteht für dich darin, dass du der Versuchung des Dämons erliegst und sein Angebot annimmst. Dann können selbst wir dir nicht mehr helfen. Denn dann hast du deine Seele verkauft. Aber Harper", setzte ich nach, als ich seine schreckensweiten Augen sah, „du bist so großmütig, gütig, loyal, aufopfernd, altruistisch. Du wirst der Macht des Dämons nicht erliegen. Und sobald dieser sich in dieser Welt manifestiert hat, übernehmen wir und du kannst dich zurückziehen."

Harper schluckte nervös und strich sich erneut mit den Händen über die Hosenbeine. „Das heißt, wenn ich nicht auf seine Forderungen eingehe, dann passiert mir auch nichts?", fragte er unsicher.

„Solange du keinem Handel zustimmst, passiert dir nichts."

„Hmm", machte Harper und sah erneut in Richtung meiner Männer. „Und was passiert, wenn ich darauf eingehe?"

„Dann wirst du deine Seele verlieren", sagte ich langsam und fand den Verlauf unseres Gesprächs gerade alles andere als gut.

„Und wozu brauche ich die, wenn ich das bekomme, was ich haben möchte, und niemand dadurch zu Schaden kommt?"

Ich seufzte resigniert. „Harper, wenn du deine Seele verlierst, wirst du keine Freude an deiner neugewonnenen Unabhängigkeit finden. Du wirst dich leer fühlen und grausam werden, weil du nichts mehr fühlst. Menschen, die ihre Seele an einen Dämon verkauft haben, wurden zu Verbrechern und Mördern. Ich weiß, dein Leben ist mit Sicherheit anders, als du es dir gewünscht hast, aber du bist ein aufrechter Mann und das kann nicht jeder von sich behaupten. Sei stolz darauf und halte daran fest. Denn wenn es mit uns allen irgendwann einmal zu Ende geht, dann zählt nicht, wie viel du besessen hast oder ob du reich warst, dann zählen nur deine Taten."

Harper nickte langsam. „Okay, Tess", sagte er mit einem weiteren unruhigen Blick in den Hinterhof. „Ich mache es."

Ich freute mich über seine Entscheidung und drückte aufmunternd seine Hand. „Ich habe hier noch etwas für dich. Wenn all das vorbei ist, dann wirst du diesen Schlüssel nehmen", ich legte den Schlüssel des Bankschließfaches in seine Hand und schloss seine Finger darum, „und dir mit dem Inhalt des Schließfaches ein neues Leben aufbauen. Versprich mir, bei der nächsten

Frau, die du dir suchst, vorsichtiger zu sein, und bleib bitte immer so ehrlich und aufrichtig, wie du jetzt bist. Lass dich nicht von Geld und Macht beeinflussen, sondern bleib weiterhin der dankbare, liebe Mann, der du im Herzen bist. Denn die bescheidenen Männer, diejenigen, die nicht viel besitzen, wissen das Leben viel mehr zu schätzen." Ich zwinkerte dem kleinen Mann zu und drückte noch einmal seine Hand.

In Harpers Augen hatten sich Tränen gebildet, und die Dankbarkeit, die ich in seinem Gesicht lesen konnte, wärmte meine Seele.

„D-du hättest das nicht tun müssen, Tess", sagte er langsam, und ich konnte die Demut in seiner Stimme hören.

„Ich weiß", erwiderte ich mit fester Stimme. „Aber ich wollte es gern. Und ich wäre zutiefst verletzt, wenn du dieses Geschenk, das ich dir aus Dankbarkeit für deine große Hilfe anbiete, ablehnen würdest. Damit verärgerst du die Furie in mir und du willst doch nicht, dass ich mich an dir räche, oder?", fragte ich mit autoritärer Stimme.

Harper zuckte erschrocken zurück und schüttelte wild mit dem Kopf.

„Okay", sagte ich streng. „Dann nimm den Schlüssel und bewahre ihn gut auf."

Harper nickte heftig und ich schenkte ihm ein kleines Lächeln, das ihn erleichtert aufatmen ließ.

„Mann, Mann, Tessi, da dachte ich wirklich, du machst jetzt Ernst." Er lachte ängstlich und versuchte sich wieder zu beruhigen.

„Tess, wir sind soweit." Skip nickte mir zu und deutete in den Innenhof.

„Bist du bereit?“, fragte ich Harper.
Dieser nickte, steckte den Schlüssel in die Brusttasche seines Karohemds und stand entschlossen auf.
„Lasst uns einen Dämon heraufbeschwören!“

40.

Während die einzelnen Teams auf den für sie vorgesehenen Plätzen Stellung bezogen, sprach ich mit Harper noch ein letztes Mal das Ritual durch.

Der Text war auf Latein, was ihn zuerst abschreckte, da er die Sprache nicht sprach, doch ich sagte ihm, dass es nicht so sehr auf die Aussprache ankam. Er solle den Text einfach klar und deutlich vorlesen. Sobald der Dämon in Erscheinung trat, nannte er seinen Wunsch, damit dieser sich in dieser Welt manifestieren konnte, und dann kamen wir ins Spiel.

Harper hatte immer noch Angst, dass der Dämon seinen Wunsch für bare Münze nehmen würde und ihm sofort seine Seele rauben würde, doch ich versicherte ihm, dass jeder Handel mit einer deutlich ausgesprochenen Zusage, einem Handschlag oder etwas Ähnlichem abgeschlossen werden musste. Solange er außerhalb der Reichweite des Dämons blieb und keiner seiner Forderungen zustimmte, würde ihm nichts geschehen.

Es dauerte eine geschlagene halbe Stunde bis er endlich soweit war, das Ritual durchzuziehen.

Ich hörte unterdrücktes Gefluche über das Headset, das mich mit den einzelnen Teams verband, und warf böse Blicke in die Richtung des jeweils Verantwortlichen. Zumindest dorthin, wo ich sie vermutete. Sie konnten nicht nachvollziehen, welche Überwindung es Harper kostete, wie viel Angst er hatte. Die Agenten der Black Company wurden schon in jungen Jahren mit der Gefahr, die von Dämonen ausging, konfrontiert. Das konnten die Menschen nicht von sich behaupten.

Ich begab mich ebenfalls auf meinen Posten, nachdem ich Harper weitestgehend beruhigt hatte, damit er anfangen konnte, das Ritual zu vollziehen.

Er las den lateinischen Text holprig und mit falscher Betonung vor, was ihm einige Lacher über mein Headset einbrachte. Doch ich zischte einen zornigen Befehl über alle Kanäle, der die Rekruten sofort zum Verstummen brachte.

Während Harper den Text zu Ende las, hörte ich erneut ein Knacken im Ohr, allerdings war dieses Mal nur Skips Stimme zu hören. Die Anzeige auf meinem Armband zeigte mir, dass er einen privaten Kanal benutzte, um mit mir allein sprechen zu können, ohne dass wir Zuhörer hatten.

„Wenn auch du glaubst, über Harpers Leseschwäche ablästern zu können, fliegst du aus der Leitung, Skip“, zischte ich ungeduldig und fragte mich gleichzeitig, warum im Innenhof nichts passierte.

„Nein“, kam es gedämpft. „Das ist es nicht.“

„Alles in Ordnung?“, fragte ich knapp.

„Tess, es gibt da etwas, was du wissen solltest.“ Skip seufzte resigniert auf.

„Skip, was ist so wichtig, dass du ausgerechnet *jetzt* darüber reden musst?“, kam ich meinem besten Freund zuvor und starrte weiterhin gebannt in den Innenhof.

„Es geht um die Sache, die ich dir schon die ganze Zeit erzählen wollte ... Ach, verdammt!"

„Du willst *jetzt* darüber reden? Ernsthaft?"

Keine Antwort.

„Skip, ich bin wirklich gespannt, was du mir zu erzählen hast, aber kann das nicht bis nach der Mission warten? Wir sind gerade dabei, einen verfluchten Dämon zu beschwören!"

„Nein, es kann nicht warten. Du solltest es besser von mir erfahren als von jemand anderem."

Wenn mein bester Freund weiterhin solch nebulöse Sätze von sich gab, würde ich ihn wohl oder übel erwürgen müssen, so viel stand fest.

„Verdammt Skip, dann hast du es also doch jemandem erzählt?"

Ich wandte mich ab. Nur für eine Sekunde. Um mit Nachdruck meine Verärgerung über Skips Handeln in das Headset zu schimpfen, und dann passierte es.

Der Innenhof war plötzlich von dunklen Blitzen erfüllt und finsterer Nebel schien aus jeder Ecke zu wabern. Harper hatte es ängstlich mit dem Rücken an die nächste Wand verschlagen, während eine unförmige, dunkle Gestalt sich langsam vor ihm manifestierte.

Blitze, Nebel und ein stürmischer Wind peitschten immer schneller um die finstere Gestalt, während das Pentagramm langsam rot zu glühen begann.

Nun war es an der Zeit, dass Harper seinen Wunsch äußerte, doch der Mann blieb still. Ängstlich presste er sich so fest an die Wand, als wollte er jeden Moment mit ihr verschmelzen.

Meine Hand wanderte zum Ohr, wo sich das Headset befand. Ich wählte den Kanal, auf dem Harper mit mir verbunden war. „Harper, hörst du mich?"

Keine Antwort.

„Nenne deinen Wunsch."

Keine Antwort.

„Harper, du musst dir jetzt etwas wünschen, sonst verschwindet er wieder."

Keine Antwort.

„SOFORT, HARPER!"

Ich wollte ihn nicht anschreien, aber wenn er nicht sofort einen Wunsch äußerte, mussten wir wieder von vorn anfangen. Dämonen konnten sich nur in dieser Welt manifestieren, wenn der Rufende einen Wunsch oder sein Anliegen äußerte, ansonsten wurden sie wieder zurück in ihre Welt gezogen.

„I-ich … a-a-also, Herr D-d-dämon, i-ich hätte gern eine A-autowerkstatt, b-b-bitte", kam es kleinlaut von dem verängstigten Mann.

Erleichtert atmete ich auf, doch als die dunkle Gestalt sich langsam zu einer Person manifestierte, wurde mir immer mulmiger zumute.

Die dunkle Silhouette hatte eine schmale Taille, lange Beine, langes, dunkles Haar, einen Porzellanteint und sah aus wie …

„Meg?", hauchte ich und sah mit Entsetzen zu, wie meine Schwester, die Furie Megaera – auch die Stimme des neidischen Zorns genannt –, sich vor meinen Augen manifestierte.

„Tess!", schrie Skip in das Headset, doch ich hörte gar nicht hin. Ich konnte nicht glauben, was meine Augen leibhaftig vor mir sahen.

Es war meine Schwester.

Meine Schwester war gerade vor uns im Pentagramm erschienen.

Meg, meine kleine, hilflose Schwester.

Wie betäubt sah ich, wie sich der wunderschöne, rote Mund meiner Schwester zu einem boshaften, höhnischen Lächeln verzog.

„Wer hat nach mir gerufen?"

Doch Harper konnte nicht antworten. Wie gebannt starrte er die wunderschöne Frau vor sich an und hing gebannt an ihren Lippen.

Einer meiner Männer, ich wusste nicht, wer, rüttelte mich an der Schulter, versuchte mich wieder zur Besinnung zu bringen, da Harper kurz davor stand, meiner Schwester in das Pentagramm zu folgen.

Wie auf Autopilot wählte ich den Kanal, der mich mit Harper verband, und sprach in mein Headset. „Verschwinde, Harper, auf der Stelle!"

Doch Harper rührte sich nicht. Immer noch schien er von der Schönheit Megaeras in den Bann gezogen.

„HAU AB, SOFORT!", schrie ich im Befehlston, und Harper kam erschrocken zu sich. Er flüchtete in seine Lagerhalle, und dann passierten mehrere Dinge gleichzeitig.

Meg, die mitbekommen hatte, dass etwas nicht stimmte, ließ ihren Blick suchend über ihre Umgebung gleiten. Skip kam, gefolgt von seinem Team, aus seinem Versteck und baute sich vor ihr auf. Jack und Kay, die Meg ebenfalls erkannt hatten, folgten ihm. Und auch ich sprang in den Innenhof und kam einen halben Meter vor dem Pentagramm zum Stehen. Die restlichen

Teammitglieder hielten dagegen wie befohlen die Stellung.

Skip kam sofort zu mir und rüttelte ungeduldig an meinem Arm. Doch ich machte mich genervt von ihm los und starrte, wie Harper zuvor, gebannt in das Gesicht meiner Schwester.

Sie war es, kein Zweifel, doch dann auch irgendwie nicht. Sie hatte sich verändert. Sie war immer noch wunderschön, aber in ihrem Gesicht befand sich etwas Dunkles, etwas Böses, das ihr Lächeln wie eine verzogene Karikatur aussehen ließ. Ihr Gesicht glich eher einer Fratze. Und die dunkle Aura, die Schwärze, die sie umgab, verlieh ihr keine Anmut und Eleganz, sondern etwas Hoffnungsloses. Auch ihre Flügel waren verschwunden, und nichts ließ darauf schließen, dass sie jemals welche besessen hatte. Die Schnitte und Verletzungen, die ihr durch die Rudelmitglieder zugefügt worden waren, hatten sich wie Tattoos über ihren Körper ausgebreitet. Jede Narbe war eine geschwungene schwarze Linie, als wäre sie stolz darauf und würde sie wie Schmuck am Körper tragen. Tattoos, die ihre geschundene Seele der Außenwelt preisgaben, damit jeder die Finsternis und Dunkelheit in ihr erkennen konnte.

Das hier war nicht mehr meine Schwester.

Als meine Sicht verschwamm und ich sie nicht mehr richtig erkennen konnte, dachte ich im ersten Moment, sie würde sich wieder auflösen und zurück in die Unterwelt verschwinden. Oder ich hatte mich vielleicht getäuscht und mein Kopf spielte mir nur einen Streich. Doch als etwas Nasses meine Wangen benetzte, erkannte ich, dass ich weinte. Ich weinte um meine

Schwester. Die so viel hatte ertragen müssen, die viel zu früh aus dem Leben gerissen worden war und die nun hier vor mir stand. Ein dunkles, finsteres, dämonisches Abbild ihrer selbst.

„Meg", flüsterte ich.

Und dann wandte sie sich mir zu.

„Schwesterherz", sagte sie mit einem süffisanten Lächeln. „Du siehst echt scheiße aus."

„W-was ist passiert?", fragte ich mit brüchiger Stimme und bemühte mich krampfhaft darum, vor meinen Männern die Fassung zu bewahren.

An meinem Arm spürte ich, wie Skips Griff sich versteifte und mir schmerzhaft das Blut abdrückte.

„Hmm", machte sie und warf ein hämisches Lächeln in die Runde, welches eher an ein Zähnefletschen erinnerte. „Willst du es ihr sagen, Skip, oder soll ich es tun?"

Mein Kopf schnellte in Skips Richtung, und auch Jack und Kay sahen den Gestaltwandler mit misstrauischen Mienen an.

„Skip?", hauchte ich fassungslos und versuchte zu verstehen, was hier gerade vor sich ging.

„Tess", stieß Skip gequält aus und fuhr sich mit den Händen durchs Haar.

„Spuck es endlich aus, Skip. Hat das da", ich deutete mit dem Finger in Richtung meiner Schwester, „etwa was mit der Sache zu tun, die du mir die ganze Zeit über verschwiegen hast? Ist sie der Grund, warum du mich zurückgeholt hast?"

Ich konnte nicht verhindern, dass meine Stimme weinerlich klang, denn der Verrat saß so tief, dass ich glaubte, mein Herz würde in Millionen Teile zerbersten. Mein ganzer Körper tat weh. Ich hatte das Gefühl, als stünde ich nackt in diesem Sturm des Verrats. Als würde jede neue Erkenntnis auf rohes Fleisch prallen und sich direkt durch die Muskeln und Fasern in mein Innerstes fressen, um mich mit Finsternis zu erfüllen. Ich fühlte mich, als würde ich bei lebendigem Leib verbrennen.

Was hatte er getan?!

Was hatte er, Gott verdammt noch mal, getan?!

„SKIP!", schrie ich, und mein bester Freund zuckte erschrocken zusammen.

„I-ich habe sie geliebt", flüsterte er so leise, dass ich ihn kaum verstand.

Meg lachte laut und höhnisch auf. Das Ganze schien sie köstlich zu amüsieren.

„Was hast du gesagt?", fragte ich ungläubig.

„Ich habe sie geliebt", wiederholte Skip und sah mich dabei mit schmerzverzerrtem Gesicht an. „Deine Schwester, Megaera." Sein Blick huschte zu meiner Schwester, die sich weiterhin darüber freute, wie sie Skip vorführte.

Ich konnte nicht glauben, was mein bester Freund da gerade sagte. Das hätte ich doch bemerken müssen. Schließlich waren es die beiden Personen, mit denen ich die meiste Zeit verbracht hatte.

„Du hast nie etwas gesagt. Ich habe es nicht einmal vermutet ... Warum ...? Du hättest es mir sagen können", rang ich verzweifelt nach Worten, so überrascht war ich von diesem Geständnis. Wobei ich immer noch nicht verstand, was das damit zu tun hatte, dass meine Schwester nun ein Dämon war.

„Wie hättest du das auch bemerken sollen?", keifte Meg. „Du warst viel zu sehr damit beschäftigt, eine Vorzeigeschülerin der Black Company zu sein. Du hattest doch nur Augen für den Halbgott. Na, hat er dich immer noch nicht rangelassen, große Schwester? Und wie ist es so, zweite Wahl zu sein, Kay?" Boshaft lachte meine Schwester auf und sah zufrieden dabei zu, wie die Worte ihre Wirkung entfalteten.

„Halt deinen Mund", zischte ich wütend und wagte es nicht, in Kays und Jacks Richtung zu blicken. Was die beiden und mich betraf, wanderten wir sowieso schon auf dünnem Eis.

„Skip", wandte ich mich wieder an meinen besten Freund. „Warum hast du nichts gesagt?"

„So ungern ich ihr Recht gebe, aber du hattest wirklich genügend eigene Baustellen, und ganz davon abgesehen, wurden meine Gefühle nicht erwidert. Eine Zukunft mit Meg war aussichtslos, also ..." Wieder fuhr Skip sich nervös durch die Haare, und ich wusste, da war noch mehr.

„... also hast du es mir verschwiegen? Skip ... da ist doch noch was?"

„Obwohl dein kleiner Freund hier wusste, dass ich nichts für ihn empfinde, konnte er es nicht ertragen, als du mich von meinem Leid erlöst hast. Du bist nach deiner Rache an dem Black Forest Rudel sofort abgehauen, deswegen hast du nicht gesehen, wie schlecht es ihm ging." Meg lachte höhnisch. „Und als er glaubte, es kaum mehr einen Tag ertragen zu können, kam ihm die zündende Idee, nicht war, Skippy?"

Megs Stimme triefte vor Hohn und Verachtung, und mit Ekel stellte ich fest, wie viel Vergnügen es ihr bereitete, Skip bloßzustellen.

Ich selbst spürte mein schlechtes Gewissen anklopfen, weil ich nicht bemerkt hatte, wie es Skip nach meiner Flucht ergangen war. Ich hätte ihn nicht zurücklassen dürfen. Wir hätten uns gegenseitig Trost spenden können. Stattdessen haben wir uns jeder allein durchgeschlagen und wären fast daran zerbrochen. Und all das war meine Schuld.

„Von was für einer Idee sprichst du, Meg?", fragte ich nun verwirrt, als mir der letzte Teil ihrer Erklärung dämmerte.

„Tess, bitte", sagte Skip gequält und kam langsam und vorsichtig auf mich zu, als würde ich ihn jeden Moment angreifen wie ein in die Enge getriebenes Tier.

„Skippy dachte sich, wenn keiner aus meiner Welt die wunderschöne, atemberaubende, bezaubernde Meg", meine Schwester lachte sich ins Fäustchen über ihre eigene Lobeshymne, „zurückholen könnte, dann vielleicht jemand aus der Unterwelt ..."

Stille.

Ich konnte den Puls in meinen Ohren hören. Ein dumpfes Dröhnen, welches mir verriet, dass ich am Leben war und das hier gerade wirklich passierte. Inzwischen hatte es zu regnen begonnen und die kalten Tropfen fühlten sich auf meiner erhitzten Haut wie kleine Nadelstiche an.

Skip, der vor mir stand, schüttelte verzweifelt meine Schultern, um mich wieder zur Besinnung zu bringen, doch ich war wie betäubt.

Was hatte meine Schwester gesagt?!

Ich versuchte die Regentropfen wegzublinzeln, während ich mit offenem Mund und so vielen unbeantworteten Fragen zu meiner Schwester sah.

Skip sah ich nicht an. Dabei wollte ich es. Ich wollte ihn ansehen, ihn schütteln und ihn fragen, wovon zur Hölle dieser Dämon sprach. Und obwohl der Anblick meiner feixenden Schwester, die in ihrer dämonischen Form so furchteinflößend und verzerrt aussah, alles andere als leicht zu ertragen war, konnte ich nur sie anstarren und nicht meinen besten Freund.

„TESS!", drang sein verzweifelter Schrei allmählich durch meine Taubheit.

Doch ich würdigte ihn keines Blickes.

Kays Hand auf meiner Schulter holte mich endgültig in die Realität zurück. Wenn man dieses surreale Spektakel denn so nennen konnte.

„Was willst du damit sagen, Meg?", rief ich in Megaeras Richtung.

„Ich will damit sagen", antwortete sie und kam dabei bis an den Rand des Pentagramms, um uns so nah wie möglich zu sein, „dass dein Freund in die Unterwelt gekommen ist und einen Deal ausgehandelt hat."

Sie ließ ihre Worte sacken, während mein Blick nun doch langsam zu Skip wanderte. Blinzelnd sah ich zu ihm auf und war wie vom Donner gerührt. Ich konnte, wollte nicht glauben, was ich da hörte. So etwas würde Skip nicht tun. Er kannte die Regeln. Er kannte die Konsequenzen. Und er würde unsere Welt nicht so einer Gefahr aussetzen. Meg wollte uns gegeneinander aufbringen. Genau so etwas taten Dämonen, wenn sie machtlos in einem Pentagramm standen. Sie spielten ihre Gegner gegeneinander aus. Die einzige Macht, die sie in einem Pentagramm besaßen, waren ihre Worte. Nichts weiter.

„Sie lügt", sagte ich bestimmt und nickte, um mich selbst glauben zu machen, dass es so war.

„Sie lügt", lachte ich und krallte mich in Skips Shirt. „Sie lügt", flüsterte ich schwach und sah Skip flehentlich an.

Doch Skips Gesichtsausdruck nahm mir jegliche Hoffnung. In seinem Gesicht standen Schmerz, Qual, Schuld und Angst.

„Das wolltest du mir die ganze Zeit sagen? Du hast einen Deal abgeschlossen?"

Skip nickte gequält. Aufgrund des Regens wusste ich nicht, ob es Tränen waren, die aus seinen Augenwinkeln liefen, oder Regentropfen.

„WARUM?", schrie ich verzweifelt und schüttelte meinen besten Freund, woraufhin die Hand auf meiner Schulter etwas fester zupackte, um mich zurückzuhalten. „Warum hast du das getan?", heulte ich.

Meine Schwester, die die ganze Situation sichtlich genoss, lachte boshaft. Am liebsten hätte ich sie dorthin zurückgeschickt, wo sie hergekommen war, doch wir brauchten sie noch.

„Ich wusste nicht mehr weiter", schluchzte Skip. „Du warst nicht da und ich hatte gehofft, wenn ich sie zurückhole, dass wir eine Chance hätten. Dann wären wir wieder vereint. Du hättest zurückkommen können und … und mit den Dämonen, das hätten wir schon irgendwie hingekriegt … Megs Zeit war viel zu früh gekommen. Das hatte sie nicht verdient … Ich wollte es für dich tun. Und für Meg …"

„Oh nein!", sagte ich mit fester Stimme und machte mich von Skip los. „Du hast das für *dich* getan und für keinen anderen. Ich habe den Tod meiner Schwester auch nicht ertragen. Es hat mich schier um den Verstand gebracht, dass ihr all das angetan worden war. Ich habe nach ihrem Tod ein ganzes Rudel abgeschlachtet, um irgendwie damit klarzukommen. Ich musste Rache für sie nehmen. Für mich. Weil sie mir meine Schwester genommen hatten. Aber einen Deal mit den Dämonen machen, Skip?! Wie konntest du das nur tun? Es geht hier doch nicht nur um dein Leben oder um Megs. Es geht um die zwei Welten." Verzweifelt fuhr ich mir in die Haare.

Unsere Grenzen waren nur so viele Jahrhunderte lang standhaft, weil kein Empyrianer es je gewagt hätte, einen Deal mit den Dämonen abzuschließen. Doch nun ...

Und dann wurde mir etwas klar. Skip weinte. Er zeigte Emotionen. Gefühle, die keinesfalls nur gespielt sein konnten. Ich hatte Menschen, die ihre Seele an einen Dämon verkauft hatten, gesehen. Sie waren leere Hüllen, ausgefüllt mit Grausamkeit. Taub und teilnahmslos gegenüber ihrer Umwelt. Nur darauf bedacht, die Leere mit Finsternis zu füllen. Doch Skip war nicht leer, teilnahmslos oder grausam. Er war voll von quälenden Gefühlen, was bedeutete, dass er seine Seele noch besitzen musste.

Ich hatte mich von ihm weggedreht, als mir diese Tatsache plötzlich bewusst wurde. Und ein Blick in Richtung des Dämons verriet mir, dass meine Schwester nur darauf gewartet hatte, dass der Groschen fiel.

„Was war der Preis?", fragte ich und wirbelte zu Skip herum.

„Tisiphone", versuchte Kay mich zu bremsen, doch ich schüttelte wütend seine Hand ab und trat auf zwei Zentimeter an ihn heran.

„Nein! Er zeigt Emotionen, das heißt, er hat seine Seele noch, und jetzt will ich wissen, was verdammt noch mal der Preis dafür war, dass meine Schwester als Dämon von den Toten zurückgekehrt ist."

Kay hob ergebend die Hände und trat einen Schritt zurück, während ich mich wieder Skip zuwandte.

„Womit hast du bezahlt?", knurrte ich.

Skip hatte sich auf den Boden gehockt und den Kopf in den Händen vergraben, doch das hielt mich nicht zurück.

Kalt sah ich auf meinen besten Freund hinab und wartete ungeduldig.

„Verdammt. Ich wusste nicht, dass sie als Dämon wiederkommt. Ich wollte sie so zurück, wie sie war, als Furie. Woher sollte ich wissen, dass ... scheiße", fluchte Skip und vergrub den Kopf wieder in den Händen.

„Woher du es wissen solltest?", wiederholte ich entgeistert. „Du bist ein Empyrianer, ein Agent der Black Company! Dämonen haben immer Schlupflöcher in ihren Verträgen, das solltest du am allerbesten wissen. Egal, was man von ihnen verlangt, man kann sich sicher sein, dass man zu viel bezahlt und nie das bekommt, was man sich gewünscht hat", schrie ich. „Und nun sag mir, was der Preis war!"

Skip atmete mehrmals tief ein und aus, um seinen ganzen Mut zu sammeln, und sprach es dann ohne Umschweife aus: „Eine Lücke in unserem Verteidigungssystem."

„WAS?"

Das hatte nicht nur ich geschrien. Auch Kay und Jack riefen es gleichzeitig und konnten nicht glauben, was Skip da gerade gestanden hatte.

„Ich sollte für eine Sekunde das Sicherheitssystem lahmlegen. Das war der Deal. Nicht mehr, nicht weniger. Eine Sekunde, was ist das schon, dachte ich. Jedenfalls manipulierte ich es so, dass an der Nordgrenze unserer Mauer das Sicherheitssystem für eine Sekunde herunterfuhr und das war's. Als ich mich das nächste Mal mit den Dämonen traf, hatten sie Meg schon zurückgeholt, und ich hatte anhand ihrer Erscheinung erkannt, dass sie mich reingelegt hatten. In der ersten Zeit passierte nicht das Geringste. Die Dämonen ließen nichts weiter von sich hören, doch dann, als ich von den Übertritten in unsere Welt hörte und davon, dass die Dämonen sich neuformierten, da ..."

„Hast du dann mich geholt", beendete ich seinen Satz abschätzig. „Großartig, einfach großartig." Wild fluchend warf ich die Arme in die Luft und sah auf Skip hinab. „Du bist durch und durch ein Agent der Black Company und ausgerechnet dann, wenn es darauf ankommt, denkst du wie ein Zivilist? Eine Sekunde? Nur *eine* Sekunde, Skip, ehrlich?! Dieses Leck hat irreparable Schäden angerichtet. Es ist ein Riss in unserer Verteidigungslinie entstanden, und selbst wenn du es sofort gemeldet hättest und man dieses Leck behoben hätte, wäre es schon zu spät gewesen. Weißt du, wie viele Seelenlose in unsere Welt kommen können, wenn die Grenzen nur eine Sekunde lang nicht gesichert sind? Vielleicht haben sie sich hier noch nicht zu erkennen gegeben, aber sie sind da. Warum sonst sollten sich die Dämonen neuformieren? Jetzt müssen sie nur noch warten, bis sie stark genug sind und ihre eigenen Leute ihnen die Türen öffnen. Weder unsere Verteidigungslinie wird dann noch standhalten noch unsere Welt, die die der Menschen beschützen soll ..."

Ich konnte nicht fassen, dass Skip so unachtsam gewesen war. Egal, wie groß die Liebe zu einer Person auch sein mochte, das Überleben zweier Welten dafür aufs Spiel zu setzen, war absolut unbegreiflich und durfte nie eine Option sein. Tod im Tausch für die Liebe? Ein viel zu hoher Preis.

„Was machen wir jetzt?", fragte einer der Rekruten über das Headset.

„Ihr bleibt auf euren Posten", knurrte ich und schaute immer noch auf Skip hinab.

„Wer ist euer Anführer?", wandte ich mich an meine Schwester, die gelangweilt ihre schwarzen Nägel begutachtete.

„Tss, Tess, Süße, du glaubst doch nicht, dass ich solch brisante Informationen rausgebe. Das ist Top secret. Aber nur so viel: Ich bin seine rechte Hand." Sie grinste breit und schenkte mir einen lasziven Augenaufschlag.

„D-du bist was?", stotterte ich und raufte mir die Haare. Das Ganze wurde ja immer besser. Die Gedanken wirbelten wie ein Tornado durch meinen Kopf und ich fragte mich, wie in so kurzer Zeit so viel hatte schief gehen können.

„Schätzchen, nicht jeder bleibt eine von vielen und tappt ständig auf der Stelle, so wie du. Ich bin aufgestiegen und das innerhalb kürzester Zeit. Unter der Führung meines Meisters haben sich die Dämonen das erste Mal seit Jahrhunderten wiedervereint und ich habe einen nicht ganz unerheblichen Teil dazu beigetragen." Meg breitete ihre Arme aus und schaute Beifall heischend in die Runde, doch niemand reagierte.

„A-aber wie? D-du bist doch vor gerade mal einhundert Jahren erst ..."

„Geboren, auferstanden, zurückgeholt worden?", beendete sie grinsend meinen Satz. „Tja, dank der törichten Liebe dieses Trottels hatte meine Art das erste Mal eine Chance, Empyrion zu infiltrieren. Wenn das kein Einstieg in eine gehobene Position wert ist, dann weiß ich auch nicht. Und ganz nebenbei: Ich mache meine Sache großartig", sagte sie augenzwinkernd und mir wurde schlecht.

„Dein Volk sind die Furien und nicht die Dämonen. Du bist eine Empyrianerin, Meg", rief ich außer mir über die Worte meiner Schwester. „Wie kannst du ihnen treu ergeben sein, wo du in unserer Welt geboren wurdest? Wir teilen dasselbe Blut. Du und ich, wir sind Schwestern. Du gehörst zu uns!"

„Ich gehöre nicht zu euch", widersprach sie mit düsterer Stimme. „Nicht mehr. Alles, was Empyrion mir gegeben hat, waren Schmerz, Leid und Tragik. Gefühle, die mich in den Wahnsinn trieben, am Ende sogar in den Tod. In der Unterwelt ist alles so viel einfacher. Keine Gefühle, keine Reue und jede Menge Spaß. Ihr solltet es auch mal probieren. Skippy wird dort sicher wie ein Held gefeiert." Sie lachte hämisch auf.

Mir lief eine Gänsehaut über den Rücken. Vor mir stand ein arrogantes Miststück, das nichts mehr mit meiner Schwester gemein hatte. Nein, Megaera, die Furie, meine Schwester war tot.

41.

„Und was habt ihr jetzt vor?", fragte ich meine Schwester vor unterdrückter Wut zitternd. „Was wollt ihr?"

„Wir haben lange genug in der Unterwelt gelebt, Tess. Eingesperrt, eingepfercht wie Tiere. Schon seit Ewigkeiten werden wir von Empyrion unterdrückt."

„Wir also. Hört, hört", knurrte ich. „Darf ich dich daran erinnern, dass du erst seit hundert Jahren ein Dämon bist?"

„Wir sind stark", fuhr meine Schwester fort, ohne auf meine Unterbrechung einzugehen. „So stark wie nie zu vor. Und nun sind wir an der Reihe. Wir werden uns nehmen, was uns zusteht", antwortete Megaera vage und schenkte mir ein diabolisches Lächeln.

„Ihr wollt also Empyrion und die Menschenwelt vernichten, ist es das?", hakte ich nach und versuchte mir meine Angst nicht anmerken zu lassen. „Dann gäbe es aber auch keinen Ort mehr, an dem ihr existieren könntet. Lasst uns eine Einigung finden", versuchte ich es auf die diplomatische Weise, doch mit wem redete ich da?! Meg war ein Dämon. Mit denen durfte man nicht verhandeln.

„Du willst einen Deal aushandeln?", fragte sie sofort interessiert.

„Nein, i-ich ... Wir müssen doch irgendwie zu einer Einigung kommen. Wenn ihr die Menschenwelt zerstört, dann wird Empyrion auch nicht länger existieren und dann ist es nur noch eine Frage der Zeit, bis auch eure Welt zugrunde geht."

„Du hast eine komplett falsche Auffassung von dem, was wir wollen, Tessilein. Wir werden die Menschenwelt nicht zerstören, wir werden sie übernehmen. Ebenso wie die eure. Wir werden nicht länger die dunklen Schatten sein, die hinter Grenzen zurückgesperrt werden. Wir werden ganz oben auf dem Machttreppchen stehen. Und wenn ihr Glück habt, wird euch ein kleiner Teil dieser neuen Welt gewährt werden. Denn wenn wir erst einmal fertig sind, dann werden die Welten nicht länger unterteilt sein in Hades, Empyrion und Menschenwelt. Nein, dann wird es nur noch eine Welt geben." Meg lachte entzückt auf und sah uns allen feixend entgegen. Das Entsetzen musste uns ins Gesicht geschrieben sein, denn sie schien sich an dem Anblick außerordentlich zu erfreuen.

„Es sei denn natürlich, wir machen einen Deal", schnurrte sie nach einigen erschlagenden Minuten des Schweigens.

„Was für einen Deal?", fragte ich schnell.

„Tess!", mahnte Jack, doch was sollte ich tun?

„Tisiphone, Ihr könnt mit Dämonen nicht fair verhandeln", erinnerte mich Kay. „Nur wegen Skips Leichtsinn befinden wir uns jetzt in dieser ausweglosen Situation."

Sie hatten recht, ich konnte ihnen innerlich nur zustimmen, aber was, wenn ein Deal unsere Welten rettete? Ich musste es zumindest versuchen. Es sah zwar danach aus, als hätten die Dämonen genügend Macht, um in Kürze einen Krieg gegen unsere Welt anzuzetteln, aber etwas Elementares schien ihnen dafür noch zu fehlen. Vielleicht gab es hier einen Verhandlungsspielraum, den ich nutzen konnte. Andererseits jagte mir die Tatsache, dass Meg uns so freimütig von ihren Plänen erzählt hatte, einen Schauer über den Rücken. Nur wer sich seines Sieges absolut gewiss war, riskierte es, seinen Plan dem Gegner gegenüber zu offenbaren.

Meine Gedanken wirbelten hin und her. Sollte es den Dämonen gelingen, den Plan, den Meg uns verraten hatte, umzusetzen, dann würde keine der anderen Rassen überleben. Kein Mensch auf Erden wäre sicher. Ebenso wenig wie wir Empyrianer. Wir hatten zwar ebenfalls einen Anteil dämonischer Mächte in uns und konnten uns damit besser gegen die Dämonen wehren als die Menschen. Doch wir wären nichts im Vergleich zu der Masse an Dämonen, gegen die wir unsere Kräfte würden einsetzen müssen. Wir würden einfach überrannt werden. Was konnten acht Milliarden Kämpfer schon gegen Trilliarden von Dämonen ausrichten?

In meinem Kopf drehte sich alles, und ich merkte, wie ich leicht taumelte. Das durfte nicht passieren. Das konnten wir nicht zulassen.

„Lass uns verhandeln“, sagte ich mit fester Stimme in Megs Richtung und bemerkte gleichzeitig, wie sich alle Teammitglieder in meiner Nähe anspannten.

„Du willst tatsächlich einen Deal aushandeln?“ Meg lachte hysterisch und siegesgewiss auf. „Na dann, was hast du anzubieten?“

„Ich sage dir, was ich will, und du nennst mir deinen Preis", erwiderte ich und wartete mit angehaltenem Atem.

„Geschickt bist du, das muss ich dir lassen. Na schön, was willst du, Tess Hope?"

Meinen vollen Namen aus ihrem Mund zu hören, erzeugte einen stechenden Schmerz in meiner Brust, den ich zu ignorieren versuchte.

„Ihr lasst die Menschen und ihre Welt in Ruhe", sagte ich langsam.

„Was noch?", fragte Meg.

„Auch den Empyrianern wird nichts geschehen", sprudelte es aus mir heraus, und Kay und die anderen atmeten erleichtert auf.

Meg hingegen hob die rechte Augenbraue und sah abschätzig zu mir herüber. „Und wo bleibt dann der Spaß? Wenn du diesen Deal durchboxen willst, musst du einen großen Preis dafür zahlen, das ist dir hoffentlich klar. Was bietest du im Gegenzug?"

„Tu es nicht, Tess", sagte Skip mit brüchiger Stimme, und ich traute meinen Ohren kaum. Er wollte mir wirklich sagen, was ich zu tun oder zu lassen hatte? Ich würdigte ihn keines Blickes, stattdessen sah ich zu Jack und danach zu Kay.

„Du kennst den Preis", sagte Jack nur und half mir damit ungefähr so viel weiter, wie eine Hexe, die nicht zaubern konnte.

„Kay?", fragte ich, doch anstatt dass er mir antwortete, riefen mir die Rekruten ihre Meinungen zu.

„Wir sind im Arsch, so oder so."

„Hau das Beste für uns raus, Captain", kam es über das Headset von einem anderen Rekruten.

„Ja, beschissener kann es echt nicht mehr werden“, ertönte die Stimme des sonst so schweigsamen Bays. „Wäre nur cool, wenn wir zumindest unsere Seelen behalten könnten.“

Fast musste ich lächeln. Wäre die Lage nicht so ernst gewesen, hätte ich mich darüber gefreut, dass die Rekruten mir so weit vertrauten, dass sie mich einen Deal mit einem Dämon abschließen ließen. Mir buchstäblich ihr Leben in die Hand legten.

Doch ich wartete immer noch auf Kays Antwort.

„Wir existieren, um die Welt der Menschen zu beschützen. Solange wir dieser Aufgabe nachkommen, haben wir einen Grund, zu leben“, sagte er und warf mir einen langen, bedeutungsschweren Blick zu.

Ich nickte langsam, das war es, was ich hören wollte.

„Alle hundert Jahre werden wir die Grenzen vierundzwanzig Stunden lang für euch öffnen“, sprach ich mein Angebot aus, „und ihr dürft euch zwischen eurer und unserer Welt frei bewegen. Aber mit Ablauf der letzten Stunde verschwindet ihr wieder in eure Welt. Die Menschenwelt bleibt tabu. Diejenigen von euch, die während unseres ‚Sicherheitslecks‘ über die Grenzen gekommen sind, verschwinden wieder, und die Empyrianer, die dumm genug sind, mit euch einen Deal auszuhandeln“, bei diesen Worten sah ich bedauernd in Skips Richtung, „deren Seelen gehören euch.“

Alle hielten gespannt die Luft an, während Meg mich mit zusammengekniffenen Augen musterte.

„Nicht gerade der perfekte Deal“, stellte sie langsam fest.

„Aber auch nicht der Schlechteste, möchte ich wetten“, setzte ich entgegen.

„Hmmm ... Nein, tut mir leid, ich erkenne in diesem Angebot keinen Mehrwert für uns. Die Einzigen, die bei diesem Deal einen Vorteil haben, seid ihr. So einen Deal schließe ich nicht ab.“

„*Vorteil?*“, rief ich entgeistert. „Ihr wärt nicht länger eingesperrt und könntet euch alle hundert Jahre in unserer Welt frei bewegen. Die einzigen beiden Regeln, die ihr befolgen müsstet, wären, die Menschen und ihre Welt in Ruhe zu lassen und nach vierundzwanzig Stunden wieder zu verschwinden. Das ist ein fairer Deal. Wir riskieren es, von euch vernichtet zu werden! Glaub mir, für uns ist dieser Deal eine größere Zumutung als für euch.“

„Hmm“, schnurrte Meg. „Ich sage trotzdem Nein. Aber hier kommt mein Gegenangebot: Wir lassen die Empyrianer in Ruhe, zu denselben Bedingungen, die du genannt hast, aber wir haben freien Zugang zur Menschenwelt. Wir lassen die Menschen natürlich am Leben, damit ihr Empyrianer noch eine Daseinsberechtigung habt, aber wir dürfen mit ihnen machen, was wir wollen. Ihr werdet ein langes, unbekümmertes Leben haben, während wir uns mit diesen zerbrechlichen, schwachen Menschen die Zeit vertreiben. Na, wie wäre das?“

Entsetzte Rufe kamen über das Headset, und auch in mir zog sich alles zusammen.

„Dann haben wir keinen Deal“, sagte ich langsam und hatte Angst davor, was nun folgen würde.

„Schade, Schwesterherz, wirklich schade. Ich dachte, du wärst klug genug, um das Beste aus der Situation herauszuholen. Zumindest für deine Leute, aber wenn das so ist ...“

„Weißt du was, Meg, ich glaube, du hast einfach nur ein lautes, hinterlistiges Mundwerk, mehr nicht. Du bist vermutlich nicht einmal berechtigt, so fette Deals abzuschließen, wie du sie uns hier anbietest. Ich wette, du bist nur die Schlampe des Big Boss, die sich hier ein bisschen austoben darf, weil ein Mensch dich herbeizitiert hat. Hättet ihr gewusst, wer hier auf euch wartet, wäre der Boss mit Sicherheit persönlich erschienen, aber die Drecksarbeit, die durftest du erledigen“, ätzte ich gegen meine Schwester.

„Wir haben es satt, mit der Hilfskraft zu reden, schick uns gefälligst jemanden her, der etwas zu sagen hat, Schlampe“, höhnte Jack.

Erschrocken schnappte ich nach Luft, und auch Kay und Skip starrten den Halbgott mit großen Augen an.

Doch Meg schien weder beleidigt noch empört zu sein, womit Jack sein Ziel, sie aus der Fassung zu bringen, deutlich verfehlt hatte.

„Ich bin beeindruckt, Pers, wie toll du vor deinem Flittchen brüllen und dir auf die Brust schlagen kannst. Sooo männlich.“ Sie lachte gackernd auf. „Keine Sorge. Ihr werdet meinen Boss sicher bald höchstpersönlich kennenlernen. Aber eins noch vor weg: Wir wussten sehr wohl, dass ihr hier auf uns warten würdet, deswegen hatte ich die Ehre, hier zu erscheinen. Der Fürst war sich sicher, dass meine Anwesenheit euch mehr aus dem Konzept bringen würde als jeder andere Dämon. Womit er, angesichts eures lächerlichen Versuchs, den Deal zu euren Gunsten auszuhandeln, wohl recht hatte. Außerdem bin ich durchaus berechtigt, euch einen Deal anzubieten. Also, Tess –“

Ich wappnete mich innerlich.

„Wenn wir es könnten, wären wir schon längst in die Menschenwelt eingefallen. Doch wie ihr wisst, müssen, damit wir in ihrer Welt selbstbestimmt handeln können und nicht weiterhin Sklaven von diesen unwürdigen Kreaturen sind, die Grenzen zwischen eurer und der Menschenwelt fallen. Hier nun mein Angebot: Wir bekommen freien Zugang in eure Welt und wir dürfen mit euch machen, was wir wollen, und wenn ihr stark genug seid, euch gegen uns zu behaupten, dann ... seid ihr vielleicht doch nicht so erbärmlich, wie wir glauben und habt euch einen Platz in unserer Welt verdient. Im Gegenzug lassen wir die Menschwelt in Ruhe. Allerdings seid ihr dazu verpflichtet, uns jeden Monat eine festgelegte Anzahl von Seelen auszuliefern, die wir uns einverleiben können. Na, wie klingt das?“

„Nein!“

„Du musst mir schon etwas entgegenkommen, Schwesterherz, ansonsten haben wir keinen Deal, und glaube mir, wir werden einen anderen Weg finden, in eure Welt zu kommen. Es wird nur etwas länger dauern.“

Unsicher, was ich antworten sollte, zögerte ich einen Moment.

„Na gut. Wir öffnen alle zehn Jahre unsere Grenzen für vierundzwanzig Stunden. Die Menschen, ihre Seelen und ihre Welt bleiben weiterhin tabu ...“

Noch ehe ich den Satz beendet hattet, wurden die Proteste neben mir laut. Jack und Skip versuchten mich dazu zu bringen, das Angebot zurückzunehmen. Doch ich schüttelte nur wirsch mit dem Kopf und konzentrierte mich auf Meg.

„Das ist mein letztes Angebot!" Ich fixierte den Dämon und ballte die Hände zu Fäusten.

„Hmm, das klingt schon besser, aber ich möchte einen kleinen Bonus, schließlich habe ich nicht das bekommen, was ich ursprünglich wollte, und ein gewisses Entgegenkommen unter Familienmitgliedern ist schließlich legitim."

„Wir sind keine Familie mehr", knurrte ich.

„Du solltest mir lieber etwas wohlgesonnener sein, Schätzchen, sonst fällt dieser Deal flach", feixte Megaera und genoss sichtlich die Machtposition, die sie innehatte. „Wo war ich? Ach ja, mein Bonus. Jack Pers." Megaera wandte sich dem Halbgott zu und musterte ihn gierig von unten bis oben. „Hmm, du siehst noch genauso sexy aus wie früher. Und eines kann ich dir versprechen, was du bei meiner Schwester vergeblich suchst, kann ich dir dreifach bieten. Ich bin für alles offen, mein Süßer, mit mir könntest du jede Menge Spaß haben."

Noch während sie ihr letztes Wort gesprochen hatte, rannte ich auf das Pentagramm zu, um meiner sogenannten Schwester ordentlich eins in die Fresse zu hauen, doch zwei kräftige Hände zogen mich sofort zurück.

„DU VERDAMMTE SCHLAMPE!"

„Tisiphone!", Kay drehte mich zu sich um und schüttelte mich sanft an den Schultern. „Genau das will sie. Gebt ihr nicht, wonach sie verlangt, dann hat sie schon gewonnen!"

Doch anstatt auf Kays Worte einzugehen, drehte ich mich lieber wieder um und erdolchte Meg mit meinen Blicken. „Was zum Teufel willst du?“

„Ihn.“ Meg deutete auf Jack, dessen Nasenflügel sich vor Wut aufblähten, und auch ich konnte nicht mehr an mich halten. Hätte Kay mich nicht zurückgehalten, hätte ich mich auf der Stelle zu Meg ins Pentagramm gestürzt.

„Du willst was?“

„Ihn. Neben den angebotenen Bedingungen. Jack Pers wird mit mir kommen, ansonsten haben wir keinen Deal. Sieh ihn als Geschenk für den Abschluss unseres Deals an.“

„Du verdammtes Miststück!“ Wild fluchend befreite ich mich aus Kays Umklammerung und rastete bei dem zufriedenen Ausdruck auf Megs Gesicht gleich noch mal aus. „Du intrigantes, widerliches, verachtenswertes Miststück!“, schrie ich und konnte mich nur mit Mühe zurückhalten.

„Oh, wie schlagfertig“, lachte Meg und betrachtete mich amüsiert.

Aufgebracht und wütend tigerte ich unruhig vor dem Pentagramm auf und ab. Wie konnte sie auch nur ansatzweise glauben, dass ich diesen Deal annehmen würde? Die Rekruten diskutierten aufgebracht über das Headset miteinander, was mich nur noch rasender machte.

„Haltet den Mund!“, schrie ich und hielt mir die Ohren zu. Zornig riss ich mir das Headset herunter und schmiss es auf den Boden. „Du verfluchte –“

„Na, na, na“, sagte Meg und schnalzte empört mit der Zunge, „du redest hier mit deiner Schwester, vergiss das nicht.“

„Du bist nicht meine Schwester“, fauchte ich.

„Das ist ein guter Deal, Tisiphone, du solltest ihn annehmen. So haben zumindest eure geliebten Menschen noch eine Chance“, setzte sie nach und zog wieder die rechte Augenbraue hoch.

Doch ich sah nur noch rot. Ich konnte und wollte nicht mehr klar denken. Das war *kein* guter Deal. Die Dämonen würden alle zehn Jahre in unsere Welt einfallen, uns terrorisieren, misshandeln und töten. Sie würden Empyrion zur Hölle auf Erden machen, viele Bewohner würden später darum betteln, einen noch schlechteren Deal aushandeln zu dürfen, nur um dieser Qual zu entfliehen. Genau das wussten Meg und ihr ominöser Boss nur zu gut. Und wenn keiner mehr von uns übrig war und alle Seelen verspielt, würden die Grenzen fallen und die Menschen wären Dämonenfutter. Und sie wollte Jack. *Meinen* Jack, verdammt!

„Tisiphone“, schnurrte Meg.

„Nenn mich nicht bei meinem richtigen Namen“, schrie ich und zeigte drohend mit dem Finger auf sie, während ich mehrere Schritte auf das Pentagramm zumachte. „Du nennst mich nicht bei meinem richtigen Namen!“

Aus dem Schreien wurde ein Kreischen und aus dem Kreischen wurden Tränen, die mir nun rückhaltlos über die Wangen liefen, während ich weiter auf das Pentagramm zuging. „Du bist nicht meine Schwester, du verfluchtes Miststück“, heulte ich und wurde von

Kay und Jack daran gehindert, zu Meg in das Pentagramm zu steigen.

Ich konnte nicht mehr klar denken. Ich spürte, wie mein Blick sich verfinsterte und der Schatten sich über mein Gesicht legte. Die Furie war da und übernahm sämtliches Denken und Handeln. Mit schiefgelegtem Kopf fixierte ich meine Schwester – oder dieses Etwas, das da vor mir stand.

Diese schien vollkommen unbeeindruckt von meiner Verwandlung, stattdessen verhöhnte sie mich, indem sie in die Hände klatschte und mich anfeixte. „Beeindruckend, tja, also verhandeln wir noch oder muss ich mir jemand anderen suchen, der diesem fantastischen Deal zustimmt?"

Ich hätte schockiert darüber sein müssen, dass mein Ausbruch nichts weiter in ihr auslöste als ein genervtes Stöhnen. Als wäre ich ein lästiges Insekt, das an ihrem Lieblingsstiefel klebte, doch ich nahm nichts mehr wahr. Ich sah verschwommen die Gestalt meiner Schwester und hörte die gesagten Worte, ohne sie wirklich zu verstehen. Ich wollte nicht über das Schicksal der Welt entscheiden. Über Jacks Zukunft, über unser gemeinsames Leben ...

Doch dann nahm plötzlich eine Idee in meinem Kopf Gestalt an. Eine Idee, die wie aus dem Nichts erschien und plötzlich so verlockend war, dass sie diesen ganzen Schlamassel, in dem wir steckten, zumindest etwas lichtete.

Und noch während sich die Worte in meinem Mund bildeten, hörte ich ihn. Jack.

„Ich mach es", sagte er plötzlich laut und deutlich vernehmbar, nachdem es mehrere Minuten ruhig gewesen war. „Ich tu es!"

„Verdammt, nein", stöhnte Skip und griff sich in die Haare.

„Pers, tut das nicht. Sie werden Euch niemals gehen lassen", sprach Kay eindringlich auf Jack ein.

Doch Jack sah ihn nicht einmal an, stattdessen kam er auf mich zu und umfasste mit beiden Händen mein Gesicht.

Ich konnte ihn nicht richtig sehen, meine Sicht war verschleiert durch die Tränen in meinen Augen. Nur langsam drangen seine Worte durch den Nebel meines Verstandes.

Als ich realisierte, was er gerade getan hatte, krallte ich mich in sein Hemd und schüttelte wieder und wieder mit dem Kopf. „Tu das nicht. Jack, bitte! Tu das nicht! Ich habe eine bessere Idee. Eine fantastische Idee, um genau zu sein!"

„Ich habe keine Wahl. *Wir* haben keine Wahl", entgegnete er, und eine steile Falte bildete sich zwischen seinen zusammengezogenen Augenbrauen. Er hatte von Natur aus ein sehr ernstes Gesicht, doch jetzt sah er aus, als würde die Last der Welt auf seinen Schultern ruhen. Und in gewisser Weise tat sie das ja auch. Die Last zweier Welten sogar.

„Doch", widersprach ich und lachte unter Tränen auf, „wir werden ihr jemand anderen anbieten. Jemanden, den sie lieber haben wollen als dich! Wir brauchen dich hier. *Ich* brauche dich hier", schluchzte ich und zog ihn näher zu mir, sodass uns nur noch wenige Zentimeter trennten. Unsere Flügel umschlossen uns, sodass wir von den anderen abgeschirmt und etwas für uns waren.

„Das ich das ausgerechnet jetzt von dir höre“, hauchte Jack leise und streichelte mit dem Daumen über meine Wange. So hart sein Gesichtsausdruck und all die gesagten Worte und Taten zwischen uns auch waren, so zärtlich war nun diese Berührung auf meiner Wange. „Aber ich werde niemanden für mich in diese Hölle gehen lassen, nicht, wenn sie explizit nach mir verlangt“, hauchte er leise. „Ich muss das tun. Es ist meine Entscheidung. Du wirst genug schwere Entscheidungen treffen müssen, also lass mich diese hier für dich treffen.“

Ich schüttelte wieder den Kopf, doch bevor ich noch irgendetwas sagen konnte, lagen Jacks volle, weiche Lippen auf meinen und küssten mich so leidenschaftlich, dass mir die Luft wegblieb. Mein Herz schlug Saltos in meiner Brust und alles um uns herum verschwand mit einem Mal.

Da waren nur noch Jack und ich und dieser wahnsinnig aufregende, liebevolle Kuss.

Ein Abschiedskuss.

<h1 style="text-align:center">42.</h1>

Viel zu früh löste er sich wieder von mir und ich hatte Mühe, auf die Erde zurückzufinden.

„Wir sehen uns bald wieder", sagte Jack so leise, dass nur ich es hören konnte, und drehte sich zu Meg.

Der Dämon lächelte schon siegesgewiss, und gerade als Jack zu ihr ins Pentagramm treten wollte, riss ich ihn zurück und baute mich vor Megaera auf.

„Was ist, wenn ich dir jemand anderen anbiete, jemanden, der für dich, oder besser gesagt für deinen Boss, interessant sein dürfte? Denn wenn wir mal ehrlich sind, Jack nimmst du nur für dich mit, nicht weil dein Fürst es dir befiehlt, habe ich recht?"

Megaera lachte. „Doch nicht so dumm, wie sie aussieht. Ja, Tess, Jack nehme ich mit, um dich leiden zu sehen."

„Na gut, anstatt mich leiden zu lassen, könntest du auch Pluspunkte bei deinem Boss sammeln. Bring ihm jemand anderen."

„Ich hoffe, du hältst dich nicht für so wichtig und redest von dir. Außer dass er dich ausstopfen lassen und als Trophäe aufstellen würde als Symbol für den Sieg über die letzte Furie hätte er keinerlei Verwendung für dich."

„Du ...", knurrte Jack Megaera an und trat auf das Pentagramm zu.

Ich streckte den Arm aus, um ihn zu stoppen, und ließ Meg dabei keine Sekunde aus den Augen.

„Ich biete dir Cole Black."

Die Luft war zum Zerreißen gespannt.

Ich konnte die drückende Stille auf meiner Brust spüren. Es fühlte sich an, als wäre sämtliche Luft aus meinem Körper gepresst worden.

„Tess!" Jack riss mich zu sich herum und sah mir ins Gesicht. „Was tust du da? Das kannst du nicht machen. Ich werde gehen, ihr findet schon einen Weg mich –"

„Du wirst gar nichts tun. Wir geben ihnen Black", ich drehte mich wieder zu dem Dämon um, „den Leiter der Black Company, unserer Verteidigungsorganisation. Mit dem sollte dein Boss mehr anfangen können als mit Jack, meinst du nicht?"

„Das tust du nicht", antwortete sie und sah mich aus zusammengekniffenen Augen an, als versuchte sie, herauszufinden, ob ich bluffte.

„Willst du den Deal nun haben oder nicht?"

Kaum zu glauben, dass ich einen Dämon zum Abschluss eines Vertrages drängen musste und nicht anders herum.

Jack redete indessen leise auf mich ein. „Tess, das ist eine schlechte Idee. Wer kümmert sich um die Verteidigung, wenn Black weg ist? Gerade jetzt, da wir ihn am meisten brauchen. In zehn Jahren werden die Dämonen in unser Land stürmen, und unter welcher Führung wollen wir uns dann gegen diese Kreaturen wehren, hm?"

„Zerbrich dir darüber nicht dein hübsches Köpfchen, ich habe einen Plan. Und nun lass mich diesen Deal abschließen. Und Gnade dir Gott, wenn du in dieses Pentagramm springst."

Jack machte erneut den Mund auf, aber ich stoppte ihn und wandte mich wieder meiner Schwester zu. „Haben wir einen Deal?"

Megaera musterte mich immer noch aus zusammengekniffenen Augen und schien weiterhin an meinem Angebot zu zweifeln. „Schön", sagte sie schließlich langsam und ballte ihre Hände zu Fäusten. „Markiere bis Mitternacht Cole Black mit deinem Blut, dann ist unser Deal besiegelt. Solltest du es nicht bis Mitternacht schaffen, dann hole ich mir Jack."

Ich atmete erleichtert auf, und auch wenn Jack es niemals zugegeben hätte, konnte ich sehen, dass auch er erleichtert war.

„Es ist nicht mehr lang bis Mitternacht und ich habe noch eine kleine Überraschung für dich, Schwesterherz. Ich hoffe, sie nimmt nicht zu viel Zeit in Anspruch, denn wie wir beide wissen, hast du die nicht. Viel Glück, ihr werdet es brauchen."

Und mit einem fiesen, gehässigen Lachen löste sich die Gestalt von Megaera langsam wieder im dunklen Rauch auf.

Der Sturm hatte wieder angefangen, um uns herumzupeitschen, und riss uns fast von den Füßen, so schnell fegte er über das Pentagramm hinweg. Der Himmel wurde noch dunkler, und rote Flammen leckten am Rande des Pentagramms. Es leuchtete noch einmal hell auf und erlosch dann vollends.

Keiner bewegte sich. Jeder von uns starrte wie gebannt auf das Pentagramm und schien nicht wirklich glauben zu können, was da in der letzten Stunde passiert war.

Ich trat einen Schritt auf die rote Linie zu und schabte mit meinem Stiefel darüber.

„Von was für einer Überraschung hat sie gesprochen?", fragte Kay und sah abwechselnd zu Jack, mir und Skip.

Doch ich schaute nur mit leerem Blick und in Gedanken versunken auf das Pentagramm hinab. Wie hatte diese Mission so schnell aus dem Ruder laufen können?

„Wir dürfen keine Zeit verlieren", sagte ich. „Ich muss Black bis Mitternacht mit meinem Blut markiert haben, ansonsten ist der Deal hinfällig."

„Das ist eine blöde Idee, eine ganz, ganz blöde Idee", murmelte Skip mehr zu sich selbst als zu mir, doch ich fühlte mich sofort angegriffen.

„Du weißt schon, dass ich diesen beschissenen Deal nur deinetwegen abschließen musste, oder?!"

Skip wich erschrocken mehrere Meter vor mir zurück. „T-tess …", stotterte er.

Doch ich hörte gar nicht hin. „Jedes Leben, das aufgrund des Deals den Dämonen zum Opfer fällt, ob nun Mensch oder Empyrianer, geht auf dein Konto", knurrte ich mit zusammengebissenen Zähnen und wandte mich dann an Kay. „Die Rekruten sollen herkommen und sich kampfbereit machen", wies ich ihn an. Mein Headset lag zertrümmert auf dem Boden und war nicht mehr zu gebrauchen. Denn was die Überraschung anging, die ließ nicht lange auf sich warten.

Während meine Männer sich alle hinter uns versammelten und ihre Waffen zückten, hatte Skip sich an den Rand des Innenhofes zurückgezogen, um so viel Platz wie möglich zwischen uns zu bringen. Es war, als würde meine Wut ihn von mir treiben wie das Weihwasser den Teufel. Seine Mimik war gequält, und ich wusste, dass meine Worte ihm hart zugesetzt hatten. Ein Teil von mir bereute es bereits, ihn so niedergemacht zu haben, aber andererseits hatte ich recht. Und dabei wünschte ich mir nichts mehr, als dass ich unrecht gehabt hätte. Aber er hatte Megaera wieder auferstehen lassen und dafür die Grenzen nach Empyrion für einen Moment geöffnet. Es *war* seine Schuld. Egal wie edelmütig sein eigentlicher Wunsch zu Beginn auch gewesen sein mochte, er hatte das Leben von Wesen aus zwei Welten aufs Spiel gesetzt, und nun war es an uns, dieses Spiel für uns zu entscheiden.

Wenn wir das hier heil überstehen sollten, dann würde ich mit ihm reden. Trotz allem, was er getan hatte, war er mein bester Freund. Daran würde sich nie etwas ändern.

Ich war so in meinen Gedanken versunken, dass mich das plötzliche Aufflammen des Pentagramms erschrocken zwei Schritte zurückweichen ließ.

Offensichtlich war die Überraschung, die meine Schwester uns versprochen hatte, angekommen.

„Macht euch bereit", rief ich in die Runde und sah, wie sich die Muskeln jedes einzelnen Rekruten anspannten.

Ich hatte keine Waffe gezückt. Ich befand mich in meiner Furien-Gestalt, ich brauchte keine Waffen. Es fiel mir schwer, mich zu konzentrieren, denn eigentlich wollte die Furie in mir sich noch immer auf Skip stürzen und ihn zerfetzen, aber als das Feuer verblasste und ich erkannte, was dort im Pentagramm darauf wartete, uns anzugreifen, gefror mir das Blut in den Adern und jeder Gedanke an Rache war vergessen.

43.

„Höllenhunde!", schrie ich so laut ich konnte, und die Agenten stoben sofort auseinander.

In Windeseile hatten alle Teammitglieder ihre wahre Gestalt angenommen. Doch das würde uns keinen nennenswerten Vorteil verschaffen.

Ich erhob mich sofort hoch in die Luft, schlug einen Salto und landete hinter dem ersten Höllenhund.

Der verwesende Gestank und das faulende Fleisch auf seinen Rippen brachten mich fast zum Erbrechen, doch ich unterdrückte den Drang und ließ stattdessen meine Peitsche vorschnellen.

Sofort hatte ich die Aufmerksamkeit dieses riesigen Monsters ganz für mich allein. Leuchtende, feurige Augen nahmen mich ins Visier. Und obwohl dieses Wesen die Gestalt eines Hundes hatte, war er doch so groß wie ich. Kräftige, riesige Tatzen gruben sich in den Asphalt, und als er die Zähne fletschte und mich anknurrte, konnte ich den fauligen Atem der Hölle riechen. Rauch schoss aus seiner Schnauze, und er sah aus wie ein Drache, der kurz davor war, Feuer zu speien. Er würde doch nicht …

Doch da riss der Höllenhund schon das Maul auf und spie einen gigantischen Feuerball auf mich, der einen Teil meiner Flügel versengte.

Schmerzerfüllt drückte ich mich vom Boden ab, verschwand in der Luft und landete gleich darauf wieder hinter ihm. Dieses Mal zog ich meine Handfeuerwaffe und schoss ein ganzes Magazin auf den Höllenhund ab. Doch das machte ihn nur wütend.

Ich hörte, wie meine Rekruten ebenfalls ihre gesamte Munition auf die insgesamt sechs Höllenbiester schossen, doch die Kugeln schienen sie nicht einmal zu kitzeln.

„Waffen sind wirkungslos", schrie ich und versuchte den Kampflärm zu übertönen.

Doch meine Männer hatten so schnell geschaltet wie ich. Silberne Kurz- und Langdolche wurden gezückt und so manches Katanaschwert geschwungen.

Ich selbst begann, mit meinen Peitschen zu kämpfen. Mit weiten Armen holte ich aus und ließ die silbernen Schlingen um den Hals des Höllenhundes knallen. Ich zog so kräftig ich konnte, um dieses Biest umzuwerfen, doch es war einfach zu stark. Es schüttelte kurz den Kopf, als wollte es eine lästige Fliege vertreiben, und schon flog ich durch die Luft.

Ich fing mich mit zwei kräftigen Flügelschlägen ab, doch auch in der Luft war ich noch ein gutes Ziel für die feuerspeienden Attacken der Höllenhunde.

Das Monster, dem ich meine Peitschen um den Hals geschlungen hatte, nahm mich sofort ins Visier, als hätte es meine Gedanken gelesen. Weit riss es sein fauliges Maul auf, zeigte mir seine schwarzen, rasiermesserscharfen Zähne. Und dann sah ich in seinem Rachen, wie sich das Höllenfeuer zu einem Feuerball sammelte.

Sofort zückte ich einen Wurfstern und warf ihn dem Höllenhund in den Rachen.

Ich wartete nicht auf seine Reaktion. In Windeseile schlug ich zweimal kräftig mit meinen Flügeln und brachte mich so aus der Schussbahn des Monsters.

Als ich auf der anderen Seite des Innenhofs landete, sah ich, wie das Biest hustete und würgte und versuchte, die scharfe Waffe wieder auszuspucken, doch der Wurfstern hatte sich mit Sicherheit bereits durch seine Eingeweide gefressen.

Ich nahm Anlauf und sprang mit einem Satz über das Pentagramm. Ich rollte mich ab und noch beim Aufstehen zog ich die zwei silbernen Sai-Gabeln, die an meinen Beinen befestigt waren. Ich duckte mich unter den gewaltigen Kopf des Höllenhundes, der nach mir zu schnappen versuchte, und rammte ihm die Sai-Gabel direkt in seine Kehle.

Das Monster jaulte erschrocken auf und brannte im nächsten Moment lichterloh.

Schreiend zog ich meine Hand zurück und ließ die heißen, glühenden Waffen los. Nachdem ich die verbrannte Handfläche begutachtet hatte, sah ich wieder auf, doch von dem Höllenhund war nur noch ein Haufen Asche übriggeblieben.

Einer war erledigt.

„Bringt sie dazu, Feuer zu spucken, dann sind sie angreifbar. Sie reagieren auf das Silber", schrie ich meinen Männern zu, und die, die mir am nächsten standen, nickten mit ernster Miene.

Ich zückte den geweihten Silberdolch aus meinem Gürtel und spähte über das Schlachtfeld, um abschätzen zu können, welcher meiner Männer am ehesten Hilfe benötigte.

Zwei Rekruten lagen bewegungslos am Boden. Ich hoffte, dass sie nur bewusstlos waren, aber vermutlich waren sie tot. Ich verbannte den Schmerz aus meinem Herzen und flog auf den nächsten Höllenhund zu.

Aus der Luft ließ ich meine Peitsche auf seinen Rücken sausen, sodass ich seine Aufmerksamkeit auf mich zog. Er bäumte sich auf und versuchte nach meinen Füßen zu schnappen, doch ich war außerhalb seiner Reichweite. Als er das Maul öffnete, um das Höllenfeuer zu sammeln, holte ich erneut mit der Peitsche aus, doch in dem Moment hatte schon einer der Agenten sich unter das Biest gerollt und ihm seinen Dolch in den Unterbauch gestoßen. Das Biest zerfiel zu Asche und ich nickte dem Rekruten kurz anerkennend zu, dann sah ich mich nach einem weiteren Höllenwesen um.

Kay hatte eins erledigt und stürzte sich mit zwei seiner Rekruten gerade auf das nächste, Skip jedoch kämpfte allein gegen einen Höllenhund.

Die Furie in mir wollte sich an den Schmerzen, die der Gestaltwandler durch das ständige Uuschnappen des Höllenbiestes erleiden musste, ergötzen. Doch ich, Tess, die ihren besten Freund liebte und sich bemühte, ihm zu vergeben, ja, sogar versuchte, ihn zu verstehen, konnte nicht riskieren, ihn sterben zu lassen, nur weil sie ihm eine Lektion erteilen wollte.

Ohne lange zu fackeln, holte ich mit der Peitsche aus und ließ sie auf das Höllenwesen niedersausen. Doch das Monster drehte sich nicht um. Es schien den Schlag nicht einmal zu spüren. Ich holte ein weiteres Mal aus und ließ das Ende der Peitsche dieses Mal auf seinen riesigen, faulenden Kopf knallen, doch er fixierte weiterhin nur Skip, der mit dem Katanaschwert wild um sich schlug, um den Höllenhund nicht zu nah an sich heranzulassen.

Ich zückte zwei weitere Wurfsterne und zielte auf die Hinterläufe des Tieres. Ich traf mein Ziel, doch noch ehe ich mich daran erfreuen konnte, endlich die Aufmerksamkeit des Biestes erlangt zu haben, damit Skip ihm die Kehle aufschlitzen konnte, wurde ich an meinem rechten Flügel zu Boden gezerrt.

Ich konnte gerade noch sehen, wie der Höllenhund vor Skip in Flammen aufging und war erleichtert, dass zumindest mein bester Freund gerettet war, als ich hart auf den Boden aufschlug. Die gesamte Luft wurde aus meiner Lunge gedrückt und ich keuchte erschrocken auf. Ich schüttelte mehrmals meinen Kopf, um wieder richtig zu mir zu kommen, und sah in das triefende, sabbernde, faulige Maul eines Höllenhundes.

„Scheiße. Tess!", hörte ich Jack brüllen, der versuchte, sich zu mir durchzukämpfen.

Ich versuchte mich wegzurollen, doch das Monster stand mit seinen riesigen Pfoten auf meinen Flügeln und verhinderte so jedes Entkommen.

Ein ekelhaftes Knacken ertönte und ich schrie gellend auf. Wie ein Messer zog der Schmerz in meinen Rücken und trübte meine Sicht. Es fühlte sich an, als würde Feuer auf meinem rohen Fleisch Tango tanzen. Tränen stiegen mir in die Augen und ich presste meine Kiefer aufeinander, um nicht erneut aufzuschreien.

Skip war als Erster da, um den Höllenhund abzulenken, doch er bewegte sich keinen Millimeter. Ich griff nach einem Dolch, der in meinem linken Stiefel steckte. Eine neue Schmerzenswelle überflutete mich, als ich mich dabei nach unten zu meinen Füßen beugte, um an den Griff zu kommen, doch ich biss die Zähne zusammen und zog daran.

Inzwischen waren nur noch drei Höllenhunde übrig. Der, der auf mir drauf stand, und zwei weitere, gegen die die restlichen Rekruten und Jack kämpften.

„Zieht mich raus!"

„WAS?", rief Skip hysterisch.

„Sobald ich ihm den Dolch in den Bauch gerammt habe, müsst ihr mich rausziehen!"

„Das funktioniert nicht, Tess. Er wird auf deinen Flügeln stehend zu Asche verbrennen und du mit ihm! Verdammt!"

Er hatte recht. Natürlich hatte er recht. Ich würde bei lebendigem Leib verbrennen. Meine Selbstheilungskräfte würden mir nicht viel nützen. Schließlich sprachen wir hier von Höllenfeuer. Dagegen war jeder Empyrianer machtlos.

Kay und Skip kämpften immer noch verbittert gegen das Höllenwesen, während ich die Rufe der Rekruten irgendwo vor uns hörte. Mein Blick huschte zu den Pfoten des Höllenhundes, und da kam mir eine Idee.

Ohne genau zu zielen, holte ich aus und ritzte ihm das Muskelgewebe an seinem rechten Bein auf. Jaulend sprang er zurück und von mir herunter, und der nächste Stoß von Skips und Kays Schwertern katapultierte ihn zurück in die Hölle.

Sobald ich keuchend Atem geholt hatte, halfen die beiden mir auf und Kay richtete vorsichtig meine Flügel.

„Verdammt, Tisiphone", fluchte er und versuchte so vorsichtig wie möglich die schwarze Schwinge wieder einzurenken.

„Mach schnell", knurrte ich und schloss die Augen, um mich auf den Schmerz vorzubereiten.

„Das wird wehtun."

„Ist mir egal. Unsere Männer brauchen uns. Mach schon!"

Mit einem lauten Knacken wurde das Gelenk meines Flügels wieder an die richtige Stelle gerückt und wuchs in Windeseile, beschleunigt durch meine Selbstheilungskräfte, wieder zusammen.

Nach einem lauten Keuchen hatte ich mich wieder im Griff und warf Kay ein dankbares Kopfnicken zu.

Er schenkte mir ein Lächeln, und dann liefen wir beide los, um den Rekruten und Jack mit den restlichen beiden Höllenhunden zu helfen.

Die Biester waren leicht zu besiegen. Schließlich kämpften wir mit der gesamten Mannschaft – oder zumindest mit denen, die noch davon übrig waren.

Sobald auch der letzte Hund als Häufchen Asche vor unseren Füßen lag, verschwand das Pentagramm und mit ihm auch die Asche der anderen Höllenhunde.

Der Innenhof sah aus, als wäre nie etwas vorgefallen. In stillem Frieden lag er da und erzählte nichts von den Schrecken, die in den letzten Stunden hier passiert waren.

Der Sturm war zwar etwas abgeflaut, aber der Regen prasselte weiterhin auf uns nieder. Meine Männer standen mit zusammengesunkenen Schultern da oder versuchten ihre Kameraden so gut es ging zu verarzten.

Kay redete auf Skip ein und ich ... ich stand einfach nur da, immer noch in meiner Furien-Gestalt, und versuchte zu realisieren, was hier gerade geschehen war.

Binnen Sekunden war ich wieder ein Mensch und versuchte die in mir aufwallenden Emotionen zu beschwichtigen. Ich spürte Jacks Blick auf mir und wollte nichts lieber, als zu ihm zu gehen und mich in seine Arme zu werfen, aber daran durfte ich jetzt nicht denken. Der Deal war noch nicht abgeschlossen und die beiden Welten noch immer in Gefahr.

Als hätte Jack meine Gedanken gelesen, kam er langsam auf mich zu und blieb schließlich direkt vor mir stehen.

„Tess ...", sagte er leise.

„Wir ... wir müssen zurück", sagte ich mit erstickter Stimme und versuchte den Kloß und die aufsteigenden Tränen hinunterzuschlucken. „Wir müssen so schnell wie möglich nach Empyrion zurück, Jack. Du hast doch gehört, was sie gesagt hat. Wir haben einen Deal ... Wir müssen verhindern, dass sie dich in die Finger bekommt." Bei den letzten Worten atmete ich panisch ein und aus.

Sie durfte Jack auf keinen Fall bekommen!

44.

Bevor wir uns auf den Rückweg zum Portal machten, sah ich noch schnell nach dem verschreckten Harper, der während der Befragung des Dämons und unseres Kampfes Deckung in seiner Lagerhalle gesucht hatte. Es ging ihm soweit gut und das war alles, was ich wissen musste, für mehr blieb keine Zeit.

Wir verließen New York in unseren wahren Erscheinungsformen, denn uns lief die Zeit davon. Wir konnten keine Rücksicht darauf nehmen, dass uns ein Mensch entdecken könnte. Wir hatten eine neue Mission: Jack und Empyrion retten.

Ich flog buchstäblich in den See des Central Parks, während die anderen hinter mir her rasten. Alles, woran wir dachten, war, unsere Welt gegen die Dämonen zu verteidigen.

Der Übergang durch das Portal kam mir dieses Mal unendlich langsam vor. Es dauerte Ewigkeiten, bis ich endlich nach Luft schnappen konnte und wir wieder in Empyrion ankamen.

Unsere Welt!

Doch das war sie nicht mehr.

„Oh mein Gott", rief ich erschrocken, sobald ich den Boden Empyrions betrat, und schlug die Hände vor dem Mund zusammen.

Meinen Männern erging es nicht viel anders. Mit schreckensweiten Augen realisierten wir den Anblick, der sich uns bot.

Die Dämonen, die unsere Grenze durch das Sicherheitsleck bereits überwunden hatten, hatten von ihrem Fürsten oder meiner Schwester offensichtlich die Anweisung erhalten, Black York anzugreifen. Vermutlich um es mir so schwer wie möglich zu machen, Cole Black rechtzeitig mit meinem Blut zu markieren. Sie wollten unter allen Umständen, dass dieser Deal zu ihren Bedingungen ausging, auch wenn sie dazu das Chaos in Empyrion ausbrechen lassen mussten.

Die Hälfte von Black York stand bereits in Flammen. Überall hörte man schreiende Empyrianer. Einige versuchten zu fliehen, andere zu kämpfen, doch es war aussichtslos. Es waren einfach zu viele Dämonen. Viel mehr als ich erwartet hätte.

Wir mussten mit ansehen, wie Hexen, Sirenen, Zauberer, Elfen, Werwölfe, Gestaltwandler, Geister, Vampire, Harpyien und noch viele andere Kreaturen vor unseren Augen vernichtet wurden. Vermutlich war schon die halbe Stadt ausgelöscht.

„Fuck!", riefen einige Rekruten und wussten beim besten Willen nicht, was sie tun sollten.

Wie gelähmt stand ich da und verfolgte das Schreckenstheater, in der Hoffnung, aus diesem Albtraum aufzuwachen. Doch es war kein Traum. Und wir würden daraus nie wieder erwachen, wenn wir uns nicht wehrten. Unsere Welt starb, es sei denn, wir kämpften uns so schnell wie möglich zur Black Company durch.

Ich atmete einmal tief durch und ließ meinen Blick über die Gebäude schweifen. Überall stiegen schwarze

Rauchsäulen empor, Flammen leckten an Wolkenkratzern. Schreie waren zu hören, grüne Blitze und blaue Feuer zeugten von dem Kampfeswillen der Empyrianer und das helle Aufleuchten ihrer Seelen – ein letztes Aufbäumen, bevor das Leben für immer erlosch – von dem Verlust eines weiteren Wesens. Niemand von uns hatte Black York jemals so hell erleuchtet gesehen.

„Wir müssen ins Zentrum", sagte ich mit fester Stimme.

„Was?", fragten meine Männer in einem Chor.

„Fünf von euch gehen in die Waffenkammer und packen dort so viel zusammen, wie ihr tragen könnt. Dann kommt ihr in die oberste Etage der Black Company, dort werden Kay, Jack und ich auf euch warten."

„Ihr wollt zu Mr. Black?", fragten die Rekruten erschrocken, und man konnte ihre Angst förmlich riechen.

„Ja, genau. Zum Big Boss. Und fangt bloß nicht an, zu trödeln, ist das klar? Ihr geht nicht über Los und zieht keine zweihundert Dollar ein. Es geht direkt in die Chefetage!"

„Welche Dollar? Und was ist ‚Los'?", fragte der Rekrut, der nicht wirklich empfänglich für Metaphern war.

„Ihr kommt direkt ins Büro vom Big Boss, das ist alles, was ihr tun sollt", knurrte ich zwischen zusammengebissenen Zähnen. „Und dann wird abgerechnet."

Die Männer nickten sofort und ich atmete wieder auf.

„Skip, du schnappst dir zwei der Männer und holst Ann. Ihr kommt danach ebenfalls in die Chefetage."

Skip nickte, und sofort machten wir uns auf den Weg.

Immer wieder mussten wir uns vor den schwarzen Schatten verstecken, die an uns vorbeirauschten und sich ihre nächsten Opfer suchten. Innerhalb kürzester Zeit hatten die Dämonen unsere Welt übernommen. Das Einzige, was wir tun konnten, war, durchzuhalten. Denn noch konnten wir diesen Deal zu unseren Gunsten abschließen. Wir mussten es nur rechtzeitig zu Black schaffen.

Die Straßen waren übersät mit Trümmerteilen, Leichen, Blut, Schmutz, Schutt und Asche. Ein Kriegsschauplatz, wie wir ihn seit Jahrhunderten nicht mehr gesehen hatten.

Immer wieder mussten wir vor herannahenden Dämonen Deckung suchen. So kamen wir unglaublich langsam voran, doch anders ging es nicht. Jeder Dämon, der hier sein Unwesen trieb, wusste, dass wir diejenigen waren, die diesen Deal abgeschlossen hatten, dass wir es waren, die aufgehalten werden mussten, wenn sie nicht für weitere zehn Jahre weggesperrt werden wollten. Wir waren die Empyrianer, die ihnen ernsthaft gefährlich werden konnten. Alle anderen waren bloß Kämpfer, die sie nach und nach eliminieren würden, um dann die Mauern komplett einzureißen und auch ihre restlichen Brüder und Schwestern in unsere Welt zu holen.

Als wir endlich bei der Black Company ankamen, war ich überrascht, dass das Gebäude noch stand. Es sah zwar nicht mehr so makellos aus, wie wir es am Morgen verlassen hatten, aber es war nicht dem Zusammenbruch nahe. Dabei hatte ich gedacht, dass sie dieses Gebäude als Erstes angreifen würden. Schließlich stand die Black Company für alles, was sie hassten. Sie hatte die Agenten ausgebildet, deren Aufgabe es war, die Grenzen zu bewachen und sicherzustellen, dass kein Dämon je wieder seine Welt verlassen konnte. Außerdem saß der Leiter, Cole Black, darin, der Schlüssel zu unserem Deal.

Skips Truppe und meine trennten sich hier. Ich warf ihm noch einen eindringlichen Blick zu, der ihn daran erinnern sollte, dass er auf keinen Fall ohne Ann hier antanzen sollte, und machte mich dann mit Kay, Jack und meinen Männern auf in die Black Company.

„Meint Ihr wirklich, Black wird hier sein, Tisiphone? Als Leiter der Black Company sollte er an vorderster Front kämpfen", sprach Kay meine schlimmsten Befürchtungen aus. Doch mein Instinkt sagte mir, dass sich Black nicht im Gefecht befand, sondern sich sicher verschanzt in seinem Büro aufhielt.

„Wir haben nur diese eine Anlaufstelle. Wenn er hier nicht ist, dann wüsste ich nicht, wo ich suchen sollte. Wir sollten uns also beeilen und auf das Beste hoffen."

Kay nickte ernst, und da der Fahrstuhl nicht mehr funktionierte, machten wir uns gemeinsam an den beschwerlichen Aufstieg. Warum zum Teufel musste die Chefetage auch immer im obersten Stockwerk sein?!

Kay, der als Einziger mit Vampirgeschwindigkeit gesegnet war, war als Erster oben. Jack kam als Zweiter oben an. Ich hätte locker mit dem Halbgott mithalten können, wollte meine Männer aber nicht allein lassen.

Als wir endlich schwitzend und keuchend oben angekommen waren, verfluchte ich diesen Krieg, die Treppen und Cole Black.

Schnaufend ging ich sofort auf die Türen seines Büros zu und wunderte mich nicht mal, dass selbst zu Krisenzeiten seine Assistentin hier saß und die Vorzimmerdame mimte.

„Entschuldigen Sie, Miss. Sie können dort nicht einfach so hereinplatzen. Mr.-Black spricht gerade mit den Oberhäuptern.“

„Schätzchen, haben Sie mal nach draußen gesehen? Es herrscht Krieg, vielleicht sollten Sie lieber ein paar Sachen zusammenpacken und sich in Sicherheit bringen, denn schon bald wird dieses Gebäude dem Erdboden gleichgemacht“, fauchte ich und wandte mich wieder der Bürotür zu.

Ohne gebührend anzuklopfen, trat ich die Flügeltüren mit voller Wucht auf und stolzierte in das pompöse, luxuriöse Büro von Cole Black.

„Ms. Hope, wie schön, Sie wiederzusehen. Den Ereignissen auf den Straßen nach zu urteilen, waren Sie mit Ihrer Mission weniger erfolgreich als angenommen. Würden Sie uns bitte über den Verlauf aufklären?“, fragte Black mit sarkastischer Höflichkeit.

Am liebsten hätte er mich wohl am Kragen gepackt und durch das Fenster geworfen. Was sollte ich sagen?! Das beruhte auf Gegenseitigkeit.

Wie ich mit Erleichterung feststellen durfte, war der größte Teil des Gremiums hier. Das machte es für uns um einiges einfacher, sie in Sicherheit zu bringen. Das würde ich allerdings meinen Rekruten überlassen und mich in der Zwischenzeit um Black kümmern.

„Wir müssen die Oberhäupter so schnell wie möglich von hier fortbringen“, wies ich mein Team an, „denn es dauert nicht mehr lang, und es wird in diesem Gebäude nur so vor Dämonen wimmeln."

„Was meinen Sie damit? Warum haben wir plötzlich Krieg? Wie konnten die Dämonen über die Grenzen gelangen?", fragte eine Hexe und sah immer wieder verängstigt nach draußen.

„Ja, Ms. Hope, erklären Sie uns, wie die Dämonen über die Grenzen kommen konnten", feixte Black.

Wusste er etwas?

Jack und Kay warfen mir alarmierende Blicke zu.

Ich würde Skip sicher nicht verraten, aber um den Anwesenden klarzumachen, wie ernst die Lage wirklich war, musste ich mich weitestgehend an die Fakten halten.

„Meine Schwester arbeitet für den Dämonenfürsten", sprach ich die Worte aus, die ein riesiges Loch in meine Brust gerissen hatten.

„Ihre Schwester?", fragte eine der Obersten.

Ich nickte. „Sie wurde zurückgeholt. Ich habe keine Ahnung, wie und warum ausgerechnet meine Schwester, aber nun ist sie ebenfalls eine Dämonin. Sie war auch diejenige, die uns in der Menschenwelt erschienen ist."

Aufgeregtes Gemurmel wurde unter den Anwesenden laut, und ich trat unruhig von einem Bein auf das andere.

Black musterte mich misstrauisch aus zusammengekniffenen Augen, bevor er das Wort ergriff. „Warum ist Ihnen Ihre Schwester als Dämonin in der Menschenwelt erschienen? Das, Ms. Hope, kann doch kein Zufall sein?"

Bestärkt durch das ängstliche Nicken der Oberhäupter fuhr Black mit seiner Rede theatralisch fort.

„Wie konnten die Dämonen in unsere Welt eindringen? Selbst wenn Ihre Schwester mal eine Empyrianerin war, als Dämon kann sie nichts mehr ausrichten. Sie ist ebenso in der Unterwelt gefangen wie jeder andere dort."

„Wie ich schon sagte: Ich habe keine Ahnung, warum die Dämonen gerade meine Schwester beschworen haben. Vielleicht ist es ihre Art, sich an mir zu rächen, schließlich habe ich einen großen Teil dazu beigetragen, dass sie ewig in ihrer Welt gefangen waren. Alles, was ich weiß, ist, dass es offensichtlich ein Sicherheitsleck auf unserer Seite gegeben haben muss, ansonsten hätten sie nicht in unsere Welt eindringen können. Und obwohl Dämonen lügen und betrügen, uns für ihre Zwecke benutzen, zweifle ich nicht an den Worten meiner Schwester. Die dunklen Wesen sind im Begriff, unsere und die Welt der Menschen zu übernehmen. Aus diesem Grund waren wir gezwungen, einen Deal einzugehen", sagte ich langsam mit gesenktem Kopf.

„Sie haben was?", keifte Black erschrocken, und es war das erste Mal, dass sein Gesicht keine einstudierte Mimik zeigte.

„Durch das Sicherheitsleck ist es den Dämonen bereits gelungen, unbemerkt nach Empyrion zu gelangen. Während wir mit meiner Schwester redeten, hatten die Dämonen hier bereits Stellung bezogen. Sie hat uns einen Deal angeboten, den wir nicht ausschlagen konnten. Um das Überleben beider Welten zu sichern, gab es nur diese eine Chance."

„Beide Welten zu retten? Empyrianer werden vor unseren Türen vernichtet und Sie sprechen von Rettung?! Damit hätten Sie zuerst zum Gremium kommen müssen. Sie sind nicht ermächtigt, Entscheidungen für beide Welten zu treffen, Sie sind doch gerade erst wieder zurückgekehrt", belehrte mich eine Gestaltwandlerin, doch ich ignorierte sie.

„Ich sah mich gezwungen, im eigenen Ermessen zu entscheiden. Ich hatte die Wahl zwischen Pest und Cholera."

„Was sind Pest und Cholera?", fragte eine Elfe irritiert, und mir wurde wieder einmal klar, dass die Empyrianer keine Ahnung von der Menschenwelt hatten, die sie beschützen sollten.

„Das ist ein Sprichwort. Es bedeutet, dass egal, welche Wahl ich treffe, ich verliere. Aber mit diesem Deal haben wir zumindest die Chance auf ein Fünkchen Hoffnung."

„Was beinhaltet der Deal?", fragte Cole Black mit schneidender Stimme. Inzwischen konnte man auch ihm seine Angst im Gesicht ablesen.

„Alle zehn Jahre werden die Grenzen geöffnet und die Dämonen kommen für vierundzwanzig Stunden in unsere Welt. Jeder Empyrianer, der dumm genug ist, einen Deal mit ihnen abzuschließen, verliert seine Seele." Ich räusperte mich und sah verlegen zu Jack hinüber, der fast unmerklich mit dem Kopf schüttelte.

„Und was wurde noch verlangt", fragte ein Hexer knurrend und sah von mir zu Jack. Er hatte unseren vermeintlich heimlichen Blickkontakt bemerkt.

Ich sah unsicher von Jack zu Kay.

„Sie ... sie verlangen den wichtigsten Mann Empyrions."

„Und das nennen Sie einen guten Deal? Wen haben die Dämonen verlangt?", fragte mich die Gestaltwandlerin schockiert und sah mich mit säuerlicher Miene an.

„Bitte", schnaubte Cole Black und ließ mich dabei keinen Moment aus den Augen. „Wen haben sie wohl verlangt ..."

„Ob Sie es glauben oder nicht, es war keine leichte Entscheidung", sagte ich langsam und hielt seinem Blick stand.

„Ich frage mich, Ms. Hope, ob dies wirklich die erste und einzige Verhandlungsgrundlage war, oder ob Ihnen ein vorhergehender Deal nicht zugesagt hat."

„Tess", sagte Jack drohend und machte einen Schritt auf mich zu, um mich daran zu erinnern, jetzt keinen Fehler zu machen.

„Das Traum-Duo scheint wieder vereint zu sein, ich frage mich, woran das liegt", sinnierte Black spöttisch und sah uns feixend an. „Haben Sie ihr so schnell verziehen, dass sie Ihre Verlobte vernichtet hat, Pers?"

Jack warf Cole Black einen hasserfüllten Blick zu, wandte sich wieder in meine Richtung und schüttelte unmerklich mit dem Kopf. „Tu es nicht."

„Was veranlasst Sie, an meinen Worten zu zweifeln, Black? Oder haben Sie plötzlich Angst davor, das Versprechen leisten zu müssen, welches Sie mit Ihrer Erschaffung gegeben haben? Die Menschen vor den Dämonen zu beschützen?"

Ich legte meinen Kopf schräg, sah Black interessiert an und ging langsam um den Schreibtisch herum.

Black richtete sich zu seiner vollen Größe auf und sah mit einem angewiderten Gesichtsausdruck auf mich herab. Ihm schien es gar nicht zu gefallen, dass ich mit meiner Aussage genau ins Schwarze getroffen hatte.

„Meine Spitzel sind überall, Ms. Hope", knurrte er.

„Na, dann sehen Sie sicherlich ein, dass der zweite Deal um einiges besser war, als der erste", knurrte ich zurück und funkelte mein Gegenüber an.

Die Furie begann sich in mir zu regen, angetörnt von dem Duft nach Rache, der aus jeder von Blacks Poren strömte.

Und dann geschahen mehrere Dinge gleichzeitig.

Ich zückte den Dolch, der in dem Ärmel meiner Lederjacke versteckt gewesen war, Jack machte einen Satz über den Schreibtisch, Kay warf sich gegen den Hexer und Black holte aus und schlug mir mit geballter Faust ins Gesicht.

Ich flog gegen die Fensterscheibe, die bedrohlich hinter meinem Rücken knackte, und konnte einen kurzen Blick auf das draußen herrschende Chaos werfen.

Cole Black versuchte sich auf mich zu stürzen, wurde aber von Jack gestoppt, der ihn mit voller Wucht zurückwarf und ihn zu Boden zwang.

Jemand packte mich von hinten, ich wirbelte herum, zückte meinen Dolch, doch noch ehe ich zustach, schrie eine panische Sirene neben mir auf.

„NEIN! SKIP!"

Mit weit aufgerissenen Augen sah ich meinen besten Freund an. „Was macht ihr hier?", rief ich atemlos und zog Ann schnell an meine Seite.

Die restlichen Gremium-Mitglieder, die sich nicht in den Kampf mit meinen Leuten und den Wachen von

Black stürzten, standen unschlüssig herum und warfen mir immer wieder unsichere Blicke zu. Offensichtlich waren sie sich noch nicht ganz einig, auf wessen Seite sie sich stellen sollten.

„Was geht denn hier ab?", fragte Skip und versuchte das Kampfgewühl zu überblicken.

„Black hat uns bespitzeln lassen und hat ganz offensichtlich nicht vor, sein Leben für die Rettung der Menschen und unserer Welt herzugeben." Ich nickte nachdrücklich auf das Chaos hinab und fand, dieser Satz beschrieb am besten, warum es innerhalb kürzester Zeit hier so ausgeartet war.

Ohne Skip noch länger Beachtung zu schenken, schob ich Ann in Richtung Tür, zusammen mit den Gremium-Mitgliedern, die mir am wenigsten gefährlich erschienen, und schloss hinter ihnen ab.

Danach stürzte ich mich wieder ins Getümmel und versuchte mich zu Black durchzuschlagen, der inzwischen gegen Jack und Kay kämpfte.

Ich wollte gerade über den Schreibtisch hechten, als mich jemand an meinen Flügeln zurückzog und mich auf den Boden warf.

Einer von Blacks Wachen, ausgerechnet ein Werwolf, beugte sich über mich und sah mich mit einem lüsternen Grinsen an.

„So, Furie nun haben wir Zeit für uns. Wie gefällt es dir, wenn ein Werwolf sich wehrt und du ihn nicht einfach mit deiner Macht manipulieren kannst, hm?", spielte der Werwolf auf mein Verbrechen an.

Speichel tropfte auf mich herab und ich kniff die Augen zusammen und drehte meinen Kopf weg, um nicht länger dem Gestank des Werwolfs ausgesetzt zu sein.

„Wie ist es so, hilflos dazuliegen? Unschuldig und ohne –"

Ruckartig drehte ich meinen Kopf wieder in seine Richtung und funkelte den Werwolf zornig an. „Sie waren nicht unschuldig", fauchte ich, zog mein Knie an und verpasste ihm einen saftigen Tritt in die Eier.

Der Werwolf stöhnte auf und ließ sich zur Seite fallen.

Ich hätte ihm gerne noch mehr Zeit gewidmet, aber die Furie in mir drängte mich zu Cole Black.

Der Kampflärm um mich herum, die Rufe meiner Männer, das Stöhnen der Wachen, die zu Boden gegangen waren, das Fluchen der Besiegten, das alles heizte mein Gemüt an und zog den Ring um meine Brust fest zusammen.

Wie spät war es? Ich musste Black schnellstens mit meinem Blut markieren.

Als hätte er meine Gedanken gelesen, tauchte Kay plötzlich an meiner Seite auf und flüsterte mir zu: „Ihr habt nur noch wenige Minuten, Tisiphone."

Ich nickte Kay zu und bahnte mir einen Weg zum Oberhaupt der Black Company.

Als wir gerade um den Schreibtisch herumgehen wollten, hinter dem Jack und Cole Black sich einen schnellen, harten Kampf auf dem Boden lieferten, spürte ich einen stechenden Schmerz an meiner Seite.

„Was zum –" Ich sah an mir herab und konnte gerade noch den schwarzen Dolch erkennen, der in meiner Taille steckte. Doch noch ehe ich reagieren konnte, zog Kay den Dolch heraus und warf dessen Besitzer, den Werwolf, zu Boden, wo er ihn in Stücke riss.

Ich dachte noch bei mir, dass dieser Werwolf heute zum letzten Mal das Mondlicht angeheult hatte, als mir auch schon schwarz vor Augen wurde und ich in mich zusammensackte. Ich kam hart auf dem Boden auf und presste meine Hand auf die Wunde.

Warum heilte ich nicht?

Der Schmerz, den der Stich verursachte, brannte wie ein Feuer in mir. Ich biss die Zähne fest zusammen und versuchte mit aller Macht, wieder an die Oberfläche meines Bewusstseins zu finden, aber versank immer wieder in der Finsternis.

Ich spürte weit entfernt, wie kräftige Hände mich packten und hochzogen.

„Tess, verdammt, komm wieder zu dir!" Jack schüttelte mich unsanft und ich konnte die Angst in seiner Stimme hören.

War es die Angst um mich? Hatte Jack Pers Angst davor, dass ich hier und jetzt sterben könnte? Hatte ich Angst davor?

Angst vor dem Sterben? Nein.

Aber da war noch etwas, das ich tun musste ...

Die Gedanken rauschten wild durch meinen Kopf und ich versuchte krampfhaft, einen zu fassen zu bekommen, aber es gelang mir nicht. Ich wusste, ich hatte noch irgendetwas zu erledigen, aber was?

Es hatte mit Jack zu tun, da war ich mir sicher. Sollte ich ihm meine Liebe gestehen? Wenn nicht jetzt, wann dann? Ich würde sterben ... Die Klinge war vermutlich vergiftet gewesen, anders konnte ich mir meine mangelnden Selbstheilungskräfte nicht erklären.

Ich wurde noch einmal kräftig geschüttelt und öffnete vorsichtig meine Augen. Ein Leuchten drang zu mir durch, ein wunderschönes Leuchten ... *ich* leuchtete ...

Hey, warum leuchtete ich?!

Ich schaute an mir herunter und sah Jacks Hand, die sich auf meine Brust presste. Er leuchtete – und dafür gab es nur eine logische Erklärung: Er zapfte die Macht des Olymps an. Bisher hatte ich dieses Phänomen nur gesehen, wenn er kämpfte oder folterte, dachte ich mit Unmut, aber um zu heilen?

Ich spürte, wie meine Kraft langsam zurückkehrte und ich mich immer lebendiger fühlte. Die Wunde an meiner Seite schloss sich langsam, doch bevor sie ganz verheilte, umfasste ich Jacks Handgelenk und lenkte so seine Aufmerksamkeit auf mich.

„Stopp, das reicht, Jack. Wir brauchen mein Blut noch, schon vergessen?“

Ich zwinkerte ihm zu und löste mich dann – immer noch leicht wankend – von ihm.

Jack nickte nur und sah erleichtert aus.

Als ich mich taumelnd durch die kämpfende Masse drängelte, folgte er mir und wehrte jeden Empyrianer ab, der mir in die Quere kam.

Ich dagegen hatte nur ein Ziel vor Augen. Mir lief die Zeit davon, die Frist lief ab und der Ausgang dieses Deals hing von meinem Blut ab. Egal, was mit mir heute passierte, auf keinen Fall sollte Jack in die Unterwelt gehen. Er gehörte hierher, nach Empyrion, zu mir.

45.

Mit der rechten Hand auf die Wunde an meiner Taille gepresst, machte ich die letzten Schritte auf Black zu und war erleichtert, dass er sich zwar in die hinterste Ecke seines Büros geflüchtet hatte, aber immerhin nicht mehr von seinen Personenschützern eingekreist war, denn die waren damit beschäftigt, gegen meine Männer zu kämpfen.

Als ich vor ihm stand, musste ich mich an der Wand abstützen, um nicht das Gleichgewicht zu verlieren.

„Was denn, Hope, wurden Sie mit einer Schwarzblutklinge verletzt?", feixte er. „Die einzige Klinge, die Wunden verursacht, die nicht durch die Selbstheilungskräfte von Empyrianern geheilt werden kann. Schade um Sie."

„Wie gut, wenn man einen Halbgott in seinem Team hat. Die Kräfte des Olymps heilen so gut wie alles."

„Nun, nicht alles, wie mir scheint." Black deutete auf meine Wunde, die immer noch blutete.

Ich sah zu meiner Taille hinunter und zog zischend den Atem ein. Die Wunde sah schlimm aus, doch das würde Jack schon richten, sobald das ganze Schauspiel hier vorbei war.

Hinter uns hörte ich, wie Skip zu mir herüberschrie: „Du hast noch zwanzig Sekunden, Tess!"

Ich funkelte Black an und machte von Jack gestützt einen Schritt auf meinen ehemaligen Boss zu. „Ich musste ein paar wirklich schwere Entscheidungen in meinem Leben treffen, Black, aber diese hier war keine davon."

Und noch ehe er vor mir zurückweichen konnte, wischte ich ihm mit meiner blutverschmierten Hand über das Gesicht.

Fluchend stolperte er gegen die Wand hinter sich und wischte sich sofort angeekelt über das Gesicht. Als er mein Blut auf seiner Handfläche sah, sah er mich völlig entgeistert an.

„Was haben Sie getan, Hope?"

„Was denn?", fragte ich höhnisch. „Wo ist denn der arrogante Unterton, der sonst jedes ihrer Worte begleitet?"

„Sie ..." Black machte einen Schritt auf mich zu, doch Jack ging sofort dazwischen.

„Noch irgendwelche letzten Worte, Black?", fragte Jack kalt und sah seinen Boss herablassend an.

Doch ehe er antworten konnte, wenn er es überhaupt vorgehabt hatte, ertönte plötzlich ein Knall und schwarzer Rauch erfüllte das Büro.

Die Finsternis breitete sich wie dunkler Nebel aus und wurde immer intensiver, bis sich plötzlich wie bei einer Bombe, die implodierte, alles zum Ursprung zurückzog und eine dunkle Gestalt in der Mitte des Büros auftauchte.

„Wie zum ..."

„Wozu bezahle ich eigentlich eine Vorzimmerdame?", knurrte Black leise.

„So schnell sieht man sich wieder", begrüßte uns
meine dämonische Schwester und warf uns ein hämisches Grinsen zu, bevor sie ihre gesamte Aufmerksamkeit auf mich richtete.

„Tess, du blutest. Willst du einen – wie sagen die Menschen noch dazu – Tampon?"

„Fick dich", fauchte ich meine Schwester an und
machte schwankend einen Schritt auf sie zu. „Wie
kann es sein, dass du dich hier materialisieren kannst?
Du befindest dich auf dem Boden Empyrions."

„Herzchen, es gibt so vieles, das du nicht über uns
weißt." Sie warf mir einen Kussmund zu und kam dann
langsam auf uns zu.

Vor Black, der inzwischen wie versteinert in der rechten Ecke seines Büros stand, blieb sie schließlich stehen.

„Glückwunsch, Schwester, du hast unseren Deal besiegelt und dein Wort gehalten. Vielen Dank für dieses
großzügige Geschenk." Sie leckte sich genüsslich über
die Lippen, während sie Black fixierte, der sie hasser-
füllt anfunkelte. „Obwohl ich zugeben muss, dass ich
gehofft hatte, dass du versagst." Mit einer fließenden
Bewegung wandte sie sich Jack zu und strich aufreizend langsam über seine Wange. „Wir hätten beide so
viel Spaß in meiner Welt haben können, Halbgott."

Genüsslich und zugleich wehmütig atmete sie einmal
ein und aus und wandte sich dann wieder an mich. „Ich
werde meinen Teil des Deals natürlich einhalten und
meinem Fürsten euren Boss übergeben. Wir sehen uns
dann in zehn Jahren wieder." Sie lachte gehässig auf.
„Ich freue mich schon darauf. Und dann werden wir

hoffentlich endlich unsere Chance haben", sagte sie an Jack gewandt und sah gleich danach mich an.

Ich schenkte ihr nur ein falsches Lächeln. In mir kochte es. Sollte sie Jack noch einmal anfassen oder auch nur noch einmal dieses Bild in mir hervorrufen, um mich zu provozieren, dann würde ich sie hier und jetzt vernichten.

Doch Meg bemerkte meine Wut gar nicht, sie war inzwischen auf Black zugetreten. Um die beiden herum hatte sich ein Halbkreis aus Soldaten und meinen engsten Freunden gebildet. Sie bleckte furchteinflößend die Zähne, dieses Mal ausnahmsweise nicht in meine Richtung, sondern in die von Cole Black.

„Bereit, diese Gefilde zu verlassen, Boss?" Sie lachte gehässig auf und trat dann noch dichter an ihn heran. „Da mir mein Spielzeug verwehrt wurde, müssen Sie wohl herhalten. Ein stattlicher, großer ...", bei den letzten Worten strich Meg mit ihrem Finger aufreizend über die Brust des Chefs der Black Company, hielt dann aber plötzlich inne.

„Willst du mich eigentlich zum Narren halten, Schwester?" Wutentbrannt drehte der Dämon sich zu mir um und machte mehrere bedrohliche Schritte auf mich zu. „Der Deal ist hinfällig!"

„Was? Nein, verdammt! Ich habe mich an unsere Abmachung gehalten. Du kannst keinen Deal auflösen, es sei denn, es liegt ein dringender Verdacht vor, ich hätte dich betrogen", konterte ich panisch und spürte, wie mir die Angst langsam die Kehle zuschnürte.

„Das ist nicht der Leiter der Black Company", stellte Meg mit verschränkten Armen vor der Brust fest.

„Und wie er das ist", schnaubte Skip und deutete mit seinem Schwert in Blacks Richtung. „Dort steht er. Leibhaftig."

„Das ist ein Mensch. Ich glaube kaum, dass ihr –"

„Er ist was?"

„Bullshit!"

Plötzlich redeten alle durcheinander, und ich musste mir die Hände auf die Ohren pressen, um klar denken zu können. „Ruhe!", schrie ich und schaffte es, dass sich der Tumult etwas legte.

Dann wandte ich mich wieder meiner Schwester zu. „Was meinst du damit, dass er ein Mensch ist? Das ist Cole Black, der Leiter der Black Company. Er ist ein … tja, welcher Spezies er angehört, kann ich dir leider nicht sagen, weil das niemand so genau weiß, aber das ist definitiv unser Boss! Oder war es zumindest …", fügte ich mit einem Feixen in Blacks Richtung hinzu.

„Du willst mir erzählen, niemandem ist aufgefallen, dass er ein Mensch ist? Ihr habt jahrelang unter einem Menschen gedient?" Megs Zweifeln wich langsam Bewunderung, auch wenn sie diese versuchte zu verbergen. „In diesem Raum sind die ältesten Wesen Empyrions anwesend und niemand von euch wusste es?", fragte Meg die wenigen Gremium-Mitglieder, die nicht gefangen gehalten wurden, sondern hinter meinen Männern und mir standen.

„Wir haben, wie Ms. Hope bereits erklärt hat, nie nähere Informationen über die Spezies Mr. Blacks eingeholt. Aber da er nicht alterte, wie es für Empyrianer üblich ist, gab es keinen Anlass, daran zu zweifeln, dass er einer der unseren ist."

Meg nickte gedankenverloren und trat wieder auf Black zu, der inzwischen erstaunlich ruhig geworden und dessen höhnisches Funkeln in seinen Augen erloschen war.

„Interessant … Wie haben Sie es geschafft, es all die Jahre zu verstecken, und, Moment, wie sind Sie überhaupt aus der Menschenwelt nach Empyrion gekommen? Die Portale lassen keine Menschen passieren, Black. Nein, nein, nein", flüsterte Meg, lehnte sich vor und leckte Black einmal über den Hals. „Hmm, es wird sehr lustig werden, das alles aus ihnen herauszufoltern, mein Lieber", schnurrte meine Schwester.

„Es liegt kein Betrug vor", unterbrach ich Megaera atemlos, die noch damit beschäftigt war, ihr Spielzeug – Cole Black – neugierig zu mustern. „Wir haben geliefert und unsere Vereinbarung des Deals eingehalten. Nun bist du an der Reihe, Meg."

Ich wollte diesen Deal in trockenen Tüchern wissen, damit das Töten von Empyrianern auf unseren Straßen gestoppt wurde und wir damit beginnen konnten, uns für den nächsten Angriff zu wappnen.

„Da ihr offensichtlich nichts von dieser Lappalie wusstet und dieser", Meg rümpfte kurz die Nase und sah gleichzeitig fasziniert zu Black, „Mensch tatsächlich der Leiter der Black Company zu sein scheint, habt ihr euren Teil erfüllt. Ich werde mit ihm in meine Welt reisen und meinem Fürsten davon berichten. Wir sehen uns in zehn Jahren, geliebte Schwester, vielleicht bist du dann bereit, deinen Lustknaben an mich zu verkaufen." Sie lachte gackernd auf und riss Black an seinem Jackett zu sich. „Bis bald, ihr verlorenen Seelen!"

Der Raum füllte sich erneut mit Dunkelheit und dann waren Meg und Cole Black verschwunden.

Sobald wir sicher waren, dass uns keine Höllenhunde oder andere Kreaturen aus der Unterwelt überfallen würden, rannte ich zum Fenster und sah hinunter auf die Straßen von Black York.

Die Dämonen zogen sich zurück. Die finsteren Schleier lichteten sich und hinterließen eine Spur aus Blut, Angst, Trauer und Rache.

Ich konnte es fühlen. Die Furie in mir fühlte es. Und statt des Triumphes, dass wir unsere Welt zumindest für diesen Moment gerettet hatten, fühlte ich nur Verbitterung.

Wenn wir es nicht schafften, uns etwas einfallen zu lassen, wie wir uns in zehn Jahren vor diesen Dämonen schützen konnten und ein Schlupfloch in dem Vertrag fanden, dann würde es alle zehn Jahre auf unseren Straßen so aussehen.

Tod, Leid und Verderben würde so oft in unserer Welt Einzug halten, dass irgendwann die ersten Empyrianer hinterfragen würden, was dieser Deal überhaupt für einen Sinn hatte, wenn so viele Wesen starben.

„Habe ich unsere Welt ins Verderben gestürzt", fragte ich niemand bestimmtes, während ich weiterhin wie betäubt aus dem Fenster sah.

Eine warme Hand legte sich auf meine Schulter und drückte mich sanft. „Ihr habt das Beste aus diesem Deal herausgeholt, Tisiphone, mehr kann man nicht von einer Kriegerin verlangen."

Zustimmendes Gemurmel erfüllte den Raum und ich nickte langsam.

Ja, vermutlich hatte Kay recht, aber es fühlte sich dennoch nicht so an. Ich holte einmal tief Luft und drehte mich dann vom Fenster weg. „In erster Linie sollten wir jetzt Schadensbegrenzung betreiben, die Lücken in den Mauern reparieren und uns dann einen Plan überlegen, wie wir diese Biester überlisten können, damit sie das blaue Wunder erleben, wenn sie in zehn Jahren die Grenzen überschreiten. Man legt sich nicht einfach mit Empyrion an und kommt unbeschadet davon. Das lassen wir uns nicht bieten. Wir werden uns vorbereiten und wir werden kämpfen, so lange bis auch der letzte Dämon besiegt ist.“

46.

Nachdem Jack meine Wunde endgültig geheilt hatte, schickte ich einen Teil meiner Männer zur Grenze, um erste Erkundigungen einzuholen, wie groß das Ausmaß des Schadens war. Wir anderen sahen zu, dass wir den Verwundeten auf den Straßen halfen und die Toten bestatteten.

Der Anblick auf den Pflastern von Black York war unbeschreiblich. So viel Tod und Leid und dennoch die Stärke der Empyrianer, die wieder aufstanden und nach dem nächsten Kampf riefen. Wir hatten viele Verluste erlitten, aber das machte uns nicht schwach, sondern nur stärker. Wir würden niemals aufgeben, das war mir nun klar.

Ich half, wo ich konnte, und versuchte in meinem Kopf krampfhaft darüber nachzudenken, wie wir die Dämonen davon abhalten konnten, uns so etwas erneut anzutun. Doch mir fiel einfach nichts ein. Mein Kopf war wie leergefegt.

Ich war gerade dabei, einer Hexe dabei zu helfen, ihren Begleiter, einen schwarzen Kater, aus der zerstörten Wohnung zu bergen, als Kay auf uns zukam.

„Tisiphone."

Ich sah dem Vampir entgegen und versuchte ihm zu zulächeln, doch ich glaube, meine Mundwinkel schafften es nicht einmal zu zucken.

„Die Schäden an den Grenzmauern sind nicht so schlimm wie befürchtet. Wir haben sie notdürftig repariert. Jack hat ein Treffen einberufen, wir sollen uns in einer Stunde in Blacks Büro einfinden."

Ich nickte nur und wandte mich wieder der Wohnung der Hexe zu.

„Tisiphone." Kay berührte nur ganz leicht meinen Arm, dennoch zuckte ich zurück.

„Mir geht es gut, Kay. Wir sehen uns in einer Stunde in der Black Company."

„Ich sehe, wenn Ihr lügt, meine Teuerste." Kay grinste mich schief an, und ich kam nicht umhin, zurückzulächeln.

„Nein, wirklich. Wir kriegen das hier wieder hin, das weiß ich. Der erste Schreck muss nur erst einmal verdaut werden, das ist alles."

Kay nickte und wandte sich dann wieder zum Gehen. „Bis in einer Stunde, meine Schöne."

Als ich das Büro von Cole Black betrat, war der größte Teil des Gremiums anwesend sowie alle aus meinem Team und noch einige weitere Empyrianer, die wohl auch in der Black Company arbeiteten. Die Vorzimmerdame von Black war verschwunden.

„Jetzt, da wir vollzählig sind, sollten wir über die Zukunft unserer Welt sprechen", begann Jack, als er sah, wie ich das Büro betrat.

Ich nickte ihm einmal kurz zu und gesellte mich dann zu Ann, Kay und Skip, die am Rande der Gruppe standen und ihre ganze Aufmerksamkeit auf Jack gerichtet hatten.

Es stand ihm. Vor einer Gruppe zu stehen, ein Anführer zu sein, der endlich seinen Platz gefunden hatte. Ganz wie sein Vater. Sicher war Zeus unglaublich stolz auf ihn.

„Wir brauchen jemanden, der die Black Company leitet. Es sollte ein Anführer sein, der von uns gewählt wird. Bis zur Wahl werde ich diesen Posten übernehmen, sollte jemand ein Problem damit haben oder Einspruch erheben wollen, kann er mir dies gerne mitteilen." Jack ließ den Blick durch die Menge streifen und verharrte etwas länger als nötig auf mir.

„Gut, die vorläufigen Sicherungen der Grenze sind abgeschlossen. Nach dieser Sitzung und einem Plan, wie wir zukünftig vorgehen wollen, werden wir an einem neuen Sicherheitssystem arbeiten. Außerdem müssen die freien Plätze im Gremium nachbesetzt werden. Die Verräter befinden sich derzeit in den Kerkern der Black Company. Wir werden in den kommenden Tagen ein Gericht einberufen, um ihre Strafen festzulegen. Danach sollten wir uns darüber Gedanken machen, wie wir uns in zehn Jahren vor den Dämonen, die unsere Grenzen überschreiten dürfen, schützen wollen."

Ein Murmeln ging durch die Menge und Jack hob gebieterisch seine Hand.

„Tess Hope hat den bestmöglichen Deal für unsere Welt ausgehandelt und dabei auch noch einen Betrüger aufgedeckt. Cole Black war kein Geringerer als ein Mensch. Er war kein Empyrianer, sondern hat seine wahre Herkunft mithilfe von sehr komplizierten Zaubern vor uns verborgen. Was wir jetzt tun müssen, ist weiterzumachen. Ich bin für jeden Vorschlag offen, also ...?"

Stille. Kein Empyrianer regte sich oder sagte etwas.

„Wieso bestrafen wir nicht zuerst den Empyrianer, der uns das Ganze eingebrockt hat?", fragte ein Elf wütend und sah zornig in Skips Richtung.

Es hatte sich also schon herumgesprochen. Da war mein schlechter Deal noch das geringste Problem.

„Sobald wir eine Lösung für die weitaus dringlicheren Probleme gefunden haben, wird Skip angemessen bestraft werden", antwortete Jack mit autoritärer Stimme.

„Er hat Tausende von Empyrianern auf dem Gewissen", knurrte ein Werpanther, und die Menge stimmte lautjubelnd zu.

„Er muss verstoßen werden!"

„Ja, in die Unterwelt mit ihm! Er hat dort jetzt schließlich eine Menge Freunde."

„Hey!", fauchte ich die umstehenden Empyrianer an, bevor Jack sein Wort wieder erheben konnte. „Das bringt uns jetzt nicht weiter. Wir brauchen eine Lösung, die in zehn Jahren voll ausgereift ist und funktionieren muss. Und ihr denkt an Bestrafung? Glaubt ihr, der Tod von Skip rettet uns? Wer hat noch nie einen Fehler gemacht oder blind und dumm vor Liebe gehandelt?" Bei den letzten Worten trafen sich Jacks und mein Blick. Schnell sah ich wieder weg und wandte mich erneut der Menge zu, die inzwischen einen Halbkreis um mich gebildet hatte. „Skip ist immer noch einer von uns. Er hat an den Seiten meiner Männer gekämpft. Niemand behauptet, dass er unschuldig ist oder keine Strafe verdient hat. Aber er ist ein hervorragender und zuverlässiger Agent, und wir brauchen ihn an unserer Seite, um ein Schlupfloch in diesem Deal zu finden. Wir müssen unsere Welt schützen und die der Menschen, sonst –"

Und da war sie ... eine Idee, die in meinem Kopf Gestalt annahm, und sich nicht mehr verdrängen ließ. Ein flammender Funke, der das Wort Hoffnung ganz neu entfachte.

„Sonst was?", fragte eine Werkatze vor mir, doch ich konnte nicht weiterreden. Ich musste diese Idee weiterspinnen.

Könnte das funktionieren? Konnten wir die Dämonen so vielleicht überlisten?

„Tisiphone, was ist mit Euch, meine Schöne?", fragte Kay besorgt an meiner Seite, doch ich beachtete ihn gar nicht.

Stattdessen drängelte ich mich durch die Menge hindurch und bahnte mir einen Weg zu Jack.

„Tess?", fragte dieser verwirrt.

Doch ich stellte mich einfach neben ihn und sah der Menge mutig und von neuer Hoffnung erfüllt entgegen.

„Ich habe eine Idee", jauchzte ich, doch statt aufwallender Euphorie strahlten mir nur Misstrauen und lauter Zweifel entgegen.

„Lass hören, Süße", sagte Ann aufmunternd und streckte die Faust siegreich in die Höhe.

Ich musste mir ein Grinsen verkneifen. Es war nicht die Zeit für Späße, es war Zeit zu handeln!

„Wir verstecken uns in der Menschenwelt", sprach ich meine Idee ohne Umschweife aus.

„Das ist ..."

„Keine Option?", fragte ich das Gremium-Mitglied. „Warum nicht? Wir wurden erschaffen, um die Welt der Menschen zu verteidigen, warum kann das nicht auch umgekehrt der Fall sein? Ich habe diesen Deal abgeschlossen, um die Menschenwelt zu beschützen. Dafür ist unsere Welt jetzt in Gefahr. Wer verteidigt die Menschenwelt, wenn wir nicht mehr da sind oder vergessen, die Grenzen der Menschen zu schützen, weil wir zu sehr damit beschäftigt sind, unsere eigene Welt zu retten? Ich sage, dies ist unsere einzige Chance. So können wir gleichzeitig sichergehen, dass sich keiner der Dämonen trotz des Deals über die Grenzen in die Menschenwelt wagt. Ein Team aus ausgewählten Empyrianern sollte natürlich in unserer Welt bleiben, um die Dämonenbewegungen im Auge zu behalten und dafür zu sorgen, dass die Grenzen hinter ihnen wieder geschlossen werden, wenn die Zeit um ist und sie wieder in ihre Welt müssen. Wir haben zehn Jahre Zeit, uns darauf vorzubereiten und um Verstecke zu finden, die wir in der Menschenwelt nutzen können. Das könnte funktionieren. Was sagt ihr?“

„Das ist ... verrückt“, sagte Skip leise und überlegte fieberhaft weiter. „Aber es könnte klappen.“

„Du hast hier nichts mehr zu melden, Gestaltwandler“, fauchte der Werpanther. „Du hast unsere Welt verraten. Wenn wir diesen Plan durchführen sollten, wirst du auf der anderen Seite der Grenze stehen, und mit Glück vernichtet dich einer der Dämonen und wir sind dich ein für alle Mal los.“

„Ich schleif dich gleich höchstpersönlich an deinem Schwanz über die Grenze und verbanne dich in die Unterwelt, wenn du noch einmal auf Skip losgehst“, knurrte ich den Werpanther an und machte einen bedrohlichen Schritt auf ihn zu.

Jack packte mich am Arm und zog mich zurück. „Was Tess sagen möchte, ist, dass niemand außer der neue Leiter der Black Company bestimmen wird, wer in Empyrion für uns kämpfen wird. Ich muss zugeben, der Plan ist absurd und unorthodox, aber“ fügte er schnell hinzu, als ich ihn schon unterbrechen wollte, „ich sehe es wie Tess. Es ist unsere einzige Chance. Wir überlisten die Dämonen, ohne die Vereinbarung zu brechen. Wenn diese Kreaturen unsere Grenzen überschreiten, werden sie eine leere Welt vorfinden, und außer unser Zuhause zu zerstören, können sie keinem Empyrianer etwas antun oder uns gar töten. Wir werden für die vierundzwanzig Stunden in Sicherheit sein, wieder in unsere Welt zurückkehren und alles, was zerstört wurde, wiederaufbauen. So lange, bis wir eine Idee haben, wie wir diesen Deal auflösen können. Es ist nicht perfekt, aber Tess hat recht. All die Jahrhunderte haben wir die Menschen beschützt. Um sie weiter beschützen zu können, müssen sie nun uns helfen. Ob wissentlich oder nicht. Ich würde sagen, wir stimmen darüber ab.“

„Vielleicht sollten wir zunächst einmal einen neuen Leiter der Black Company wählen“, schlug der Werpanther vor und sah Jack bedrohlich an. „Und dann soll der neue Boss entscheiden, was wir tun werden. Ich werde mich nicht in der Menschenwelt verstecken wie ein Feigling. Ich werde kämpfen, dafür wurde ich geboren. Dafür wurden wir alle geboren. Und wenn wir dabei sterben, dann haben wir unseren Eid erfüllt.“

„Und dann? Was passiert dann mit den Menschen? Die dürfen sich dann mit den Dämonen rumschlagen? Sich töten lassen? Dafür dass du davon sprichst, für den Kampf geboren worden zu sein, vergisst du schnell, was deine eigentliche Aufgabe im Leben ist", fauchte ich.

„Wie gesagt", knurrte der Werpanther bedrohlich, „stimmen wir ab!"

Ich funkelte ihm wütend entgegen und schaute dann in die Menge. „Ich schlage Jack Pers als neuen Vorsitzenden der Black Company vor!", sagte ich laut, und Jack, der eben noch wie ich in die Menge gesehen hatte, drehte sich nun abrupt zu mir um.

„Tess, was ..."

„Warum nicht?", kam ich ihm zuvor. „Du bist die einzige Autoritätsperson, zu der hier alle aufsehen. Du hast dieses Treffen hier organisiert, und sind wir mal ehrlich: Du bist der Einzige, der hier einen Plan hat und weiß, wie es weitergehen soll. Und ..."

„Und was?", fragte er und sah mich dabei mit so einem intensiven Blick an, dass ich nicht wegsehen konnte. Ich verlor mich in diesen Augen, die meine ganze Welt und gleichzeitig mein Untergang waren.

Wie könnte ich je aufhören, dich zu lieben, sinnierte eine Stimme in meinem Kopf, und ich stimmte ihr unweigerlich zu. Dieser Mann bedeutete mir einfach alles. Wenn es jemanden gab, der uns führen konnte, der uns retten konnte, dann war er es. Der Halbgott Jack Pers.

„Du bist die einzige Person, der ich das hier zutraue. Der ich vertraue. Die einzige Person, deren Befehlen ich Folge leisten werde. Zu der ich zurückkommen würde, wenn sie mich ruft."

Jacks Augen verdunkelten sich, tasteten mein ganzes Gesicht ab und blieben letztendlich an meinen Lippen hängen. Ich biss mir unweigerlich darauf und sah, wie sich Jacks Hand zur Faust ballte, als müsse er sich beherrschen, mich nicht zu berühren. Er räusperte sich einmal und unterbrach den Blickkontakt als Erster.

Auch ich wandte mich wieder der Menge zu und musste mehrmals schlucken und durchatmen, um wieder klar denken zu können.

„In Ordnung. Gibt es weitere Kandidaten, die sich aufstellen lassen wollen, oder gibt es Empfehlungen?", fragte Jack in die Runde, die nach ihrem anfänglichen Aufgebehren deutlich gehemmter wirkte.

„Nein?", fragte ich provozierend. „Dann ist es besiegelt. Jack Pers wird zukünftig die Black Company leiten. So lange, bis er abgewählt wird oder es einen Gegenkandidaten gibt, der sich zur Wahl stellt."

Ich wartete ab und schaute noch einmal in die Runde. Obwohl man bei einigen Empyrianern deutlich die Missgunst erkennen konnte, wagte es niemand, das Wort zu erheben.

Jack Pers war seit langer Zeit der beste Agent der Black Company und wie wir heute herausgefunden hatten, im Gegensatz zu Cole Black ein Empyrianer. Ich hätte keinen besseren Kandidaten benennen können. Er nahm ohne Furcht das Zepter in die Hand. Und er hatte den Olymp hinter sich.

„In Ordnung, dann geht bitte wieder an die Arbeit und bringt den Grenzzaun auf Vordermann. Ich werde mich inzwischen mit Tess beraten, wie wir in zehn Jahren den Übergang in die Menschenwelt organisieren." Bei den letzten Worten fixierte er mich mit seinem Blick und ich spürte einen erregenden Schauer durch meinen Körper jagen.

„Was ist mit dem Gestaltwandler? Wirst du ihn bestrafen?“, fragte eines der Gremium-Mitglieder.

„Ich sagte, ihr sollt wieder an die Arbeit gehen“, knurrte Jack und winkte Skip zu sich ran.

„Ich möchte, dass du die Grenzen zur Menschenwelt überprüfst. Die meisten Empyrianer werden an den Grenzen zur Unterwelt arbeiten, daher wirst du dort relativ allein sein. Ich halte das im Moment für die beste Idee. Du bist derzeit … nicht gerade sehr beliebt. Nimm Ann mit, sie wird dir Gesellschaft leisten.“

Skip nickte nur, dann ging er zu Ann, berührte sie leicht am Arm und bedeutete ihr, mitzukommen.

„Was ist mit Tess?“, fragte sie in meine Richtung gewandt.

„Ich werde nachkommen, sobald ich mit Jack die wesentlichen Dinge besprochen und wir einen Plan ausgearbeitet haben.“ Als ich Jack einen Blick zuwarf, spürte ich schon wieder diesen angenehmen Schauer über meinen Rücken jagen. „Wartet nicht auf mich, könnte länger dauern“, fügte ich noch hinzu und ließ Jack dabei nicht aus den Augen.

Zusammen mit Skip, Kay und den anderen verließ Ann den Raum. Und erst als sich die Türen hinter ihnen schlossen, wurde mir bewusst, dass wir nun allein in Blacks Büro standen.

47.

Ohne den Blickkontakt abzubrechen, kam Jack langsam auf mich zu.

„Also, der Plan ...“ Ich räusperte mich, weil ich plötzlich eine trockene Kehle bekam und versuchte, mich an die Idee zu erinnern, die ich vor wenigen Minuten so optimistisch angepriesen hatte.

„Scheiß auf den Plan“, zischte Jack dazwischen und kam immer weiter auf mich zu.

Ich wich langsam vor ihm zurück. „Wir müssen den Plan ausarbeiten, ansonsten haben wir keine Chance, in zehn Jahren ...“

„Das hat Zeit. Wir haben zehn Jahre, Tess. Jetzt gerade will ich was ganz anderes von dir ...“

Ich wich immer weiter zurück und versuchte wirklich nicht, an das zu denken, was der dunkle, verführerische Bass in seiner Stimme versprach. Doch mein Gehirn setzte einfach aus.

Als ich die Kante des Schreibtisches an meinem Hintern spürte, blieb mir keine Chance mehr, weiter zurückzuweichen. Wie ein Raubtier, das seine Beute in die Falle gelockt hatte, stand Jack plötzlich vor mir.

„Was –“ Ich musste mich erneut räuspern, um meine Stimme wiederzufinden. „Was willst du von mir?“

„Das weißt du ganz genau.“ Und ohne länger zu zögern, drängte Jack sich mit der gesamten Länge seines

Körpers an mich. Seine Hand fuhr in meinen Nacken, und dann trafen unsere Lippen endlich aufeinander.

Ich seufzte entzückt auf, krallte mich in seinen Gürtel und zog ihn noch enger an mich.

„Jack", stöhnte ich und entlockte ihm damit ein Knurren, welches mir eine Gänsehaut am ganzen Körper verschaffte.

„Wage es nie wieder, mich so anzusehen, wenn andere Menschen in unserer Nähe sind", befahl er mit bedrohlicher Stimme und zog mich an meinen Haaren grob nach hinten, um mir in die Augen zu sehen.

„Warum nicht?", keuchte ich.

Er beugte sich nach vorn an mein Ohr, leckte mir über die empfindliche Stelle an meinem Hals und knurrte dann: „Weil ich dich auf der Stelle ficken wollte. Hart und tief, so wie du es magst. So wie ich es brauche."

Ich wimmerte bei diesen Worten auf und fing fahrig und unkontrolliert an, seine Gürtelschnalle zu öffnen.

Als ich in seine Hose griff und seinen harten, goldenen Schwanz berührte, stöhnten wir beide kehlig auf. Mir stiegen Tränen in die Augen, so erregt war ich. Ich musste ihn einfach in mir spüren. Alles in mir zog sich zusammen und führte mir vor Augen, dass diese Leere gefüllt werden musste.

„Fick mich", hauchte ich und küsste ihn leidenschaftlich, drang mit meiner Zunge in seinen Mund und biss ihn in die Unterlippe, bis ich Blut schmeckte.

„Fuck, Tess", stöhnte er, öffnete meine Hose, zog sie ein Stück herunter, drehte mich um und drückte mich unsanft mit einer Hand auf meinem Rücken auf die Schreibtischplatte. „Und wie ich dich ficken werde, Furie, und das nicht zum letzten Mal."

Ich keuchte auf, und noch ehe ich mich's versah, drang er mit einem gezielten Stoß tief in mich ein.

Alles in mir zog sich köstlich um seine pralle Größe zusammen, doch der süße Schmerz verging und machte einer wachsenden Lust Platz, die mich fast um den Verstand brachte.

Er begann sich langsam in mir zu bewegen, und ich konnte spüren, wie seine Härte sich der Länge nach aus mir zurückzog, um dann wieder mit voller Wucht zu zustoßen.

Ich stöhnte seinen Namen und spürte ein lustvolles Ziehen, dass sich über meine gesamte Haut ausbreitete und sich dann wie ein Energieball gezielt in meiner Mitte bündelte. Ich hob meinen Oberkörper von der Tischplatte und drängte mich an Jack.

Er umschloss mich mit seinen starken Armen, berührte meine Brüste, spielte mit ihnen und stöhnte an meinem Hals.

Ich hatte einen Arm gehoben und ihn um seinen Nacken gelegt. So folgte ich seinen Stößen und spürte, wie er immer wieder mit seiner Hüfte heftig gegen meinen Arsch klatschte.

„Ich wollte dich die ganze Zeit, Furie. Ich konnte an nichts anderes denken, als ... Fuck!"

Ich bewegte meinen Hintern in kreisenden Bewegungen an seiner Hüfte und brachte Jack vollkommen aus dem Konzept.

„Ich wollte dich schon damals, Tisiphone, und ich werde dich immer wollen. Du gehörst mir, du hast immer mir gehört."

Ich stöhnte kehlig auf und rieb mich noch heftiger an ihm. Ich hatte das Gefühl, dass er noch größer in mir anschwoll, wenn das denn überhaupt möglich war.

„Ich komm gleich, Jack. Fick mich härter, ja, genauso, ich ..."

Und dann kam ich. Ich kam so heftig, dass mir schwarz vor Augen wurde, und alles, was ich hörte, war das Stöhnen von Jack, das in meinen Ohren, meinem Kopf und in meiner Mitte widerhallte.

Ich musste mich auf den Schreibtisch stützen, um nicht das Gleichgewicht zu verlieren, doch darum musste ich mir keine Sorgen machen. Jack hielt mich fest.

So verharrten wir einige Minuten lang und versuchten wieder auf die Erde zurückzukehren.

Sanft küsste Jack meinen Hals und zog sich dann langsam aus mir zurück. „Das werden wir wiederholen!"

Ich lächelte ihm kurz zu und zog mich dann schnell wieder an. „Ja, das hoffe ich doch", antwortete ich grinsend und setzte mich dann auf den Schreibtisch. Mir war immer noch etwas schwindelig und zwischen meinen Beinen pochte es angenehm. „Was ist mit dem Plan?", fragte ich beklemmt und unsicher, wie ich mich ihm gegenüber nun verhalten sollte. Ich wollte über irgendetwas reden, um die wachsende Stille zwischen uns zu überbrücken und den peinlichen Moment zu vermeiden, der im Raum schwebte.

„Wir werden Verstecke und Unterkünfte finden müssen. So viele, dass alle Empyrianer dort Zuflucht finden können, ohne von den Menschen entdeckt zu werden.

Wir sollten ein Team zusammenstellen, dass sich in der Menschenwelt umsieht. Aber das sollte machbar sein. Wir haben für diese Mission zehn Jahre Zeit, bis dahin sollten wir respektable Verstecke gefunden haben."

„Ich sollte in diesem Team sein." Meine Lippen bewegten sich, noch ehe mein Gehirn realisiert hatte, was ich da gerade gesagt hatte.

Was tat ich da?!

Ich hatte gerade sehr heißen und leidenschaftlichen Sex mit Jack Pers gehabt. Wir hatten die Dämonen vorerst zurückgedrängt. Ich hatte reinen Tisch gemacht und musste kein mich verschlingendes Verbrechen mehr mit mir herumschleppen und trotzdem tat ich das? Ich schlug vor, wieder von hier zu verschwinden? Gott, was war nur los mit mir?!

Jack drehte sich so schnell zu mir um, dass ich kurz zurückzuckte.

„Du möchtest mit in die Menschenwelt? Das Team wird vermutlich Jahre dort drübenbleiben, um die Unterkünfte zu organisieren."

Ich nickte nur und sah dann auf den Boden. So merkwürdig das auch war, vor allem, wenn ich an die letzten Minuten dachte, wusste ich immer noch nicht, wo ich hingehörte.

Ich liebte meine Welt, aber ebenso hatte ich die Menschwelt lieben gelernt.

Und ich liebte Jack! Ja, ich liebte ihn! Und was ich für Kay empfand, wusste ich zwar nicht genau, aber auch ihn hatte ich in mein Herz geschlossen.

Doch so sehr ich auch wieder hierhergehören wollte und mich hier wohlfühlen wollte ... etwas blockierte mich. Ich konnte nicht vergessen, was seit meiner Ankunft zwischen Jack und mir geschehen war.

Ja, ich gab mich ihm hin und wollte nichts lieber, als mit ihm zusammen zu sein, und auf seine mürrische, widersprüchliche Art hatte er mir vor wenigen Minuten zu verstehen gegeben, dass er dies ebenso wollte.

Aber die Tatsache blieb, dass er mich noch vor wenigen Wochen hatte töten wollen und gefoltert hatte.

„Ich denke, es wäre eine gute Idee, wenn ich mitgehen würde", antwortete ich langsam.

„Wir ... Ich versteh das nicht. Wir haben gerade auf diesem Schreibtisch gefickt. Endlich steht niemand mehr zwischen uns und wir könnten schauen, was sich zwischen uns entwickelt, und du willst wieder abhauen?" Wütend fuhr Jack sich durch die Haare und begann, wie ein Tiger im Käfig auf und ab zu gehen.

„Nein, Jack. Ich haue nicht ab. Dieses Mal nicht. Aus diesem Grund rede ich gerade mit dir. Dieses Mal gehe ich nicht einfach, ohne ein Wort zu sagen."

„Aber du willst gehen", stellte er trocken fest.

„Ich ..." Nun raufte ich mir die Haare und seufzte leise. „Ich liebe dich, Jack!" Ich machte mehrere Schritte auf ihn zu und umfasste sein Gesicht mit meinen Händen.

Er wehrte sich nicht. Er sah mich nur verwirrt an, und in seinen Augen blitzte ein Funke der Erkenntnis auf. Ja, er erinnerte sich an all die letzten Jahre, in denen wir Seite an Seite zusammengearbeitet und gekämpft hatten.

„Ich liebe dich", flüsterte ich wieder. „Und weil ich dich so liebe, kann ich nicht vergessen, Jack."

Nun sammelten sich Tränen in meinen Augenwinkeln. Ich konnte fühlen, wie sie sich einen Weg meine Wangen hinunterbahnten.

„Ich kann nicht vergessen, was du mir angetan hast. Dass du nicht hinter mir gestanden hast. Hinter deiner Partnerin. Und du hast recht, nun steht niemand mehr zwischen uns. Aber bevor ich mich hier kopfüber in etwas stürze, von dem ich selbst nicht genau weiß, was es ist oder werden soll, denke ich, ein bisschen Abstand würde uns guttun. Es ist nicht für immer. Ich bin im Auftrag der Black Company in der Menschenwelt. Und solltest du mich jemals hier brauchen, dann komme ich zurück. Aber ...“

„Vorerst bleibst du in der Menschenwelt“, beendete Jack meinen Satz und ich nickte. Er machte sich von mir los und trat zwei Schritte zurück. „Das verstehe ich“, sagte er ruhig und sah mich dann wieder mit diesem intensiven Blick an.

„Was ich nicht verstehe, ist, was das gerade war.“ Er deutete auf den Schreibtisch, und auch ich sah dorthin.

Ein Lächeln umspielte meine Lippen, als ich mich ihm wieder zu wandte. „Vielleicht war es die Zukunft.“ Ich legte den Kopf schief und sah Jack dann wieder ernst an. „Gib mir etwas Zeit, um das alles, was in den letzten Wochen passiert ist, zu verarbeiten. Und lass mich meinen Job machen. Jetzt, wo du der Boss bist, bin ich wieder die beste Agentin der Black Company. Du wirst mich in der Menschenwelt brauchen.“ Ich zwinkerte ihm kurz zu und hoffte, damit die angespannte Stimmung zwischen uns wieder etwas aufzulockern.

„In Ordnung", hauchte Jack und sagte dann mit fester Stimme: „Dein nächster Einsatzort ist die Menschenwelt."

Ein wehmütiger Ausdruck huschte über sein Gesicht und dann drehte er mir auch schon den Rücken zu.

„Du darfst jetzt gehen!"

Das sollte wohl heißen, dass das Gespräch beendet war. Gefühle offen zu zeigen, war dem Halbgott schon immer schwergefallen, vor allem wenn er sich angegriffen oder verletzlich fühlte. Daher wollte ich ihn nicht einfach so stehen lassen und verschwinden. Ich überbrückte die Entfernung zwischen uns, die plötzlich so viel größer wirkte, als sie eigentlich war, und drehte ihn an seinen Schultern zu mir herum.

„Ich gehe, aber ich komme wieder, und dann führen wir fort, was hier auf diesem Schreibtisch begonnen hat."

Jack nickte langsam und sah mir tief in die Augen.

Mit meiner Hand auf seiner Brust lehnte ich mich nach vorn und gab dem Halbgott einen sanften Kuss auf die stoppelige Wange. Ich konnte spüren, wie sie sich langsam zu einem Grinsen verzog.

„Ist das ein Versprechen, Ms. Hope?", fragte er mit einem schelmischen Unterton.

Ich machte mich wieder von ihm los und ging auf die großen Flügeltüren des Büros zu. Als ich sie öffnete, drehte ich mich noch einmal zu Jack um. „Das ist es! Stell mir ein Team zusammen und schick es in einer Woche nach. Bis dahin habe ich vielleicht schon einige Informationen in der Menschenwelt gesammelt, wo es Sinn machen würde, die Unterkünfte zu errichten."

„In Ordnung", flüsterte er.

Und damit verließ ich das Büro und ging auf das Treppenhaus des Gebäudes zu. Als ich Stufe für Stufe nach unten stieg, dachte ich darüber nach, ob ich wirklich die richtige Entscheidung getroffen hatte. Was, wenn ich in zehn Jahren endlich soweit war, Jack zu vergeben und mich ganz auf ihn einzulassen, und er bis dahin schon jemand anderen gefunden hatte?

Doch wenn ich ehrlich zu mir selbst war, konnte ich diesen Schritt, den er von mir verlangte, jetzt noch nicht gehen. Ich war noch nicht soweit. Dafür war einfach zu viel zwischen uns passiert. Ich wollte etwas Abstand gewinnen und mir in Ruhe überlegen, wie es weitergehen sollte. Wo wollte ich leben? In New York? In Black York? Konnte ich Jack vergeben? Was war mit Kay?

Und dann war da noch das Problem, das in zehn Jahren auf uns zukommen würde. Es gab einiges, über das ich nachdenken musste, und das konnte ich nicht hier in seiner Nähe. Dafür war die Versuchung zu groß. Ich würde mich in seinen Bann ziehen lassen und aus diesem Sog der Gefühle nicht wiederauftauchen, da war ich mir sicher. Nein, ich hatte mich definitiv richtig entschieden.

Als ich die demolierte Eingangshalle der Black Company betrat, musste ich an meine Ankunft vor einigen Wochen denken.

Verdammt, wer hätte gedacht, dass sich die Ereignisse so entwickeln würden?

Mit einem wehmütigen Lächeln drehte ich mich einmal im Kreis, wobei Glasscherben unter meinen

Schuhsohlen knirschten, und dachte an damals zurück.

Ich war hergekommen, um bestraft zu werden und um endlich mit meiner Tat abzuschließen. Und jetzt?

Nun musste ich wieder anfangen, zu leben. Als Furie, als Tess Hope, als Freundin, als Empyrianerin und auch als Mensch.

„Dieses Mal habe ich vor, wiederzukommen", flüsterte ich in die Stille und sah mich noch einmal ganz genau um.

Dann ging ich in Richtung Ausgang und machte mich auf den Weg.

Ann und Skip fuhren mit dem Auto die Grenze der Menschenwelt ab und suchten nach möglichen Schwachstellen, die ausgebessert werden mussten. Ich hatte die beiden aus der Luft verfolgt, vollführte nun einen Salto und landete einige Meter vor dem heranfahrenden Wagen.

Skip ging panisch in die Eisen und Ann schrie erschrocken auf. Als sie mich erkannte, sprang sie sofort aus dem Wagen und kam auf mich zu gerannt.

„Tess, geht es dir gut? Verdammt, tu das nie wieder!"

Ich umarmte sie einfach nur und drückte sie fest an mich. „Lass uns nach Hause gehen", sagte ich leise und wehmütig zu ihr.

Verdattert sah Ann mich an. „In die Menschenwelt?", fragte sie, und dass sie sofort an New York und nicht an Black York dachte, sagte mir, dass ich die richtige Entscheidung getroffen hatte, wieder zurückzugehen.

„Ist das dein Ernst", fragte sie freudestrahlend.

Als ich nickte, fiel sie mir jauchzend um den Hals und schrie glücklich auf.

Ich lachte und drehte mich einmal mit ihr im Kreis.

„Bist du ganz sicher, dass du das willst? Ich meine, das hier ist deine Welt. Hier bist du erschaffen worden. Du hast hier einen Job und Skip, Kay und Jack sind hier … Hey, was lief da eigentlich mit Jack?", unterbrach sie ihren Redeschwall, und ich lachte wieder herzhaft auf. Gott, es tat so gut, wieder mit meiner besten Freundin zusammen zu sein.

„Die Menschenwelt ist mein Zuhause, Ann. Du bist mein Zuhause! Und dank des Geständnisses kann ich mich nun frei zwischen meiner und der Menschenwelt bewegen. Also kann ich jederzeit wieder hierherkommen, sollte mir danach sein.“

„Und Jack?", fragte sie und wackelte anzüglich mit den Augenbrauen.

„Das erzähle ich dir zu Hause", lachte ich und drückte sie wieder an mich.

Ein zögerliches Räuspern erinnerte mich daran, dass Skip ja auch noch da war. Ich löste mich von Ann und sah ihm lange in die Augen. Irgendwann wandte Skip den Blick ab und scharrte unsicher mit den Füßen auf dem Boden herum.

„Das Apartment neben unserem ist noch frei, weißt du?“

Skips Kopf schnellte nach oben und ein überraschter Gesichtsausdruck sah mir entgegen. „Du meinst …"

„Wieso kommst du nicht mit uns?", fragte ich geradeheraus.

„Und das wäre okay für dich?", fragte er vorsichtig.

Ich nickte zur Antwort.

„Ich hau dieses Mal nicht einfach ab. Ich werde das Team leiten, das in der Menschenwelt nach entsprechenden Unterkünften und Verstecken für die Empyrianer suchen wird, damit wir unsere Leute in zehn Jahren in Sicherheit bringen können. Ich könnte dich dort sehr gut gebrauchen.“

„Und meinst du, du kannst mir …“

„Eins nach dem anderen“, unterbrach ich meinen besten Freund. „Komm mit uns, den Rest wird die Zeit mit sich bringen. Du bist mein bester Freund, daran wird sich nie etwas ändern.“ Die letzten Worte hauchte ich nur.

Skip atmete erleichtert auf und nickte mir dankbar zu.

„Also, Ann“, begann ich, und als ich mich meiner besten Freundin zuwandte, sah ich Freudentränen in ihren Augen. „Och Mensch, jetzt hör aber auf.“ Ich lachte und zog sie wieder freundschaftlich an mich. „Musst du noch packen oder können wir gleich rüber?“, fragte ich sie.

„Alles, was ich hier habe, kann ruhig bleiben. Wahrscheinlich werden wir in Zukunft öfter hier sein, habe ich recht?“

„Jup“, machte ich. „Da könntest du recht haben.“

„Skip, wie sieht es mit dir aus?“, wandte ich mich an meinen besten Freund.

„Ich gehe schnell ein paar Sachen packen, dann komme ich nach.“

„Du weißt ja, wo wir wohnen“, sagte ich mit einem Zwinkern und winkte ihm zum Abschied.

Er stieg wieder in den Wagen und brauste mit einer Affengeschwindigkeit davon.

„So, Süße, auf geht's zum Portal", sagte ich wieder an Ann gewandt.

„Ich werde aber nicht wieder ohnmächtig wie beim letzten Mal, oder?", fragte sie vorsichtig.

„Ann", stöhnte ich genervt. „Das hatten wir doch schon."

„Verdammt", fluchte die hübsche Sirene neben mir und ich konnte mir ein herzhaftes Lachen einfach nicht verkneifen.

ENDE

Danksagung

Ich habe immer davon geträumt ein eigenes Buch zu veröffentlichen und mich Autorin nennen zu dürfen. Ich kann das Gefühl nicht beschreiben, das mich durchströmte, als ich wirklich die Zusage von dp DIGITAL PUBLISHERS bekommen habe – und das sage ich als Autorin und jemand, der eigentlich niemals aufhört zu reden.

Aus diesem Grund möchte ich mich auch ganz herzlich bei dp Verlag bedanken. Danke, dass ihr meine Furie in euer Verlagsprogramm aufgenommen und meinen größten Traum damit erfüllt habt. Vielen Dank an Anne und Alex, die geduldig auf meine ganzen Fragen eingegangen und mein erhitztes Autorengemüt immer wieder geschickt beruhigt haben. Ich danke auch meiner Lektorin Janina, die meine Geschichte von einem rohen Diamanten in ein richtiges Buch verwandelt hat. Danke, dass du so toll und verständnisvoll auf meine Wünsche und Vorstellungen eingegangen bist, ich hätte mir die Arbeit mit einer Lektorin nicht schöner vorstellen können. Danke auch an Lillith, dass du meine Furie so schön eingekleidet und Tess damit ein Gesicht gegeben hast.

Und ich danke jenen aus dem Verlag, mit denen ich nie direkt etwas zu tun gehabt habe, die aber ebenso an diesem Buch mitgewirkt und daran gearbeitet haben, dass

Black Demons – Göttin der Rache zum Leben erwacht.
Ihr seid klasse. Vielen, vielen Dank.
Doch nicht nur ihr habt dabei geholfen, meinen Traum
Wirklichkeit werden zu lassen.
Mein größter Dank gilt meiner Familie und meinen
Freunden, ohne ihren Rückhalt und ihre Unterstützung hätte diese Geschichte gar nicht erst entstehen
können.
Ich möchte mich vom ganzen Herzen bei meinen Eltern und meiner kleinen Schwester Nadja bedanken.
Ihr habt meinen Traum immer unterstützt und nie daran gezweifelt, dass mein größter Wunsch sich irgendwann erfüllen wird. Meine erste Geschichte musste
meine Mutter an unserem ersten PC abtippen und mit
einem hübschen Pferdebild hinterlegen. Das war
meine erste gedruckte Geschichte. Und nun, einige
Jahre später, habe ich es tatsächlich geschafft – ich ver-
öffentliche mein erstes Buch.
Danke Mama, Papa und Nadja für eure Unterstützung,
euren Glauben an mich und, dass ihr immer für mich
da wart und nie daran gezweifelt habt, dass ich es
schaffen kann.
Mein ganz besonderer Dank geht an meine beiden Tan-
ten, die einen sehr großen Teil dazu beigetragen haben,
dass diese Geschichte entsteht. Von ihnen habe ich all
meine Kreativität geerbt.
Danke an Susanne, die einen wahnsinnig tollen Buch-
und Film-Geschmack hat und, durch die ich Anne Rice,
Buffy und noch viele andere besondere Autoren, Cha-
raktere und fantastische Welten kennengelernt habe.
Danke an Kerstin, die mir ehrlich und kritisch gesagt
hat, wo ich an meiner Geschichte noch arbeiten muss

und, durch die ich auch mal Bücher aus anderen Genres zur Hand genommen habe und so meinen Horizont erweitern konnte.

Ich bin unglaublich dankbar für meine Omi, die mir immer gut zugeredet hat und mich mit sehr viel Geduld immer wieder auf den Boden der Tatsachen zurückgeholt hat. An keiner Schulter kann man sich so gut ausweinen wie an deiner, bei dir fühle ich mich immer sicher und geborgen. Ich hab dich so lieb.

Ich kann mich sehr glücklich schätzen so viel Rückhalt und Unterstützung von meiner Familie erhalten zu haben. Ihr habt immer an mich geglaubt: Onkel Stefan, Tante Gunda, Christoph, Clemens, coco Yama! Ich danke euch für alles. Ihr habt mein Talent als aller erstes entdeckt und nie an mir gezweifelt. Ich liebe euch.

Und nun zu den besten Freunden, die man sich nur Wünschen kann:

Ich danke Monique, die immer an mich glaubt und eine Caro in mir sieht, nach der ich oft vergeblich suche. Danke, dass du immer da bist und mir mit deinen Worten so viel Kraft schenkst. Danke, dass du auf meiner ersten Autorenlesung warst, mir immer zuhörst und mich so akzeptierst, wie ich bin. Du schenkst mir so unglaublich viel Kraft.

Ich danke Anneka, die als erste meiner Freundinnen die Leseprobe meiner Geschichte „Die Rache der Furie" gelesen hat und das, obwohl sie eigentlich so gar keine Fantasy Bücher liest. Doch für mich hast du dich mit diesem dir so ganz fremden Genre befasst. **Ich hab dich lieb, Mama Hacki.**

Ich möchte Vanessa danken. Dem wilden, lachenden, verrückten, liebevollen Lockenkopf an meiner Seite, die mich immer bestärkt und unendlich viele Texte und Geschichten Korrektur gelesen hat. Du hast mir immer wieder gesagt, dass es nur eine Frage der Zeit ist, wann ich Erfolg haben werde. Ich lieb dich, meine Kleine! Und ich danke natürlich auch allen anderen Freunden, die meinen wirren Gedankengängen stets versuchten zu folgen und immer ein offenes Ohr für mich hatten. Ihr habt mich ebenso unterstützt, habt euch meine Ideen angehört, habt meinen Wunsch, dieses Buch zu veröffentlichen mitverfolgt, Daumen gedrückt und mir immer wieder versichert, dass ich es schaffen werde.

Jasmin, die mich schon viele, viele Jahre kennt und auch wenn wir uns nicht immer gesehen haben, stets für mich da war.

Carolin, die ruhige, besonnene Stimme meines Gewissens. Ich kenne niemanden, der so ausgeglichen ist wie du! Außer natürlich, du musst zu einem wichtigen Termin.

Corinna, die nie aufhört zu lächeln und schon meine schlimmsten Seiten kennengelernt hat.

Katha und Jens, die ich noch gar nicht solange kenne, aber die mich dennoch mit ihren lieben Worten während dieser doch sehr emotionalen Zeit begleiteten.

Die nächste Geschichte entsteht bereits in der von euch geschenkten Kladde.

Anna, meine Grammatik-Queen! Danke, dass du das ein oder andere Komma an die richtige Stelle gesetzt hast.

Debo, deren Meinung ich eigentlich in allen Bereichen, dieses Buch betreffend, sehr zu schätzen gelernt habe.

Heike – so von Autorin zu Autorin, dein Feedback war mir sehr wichtig.

Sabbel alias Sabrina, die mich immer ganz fest gedrückt hat, wenn ich es gebraucht habe. (Wirklich sehr fest! Sie macht Crossfit, das musste an dieser Stelle noch mal erwähnt werden.)

Ich danke auch meinem Deutschlehrer Jürgen Hatz, der mir damals empfahl mein Talent zu Schreiben weiterzuverfolgen. Durch ihn fing ich an, an Schreibwettbewerben teilzunehmen und setzte damit den Meilenstein für diesen Erfolg.

Ich danke der Familie meines Lebenspartners, Brigitte, Wolfgang und Nicole, die bei meiner aller ersten Autorenlesung dabei waren und die ganzen Kilometer auf sich genommen haben nur um mir zuzuhören.

Und ich danke dir ...

Florian!

Dafür, dass du mich so liebst, wie ich bin. Dafür, dass du mich die letzten Wochen ertragen hast. Dafür, dass ich bei dir so sein kann, wie ich bin, ohne mich schämen zu müssen. Dafür, dass du mit mir über meine Furie diskutiert hast, obwohl du keine Ahnung gehabt hast, wovon ich da rede. Dafür, dass du DU und immer an meiner Seite bist. Dafür, dass ich dank dir niemals alleine bin und du mich in den traurigsten, dunkelsten Stunde zum Lachen bringen kannst, obwohl mir gar nicht danach zu Mute ist.

Ich bin so glücklich, dich gefunden zu haben und ich möchte alle kommenden Kapitel meines Lebens mit unseren Geschichten füllen, solange bis unser Buch geschlossen wird.
Ich liebe dich!